JULIE KAGAWA

Talon

DRACHENZEIT

JULIE KAGAWA

Talon

DRACHENZEIT

Roman

Aus dem Amerikanischen von
Charlotte Lungstrass-Kapfer

heyne>fliegt

Die Originalausgabe erschien unter dem Titel *The Talon Saga Book 1*
bei Harlequin Teen, Ontario

Verlagsgruppe Random House FSC®N001967

6. Auflage
Copyright © 2014 by Julie Kagawa
Copyright © 2015 der deutschsprachigen Ausgabe
by Wilhelm Heyne Verlag, München,
in der Verlagsgruppe Random House GmbH,
Neumarkter Straße 28, 81673 München
Redaktion: Sabine Thiele
Umschlaggestaltung: Nele Schütz Design, München,
unter Verwendung eines Motivs von
© Shutterstock / Pyndyurin Vasily
Satz: Christine Roithner Verlagsservice, Breitenaich
Druck und Bindung: GGP Media GmbH, Pößneck
Printed in Germany

ISBN: 978-3-453-26970-5

Für Laurie und Tashya,
die gemeinsam mit mir
von den Drachen träumten.

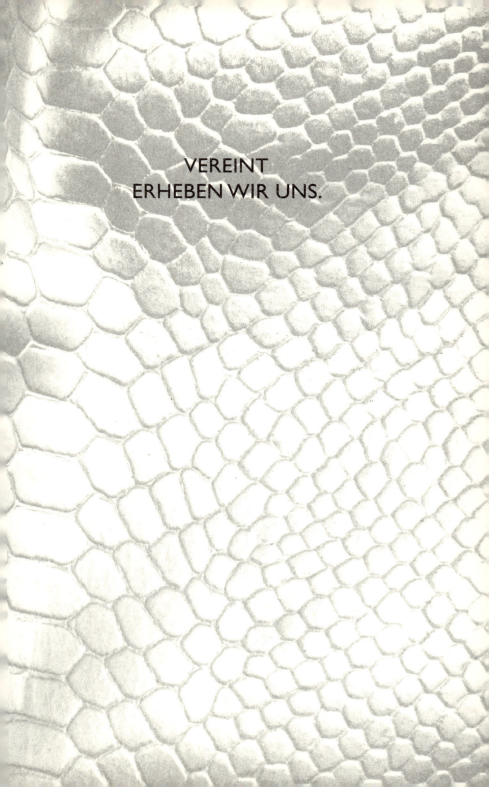

Erster Teil

BEOBACHTEN, ASSIMILIEREN,
EINFÜGEN.

Ember

»Ember, wann sind eure Eltern gestorben, und was hat
ihren Tod verursacht?«

Mit einem unterdrückten Stöhnen riss ich mich vom
Anblick des idyllischen Crescent Beach los, das hinter dem
getönten Autofenster in strahlendem Sonnenschein vorbei-
zog. Die Luft in der schwarzen Limousine war kalt und
muffig, und blöderweise hatte der Fahrer die Kindersicherung aktiviert, sodass sich das Fenster nicht öffnen ließ.
Seit Stunden hockten wir nun schon im Auto, und ich
konnte es kaum erwarten, dieses rollende Gefängnis zu
verlassen und endlich wieder die Sonne zu spüren. Hinter
der Scheibe erstreckte sich die von Palmen gesäumte Straße mit ihren hübschen Häusern. Auf dem Bürgersteig standen ausgebleichte Buden, in denen man Snacks, T-Shirts,
Surfbrettwachs und vieles mehr kaufen konnte. Und direkt
hinter dem Asphalt und einem breiten Streifen aus wei-
chem weißem Sand schimmerte der Pazifische Ozean wie
ein riesiges türkises Juwel, lockte mich mit seinen schaum-
gekrönten Wellen und zahllosen Sonnenanbetern, die munter in dem funkelnden Wasser herumplanschten.

»Ember? Hast du zugehört? Bitte beantworte die Frage.«

Seufzend ließ ich mich in den kalten Ledersitz zurückfallen. »Joseph und Kate Hill wurden bei einem Autounfall getötet, als wir sieben Jahre alt waren«, leierte ich herunter und bemerkte, wie der Fahrer mich im Rückspiegel mit regloser Miene musterte. Neben ihm nickte Mr. Ramsey bestätigend.

»Weiter.«

Unruhig zupfte ich am Sicherheitsgurt. »Sie hatten sich ein Musical am Broadway angesehen, *West Side Story*«, fuhr ich fort, »und wurden auf dem Heimweg von einem betrunkenen Fahrer gerammt. Mein Bruder und ich kamen zu unseren Großeltern, bis Opa Bill irgendwann an Lungenkrebs erkrankte und sich nicht länger um uns kümmern konnte. Deshalb sind wir hierhergekommen, wo wir bei unserer Tante und unserem Onkel leben werden.« Wieder spähte ich sehnsüchtig aus dem Fenster und beobachtete neugierig zwei Menschen, die auf Surfbrettern durch die Wellen glitten. Ich war noch nie gesurft; in unserem staubigen kleinen Nest mitten in der Wüste war das auch schwierig. Doch es sah so aus, als könnte es fast so viel Spaß machen wie Fliegen. Obwohl ich stark bezweifelte, dass irgendetwas mit dem Gefühl mithalten konnte, durch die Luft zu gleiten und den Wind im Gesicht und unter den Flügeln zu spüren. Keine Ahnung, wie ich es einen ganzen Sommer lang aushalten sollte, ohne mich einmal in die Luft zu erheben. *Die Menschen haben Glück*, dachte ich, während das Auto weiterfuhr und die Surfer hinter uns ließ. Sie wussten wenigstens nicht, was ihnen entging.

»Gut«, murmelte Mr. Ramsey geistesabwesend. Vor meinem inneren Auge sah ich regelrecht, wie er auf das Tablet, seinen ständigen Begleiter, starrte und durch unsere Akten und Hintergrundgeschichten scrollte. »Dante, was sind die eigentlichen Ziele eures Aufenthaltes in Crescent Beach?«

Gelassen zog sich mein Zwillingsbruder die Kopfhörer aus den Ohren und drückte das Pausesymbol auf seinem iPhone. Zu seinen verblüffendsten Fähigkeiten gehörte wohl, dass er bei Musik oder Fernsehen völlig abschalten konnte und trotzdem noch merkte, was um ihn herum passierte. Mir fehlte diese Gabe. Wenn es in meiner Nähe auch nur die kleinste Ablenkung gab, mussten meine Lehrer mir schon einen Klaps auf den Kopf versetzen, um meine Aufmerksamkeit zu erregen. »Beobachten und anpassen«, erklärte er ungerührt. »Lernen, wie man mit Menschen umgeht, wie man ein Mensch *ist*. Eingliederung in ihre sozialen Strukturen, bis sie glauben, wir wären genau wie sie.«

Genervt verdrehte ich die Augen. Als er meinen Blick bemerkte, zuckte er kurz mit den Schultern. Dante und ich waren keine echten Zwillinge, zumindest nicht im engeren Sinne des Wortes. Ja, wir waren gleich alt. Ja, wir sahen uns sehr ähnlich, hatten die gleichen extrem roten Haare und grünen Augen. Und wir waren schon zusammen, solange ich denken konnte. Aber wir entstammten nicht demselbem Schoß. Eigentlich entstammten wir gar keinem Schoß. Wir waren Brutgeschwister, was immer noch höchst ungewöhnlich war, da unsere Spezies normalerweise immer nur ein Ei legte. Dadurch galten wir als Kuriosität, sogar unter unseresgleichen. Aber Dante und ich waren zeitgleich geschlüpft, waren zusammen aufgezogen worden, und für mich und den Rest der Welt war er mein Zwilling, mein Bruder und mein einziger Freund.

»Mmmm.« Anscheinend war Mr. Ramsey zufrieden damit, dass wir die erfundene Hintergrundgeschichte, die man uns derart eingeimpft hatte, dass ich sie selbst im Schlaf noch aufsagen konnte, nicht vergessen hatten. Also tippte er weiter auf seinem Tablet herum, und ich starrte wieder aus dem Fenster.

Als wir von der Hauptstraße in ein Viertel mit eindrucksvollen, in Weiß und Rosa gehaltenen Villen abbogen, blieb der funkelnde Ozean hinter uns zurück. Rechts und links waren ausschließlich perfekt gepflegte Rasenflächen und noch mehr Palmen zu sehen. Einige der Anwesen waren so gigantisch groß, dass ich sie fassungslos anstarrte. Derart große Häuser kannte ich nur aus dem Fernsehen und aus einem Dokumentarfilm, den unsere Lehrer uns gezeigt hatten, als wir Jahre zuvor erstmals gelernt hatten, was es mit den Menschen auf sich hatte: Wo sie lebten, wie sie sich verhielten, Umgangsformen, Familienstrukturen, Sprache – einfach alles hatte man uns beigebracht.

Und nun würden wir unter ihnen leben.

Ein nervöses Kribbeln breitete sich in mir aus und machte mich nur noch ungeduldiger. Ich wollte raus, wollte mir die Dinge hinter der Scheibe ansehen, sie anfassen, berühren, sie endlich erleben. Bis jetzt hatte sich meine Welt auf eine weit verzweigte unterirdische Einrichtung beschränkt, die ich nie von außen gesehen hatte, und auf eine Privatschule mitten im Großen Becken von Nevada, wo es in einem Umkreis von mehreren Kilometern niemanden gab außer meinem Bruder und den Lehrern. Sicher, geschützt, abgeschirmt vor neugierigen menschlichen Blicken … und wahrscheinlich der langweiligste Ort auf dem gesamten Planeten. Wieder

14

rutschte ich unruhig auf der Rückbank herum und stieß dabei versehentlich gegen die Lehne des Beifahrersitzes.

»Ember.« Mr. Ramsey klang gereizt. »Sitz still.«

Mit finsterer Miene lehnte ich mich zurück und verschränkte die Arme vor der Brust. *Sitz still, beruhige dich, sei leise.* Wie oft hatte ich diese drei Befehle schon gehört? Es war mir schon immer schwergefallen, längere Zeit stillzusitzen, auch wenn meine Lehrer alles versucht hatten, um mir »ein wenig Geduld« einzubläuen. *Geduld*, hatte der langweilige Mr. Smith mir mehr als einmal erklärt, *ist eine Tugend, die besonders für unseresgleichen von Vorteil ist. Die besten Pläne entstehen nicht über Nacht. Du verfügst über Zeit im Übermaß, ein wahres Privileg: Zeit, um nachzudenken, zu planen, Einschätzungen vorzunehmen und schließlich zu sehen, wie deine Ideen Früchte tragen. Talon existiert seit Jahrhunderten und wird fortbestehen, weil man hier den Wert der Geduld erkannt hat. Wozu also diese vermaledeite Hektik, Nestling?*

Bei der Erinnerung daran verdrehte ich wieder die Augen. Die »vermaledeite Hektik« kam daher, dass ich kaum Zeit für mich hatte. Sie wollten, dass ich stillsaß, zuhörte, lernte und mich ruhig verhielt, während ich rennen, schreien, springen und fliegen wollte. Mein Leben bestand nur aus Regeln: Tu dies nicht, mach das nicht, sei um eine bestimmte Zeit zurück, halte dich strikt an die Anweisungen. Je älter ich wurde, desto schlimmer war es geworden. Selbst das kleinste Detail meines Lebens war reglementiert und vorausgeplant – irgendwann war ich kurz davor, einfach zu explodieren. Nur eine einzige Sache hatte mich durchhalten lassen und dafür gesorgt, dass ich nicht völlig wahnsinnig wurde: die Aussicht auf meinen sechzehnten Geburtstag. Denn an diesem Tag würde ich meinen »Abschluss« an der Akademie im Niemandsland machen und – falls man mich für *bereit* hielt – in die nächste Phase meines Trainings einsteigen. Also hatte ich alles dafür getan, für *bereit* befunden zu werden, und es hatte sich wohl ausgezahlt, denn jetzt waren wir hier. *Beobachten, assimilieren, einfügen*, so lautete unsere offizielle Mission. Mich interessierte allerdings nur, dass ich endlich die Schule und Talon verlassen konnte. Dass ich endlich jene Welt zu Gesicht bekam, die ich mein Leben lang studiert hatte.

Irgendwann bog die Limousine in eine Sackgasse ein, in der zwar kleinere, aber dadurch nicht weniger elegante Villen standen, und blieb vor einer Auffahrt stehen, die ziemlich genau auf halber Höhe der Straße lag. Aufgeregt spähte ich nach draußen und musste unwillkürlich grinsen, als ich sah, wo wir nun auf unbestimmte Zeit zu Hause sein würden.

Ein kleiner, sorgfältig gemähter Vorgarten mit einer niedrigen Hecke und einer Palme, die von einem Ziegelmäuerchen umgeben war. Das Haus war in einem fröhlichen Butterblumengelb gestrichen und mit dunkelroten Ziegeln gedeckt. In den großen Fenstern im Obergeschoss spiegelte sich die tief stehende Sonne, und über der Haustür spannte sich ein Rundbogen, was mich irgendwie an ein Schloss erinnerte. Aber der schönste Anblick bot sich in einer Lücke zwischen unserem und dem Nachbarhaus. Als ich das silbrig glänzende Wasser sah, machte mein Herz einen kleinen Sprung; offenbar reichte das Meer bis an unseren Garten heran.

Am liebsten hätte ich die Wagentür aufgerissen, wäre rausgesprungen und über die Dünen bis zum Ozean gerannt, der dahinter auf mich wartete. Aber Mr. Ramsey, der heute offiziell als unsere Begleitperson eingesetzt war, drehte sich genau in diesem Moment um und musterte uns – insbesondere mich –, als wüsste er genau, was mir gerade durch den Kopf ging. »Ihr wartet hier«, befahl er und blähte seine ziemlich großen Nasenlöcher. »Ich werde eure Betreuer über eure Ankunft in Kenntnis setzen. Und bis ich zurück bin, rührt ihr euch nicht vom Fleck.«

Als er ausstieg, wehte ein Hauch der berauschend warmen, nach Salz duftenden Luft herein. Nachdem er die Wagentür hinter sich zugeworfen hatte, marschierte er über den ausgetretenen Ziegelweg zum Haus hinauf.

Nervös trommelte ich mit den Fingern auf das Leder und rutschte in meinem Sitz herum.

»Wow.« Dante spähte über meine Schulter und renkte sich fast den Hals aus, um das Haus im Ganzen betrachten zu können. Dabei rückte er mir so dicht auf die Pelle, dass ich ihn im Rücken spüren konnte, schon bevor er sich mit einer Hand an mir abstützte. »Jetzt ist es also endlich so weit«, fuhr er mit gedämpfter Stimme fort. »Keine Privatschule mehr, nicht mehr jeden Tag um sechs aufstehen, wir sitzen nicht mehr mitten im Nirgendwo fest.«

»Keine Kurse mehr, keine Stillbeschäftigungsstunden, keine Gutachter, die jeden Monat überprüfen, wie ›menschlich‹ wir sind.« Grinsend sah ich ihn an. Der Fahrer beobachtete uns und hörte jedes Wort mit, aber das war mir egal. »Sechzehn Jahre, und endlich fängt unser Leben an. Endlich sind wir frei.«

17

Mein Zwillingsbruder lachte leise in sich hinein. »So weit würde ich nicht gehen«, murmelte er dann und zupfte neckend an meinen kurzen roten Haaren. »Denk dran, wir sind hier, um uns anzupassen, die Menschen zu studieren und uns in ihre Gemeinschaft einzufügen. Das alles ist nur eine weitere Trainingsphase. Vergiss nicht, am Ende des Sommers beginnt unser Abschlussjahr an der Highschool. Und was noch wichtiger ist: Unsere wahren Ausbilder werden kommen und entscheiden, wo unser Platz in der Organisation ist. Das hier ist höchstens eine kleine Verschnaufpause, also genieße sie, solange sie anhält.«

Ich verzog das Gesicht. »Nichts anderes habe ich vor.«

Und wie ich das genießen würde; er hatte ja keine Ahnung. Ich hatte die ganzen Regeln so satt, die Isolation, dabei zusehen zu müssen, wie die Welt sich ohne mich drehte. Hatte die Schnauze voll von Talon mit seinen ewigen Vorschriften, Gesetzen und Einschränkungen. Aber das war jetzt vorbei. Dieser Sommer gehörte allein mir, und ich hatte große Pläne, wollte jede Menge Dinge tun, bevor wir wieder ins System zurückgepresst wurden. In diesem Sommer würde ich endlich leben.

Falls ich jemals aus diesem dämlichen Auto herauskam.

Da öffnete sich die Beifahrertür, und Mr. Ramsey signalisierte uns, mit ihm zu kommen. Doch statt einfach die Kindersicherung zu deaktivieren, stieg der Fahrer aus und öffnete uns persönlich die Türen. Und natürlich ließ er Dante zuerst aussteigen, sodass ich kurz überlegte, ob ich nicht einfach über die Sitzbank rutschen und hinter ihm hinausschlüpfen sollte. Ungeduldig wartete ich, bis der

Fahrer sich auf meine Seite des Wagens bequemte und mich *endlich* hinausließ.

Sobald meine Füße den Boden berührten, streckte ich beide Arme über den Kopf und gähnte ausgiebig. Dabei sog ich die in der Sonne flirrende Luft in meine Lunge und ließ ihre Wärme über meine Haut gleiten. Schon jetzt gefiel mir der Geruch, der hier in der Luft hing: Meer und Sand, Brandung und heißer Teer, untermalt vom Geräusch der Wellen, die sanft an den Strand rauschten. Kurz überlegte ich, was Mr. Ramsey und meine zukünftigen Betreuer wohl sagen würden, wenn ich sie einfach stehen ließ und mich ohne einen Blick zurück an den Strand verzog.

»Ember! Dante!« Mr. Ramsey stand bereits unter dem Rundbogen und winkte uns zu sich heran. Seufzend drehte ich mich Richtung Kofferraum, um meine Taschen zu holen, aber der Fahrer hielt mich zurück.

»Ich kümmere mich um das Gepäck, Miss Ember«, sagte er ernst. »Gehen Sie ruhig schon vor zum Haus.«

»Sind Sie sicher? Ich kann meins auch selbst tragen.« Als ich einen Schritt auf ihn zutrat und die Hand ausstreckte, wich der Mann zurück und starrte angestrengt zu Boden. Mit einem überraschten Blinzeln blieb ich stehen, denn erst jetzt fiel mir wieder ein, dass manche Menschen innerhalb der Organisation – nämlich jene, die unser wahres Wesen kannten – sich vor uns fürchteten. Das hatten uns unsere Lehrer erklärt. Auch wenn wir uns zivilisiert gaben, uns perfekt der menschlichen Gesellschaft angepasst hatten, waren wir doch noch Raubtiere und nahmen einen höheren Platz in der Nahrungskette ein – was diese Menschen genau wussten.

»Komm schon, Schwesterchen«, rief Dante, als ich sorgfältig einen Schritt zurücktrat. Er stand am Rand des Vorgartens und hatte die Hände in die Hosentaschen geschoben. Die Sonne ließ sein rotes Haar leuchten. Schon jetzt schien er sich hier wie zu Hause zu fühlen. »Je schneller wir die Vorstellungsrunde hinter uns bringen, desto eher können wir tun, was wir wollen.«

Klang super. Also nickte ich knapp und ging brav mit ihm zu Mr. Ramsey, der uns in ein hübsches, helles Wohnzimmer scheuchte. Durch das Erkerfenster an der einen Seite sah ich einen windschiefen Lattenzaun und dahinter den Strand mit einem langen Holzsteg und dem verlockenden Ozean. Zwei Menschen warteten bereits vor einem grünen Ledersofa auf uns.

»Ember, Dante«, Mr. Ramsey deutete mit dem Kopf auf das Paar, »das sind eure Tante Sarah und euer Onkel Liam. Sie werden sich bis auf Weiteres um euch kümmern.«

»Freut mich, euch kennen zu lernen«, sagte Dante, wie immer höflich, während ich mich im Hintergrund hielt und unsere neuen Betreuer erst mal neugierig musterte. Abgesehen von einigen Details sahen für mich alle Menschen gleich aus. Aber unsere Lehrer hatten uns klargemacht, wie wichtig es war, die Unterschiede zu sehen und das einzelne Individuum zu erkennen, also konzentrierte ich mich nun genau darauf. »Onkel« Liam war schlaksig und wettergegerbt, er hatte rotbraune Haare und einen sauber gestutzten Bart, in dem sich die ersten weißen Haare zeigten. Sein Gesicht wirkte streng, und ohne zu lächeln, ließ er seine sumpffarbenen Augen über uns gleiten, bevor er uns mit einem knappen Nicken begrüßte. »Tante« Sarah hingegen war füllig und sah wesentlich fröhlicher aus, auch wenn ihre braunen Haare zu einem festen Knoten aufgesteckt waren und sie uns mit raubvogelhafter Intensität musterte.

»Nun gut.« Mr. Ramsey schob sich das Tablet unter den Arm. »Meine Arbeit hier ist getan. Ich werde Murray anweisen, dass er das Gepäck auf eure Zimmer bringt. Mr. O'Connor, Sie wissen ja, wen Sie im Notfall zu kontaktieren haben. Ember, Dante …« Er nickte uns kurz zu und fixierte mich dann streng. »Gehorcht euren Betreuern und vernachlässigt das Training nicht. Eure Gutachter werden in drei Monaten nach euch sehen.«

Und damit marschierte er aus dem Zimmer, durch die Haustür und war weg. Ohne ein Wort des Abschieds, was wir aber nicht anders erwartet hatten. Sentimentalitäten wurden bei unseresgleichen nicht besonders groß geschrieben.

»Ember und Dante Hill, willkommen in eurem neuen Zuhause«, begann Onkel Liam. Es klang, als hätte er diese Ansprache schon oft gehalten. Was wahrscheinlich auch der Fall war. »Eure Ausbilder haben euch sicherlich bereits mit den Regeln vertraut gemacht, trotzdem möchte ich sie euch noch einmal ins Gedächtnis rufen, nur für den Fall, dass ihr etwas vergessen habt: Während eures Aufenthaltes sind Sarah und ich eure Betreuer, was bedeutet, dass wir die Verantwortung für euch tragen. Die Mahlzeiten finden um acht Uhr morgens, zwölf Uhr mittags und halb sieben Uhr abends statt. Ihr müsst nicht zwingend zum Essen zu Hause sein, dann müsst ihr uns aber informieren, damit wir wissen, wo ihr euch aufhaltet. Die Telefonnummern solltet ihr bereits auswendig kennen, das zählt also nicht als Ausrede. Talon hat euch ein Auto zur Verfügung gestellt, und wenn ich es richtig verstanden habe, besitzt ihr beide einen Führerschein. Bevor ihr den Wagen nehmt, müsst ihr allerdings unsere Erlaubnis einholen. Sperrstunde ist um Mitternacht, pünktlich und ohne Ausnahme. Bleibt also noch die wichtigste Regel von allen.« Er kniff die grünlich grauen Augen zusammen. »Ihr dürft unter gar keinen Umständen eure wahre Gestalt annehmen. Und genauso wenig dürft ihr hier fliegen, das gilt ausnahmslos. Bei der hohen Bevölkerungsdichte, der vielen Technologie und all den versteckten Gefahren ist das Risiko einer Entdeckung viel zu hoch. Eure alte Schule befand sich auf einem Gelände von Talon, und dort wurde auch der Luftraum überwacht, sodass im Falle einer Verwandlung das Risiko nur minimal war. Hier ist das nicht der Fall. Ohne einen direkten Befehl von Talon sind die Verwandlung und das Fliegen strengstens und hundertprozentig verboten. Habt ihr das verstanden?«

Obwohl mir beim Gedanken daran ganz schlecht wurde, rang ich mir ein kurzes Nicken ab. Sie erwarteten also tatsächlich von mir, dass ich nie wieder flog? Da konnten sie mir ja gleich die Flügel ausreißen.

»Falls ihr gegen diese Regeln verstoßt«, fuhr Liam fort, »oder falls wir zu dem Schluss gelangen, dass ihr euch nicht in die menschliche Gesellschaft eingliedern lasst, wird Talon umgehend informiert. Dann werdet ihr neu bewertet, um festzustellen, ob Umerziehungsmaßnahmen nötig sind. Abgesehen davon könnt ihr kommen und gehen, wie es euch gefällt. Habt ihr noch irgendwelche Fragen?«

Ich schon. Vielleicht war ich gezwungen, meine gesamte Zeit auf der Erde zu verbringen, aber das hieß ja nicht automatisch, dass ich genau hier bleiben musste. »Der Strand«, platzte ich heraus, was Liam mit einer hochgezogenen Augenbraue quittierte. »Können wir da jederzeit hin?«

Sarah lachte leise. »Es ist ein öffentlicher Strand, Ember. Solange du zur Sperrstunde zu Hause bist, kannst du so viel Zeit am Strand verbringen, wie du willst. Da kannst du sogar gut mit Einheimischen in Kontakt kommen, dort gehen viele Jugendliche in eurem Alter hin.« Sie wandte sich ab und winkte mit einer rundlichen Hand. »Aber erst mal zeige ich euch eure Zimmer, damit ihr auspacken könnt.«

Die reinste Musik in meinen Ohren.

Mein Zimmer lag im Obergeschoss, war lichtdurchflutet und luftig, mit orange getünchten Wänden und großen Fenstern. Von hier aus hatte ich einen fantastischen Blick auf den Ozean – als hätte ich noch weitere Ermutigung gebraucht. Sobald Sarah weg war, kramte ich einen grünen Bikini und eine abgeschnittene Jeans aus meinem Koffer hervor. Die restlichen Klamotten blieben vorerst unausgepackt. Talon hatte uns komplett für das sonnige Kalifornien ausgestattet, ich konnte also aus einem Haufen Kombinationen, Shorts und Sandalen auswählen. Offenbar meinten sie das mit der Anpassung wirklich ernst.

Doch als Erstes holte ich vorsichtig mein Schmuckkästchen aus seinem Versteck zwischen den Shirts und stellte es auf meine neue Kommode. Neben Klamotten hatte Talon uns auch mit allem anderen versorgt – wie etwa Snacks und Unterhaltungsprogramm –, aber in dieser kleinen Holzschachtel, die wie eine alte Truhe geformt war, bewahrte ich meine persönlichen Sachen auf. Ich zog den verborgenen Schlüssel hervor, drehte ihn im Schloss und hob sanft den Deckel an. Die Sonne ließ den kleinen, von mir zusammengetragenen Schatz funkeln: einige Ohrringe, eine Goldkette und diverse alte Münzen, die ich im Laufe der Jahre gesammelt hatte. Ich griff nach einem Stück Quarz, das ich einmal in der Wüste gefunden hatte, legte es auf meine Handfläche und hielt es ins Licht. Hey, ich konnte eben nicht anders. Glitzernde Dinge gefielen mir einfach, das lag mir im Blut.

Nachdem ich den Kristall zurückgelegt hatte, verschloss ich das Kästchen wieder und warf einen prüfenden Blick in den Spiegel über der Kommode. Ein kleines Menschenmädchen mit fransigen Haaren starrte mich an. Nach einer gefühlten Ewigkeit hatte ich mich inzwischen an dieses Gesicht gewöhnt. Die Zeiten, in denen der Mensch im Spiegel mir wie eine Fremde vorgekommen war, lagen lange zurück.

Entschlossen wandte ich mich ab, ging zur Tür und riss sie auf. Dabei rannte ich direkt in Dantes Arme.

»Uff«, grunzte er und wich zurück, während ich versuchte, nicht das Gleichgewicht zu verlieren. Er hatte sich ebenfalls umgezogen und trug jetzt Shorts und ein ärmelloses Shirt. Seine roten Haare waren zerzaust, als wäre der Wind hindurchgefahren. Mit kläglichem Blick hielt er sich am Treppengeländer fest und rieb sich die Brust. »Aua. Eigentlich wollte ich dich ja fragen, ob du Lust hast, den Strand zu erkunden, aber offenbar warst du schneller als ich.«

24

Ich grinste ihn herausfordernd an, so wie ich es immer in der Schule getan hatte, wenn wir in irgendeinem Wettkampf gegeneinander angetreten waren. »Wer als Erster am Wasser ist.«

Er verdrehte genervt die Augen. »Komm schon, Schwesterlein. Das Training ist vor…« Aber ich war bereits an ihm vorbei zur Treppe gestürmt. Hastige Schritte hinter mir verrieten mir, dass er versuchte, mich einzuholen.

Raus aus dem Haus, die Verandatreppe hinunter, über den Zaun und dann im Sprint Richtung Meer. Ich liebte es zu rennen, oder eigentlich alles, was mit Geschwindigkeit und Bewegung zu tun hatte. Zu spüren, wie meine Muskeln arbeiteten und mir der Wind ins Gesicht schlug. Das erinnerte mich ans Fliegen, und auch wenn nichts mit dem Gefühl mithalten konnte, durch die Wolken zu segeln, kam der Sieg über meinen Bruder bei einem Rennen – oder bei sonst etwas – der Sache schon ziemlich nahe.

Dummerweise waren Dante und ich ungefähr gleich schnell, und so erreichten wir das Wasser fast im selben Moment. Endlich tauchten meine Füße in das türkise Nass, und ich stieß einen atemlosen Freudenschrei aus. Im nächsten Moment kam wie aus dem Nichts eine Welle, packte mich, füllte meinen Mund mit salzigem Wasser und riss mich von den Beinen.

Dante watete heran und wollte mich hochziehen, lachte dabei aber so heftig, dass er selbst fast umfiel. Also packte ich seine Hand und riss ihn zu mir nach unten, während die nächste Welle uns überrollte.

Prustend richtete Dante sich auf, schüttelte das Wasser aus seinen Haaren und wrang sein Shirt aus. Als sich das

Wasser zurückzog, kam ich unsicher auf die Beine und versuchte, den Sog an meinen Knöcheln auszugleichen. »Weißt du …« Mein Zwillingsbruder schenkte mir ein leicht genervtes, schiefes Lächeln. »… eigentlich zieht man die Straßenkleidung aus, bevor man sich kopfüber in den Ozean stürzt. Zumindest machen normale Leute das so.«

Mit einem frechen Grinsen erwiderte ich: »Und? Das ist doch die perfekte Ausrede, um dein Shirt loszuwerden und allen das überaus männliche Sixpack zu zeigen, das du dir schon das ganze Jahr lang antrainierst.«

»Ha, ha. Hey, pass auf, ein Hai.«

Mit ausgestrecktem Finger zeigte er hinter mir auf das Wasser. Als ich mich umdrehte, schubste er mich in die nächste Welle hinein. Kreischend rappelte ich mich auf und stürmte hinter ihm her, als er den Strand hinunterrannte. Das schäumende Wasser umspielte meine Füße.

Wenig später waren wir beide klatschnass, uns war heiß, und überall klebte Sand. Außerdem hatten wir ein ziemliches Stück Strand hinter uns gebracht, vorbei an Sonnenanbetern und Familien, obwohl ich eigentlich gedacht hatte, es müsste hier voller sein. Ein Stück weiter draußen entdeckte ich Surfer auf bunten Brettern, die zwischen Wellen herumglitten, die um einiges größer als die am Strand waren. Wieder fragte ich mich, wie das Surfen wohl war, ob es irgendeine Ähnlichkeit mit Fliegen hatte. Das herauszufinden stand ziemlich weit oben auf meiner Prioritätenliste.

Vor uns am Strand war ein Volleyballnetz aufgespannt, und einige Teenager schlugen einen Ball hin und her. Insgesamt waren es sechs, vier Jungs und zwei Mädchen, alle in

Shorts oder Bikinis. Alle waren so braun, als würden sie ihr gesamtes Leben in der Sonne verbringen, die Mädchen hübsch und schlank, die Jungs präsentierten nackte, muskulöse Oberkörper. Ganz in der Nähe lagen zwei schmale, gelbe Boards; zumindest einige von ihnen mussten Surfer sein. Neugierig blieb ich stehen, um sie aus sicherer Entfernung zu beobachten, aber prompt stieß Dante mich an und deutete mit dem Kopf auf die Gruppe.

»Komm schon«, murmelte er und setzte sich in Bewegung. Stirnrunzelnd stapfte ich hinterher.

»Äh … was machen wir hier?«

Er drehte sich kurz um und zwinkerte mir zu. »Uns anpassen.«

»Was, jetzt?« Ich schaute zu den Menschen hinüber, dann wieder zu meinem Bruder. »Ich meine, wir gehen einfach zu einem Haufen Sterblicher hin und reden mit ihnen? Was willst du denen denn sagen?«

»›Hi‹ wäre für den Anfang nicht schlecht, dachte ich.«

Etwas beklommen schlich ich hinter ihm her. Als wir uns dem Netz näherten, sprang gerade einer der Jungs in die Höhe – er hatte dunkle Haare mit gebleichten Spitzen – und katapultierte den Ball zu einem Mädchen auf der anderen Seite. Sofort hechtete sie in den Sand, um ihn abzufangen, und schleuderte die weiße Kugel dadurch in unsere Richtung.

Dante fing den Ball auf. Das Spiel kam zum Erliegen, als die Gruppe sich geschlossen zu uns umdrehte.

Mein Bruder lächelte. »Hi«, begrüßte er sie und warf einem der Mädchen den Ball zu. Mir entging nicht, dass sie ihn fast nicht gefangen hätte, weil sie zu sehr damit beschäftigt war, Dante anzustarren. »Braucht ihr vielleicht noch Verstärkung?«

Die Jugendlichen zögerten. Beide Mädchen hatten nur Augen für Dante, und ich musste mir ein abfälliges Schnauben verkneifen. Nach menschlichen Maßstäben war mein Bruder äußerst charmant und gut aussehend, und das wusste er auch. Das war kein Zufall. Bei der Auswahl der Gestalt, die wir den Rest unseres Lebens anlegten, wurde jeder von Talon nach den höchsten Maßstäben menschlichen Schönheitsempfindens geformt. Innerhalb der Organisation gab es keine hässlichen »Menschen«, und das aus gutem Grund. Menschen reagierten auf Schönheit, Reichtum, Macht und Charisma. Dadurch waren sie leichter zu steuern, einfacher zu kontrollieren, und Dante hatte eine natürliche Begabung dafür, immer genau das zu bekommen, was er wollte. Oje, das hier würde ihm bestimmt zu Kopf steigen. Der sowieso schon aufgeblasen genug war. Aber immerhin drei der Jungs starrten mich an.

Einer von ihnen, groß, braun gebrannt, mit halblangen blonden Haaren, zuckte schließlich mit den Schultern und sagte: »Klar doch, Mann.« Völlig unverkrampft fuhr er fort: »Je mehr, desto besser. Sucht euch eine Mannschaft aus.« Dabei grinste er mich kurz an, als hoffte er, dass ich auf seine Seite des Netzes kommen würde. Nach kurzem Zögern erfüllte ich ihm den Wunsch. *Beobachten, assimilieren, einfügen.* Deshalb waren wir doch hier, oder nicht?

Das andere Mädchen in meiner Mannschaft, das gerade den Ball gespielt hatte, lächelte freundlich, als ich mich neben sie ans Netz stellte. »Hi.« Sie strich sich die langen braunen Haare aus dem Gesicht. »Ihr seid neu hier, oder? Macht ihr hier Urlaub?«

Ich starrte sie an, und für einen Moment war mein Gehirn wie leer gefegt. Was sollte ich sagen? Was sollte ich tun? Zählte man Lehrer und Betreuer nicht mit, war sie der erste Mensch, der je mit mir gesprochen hatte. Ich war nicht wie mein Bruder, der sich unter Leuten immer wohlfühlte und in jeder Situation wusste, wie man zu reagieren hatte. Während ich das Menschenmädchen musterte, hatte ich plötzlich das Gefühl, in eine Falle getappt zu sein. Was würde wohl passieren, wenn ich mich einfach umdrehte und nach Hause rannte?

Aber das Mädchen lachte nicht, verspottete mich nicht, sah mich nicht einmal schief an. »Schon klar«, meinte sie, während irgendjemand Dante den Ball zuwarf und ihn damit aufforderte, das Spiel wieder zu eröffnen. »Du kennst mich ja gar nicht. Ich bin Lexi. Und das da ist mein Bruder Calvin.« Mit dem Kopf deutete sie auf den großen blonden Jungen, der mich angelächelt hatte. »Und das sind Tyler, Kristin, Jake und Neil. Wir wohnen alle hier«, erklärte Lexi weiter. Inzwischen stapfte Dante zu einer einsamen Sandale, die mehrere Meter hinter dem Netz den Spielfeldrand markierte. »Bis auf Kristin.« Kurz zeigte sie auf das Mädchen in der anderen Mannschaft: blond, braun gebrannt, hübsch wie ein Model. »Aber ihre Familie hat hier ein Strandhaus, und sie kommen jeden Sommer her. Wir anderen sind schon ewig hier.« Dante bereitete sich auf den Aufschlag vor, doch sie warf mir noch einen kurzen Blick zu. »Und wo kommt ihr beide her? Habt ihr eigentlich schon mal Volleyball gespielt?«

Ich versuchte, dem endlosen Silbenstrom zu folgen und mir gleichzeitig eine Antwort zu überlegen, doch da schleuderte Dante den Ball in die Höhe, sprang elegant hinterher und klatschte ihn mit einem satten Geräusch über das Netz und über meinen Kopf hinweg. Er wurde gekonnt an den blonden Jungen weitergereicht, der ihn mit den Fingerspitzen annahm und offenbar erwartete, dass ich ihn über das Netz ins gegnerische Feld donnerte. Nein, ich hatte noch nie Volleyball gespielt, bisher kannte ich es nur aus dem Fernsehen. Zum Glück hatte unseresgleichen eine natürliche Begabung für jede Art von Sport, und so wusste ich instinktiv, was zu tun war. Ich sprang hoch und katapultierte den Ball direkt auf Mr. Blondspitze zu. Wie ein Geschoss flog der Ball auf ihn zu, während er hektisch versuchte, ihn anzunehmen. Doch der Ball prallte von seiner Hand ab, fiel in den Sand und rollte munter Richtung Wasser. Fluchend lief der Junge ihm hinterher, während meine Mannschaft laut jubelte.

»Nicht schlecht!«, stellte Lexi grinsend fest, während sie Blondspitze dabei zusah, wie er den flüchtigen Ball einsammelte und zu uns zurücklief. »Damit wäre meine Frage wohl beantwortet. Wie heißt du noch gleich?«

Der Knoten in meinem Bauch löste sich auf, und ich erwiderte ihr Lächeln. »Ember«, antwortete ich. Auch Calvin nickte mir anerkennend zu und grinste. »Und das ist mein Bruder Dante. Wir bleiben den ganzen Sommer.«

Wir spielten weiter, bis die Sonne im Meer versank und den Himmel in leuchtende Orange- und Rosatöne tauchte. Zwischendurch musste Dante sich ein Handy leihen und Onkel

Liam anrufen, weil wir bei unserer wilden Jagd zum Strand beide unsere Telefone vergessen hatten. Als es langsam dunkel wurde und die Gruppe begann, sich aufzulösen, luden Lexi und Calvin mich und Dante noch in die Burgerbude oben an der Straße ein. Begeistert sagten wir zu.

Und so saß ich kurz darauf neben Lexi, verschlang fettige Pommes und nippte immer wieder verblüfft an meinem Mangosmoothie – eine vollkommen neue Erfahrung für mich (und für meinen Magen, allerdings kam der Verdauungstrakt von unseresgleichen mit so ziemlich allem klar). *Das* waren also normale Teenager, und *so* sollte ein Sommer aussehen: Sand, Sonne, Volleyball und Fast Food. Keine Ausbilder, keine Gutachter mit kalten Händen und noch kälteren Augen, die einen auf Schritt und Tritt verfolgten. Die beiden Surfbretter, die mir zu Beginn aufgefallen waren, lagen jetzt auf dem Nebentisch; sie gehörten tatsächlich Lexi und Calvin, die mir bereits angeboten hatten, mir das Surfen beizubringen. O ja, mein erster Tag als Mensch lief wie geschmiert.

Und dann, mitten auf der Außenterrasse, hinter der die Sonne im Meer versank, während am Himmel die ersten Sterne aufblitzten, spürte ich plötzlich ein seltsames Prickeln im Nacken. Genau so fühlte es sich auch an, wenn ich von einem Gutachter geprüft wurde, irgendwie seltsam und beunruhigend. Und dieses Gefühl bekam ich nur, wenn ich beobachtet wurde.

Ich drehte mich um und suchte den Parkplatz ab, konnte aber nichts Außergewöhnliches entdecken. Zwei Mädchen schlenderten mit Getränkebechern in der Hand zu ihrem Camaro. Eine Familie mit zwei Kleinkindern war auf dem Weg zum Restaurant. Keiner schaute in meine Richtung. Trotzdem wollte das Kribbeln im Nacken einfach nicht verschwinden.

Und dann fuhr ein Drache auf einem Motorrad vor.

Natürlich nicht in seiner wahren Gestalt. Die Kunst der Verwandlung – also eine menschliche Form anzunehmen – war inzwischen so weit verbreitet, dass jeder Drache sie beherrschte. Und wer es nicht konnte, bekam eiligst einen Crashkurs verpasst oder wurde vom Orden des Heiligen Georg erlegt, jenem grauenvollen Drachenschlächterkult, dessen einziges Ziel unsere Vernichtung war. Indem wir uns in Menschen verwandelten, konnten wir uns am besten gegen diese hasserfüllten Drachenmörder und eine Welt voll ahnungsloser Menschen schützen. Wer in Reptiliengestalt herumlief, konnte genauso gut Selbstmord begehen.

Deshalb erschien der Drache, der nun gemächlich eine Runde über den Parkplatz drehte, als Mensch, und zwar nicht gerade als das schlechteste Exemplar dieser Spezies. Er war etwas älter als wir, groß und schlank, hatte lässig zerzauste schwarze Haare und trug eine Lederjacke. Oh, und hatte ich die breiten Schultern erwähnt? Er hielt an, blieb aber mit laufendem Motor auf der Maschine sitzen und starrte zu mir herüber. Dann verzogen sich seine vollen Lippen zu einem Grinsen. Selbst in seiner menschlichen Gestalt wirkte er irgendwie gefährlich. Es ging von seinen Augen aus, die so hellbraun waren, dass sie fast golden schienen. Mein Puls beschleunigte sich, ich errötete; die instinktive Reaktion auf einen Artgenossen, noch dazu einen Fremden.

Als Lexi bemerkte, dass ich zum Parkplatz hinüberstarrte, folgte sie meinem Blick. »Oh.« Sie seufzte verträumt. »UBB ist zurück.«

»Wer?«, flüsterte ich. Vielleicht hatte Talon ihn ja hier eingeschleust. Immerhin war es höchst unwahrscheinlich, rein zufällig einem anderen Drachen zu begegnen. Aus Sicherheitsgründen schickte Talon niemals mehrere ihrer Schützlinge in dieselbe Stadt. Zu viele Drachen an einem Ort lenkten nur die Aufmerksamkeit des Sankt-Georgs-Ordens auf dieses Gebiet. Dante und ich waren nur aus einem einzigen Grund gemeinsam hergeschickt worden, und zwar weil wir Geschwister waren, was innerhalb der Organisation als extrem außergewöhnlich galt.

»Der Umwerfende Biker Boy«, erklärte Lexi, während der fremde Drache mich weiter anstarrte, fast so als wolle er mich herausfordern. »Niemand weiß, wer er ist. Vor ein paar Wochen ist er zum ersten Mal aufgetaucht und erscheint seitdem immer wieder an den beliebten Treffpunkten. Dabei spricht er mit niemandem, sondern schaut sich immer nur gründlich um, so als würde er jemanden suchen, und verschwindet dann wieder.« Sie stieß mich unter dem Tisch mit dem Knie an, sodass ich heftig zusammenzuckte. Mit einem frechen Grinsen fügte sie hinzu: »Aber anscheinend hat er jetzt gefunden, wonach er gesucht hat.«

»Wie? Wer?« Ich riss mich vom Anblick des Fremden los, der plötzlich den Motor aufheulen ließ, vom Parkplatz rollte und genauso schnell wieder verschwand, wie er aufgetaucht war. »Was soll das heißen, er hat gefunden, wonach er gesucht hat?«

Lexi kicherte nur, als ich über den Tisch voller Burger-

33

verpackungen zu Dante hinübersah. Bei seinem Anblick wurde mir ganz anders. Mit gefährlich kalter Miene starrte mein Zwilling auf die Stelle, an der noch wenige Sekunden zuvor der andere Drache geparkt hatte. Seine Pupillen verengten sich zu schmalen Schlitzen, die sich sehr unmenschlich und dafür umso reptilienhafter von der grünen Iris abhoben.

Hastig trat ich ihn unter dem Tisch vors Schienbein. Er blinzelte, und sofort wurden seine Augen wieder normal. Der Klumpen in meinem Magen löste sich auf. *Mann, Dante. Was sollte das denn?*

»Wir müssen gehen«, verkündete er abrupt und stand auf. Lexi verzog enttäuscht das Gesicht, aber er blieb hart. »Es ist unser erster Tag hier, und unsere Verwandten werden sich Sorgen machen, wenn wir nicht bald zu Hause sind. Wir sehen uns ja bestimmt noch, oder?«

»Alles cool, Mann«, winkte Calvin ab. »Wir leben quasi hier am Strand. Wie wäre es morgen Nachmittag, Ember? Die Wellen sollen monströs werden.«

Ich sagte hastig zu und hetzte dann hinter meinem Bruder her.

»Hey«, raunte ich und verpasste ihm einen Schlag auf den Arm, als ich ihn eingeholt hatte. »Was ist los mit dir? Du hättest dich fast in eine Psychoechse verwandelt, und das direkt vor zwei Normalos. Was soll der Scheiß?«

Ein schuldbewusster Seitenblick. »Ich weiß, tut mir leid. Es ist nur …« Er fuhr sich so heftig mit der Hand durch die Haare, dass die salzverkrusteten Strähnen steil in die Höhe ragten. »Weißt du, was das da gerade auf dem Parkplatz war?«

»Du meinst den anderen Drachen? Ja, ist mir irgendwie aufgefallen.«

»Ember.« Dante blieb stehen und sah mich an – grimmig und gleichzeitig zutiefst beunruhigt. Was wiederum mir eine Heidenangst einjagte. Dante war immer der Ruhige und Gelassene von uns beiden. »Das war niemand von Talon«, erklärte er ernst. »Das war ein Einzelgänger. Da würde ich Gift drauf nehmen.«

In mir verkrampfte sich alles.

Ein Einzelgänger.

Der Fremde war also ein Drache, der sich aus völlig unverständlichen Gründen von Talon abgewandt und sämtliche Brücken hinter sich abgebrochen hatte, einfach abgehauen war. In den Augen der Organisation gab es kein schlimmeres Verbrechen. Einzelgänger wurden sofort zu Verrätern und Kriminellen erklärt, man bot ihnen nur eine einzige Chance, sich zu stellen. Lehnten sie die ab, wurden die berüchtigten Vipern ausgesandt, um sie einzufangen und der Bestrafung zuzuführen, die ihnen nach ihrem Verrat drohte.

In Crescent Beach trieb sich also ein Einzelgänger herum. Und starrte mich an. Als hätte er genau gewusst, dass ich hier war.

»Was sollen wir jetzt machen?«, fragte ich. »Was meinst du, wie lange er schon von Talon weg ist?«

»Wahrscheinlich nicht sehr lange«, murmelte Dante und musterte die letzten Menschen am Strand mit einer Intensität, die ich noch nie an ihm bemerkt hatte. »Ich kann mir nicht vorstellen, dass er lange hierbleibt. Sag Liam und Sarah nichts davon, wenn wir heimkommen, okay, Ember?«

Verwirrt runzelte ich die Stirn. »Warum denn nicht?«

»Weil sie sofort Talon informieren würden«, erklärte er. Wieder verkrampfte sich mein Magen. »Und wenn die Organisation glaubt, dass sich hier ein Einzelgänger herumtreibt, beruft sie uns vielleicht wieder ab.« Als er meinen entsetzten Blick bemerkte, legte er mir beruhigend eine Hand auf den Unterarm und fuhr lächelnd fort: »Ist schon gut, lass mich das regeln. Ich werde mich um alles kümmern.«

Ich glaubte ihm. Dante konnte jedes Problem lösen. Eigentlich hätte ich erleichtert sein müssen.

Aber mir gingen die Augen dieses fremden Drachen nicht aus dem Kopf, seine Miene, als er mich angestarrt hatte, und wie mein Blut angefangen hatte zu kochen, als ich ihn sah. Sein Blick war so durchdringend gewesen, dass er etwas Wildes und Ursprüngliches in mir geweckt hatte.

Dieser Einzelgänger bedeutete nichts als Ärger. So einfach war das.

Und ich fand das unglaublich faszinierend.

Der nächste Tag begann einfach perfekt: Wohl zum ersten Mal in meinem Leben schlief ich so lange ich wollte, und als ich kurz vor Mittag aufstand, war Dante bereits an den Strand gegangen. Ich spürte ihn bei unseren neuen Freunden auf, und den Nachmittag über redeten wir, schwammen, spielten Volleyball und gönnten uns noch mehr Fast Food aus der Smoothie Hut. Diesmal war es schon leichter, sich unter die Leute zu mischen, sich anzupassen und zu einem Teil der Gruppe zu werden, auch wenn diese Menschen einige seltsame Verhaltensweisen an den Tag legten.

Sie berührten sich zum Beispiel ständig. Besonders Lexi war sehr körperbetont, und als sie mich das erste Mal am Arm packte, wäre ich fast fauchend zurückgewichen. Sie und Kristin kicherten auch unglaublich viel und konnten sich Ewigkeiten über Themen unterhalten, die mir völlig fremd waren: Klamotten, Schuhe, Shopping und Jungs. Vor allem Jungs. Schon verblüffend, wie besessen sie von anderen Menschen sein konnten. Das mit den Klamotten verstand ich gerade noch, und Schuhe schienen das menschliche Äquivalent zu Schätzen und Glitzerkram zu sein. Vielleicht horteten sie ja Stiefel wie wir Edelsteine. Solche Sachen konnte ich nachvollziehen. Aber jedes Mal, wenn Lexi sich an meinen Arm klammerte und willkürlich auf irgendeinen Menschen am Strand zeigte, musste ich nicken und ihr zustimmen, dass er »umwerfend« sei, auch wenn ich nicht begriff, was an ihm so attraktiv sein sollte.

Gegen Abend hatte ich dann jedoch die Aufs und Abs menschlicher Konversation so weit verinnerlicht, dass ich mich etwas sicherer fühlte. Auf meine drängende Nachfrage hin versicherte Lexi mir auch, dass sie mir gerne das Surfen beibringen würde, und versprach, mir eine »geheime Stelle« weiter unten am Strand zu zeigen, wo nie jemand war und wo es immer gute Wellen gab. Als die Sonne immer tiefer Richtung Horizont sank, kehrten wir an den Strand zurück, wo Calvin eine flache Grube aushob, sie mit Treibholz füllte und ein Feuer anzündete. Wie gebannt vergrub ich die Zehen im abkühlenden Sand und starrte in die Flammen. Neben mir hielt Lexi einen fröhlichen Monolog, während einer der Jungs seine Gitarre hervorholte und gekonnt anfing zu spielen. Wunderschön und prachtvoll glitt das Feuer über das knackende Holz, drang mir unter die Haut und wärmte mein Gesicht. O ja, das Leben war wundervoll. In diesem Augenblick war es absolut perfekt.

Dann störte das schrille Piepen meines Handys die Ruhe.

Kaum hatte ich es aus der Tasche geholt, meldete sich auch Dantes Telefon. Wir tauschten einen fragenden Blick, bevor wir nachschauten. Eine SMS von Liam und Sarah, und als ich den Text las, war es vorbei mit der Entspannung.

KOMMT NACH HAUSE, lautete die knappe Nachricht. SOFORT.

Dante sprang auf und klopfte sich den Sand ab. »Wir müssen los«, erklärte er der Gruppe, die laut protestierte. Grinsend zuckte mein Bruder mit den Schultern. »Sorry, aber die Familie ruft. Ember, hoch mit dir.«

Ich rührte mich nicht vom Fleck. Noch war nicht Sperrstunde. Liam und Sarah hatten gesagt, wir könnten überall hingehen, solange wir ihnen Bescheid sagten. Und sie waren nur Menschen. Was konnten sie denn schon groß machen? Hierherkommen und uns am Ohr nach Hause schleifen? »Ich bin noch nicht so weit«, erwiderte ich, woraufhin er überrascht die Augen aufriss. »Geh du schon vor, ich komme später nach.«

Seine Überraschung verflog, und er warf mir einen gefährlichen Blick zu. Auch ohne Worte wusste ich, was er mir sagen wollte. Wir kannten einander so gut, dass ich ihn fast in meinen Gedanken hören konnte.

Wir müssen gehen, drängte sein Blick. *Wir müssen unse-*

ren Betreuern gehorchen, weil sie von Talon eingesetzt sind. Mach uns das hier nicht kaputt.

Aber ich konnte auch finster starren. *Ich will noch bleiben. So langsam habe ich das hier mit den Menschen raus.*

Seine grünen Augen wurden noch schmaler. *Deinetwegen werden wir Ärger bekommen.*

Geh doch. Achselzuckend ließ ich mich auf die Ellbogen zurücksinken, um meine Absicht deutlich zu machen. *Ich bleibe, wo ich bin.*

Dieser wortlose Austausch dauerte nicht länger als einen Herzschlag. Aber plötzlich entspannte sich Dantes Miene, und mit flehendem Blick hauchte er: *Bitte.*

Kraftlos sackte ich in mich zusammen. Mit einem wütenden Bruder konnte ich umgehen, aber ein ängstlicher, bittender Dante schaffte mich immer. »Na schön«, murmelte ich, stand auf und klopfte mir den Hintern ab. »Dann gehen wir eben.« Aber ich verpasste meinem Zwilling noch ein finsteres, wortloses *Dafür bist du mir was schuldig*, woraufhin er breit grinste. Nach einem letzten, sehnsüchtigen Blick auf das wundervoll flackernde Feuer wandte ich mich von der Gruppe ab und stapfte hinter meinem Bruder her.

Tante Sarah und Onkel Liam erwarteten uns im Wohnzimmer, aber sie waren nicht allein.

Sobald wir durch die Tür traten, meldeten sich meine Urinstinkte lautstark zu Wort, reagierten fauchend und scheu auf die kalten, humorlosen Blicke, die mich musterten. Das waren Drachen; diese machtgeschwängerte Ausstrahlung war genauso unverwechselbar wie die Art, wie der Drache in meinem Inneren vor ihnen zurückschreckte und vor dem stärkeren Raubtier fliehen wollte. Talon war vielleicht eine perfekt durchstrukturierte, weltumspannende Organisation, aber auch wenn wir jetzt »zivilisiert« waren, ließen sich jahrhundertealte Überlebensinstinkte nicht so einfach abschalten. Und wenn ein Nestling zwei – selbst in Menschengestalt – gruseligen, voll ausgewachsenen Drachen gegenüberstand, war es nicht ganz leicht, ruhig zu bleiben, während sämtliche Instinkte befahlen, sich mit eingekniffenem Schwanz zu verkrümeln.

»Hallo, Schüler.« Nummer eins – grell leuchtende, fast neongrüne Augen – trat vor. Sie war definitiv die Unheimlichere von den beiden: eine große, elegante Frau im schwarzen Armani-Hosenanzug, die blonden Haare zu einem straffen Dutt eingedreht. Ihr männlicher Begleiter, der ebenfalls komplett in Armani gehüllt war, beobachtete uns mit vor dem Körper verschränkten Händen. Seine Haare waren dunkel und glatt zurückgekämmt, und seine Augen wirkten ebenfalls kalt. Aber diese Frau verströmte die reinste Gefahr, selbst wenn sie mich freundlich anlächelte. Ihre knapp zehn Zentimeter hohen Absätze klapperten laut auf den Fliesen, als sie auf mich zukam und mich musterte wie einen ungewöhnlichen Käfer, der gerade unter der Tür hindurchgekrochen war. »Es hat eine kleine Planänderung gegeben.«

Garret

Ich hockte im feuchten, stickigen Unterholz des brasilianischen Regenwalds, umschwirrt von unzähligen Insekten, und spürte, wie mir in der Kampfrüstung der Schweiß den Rücken hinunterlief. Neben mir kniete genauso regungslos ein zweiter Soldat in den Büschen. Er hielt sein M16 mit beiden Händen vor der Brust gepackt. Der Rest unserer insgesamt achtköpfigen Gruppe hatte sich lautlos und wachsam hinter uns verteilt.

Vor uns zog sich ein schmaler Kiesweg über eine erbärmliche, halb tote Wiese, der nach hundert Metern an den niedrigen Lehmmauern der in der Nachmittagshitze brütenden Hacienda endete. Rund um das Gelände patrouillierten Wachen mit AK-47 Sturmgewehren, die sie allerdings lässig über der Schulter trugen, da keiner von ihnen ahnte, dass sie beobachtet wurden.

Draußen hatte ich sechs von ihnen gezählt; drinnen gab es noch einmal doppelt so viele, dazu kam noch eine unbekannte Anzahl Dienstboten. Und natürlich unser Zielobjekt. Die Wachen und Diener waren unwichtig; mit Opfern auf beiden Seiten musste man immer rechnen. Oberste Priorität hatte für uns die Ausschaltung unseres Zielobjekts.

Mit gedämpfter Stimme sprach ich in das Headset an meiner Wange: »Bravo in Position.«

»Gut«, rauschte eine gedämpfte Stimme in meinem Ohr. »Alpha rückt vor, sobald die erste Granate zündet. Stellung halten, bis das Zielobjekt sich zeigt.«

»Verstanden.«

Der Soldat neben mir holte einmal tief Luft und stieß sie dann langsam wieder aus. Er war ein paar Jahre älter als ich, und eine Gesichtshälfte war fast vollständig von einer glänzenden Brandnarbe überzogen. Für ihn war das hier nicht das erste Gefecht, was für jeden in dieser Gruppe galt. Einige waren altgediente Veteranen, die schon mehr als einen erfolgreichen Abschuss zu verzeichnen hatten. Hier gab es keine Frischlinge, nicht bei dem, was uns bevorstand. Jeder wusste, was von ihm erwartet wurde, vom Sturmtrupp ganz vorne bis hin zu Tristans Scharfschützen hinter uns unter den Bäumen. Ich musterte mein Team mit einer leisen Mischung aus Resignation und Ergebenheit. Einige von uns würden heute fallen. Wenn man einem so mächtigen Feind gegenübertrat, war der Tod fast schon garantiert. Darauf waren wir vorbereitet. Jeder würde für den Orden sterben. Ohne den geringsten Zweifel.

»Haltet euch bereit«, befahl ich der Gruppe. »Dreißig Sekunden noch, Countdown läuft.«

Grimmiges, wortloses Nicken. Wir duckten uns zwischen die dichten Pflanzen, verschmolzen mit dem Dschungel ringsum. Im Kopf zählte ich rückwärts die Sekunden, ließ dabei aber die Mauern der Hacienda nicht aus den Augen.

Drei, dachte ich, als über uns ein leises Pfeifen ertönte, das nach und nach immer lauter wurde, bis es in unseren Ohren dröhnte. *Zwei … eins …*

Die Mörsergranate explodierte und überzog die Hacienda mit Rauch und Feuer. Dachsplitter flogen in alle Richtungen. Sofort eröffnete die Gruppe, die am Rand der Lichtung vor dem Haus wartete, das Feuer, und das Rattern der Maschinengewehre erfüllte die Luft. Aus dem Haus drangen alarmierte Schreie nach draußen, dann stürmten feindliche Soldaten auf den Hof, suchten Deckung und erwiderten das Feuer. Eine der Wachen schleuderte eine Granate über die Mauer, die einen kleinen Krater in das Erdreich riss.

Ich konnte spüren, wie sich die Soldaten hinter mir anspannten. *Noch nicht*, dachte ich, während einer der Männer aus Team Alpha zuckend auf dem Rasen zusammenbrach. *Position halten.*

Team Alpha bahnte sich mit kurzen, gezielten Feuerstößen langsam einen Weg Richtung Haus. Querschläger prallten von Bäumen und Mauern ab, Männer schrien, und das Dröhnen der Schüsse wurde vom Dach des Anwesens zurückgeworfen. Die Verstärkung kam ins Freie und stürzte sich ins Gefecht, aber das Zielobjekt tauchte nicht auf.

Komm schon, dachte ich und suchte die Mauern ab. Ein zweiter Alpha-Soldat fiel blutend ins Gras. Auf der freien Fläche vor dem Grundstück gab es kaum Deckung, während die feindlichen Wachleute hinter der halbhohen Mauer hockten und darüber hinwegfeuerten. Als der nächste Soldat fiel, kniff ich frustriert die Augen zusammen. *Komm schon, schluck den Köder. Wir wissen, dass du da drin bist. Wo steckst du?*

Team Alpha hatte die Wiese halb hinter sich gebracht, als das Dach explodierte.

Etwas Dunkles, Schuppiges und unfassbar Großes brach aus der Hacienda hervor und erhob sich in einem Regen aus Dachziegeln und zersplitterten Holzbalken in die Lüfte. Mein Herz machte einen Sprung, als ich zusah, wie das Monster über das Blätterdach segelte. Es war gigantisch, ein voll ausgewachsenes Exemplar, so groß wie ein Elefantenbulle und ungefähr drei Mal so lang. Aus dem schmalen Schädel ragten geschwungene Hörner hervor, und vom Hals bis zum langen, wild schlagenden Schwanz zog sich eine breite Reihe aus Stacheln. Die Sonne spiegelte sich auf den nachtschwarzen Schuppen, während die ledrigen Schwingen tiefe Schatten auf den Boden warfen. Der Drache schwebte kurz in der Luft und beobachtete die Schlacht, dann ging er zum Angriff über.

Mit gespreizten Flügeln landete er auf der Wiese und brüllte so laut, dass die Erde bebte. Dann schickte er den Soldaten eine Flammensäule entgegen. Schreiend und wild um sich schlagend brachen die Männer zusammen, als das höllische Drachenfeuer Rüstungen und Fleisch wie trockenes Holz zerfraß. Mit einem Sprung landete der Drache zwischen ihnen, riss mit seinen Klauen Löcher in die Reihen und zermalmte die Soldaten zwischen seinen Zähnen, bevor er sie achtlos fortschleuderte. Sein Schwanz holte eine ganze Gruppe, die sich von hinten näherte, von den Füßen und fegte sie weg wie einen Haufen Kegel.

Jetzt! Gemeinsam mit meinem Team sprang ich auf und eröffnete das Feuer auf das riesige Reptil. Die M16-Gewehre schossen Runde um Runde ab, wobei ich sorgfältig auf die Seite des Drachen zielte, knapp hinter dem Vorderbein, wo das Herz saß. Aus der dick gepanzerten Haut quoll Blut, und der Drache brüllte auf, als einige Schüsse die Schuppen durchdrangen, auch wenn das nicht ausreichte, um ihn zu töten. Kurz taumelte er, und sofort drängte ich grimmig vor, konzentrierte das Feuer auf seine Schwachstellen. Je schneller wir ihn töteten, desto weniger Schaden konnte er anrichten und desto weniger Leben konnte er auslöschen. Wir durften nicht zögern; jetzt hieß es entweder wir oder der Drache.

Direkt vor uns brach ein schwarzer Jeep durch die Büsche, auf dessen Dach ein Browning M2 Kaliber .50 montiert war. Auch dieses Maschinengewehr schloss sich dem Lärm an, während das Fahrzeug auf das gigantische Reptil zuraste. Nun in einem tödlichen Kreuzfeuer gefangen, brüllte der Drache wieder los. Schwerfällig machte er ein paar Sprünge, breitete die ledrigen Schwingen aus und erhob sich mit einem kräftigen Flügelschlag in die Luft.

»Zielt auf die Flügel!«, bellte der Commander in meinem Kopfhörer, obwohl ich bereits das Ziel gewechselt hatte und methodisch die pumpenden Membranen unter Beschuss nahm. »Holt ihn runter! Er darf auf keinen Fall wegfliegen.«

Aber der Drache wollte gar nicht fliehen. Stattdessen drehte er sich in der Luft und ließ sich vom Himmel fallen; fünfzehn Tonnen Schuppen, Zähne und Klauen stürzten direkt auf ihr Ziel herab. Mit voller Wucht traf er den Jeep, brachte ihn abrupt zum Stehen und zerschmetterte die Motorhaube. Der Fahrer wurde gegen die Windschutzscheibe geschleudert, während der Mann am Gewehr rückwärts hinunterstürzte und reglos zwischen den Büschen landete. Mit einem triumphierenden Schrei drehte der Drache das Fahrzeug aufs Dach und zerquetschte das Metall so lange, bis nur noch ein unkenntliches Wrack übrig blieb. Ich zuckte kurz zusammen, aber mir blieb keine Zeit, um der Toten zu gedenken. Wir würden den Gefallenen unseren Respekt erweisen, wenn die Schlacht gewonnen war.

Mein Team konzentrierte sich jetzt wieder auf die Flanke des Drachen. Bereits blutüberströmt zuckte das Monster zusammen, der lange Hals krümmte sich, und mit einem mörderischen Funkeln in den roten Augen starrte es in unsere Richtung.

»Position halten!«, befahl ich dem restlichen Team, als der Drache herausfordernd brüllte und mit peitschendem Schwanz herumfuhr. »Ich lenke ihn ab. Weiterfeuern!«

Einige von ihnen warfen mir grimmige, resignierte Blicke zu, aber niemand widersprach. Besser, nur ein Soldat fiel und nicht das gesamte Team. Ich war der Anführer der Gruppe; wenn ich starb, damit meine Brüder das Feuer aufrechterhalten konnten, dann war es das Opfer wert. Das wussten sie genauso gut wie ich.

Ich verließ mein Versteck und rannte los, gab kurze, kontrollierte Schüsse ab, während ich um den Drachen herumlief. Sobald es mich entdeckte, riss das Monster den Kopf hoch und atmete tief ein. Mein Puls beschleunigte sich. Mit einem Hechtsprung ging ich in Deckung, als die Flammen zwischen seinen Kiefern hervorschossen, in den Dschungel hineinflackerten und die Bäume in Brand setzten. Ohne innezuhalten rollte ich mich ab, sprang auf und drehte mich zu der Riesenechse um, die nun mit weit aufgerissenem Maul auf mich zustürmte. Inzwischen raste mein Herz unkontrolliert, aber meine Hände waren ruhig, als ich die Waffe hob und auf den gehörnten Schädel zielte. Brust und Bauch waren durch eine dicke Panzerung geschützt, das wusste ich. Als die Kugeln seine mit Knochen bewehrte Stirn und die Wangen trafen, schüttelte der Drache irritiert den Kopf, hielt aber weiter auf mich zu.

Wieder warf ich mich zur Seite, als sein Kopf vorschoss. Die Kiefer schnappten genau über der Stelle zu, an der ich gerade noch gestanden hatte. Wie eine Schlange zog er blitzschnell den Hals zurück und griff wieder an. Zähne, die mühelos einen Telefonmast durchbeißen konnten, rasten auf mich zu. Ich wich den fast fünfzehn Zentimeter langen Fängen aus, aber der massige, mit Hörnern besetzte Schädel erwischte mich an der Seite, und trotz Kampfweste breitete sich in meinen Rippen brennender Schmerz aus. Mit wilder Kraft wurde ich in die Luft geschleudert, und ich verlor den Boden aus den Augen, als die Welt sich um mich drehte. Nach dem Aufprall rollte ich noch einige Schritte weiter, bevor ich still liegen blieb. Zähneknirschend stemmte ich mich auf die Ellbogen hoch und schaute …

… direkt in die rot glühenden Augen meines Feindes.

Wie eine dunkle Wand ragte der Drache über mir auf, seine halb geöffneten Flügel warfen einen riesigen Schatten. Ich starrte in sein uraltes, fremdartiges Gesicht, sah mein Spiegelbild in den kalten roten Augen, entdeckte aber keinen Funken Gnade, Mitleid oder Verständnis in ihnen – nur blanken Hass und wilden Triumph. Er atmete ein, die

Nüstern blähten sich, und ich machte mich auf den tödlichen Flammenstoß gefasst. Ich empfand keine Angst, keine Reue. Ich war ein Soldat des Heiligen Georg; ehrenvoll im Kampf gegen unseren ältesten Feind zu sterben war das Beste, worauf ich hoffen konnte.

Irgendwo im Dschungel ertönte ein Knall, selbst in dem Chaos ringsum hörte man sein scharfes Echo. Brüllend taumelte der Drache zur Seite, und rotes Blut spritzte aus seiner Flanke, als der Schuss aus dem selbst Hornpanzer durchschlagenden .50 Kaliber-Scharfschützengewehr hinter dem Vorderbein direkt in sein Herz drang. Einer der perfekten Präzisionsschüsse, für die Tristan St. Anthony bekannt war.

Seine Wucht riss den Drachen von den Füßen. Als er endlich zusammenbrach, bebte der Boden. Kreischend versuchte das Untier, sich wieder aufzurichten, kratzte wild das Erdreich auf, Flügel und Schwanz schlugen verzweifelt. Aber es starb, seine Gegenwehr wurde immer schwächer, während die Soldaten es weiter mit Kugeln vollpumpten. Noch immer auf allen vieren sah ich zu, wie sein Kopf dröhnend auf dem Boden aufschlug, wie es mit schwindender Kraft kämpfte, bis es fast reglos dalag. Nur seine Brust hob sich noch mühsam, zusammen mit dem hektischen Zucken seines Schwanzes das einzige Zeichen, dass es noch lebte.

Während das Reptil keuchend im Dreck lag, bewegte sich plötzlich eines seiner Augen, und die geschlitzte Pupille richtete sich auf mich. Einen Moment lang starrten wir uns an, Drache und Drachentöter, gefangen in einem endlosen Kreislauf aus Krieg und Tod.

Ich neigte den Kopf, ohne den Drachen aus den Augen zu lassen, und murmelte: »*In nomine Domini Sabaoth, sui filiiqui ite ad Infernos.*« *Im Namen des Herrn der Heerscharen und seines Sohnes, entschwinde in die Hölle.* Diese Formel wurde allen Soldaten beigebracht, sie stammte noch aus der Zeit, als man glaubte, Drachen könnten in einem letzten Versuch, in dieser Welt zu bleiben, Besitz von einem ergreifen. Ich wusste es besser. Drachen waren aus Fleisch und Blut. Durchdrang man ihre Schuppen und ihren Panzer, starben sie genau wie jedes andere Lebewesen. Aber sie waren auch Krieger, auf ihre eigene Art tapfer, und jeder Krieger verdiente ein letztes Geleit.

Aus der Kehle des sterbenden Drachen löste sich ein kehliges Brummen. Sein Maul öffnete sich, und eine tiefe, unmenschliche Stimme ertönte. »Denk nicht, du hättest gewonnen, Heiliger Georg«, ächzte er und warf mir einen verächtlichen Blick zu. »Ich bin nur eine Schuppe am Körper von Talon. Wir werden überleben, wie es schon immer war, und wir werden stärker und stärker, während deine Spezies sich von innen heraus selbst zerstört. Du und deinesgleichen werden noch vor uns fallen. Schon bald.«

Dann erlosch das Licht hinter den geschlitzten Pupillen. Die Lider des Drachen schlossen sich, sein Kopf sank kraftlos zu Boden, und ein Schauder überlief den riesigen Körper. Nach einem letzten Zucken waren auch die Flügel still, der Schwanz wirbelte nicht länger die Erde auf, und das mächtige Reptil verfiel in Reglosigkeit, als es endlich den Kampf um sein Leben aufgab.

Ich ließ mich wieder rückwärts in den Dreck sinken, während um mich herum der Jubel losbrach. Soldaten traten zwischen den Bäumen hervor, schwenkten ihre Waffen und stießen Siegesschreie aus. Hinter dem gigantischen Kadaver lagen die Opfer beider Seiten verstreut auf der Wiese, manche regten sich schwach, andere waren zu schwarzen Klumpen verbrannt. Noch immer flackerte Feuerschein im Wald, und schwarze Rauchsäulen stiegen zum Himmel auf. Mitten auf der freien Fläche qualmten die zerquetschten Überreste des Jeeps vor sich hin, ein Zeugnis der beeindruckenden Kraft dieses riesigen Reptils.

Die Feuergefechte mit den Wachen waren vorbei. Nun, da ihr Meister nicht mehr war, flüchteten sich die übrigen Feinde in den Dschungel. Es wurde kein Befehl erteilt, sie zu verfolgen; immerhin hatten wir unseren Auftrag ja erfüllt. In wenigen Minuten würde per Hubschrauber eine andere Mannschaft anrücken, um den Schutt wegzuschaffen, die Hacienda zu schleifen und sämtliche Leichen verschwinden zu lassen. Niemand würde je erfahren, dass hier heute Nachmittag ein Feuer speiendes Monster aus dem Reich der Mythen gestorben war.

Ich musterte den leblosen Drachen, der eingesunken zwischen den Soldaten lag, die grinsend um ihn herumschlenderten und sich gegenseitig auf die Schulter klopften. Einige von ihnen traten kopfschüttelnd an ihn heran und staunten über seine Größe. In ihren Gesichtern spiegelten sich Ekel und Ehrfurcht gleichermaßen. Ich blieb einfach liegen. Das war nicht mein erster toter Drache, obwohl ich bisher noch nie gegen einen so großen gekämpft hatte. Und es würde bestimmt nicht der letzte sein.

Kurz fragte ich mich, ob es überhaupt jemals einen »letzten« geben würde.

Drachen sind böse, so wurde es jedem Soldaten des Heiligen Georg beigebracht. *Sie sind Dämonen. Geschöpfe des Teufels. Ihr Ziel besteht darin, die Menschheit zu versklaven, und wir bilden die einzige Front zwischen ihnen und den Unwissenden.*

Bei dem Teil mit den Geschöpfen des Teufels war ich mir zwar nicht so sicher, aber unser Feind war definitiv stark, verschlagen und brutal. Meine eigene Familie war von einem Drachen getötet worden, als ich noch kaum laufen konnte. Der Orden hatte mich gerettet und ausgebildet, damit ich den Kampf gegen die Monster aufnehmen konnte, die meine Eltern und meine Schwester auf dem Gewissen hatten. Für jeden Drachen, den ich vernichtete, wurden Menschenleben verschont.

Ich hatte in vielen Schlachten gekämpft und genug erlebt, um aus eigener Erfahrung zu wissen, wie skrupellos sie waren. Gnadenlos. Unmenschlich. Ihre Macht war unglaublich, und mit dem Alter wurden sie immer stärker. Zum Glück gab es nicht mehr viele wirklich alte Drachen auf der Welt, oder zumindest traten wir meistens gegen kleinere, jüngere Exemplare an. Diese riesige, ausgewachsene Echse zu erlegen war ein großer Triumph für unsere Seite. Ich bereute es kein bisschen, das Biest getötet zu haben; dieser Drache war eine zentrale Figur der südamerikanischen Drogenkartelle gewesen und hatte den Tod Tausender Menschen zu verantworten gehabt. Ohne ihn war die Welt definitiv ein besserer Ort. Durch meine heutige Tat hatte ich vielleicht dafür gesorgt, dass irgendein kleines Kind nicht als Waise aufwuchs, ohne seine Familie zu kennen. Das war das Mindeste, was ich tun konnte, und ich tat es gerne. Das war ich meiner Familie schuldig.

Meine Rippen pochten schmerzhaft, und ich biss angestrengt die Zähne zusammen. Das Adrenalin war fortgespült, der Kampf vorüber, also konzentrierte ich mich auf meine Verletzungen. Meine Kampfweste hatte zwar das Schlimmste verhindert, aber nach den Schmerzen zu urteilen hatte mir der Schlag trotzdem ein oder zwei Rippen gebrochen.

»Na, das war doch lustig. Wenn du mal keine Lust mehr auf das Soldatenleben hast, könntest du als Fußball für Drachen Karriere machen. Beim letzten Treffer bist du fast sieben Meter weit geflogen.«

Ich hob den Kopf, als sich ein Klumpen Unkraut und Moos aus dem Unterholz löste und raschelnd neben mir aufstellte. Eine überwucherte Hand hielt ein Barrett M 107 Scharfschützengewehr, die andere hob sich an eine Kapuze, unter der ein grinsender, dunkelhaariger Soldat zum Vorschein kam, vier Jahre älter als ich und mit so dunkelblauen Augen, dass sie fast schwarz wirkten.

»Alles klar?«, fragte Tristan St. Anthony und hockte sich neben mich. Sein Tarnanzug raschelte, als er ihn abstreifte und dann zusammen mit dem Gewehr sorgfältig beiseitelegte. »Irgendwas gebrochen?«

»Nö«, presste ich hervor und biss wieder die Zähne zusammen, als der Schmerz aufflackerte. »Mir geht's gut. Nichts Ernstes, nur ein, zwei angeknackste Rippen.« Ich konzentrierte mich darauf, möglichst vorsichtig zu atmen, als der Commander aus dem Wald trat und langsam über die Wiese ging. Während ich beobachtete, wie er den anderen Teams Befehle erteilte und auf den Drachen und die herumliegenden Leichen deutete, setzte ich mich mühsam auf. In ein paar Minuten würden die Sanitätstrupps kommen, die Verwundeten untersuchen und feststellen, wer noch gerettet werden konnte. Sie sollten nicht den Eindruck bekommen, ich wäre ernsthaft verletzt – nicht wenn so viele andere mit dem Tod rangen. Der Commander schaute über das Chaos hinweg zu mir, nickte anerkennend und ging weiter.

Ich drehte mich zu Tristan um. »Dann geht der tödliche Schuss also auf deine Kappe, ja? Wie viel war diesmal im Topf?«

»Dreihundert. Man sollte meinen, sie wüssten es inzwischen besser.« Tristan versuchte gar nicht erst, die Selbstgefälligkeit in seiner Stimme zu dämpfen. Stattdessen musterte er mich abschätzend. »Obwohl ich dir wohl etwas abgeben sollte, immerhin hast du das Ganze eingefädelt.«

»Tue ich das nicht immer?« Tristan und ich waren jetzt schon seit einiger Zeit Partner, genauer gesagt seit ich vierzehn geworden und vor drei Jahren zu den richtigen Einsätzen zugelassen worden war. Seinen ersten Partner hatte er durch Drachenfeuer verloren, und anfangs hatte ihm die Vorstellung, den »Babysitter« zu spielen, gar nicht gepasst, obwohl er damals selbst gerade erst achtzehn gewesen war. Das hatte sich schlagartig geändert, als ich ihn bei unserem ersten gemeinsamen Einsatz vor einem Hinterhalt gerettet hatte. Zwar war ich dabei selbst fast umgekommen, hatte es aber trotzdem geschafft, den Feind zu erschießen, bevor er uns beide erledigen konnte. Heute, drei Jahre und Dutzende Kämpfe später, konnte ich mir nicht vorstellen, mir von jemand anderem den Rücken decken zu lassen. Wir hatten einander inzwischen so oft gegenseitig das Leben gerettet, dass wir gar nicht mehr mitzählten.

»Trotzdem.« Mit einem trockenen Grinsen ließ Tristan sich auf ein Knie sinken. »Du bist mein Partner, du wärst beinahe gefressen worden, und du hast wahrscheinlich einen Weltrekord in der Disziplin Weitflug nach Drachenkopfnuss aufgestellt. Da hast du dir eine Kleinigkeit verdient.« Er nickte entschlossen, wühlte in seiner Tasche herum und zog schließlich einen Zehndollarschein hervor. »Bitte sehr, Partner. Aber gib nicht alles auf einmal aus.«

Der lange Einsatz war endlich vorbei.

Und wir hatten überlebt.

Oder zumindest einige von uns. Wer Glück hatte. Ich, Tristan und seine Scharfschützenkollegen und Bravo – also mein Team – waren fast unversehrt rausgekommen. Doch in anderen Teams gab es einige Verluste, besonders in Alpha, da sie ja den Drachen aus seinem Versteck gelockt hatten. Die Opferzahlen waren hoch, kamen aber nicht unerwartet. Ein Zugriff in dieser Größenordnung war untypisch für den Orden; normalerweise wurden wir in kleinen Teams auf die Drachen angesetzt, nicht als ganze Armee. Aber weil diese Mission so speziell war, hatte man die besten Soldaten verschiedener Ordenshäuser – unter anderem auch Tristan und mich – eingezogen, um den Drachen und seine Anhänger auszuschalten. Diese Operation hatte die geballte Kraft des Sankt-Georgs-Ordens erfordert, vor allem, weil wir es mit einem der seltenen, voll ausgewachsenen Drachen zu tun bekommen hatten. Da war der Orden lieber kein Risiko eingegangen. Wir durften nicht zulassen, dass dieser Drache entkam und im Schoß von Talon untertauchte. Nach unserem Sieg hatte die Truppe sich aufgelöst, und wir waren zu unseren jeweiligen Stützpunkten zurückgekehrt, um weitere Befehle abzuwarten.

Für Tristan und mich bedeutete das die Rückkehr in die Staaten, in das westliche Ordenshaus von Sankt Georg: ein einsamer Außenposten mitten in der Mohavewüste, an der Grenze zwischen Arizona und Utah. Der Orden hatte in England, den USA und noch einigen anderen Ländern diverse Ortsverbände eingerichtet, aber für mich und meine Teamkameraden war dieser hier unser Zuhause. Die Gefallenen des Südamerikaeinsatzes bekamen ein Heldenbegräbnis und wurden auf unserem kargen, aber weitläufigen Friedhof beigesetzt. Auf ihren Gräbern stand lediglich ein schlichtes weißes Kreuz. Sie hatten keine Familien, die zur Beerdigung gekommen wären, keine Verwandten, die ihnen Blumen ans Grab bringen würden. Nur ihre Vorgesetzten und Waffenbrüder würden ihnen das letzte Geleit geben.

Die Zeremonie war simpel, so wie immer. Ich war schon auf einigen Beerdigungen gewesen und hatte zugesehen, wie Soldaten, die ich zum Teil seit Jahren gekannt hatte, in akkuraten Reihen im Sand beigesetzt wurden. Unter den Soldaten war das eine allgemein anerkannte Tatsache und gleichzeitig eine Erinnerung daran, dass am Ende des Weges genau das auf uns alle wartete. Nach der Zeremonie kehrten wir in die Baracken zurück, in denen nun einige Betten weniger standen, und das Leben im Ordenshaus von Sankt Georg ging wieder seinen gewohnten Gang.

Ungefähr eine Woche nach dem Überfall auf die Hacienda wurden Tristan und ich in das Büro von Lieutenant Martin zitiert.

»Rührt euch, Jungs.« Martin deutete auf die beiden Stühle vor seinem Schreibtisch, und wir nahmen gehorsam Platz. Ich bewegte mich etwas schwerfällig, weil meine dick verbundenen Rippen noch empfindlich waren. Gabriel Martin war ein untersetzter Mann mit braunen, an den Schläfen leicht ergrauten Haaren und scharf blickenden dunklen Augen, die entweder amüsiert funkelten oder eiskalt waren, je nach Stimmungslage. Sein Büro entsprach dem üblichen Standard eines Ordenshauses, klein und spartanisch, da der Orden kein Freund von Extravaganzen war. Allerdings hatte Martin an der Wand hinter dem Schreibtisch eine rote Drachenhaut aufgehängt, die seines ersten Opfers, und der Griff seines Zeremonialschwertes bestand aus poliertem Drachenknochen. Mit einem Nicken setzte er sich an den Schreibtisch. Dann verzog sich sein von feinen Fältchen umgebener Mund zu einem schmalen Lächeln, was bei ihm eine Seltenheit darstellte.

»Tristan St. Anthony und Garret Xavier Sebastian. Eure Namen machen zurzeit bei den Männern die Runde. Zunächst möchte ich euch zu eurer erfolgreichen Mission gratulieren. Soweit ich weiß, kam der tödliche Schuss von dir, St. Anthony. Und ich habe selbst gesehen, wie du das Biest von deinem Team abgelenkt hast, Sebastian. *Ohne* dabei draufzugehen. Ihr beide gehört definitiv zu unseren Besten, und der Orden kann froh sein, dass er euch hat.«

»Vielen Dank, Sir«, antworteten wir fast gleichzeitig.

Der Lieutenant musterte uns einen Moment lang, legte nachdenklich die Fingerspitzen aneinander und ließ dann seufzend die Hände sinken.

»Und deshalb«, fuhr er fort, »möchte der Orden euch auf eine weitere Mission schicken, die sich allerdings ein wenig von dem unterscheidet, was ihr bisher gewohnt seid. Im Kampfeinsatz seid ihr beide außergewöhnlich begabt. Nun hoffen wir, dass ihr euch in einer etwas … heikleren Umgebung genauso gut schlagt.«

»Sir?« Verwirrt runzelte Tristan die Stirn.

Martin lächelte grimmig. »Unser Nachrichtendienst hat uns über mögliche Talon-Aktivitäten in Südkalifornien informiert.« Nacheinander sah er uns an. »Wir glauben, dass sie dort Schläferdrachen einschleusen wollen. Wie ihr wisst, sind Schläfer besonders heimtückisch, weil sie vollkommen menschlich erscheinen und Talon sie gezielt darauf trainiert, sich ihrer Umgebung anzupassen. Natürlich können wir nicht einfach dort auftauchen und Verdächtige ausschalten, ohne einen Beweis dafür, dass es sich tatsächlich um einen Drachen handelt. Eine solche Vorgehensweise hätte fatale Konsequenzen, außerdem muss die Anonymität des Ordens unter allen Umständen gewahrt bleiben. Aber das alles wisst ihr beiden ja.«

»Jawohl, Sir«, erwiderte ich, weil er mich gerade ansah. Er wartete einen Moment, also fügte ich hinzu: »Und was genau sollen wir tun, Sir?«

Martin lehnte sich zurück und rieb sich das Kinn. »Wir haben in dem betroffenen Gebiet gründliche Aufklärungsarbeit betrieben«, erklärte er weiter, »und wir gehen davon aus, dass dort bald ein neuer Schläfer eingeschleust wird.

Wir konnten unseren Verdacht sogar konkret auf eine Stadt eingrenzen, sie nennt sich Crescent Beach.« Sein Blick wurde scharf. »Und was noch wichtiger ist: Wir haben Grund zu der Annahme, dass dieser Schläfer weiblich sein wird.«

Ruckartig setzten Tristan und ich uns auf. Natürlich war es die heilige Mission des Ordens, sämtliche Drachen auszulöschen, aber die Weibchen hatten immer oberste Priorität. Wenn es uns gelang, eines auszuschalten, würden weniger Eier gelegt, und mit jedem Jahr würden weniger Drachen schlüpfen. Talon bewachte seine Weibchen aufs Schärfste. Gerüchten zufolge wurde der Großteil der weiblichen Talon-Mitglieder zu Brutzwecken weggesperrt und kam nie mit der Außenwelt in Kontakt. Eine von ihnen außerhalb der Organisation zu entdecken stellte eine seltene, wundervolle Gelegenheit dar. Konnten wir sie töten, würde das unseren Feinden einen harten Schlag versetzen, und für uns wäre das in diesem Krieg ein weiterer Schritt Richtung Sieg.

»Aha.« Martin hatte unsere Reaktion bemerkt. »Euch ist also klar, wie entscheidend das ist. Talons Schläfer beginnen ihre Eingewöhnungsphase immer im Sommer, sie beobachten, passen sich an und knüpfen neue Kontakte für die Organisation. Ihr beide werdet undercover nach jeglicher Drachenaktivität Ausschau halten, aber von dir, Sebastian, erwarten wir, dass du dich richtig einfügst und den Schläfer aufscheuchst.«

Ich blinzelte entsetzt. »Ich?«, brachte ich mühsam hervor, woraufhin Martin nickte. Tristan richtete sich auf, sogar er schien sprachlos zu sein. *Undercover ermitteln?,* dachte ich. *In einer normalen Kleinstadt, unter Zivilisten? Wie denn? Ich kenne mich mit … so was doch gar nicht aus. Wie man normal ist.* »Darf ich offen sprechen, Sir?«

»Schieß los.«

»Warum ich, Sir? Andere sind doch bestimmt viel besser qualifiziert für so einen Einsatz. Ich bin kein Spion, ich bin Soldat.«

»Und zwar einer unserer besten«, betonte Martin ruhig. »Mit vierzehn den ersten Drachen getötet, mit sechzehn erfolgreich einen Überfall auf ein Nest geleitet, mehr Abschüsse als irgendein anderer deines Alters. Ich habe gehört, welchen Spitznamen die anderen dir verpasst haben: Soldat Tadellos. Das passt. Aber wir haben dich noch aus einem anderen Grund ausgesucht. Wie alt bist du jetzt, Sebastian?«

»Siebzehn, Sir.«

»Die meisten unserer Soldaten sind zu alt, um noch als Highschool-Schüler durchzugehen. Entweder das, oder sie sind nicht erfahren genug. Wir brauchen jemanden, der sich in eine Gruppe Teenager einfügen kann und dabei keinen Verdacht erregt.« Martin beugte sich vor und musterte mich eindringlich. »Als der Captain mich gefragt hat, wem man diese Aufgabe am besten übertragen kann, habe ich dich und St. Anthony empfohlen, auch wenn ich euch beide lieber bei der Truppe behalten würde.« Er kniff die dunklen Augen zusammen. »Und ich weiß, dass ihr weder mich noch den Orden enttäuschen werdet. Oder, Soldaten?«

»Nein, Sir«, antworteten Tristan und ich synchron. Martin nickte, dann nahm er eine dicke braune Akte vom

Tisch und warf uns über ihren Rand hinweg einen prüfenden Blick zu. Nachdem er drei Mal damit auf die Tischplatte geklopft hatte, hielt er sie hoch.

»Hier drin befindet sich alles, was ihr wissen müsst.« Er reichte mir die Akte. Auf der ersten Seite fand ich gefälschte Geburtsurkunden, Sozialversicherungsausweise und Führerscheine. »Ihr habt zweiundsiebzig Stunden Zeit, um den Inhalt dieser Akte auswendig zu lernen und euch zu überlegen, wie ihr den Schläfer aufspüren wollt. Wenn ihr ihn gefunden habt, schaltet ihn aus. Falls nötig, könnt ihr Verstärkung anfordern, aber sorgt auf jeden Fall dafür, dass er nicht entkommt.«

»Jawohl, Sir.«

»Gut.« Martin nickte wieder. »Ich würde vorschlagen, dass ihr zügig arbeitet. Es gibt zwar keine feste Frist für die Eliminierung eures Ziels, aber es wäre empfehlenswert, es vor dem Ende des Sommers zu enttarnen. Andernfalls könnte Talon es umsiedeln, und die Gelegenheit, noch einen von diesen Teufeln zu erledigen, wäre vertan.« Mit einem strengen Blick fügte er hinzu: »Und ich muss euch Jungs ja wohl nicht extra ermahnen, im Umgang mit Zivilisten extrem vorsichtig zu sein. Sie dürfen weder von uns noch von der Existenz von Talon erfahren. Geheimhaltung ist oberstes Gebot. Habt ihr das verstanden?«

»Jawohl, Sir.«

»Also schön.« Martin wedelte mit der Hand, woraufhin wir aufsprangen und salutierten. »Ende der Woche rückt ihr nach Kalifornien ab. Viel Glück!«

Ember

Heute spielte der Ozean einfach nicht mit. Wütend starrte ich das tiefblaue Wasser an und verzog das Gesicht, als es gegen das Fiberglasbrett zwischen meinen Beinen schlug, sodass ich sanft auf seiner Oberfläche schaukelte. Seit zwanzig Minuten saß ich nun hier, die Sonne brannte mir auf den Kopf, und die einzigen »Wellen« bisher hätten es gerade mal bis in ein Planschbecken geschafft. Ich hätte auf Calvin hören sollen, der gestern behauptet hatte, das Wasser würde heute verschlafener und zickiger sein als Lexi, wenn sie morgens aus dem Bett kroch. Das hatte ihm zwar einen wütenden schwesterlichen Klaps eingetragen, aber er hatte nun mal einen sechsten Sinn, was das Meer anging, und wusste genau, wann die Wellen am höchsten und die Bedingungen zum Surfen am besten waren. Heute war das definitiv nicht der Fall.

Ach, komm schon, flehte ich in Gedanken Triton oder Poseidon oder sonst irgendeinen launischen Meeresgott an. *Nur eine Welle. Schick mir eine anständige Welle, danach gebe ich mich geschlagen. Dann lasse ich dich auch in Ruhe, aber eine muss sein. Und zwar am besten, bevor die Sonne untergeht und ich nach Hause muss.*

Die Meeresgötter lachten mich aus, und der Ozean blieb ruhig.

Seufzend legte ich mich auf das schmale Brett und starrte in den Himmel hinauf. Genau wie das Meer war er flach und makellos blau. Eine Möwe schwebte vorbei, streckte die schwarzen Flügelspitzen weit aus, um den Wind einzufangen.

Wehmut packte mich. Ich dachte daran, wie ich früher durch die Luftströme geglitten war, wie die Sonne die Haut an meinen Flügeln gewärmt hatte, wie mein Schwanz hinter mir hergepeitscht war, während ich über den Wolken dahinraste. Rennen, Skaten, Surfen – das war alles toll, aber nichts davon ließ sich auch nur annährend mit dem Fliegen vergleichen.

Obwohl es diesem Adrenalinkick schon verdammt nah kam, eine Viereinhalb-Meter-Welle kurz vor dem Strand abzureiten.

Heute konnte ich froh sein, wenn ich eine mit zwei Metern fand.

Wieder flogen zwei Möwen vorbei und verspotteten mich mit ihren schrillen Schreien. Frustriert rümpfte ich die Nase. Was würde ich nicht darum geben, einfach alles vergessen zu können und mit den Möwen und den Pelikanen durch die Wolken zu fegen. Vor allem jetzt. Seit *sie* aufgetaucht war, vor genau einem Monat, als Dante und ich an jenem Abend nach Hause kamen und im Wohnzimmer zwei erwachsene Drachen auf uns warteten.

»Planänderung?«, brachte ich mühsam hervor, während der weibliche Drache mich weiter mit einem feinen Lächeln auf den vollen roten Lippen musterte. »Sind … sind Sie gekommen, um uns zurückzubringen?«

Das Lächeln der Frau wurde breiter und – wie ich fand – bösartiger. »Nein, Liebes«, versicherte sie mir, woraufhin ich erleichtert aufatmete. »Doch angesichts aktueller Umstände hält die Organisation es für das Beste, eure Ausbildung ein wenig zu beschleunigen. Wir …«, sie deutete auf den Drachen hinter sich, »… werden euer Sommertraining übernehmen.«

»Was?« Nein, das musste ein Irrtum sein. Der Sommer sollte doch uns gehören: drei Monate Freiheit ohne Ausbilder, Unterricht, Regeln oder Verpflichtungen. Die letzte Trainingsphase war *nach* dem Assimilierungsprozess angesetzt, wenn Talon uns für reif genug hielt, um dauerhaft mit der menschlichen Gesellschaft in Kontakt zu kommen. »Ich dachte, die Organisation hätte uns hergeschickt, damit wir uns einfügen«, protestierte ich. »Wie sollen wir das denn machen, während wir lernen, wie man … was genau sollen wir eigentlich lernen?«

Meine Stimme klang so schrill und verzweifelt, dass die Frau belustigt eine Augenbraue hochzog, aber das war mir egal. Die Wände schienen immer näher zu rücken, und meine Freiheit, auch wenn sie begrenzt und zerbrechlich war, drohte sich durch das Fenster davonzumachen. Ich war nicht bereit dafür, noch nicht. Viel wusste ich nicht über diese letzte Phase unserer Ausbildung, nur dass sie mehrere Jahre dauerte und genau auf die Position zugeschnitten war, die Talon für einen ausgewählt hatte. Vielleicht war ich dazu bestimmt, ein Chamäleon zu sein, also ein Drache, der in der Menschengesellschaft irgendeine

Machtstellung innehatte. Oder ich wurde zu den Gilas abgeschoben, den Schlägern und Bodyguards der wichtigen Talon-Funktionäre. Natürlich gab es auch noch andere Positionen, entscheidend war nur, dass jeder Drache eine hatte. *Ut omnes surgimus*, so lautete das Motto von Talon. *Vereint erheben wir uns*. Jeder Drache hatte seinen Platz, und wir mussten alle zusammenarbeiten – für das Wohl der Organisation und für unser Überleben. Allerdings ließ man uns keine Wahl, was diesen Platz anging. Ich konnte nicht einmal darüber spekulieren, was ich einmal werden wollte, wenn ich »groß war«. Es gab schon ein paar Positionen innerhalb der Organisation, die ganz okay zu sein schienen und mit denen ich wohl würde leben können, aber es war vollkommen müßig, auf irgendetwas außerhalb von Talon zu hoffen. Ich war ein Drache. Mein gesamtes Leben war bereits durchgeplant.

Genau deshalb hatte ich mich so auf diesen Sommer gefreut, auf einen letzten großen Paukenschlag, bevor ich ein verantwortungsbewusstes Mitglied der Organisation werden musste. Bevor ich lebenslang ein vollwertiger Teil von Talon wurde – was bei uns eine verdammt lange Zeit war. Drei Monate, mehr wollte ich doch gar nicht. War das etwa zu viel verlangt?

Anscheinend schon. Miss Gruselfunktionär sah mich belustigt an, als hätte ich etwas Niedliches gesagt. »Keine Sorge, Liebes.« Ihr Lächeln gefiel mir immer weniger. »Ich werde schon dafür sorgen, dass du nicht vom rechten Weg abkommst. Wir beide werden von jetzt an viel Zeit miteinander verbringen.«

Das unheilvolle Lächeln blitzte noch einmal auf, bevor

sie sich zu meinen Betreuern umdrehte, die steif in einer Ecke warteten. »Und denkt daran, Menschen.« Die giftgrünen Augen zogen sich zusammen. »Absolute Diskretion ist unabdingbar. Sorgt dafür, dass sie den zweiten Ausgang benutzen, wenn sie morgen zum Treffpunkt kommen. Nichts und niemand soll ihre Bewegungen nachvollziehen können, es darf keine Fragen über ihre morgendlichen Aktivitäten geben. Man darf weder sehen, wie sie gehen, noch wie sie zurückkommen. Ist das klar?«

Dante und ich tauschten einen schnellen Blick, als Liam und Sarah hastig nickten. *Na toll, noch mehr Regeln*, war mein erster Gedanke, dicht gefolgt von: *Moment mal, welcher zweite Ausgang?*

Miss Gruselfunktionär drehte sich zu mir um, und schon grinste sie wieder. »Wir sehen uns dann morgen, Nestling.« Bei ihr klang das wie eine Drohung. »Wach und munter.«

Sobald sie weg waren, marschierte ich zu Liam, der so tief seufzte, als wüsste er schon, was jetzt kommen würde. »Hier entlang«, sagte er und winkte uns, ihm zu folgen. »Ich zeige euch jetzt, welchen Weg ihr morgen früh nehmen müsst.«

Wir gingen in den kalten Keller hinunter, der so gut wie leer war: Betonboden, niedrige Decke, an einer Wand Waschmaschine und Trockner, in einer Ecke ein uraltes, verstaubtes Fitnessgerät. Daneben befand sich eine unauffällige Holztür, die fast so aussah, als wäre dahinter eine Toilette.

Liam stellte sich neben die Tür, zog einen Schlüssel hervor und sperrte sie auf. Dann drehte er sich zu uns um.

»Ihr dürft unter gar keinen Umständen irgendjemandem hiervon erzählen, ist das klar?«, befahl er leise, aber bestimmt. Als wir nickten, packte er den Knauf und zog die Tür auf. Sie quietschte laut.

Ich blinzelte überrascht. Keine Toilette, stattdessen ragte vor uns ein langer, enger Tunnel in die Dunkelheit hinein. Wände und Boden bestanden aus rauem Zement, nicht aus Stein oder Erde, also musste er absichtlich angelegt worden sein, vielleicht als Fluchtweg. Was mich nicht hätte überraschen sollen. Die alte »Schule«, an der Dante und ich aufgewachsen waren, hatte mehrere geheime Ausgänge gehabt, für den Fall, dass wir von unserem alten Feind, dem Sankt-Georgs-Orden, angegriffen wurden. Das war nie passiert. Bisher hatte ich die Soldaten des Heiligen Georg nur auf Bildern gesehen, trotzdem waren vorsichtshalber jeden Monat unangekündigte »Notevakuierungsübungen« abgehalten worden.

»Ich erwarte euch beide morgen früh um Punkt sechs Uhr fünfzehn hier unten. Und jetzt hört gut zu: Wohin ihr geht und was ihr dort tut, ist streng vertraulich. Dieser Tunnel existiert nicht – kein Wort zu *niemandem*. Von dem Moment an, wenn ihr durch diese Tür geht, bis zu eurer Rückkehr dürft ihr mit niemandem außerhalb der Organisation sprechen, ohne Ausnahme. Lasst eure Handys daheim, da wo ihr hingeht, werdet ihr sie nicht brauchen. Verstanden?«

»Jawohl«, sagte Dante prompt, doch ich rümpfte nur die Nase und starrte in den dunklen Tunnel. Ein Geheimgang in unserem Keller? Welche Geheimnisse gab es wohl noch innerhalb dieser Mauern? Und war eine solche Paranoia normal für Talon, oder bekamen Dante und ich aus irgendeinem Grund eine Sonderbehandlung? Ich wurde immer neugieriger und trat unwillkürlich einen Schritt vor. Sofort schlug Liam die Tür zu und sperrte mich damit aus. Stirnrunzelnd beobachtete ich, wie der Schlüssel wieder in seiner Tasche verschwand. Ob er ihn wohl irgendwann mal unbewacht auf der Kommode liegen ließ? Aber wahrscheinlich war es die Mühe nicht wert, ihn mir »auszuleihen« und den Tunnel allein zu erkunden, vor allem wenn ich nur bis zum nächsten Tag warten musste, um zu erfahren, wohin er führte. Trotzdem, die Neugier blieb.

»Wohin führt der Tunnel?«, fragte ich deshalb, während Liam uns wieder die Treppe hinaufscheuchte.

Er grunzte. »Es gibt keinen Tunnel«, antwortete er knapp, als wir die Küche betraten. »Das hier ist ein völlig normales Haus.«

Ich verdrehte die Augen. »Also gut: der nicht existierende Tunnel, über den wir nicht sprechen dürfen, hab's kapiert. Wo führt er hin?«

»Das werdet ihr morgen sehen.«

Und genauso war es. Als ich am nächsten Morgen zusammen mit Dante die Kellertreppe hinunterstürmte, war die Tür bereits aufgesperrt. Die Angeln quietschten, als ich sie aufzog und in den Gang spähte, der durch vereinzelte Glühbirnen nur spärlich erleuchtet wurde. Grinsend drehte ich mich zu meinem Bruder um.

»Meinst du, er führt zu einer geheimen unterirdischen Drachenhöhle voller Schätze?«

Dante grinste ebenfalls. »Was glaubst du, was das hier

ist, eine Geschichte von Tolkien? Das wage ich doch stark zu bezweifeln.«

»Spielverderber.«

Wir wanderten eine gefühlte halbe Stunde durch den schnurgeraden, engen Tunnel, bis er vor einer Treppe endete. Oben erwartete uns wieder eine schlichte Holztür. Unruhig vor Neugier schob ich sie auf, aber dahinter wartete keine finstere Höhle, kein Drachenzirkel, keine hektische unterirdische Einrichtung voller Hightechcomputer.

Hinter der Tür befand sich eine ordentliche, aber absolut durchschnittlich wirkende Garage: rissiger Betonboden, keine Fenster, breit genug für zwei Autos. Das Tor war geschlossen, und an den Wänden hingen Regalbretter mit dem üblichen Garagenkram, also Werkzeugen, Gartenschläuchen, alten Fahrradreifen und Ähnlichem. Abgesehen von dem Geheimgang, den wir gerade verlassen hatten, war sie enttäuschend normal. Vielleicht bis auf die beiden schwarzen Limousinen, die mit laufenden Motoren vor uns standen.

Die Fahrertüren öffneten sich, und zwei Männer stiegen aus, beide in den gleichen schwarzen Anzügen und mit Sonnenbrille. Völlig synchron öffneten sie die Hecktüren und blieben dann mit vor dem Körper gefalteten Händen abwartend stehen.

Wachsam musterte ich die beiden. »Ich schätze mal, wir sollen mit euch kommen?«

»Jawohl, Ma'am«, antwortete der eine, ohne mich anzusehen.

Fast wäre ich zusammengezuckt. Ich konnte es nicht

ausstehen, wenn man mich mit Ma'am ansprach.»Und ihr seid zu zweit, weil ...?«

»Wir sollen Sie zu Ihren Fahrtzielen bringen, Ma'am«, erklärte der Mensch, als wäre das vollkommen logisch. Allerdings sah er mich immer noch nicht an. Ich blinzelte überrascht.

»Getrennt?«

»Jawohl, Ma'am, das ist korrekt.«

Irritiert runzelte ich die Stirn. Dante und ich machten nie irgendetwas getrennt. Sämtliche Kurse, Hausaufgaben, Freizeitaktivitäten, Events, einfach alles hatten wir gemeinsam absolviert. Der Gedanke, dass mein Bruder von einem fremden Menschen in einem fremden Auto an einen Ort gebracht werden sollte, über den ich nichts wusste, gefiel mir überhaupt nicht.»Können wir denn nicht zusammen hinfahren?«, schlug ich vor.

»Ich fürchte, das ist nicht möglich, Ma'am«, erwiderte der Mensch höflich, aber bestimmt.»Sie fahren nicht an denselben Ort.«

Noch misstrauischer als vorher verschränkte ich die Arme vor der Brust, aber da trat Dante hinter mich und berührte mich sanft am Ellbogen.»Komm schon«, flüsterte er, als ich mich kurz zu ihm umdrehte.»Sei vernünftig. Talon hat es angeordnet – wir müssen tun, was sie sagen.«

Ich seufzte schwer. Natürlich hatte er recht. Wenn das Ganze von Talon eingefädelt worden war, konnte ich nichts dagegen tun.»Na schön«, murmelte ich und wandte mich wieder an die Chauffeure.»Welcher Wagen ist für mich?«

»Das ist ganz egal, Ma'am.«

69

Bevor ich antworten konnte, schob Dante sich an mir vorbei, marschierte zu einer der Limousinen und glitt auf die Rückbank. Schwungvoll schloss sein Chauffeur die Tür, ging zum Fahrersitz und stieg ein.

Da stand ich nun. Ich unterdrückte ein Knurren, ging zu der verbliebenen Limousine und ließ mich, ohne den Fahrer weiter zu beachten, auf die Rückbank fallen. Als das Garagentor sich öffnete und wir rückwärts in die Sonne hinausrollten, drehte ich mich zu dem zweiten Wagen um, in der Hoffnung, noch einen letzten Blick auf meinen Bruder zu erhaschen. Aber hinter den getönten Scheiben war nichts zu erkennen. Dann hatten die Wagen die Straße erreicht und fuhren in unterschiedliche Richtungen davon.

Die Fahrt war kurz und verlief schweigend. Ich sparte mir die Frage nach unserem Ziel. Stattdessen stützte ich mich mit dem Ellbogen an der Tür ab und beobachtete, wie die Stadt an mir vorbeiglitt. Schließlich fuhren wir auf den Parkplatz eines nichtssagenden Bürogebäudes. Es war mehrstöckig, und in den vielen dunklen Fenstern spiegelte sich der wolkenlose Himmel.

Der Fahrer brachte uns auf die Rückseite des Gebäudes und hielt vor einer Art Laderampe. Ihr Metalltor war geschlossen, aber daneben lockte eine offene Tür. Ich seufzte wieder.

Nachdem ich den Wagen mit seinem noch immer schweigenden Fahrer verlassen hatte, betrat ich das Gebäude und folgte einem gekachelten Flur, der an einer geöffneten Tür endete. Dahinter befand sich ein Büro mit einem gigantischen Schreibtisch, vor dem ein Metallstuhl stand. Als ich eintrat, begann der Ledersessel hinter dem Tisch sich zu drehen, und die blonde Frau im schwarzen Armanianzug lächelte mich an.

»Hallo, Nestling«, begrüßte mich Miss Gruselfunktionär und stützte das Kinn auf ihre perfekt manikürten, roten Fingernägel. »Du kommst spät.«

Ich schluckte schwer, antwortete aber nicht. Erwachsenen sollte man nicht widersprechen, vor allem nicht, wenn sie ein paar hundert Pfund mehr auf die Waage brachten und auf das Wissen mehrerer Menschenleben zurückgreifen konnten. Die giftgrünen Augen musterten mich noch einen Moment lang, und sie verzog kurz die Lippen, bevor sie auf den Metallstuhl deutete. »Setz dich.«

Ich gehorchte. Der Stuhl war hart und unbequem, was vermutlich Absicht war. Miss Gruselfunktionär lehnte sich zurück und schlug die langen Beine übereinander. Dabei fixierte sie mich weiter – mit dem starren Blick eines Raubtiers.

»Tja, da wären wir also«, sagte sie schließlich. »Und ich wette, du fragst dich warum, stimmt's?« Als ich weiter schwieg, zog sie eine Augenbraue hoch. »Keine Angst, du darfst mit mir reden, Nestling. Zumindest heute. Der Senior Vice President von Talon persönlich hat mich gebeten, dein Training zu übernehmen, aber das hier im Moment ist nur eine Einführung. Nur Schüler und Lehrer.« Das feine Lächeln verschwand, und ihre Stimme wurde hart: »Aber täusch dich nicht: Nach dem heutigen Tag werden die Dinge wesentlich schwieriger werden. Du wirst kämpfen, und du wirst leiden. Es wird nicht leicht für dich werden. Also, Nestling, wenn du irgendwelche Fragen hast, wäre jetzt der richtige Zeitpunkt dafür.«

Mir drehte sich fast der Magen um. »Wofür werde ich trainiert?«, flüsterte ich.

»Überleben«, antwortete Miss Gruselfunktionär prompt, dann präzisierte sie: »Um in einer Welt zu überleben, die, wenn sie von deiner wahren Identität erfährt, dich um jeden Preis vernichten wollen wird.« Sie unterbrach sich kurz, um ihre Worte wirken zu lassen, dann fuhr sie fort: »Jeder Vertreter unserer Art muss lernen, sich zu verteidigen und auf der Hut zu sein vor jenen, die uns schaden wollen. Die uns ausrotten würden, wenn sie könnten. Einmal ist ihnen das schon fast gelungen. Das dürfen wir nicht noch einmal zulassen.« Wieder eine Pause, in der sie mich über den Tisch hinweg abschätzend musterte. »Sag mir, Nestling, was ist die größte Bedrohung für uns? Warum wären wir beim ersten Mal fast ausgerottet worden?«

»Sankt Georg«, antwortete ich. Die Frage war leicht. Vom Moment unseres Schlüpfens an wurden wir vor dem schrecklichen Orden des Heiligen Georg gewarnt. Man lehrte uns seine gesamte blutige Geschichte, von den ersten Drachentötern über die fanatischen Tempelritter bis hin zu dem militaristischen Orden von heute. Man erzählte uns, wie die Soldaten des Heiligen Georg Nestlinge ermordeten, sie kaltblütig erschossen, selbst kleine Kinder. Man brachte uns bei, Fremden gegenüber immer misstrauisch zu sein, vor allem wenn sie zu viele Fragen stellten und ungewöhnlich viel Interesse an unserer Vergangenheit zeigten. Der Orden des Heiligen Georg war skrupellos, hinterlistig und kannte keine Gnade, der Feind unserer gesamten Spezies. Jeder Drache wusste das.

»Nein, falsche Antwort.«

Ich blinzelte fassungslos. Die Frau auf der anderen Seite des Tisches beugte sich vor. »Wir wären beinahe ausgerottet worden«, sagte sie langsam, »weil wir einander nicht vertrauen konnten. Unsere Habseligkeiten und der Schutz unserer Territorien waren uns wichtiger als das Überleben unserer Spezies. Und so haben die Menschen uns einen nach dem anderen zur Strecke gebracht, bis sie uns beinahe vernichtet hatten. Erst als es schon fast zu spät war, als fast niemand mehr übrig war, hat ein Drache – der Große Wyrm – uns alle zusammengerufen und gezwungen zu kooperieren. Wir lernten, zu Menschen zu werden, uns vor aller Augen zu verbergen, in den Reihen der Menschen unterzutauchen. Doch viel entscheidender war, dass wir begriffen, wie unabdingbar die Zusammenarbeit für unser Überleben war. Ein einzelner Drache kann in dieser von Menschen verseuchten Welt nicht bestehen, ganz egal, wie mächtig er oder sie auch sein mag. Wenn wir gedeihen wollen, wenn wir auf eine Zukunft hoffen wollen, muss jeder von uns seinen Platz in der Organisation einnehmen. Allein werden wir untergehen. Vereint erheben wir uns.« Miss Gruselfunktionär kniff die Augen zusammen, bis ihr giftgrüner Blick mich fast zu zerschneiden schien. »Alles, was wir tun, alles, was ich dir beibringen werde, geschieht zum Wohle aller. Kannst du dir das merken, Nestling?«

Ich nickte.

»Gut.« Meine Trainerin lehnte sich wieder zurück, und das feine, bösartige Lächeln blitzte auf. »Denn von jetzt an wird es nicht einfacher werden.«

Sie sollte recht behalten. Von diesem Tag an wurde ich jeden Morgen genau um sechs Uhr vom schrillen Piepen meines Weckers aus dem Schlaf gerissen. Ich zog mich an, torkelte nach unten, schnappte mir einen Bagel oder Donut, und dann gingen Dante und ich zu unseren Chauffeuren am anderen Ende des geheimen Tunnels und trennten uns dort. Sobald ich das Bürogebäude erreichte, marschierte ich in das Büro, wo mich Miss Gruselfunktionär – die sich nicht die Mühe machte, mir ihren Namen zu verraten – bereits hinter dem Riesenschreibtisch erwartete.

»Bericht«, schnauzte sie mich jeden Morgen an. Dann musste ich vom Tag zuvor erzählen: Wen ich getroffen hatte, wohin wir gegangen waren, was wir getan hatten. Sie fragte mich gezielt über meine Freunde aus, ließ mich erklären, warum sie dies oder jenes gesagt oder so und so reagiert hatten. Das war mir schon verhasst, und das war noch nicht der schlimmste Teil des Vormittages.

Nein, am schlimmsten war das »Debriefing« danach. Dann schickte sie mich in den Lagerraum des Gebäudes, eine gigantische, fast leere Halle mit hartem Zementboden und schweren Stahlträgern an der Decke. Nun konnte der eigentliche Spaß beginnen.

»Nimm diese Kisten«, bellte sie und zeigte auf einen großen Berg Holzkisten, »und staple sie in der gegenüberliegenden Ecke auf.«

»Zieh die Paletten auf die andere Seite der Halle. Wenn du fertig bist, bringst du sie wieder zurück. Und zwar flott!«

»Trag die Wassereimer zehn Mal ums Haus. Danach noch zehn Runden in der anderen Richtung.«

»Staple die Reifen auf, jeweils acht übereinander, ein Stapel in jeder Ecke, und das so schnell du kannst. Nein, du darfst sie nicht rollen, du musst sie tragen.« Jeden Tag. Zwei Stunden am Stück. Keine Fragen, kein Protest, keine Beschwerden. Nur blöde, monotone, sinnlose Aufgaben. Und die ganze Zeit ließ mich Miss Gruselfunktionär nicht aus den Augen, gab keinerlei Erklärungen ab, sagte überhaupt nichts, außer wenn sie mich anschnauzte, ich solle schneller sein, mich mehr anstrengen. Nichts, was ich tat, war gut genug, ganz egal wie schwer ich schuftete oder wie rasch ich meine Aufgaben erfüllte. Immer war ich zu langsam, zu schwach, zu schlecht. Verwandeln durfte ich mich während dieser Aufgaben nicht – das war ihre unantastbare Regel Nummer eins.

Heute Morgen war mir der Kragen geplatzt.

»*Warum?*«, fauchte ich so laut, dass meine Stimme in der weiten Leere widerhallte. Damit hatte ich gleich zwei Regeln auf einmal gebrochen: Widerworte waren verboten, ebenso wie Fragen. Aber das war mir jetzt egal. Ein Ziegelstein war mir aus der Hand gerutscht und direkt auf meinem Fuß gelandet, was einen gezischten Fluch und einen Wutanfall ausgelöst hatte. Und Miss Gruselfunktionär hatte mir nur irgendeine Beleidigung an den Kopf geworfen und mir befohlen weiterzumachen, und zwar ein wenig flotter. Mir tat alles weh, meine Arme brannten, mir lief der Schweiß in die Augen, und jetzt pochte auch noch mein Zeh. Ich hatte die Schnauze voll.

»Das ist Schwachsinn!«, schrie ich. »Ständig sagen Sie mir, ich soll schneller werden, stärker, und gleichzeitig darf ich mich nicht verwandeln?« Wild gestikulierend zeigte ich auf die Ziegelhaufen an beiden Enden der Halle. Das alles wäre so viel einfacher, wenn ich fliegen könnte.»In meiner wahren Gestalt würde ich das zehn Mal schneller schaffen. Warum darf ich das nicht als ich selbst machen?«

»Weil das nicht der Sinn der Übung ist«, lautete die nervtötend gelassene Antwort.»Und damit hast du dir eine zusätzliche Stunde Steineschleppen eingehandelt, aber jetzt will ich, dass du sie dabei zählst. Ich werde ebenfalls mitzählen, und wenn du rauskommst, fängst du wieder ganz von vorne an. Haben wir uns verstanden?«

Kochend vor Wut wünschte ich mir, ich könnte meine wahre Gestalt annehmen, eines der Oberlichter zertrümmern und einfach in den Himmel aufsteigen. Meine sadistische Trainerin und ihre dämlichen Übungen ein für alle Mal hinter mir lassen. Natürlich würde ich damit niemals durchkommen, vor allem nicht am helllichten Tag. Wenn mich auch nur ein Mensch sah, würde das Chaos und Panik auslösen, einen Riesentumult und Verderben bringen. Selbst wenn niemand glaubte, was er da gesehen hatte, würde Talon einschreiten und die Wogen glätten müssen, was immer teuer war und was sie nur höchst ungern taten. Vielleicht tauchte sogar der Sankt-Georgs-Orden auf, wie irgendwie immer, wenn etwas Unerklärliches geschah, und dann musste auch noch jemand geholt werden, der die Schweinerei hinterher aufräumte. Unterm Strich würde ich bis zum Hals in der Scheiße sitzen.

Zähneknirschend bückte ich mich, nahm den Ziegelstein und stemmte ihn wie befohlen bis auf Schulterhöhe hoch. Eine Stunde noch. Eine Stunde Folter, dann gehörte der Rest des Tages mir.

»Ich höre dich nicht zählen«, trällerte Miss Gruselfunktionär am anderen Ende der Halle. Wieder biss ich die Zähne zusammen, schluckte die Flammen runter, die sich einen Weg nach draußen bahnen wollten, und fauchte: »Eins!«

Ich konnte es kaum erwarten rauszukommen. Sobald die Quälerei ein Ende hatte und ich zu Hause aus dem Geheimtunnel trat, rannte ich in mein Zimmer, schnappte mir mein Board und machte mich auf den Weg zum Wasser. Ich musste dringend den Kopf frei kriegen, und nichts konnte mich besser ablenken als der Ritt über die Wellen.

Nur dass der Ozean heute ebenfalls unausstehlich war. Das grenzte schon an eine Verschwörung.

Das Surfbrett schaukelte sanft auf dem Wasser, während ich weiter in den Himmel starrte. Weit über mir hing eine einzelne Wolke, ein winziger Wattebausch im endlosen Blau. Ich kniff ein Auge zu, hob die Hand und stellte mir vor, ich würde sie mit den Krallen umschließen, während ich auf dem Wind dahinglitt. Fast spürte ich die Wärme der Sonne auf Rücken und Flügeln und diesen wahnsinnigen Kick, wenn ich einen Sturzflug hinlegte, Loopings flog und auf den Luftströmungen schwebte. Beim Surfen war ich diesem Hochgefühl bisher noch am nächsten gekommen, trotzdem war es eigentlich nicht zu vergleichen. Ich wollte fliegen.

Wetten, dieser Einzelgänger kann fliegen, wann immer er will?

Nachdenklich faltete ich die Hände über dem Bauch. Es war jetzt fast einen Monat her, seit ich ihn auf dem Parkplatz gesehen hatte; seitdem keine Spur mehr von dem Einzelgänger und seinem Motorrad. Ich hatte gründlich nach ihm Ausschau gehalten, die Menge am Strand abgesucht, die Parkplätze, sogar in die dunklen Ecken des Einkaufszentrums von Crescent Beach hatte ich einen Blick geworfen. Nichts. Und Dante sprach nicht mehr über den Vorfall; wenn ich ihn danach fragte, wich er mir aus und tat so, als wäre er schwer beschäftigt. Weder wollte er mir sagen, was er unternommen, noch ob er überhaupt irgendetwas getan hatte. Dass er ein solches Geheimnis daraus machte, ging mir ziemlich auf die Nerven. Hätte ich nicht Lexis Bestätigung für die Existenz des UBB gehabt, hätte ich die ganze Sache vielleicht als wilden Tagtraum abgetan.

Irritiert runzelte ich die Stirn. In letzter Zeit war Dante in einigen Punkten ziemlich verschlossen. Nicht nur in Bezug auf den Einzelgänger, auch wenn es um seine Trainingseinheiten ging, war er äußerst wortkarg. Schon ein paar Mal hatte ich ihn gefragt, was er vormittags mit seinem Trainer machte, und seine Antworten waren ziemlich vage ausgefallen: Politik und Humanwissenschaften, angeblich musste er verschiedene Regierungssysteme und die Namen politischer Führer lernen. Ich hegte den Verdacht, dass er mir extra langweilige Sachen sagte, damit ich das Interesse verlor und nicht weiter darauf einging. Keine Ahnung warum; ich hatte ihm alles erzählt, was ich für Miss Gruselfunktionär machen musste, und er war auch entsprechend mitfühlend gewesen. Trotzdem sprach er fast nie über seine eigene Ausbildung.

Irgendetwas glitt im Wasser an mir vorbei, und ich setzte mich abrupt auf. Plötzlich wurde ich aus einem ganz anderen Grund kribbelig. Das Meer war ruhig, alles war wie vorher, aber ich hätte schwören können, dass ich da rechts etwas gespürt hatte ...

Ungefähr hundert Meter entfernt hob sich eine dunkle Dreiecksflosse aus dem Wasser. Mein Herz machte einen Satz. Schnell zog ich die Beine hoch und kniete mich auf das Brett. Die Flosse verschwand, dann tauchte sie wieder auf, diesmal ein ganzes Stück näher. Definitiv auf der Jagd. Ich konnte den langen, schlanken Schatten unter Wasser sehen, den fast schwarzen torpedoförmigen Körper, der direkt auf mich zuhielt.

Meine Lippen verzogen sich zu einem breiten Grinsen. An jedem anderen Tag hätte ich vermutlich Angst gehabt, aber heute war ich völlig überdreht und bereit für einen Kampf. Als die Flosse näher kam, stemmte ich beide Hände auf das Brett, senkte den Kopf und stieß ein leises Knurren aus.

Abrupt drehte der Schatten ab. Er hatte es so eilig wegzukommen, dass er mit der Schwanzflosse auf das Wasser schlug. Während ich zusah, wie die Dreiecksflosse davonschoss, immer kleiner wurde und irgendwann in den Tiefen verschwand, grinste ich triumphierend.

Ha. Ich wette, dir ist auf einem Surfbrett noch nie ein Raubtier untergekommen, das noch fieser gewesen wäre als du, oder?

Dann seufzte ich schwer. Von dem überraschenden Besucher mal abgesehen, passierte auf dieser Seite des Ozeans heute wohl nichts mehr. Außerdem war ich mit Lexi in der Smoothie Hut verabredet. Sie war schlauer gewesen, hatte den Rat ihres Bruders beherzigt und beschlossen, sich den

Nachmittag über in die Sonne zu legen und mit Kristin auf Männerfang zu gehen. Dass Kristin daheim in New York einen Freund hatte, störte nicht weiter. Im Urlaub machte sie gerne etwas »Windowshopping«, und Lexi schloss sich ihr nur zu gern an. Der testosterongesteuerte Teil unserer Gruppe, wozu ich auch Dante zählte, war zu irgendeinem Monstertruckevent oder so was gegangen, also waren wir Mädels heute Abend ganz unter uns. Auch wenn ich mir kaum etwas Langweiligeres vorstellen konnte, als in der Sonne herumzuliegen und die ganze Zeit über Jungs zu reden, war das immer noch besser, als hier draußen zu hocken, nichts zu tun und mich nur mit Möwen und neugierigen Haien herumzuschlagen.

Also legte ich mich auf den Bauch und paddelte wieder Richtung Strand. Dabei erwischte ich wenigstens noch eine jämmerliche Miniwelle, auf der ich bis auf den Sand gleiten konnte. In dem viel zu ruhigen Wasser war heute viel los, unter den ganzen Menschen waren auch einige Familien mit kleinen Kindern. Sofort drängte sich der Gedanke an meine Begegnung draußen auf dem Meer auf, und auch wenn mein Besucher wahrscheinlich längst weg war, wollte ich auf Nummer sicher gehen – vielleicht trieb er sich ja doch noch irgendwo hier herum. Das sollte man nicht riskieren, wenn so viele fleischige Kinder ahnungslos durch die Dünung stapften.

»Hai!«, schrie ich deshalb, sobald ich den nassen Sand unter den Füßen spürte. »Da draußen ist ein Hai! Alle raus aus dem Wasser!«

Wollt ihr mal einen Haufen Menschen richtig rennen sehen? Dann ruft dieses Wort an einem vollen Strand und wartet ab, was passiert. Schon erstaunlich, wie viel Angst die Leute vor schuppigen Raubtieren mit spitzen Zähnen haben. Innerhalb von Sekunden war keiner mehr im Wasser, Eltern rissen ihre Kinder an sich und flüchteten an den Strand, nur raus aus dem Meer. Schon ironisch. Da hatten sie wegen des großen bösartigen Monsters draußen im Wasser Panik, dabei stand ein viel größeres, bösartigeres und tödlicheres Monster direkt neben ihnen am Strand.

Nachdem ich mit den Rettungsschwimmern gesprochen und ihnen erklärt hatte, dass ich tatsächlich einen Hai gesehen und nicht nur aus Spaß eine Massenpanik ausgelöst hatte, machte ich mich auf die Suche nach Lexi und Kristin und fand sie schließlich nicht am Strand, sondern auf dem Parkplatz. Sie standen bei einem gelben Jeep und unterhielten sich mit drei Typen in Badeshorts, die ich noch nie zuvor gesehen hatte. Auf dem Weg zu ihnen merkte ich wieder dieses Kribbeln im Nacken, weshalb ich mich umsah und halb damit rechnete, einen Schwarzhaarigen auf einem Motorrad zu sehen. Nichts. Wahrscheinlich wurde ich langsam paranoid.

»Da bist du ja!« Lexi klammerte sich an meinen Arm, als hätte sie Angst, ich könnte davonfliegen. »Wir wollten uns gerade auf die Suche nach dir machen. Die Leute sagen, da draußen ist ein Hai!«

»Oh, äh. Ja, stimmt. Ich meine, deshalb bin ich rausgekommen. Aber wahrscheinlich ist gar nichts.« Ich musterte die drei Fremden. Sie waren etwas älter als wir, vermutlich vom College, und kamen nicht aus der Gegend. Bis auf die Arme waren sie bleich, als hätten sie gerade zum ersten

Mal ihre Shirts ausgezogen. Einer von ihnen bemerkte meinen Blick und zwinkerte mir zu. Obwohl ich es ätzend fand, verkniff ich mir einen Kommentar.

»Lexi?« Demonstrativ drehte ich dem Blinzler den Rücken zu. »Wer sind denn eure neuen Freunde? Willst du mich nicht vorstellen?«

»Oh, klar. Das ist Ember, von der ich euch schon erzählt habe.« Lexi präsentierte mich mit großer Geste, als wäre ich der Hauptpreis in einer Gameshow. »Ember, das sind Drew, Travis und Colin. Sie studieren an der Colorado State und sind gerade erst angekommen. Deshalb wollten Kristin und ich ihnen den Strand zeigen.«

»Aha.« Ich warf Kristin einen Blick zu, die lässig auf der Motorhaube des Jeeps hockte, einen Fuß auf die Stoßstange gestützt, sodass ihr langes, gebräuntes Bein hervorragend zur Geltung kam. Zwei der drei Typen starrten hemmungslos; man konnte fast sehen, wie ihnen der Sabber übers Kinn lief. »Tja, ins Wasser geht ihr heute besser nicht«, stellte ich fest. »Wegen der Haiplage und so.«

Lexi verzog den Mund, aber ich war eher erleichtert. Mir gefiel weder, wie diese Typen uns anglotzten, noch die Art, wie Travis den Arm um Lexis Schultern legte. Mein Drache knurrte nervös, er erkannte in Colins bohrendem Blick das Raubtier.

»Schon okay«, meinte Travis, als Lexi leicht errötete. »Wir können ja irgendwo anders hingehen. Ich habe gehört, hier gibt es so einen ultrageheimen Treffpunkt, den nur die Einheimischen kennen, stimmt das? Pirate's Cove, Dead Man's Cove … irgendwie so?«

»Meinst du Lone Rock Cove?«, fragte Lexi mit einem

strahlenden Lächeln. Am liebsten hätte ich ihr einen Tritt verpasst. Lone Rock war eine kaum bekannte Bucht einige Kilometer weiter unten am Strand. Man musste von der Straße über einen Trampelpfad hinlaufen, so abgelegen war sie. Laut Liams Aussage geschahen dort auch »fragwürdige Dinge«. Er hatte Dante und mich davor gewarnt, dort allein hinzugehen, und niemals nach Einbruch der Dunkelheit.

Die Typen grinsten noch breiter. »Ja, genau«, meldete sich Colin zu Wort. »Könnten die Damen uns eventuell zeigen, wie man dort hinkommt? Wir haben Bier und Doritos, lasst uns ein Picknick machen.«

Nein, dachte ich, *könnten wir nicht.* »Gehen wir doch lieber zur Smoothie Hut«, schlug ich vor. *Wo noch ganz viele andere Leute sind.* »Ich bin total ausgehungert und freue mich schon seit Stunden auf ein paar Fritten.«

»Komm schon, Ember, wo bleibt denn dein Sinn fürs Abenteuer?« Seufzend rutschte Kristin von der Motorhaube und ließ ihre straffen Oberschenkel über das Blech gleiten. Wäre der Jeep ein Junge gewesen, hätte er wohl einen Herzinfarkt erlitten. Sie schob sich die Haare über die Schulter und schenkte den Jungs ein sinnliches Lächeln. »Wir führen euch hin«, schnurrte sie, woraufhin Lexi zustimmend nickte. »Aber nur, wenn ihr später noch etwas springen lasst.«

Die Typen grinsten einander an, als hätten sie gerade im Lotto gewonnen. »Tja, du bist ein harter Verhandlungspartner, Süße«, meinte Colin. »Aber ich denke, diese Bedingungen sind akzeptabel.«

Ich unterdrückte ein Stöhnen. Ich wollte nicht mitgehen;

aus irgendeinem Grund waren mir die drei unsympathisch. Inzwischen wusste ich, wie Jungs auf Mädchen reagierten, oft verhielten sie sich extrem dämlich und besitzergreifend. Und ich war noch lange kein Experte für die feineren Nuancen menschlichen Verhaltens, vor allem nicht bezüglich ihres Balzverhaltens. Vielleicht war das ja ganz normal?

Hätte ich mal besser auf meinen Drachen gehört.

Garret

Besonders begeistert war ich von dieser Kleidung nicht. Wenn man gegen Kreaturen kämpft, deren Zähne Sehnen zerfetzen, deren Klauen einen aufreißen wie eine Papiertüte und deren Atem einem die Haut von den Knochen brennt, braucht man eine Art Rüstung. Eine gute Splitterschutzweste hält einiges an Hitze und Schlägen ab und bietet wesentlich besseren Schutz gegen die natürlichen Waffen eines Drachen als eine normale Kevlarweste. Im Laufe der Jahre haben unsere Feinde allerdings erkannt, dass Feuerwaffen ebenfalls sehr effektiv sind, weshalb sie jetzt ebenso oft auf uns schießen, wie sie uns abfackeln. Trotzdem: Zwingt man ihn in seine natürliche Gestalt, greift ein Drache stets auf seine tödlichsten Waffen zurück. Unsere schwarzgrauen Kampfanzüge bestanden aus feuerfestem Material und waren mit Stahlplättchen verstärkt. Natürlich konnten sie uns nicht gegen alles schützen, vor allem nicht gegen einen Frontalangriff mit Drachenfeuer, aber es war immer noch besser als gar nichts.

In meiner Schutzkleidung fühlte ich mich wohl. Je mehr Polsterung und Stahl sich zwischen mir und dem Feind befand, desto besser. Bei manchen Missionen war mein Anzug zerfetzt, verbrannt oder in Stücke gehackt worden, und ohne ihn hätte ich nicht überlebt. Kaum etwas mochte ich weniger als das Gefühl, angreifbar und entblößt zu sein. Als Schutz war so ziemlich alles geeigneter als die Shorts und das schlabbrige schwarze Tanktop, das ich gerade trug. Genauso gut hätte ich splitterfasernackt über den Strand laufen können.

»Du schmollst schon wieder«, stellte Tristan fest. Er saß auf dem Fahrersitz und blickte konzentriert aus dem Fenster. Wie ich trug er Shorts und ein Tanktop, allerdings war auf seinem eine Faust abgebildet, bei der Daumen und kleiner Finger abgespreizt waren. Und im Gegensatz zu mir schien es ihm nichts auszumachen.

»Ich schmolle nicht.«

»Stimmt, du brütest eher vor dich hin.« Er schwieg, als ein junges Pärchen so dicht an unserem Jeep vorbeiging, dass es fast seinen Arm berührte, der lässig aus dem Fenster hing. Tristan würdigte die beiden keines Blickes, sondern fixierte weiter die Gruppe am anderen Ende des Parkplatzes. »Wir sind jetzt seit über drei Wochen hier, Partner«, informierte er mich, als ob ich das nicht wüsste. »Irgendwann musst du dich mal daran gewöhnen. Das ist mit ›anpassen‹ und ›einfügen‹ gemeint. Du kannst eben nicht in voller Kampfmontur an den Strand gehen, auch nicht, wenn sich hier ein Drache herumtreibt.«

Das war mir klar. Und mir war auch klar, dass der Orden von uns erwartete, dass wir diese Mission erfolgreich abschlossen, unabhängig davon, wie ich mich dabei fühlte. Waffen, Drachen, Kampf und Tod – darin war ich gut. Ewige Überwachungen in einer fröhlichen Kleinstadt voller Zivilisten – eher weniger. »Hast du die Zielpersonen noch im Blick?«, fragte ich, obwohl ich die Antwort kannte.

Ohne mich anzusehen, schnaubte er abfällig. »Garret, ich kann ein Ziel zwei Stunden lang im Fadenkreuz halten, ohne mit der Wimper oder mit dem Sucher zu zucken«, erklärte er mir gereizt. »Ich denke, da schaffe ich es gerade noch, ein paar Teenies im Auge zu behalten.«

Ich ließ ihm den Seitenhieb durchgehen. Die letzten drei Wochen waren frustrierend gewesen. Drei Wochen Recherche, vierundzwanzigstündige Strandüberwachung, Beobachtung verschiedener Gruppen. Aussortieren konnten wir Touristen, Familien, Arme und Arbeitslose. Unsere nachrichtendienstlichen Informationen besagten, dass der Schläfer jung und wohlhabend war und sich wohl den Hübschen und Beliebten anschließen würde, um sich ihnen anzupassen. Also der Clique, die am Strand herrschte, sozusagen. Nach endlosen Erkundigungen hatten wir das Feld schließlich auf einige Teenager eingegrenzt, die fast jeden Tag herkamen und fast immer zusammen. Jeder von ihnen konnte unser Ziel sein.

Phase eins war abgeschlossen. Jetzt waren wir fast bereit für Phase zwei und damit den Teil, den ich am meisten fürchtete: Ich musste die Gruppe infiltrieren, mir ihr Vertrauen erschleichen und herausfinden, wer von ihnen das Feuer speiende Ungeheuer aus dem Märchen war.

Keine Ahnung, wie ich das anstellen sollte.

»Oje«, murmelte Tristan, woraufhin ich mich wieder auf das Geschehen auf dem Parkplatz konzentrierte. »Sieht ganz so aus, als würden sie mit ein paar Collegetypen losziehen. Das könnte problematisch werden.«

Gerade verließ ein Jeep, unserem nicht unähnlich, den Parkplatz. Zwei von den Mädchen – die Blondine und die Brünette – saßen eingeklemmt zwischen zwei Jungs auf der Rückbank. Alle vier unterhielten sich lachend und hatten Bierflaschen auf dem Schoß. Nummer drei, die kleine Rothaarige, hatte sich nach vorne gesetzt und starrte aus dem Fenster, als wäre sie lieber ganz woanders. Ihr Surfbrett ragte gefährlich weit aus dem Kofferraum, während sie mit quietschenden Reifen auf die Straße einbogen.

Fragend sah ich meinen Partner an. »Was jetzt?«

Der legte den Rückwärtsgang ein und manövrierte uns aus der Lücke. »Ganz einfach: Wir folgen ihnen.«

Ember

Als wir die Bucht erreichten, war der Nachmittag schon ziemlich weit fortgeschritten. Zwei schroffe Felsklippen schoben sich rechts und links ins Meer hinein und hielten sowohl größere Wellen als auch Touristen ab. Der schmale weiße Sandstreifen lag verlassen da; wenn wir allerdings bis zum Sonnenuntergang warteten, würde sich das schnell ändern. Hierher kam man normalerweise nicht tagsüber, wie die kaputten Flaschen, der Müll und so manch *anderes* Relikt im Sand bestätigten. Mittig zwischen den beiden Klippen ragte auf halbem Weg zum Wasser ein einsamer Felsbrocken aus dem Sand, von dem die Bucht ihren Namen hatte.

Ich zog eine Grimasse. Nein, ich wollte definitiv nicht hier sein. Die drei Typen hatten auf der Fahrt fast die ganze Zeit getrunken – offenbar kümmerte es sie nicht, wie illegal das war – und hatten Lexi und Kristin ebenfalls dazu animiert. Bei mir hatten sie es ebenfalls versucht, und unter normalen Umständen hätte ich auch mitgemacht. Aber sie machten mich immer noch nervös, und sich in ihrem Beisein zu betrinken schien mir keine so gute Idee zu sein. Einer von ihnen, Colin, versuchte ständig, mich anzufassen, und während ich seinen suchenden Händen auswich, wurde mein Nervenkostüm immer dünner. Wenn er das wahre Gesicht des Mädchens sehen könnte, das er so dringend begrabschen wollte … dann hätte er sich wahrscheinlich bepisst vor Angst.

Reiß dich zusammen, Ember. Du darfst diesen Idioten nicht wie einen Marshmallow am Stock rösten, auch wenn er es verdient hätte.

»Hey.« Drew schirmte die Augen vor der Sonne ab und blinzelte zu den Klippen. »Ist das da … eine Höhle?«

»Na ja.« Kristin zuckte abfällig mit den Schultern. »Nicht so richtig. Eigentlich ist es nicht mehr als ein großes Loch, in dem sich bei Flut das Wasser sammelt.«

»Schauen wir sie uns doch mal an.«

»Äh … oder auch nicht«, widersprach ich heftig. Auf keinen Fall würde ich zulassen, dass meine Freundinnen mit diesen Typen in einer einsamen, dunklen Höhle verschwanden. Meine Entscheidung war gefallen: Ich konnte die drei nicht ausstehen. Ich schüttelte Colin ab, nahm Kristin am Arm und zog sie von Drew weg, der mir daraufhin einen bösen Blick zuwarf. »Danke, aber wir sollten uns jetzt wirklich auf den Heimweg machen. Ich habe meiner Tante versprochen, dass ich um sechs zu Hause bin.« Gelogen, aber ich wollte unbedingt hier weg. »Komm schon, Lex.«

Kristin riss sich von mir los und rieb sich mit finsterer Miene den Arm. »Ich will noch bleiben«, verkündete sie. »Ihr zwei könnt ja gehen. Ich will Drew die Höhle zeigen.«

Nie und nimmer. Während ich Kristin wütend anfunkelte, überlegte ich, was sie wohl tun würde, wenn ich ihre Haare packte und sie an ihrem hübschen, aber hohlen Köpfchen hier wegschleifte.»Wir sind mit einem Auto hier, du Genie. Wenn du bleibst, darfst du nach Hause trampen.«

»Hey, hey.« Von hinten schlossen sich zwei dicke Arme um mich, und Colin zog mich an seine Brust.»Entspann dich«, hauchte er mir ins Ohr.»Du bist ja total verkrampft. Sollen sie sich doch die Höhle ansehen – was kann schon passieren? Du kannst ja hier mit mir warten.« Jetzt verkrampfte ich mich tatsächlich und versuchte, mich aus seinem Arm zu winden. Mit einem leisen Lachen verstärkte er seinen Griff.»Komm schon, sei nicht so.«

»Finger weg«, knurrte ich und stemmte mich gegen seine Brust. *Nicht verwandeln, Ember. Wenn du dich verwandelst und diesen Neandertaler frisst, wird Talon dich für den Rest deines Lebens wegsperren. Außerdem verdirbst du dir wahrscheinlich nur den Magen.*

»Lass sie los, Arschgesicht«, fauchte Lexi, die nun endlich auch die Gefahr spürte. *Bisschen spät*, dachte ich, während ich gleichzeitig versuchte, Colins Lippen von meinem Gesicht und seine Hände von meinem Hintern fernzuhalten.»Sie hat gesagt, sie will nicht, also lass sie in Ruhe. Kristin, komm. Verschwinden wir.«

Die anderen Typen protestierten lautstark. Colin ignorierte sie alle und packte mich noch fester.»Entspann dich einfach, Süße«, murmelte er und ließ seine Nase über meinen Hals gleiten.»Dann macht es auch viel mehr Spaß.« Er hob den Kopf und drückte seine dicken, feuchten Lippen auf meine.

Wut und Ekel packten mich. Ich grub die Füße in den Sand und schubste ihn weg. Und zwar fest.

Er flog ein Stück rückwärts und landete mit einem überraschten Ächzen auf seinem Hintern. Einen Moment lang starrte er mich schockiert an. Dann wurde er knallrot im Gesicht und sprang auf.

»Schlampe!«

Ich sah den Schlag nicht kommen. Ich meine, eigentlich natürlich schon, aber ich hatte nicht damit gerechnet. In den gesamten sechzehn Jahren meines Lebens war ich noch nie geschlagen worden. Gereizte Kopfnüsse oder mal ein Klaps mit dem Lineal, wenn ich nicht aufgepasst hatte, aber sie hatten niemals richtig zugeschlagen. Nicht einmal Miss Gruselfunktionär hatte je die Hand gegen mich erhoben. Deshalb war ich nicht auf die explosionsartigen Schmerzen vorbereitet, die sich hinter meinen Augen ausbreiteten, oder darauf, wie die Welt aus dem Gleichgewicht geriet, als ich hinfiel und plötzlich Sand unter Händen und Knien spürte.

Sofort schien loderndes Feuer durch meine Adern zu jagen, und mein Drache erhob sich brüllend, bereit, dieses mickrige Menschlein in Brennholz zu verwandeln.

Lexi und Kristin kreischten. Krampfhaft versuchte ich, die Wut in den Griff zu bekommen, und biss die Zähne aufeinander, um mich nicht zu verwandeln, nicht zu einem Wirbelsturm aus Schuppen, Zähnen und Klauen zu werden und diesem Menschen zu zeigen, was wahre Angst bedeutete. Meine Finger wühlten den Dreck auf, die Nägel verlängerten sich und wurden zu gebogenen Klauen. Hastig bohrte ich sie tiefer in den Sand. Meine Nasenlöcher blähten sich, in meiner Lunge bildete sich brennende Hitze, doch ich zog den Kopf ein und bot all meine Selbstbeherrschung auf. Ich wusste, dass meine Pupillen sich zu reptilienartigen Schlitzen verformt hatten, und wagte deshalb nicht, den Kopf zu heben, als der widerwärtige Mensch auf mich zukam. Zitternd presste ich die Lider aufeinander. Wenn er mich auch nur anrührte, würde nichts mehr von ihm übrig bleiben außer einem Haufen Knochen und etwas Asche.

»Hey!«

Da war jemand hinter uns. Ich hob genau in dem Moment den Kopf, als Colin seitlich gerammt wurde. Wieder flog er rückwärts, stolperte und landete kopfüber im Sand. Blinzelnd legte ich den Kopf in den Nacken und blickte in das Gesicht eines Jungen.

Mein Herz flatterte seltsam. Seit mehr als einem Monat verbrachte ich nun meine Zeit mit Lexi und lauschte ihren Vorträgen über Jungs, sah zu, wenn sie die »Schnittchen« herauspickte. Inzwischen waren mir die Schönheitsideale der Menschen vertraut, sogar so gut, dass ich Lexi auf süße Typen aufmerksam machen konnte, die auch ihre Zustimmung fanden. Trotzdem war mir schleierhaft, was daran so faszinierend sein sollte.

Aber vielleicht hatte die ganze Jungssucherei nun doch Spuren hinterlassen, jedenfalls war dieser Fremde – um es mit Lexis Lieblingsbegriff zu umschreiben – absolut *umwerfend*.

Er war ungefähr in meinem Alter, vielleicht etwas älter, und hatte kurze Haare, die wie helles Gold schimmerten. Dazu gebräunt, schlank und durchtrainiert, als würde er seine Zeit in der Sonne und im Fitnessstudio verbringen. Und diese Augen: das hellste Grau, das ich je gesehen hatte.

Nicht wie Silber, eher … blaugrau. Metallisch. Jetzt durchbohrten sie mich mit einem strahlenden Blick, und mein Herz machte einen kleinen Satz, als er mir die Hand hinstreckte. »Bist du okay?«

Ich nickte. »Ja«, antwortete ich schwach. Nachdem ich mich davon überzeugt hatte, dass an meinen Fingern keine gruseligen Klauen hingen, legte ich meine Hand in seine, woraufhin er mich sanft hochzog. Wieder fixierten mich diese leuchtenden Augen, und diesmal reagierte mein Bauch. »Danke.«

»Was zum …?«

Colin war wieder auf den Beinen und stapfte mit seinen Freunden im Schlepptau auf uns zu. Jetzt hatten sie nichts Freundliches oder Charmantes mehr an sich. Aber dann tauchte noch ein Fremder auf, etwas größer als mein Retter und genauso muskulös. Er hatte kurze schwarze Haare und dunkelblaue Augen. Mit einem bedrohlichen Grinsen stellte er sich neben uns. Colin und die anderen waren bei seiner Ankunft zögernd stehen geblieben; jetzt waren sie ja nicht mehr drei zu eins in der Überzahl. Einen Moment lang starrten sich alle stumm an.

»Tja.« Der andere Fremde musterte mit hochgezogener Augenbraue die drei Idioten vor sich und fuhr dann mit vor Sarkasmus triefender Stimme fort: »Wieder einmal ein schönes Beispiel für Rückschritte der Evolution. Wie gut, dass wir gerade Lust auf einen Spaziergang hatten, was, Garret? Sonst hätten wir die Primatenshow verpasst.«

Der Hellhaarige namens Garret rührte sich nicht, grinste aber. »Und da heißt es immer, es gäbe keine Ritterlichkeit mehr.«

»Wer hat denn dich gefragt?« Colin hatte sich anscheinend von seinem Schreck erholt, allerdings nicht genug, um sich etwas Schlagfertigeres zu überlegen. Mit geschwellter Brust trat er vor, woraufhin Garret mich sofort hinter sich schob. »Das da ist *mein* Mädchen, Kleiner«, behauptete Colin und verzog wütend das Gesicht. So war er richtig hässlich. »Und das geht dich alles nichts an. Verpiss dich, bevor wir dich zu einem Fall für die Notaufnahme machen.«

»Ich bin nicht dein Mädchen!«, fauchte ich, bevor einer der Jungs antworten konnte. »Und wenn du mir mit diesem widerlichen Schlabbermaul noch einmal zu nahe kommst, landet mein Fuß da, wo die Sonne nicht hinkommt!«

Colins verwirrtes Blinzeln zeigte, dass er offenbar zu dumm war, um diese Drohung zu verstehen, aber der Junge mit den grauen Augen lachte leise. Es klang irgendwie ... eingerostet. Ungeübt, so als würde er nicht oft lachen und als wäre es ihm völlig überraschend entschlüpft.

Sein Freund lachte ebenfalls. »Klingt so, als hätte sie keinen Bock mehr auf dich«, stellte er fest, während Colin sich weiter wütend aufplusterte. »Ist zumindest mein Eindruck. Was meinst du, Garret?«

Garrets Stimme wurde plötzlich eiskalt. Mit tödlicher Ruhe antwortete er: »Ich denke, sie sollten gehen. Sofort.«

Colin holte weit aus, und seine dicke Faust schoss auf seinen wesentlich kleineren Gegner zu. Während ich noch erschrocken zusammenzuckte, packte Garret irgendwie seinen Arm und verdrehte ihn so, dass Colin das Gleichgewicht verlor und rückwärts im Sand landete. Beim Aufprall entwich mit einem Keuchen die Luft aus seiner Lunge. Ich blinzelte überrascht, aber da brachen Colins Freunde bereits in Wutgeheul aus und stürzten sich in die Schlacht.

Hastig trat ich mit Kristin und Lexi den Rückzug an, weg von der Schlägerei. Eigentlich wollte ich ja helfen, mein Drache drängte mich, meinen Beitrag zu leisten und loszulegen, aber das ging natürlich nicht. Außerdem kamen die beiden Fremden auch ganz gut allein zurecht. Keine Ahnung, ob sie irgendeinen Kampfsport machten oder einfach nur verdammt tough waren, jedenfalls gelang es ihnen ohne Probleme, den Angriffen auszuweichen, sie abzuwehren und selbst gut auszuteilen. Dabei bewegten sie sich geschmeidig und kamen einander kein einziges Mal in die Quere. Der Dunkelhaarige wehrte einen gewaltigen Haken ab, stürmte vor und rammte seinem Gegner das Knie in den Magen, sodass dieser zusammensackte. Garret wich einem Querschlag aus und platzierte seine Faust so präzise unter dem Kinn des Angreifers, dass dessen Kopf widerstandslos zurückflog. Ich feuerte ihn begeistert an.

Wenige Sekunden später war alles vorbei. Der Große verpasste seinem Gegner noch einen Kinnhaken, der ihn zu Boden schickte, und Garret erwischte Colin mit dem Ellbogen an der Schläfe, was denselben Effekt erzielte. Zwar versuchte Colin noch einmal, sich aufzurappeln, brach aber sofort wieder zusammen und stützte den Kopf in die Hände.

Nachdem sie sich ihre besiegten Gegner noch einmal angesehen hatten, wandten sich die beiden Jungs wieder uns zu. Der Dunkelhaarige grinste breit. »Na, das war doch spaßig«, stellte er trocken fest und rieb sich die Fingerknöchel.»Erinnert mich an die guten alten Zeiten, was, Cousin?« Der andere schüttelte nur den Kopf.

»Sollen wir euch mitnehmen?«, fragte er mich auf seine ruhige Art, und aus irgendeinem Grund ließen diese strahlend grauen Augen meinen Magen wieder nervös flattern. »Wir können euch heimbringen oder zurück zum Strand, was euch lieber ist. Ich verspreche auch, dass wir uns besser benehmen werden als diese Idioten. Sogar Tristan.«

Dieser rümpfte empört die Nase.»Diesen Kommentar werde ich nicht einmal mit Entrüstung würdigen.«

Innerlich schüttelte ich mich, denn ich musste jetzt einen klaren Kopf behalten – Lexi und Kristin schienen unter Schock zu stehen. Lexi klammerte sich zitternd an mich, während Kristin mit großen Augen die bewusstlosen Typen im Sand musterte.»Zurück zum Strand wäre super«, erklärte ich Garret.

Er nickte knapp, aber genau da kam Colin stöhnend auf die Füße. Taumelnd stand er da und warf den beiden Fremden giftige Blicke zu, bevor er sich unfassbarerweise zu mir umdrehte.»Du *Schlampe*«, zischte er, was Lexi ein entsetztes Zischen entlockte.»Ihr von der Westküste seid doch alle gleich: Erst wollt ihr es unbedingt, bettelt darum, und dann weigert ihr euch, es durchzuziehen. Du bist ein billiges Flittchen, nichts weiter! Nur eine miese Nutte ...«

Ich löste mich von Lexi, richtete mich zu meiner vollen Größe auf, ging zu dem taumelnden Arschloch und platzierte meinen Fuß dort, wo die Sonne nicht hinkommt.

»Das war dafür, dass du meinen ersten Kuss ruiniert hast«, erklärte ich ihm, während er mit einem erstickten

Keuchen zusammenbrach und sich den Schritt hielt. Keine Ahnung, ob das wirklich so wichtig war, aber die Leute in den Filmen schienen dieser Meinung zu sein, außerdem hatte er ja keine Ahnung, wie billig er davongekommen war. Dann drehte ich mich zu den beiden Fremden um, die mich verblüfft anstarrten, und reckte das Kinn. »Was ist, fahren wir? Ich glaube, hier sind wir fertig.«

Garret

Wir fuhren zurück zum Strand: Tristan und ich vorne, unsere drei Fahrgäste und das Surfbrett hinten. Die Mädchen – vor allem die Blonde und die Brünette – redeten die ganze Zeit, die schrillen, aufgeregten Silben quollen so schnell aus ihnen heraus, dass man ihnen nur schwer folgen konnte. Allerdings versuchte ich es auch nicht besonders lange. Ich wusste bereits alles über diese Mädchen. Kristin Duff und Alexis Thompson kannte ich, nachdem wir ihre Gruppe stundenlang observiert hatten, um ihre Gewohnheiten und Abläufe zu studieren. Und natürlich Ember Hill. Über sie wusste ich auch so einiges: sechzehn, konnte surfen, verbrachte die Abende meistens mit ihren Freunden in der Smoothie Hut. Aber nichts davon hätte mich auf den Moment vorbereiten können, als sie auf diesen viel größeren und schwereren Collegetypen zumarschierte und ihn dahin trat,»wo die Sonne nicht hinkommt«.

Das war ein unvergleichlicher Anblick gewesen, auch wenn ich so überrascht gewesen war, dass ich nicht mehr als ein Zucken zustande brachte. Tristan hatte losgekreischt wie eine Hyäne. Rückblickend verfluchte ich mich dafür, dass ich nicht reagiert, sondern einfach nur zugesehen hatte, wie Ember Hill diesem Zivilisten den Fuß zwischen die Beine rammte. Natürlich hatte dieser grobe Collegeklotz es nicht besser verdient, aber mein Zögern hätte uns alle umbringen können. Denn es gab da diese eine Sekunde, als sie mit funkelnden Augen die Lippen gebleckt hatte, als würde sie gleich knurren ... da war ich mir sicher, dass dieses Mädchen unsere Zielperson war. Dass ihr schlanker Körper sich gleich auflösen und in mörderische Zähne, Klauen und Schuppen verwandeln würde, bevor sie dem Zivilisten den Kopf abriss. Und dass wir dann die nächsten wären, weil ich dummerweise meine Glock im Jeep gelassen hatte und mich deshalb mit nichts außer meinen Flip-Flops gegen einen wütenden, Feuer speienden Drachen verteidigen müsste.

Ember Hill. Wieder und wieder kreiste ihr Name in meinen Gedanken. Die Indizien stimmten alle: Status, Ankunft in Crescent Beach, sogar der Name. Alles an ihr deutete auf einen möglichen Schläfer hin, bis auf eine Sache.

Sie hatte einen Bruder. Genauer gesagt einen Zwilling. Und trotz allem Reichtum, aller Macht, allem Einfluss und ihrer Vormachtstellung in der Welt bekamen unsere Feinde immer nur einen einzelnen Nachkommen. Drachen hatten keine Geschwister, aber Ember und Dante Hill waren definitiv Bruder und Schwester. Sie gingen vollkommen entspannt miteinander um, stritten und ärgerten sich wie normale Geschwister, passten aber auch aufeinander auf und standen füreinander ein, sogar gegenüber ihren Freunden. Es war ganz offensichtlich, dass sie zusammen aufgewachsen waren. Außerdem sahen sie sich so ähnlich, dass sie verwandt sein mussten. Was wiederum bedeutete, dass dieses rothaarige Mädchen auf der Rückbank trotz aller Wildheit und ihres feurigen Temperaments nicht unser Schläfer sein konnte.

Jetzt wirkte sie völlig normal, unterhielt sich aufgeregt mit ihren Freundinnen und stellte mir oder Tristan hin und wieder eine Frage, wenn die anderen mal still waren. Alle drei waren extrem neugierig, wollten wissen, wie alt wir waren, wo wir wohnten, ob wir länger in Crescent Beach blieben oder nur zu Besuch waren. Ich hielt mich zurück und ließ Tristan unsere erfundene Geschichte erzählen: Dass wir Cousins wären, den Sommer in Crescent Beach verbrachten, weil sein Vater hier einen Job bekommen hätte, und dass wir in einer Wohnung in der Nähe der Hauptstraße lebten. Als sie mich daraufhin weiter ausquetschten – wo *ich* denn herkäme, wo *meine* Eltern steckten –, hatte ich die Antworten parat: Ich sei aus Chicago hierhergekommen, mein Dad sei ein Kriegsveteran mit Behinderung, und mein Onkel habe mich für den Sommer zu sich eingeladen. Es fiel mir nicht schwer, ihnen diese Lügen aufzutischen, auch wenn der Junge in der Geschichte – der auf die Kennedy High ging, in der Mulligan Avenue wohnte und einen Beagle namens Otis hatte – mir vollkommen fremd war. Nur ein Gaukler mit einem erfundenen Leben.

Kurz fragte ich mich, ob es einer von den dreien genauso ging.

Schließlich erreichten wir den Parkplatz am Strand, und die Mädchen stiegen aus. Lexi und Kristin waren etwas unsicher auf den Beinen. Geschickt nahm Ember Lexi am Arm und verhinderte, dass sie mit einem Passanten zusammenprallte, dann drehte sie sich zu mir um.

»Äh.« Direkt und ohne jede Verlegenheit musterten mich die grünen Augen. »Danke«, sagte sie dann, »für das vorhin. Dass du diese Idioten für uns losgeworden bist. Also, du und Tristan natürlich. Lexi und Kristin sind etwas beschwipst, die begreifen gar nicht, was da alles hätte passieren können, aber ... danke.«

»Gern geschehen«, erwiderte ich, ohne ihrem Blick auszuweichen. »Wir haben gerne geholfen.«

Als sie lächelte, spürte ich ein seltsames Ziehen in der Magengrube. Komisch. Doch dann erschien Kristins Gesicht im Fenster, und sie beugte sich lächelnd zu mir herein.

»Ich habe diese Woche Geburtstag«, erklärte sie mit atemloser, leicht schleppender Stimme. Ember verdrehte kurz die Augen und ging dann nach hinten, um ihr Surfbrett zu holen. Kristin lehnte sich einfach gegen die Beifahrertür und fuhr fort: »Und ich veranstalte am Samstag eine Party, ganz ohne elterliche Aufsicht. Die bleiben das ganze Wochenende weg, also ... na ja. Billardtisch, Whirlpool auf der Terrasse, unverschlossene Hausbar?« Sie spähte unter ihren dichten Wimpern hervor und blinzelte hektisch. Ob sie etwas im Auge hatte? »Wollt ihr zwei vielleicht auch kommen? Ich gebe euch die Adresse.«

»Oh, ja, absolut!« Lexi sah über ihre Schulter, womit das Fenster vollständig ausgefüllt war. Ich lehnte mich zurück, um ein wenig Abstand zu halten. »Lasst uns zusammen feiern. Das wird genial!«

Samstag. Heute war Montag. Blieben also noch fünf Tage, um die drei zu durchleuchten und mehr über sie herauszufinden. Ich schaute fragend zu Tristan hinüber. Als

der die Augenbrauen hochzog, drehte ich mich achselzuckend wieder zu den Mädchen um. »Klar, klingt super.«
Beide strahlten. Kristin gab uns die Adresse, dann wanderten alle drei zum leeren Strand hinunter, wo gerade die
Sonne in den Wellen versank. Ich wartete, bis sie außer
Hörweite waren, und fragte dann leise: »Und jetzt? Wie
sieht unser Plan aus?«

Tristan lächelte grimmig und legte den Rückwärtsgang
ein. »Jetzt fängt die eigentliche Mission an.«

Ember

Vom Rand des Parkplatzes aus beobachtete ich, wie der schwarze Jeep auf die Straße einbog, beschleunigte und davonfuhr. Garrets helle Haare leuchteten noch einmal in der schwindenden Nachmittagssonne auf, dann war er weg.

Ich seufzte schwer.

»O Mann.« Mit einem ganz ähnlichen Laut lehnte sich Lexi gegen meine Schulter. Es war noch gar nicht lange her, da wäre ich bei dieser unvermittelten Berührung zurückgeschreckt. Jetzt stellte ich mich nur breitbeinig hin, damit ich zwischen ihrem Gewicht und dem des Surfbretts auf der anderen Seite nicht umkippte. »Das waren ja mal zwei brandheiße Exemplare. Meinst du, sie kommen wirklich zu der Party?«

»Keine Ahnung«, murmelte ich. Während der vergangenen Wochen hatte ich schon viele hübsche Menschen kommen und gehen sehen. Von geschmeidigen Surfern über braun gebrannte Volleyballer bis hin zu charismatischen Jungs und heißblütigen Mädchen, die einfach auf eine Sommerromanze oder ein wenig Spaß aus waren. Bei den drei Vollidioten von heute überwog zwar der Ekelfaktor den Spaß, aber auch das war nicht ungewöhnlich. Sie

104

waren nur für ein paar Tage hier, und dann würden sie wieder abhauen, genau wie alle anderen. Vielleicht war es bei Garret auch nicht anders. Ein hübsches Gesicht, das nur einmal auftauchte und dann auf Nimmerwiedersehen verschwand. Das kannte ich schon. Die Ortsansässigen hier in Crescent Beach folgten alle einem ungeschriebenen Gesetz: Häng dein Herz nicht an Touristen. Sommerflirts waren prima. Ein bisschen Knutschen, lange Spaziergänge am Strand, Rummachen unter den Sternen, jede Menge Partys und vielleicht eine Nummer im Whirlpool schieben – alles in Ordnung. Aber bloß kein »für immer«, von keiner Seite. Denn egal wie gut man sich verstand, egal wie perfekt es lief, am Ende des Sommers fuhren sie ja doch immer wieder nach Hause. Und dann blieben einem nichts außer einigen schönen Erinnerungen und der Sehnsucht nach dem, was gewesen war und was niemals wiederkommen würde. Mir war eine solche Anziehung natürlich völlig fremd, ich begriff einfach nicht, wie man sich überhaupt so an jemanden binden konnte. Wahrscheinlich war das so ein Menschending, über das ich mir gar nicht den Kopf zerbrechen musste.

Garret allerdings hatte etwas an sich, das ... seltsam war. Ich konnte es nicht genau benennen. Vielleicht die Art, wie er sich gab, so vorsichtig und kontrolliert. Oder der Ausdruck in seinen Augen, kurz bevor Colin ihn angegriffen hatte: hart, ausdruckslos und gefährlich. Einerseits strahlte er absolutes Selbstvertrauen aus, andererseits war da auch eine gewisse Unsicherheit, so als wüsste er nicht genau, was er tun oder wie er sich verhalten sollte. Mein Gespür sagte mir, dass diese stoische Gelassenheit nur Fassade war. Wenn ich etwas tiefer grub, würde ich hinter dieser Mauer vermutlich einen vollkommen anderen Menschen entdecken.

Falls ich ihn überhaupt noch einmal wiedersah. Und falls ich dann zu der Person in der Respekt einflößenden Hülle vordringen konnte.

Ich verpasste mir in Gedanken einen Klaps. Was sollte diese Grübelei? Garret war ein Fremder und, was noch viel wichtiger war, ein Mensch. Ich würde mir bestimmt nicht den Rest des Sommers verderben, indem ich einem – zugegebenermaßen umwerfenden – Jungen hinterherhechelte. Vor allem nicht, wenn ich mich noch zwei Monate lang mit Miss Gruselfunktionär herumschlagen musste. Dadurch wurde mein Sommer sowieso schon extrem verkürzt.

»Wohl eher nicht«, beantwortete ich Lexis Frage, die daraufhin noch einmal herzzerreißend seufzte, sich aufrichtete und sich die Haare aus dem Gesicht strich. Ich schnappte mir mein Surfbrett und wollte gerade zum Strand gehen, als Kristin von ihrem Auto zurückkam, wo sie ihre Handtasche geholt hatte. »Kommt mit«, sagte ich zu beiden Mädchen, »gehen wir in die Smoothie Hut. Ich brauche jetzt dringend einen Mangoshake, um diesen ekligen Geschmack aus dem Mund zu bekommen.«

Wenig später beobachteten wir den Sonnenuntergang, nippten an unseren Getränken und teilten uns eine Portion Mozzarellasticks, während wir die Abenteuer des Tages besprachen. Erst analysierten wir noch einmal Garrets und Tristans heldenhafte Rettungsaktion, dann machten wir uns über Kristins grauenhaften Männergeschmack lustig.

Lexi gab mir natürlich Recht, als ich betonte, was für Arschlöcher die Collegetypen gewesen waren, und stritt lauthals ab, sie jemals attraktiv gefunden zu haben. Erst als sie uns schilderte, wie gerne sie Colin mit einer rostigen Heckenschere kastrieren würde, weil er mich geschlagen hatte, wurde mir bewusst, was da beinahe passiert wäre. Mir wurde eiskalt.

Was würde Talon mit mir machen, wenn ich diesen Menschen getötet hätte? Wenn ich mich in der Bucht verwandelt und ihm den Kopf abgebissen hätte? Wenn ich ihn direkt vor den Augen von Lexi, Kristin und den anderen in ein Häufchen Asche verwandelt hätte? Ich dachte daran, wie sich brennende Hitze in meiner Lunge gebildet, wie mein Rücken gejuckt hatte, als ihm fast Schuppen und Flügel gewachsen wären. Mein menschlicher Körper war mir plötzlich erstickend eng vorgekommen, während ich krampfhaft alles daran gesetzt hatte, die Verwandlung zurückzuhalten. Dabei war in der Wut mein Drache laut brüllend erwacht und hätte diesen Menschen am liebsten zu blutigem Konfetti zerfetzt.

Bei diesen mörderischen Gedanken begann ich zu zittern. Sie entsetzten mich, aber gleichzeitig war ich wütend darüber, dass ich mich eben nicht in meine wahre Gestalt verwandelt und den Menschen wie einen Ballon zum Platzen gebracht hatte. Was eigentlich noch viel beunruhigender war. Während Kristin sich verabschiedete, weil sie zu irgendeiner »lahmen Familiensache« musste, und Lexi kurz aufs Klo ging, überlegte ich, ob ich Dante von dem Vorfall erzählen sollte. *Schätze schon. Er wird es wahrscheinlich sowieso von Lex oder Kristin erfahren. Bleibt nur zu hoffen, dass er nicht völlig durchdreht und den Beschützerbruder raushängen lässt.*

Plötzlich kribbelte es wieder in meinem Nacken, und im nächsten Moment schob sich der Einzelgänger auf die Sitzbank gegenüber.

»Hallo, Rotschopf.«

Seine gelassene, sarkastische Begrüßung ging mir durch Mark und Bein und fachte sofort mein inneres Feuer an. Es kam mir vor, als hätte mein Drache sich nie schlafen gelegt, als hätte er sich nie brav den Regeln gebeugt. Sobald er die Gegenwart des Einzelgängers spürte, hob er neugierig den Kopf, war hellwach und auf der Hut. Mit weit aufgerissenen Augen lehnte ich mich zurück und starrte ihn an.

Der Typ gegenüber grinste nur und nahm sich seelenruhig einen Mozzarellastick. Offenbar merkte er gar nicht, was er in mir ausgelöst hatte. »Darf ich mich setzen?«

Ganz deutlich sah ich den Drachen in ihm: in seinen fast goldenen Augen genauso wie in dem leicht beunruhigenden Lächeln, das etwas Raubtierhaftes an sich hatte. Immer stärker brannte das Feuer in mir, und mein Drache regte sich, entweder um ihn herauszufordern oder um ihn anzuerkennen, da war ich mir nicht sicher. Aber eines wusste ich: Wenn ich mit dem Einzelgänger sprach, konnte mir das eine Menge Ärger einbringen, sowohl von meiner Ausbilderin als auch von Talon direkt. Und es kümmerte mich einen Dreck.

Mein Drache zuckte fauchend, er wollte raus. Ich atmete tief durch, um mich etwas zu beruhigen, und grinste ebenfalls. »Ist ein freies Land«, sagte ich achselzuckend. »Tu, was du nicht lassen kannst.«

»Interessante Wortwahl.« Der andere Drache neigte leicht den Kopf, seine Mundwinkel zuckten. Dabei entdeckte ich das Tattoo, das am Halsausschnitt seines Shirts hervorblitzte: irgendetwas Keltisches. »Aber für uns ist es nicht ganz so frei, oder?«

Ich blinzelte irritiert und runzelte kurz die Stirn. »Äh, hi, ich bin Ember. Freut mich, dich kennen zu lernen, mal abgesehen von den kryptischen Anspielungen.« Mein Drache schnaubte angewidert. Er wusste natürlich genau, was gemeint gewesen war.

Sein Grinsen ließ mich erröten. »Du hast keine Ahnung, was ich bin, oder?«

»Du bist ein Einzelgänger.« Mit dieser Antwort hatte sich die vorgetäuschte Unwissenheit dann auch erledigt. Subtiles Vorgehen war noch nie mein Ding gewesen. Jetzt grinste er noch breiter und präsentierte seine strahlend weißen Zähne. Mit gesenkter Stimme fuhr ich fort: »Mir ist egal, ob du ein Einzelgänger bist, aber was machst du hier? Wenn Talon das herausfindet, steckst du ziemlich in der Scheiße. Hast du keine Angst, dass die Vipern hinter dir her sein könnten?«

Das brachte ihn sogar zum Lachen. »Das sind sie sogar ganz bestimmt. Aber was ist mit dir, Rotschopf? Dir ist schon klar, dass du schon allein deshalb Ärger bekommen könntest, weil du mit mir redest? Wenn Talon erfährt, dass ihr verletzlicher kleiner Nestling mit einem großen, bösen Einzelgänger gesprochen hat, könnten sie dich zurück ins Nest holen. Oder sie halten dich gleich für einen Kollaborateur, und dann hätten es die Vipern auf uns beide abgesehen. Macht dir das keine Angst?«

»Habe ich dir etwa gesagt, du sollst verschwinden?«, erwiderte ich, um seiner Frage auszuweichen. Denn die Antwort lautete natürlich *ja*. Niemand, der noch einigermaßen bei Verstand war, wollte die Aufmerksamkeit der Vipern auf sich ziehen. Es gab jede Menge Gerüchte über die geheimnisvollsten aller Talon-Agenten, und sie waren ohne Ausnahme Furcht einflößend. Ich wollte absolut keine Viper an mir kleben haben, aber das würde ich *ihm* bestimmt nicht auf die Nase binden.

Der Einzelgänger musterte mich abschätzend, was ich prompt erwiderte. Vipern hin oder her, ich war neugierig. Abgesehen von meinem Bruder und unseren Ausbildern hatte ich seit Jahren keinen Drachen mehr gesehen, und die zählten ja nicht. »Wer bist du?«, fragte ich, um zumindest einen Teil meiner Neugier zu befriedigen. »Wie heißt du?«

»Du willst meinen Namen wissen?« Mit einem trägen Lächeln lehnte er sich zurück. »Ich weiß ja nicht, Rotschopf. Das wäre schon ein enormer Vertrauensvorschuss für eine völlig Fremde. Woher soll ich denn wissen, dass du mich nicht auslieferst? Dass du nicht sofort zur Organisation rennst und ihnen erzählst, dass sich in der Smoothie Hut ein Einzelgänger herumtreibt?« Er nahm sich noch einen Mozzarellastick und wedelte damit vor meiner Nase herum. »Das wäre nicht so toll für mich.«

»Ich werde dich nicht ausliefern«, versprach ich. »Habe ich schließlich auch nicht gemacht, als ich dich letzten Monat hier gesehen habe.« Ohne auf mich zu achten, biss er grinsend in das Käsestäbchen. Stirnrunzelnd fragte ich weiter: »Du hast nach mir gesucht, stimmt's?« Mir fiel

wieder ein, wie er mich damals vom Parkplatz aus angestarrt hatte. »Warum?

»Du stellst aber eine Menge Fragen.«

»Und du beantwortest keine davon.« Ich gab ihm einen
Klaps, als er nach dem letzten Mozzarellastick griff. »Hör
auf mit den Spielchen. Wenn du solche Angst davor hättest, dass ich dich hinhängen könnte, hättest du dich gar
nicht erst zu mir gesetzt. Also, was willst du?«

Er lachte, und seine leise, tiefe Stimme fachte die Hitze
in meinem Inneren noch weiter an. »Schon gut, du hast
mich erwischt. Dann werde ich also nicht weiter um den
heißen Brei herumreden.« Kopfschüttelnd musterte er
mich. »Lass mich eine Frage stellen: Wie viel weißt du
wirklich über Talon?«

Mit einem verstohlenen Blick zu den anderen Tischen
stellte ich sicher, dass wir nicht belauscht wurden. Und
dass Lexi nicht gerade jetzt vom Klo zurückkam. »Was ist
das denn für eine Frage?«, gab ich noch leiser zurück. »Ich
weiß genauso viel wie jeder hier … äh, wie jeder Drache.
Die Organisation dient dazu, für unsere Sicherheit und
unser Überleben zu sorgen. Jedes Mitglied hat in ihr seinen
Platz, und alles, was sie tun, hilft unserer Art dabei, noch
stärker zu werden.«

Der Einzelgänger verzog abschätzig den Mund. »Antwort wie aus dem Lehrbuch, Rotschopf. Bravo, du weißt
genau, was sie von dir hören wollen.«

Das ärgerte mich. »Sagt der Verräter, der sich von Talon
abgewandt hat und jetzt wie ein gemeiner Verbrecher auf
der Flucht ist. Soweit ich weiß, könnte jedes Wort von dir
gelogen sein.«

»Mach dir doch nichts vor.« Plötzlich klang er todernst, und seine Miene verfinsterte sich. »Ich weiß so einiges über … *die* … wovon du keine Ahnung hast. Ich habe hinter die Kulissen der Organisation geblickt, ich weiß, wie sie arbeiten. Und ich bin hier, um dich zu warnen, kleiner Rotschopf. Sei vorsichtig. Was sie dir zeigen, ist kaum mehr als die blank polierte Oberfläche.«

Plötzlich musste ich an meine sadistische Ausbilderin denken und wie ihre durchdringenden Blicke mir immer durch das ganze Gebäude folgten. Mir lief ein Schauer über den Rücken. »Was meinst du damit?«

»Du willst Antworten?« Als er aufstand, knarrte seine Lederkleidung, und die Kette an seiner Hose klirrte leise. Ernst blickte er auf mich herunter. »Treffen wir uns morgen um Mitternacht am Lover's Bluff.« Sein freches Grinsen ließ auch die goldenen Augen funkeln. »Das ist nach deiner Sperrstunde, du wirst also selbst zur Kriminellen werden müssen, wenn du die Wahrheit erfahren willst.«

Störrisch verschränkte ich die Arme vor der Brust. »Du erwartest von mir, dass ich mich mitten in der Nacht mit einem Wildfremden auf einer einsamen Klippe treffe? Das wäre dann aber ein enormer Vertrauensvorschuss von *mir*, oder?«

Der Einzelgänger grinste breit. »Touché.« Er stützte sich mit einer Hand auf dem Tisch ab, beugte sich vor und sagte so leise, dass nur ich ihn hören konnte: »Mein Name ist Riley.« Bei dieser körperlichen Nähe wurde mir ganz mulmig. Er roch nach Staub, Metall und Leder, aber darunter erahnte ich auch einen Hauch von Wind und Himmel. Etwas, das man nur spüren konnte, wenn man es selbst kannte.»Zumindest als Mensch heiße ich so«, fuhr der Einzelgänger fort.»Meinen richtigen Namen verrate ich dir morgen ... falls du dich dazu entschließt zu kommen. Wenn du Angst hast, tauch einfach nicht auf, dann weiß ich, woran ich bin. Dann wirst du mich nie wieder zu Gesicht bekommen.«

»Und falls ich doch da bin?«

Er lachte leise.»Ach, Rotschopf«, sagte er sanft,»denk doch mal nach: Zwei Drachen auf einem einsamen Felsen direkt am Meer, wo es kilometerweit keinen Menschen gibt und Talon uns nicht aufhalten kann. Was glaubst du denn, was wir tun werden?«

Die Aufregung meines Drachens steigerte sich ins kaum Erträgliche. Mein Rücken juckte, meine Flügel wollten sich befreien, sich entfalten und mich hier und jetzt in den Himmel hinauftragen. Der Einzelgänger – Riley – grinste wissend, als könnte er spüren, was in mir vorging, dann richtete er sich wieder auf.

»Morgen Abend«, flüsterte er noch einmal, bevor er ohne einen Blick zurück das Lokal verließ. Tief in meinem Inneren war ich traurig, dass er ging.

»O – mein – Gott!«, quietschte Lexi und ließ sich gegenüber von mir auf die Sitzbank fallen. Ihre Augen waren kugelrund.»War das etwa der *Umwerfende Biker Boy*, der da gerade gegangen ist? Hat er echt mit dir geredet? Was hat er gesagt? Was wollte er von dir?«

Betont gleichgültig zuckte ich mit den Schultern.»Gar nichts, Lex.« Ich hatte ein schlechtes Gewissen, weil ich sie anlog, aber ich konnte ihr ja kaum die Wahrheit sagen. Das zwischen mir und Riley war eine Sache unter Drachen, das ging die Menschen nichts an. Als sie mich fassungslos anstarrte, seufzte ich und erklärte:»Na schön, aber gib nicht mir die Schuld, wenn deine Seifenblase platzt. Er hat mich gefragt, ob ich Lust hätte auf einen heißen Ritt.« Nach einer kurzen Pause ergänzte ich:»Und damit hat er nicht sein Motorrad gemeint.«

»Oh.« Lexi dachte kurz nach und rümpfte dann angewidert die Nase.»Igitt. Dann war er also doch nur ein widerlicher Perversling? Zu schade, denn er war wirklich verdammt heiß.«

»Stimmt«, gab ich leise zu, während ich aufstand. Mir gingen die letzten Worte des Einzelgängers einfach nicht aus dem Kopf. Die Herausforderung, mich nach der Sperrstunde mit ihm zu treffen und mit ihm zu *fliegen*, obwohl er doch genau wusste, wie gefährlich das für uns beide war.

Ich sollte es nicht tun. Stattdessen sollte ich Talon darüber informieren, dass der Einzelgänger immer noch hier war. Ja, genau das sollte ich tun. Einzelgänger waren gefährlich, jeder in der Organisation wusste das. Sie waren labil, unberechenbar und setzten das Überleben unserer gesamten Art aufs Spiel. Immerhin konnte es ja auch sein, dass Riley mich in Bezug auf Talon belog, nur um mich aus der Reserve zu locken. Der rationale, logische Teil von mir verbot mir jeden Gedanken daran, mich heimlich hinauszuschleichen, die Sperrstunde zu überziehen und mich nach Mitternacht mit einem völlig Fremden auf einer Klippe zu treffen.

Dummerweise hatte mein Drache andere Pläne.

Garret

»Du hast mir den Plan immer noch nicht verraten«, beschwerte ich mich bei Tristan, während wir durch die automatische Glastür gingen. Nachdem wir die Mädchen am Strand abgesetzt hatten, war er direkt zur nächsten Tankstelle gefahren und marschierte jetzt auf die groß angepriesene »Bierstation« im hinteren Bereich des Ladens zu. Ich folgte ihm in den Kühlraum und ließ die Tür hinter uns zufallen. »Die Party der Mädchen ist doch schon in ein paar Tagen. Wie lautet die Zielvorgabe für dieses Wochenende?«

»Garret.« Tristan drehte sich kurz zu mir um. »Entspann dich, es ist nur eine Party. Da gibt es keine Zielvorgaben. Du sollst da einfach rumhängen, sie kennenlernen, ihr Vertrauen gewinnen. Das schaffst du schon.«

»Ich war noch nie auf einer Party«, erwiderte ich ausdruckslos. Das war die reine Wahrheit. Im Orden hielt man solche Dinge für frivol und albern, überhaupt galt alles, was einem Zeit fürs Training raubte, nicht nur als überflüssig, sondern sogar als gefährlich. »Ich bin mir nicht mal sicher, was genau mit ›rumhängen‹ gemeint ist.«

»Das begreifst du bestimmt schnell.« Er ging in die hinterste Ecke, wo sich die Kartons mit Alkohol bis zur Decke stapelten. Als ich ihn weiter böse anstarrte, seufzte er. »Pass auf, sieh es doch einfach als eine Art Übung: beobachten und anpassen. Versuch, wie der Feind zu denken. Das hast du doch schon mal gemacht, oder?«

»Ja.«

»Das hier ist genauso: Passe dich an, mach Konversation, lächle ab und zu mal.« Er schnappte sich einen Zwölferpack Bier und warf ihn mir zu. Während ich ihn auffing, schüttelte mein Partner mitleidig den Kopf. »Armer Garret. Kämpft gegen Feuer speiende Drachen und springt, ohne zu zögern, fünfzig Meter tief aus einem Helikopter, aber steckt man ihn mit einer Bande Halbwüchsiger zusammen, schlottern ihm die Knie.«

Ohne auf den Seitenhieb einzugehen, hielt ich die Bierdosen hoch. »Wofür ist das?«

»Vergiss Folter und Verhörmethoden. Du willst, dass sie sich ausheulen, dir ihre Geheimnisse anvertrauen oder zugeben, dass sie eigentlich eine fünf Meter lange Rieseneidechse mit Flügeln und Feueratem sind?« Tristan grinste breit und nahm den nächsten Pack. »So geht es am schnellsten. Außerdem gilt heutzutage bei den meisten Partys das Prinzip ABSM.«

»Was?«

»Alkohol bitte selbst mitbringen.« Genervt verdrehte Tristan die Augen. »Ehrlich, Partner. Selbst in unseren Baracken gibt es Fernsehen. Manchmal ist es nicht gut, zu viel zu trainieren.«

»Ich trinke nicht.« Dabei war das im Orden nicht verboten. Bei einem so gefährlichen Job wie unserem mussten die Soldaten zwischendurch mal abschalten, was auch der

Ordensleitung bekannt war. Das war okay, solange es nicht in hemmungslose Saufgelage ausartete. Aber Alkohol trübte die Sinne und ließ die Menschen dumme, unverständliche Dinge tun. Ich wollte mich jedoch voll unter Kontrolle haben, und das immer und überall.

»Alle anderen auf dieser Party aber schon, das garantiere ich dir«, erwiderte Tristan. »Also wirst du das ebenfalls tun, mein Freund, wenn du nicht auffallen willst.« Er hob sich die Bierdosen auf die Schulter und ging Richtung Ausgang. Auf dem Weg nach draußen nahm ich noch eine Zweiliterflasche Cola für den Heimweg mit.

Als wir in der Wohnung ankamen, stellte ich das Bier in den Kühlschrank und setzte mich mit dem Laptop an den Küchentisch. Nachdem ich eine sichere Verbindung zum Nachrichtendienst des Ordens hergestellt hatte, zögerte ich kurz, dann tippte ich in die Betreffzeile: *Personenüberprüfung erbeten.* In das Textfeld der E-Mail schrieb ich: *Garret Xavier Sebastian, ID 870012. Erbitte detaillierte Hintergrundinformationen zu folgenden Personen: Alexis Thompson, Kristin Duff und Ember Hill. Wohnort: Crescent Beach, Kalifornien. Dringlichkeit hoch. Antwort umgehend benötigt.*

Ich schickte die Nachricht ab, klappte den Laptop zu und lehnte mich in meinem Stuhl zurück, während ich an die Begegnung am Nachmittag zurückdachte. Immer wieder wanderten meine Gedanken zu dem rothaarigen Mädchen, zu Ember Hill. Die beiden anderen hätte ich fast vergessen, obwohl ich wusste, dass ich sie nicht so schnell abschreiben durfte. Doch Ember war eindeutig wichtiger. Als sie mich am Strand das erste Mal angesehen hatte, war alles in mir für einen Moment zusammengezuckt. So etwas hatte ich noch nie erlebt. Ich konnte nicht atmen, konnte nichts anderes tun, als sie anzustarren. Und für den Bruchteil einer Sekunde hatte ich mich gefragt, ob sie vielleicht wusste, wer ich war und warum ich hier war.

Zum Glück war dann Tristan aufgetaucht, und durch die Prügelei mit den Collegestudenten war mein Kopf wieder frei geworden, auch wenn ich immer noch gereizt war, weil ich kurz das Ziel aus den Augen verloren hatte. Ich war Soldat. Auch wenn ich nicht so genau wusste, was da zwischen mir und diesem Mädchen geschehen war … es war nicht mehr als ein dummer Zufall, und es würde nicht wieder passieren. Ich hatte eine klare Mission: einen Drachen finden und töten. Nichts anderes zählte.

Ich musste bei der Sache bleiben. Und ich würde mich sicher nicht von dem Gedanken an ein Mädchen mit roten Haaren ablenken lassen oder von ihren strahlend grünen Augen, auch wenn es mich heute verblüfft und zum Lachen gebracht hatte. Selbst wenn ich es bewundernswert fand, wie leidenschaftlich sie heute für sich selbst und ihre Freundin eingestanden war.

Das war jetzt Stunden her, und trotzdem ging sie mir einfach nicht aus dem Kopf.

Ember

»Sag mal, Dante, vermisst du eigentlich das Fliegen?«
Mein Zwillingsbruder schaute von seinem Laptop auf.
Wir waren in seinem Zimmer, ich lag ausgestreckt auf dem
Bett mit einem Surfmagazin, während er sich auf dem Computer Videos ansah. Das Fenster war offen, und eine kühle
Brise trug den Geruch von Sand und Salzwasser zu uns herein. Laut der Digitaluhr auf Dantes Kommode war es 23:22
Uhr. Spät, aber trotz des anstrengenden Tages war ich viel zu
nervös und aufgekratzt, um zu schlafen. Da ich unbedingt
eine Entschädigung für die laschen Wellen vom Vortag haben wollte, hatte ich Lexi heute mit hinters Riff geschleppt,
und wir hatten bis zum Sonnenuntergang auf den Brettern
gestanden. Natürlich war das erst *nach* meiner Trainingseinheit mit dem Höllendrachen gewesen, bei der ich zwei Stunden lang Kompostsäcke durch die Halle geschleppt hatte.
Ich hatte eine halbe Stunde unter der Dusche gestanden und
mir dabei drei Mal die Haare gewaschen, um den Gestank
loszuwerden. Bestimmt hatte meine Ausbilderin sich extra
eklige Säcke liefern lassen, nur um mich zu ärgern.

Dante sah mich komisch an. »Ja«, antwortete er dann
und drehte sich mit dem Stuhl zu mir um. »Hin und wieder. Warum? Fehlt es dir?«

»Die ganze Zeit«, gab ich zu und klappte die Zeitschrift zu. »Ich meine, deshalb liebe ich ja das Surfen so – es kommt ziemlich nah ans Fliegen ran, aber es ist eben nicht dasselbe.«

»Echt? Und ich dachte, du lässt dich einfach gern von den Wellen herumschubsen, gegen Riffe schleudern und fast ertränken.«

Grinsend schüttelte Dante den Kopf. »Normalerweise fängt man mit kleinen Wellen an und arbeitet sich dann zu den Monstern hoch. Man sollte jedenfalls nicht in der ersten Unterrichtsstunde schon fünf Meter hohe Brecher angehen.«

»Calvin meinte, ich wäre ein Naturtalent.«

»Calvin hat von Tante Sarah eine ordentliche Standpauke bekommen, als sie gehört hat, was passiert ist.« Nun verfinsterte sich die Miene meines Zwillings. »Und das war, *nachdem* dein wütender Bruder ihm fast den Kopf abgebissen hätte, als sie dich an dem Tag aus dem Wasser gefischt haben.«

»Dafür habe ich mich doch schon entschuldigt.« Wir kamen vom Thema ab, also hob ich beschwichtigend die Hände. »Jedenfalls vermisse ich das Fliegen. Und wie. Hast du ...« Nervös zupfte ich an seiner Bettdecke herum. »Hast du schon mal daran gedacht ... die Regeln zu brechen?«

Dante runzelte die Stirn. »Wie genau?«

»Na ja ... dich rauszuschleichen. Eine einsame Stelle am Strand zu suchen, wo uns die Menschen nicht sehen können, und ... dich zu verwandeln. Nur für ein paar Minuten, lang genug, um eine kleine Runde zu flie...«

»Nein.«

Dantes Stimme war unerbittlich. Überrascht schaute ich zu ihm hoch. Er hatte finster die Brauen zusammengezogen, wirkte aber eher besorgt als wütend. »Das dürfen wir nicht, Ember. Auf keinen Fall. Sag mir, dass du nichts dergleichen vorhast.«

Obwohl ich ein Ziehen im Magen spürte, zuckte ich nur mit den Achseln. »Na ja, daran *gedacht* habe ich schon manchmal«, sagte ich achtlos. »Aber das heißt ja noch lange nicht, dass ich es auch tue.«

»Gut.« Sofort entspannte sich Dante wieder. »Denn wenn wir das machen und Talon es herausfindet ...« Er schauderte. »Im besten Fall würden sie uns zu Umerziehungsmaßnahmen zurückbeordern. Im schlimmsten Fall könnten sie denken, wir hätten uns losgesagt. So wie dieser Drache, den wir an unserem ersten Tag hier gesehen haben. Der ist schließlich auch Knall auf Fall verschwunden, stimmt's?«

Konzentriert musterte ich einen losen Faden an der Tagesdecke. »Stimmt.«

Schuldgefühle nagten an mir. Ich hasste es, meinen Bruder anzulügen, aber es war vollkommen ausgeschlossen, ihm von dem Einzelgänger zu erzählen. Nachdem wir ihn das erste Mal gesehen hatten, war Riley verschwunden, und rein zufällig waren am nächsten Tag unsere Ausbilder aufgetaucht. Dante sprach nie über den Vorfall auf dem Parkplatz, wich jeder Frage aus, die ich ihm dazu stellte, oder ignorierte sie einfach. Dabei hatte ich den starken Verdacht, dass er irgendetwas getan hatte. Vielleicht hatte er ja Talon informiert, sodass Riley die Stadt hatte verlassen müssen, bevor die Vipern ihn erwischten.

Nun war er nicht nur zurückgekommen, sondern hatte mich auch eingeladen, mit ihm zu fliegen, womit er sich Talon und all ihren Regeln widersetzte und mich dazu herausforderte, dasselbe zu tun. Und auch wenn mein Drache bei dieser Aussicht vor lauter Vorfreude fast aus mir herausbrach, machte mich die Situation mit Dante doch etwas traurig. Bisher hatte ich meinem Bruder immer alles anvertraut, aber dieses kleine Geheimnis konnte ich ihm unmöglich verraten. Dann verschwand Riley vermutlich für immer. Und noch einmal würde ich ihn nicht so davonkommen lassen.

Vielleicht spürte er meinen Stimmungswechsel, denn Dante stand auf, ließ sich neben mir auf die Matratze fallen und strich mir sanft mit der Hand über den Rücken. »Ich weiß, dass es nicht immer leicht ist«, sagte er, während ich trübsinnig an dem Fädchen zupfte. »Aber es ist doch nicht für immer. Lass uns das hier genießen, solange es geht. Ich will das alles hier nicht verlieren. Und … ich will nicht riskieren, dass sie uns voneinander trennen. Deshalb müssen wir uns erst mal an die Regeln halten, okay, Schwesterlein?«

»Du hast leicht reden«, brummte ich. »Du wirst ja auch nicht von einem sadistischen Höllendrachen unterrichtet. Ich wette, du musstest noch nie Ziegelsteine oder Autoreifen oder Säcke voller Dung durch eine Halle schleppen, während dein Ausbilder dich die ganze Zeit anschreit, dass du dich beeilen sollst. Und so wie es aussieht, bist du auch immer früher wieder daheim als ich.« Fast schon herausfordernd schaute ich zu ihm hoch. »Was *machst* du überhaupt an den Vormittagen?«

Dante zuckte mit den Schultern. »Habe ich dir doch schon erzählt«, meinte er auffallend gelangweilt. »Ödes Zeug, Politik und Humanwissenschaften. Ich lerne die Namen der führenden Nationen, ihre Gesetze und was man bei ihnen so zum Frühstück isst. Das ist nicht annähernd so aufregend wie deine Vormittage.«

Obwohl er genau wusste, wie sehr ich es hasste, zerzauste er mir die Haare. Gereizt schlug ich seinen Arm beiseite. Das Ganze endete in einer kurzen Prügelei auf dem Bett, bei der er mich in den Schwitzkasten nahm und weiter meine Haare traktierte, während ich ihn wütend anfauchte, mich in Ruhe zu lassen.

»Ember, Dante.« Es klopfte kurz, dann spähte Onkel Liam mit zusammengekniffenen Augen zu uns herein. »Wir gehen jetzt ins Bett«, verkündete er, was nur heißen konnte, dass es inzwischen genau halb zwölf war. »Seid leise, wenn ihr noch aufbleiben wollt.«

»Ja, Onkel«, antworteten wir brav, woraufhin Liam sich auf mich konzentrierte. »Und Ember, deine Ausbilderin hat angerufen. Du sollst morgen eher zum Training kommen, also stell deinen Wecker eine Stunde früher.«

»Was? Das heißt ja, dass ich um *fünf* aufstehen muss!«

»Dann gehst du wohl besser bald schlafen«, erwiderte Liam brüsk, bevor er die Tür hinter sich zuzog.

Ich schob Dante von mir, sprang auf und fuhr mir mit beiden Händen durch die Haare. Obwohl ich stinksauer war, hatte ich auch Angst, dass er hören könnte, wie schnell mein Herz plötzlich schlug.

»Dann lege ich mich besser auch hin«, murmelte ich und warf meinem Bruder einen finsteren Blick zu, damit er nicht merkte, wie nervös ich war.»Immerhin muss ich im Morgengrauen wieder raus. Und schau mich bloß nicht so an. Immerhin scheucht dich dein Ausbilder nicht zu nachtschlafender Zeit aus dem Bett.« Dante grinste ohne jedes Mitgefühl und blieb auf der zerwühlten Decke liegen. Ich seufzte schwer.»Was ist mit dir? Gehst du auch bald schlafen?«

Er schnaubte.»Keine Ahnung, *Tante Sarah*. Aber keine Sorge, ich sage dir Bescheid, wenn ich müde werde, damit du mir eine Gutenachtgeschichte vorlesen kannst.«

»Halt die Klappe.« Ich ging zur Tür.»Alter Klugscheißer. Gute Nacht, Diedeldum.« Diesen dämlichen Spitznamen hatte ich eingeführt, nachdem wir als Kinder zum ersten Mal *Alice im Wunderland* gesehen hatten. Damals hatten mich die fetten, tollpatschigen Zeichentrickzwillinge fasziniert, und ich hatte angefangen, meinen Bruder so zu nennen, was ihn furchtbar geärgert hatte. Irgendwie war es hängen geblieben.

»Warte.« Dante warf mir einen übertrieben flehenden Blick zu.»Könntest du noch mein Nachtlicht einschalten und mir ein Glas Wasser bringen, bevor du gehst?«

Ruckartig zog ich die Tür hinter mir zu.

Es herrschte absolute Stille im Haus, alles war dunkel. Normalerweise fiel silbriges Mondlicht durch die großen Fenster, aber heute schienen die Räume finsterer zu sein als sonst, irgendwie bedrohlich. Auf Zehenspitzen schlich ich zu meinem Zimmer und überprüfte dabei, ob aus dem Schlafzimmer von Tante Sarah und Onkel Liam noch Licht drang. Nein, nur bei Dante war es noch hell, aber der würde sicher nicht mitten in der Nacht bei mir hereinplatzen.

Sobald ich meine Zimmertür hinter mir geschlossen hatte, schaltete ich das Licht aus und lehnte mich mit wild klopfendem Herzen gegen die Wand. Bis zu diesem Moment war ich mir nicht sicher gewesen, ob ich es machen würde – mich rausschleichen, die Sperrstunde ignorieren, mich auf einer einsamen Klippe mit einem gefährlichen Einzelgänger treffen ... eigentlich keine Frage. Riley hatte gesagt, er wüsste Dinge über Talon, von denen ich nichts ahnte, und plötzlich war ich verdammt neugierig. Aber das war nicht der einzige Grund, warum ich es tat. Ich hatte die Schnauze voll von Talon, von meiner Ausbilderin, dem Training und ihrem endlosen Regelkatalog. Ich musste fliegen, musste den Wind unter den Flügeln spüren, sonst würde ich noch durchdrehen.

Lautlos kletterte ich aufs Fensterbrett, hing einen Moment in der Luft und ließ mich dann fallen. Mit einem dumpfen Knall landete ich im kühlen Sand. Hastig richtete ich mich auf und drückte mich gegen die Hauswand. Dann schlich ich vorsichtig zum Gartenzaun, wo mein Fahrrad lag. Das Auto konnte ich schlecht nehmen, und bis zum Treffpunkt waren es nur ein paar Kilometer. Also nicht allzu weit. Ich musste nur vor Sonnenaufgang zurück sein.

Nachdem ich das Rad auf den hell erleuchteten Gehweg geschoben hatte, blieb ich noch einmal stehen und drehte mich zum Haus um. Bei Dante brannte immer noch Licht, aber so wie ich ihn kannte, klebte er am Bildschirm. Unsere Betreuer waren beide im Bett und hatten die Vorhänge zugezogen. Also würde niemand merken, wie ich die Straße hinunterstrampelte und in der Nacht verschwand, um

125

mit einem völlig Fremden einen Mitternachtsflug zu unternehmen.

Dir ist schon klar, dass du gerade ungefähr ein Dutzend geheiligte Regeln brichst, Ember?

Entschlossen schüttelte ich die Angst ab. Nein, ich würde nicht zweifeln. Ich hatte mich lange genug an ihre Regeln gehalten. Heute Nacht würde ich fliegen.

Ich holte tief Luft, schwang mich auf mein Fahrrad und fuhr los. Mit jedem Tritt in die Pedale wurden meine Bedenken kleiner. Als ich an der Ecke ankam und unser Haus vollständig von der Dunkelheit verschluckt wurde, waren sie verschwunden.

Garret

»Komm schon, Mann«, murmelte Tristan auf seinem Platz an der Dachkante. »Zieh dir was an!«

Ich blieb in der Tür zum Dach unseres Mietshauses stehen und überlegte kurz, ob ich wieder reingehen sollte. Seit unserer Ankunft hatten wir abwechselnd jede Nacht hier oben gesessen und den Himmel abgesucht, in der Hoffnung, irgendwann etwas Schuppiges mit Flügeln zu entdecken. Ziemlich abwegig, klar, aber immer noch besser, als tatenlos herumzusitzen.

Seufzend zog ich die Tür hinter mir zu und stellte mich hinter Tristan. Der blieb in seiner Ecke und suchte mit dem Fernglas den immer dunkler werdenden Horizont ab.

»War was?«

»Abgesehen von dem Typen auf dem Balkon da drüben, der im Adamskostüm grillt, nicht, nein.« Tristan rührte sich nicht und schaute weiter durch die Linsen, während er antwortete. »Konntest du den Bericht lesen, der reingekommen ist?«

»Ja.« Gerade eben hatte ich noch in der Küche gesessen und auf dem Laptop die E-Mail geöffnet. *Re: Personenüberprüfung erbeten*, lautete der Betreff. Die eigentliche Nachricht enthielt die Namen der von mir angegebenen

Personen und einige Informationen über sie: Alter, Namen der Eltern, Adressen, Geburtsorte. Eigentlich alles ganz durchschnittlich ... bis auf eines.

Ember Hill: Alter 16. Mutter Kate Hill, verstorben. Vater Joseph Hill, verstorben.

Beide Eltern waren tot. Anscheinend waren sie bei einem Autounfall umgekommen. Der Rest war wieder unauffällig: Ember und ihr Bruder Dante waren im St. Mary's Hospital in Pierre, South Dakota geboren worden. Ihre Geburtsurkunde verriet, dass sie Zwillinge waren, wobei Dante drei Minuten vor seiner Schwester zur Welt gekommen war. Ihre Kindheit schien ziemlich normal gewesen zu sein, obwohl es abgesehen von den Angaben zur Geburt und zum Unfall der Eltern kaum Informationen gab. Natürlich konnte das alles Mögliche bedeuten, aber eines hatten fast alle Schläfer von Talon gemeinsam – sie waren alle »Waisen« und lebten bei Verwandten oder Zieheltern oder waren adoptiert worden. Ihre behördlichen Unterlagen waren bedeutungslos. Sämtliche Talon-Mitglieder hatten Geburtsurkunden und Nachweise ihres Geburtsortes, ebenso wie Sozialversicherungsnummern und Ähnliches. Gründlich war Talon allemal, aber die Sache mit den Waisen fiel eben immer auf.

»Also«, fuhr Tristan fort, während ich mir das zweite Fernglas nahm und neben ihn trat. »Ich habe nachgedacht. Hat bei einem der drei Mädchen von gestern dein Drachensensor angeschlagen?«

»Nein.« Ich hob das Fernglas vors Gesicht. »Mir kamen sie alle völlig normal vor.«

»Stimmt«, bestätigte Tristan nickend. »Und Talon hat

ihnen ja auch beigebracht, wie man sich anpasst. Aber wenn du zwischen diesen drei wählen müsstest, wer wäre dann für dich der Schläfer?«

»Ember«, antwortete ich prompt. Für mich gab es da keinen Zweifel. Sie war hübsch, intelligent und hatte eine Wildheit in sich, die den beiden anderen fehlte. »Aber sie hat einen Bruder«, fuhr ich nach einem kurzen Seitenblick zu Tristan fort. »Und Drachen legen immer nur ein Ei. Sie kann es also nicht sein.«

»Das ist wahr«, erwiderte Tristan gedehnt. »Aber die Sache ist die, Garret, zu jeder Regel gibt es eine Ausnahme. Obwohl es höchst unwahrscheinlich ist, dass ein Tiger ein weißes Junges auf die Welt bringt, ist es schon vorgekommen. Auch wenn Wale normalerweise nur ein Kalb haben, sind Zwillinge nicht unmöglich. Bei jeder Spezies kommt es zu Anomalien, wer kann also sagen, ob ein Drache nicht auch mal zwei Eier legt? Soweit wir wissen, leben Drachen nicht in Gruppen und platzieren auch immer nur einen Schläfer. Aber vielleicht legt uns unser Wissen hier auch Steine in den Weg.« Tristan ließ das Fernglas sinken und sah mich endlich an. »Wenn wir also kurz mal annehmen, es könnte zwei Drachen in Crescent Beach geben – wie sieht das Mädchen dann für dich aus?«

Bei dem Gedanken lief es mir kalt den Rücken runter. »Willst du damit sagen, dass Ember unser Schläfer ist?«

»Nein.« Tristan seufzte frustriert. »Noch nicht. Wir können natürlich nicht aktiv werden, bevor wir absolut sicher sind. Und das heißt, dass du entweder den Schläfer in seiner wahren Gestalt sehen oder unwiderlegbare Beweise dafür finden musst, dass er ein Drache ist. Falls wir falschliegen und den Orden enttarnen oder – noch schlimmer – einen Zivilisten ausschalten …« Er schauderte. »Sagen wir einfach, wir sollten verdammt sicher sein, dass es die richtige Zielperson ist.«

»Ich weiß immer noch nicht so genau, wie ich das anstellen soll«, gab ich zu und sprach damit endlich das aus, was mir schon seit Beginn der Mission Kopfzerbrechen bereitete. »Ja, wir haben ein paar Hinweise, aber ich habe keine Ahnung, wie ich einen Drachen dazu bringen soll, mir seine wahre Gestalt zu zeigen. Ich meine, werden sie von Talon nicht dazu ausgebildet, eben das nicht zu tun?«

Diese Unsicherheit einzugestehen löste in mir ein Gefühl der Schwäche aus, noch dazu hasste ich es, keinen greifbaren Feind zu haben, gegen den ich kämpfen konnte. Ich war nicht wie Tristan, ein kühler Stratege, der bereit war, so lange zu warten, bis sich das Ziel zeigte. Ich wollte es sofort vor Augen haben, wollte wissen, womit ich es zu tun hatte, worauf ich schießen konnte.

Kopfschüttelnd wandte Tristan sich wieder dem nächtlichen Himmel zu.

»Vertrauen ist eine mächtige Waffe«, erklärte mir mein Partner leise. »Wenn du ihr Vertrauen gewinnst, werden sie dich in ihre Gedanken und ihre Ängste einweihen, sogar in die Geheimnisse ihrer Freunde, einfach alles. Dann werden sie dir sagen, ob ihre beste Freundin manchmal Feuer spuckt oder ob sie nachts eine seltsame Gestalt am Himmel gesehen haben. Jeder verplappert sich mal oder macht einen Fehler. Wir müssen einfach nur da sein, wenn es passiert.«

Ich nahm das schweigend zur Kenntnis, während wir weiter den Horizont absuchten. Aber während ich über Tristans Worte nachdachte, fragte ich mich auch, wie ich einen Fremden dazu bringen sollte, sich mir zu öffnen und mir zu vertrauen, wenn ich diese Gefühle nicht erwidern konnte.

Ruhelos trat ich von der Dachkante zurück, was mir einen fragenden Blick meines Partners einbrachte. »Wo willst du hin?«

»Das bringt doch nichts.« Ich zeigte zum Himmel hinauf. »Wir müssen doch nicht beide denselben Fleck kontrollieren. Wenn wir uns aufteilen, haben wir vielleicht mehr Glück. Du bleibst hier und behältst den Strand im Auge. Ich ziehe los und suche die Klippen ab.«

»Ganz allein? Und wenn da irgendwo der Schläfer rumfliegt, tust du was? Übernimmst ihn allein?« Tristan schüttelte entschieden den Kopf. »Selbst für einen Nestling braucht man zwei Leute, Garret.«

»Wenn ich den Schläfer sehe, werde ich ihn still aus der Ferne beobachten und dir sofort Meldung erstatten.«

»Verkohlten Leichen fällt es grundsätzlich schwer, ein Telefon zu bedienen.«

»Er wird mich bestimmt nicht in aller Öffentlichkeit angreifen. Und seit wann bist du überhaupt so eine verklemmte Nervensäge?« Ich ging zur Treppe und zog meine Schlüssel aus der Hosentasche. »Ich fahre jetzt. Falls du etwas siehst, sag Bescheid, und ich werde dich sofort anrufen, wenn ich irgendetwas Interessantes entdecke.« Mit einem letzten Blick über die Schulter zog ich die Tür zum Treppenhaus auf. »Ich bin um Punkt fünf Uhr wieder da.

Falls du in den nächsten Stunden nichts von mir hörst, hat mich wahrscheinlich ein Drache gefressen.«

»Na schön. Und wenn du bis dahin nichts von mir hörst, liegt das daran, dass ich hoffe, er erwischt dich noch.«

Krachend fiel die Tür hinter mir zu.

Ember

Lover's Bluff, wie die Einheimischen es nannten, war eine einsame Felsklippe, die weit über den Ozean hinausragte. Sie befand sich ein paar Kilometer vom Hauptstrand entfernt mitten im Nirgendwo. Tagsüber war sie ein beliebter Aussichtspunkt und begehrtes Fotomotiv. Nachts kamen angeblich Paare hierher, um sich ihre Liebe zu beweisen: Hand in Hand sprangen sie in die schäumenden Fluten hinab. War ihre Liebe stark genug, überlebten sie, hieß es in den Geschichten. War sie es nicht, ertrank einer oder auch gleich beide.

Lexi hielt das für schrecklich romantisch. Ich hingegen hielt es für schrecklich dämlich.

Jetzt strampelte ich die schmale Straße entlang, bis ich den kleinen Parkplatz im Schatten der Klippe erreichte. Wo die betonierte Fläche endete, schlängelte sich eine Treppe die Steilküste hinauf bis zu dem flachen Felsen über den Wellen. Der Platz war mit einem Geländer eingezäunt, und ein großes Schild warnte davor, zu nahe an die Felskante zu gehen. Was allerdings nicht viel brachte.

Ich lehnte mein Fahrrad gegen das Geländer, stieg die Stufen hinauf und wartete. Der kugelrunde Vollmond lugte durch die Wolken und leistete mir Gesellschaft. Kurz fragte ich mich, ob Riley überhaupt auftauchen würde, ob er tatsächlich das Risiko einging, dass man ihn entdeckte, nur um mit einer Fremden zu fliegen. Vielleicht war das ja auch ein Test, um herauszufinden, ob ich wirklich bereit war, die Regeln zu brechen und um sicherzugehen, dass ich ihn nicht an Talon verriet. Oder er spielte einfach gerne mit dummen Nestlingen, um sich zu amüsieren.

Mit jeder Minute wurden diese Bedenken größer. Schon auf dem Weg hierher hatte ich ungefähr ein Dutzend Mal auf die Uhr geschaut; jetzt war es Viertel nach zwölf, und noch immer war kein Drache in Sicht.

Tja, was hast du denn erwartet, Ember? Immerhin ist er ein Einzelgänger. Denen kann man nicht trauen, genau wie du es bei Talon gelernt hast.

Wütend marschierte ich zur Felskante, kletterte, ohne mich um den Abgrund zu kümmern, auf das Geländer und spähte in den tobenden Ozean hinab.

Und was jetzt? Wieder nach Hause? Oder pfeife ich auf ihn und fliege allein? Ein verlockender Gedanke. Immerhin hatte ich mich extra rausgeschlichen, meine Sperrstunde ignoriert und war den ganzen Weg hierher gefahren. Da wäre es doch die reinste Verschwendung, einfach wieder heimzugehen, nur weil irgendein verlogener Fremder nicht aufgetaucht war, obwohl er es versprochen hatte ...

Über die Wellen drang ein Schrei zu mir herüber, bei dem mir fast das Herz stehen blieb.

Hastig sprang ich von der Reling, wich ein paar Schritte zurück und blieb stocksteif stehen. Atemlos zählte ich die Sekunden, suchte in der Dunkelheit nach einer Bewegung. Wieder ein Schrei, diesmal näher.

Und dann brach aus den Wellen hinter der Reling eine riesige, geflügelte Gestalt hervor und schoss in einer Gischtwolke in den Himmel hinauf. Direkt über mir stieg er auf. Seine kraftvollen Flügelschläge ließen meine Haare wild flattern, bis er schließlich krachend auf dem Felsen landete und noch einmal dröhnend brüllte.

Obwohl mein Drache sich mit einem Freudenschrei zu Wort meldete und am liebsten sofort aus mir herausgebrochen wäre, wich ich taumelnd zurück. Nur mit Mühe konnte ich mich davon abhalten, mich sofort zu verwandeln und mich auf den Fremden zu stürzen, der jetzt ungefähr zehn Meter entfernt von mir hockte.

Nach seiner Größe zu urteilen war er älter als ich, wahrscheinlich sogar ein paar Jahrzehnte. Drachen altern langsamer als Menschen, wir gelten als Nestlinge, bis wir ungefähr fünfzig sind, anschließend sieht man uns als junge Erwachsene. In meiner wahren Gestalt brachte ich es auf gute zweihundert Kilo und hatte die ungefähre Größe eines kräftigen Tigers. Dieser Drache wog noch um einiges mehr, war sehnig und muskulös, und auch wenn er nicht annähernd so groß war wie ein vollständig entwickelter Erwachsener, der leicht mit einem Reisebus mithalten konnte, war er doch verdammt beeindruckend. Seine Schuppen hatten das tiefe, dunkle Blau des Ozeans, und seine goldenen Augen leuchteten in der Dunkelheit. Zwischen den ebenholzschwarzen Hörnern ragte eine segelartige Finne auf, die sich bis zur Spitze des schlanken Schwanzes fortsetzte. Letzteren legte er nun ordentlich um die mit Krallen bewehrten Tatzen, während er sich aufrecht hinsetzte wie eine Katze und mich aufmerksam musterte.

Als ich in sein schmales, schuppiges Gesicht blickte, erkannte ich, dass er *grinste*. Selbst als Drache war er noch ganz Riley. Meine Aufregung verpuffte, und gereizt verschränkte ich die Arme vor der Brust. Ich stand hier herum und starrte vollkommen überwältigt einen Artgenossen an, als wäre ich ein einfacher Mensch. Wenn Dante das miterlebt hätte, hätte er mich das nie vergessen lassen.

»Starker Auftritt«, stellte ich fest und bemerkte erst jetzt, dass die Drachenflügel mich von oben bis unten nass gespritzt hatten. Inzwischen lagen sie gefaltet auf seinem Rücken, hinterließen aber noch kleine Pfützen auf dem Felsen. »Soll ich vielleicht applaudieren?«

Der Drache – also Riley – grinste so breit, dass ich seine scharfen, weißen Reißzähne sehen konnte. »Hat es dir gefallen, Rotschopf?«, fragte er spöttisch. Hätte ich noch irgendwelche Zweifel gehabt, dass er tatsächlich meine Einzelgängerbekanntschaft war, waren sie damit ausgeräumt. »Ehrlich gesagt hatte ich nicht geglaubt, dass du kommst.«

»Du kennst mich eben nicht besonders gut.«

»Wohl nicht. Aber es ist schön zu hören, dass du noch nicht alles vergessen hast, was einen Drachen ausmacht.«

Mir wurde bewusst, dass er Dragon mit mir sprach, die Muttersprache unserer Art. Während meiner ersten Lebensjahre hatte ich nichts anderes gesprochen, Englisch hatten wir erst gelernt, als wir später in »Menschenkunde« unterrichtet wurden. Meine Antworten hingegen waren Englisch gewesen, da Dragon nicht nur aus rein verbaler Kommunikation bestand, sondern viele Wörter und Sätze komplexe und subtile Nuancen aufwiesen, die exakt ausgeführt werden mussten. Für einen Menschen war es aber körperlich unmöglich, wichtige Dinge wie Schwanzhaltung oder Pupillengröße zu berücksichtigen, weshalb man in Menschengestalt niemals fließend Dragon sprechen konnte. Aber ich verstand ihn einwandfrei.

»Du musst gerade reden«, protestierte ich. »Wer ist denn hier der Einzelgänger, der alles hinter sich gelassen hat, wofür Talon steht? Wirst du mir eigentlich jemals deinen richtigen Namen verraten? Oder war das nur ein Spruch, um mich hier rauszulocken?«

»War es nicht«, erklärte der Einzelgänger sanft. »Mein richtiger Name, zumindest in dieser Gestalt, ist Cobalt. Und komm mir bloß nicht mit diesem Schrott über Talon. Ich habe mehr über Talon vergessen, als du jemals wissen wirst, *Nestling*.«

»*Rnesh karr slithis*«, fauchte ich, was so viel hieß wie *Friss deinen Schwanz*, die Drachenversion von *Du kannst mich mal*. Mehr Übersetzung war nicht nötig.

Er lachte. »Aua. Wo bleiben deine Manieren, Rotschopf?« Der Einzelgänger erhob sich geschmeidig wie eine Katze und spreizte die Flügel. Die schwarzblauen Flughäute warfen einen undurchdringlichen Schatten über mich und den Felsen. Plötzlich fühlte ich mich extrem klein. »Also, war das alles nur heiße Luft?«, wollte Cobalt wissen. Er streckte den langen, schlanken Hals und blickte arrogant auf mich herab. »Oder werden wir heute noch fliegen?«

Trotzig reckte ich das Kinn, während mein Drache sich bereits ungeduldig wand. Ich entfernte mich ein paar Schritte, atmete tief durch und drehte mich noch einmal um. Als ich sah, dass der blaue Drache mich nach wie vor breit grinsend beobachtete, warf ich ihm einen bösen Blick zu.

»Äh … wie wäre es mit etwas Privatsphäre?«, fauchte ich. Der Einzelgänger blinzelte überrascht. Ungeduldig klopfte ich mit dem Fuß auf den Boden und wartete, aber er begriff es einfach nicht. »Okay, dann muss ich wohl deutlicher werden: Dreh dich um.«

Stirnrunzelnd legte er den Kopf schief. »Warum?«

»Weil ich keine Lust habe, bei der Verwandlung eine gute Shorts zu ruinieren, und ich habe auch keine Lust, splitternackt nach Hause zu fahren.« Als er nur weiter verwirrt starrte, verdrehte ich genervt die Augen. »Ich werde mich jetzt ausziehen, du Genie, aber das wird ganz sicher keine Peepshow. Also, dreh dich um.«

»Dir ist aber schon klar, dass wir beide Drachen sind, oder? Menschliche Sittlichkeitsbedenken sind mir völlig egal.«

»Tja, Pech gehabt, mir nicht.« Wieder verschränkte ich die Arme und starrte ihn weiter böse an. Sein Blick war mindestens genauso finster. Vielleicht verhielt ich mich ja wirklich zu »menschlich«, aber meine Lehrer hatten mir diese Sittsamkeit in der Schule regelrecht eingebläut und immer wieder betont, dass man in der menschlichen Gesellschaft nicht nackt herumrannte, auch wenn wir in unserer wahren Gestalt niemals Kleidung trugen. »Starr so viel du willst, aber ich werde keine Schuppe anlegen, solange du nicht wegsiehst. Also, wenn ich heute Nacht noch irgendwo hinfliegen soll, dreh dich gefälligst um!«

Schnaubend stand der blaue Drache auf und drehte sich betont würdevoll um die eigene Achse. Als er mir den

Rücken zuwandte, legte er wieder den Schwanz um die Hinterbeine und reckte die Schnauze Richtung Ozean.

»Und nicht schummeln!«, rief ich.

Statt zu antworten breitete er die Flügel aus und schuf so einen ledernen Vorhang zwischen uns. Zufrieden streifte ich die Sandalen ab, zog Shorts und Top aus und legte sie ordentlich gefaltet unter einen Strauch. Dann ging ich zitternd vor Aufregung zur Mitte der Klippe und überzeugte mich mit einem kurzen Blick davon, dass der Einzelgänger sein Wort hielt. Aber ich sah nur seinen Rücken mit den ausgebreiteten dunklen Flügeln. Jetzt war ich dran.

Ein kräftiger Wind fegte über die Klippe, und ich spürte die kalte Gischt auf der Haut, als ich die Augen schloss und noch einmal tief durchatmete. Dann neigte ich den Kopf, und meine Zweifel, Ängste und Sorgen – einfach alles – zogen sich zurück, und ich spürte nur noch die Hitze, die in mir aufstieg, meinen Drachen, der sich endlich befreite.

O Mann, es ist viel zu lange her.

Zitternd und fauchend vor Schmerz streifte ich endlich diesen schwachen menschlichen Körper ab und ließ meine wahre Gestalt los wie eine angespannte Sprungfeder. Mein Rückgrat verlängerte sich knackend und ächzend, als wollte es die lange angestaute Steifheit loswerden. Menschliche Haut und Zähne lösten sich auf und formten sich zu einer schmalen Schnauze und rasiermesserscharfen Hauern, die Augenbrauen wurden zu harten Knochen, und blasse, gedrehte Hörner wuchsen aus meinem Schädel hervor. Auf meinem gesamten Körper bildeten sich Schuppen, wie kleine Schilde überlappten sie einander zu einem stahlharten

Panzer, der feuerrot leuchtete wie ein Sonnenuntergang. Mit einem trotzigen Brüllen erhob ich mich auf die Hinterbeine, streckte endlich meine Flügel und ließ sie aufschnappen wie ein blutrotes Segel. Während ich probeweise mit ihnen flatterte, erfüllte mich eine so wilde, ungezähmte Freude, dass ich sofort ein wenig abhob und reglos im Wind schwebte. O ja, wie sehr hatte ich *das* vermisst! Es fühlte sich an, als wäre ich Ewigkeiten in einer Kiste eingesperrt gewesen und hätte mich nun endlich befreit.

Als ich wieder auf dem Felsen saß, schüttelte ich mich kurz und wandte mich dann dem Einzelgänger zu, der seltsamerweise noch immer Richtung Ozean schaute.»Fertig?«, fragte er. Sein Schwanz klopfte ungeduldig auf den Boden.»Immerhin möchte ich ja nicht deine zarte menschliche Empfindsamkeit verletzen. Ach, und falls du es vergessen haben solltest: Diese Dinger auf deinem Rücken nennt man Flügel. Man benutzt sie zum Fliegen, vorausgesetzt, wir schaffen es heute Nacht überhaupt noch abzuheben.«

Mir lag schon eine passende Antwort auf der Zunge, aber da umspielte eine salzige Böe meine Schwingen, sodass sie sich leicht öffneten. Jetzt hielt ich es einfach nicht mehr aus. Mit einem Satz war ich an dem wartenden Einzelgänger vorbei, sprang über die Reling und stürzte mich von der Klippe.»Fang mich, wenn du kannst!«, rief ich über die Schulter, als der Wind unter meine Flügel strömte und ich in den Himmel hinaufschoss.

Unter mir tobten die Wellen und überzogen die Felsen mit Gischt und feinem Nebel. Vom Boden aus war das vielleicht beängstigend, aber nicht aus der Luft. Schnell gewann ich an Höhe, eroberte den Nachthimmel, bis ich höher flog, als selbst die Möwen es wagten. Über mir hingen die Sterne wie Diamanten am Firmament, und die Luft war dünn und kalt. Unten erstreckte sich der grenzenlose Ozean, nur am Strand funkelten die Lichter der kleinen und großen Ortschaften. Bisher war ich noch nie über dicht besiedeltem Gebiet geflogen, deshalb war ich überrascht von den ganzen Lampen, Gebäuden, Autos und Menschen. So viele Leute. Und keiner von ihnen ahnte auch nur, dass weit, weit über ihnen ein Drache seine Kreise zog und sie alle beobachtete.

Mit einem heftigen, zischenden Windstoß fegte etwas an mir vorbei und ließ mich kurz trudeln.

Sobald ich mich wieder im Griff hatte, fixierte ich die schmale, geflügelte Silhouette, die nun eine träge Kurve flog und zu mir zurückkam. Ihre Augen leuchteten wie zwei gelbe Sterne.

»Nicht schlecht, Nestling.« Mit erschreckender Eleganz ließ Cobalt sich neben mich fallen und grinste herausfordernd. »Aber jetzt wollen wir doch mal sehen, ob du *da* mithalten kannst!«

Er zog die Flügel ein und schoss in Richtung Wasser, sodass nur ein kalter Lufthauch zurückblieb. Wild entschlossen folgte ich ihm. Wie Steine fielen wir vom Himmel, der Wind dröhnte in meinen Ohren. Als das Meer immer näher kam, schob sich mein drittes Lid über die Augen, um sie vor Spritzwasser zu schützen, aber Cobalt bremste noch immer nicht ab.

Uns trennten nur noch wenige Sekunden vom Aufprall auf dem Wasser, als sich hinter uns eine nasse, fast fünf

Meter hohe Wand auftürmte. Im allerletzten Moment klappte Cobalt endlich die Flügel auf, sodass er hochgerissen wurde und über die Oberfläche glitt. Ich folgte seinem Beispiel und wäre dabei beinahe mit der Schnauze voran in der schäumenden See gelandet. Jetzt flogen wir beide im Schatten der riesigen Welle, die langsam anfing zu brechen – eine Lawine aus Gischt und Salzwasser, die uns jeden Moment unter sich begraben konnte.

Mit einem wilden Schrei schlug Cobalt mit den Flügeln und schoss an der Welle entlang. Ich folgte ihm und glitt wie beim Surfen knapp über dem Wasser. Die Welle brach, wir drifteten nach links, folgten ihrer Bewegung, und plötzlich flog ich *unter* der Welle. Begeistert streckte ich eine Tatze aus und ließ meine Krallen an der Wasserwand entlanggleiten, wie ich es beim Surfen oft tat. Als ich das Ende des Tunnels sah, der schon in Wasser und Gischt unterzugehen drohte, schlug ich noch einmal kräftig mit den Flügeln.

Cobalt schoss aus der Welle heraus und katapultierte sich mit einem triumphierenden Brüllen in die Höhe. Ich war direkt hinter ihm und raste durch den weißen Vorhang, während die Welle wild schäumend in sich zusammenbrach und zu Nichts zerfiel. Ein ungezähmter Freudenschrei löste sich aus meiner Kehle, und ich glitt in einer engen Spirale zu dem Einzelgänger hinauf. Jede Faser meines Körpers stand unter Strom.

»Das – war – irre!«, keuchte ich. Für das letzte Wort musste ich ins Englische wechseln, denn auf Dragon gab es keinen passenden Begriff für *irre*. Cobalt schwebte mit schnellen Flügelschlägen auf der Stelle und grinste breit.

Diesmal kam kein Widerspruch, kein blöder Kommentar.
»Warum hat man das nicht schon viel früher probiert?«

Der Einzelgänger lachte. »Ich glaube nicht, dass Talon begeistert wäre, wenn das Schule macht, Rotschopf. Die würden einen Herzinfarkt bekommen, wenn sie wüssten, dass wir hier draußen waren.« Er schnaubte abfällig und verdrehte die goldenen Augen. »Aber wen interessiert schon, was die von Talon denken? Diese Nacht gehört allein uns. Bereit für die nächste Runde?«

Ich grinste breit. »Wer als Erster unten ist!«

Wir verbrachten den Rest der Nacht mit »Flugsurfen«, glitten über das Meer und warteten, bis die Wellen hoch genug waren, um mit ihnen Richtung Strand zu rasen, nur um dann im letzten Moment davonzuschießen, bevor sie sich in Gischt auflösten. Es war atemberaubend. Genau wie Surfen, aber besser, denn jetzt *flog* ich. Cobalt blieb immer dicht hinter mir, sogar bei den Wellen, von denen ich glaubte, sie würden mich erwischen. Er war die pure Eleganz, kurvte und glitt so mühelos durch das Wasser, als wäre es Luft, und einige seiner Flugnummern waren auch verdammt beeindruckend, obwohl ich ihm das natürlich nicht sagte. Offenbar machte er das schon eine ganze Weile.

Aber wenn es ums Fliegen ging, war ich auch nicht gerade von gestern, und ich verschätzte mich bei keiner einzigen Welle, auch wenn es ein paar Mal echt knapp wurde. In Drachengestalt hatte der Ritt auf den Monsterwellen den großen Vorteil, dass man nicht an ein Brett gebunden war und jederzeit wegfliegen konnte, wenn man glaubte, dass der Brecher einen erwischte.

Irgendwann steuerte Cobalt einen Felsen weit draußen im Wasser an und winkte mich mit einer Klaue zu sich heran. Widerwillig ließ ich mich neben ihm nieder und grub die Krallen in den zerklüfteten Stein. Fragend sah ich den Einzelgänger an.

»Was ist?«, stichelte ich, während die Wellen gegen den Felsen schlugen und mich sanft besprühten. Ich wollte noch nicht aufhören. Mir reichte es noch lange nicht. »Geht dir etwa schon die Puste aus?«

Mit einem wissenden Lächeln rückte er seine Flügel zurecht, bis sie bequem lagen. »Man sollte die Feuerdrüse nicht zu voll nehmen, Nestling«, warnte er mich, was allerdings nicht mehr ganz so bissig klang wie sonst. »Ich wollte dich nur darauf hinweisen, dass in ungefähr zwei Stunden die Sonne aufgeht. Und wenn deine Betreuer Frühaufsteher sind, solltest du besser bald nach Hause flattern, bevor sie aufwachen.«

Erschrocken schaute ich Richtung Osten, wo ein feiner blauer Streifen am Horizont die Sterne verscheuchte. Mein Drachenego fiel in sich zusammen, und die menschliche Vernunft nahm seinen Platz ein. »Verdammt! Wie spät ist es? Waren wir wirklich die ganze Nacht hier draußen?«

»Wenn das mal reicht.« Cobalt musterte mich mit schmalen Augen. »Und ich wette, es hat dir noch nie so viel Spaß gemacht, die Regeln zu brechen. Also, wie war das noch gleich mit den Einzelgängern?«

Mit einem finsteren Blick stellte ich fest: »Du hast keine meiner Fragen beantwortet. Oder war das von Anfang an so geplant?«

»So ziemlich.« Jetzt wurde sein Grinsen wieder unverschämt, was mich sofort auf die Palme brachte.»Starr mich nicht so böse an, Rotschopf. Du hattest doch selbst ganz andere Sachen im Kopf als deine Fragen. Außerdem hast du jetzt eine gute Ausrede, um das hier zu wiederholen.«

Wiederholen? Konnte ich das wagen? Einmal war schon riskant genug gewesen; ich hatte mich aus dem Haus geschlichen, meine Drachengestalt angenommen und war mitten in der Nacht mit einem Einzelgänger geflogen. Bereits eines dieser Vergehen reichte aus, um sofort zu Talon zurückgeschickt zu werden.»Und wie kommst du darauf, dass es eine Wiederholung geben wird?«, wollte ich wissen.

»Weil ich weiß, wie neugierig du bist.« Jetzt klang Cobalt wieder ernst.»Du bist genau wie ich, du willst nicht, dass dein gesamtes Leben für dich verplant wird. Du bist es leid, immer nur die Regeln von Talon zu befolgen und kein Mitbestimmungsrecht zu haben, wenn es um deine Zukunft geht. Außerdem willst du wissen, was es wirklich mit Talon auf sich hat. Aber es ist noch mehr als das, stimmt's? Du willst frei sein.« Seine goldenen Augen strahlten in der Dunkelheit.»Und ich kann dir zeigen, wie du das schaffst.«

Mir wurde eiskalt. Sich mal rausschleichen, schön und gut, aber das?»Das ist Verrat«, flüsterte ich. Cobalt zuckte mit den Schultern, bis seine Flügel erzitterten.

»Du sitzt hier in deiner wahren Gestalt und unterhältst dich mit einem Einzelgänger. Ich denke, damit hast du die üblichen Regelverstöße weit hinter dir gelassen.«

Da hatte er nicht unrecht. Trotzdem durfte ich mir das Heft jetzt nicht aus der Hand nehmen lassen. Ich war aus einem bestimmten Grund gekommen. Klar, durch den Rausch des Fliegens und den Kick, ein halbes Dutzend Talon-Regeln zu brechen, war er kurzzeitig in den Hintergrund getreten, aber so schnell gab ich nicht auf.

»Du hast mir Antworten versprochen«, beharrte ich, weil mir die Zeit davonlief. Wenn ich nicht bald aufbrach, steckte ich bis zum Hals in der Scheiße. »Du hast gesagt, du hättest Informationen über Talon. War das ehrlich gemeint oder nur ein Köder, damit ich komme?«

»Ich habe diese Informationen«, bestätigte Cobalt. »Das hier war so eine Art Test, um herauszufinden, wie dringend du sie haben willst. Glückwunsch, Nestling, du hast bestanden. Beim nächsten Mal erzähle ich dir dann vielleicht auch was.«

»Ich glaube dir nicht«, schoss ich zurück. »Wenn du wirklich so viel über Talon weißt, sag mir etwas, das ich nicht weiß.«

»Wie wäre es mit dem Zugangscode zu dem Geheimraum im Keller deiner Betreuer?«

Ich schnaubte abfällig. »Du meinst den Tunnel? Durch den wir jeden Tag gehen, wenn wir zu unseren Ausbildern müssen? Den kenne ich schon. Keine weltbewegende Neuigkeit.«

Das freche Grinsen des Einzelgängers blieb unbewegt. »Ich spreche nicht von dem Tunnel, Rotschopf«, erklärte er leise, »sondern von der Kommandozentrale. In jedem Talon-Schlupfwinkel gibt es einen geheimen Raum, in dem die Betreuer ihre Berichte abliefern, Befehle von der Organisation bekommen und sie über eure Fortschritte auf dem Laufenden halten. Das ist ihre eigentliche Aufgabe: verdächtige Aktivitäten an Talon zu melden. Jeder noch so kleine Verstoß geht direkt an die Organisation, und dann steht Talon schneller auf der Matte, als du dir vorstellen kannst.« Fassungslos starrte ich ihn an, aber er setzte sich nur auf dem Felsen zurecht und musterte mich gelassen. »Der Raum befindet sich hinter einer verborgenen Tür im Keller, und man kommt nur rein, indem man auf dem Zahlenfeld daneben einen bestimmten Code eingibt. Wenn du mich ganz lieb bittest, verrate ich ihn dir.«

»Woher weißt du das alles?«

Er lachte leise. »Wie gesagt, Rotschopf, ich war eine Weile dabei.« Ich warf ihm einen skeptischen Blick zu, was ihn nicht weiter zu stören schien. »Keine Sorge, ich habe so meine Mittel und Wege. Aber du hast meine Frage nicht beantwortet: Willst du den Code haben oder nicht? Er wird alle paar Wochen geändert, wenn du ihn anwenden willst, solltest du dich also beeilen.«

Einen Moment lang war ich hin- und hergerissen. Sagte er die Wahrheit, oder war das alles nur ein blöder Scherz? Aber wenn es tatsächlich so einen Geheimraum gab … Meine Neugier war geweckt. Ich wollte wissen, was Liam und Sarah hinter verschlossenen Türen an Talon weitergaben. »Lass hören«, knurrte ich schließlich.

Cobalt sagte eine Zahlenkombination auf und ließ sie mich mehrmals wiederholen, um sicherzugehen, dass ich sie mir richtig einprägte. »Und damit komme ich auch bestimmt da rein?«, hakte ich nach, als wir fertig waren.

Er zuckte mit einer schuppigen Schulter. »Probier's doch aus, wenn du mir nicht glaubst. Aber pass auf, dass sie dich nicht beim Schnüffeln erwischen. Das findet Talon gar nicht witzig.« Er bleckte in einem kurzen, freudlosen Lächeln die Zähne und fuhr dann ernst fort: »Natürlich kann ich dir noch mehr verraten. Das ist nur die Spitze des Eisbergs. Aber wenn du weitere schmutzige Geheimnisse über Talon erfahren willst, werden wir uns noch mal treffen müssen.«

»Wann?«, fragte ich ungeduldig. »Morgen?«

»Morgen nicht«, wehrte Cobalt ab, »und auch nicht in der Nacht danach oder sonst irgendwann diese Woche. Wir müssen jetzt noch keine feste Zeit ausmachen. Versprich mir einfach, dass wir uns wiedersehen, von Drache zu Drache. Dann werde ich dir alles über Talon verraten.«

Ich schnaubte enttäuscht. »Na gut. Aber dann solltest du dich besser nicht wieder in Luft auflösen.« Als er bloß grinste, kniff ich misstrauisch die Augen zusammen. »Und wie soll ich wissen, wo wir uns treffen, wenn du mir nicht mal sagst, wo du zu finden bist?«

»Keine Sorge, Rotschopf.« Der Einzelgänger trat einen Schritt zurück und spreizte die Flügel, sodass sie einen dunklen Schatten warfen. Mit leuchtenden Augen schaute er auf mich herab. »Ich werde dich finden.«

Damit erhob er sich in die Luft und verpasste mir eine letzte Gischtdusche. Ich verrenkte mir fast den Hals, als ich seiner immer kleiner werdenden Silhouette hinterherblickte. Der blaue Drache glitt über die schäumenden Wellen, dann verschwand er in der Dunkelheit.

Garret

Kein Glück.

Ich ließ das Fernglas sinken und warf es auf den Beifahrersitz, dann legte ich den Rückwärtsgang ein, setzte zurück und fuhr zur Straße. Das war schon die dritte abgeschiedene Klippe heute Abend, an der ich mit dem Nachtsichtgerät den Himmel absuchte, doch außer Flugzeugen und einem einsamen Pelikan rührte sich da draußen rein gar nichts. Keine fliegenden Reptilien in Sicht.

Als ich auf die Hauptstraße einbog, klingelte mein Handy. Ich nahm es vom Armaturenbrett und hob es ans Ohr. Tristans Stimme drang durch den Hörer: »Was entdeckt?«

»Negativ. Ich habe es an drei verschiedenen Stellen versucht, aber keinerlei Bewegung ausgemacht. Und falls der Schläfer noch da draußen ist, wird er bei Tageslicht wohl kaum weiterfliegen.«

»Alles klar.« Tristan seufzte gereizt. »Ich habe auch nichts gesehen. Komm zurück.«

Als ich auflegte, machte sich in mir ebenfalls Frustration breit. Jetzt waren wir schon fast einen Monat hier und hatten noch keine richtige Spur. Dabei verflog der Sommer rasend schnell. Verging er ohne Abschuss, wurde der Schläfer vermutlich umgesiedelt, und wir verloren unser Ziel aus den Augen. Das durfte ich nicht zulassen. Bis jetzt hatte ich noch bei keiner Mission versagt, und das hier würde nicht mein erster Reinfall werden.

Als ich in die nächste Straße einbog, erfasste der Scheinwerfer eine Bewegung. Auf dem Bürgersteig lief jemand und schob ein Fahrrad neben sich her. Leuchtend rote Haare schimmerten im Scheinwerferlicht, und mein Herz machte einen Sprung.

Ember?

Ungeduldig schüttelte ich den Kopf. Dieses Mädchen spukte mir schon den ganzen Tag durchs Hirn. Eigentlich war ich heute Abend hauptsächlich deshalb aus der Wohnung gerannt und auf Drachenjagd gegangen, weil ich mich endlich auf etwas anderes konzentrieren wollte. Irgendetwas, nur nicht sie. Und dass ich plötzlich so aufgekratzt war, dass ich beim Anblick eines x-beliebigen Fußgängers sofort hoffte, es könnte das rothaarige Mädchen von gestern sein, passte mir überhaupt nicht.

Doch nur um sicherzugehen, bremste ich neben dem Mädchen ab. Überrascht starrte ich sie an. Es war tatsächlich Ember, die dort ein Mountainbike über den Bürgersteig schob, und offenbar hatte sie es eilig. Der Vorderreifen des Fahrrads war platt, und seine Besitzerin wirkte alles andere als glücklich.

Sofort wurde ich misstrauisch. Warum war sie so spät noch unterwegs? Und warum war sie allein? Eine mögliche Antwort lag auf der Hand: Sie war der Schläfer und kehrte gerade von einem nächtlichen Rundflug zurück. Ja, sie hatte einen Bruder, aber … vielleicht war das ja Talons neuestes Täuschungsmanöver. Eine Finte, um uns abzulenken. Oder eine Anomalie, wie Tristan gesagt hatte. Und falls es so war, mussten wir Ember Hill eindeutig mehr Aufmerksamkeit widmen.

Ich fuhr an den Bordstein und wurde noch langsamer. Eine Corvette schoss mit einem wütenden Hupen an mir vorbei, aber ich achtete gar nicht darauf. »Ember!«, rief ich. »Hier drüben!«

Bei meinem Anblick weiteten sich ihre grünen Augen überrascht. »Garret? Oh, wow, die Welt ist echt klein.« Da sie nicht stehen blieb, tippte ich kurz aufs Gaspedal, um mit ihr Schritt zu halten. »Was treibt dich denn so früh schon vor die Tür?«

Ich könnte dich dasselbe fragen. »Konnte nicht schlafen«, antwortete ich, ohne weiter ins Detail zu gehen. »Da bin ich herumgefahren. Und du?«

»Ich? Ach, ich gehe gern früh zum Biken, bevor das Wasser ruft. Macht den Kopf frei, weißt du?« Die Antwort kam schnell und ohne Zögern, allerdings legte sie jetzt noch einen Zahn zu. »Es gibt nichts Schlimmeres als Unkonzentriertheit, wenn sich über dir drei Meter Wasser auftürmen. Da stehe ich lieber früh auf und reinige vorher einmal gründlich das System.«

Allerdings hatte ich sie früh morgens noch nie gesehen, weder mit ihrem Fahrrad noch mit ihren Freunden am Strand oder sonst wo. Bis ungefähr neun oder zehn Uhr war sie immer wie vom Erdboden verschluckt.

»Blöderweise«, fuhr Ember fort, ohne etwas von meinem wachsenden Misstrauen zu ahnen, »ist mir ein Reifen geplatzt, also muss ich jetzt nach Hause rennen, bevor

Dante merkt, dass ich wieder ohne zu fragen sein Rad genommen habe.«

Perfekte Vorlage. »Spring rein«, bot ich ihr an und deutete mit dem Kopf auf die Rückbank. »Das Fahrrad kannst du hinten reinschieben, das müsste gehen. Ich fahre dich.«

»Wirklich?« Ihre Augen begannen zu leuchten. »Bist du sicher?«

Ich nickte und hielt am Straßenrand an. Strahlend verstaute Ember das Rad hinten in dem Jeep und glitt dann auf den Beifahrersitz. Bevor sie einstieg, versteckte ich noch hastig das Fernglas im Handschuhfach, dann fuhren wir los.

»Vielen Dank«, sagte sie, nachdem sie mir ihre Adresse gegeben hatte, die ich zwar schon kannte, das aber natürlich verschwieg. »Mann, jetzt bist du schon zum zweiten Mal mein Retter in der Not. Was bist du, ein strahlender Ritter in Ausbildung?«

Damit kam sie der Wahrheit näher, als sie ahnen konnte. Unruhig rutschte ich auf dem Sitz herum, antwortete aber nicht. Ember warf mir einen kurzen Blick zu und fragte dann lächelnd: »Wo steckt denn dein Cousin? Hatte der keine Lust auf Sightseeing?«

»Der ist zu Hause geblieben«, erwiderte ich nickend. »Er schläft.«

»Also offenbar kein Frühaufsteher.« Während sie aus dem Fenster schaute, warf ich ihr einen verstohlenen Blick zu. »Tja, sein Pech. Ich wünschte, ich könnte öfter morgens aufs Meer raus. Bevor die Sonne aufgeht, ist es da draußen so friedlich. Dann gibt es nur dich und die Wellen.« Immer noch lächelnd, drehte sie sich zu mir um, und bei dem Ausdruck in ihren Augen verkrampfte sich mein Magen merkwürdig. »Na ja, Ausschlafen ist bestimmt auch schön, und irgendwie bin ich ganz froh, dass du allein hier aufgetaucht bist.«

Da ich keine Ahnung hatte, was ich sagen sollte, starrte ich stumm auf die Straße. Mein Leben lang hatte man mir nur beigebracht, wie man kämpft. Ich hatte Ahnung von Pistolen, Gewehren und Nahkampf, kannte zwanzig verschiedene Arten einen Menschen zu töten, und wusste, wie man die Feuerdrüse eines Drachen zerschoss, um ihn kampfunfähig zu machen. Sogar eine Spezialausbildung in Infiltration hatte ich absolviert: wie man mit seiner Umgebung verschmolz, sich unsichtbar machte. Aber das hier war etwas vollkommen anderes. Nichts davon hatte mich darauf vorbereitet, mit einem Mädchen auf dem Beifahrersitz meines Wagens zu reden.

Pass dich an, hatte Tristan mir erklärt. *Das ist wie bei jeder anderen Mission auch. Rede mit ihnen, verwickle sie in ein Gespräch. Gewinne ihr Vertrauen.*

Verzweifelt suchte ich nach irgendetwas, um das Gespräch am Laufen zu halten. Als mir wieder einfiel, dass sie gestern ein Surfbrett dabeigehabt hatte, fragte ich: »Also ... surfst du gerne?«

»O ja«, antwortete sie begeistert. »Ich liebe es. Der Wind, die Wellen, das Kribbeln, wenn man an dieser riesigen Wasserwand hinuntergleitet, bevor sie einen in den Sand schleudert. Da kann wirklich kaum etwas mithalten.«

»Klingt ziemlich spannend.« Das war nicht mal gelogen. »Ich wollte es auch schon lange mal ausprobieren.«

Und dann hatte ich eine Idee. Tristan wäre stolz auf mich gewesen.

»Könntest du es mir beibringen?«, fragte ich das Mädchen.

Ember blinzelte überrascht. »Das Surfen?« Ich nickte. »Klar, schon, ich meine …« Sie legte den Kopf schief und musterte mich abschätzend. »Du willst ehrlich, dass ich dir Unterricht gebe?«

»Gibt es irgendetwas, das dagegen spricht?«

»Nein, es ist nur …« Schulterzuckend fuhr sie fort: »Ich bin ja kein Experte. Eigentlich surfe ich selbst erst seit gut einem Monat. Deshalb bin ich nicht sicher, ob ich so ein toller Lehrer wäre. Vielleicht fragst du besser Calvin, der verdient damit sein Geld.«

»Ich hätte aber lieber dich«, beharrte ich. Calvin und Lexi lebten bereits seit ihrer Geburt in Crescent Beach und standen nicht mehr auf unserer Liste. Ember hingegen war eine Unbekannte, ein Rätsel. Wenn ich sie dazu bringen konnte, mir so weit zu vertrauen, dass sie mich in ihr Haus oder in ihr Zimmer ließ, wären wir auf der Suche nach dem Schläfer einen Schritt weiter.

Zumindest redete ich mir ein, dass ich es aus diesem Grund tat.

»Na ja …« Sie dachte noch einen Moment nach, dann grinste sie und verkündete mit funkelnden Augen: »Also gut. Ich mache es, aber sag hinterher nicht, ich hätte dich nicht gewarnt. Wenn Lexi jetzt hier wäre, würde sie dir jede Menge Horrorgeschichten über mich und das Surfen erzählen.«

»Wie viel nimmst du?«

Irritiert runzelte sie die Stirn. »Was?«

»Der Surfshop nebenan bietet auch Unterricht an«, erklärte ich, als sie mich verwirrt ansah. »Die gibt's nicht gratis. Für eine Einzelstunde verlangen die hundertfünfzig Dollar.«

»Wirklich?« Ein nachdenklicher, eifriger Ausdruck huschte über ihr Gesicht, als würde sie überlegen, wie viel Geld sie mit dieser Information machen könnte. Drachen waren extrem besitzbezogen, machthungrig und unendlich gierig. Wenn es eines gab, worauf sie scharf waren, dann die Anhäufung von Reichtümern.

Aber Ember schüttelte nur den Kopf, und schon wich der Eifer leichter Empörung. »Sei nicht albern«, winkte sie ab. »Calvin und Lexi haben es mir auch einfach so beigebracht. Und ich kann doch nichts dafür verlangen, dass ich dir etwas zeige, was ich selbst so gerne mache.«

Obwohl mich das überraschte, hielt ich meine Miene betont ausdruckslos. »Also gut, klingt fair. Und wann hast du Zeit?«

»Hmmm.« Angestrengt runzelte sie die Stirn. »Wie wäre es heute Nachmittag?« Wir bogen in eine gepflegte Straße ganz in der Nähe des Strandes ab. »Treffen wir uns an der Smoothie Hut, so um zwei … nein, besser um drei. Dann bekommst du von mir deine erste, exklusive Surfstunde. Also, falls du kein Problem damit hast, ein paar Mal richtig nass zu werden.« Mit einem verschlagenen Grinsen fragte sie: »Du kannst doch schwimmen, oder?«

»Schon, aber fängt man nicht normalerweise klein an und arbeitet sich dann zu den großen Wellen vor?« Als sie weiter grinste, zog ich eine Augenbraue hoch. »Oder willst du bei dieser Gratisstunde nur zusehen, wie ich mich zum Idioten mache?«

»Nein, aber herausfinden, ob du es auch wirklich lernen willst«, erklärte sie mir. Schlagartig war sie ernst geworden. »Surfen ist nichts für Feiglinge. Du wirst abschmieren, und das Meer wird dir einige Male eine verpassen. Aber keine Sorge.« Mit funkelnden grünen Augen sah sie zu mir hoch. »Ich werde ganz sanft vorgehen.«

»Ich freue mich schon darauf.«

Ihr fröhliches Lächeln erlosch, als sie auf den Bürgersteig zeigte. »Äh, du kannst mich hier an der Ecke rauslassen.« Nervös spähte sie die Straße hinauf. »Du musst mich nicht ganz bis zum Haus bringen. Von hier aus schaffe ich es allein.«

Das fand ich seltsam, widersprach aber nicht. Nachdem ich an der Ecke angehalten hatte, stieg ich aus und holte das Fahrrad von der Rückbank.

»Danke.« Ember griff nach der Lenkstange und streifte dabei meine Hand, die ich nicht rechtzeitig zurückgezogen hatte. Es fühlte sich an, als hätte ich einen elektrischen Schlag bekommen, der sich im gesamten Arm ausbreitete. »Ich bin dir was schuldig. Du hast mir das Leben gerettet. Ganz ehrlich.«

Mein Herz raste, und ich zog schnell den Arm zurück. Meine Sinne arbeiteten plötzlich auf Hochtouren. Davon schien Ember nichts zu bemerken, denn sie hatte sich schon in Bewegung gesetzt. »Wir sehen uns dann um drei«, rief sie über die Schulter. »Wenn du nicht kommst, gehe ich davon aus, dass du doch Schiss vor den großen, bösen Wellen und den Schwanz eingezogen hast.«

»Ich werde da sein«, versprach ich. Wellen machten mir keine Angst. Sie waren groß, sie waren brutal, und bei einer falschen Bewegung zermalmten sie einen. Fast wie ein Drache. Und vor Drachen hatte ich auch keine Angst. Ich respektierte sie, und ich wusste, dass eine dieser Kreaturen mich irgendwann wahrscheinlich umbringen würde, aber ich fürchtete sie nicht. Auch wenn es seltsam klingt: Diese uralten Reptilien, der Kampf und der Tod waren mir so vertraut, dass sie mich nicht mehr aus der Fassung bringen konnten.

Weniger vertraut war mir dieses seltsame Kribbeln auf der Haut, wenn Ember mich anlächelte. Oder das Ziehen im Magen, wenn sie mich ansah. Wie meine Kehle sich zuschnürte, als sie wegging. Ihr schlanker Körper dehnte sich geschmeidig, als sie anfing zu laufen und mit langen Schritten den Bürgersteig entlangjoggte. Unfähig, mich von ihr loszureißen, schaute ich ihr hinterher, bis sie um die nächste Ecke bog.

Dann versetzte ich mir innerlich einen Tritt, stieg wieder ins Auto und rammte den Schlüssel ins Zündschloss, während ich versuchte, wieder einen klaren Kopf zu bekommen. Verdammt, was war nur mit mir los? Jetzt hatte ich mich schon zum zweiten Mal von diesem Mädchen aus dem Konzept bringen lassen. Das musste aufhören. Das hier war eine Mission, und Ember war ein Teil davon. Ich durfte keinen Moment in meiner Wachsamkeit nachlassen. Immerhin war ich nicht hier um zu surfen, auf Partys zu gehen oder endlose Gespräche mit einer faszinierenden Rothaarigen zu führen, die sich ohne zu zögern mit brutalen Arschlöchern und Monsterwellen anlegte. Ich war hier, um einen Drachen aufzuspüren, ihn aus seinem Versteck zu locken und zu töten.

Und falls Ember der Schläfer war …

Denk an deine Mission, Soldat. Verlier nicht wieder das Ziel aus den Augen.

Ich legte den ersten Gang ein und fuhr nach Hause.

»Das hat ja länger gedauert als gedacht«, meinte Tristan, als ich die Wohnung betrat und meine Schlüssel auf den Küchentresen warf. »Hast du dich auf dem Heimweg verfahren? Oder einen Abstecher in die Smoothie Hut gemacht?«

»Nein«, murmelte ich. Bei der Erwähnung der Smoothie Hut kribbelte mein Bauch vor Anspannung … oder Vorfreude. »Aber ich glaube, ich habe eine Spur.«

Ember

Geschafft.

Im Haus war immer noch alles dunkel, während ich das Fahrrad abstellte, die Haustür aufschloss und leise durch den stillen Flur ging. Ein schneller Blick auf die Wanduhr verriet mir, dass es 4:52 Uhr war. Knappe Sache, aber ich war rechtzeitig zurückgekommen. Liam und Sarah schliefen noch, ich musste also nur die Treppe hochschleichen und in mein Bett kriechen, dann würden sie nie erfahren, was passiert war.

Doch als ich die Küche erreichte, blieb ich stehen. Nur wenige Meter entfernt lockte die Kellertür. Da unten befand sich der mysteriöse Raum, in dem jede Menge Geheimnisse über Talon, meine Ausbilderin und vielleicht sogar über mich verborgen waren.

Lautlos glitt ich über den Linoleumboden und legte zögernd die Hand auf den Knauf der Kellertür.

Da packte mich jemand am Arm.

Mit einem halben Luftsprung wirbelte ich herum. »Dante!«, quiekte ich, als ich das ernste Gesicht meines Zwillings erkannte. »Mann, soll ich wegen dir einen Herzinfarkt bekommen?« Mein Herz raste wirklich wie wild, aber ich zwang mich, nicht in Panik auszubrechen. »Warum bist du überhaupt wach?«, flüsterte ich weiter. »Du solltest eigentlich schlafen, du alter Stalker.«

»Komm schon, Schwesterlein, ich bin's.« Dante sprach leise, trotzdem hörte ich, wie wütend er war. »Du hast es noch nie geschafft, etwas vor mir zu verbergen. Keine Ahnung, warum du geglaubt hast, ich würde nicht merken, dass du dich rausschleichst. Ich hoffe nur, dieser illegale Nachtflug war es dir wert.« Sein Blick huschte zur Kellertür, und er kniff misstrauisch die grünen Augen zusammen. »Solltest du nicht besser versuchen, dich hochzuschleichen, bevor Liam kommt und dich erwischt?«

Ich zögerte. Sollte ich ihm von dem geheimen Raum und dem Zugangscode erzählen? Bis jetzt hatte ich noch nie Geheimnisse vor meinem Bruder gehabt. Aber wenn ich es ihm sagte, würde er wissen wollen, woher ich diese Informationen hatte, und momentan wollte ich noch nicht verraten, dass ich mich mit dem Einzelgänger getroffen hatte. Schlimm genug, dass er mich dabei erwischt hatte, wie ich von meinem verbotenen Ausflug zurückkehrte.

»Das wollte ich ja auch, bevor du mich um ein paar kostbare Lebensjahre gebracht hast«, zischte ich deshalb und schob mich weg von der Tür in Richtung Treppe. Gemeinsam gingen wir die Stufen hinauf, und ich zog den Kopf ein, damit er mir nicht ansehen konnte, dass ich gelogen hatte. »Wirst du es Liam verraten?«

Er klang immer noch gereizt, als er zugab: »Du weißt doch genau, dass ich das nicht tun werde. Du bist ein Idiot, aber immer noch meine Schwester. Wir halten zusammen, egal was ist.« Ich entspannte mich, woraufhin er in noch schärferem Tonfall hinzufügte: »Auch wenn ich der Meinung bin, dass du heute Nacht etwas wirklich Dämliches und Gefährliches getan hast, und das alles nur, weil du unbedingt fliegen wolltest.«

Wir erreichten meine Zimmertür, und ich blieb stehen. »So schlimm ist das doch nicht.«

»Ember, das ist die eine Sache, wegen der wir von Talon zurückbeordert werden können. Beziehungsweise wegen der *du* zurückbeordert werden kannst. Ich will nicht, dass sie uns trennen, und ich will ganz bestimmt nicht wieder zurück.« Frustriert schüttelte Dante den Kopf und sah mich dann halb wütend, halb bittend an. »Mach das nie wieder, okay, Schwesterchen? Dieses eine Mal habe ich noch Verständnis. Aber wir müssen uns an die Regeln halten, sonst verlieren wir alles, wofür wir so hart gearbeitet haben. Sechzehn Jahre Vorbereitung einfach futsch. Habe ich mich klar genug ausgedrückt?«

Schuldbewusst ließ ich die Schultern hängen. »Ja«, hauchte ich. Er hatte ja recht: Ich war blöd und stur gewesen und heute ein enormes Risiko eingegangen. Damit hatte ich nicht nur meine Zeit hier aufs Spiel gesetzt, sondern auch Dantes. Meine Handlungen wirkten sich auf uns beide aus, daran hatte ich nicht gedacht. Meinen eigenen Hals konnte ich vielleicht noch riskieren, aber bestimmt nicht den meines Bruders. »Okay, ja«, gab ich zu, »ich war ein Vollidiot. Keine nächtlichen Flugrunden mehr, ich schwöre es.«

Doch tief in meinem Inneren fühlte ich mich elend, als ich dieses Versprechen abgab. Wahrscheinlich betrauerte mein Drache den Verlust seiner Flügel und die Tatsache, dass er Cobalt nie wiedersehen würde. Er vermisste ihn schon jetzt.

Dante nickte zufrieden. »Schön.« Mit einem schiefen Grinsen fügte er hinzu: »Denn dank dir werde ich den ganzen Tag wie ein Zombie herumlaufen. Tu mir beim nächsten Mal wenigstens den Gefallen und schleich dich am Wochenende weg, damit ich danach noch mehr als eine Stunde Schlaf bekomme.«

Ich schnaubte nur. »Gute Nacht, Diedeldum.«

Grinsend wandte er sich ab, und ich betrat mein Zimmer. Nachdem ich leise die Tür hinter mir zugezogen hatte, ließ ich mich auf das Bett fallen und ging im Kopf noch einmal die bisherigen Ereignisse des Tages durch.

Ziemlich viel los gewesen. Und der Tag fing gerade erst an. Blieb noch das Treffen mit Garret, dem ich am Nachmittag Surfunterricht geben musste. Beim Gedanken daran kribbelte es in meinem Bauch. Dieser Mensch war absolut umwerfend und dabei ziemlich mysteriös. Außerdem lösten diese metallisch grauen Augen etwas Merkwürdiges in mir aus. Ja, ich freute mich darauf, ihn wiederzusehen. Obwohl ich zugeben musste, dass es mir einen genauso berauschenden Adrenalinkick verschaffte, mit Cobalt über die Wellen zu gleiten und auf dem Wind zu reiten. Dieser Einzelgänger war dreist, arrogant und nervtötend, aber immerhin wusste er, wie man lebte.

Und wenn Cobalt die Wahrheit sagte, war da ja auch noch dieser Geheimraum im Keller. Jetzt blieb mir natürlich keine Zeit mehr, um danach zu suchen, aber ich würde so bald wie möglich runtergehen und nachsehen, ob der Einzelgänger recht hatte. Falls Talon Geheimnisse vor uns hatte, wollte ich den Grund dafür wissen.

Erschöpfung und die tiefe Befriedigung darüber, mal

162

wieder Wind unter den Flügeln gespürt zu haben, ließen meine Lider schwer werden. Ganz egal, was ich meinem Bruder versprochen hatte, diese Nacht war gigantisch gewesen. Und ich würde weder sie noch diesen geheimnisvollen Einzelgänger so bald vergessen.

Das war es wert, flüsterte mein Drache mir selbstzufrieden zu.

Genau in diesem Moment klingelte mein Wecker.

»Du wirkst müde, Nestling.« Miss Gruselfunktionär saß hinter ihrem Schreibtisch, hatte die Arme vor der Brust verschränkt und musterte mich kritisch. »Hattest du nicht genug Schlaf? Ich hatte deinen Betreuern extra gesagt, dass du heute früher kommen sollst.«

»Es ist halb sechs Uhr morgens«, gab ich zurück. Natürlich konnte ich mir denken, wie ich aussah: gerötete Augen, salzverkrustete, vom Wind zerzauste Haare. »Die Sonne ist noch nicht mal aufgegangen.«

»Tja, dann wird dich das hier vielleicht etwas aufmuntern.« Ihr Lächeln ließ mir fast das Blut in den Adern gefrieren. »Heute machen wir mal etwas anderes. Komm mit.«

Nervös folgte ich ihr hinunter in die Lagerhalle, blinzelte dann aber überrascht, als sie die Tür öffnete. In dem sonst leeren Raum standen überall Kisten, Paletten, Metallfässer und Leitern herum. Einige waren fast bis zur Decke aufgestapelt, und zusammen bildeten sie ein Labyrinth aus düsteren Gängen, Korridoren und Tunneln – wie ein gigantischer Indoorirrgarten.

»Wofür ist das?«, fragte ich. In diesem Moment schoss

etwas Kleines, Schnelles aus der Dunkelheit hervor und traf mich voll in die Brust. Mit einem Aufschrei wich ich zurück. An meiner Kleidung klebte eine zähe Flüssigkeit, und als ich mir an die Schulter fasste, waren meine Finger rot. »Was zum …?«, keuchte ich.

»Das ist Farbe«, erklärte meine Ausbilderin gelassen, was mich ein klein wenig beruhigte. »Aber nur um das klarzustellen: Wäre das eine echte Kugel gewesen, hättest du mit Sicherheit nicht überlebt.« Mit ausgestrecktem Arm zeigte sie auf das dämmrige Kistenlabyrinth. »In diesem Irrgarten versteckt sich ein Dutzend Sankt-Georgs-Ritter«, fuhr sie lächelnd fort. »Alle auf der Jagd nach dir. Alle mit einem Ziel: dich zu töten. Willkommen in Phase zwei deines Trainings, Nestling. Ich will, dass du da reingehst und so lange überlebst, wie du kannst.«

Konzentriert starrte ich ins Halbdunkel und versuchte, meine Gegner auszumachen, diese Soldaten des Heiligen Georg. Ich entdeckte keine Spur von ihnen, war mir aber sicher, dass sie mich sehen konnten und uns wahrscheinlich aufmerksam beobachteten. »Und wie lange ist lange genug?«, fragte ich leise.

»Wenn ich es sage.«

War ja klar. Mit einem schweren Seufzer wollte ich das Labyrinth betreten, aber Miss Gruselfunktionär hielt mich noch vor dem dritten Schritt zurück: »Was soll das werden, Nestling?«

Gereizt drehte ich mich um. Was hatte ich denn jetzt wieder falsch gemacht? »Ich tue, was Sie mir aufgetragen haben: in den Irrgarten gehen, beschossen werden, überleben. Hatten Sie nicht gesagt, dass Sie das wollen?«

Angewidert schüttelte meine Ausbilderin den Kopf. »Du nimmst die Sache nicht ernst. Wenn du mit einer Gruppe bestens ausgebildeter, schwer bewaffneter Sankt-Georgs-Krieger in einer Lagerhalle festsitzt, glaubst du wirklich, du könntest als Mensch lebend wieder rauskommen?«

Stirnrunzelnd starrte ich sie an, bis ich endlich begriff, was sie mir damit sagen wollte. »Sie ... Sie meinen, ich darf das in meiner wahren Gestalt machen?«

Genervt verdrehte sie die Augen. »Hoffentlich ist dein Bruder nicht so begriffsstutzig wie du. Es wäre eine Schande, wenn wir euch beide aufgrund von Blödheit verlieren würden.«

»Yes!«, freute ich mich leise und ballte die Fäuste. Ihre Beleidigung überhörte ich einfach. Endlich konnte ich ein Drache sein, ohne dabei die Regeln zu brechen. Dadurch wurde dieses irre Training fast schon erträglich.

Meine Ausbilderin schnippte mit den Fingern und zeigte auf einen Kistenstapel in der Ecke.

»Falls du schamhaft sein solltest oder dir Gedanken wegen deiner Kleidung machst, kannst du dich dort drüben verwandeln«, befahl sie mir ausdruckslos. »Obwohl du solche Bedenken früher oder später ablegen solltest. Wenn eine Horde Scharfschützen in Helikoptern hinter dir her ist, bleibt selten Zeit, um eine Toilette zu suchen.«

Hastig verschwand ich hinter den Kisten und schlüpfte rasch aus den Klamotten. Mein Körper erschauerte, dann brach mein Drache aus mir hervor. Zum zweiten Mal an diesem Morgen entfalteten sich meine Flügel und streiften prompt den schützenden Kistenstapel. Auch wenn ich die ganze Nacht geflogen war, überkam mich auch diesmal das Gefühl absoluter Befreiung.

Meine Krallen schabten über den Betonboden, als ich auf das Labyrinth zulief. In meiner Drachenhaut fühlte ich mich pudelwohl und stark. Sogar Miss Gruselfunktionär wirkte auf einmal weniger Furcht einflößend, auch wenn sie mein Drachen-Ich genauso abfällig musterte wie meine menschliche Gestalt.

»Stillhalten«, befahl sie und drückte mir etwas ins Ohr, das direkt hinter meinen Hörnern lag. Schnaubend wich ich zurück und schüttelte den Kopf, aber sie fixierte nur mit einer Hand mein Kinn. »Lass das. Das ist nur ein Ohrstöpsel. So kann ich im Labyrinth mit dir kommunizieren und höre, was um dich herum vorgeht. Also zappel nicht so herum.«

Gereizt verzog ich das Maul, versuchte dann aber, den Gedanken an das unbequeme Ding auszublenden. Meine Ausbilderin merkte nichts davon. »Auf mein Zeichen gehst du rein.« Sie holte ihr Handy aus der Tasche. »Anschließend hast du zwei Minuten Zeit, um eine gute Position zu finden und dich auf die Jagd vorzubereiten. Wenn sie dich erwischen, bist du ›tot‹. Das bedeutet, du bekommst zwei Minuten Zeit, um dir eine neue Position zu suchen, dann beginnt die Jagd von vorne. Außerdem verlängere ich die gesamte Spielzeit um fünfzehn Minuten. Wie lange wir hier sind, hängt also davon ab, wie lange du überlebst. Verstanden?«

Mist. Ich sollte also möglichst nicht erschossen werden. Auf keinen Fall blieb ich den ganzen Nachmittag hier, immerhin wartete Garret auf mich. Drache hin oder her, ich hatte ihm eine Surfstunde versprochen, und ich wollte ihn nach wie vor sehen. »Jawohl«, antwortete ich fügsam. »Ich werde von oben aus beobachten, wie du dich schlägst«, erklärte sie weiter, »denk also nicht, dass du mich bezüglich der Treffer anlügen könntest. Wenn es nötig ist, bleiben wir den ganzen Tag hier, bis ich zufrieden bin.«

Mist, Mist, Mist. Wie lange musste ich wohl überleben, damit diese Giftspritze »zufrieden« war? Wahrscheinlich immer länger, als ich dachte.

»Zwei Minuten«, rief mir Miss Gruselfunktionär ins Gedächtnis. »Ab ... jetzt.«

Mit scharrenden Krallen wirbelte ich herum und rannte in das Labyrinth.

Während ich mich durch die endlosen Korridore schob, sah ich keinen einzigen Soldaten. Immer wieder spähte ich um Ecken, um sicherzugehen, dass der nächste Gang frei war. Abgesehen von meinem Atem und dem Klicken meiner Krallen auf dem Beton war alles still. Tiefer und tiefer drang ich in den Irrgarten ein, aber es fielen keine Schüsse, nichts rührte sich, keine Schritte waren zu hören. Wo steckten diese sogenannten Soldaten bloß? Vielleicht war das ja alles nur ein ausgeklügelter Bluff, mit dem meine Ausbilderin meine Paranoia anstacheln wollte. Vielleicht war hier ja gar keiner ...

Ein kleiner, ovaler Gegenstand fiel von oben herab, kam mit einem metallischen Scheppern auf dem Boden auf und blieb direkt neben meinen Tatzen liegen. Während ich ihn noch verwirrt anstarrte, begann er laut zu zischen, und weißer Rauch verteilte sich um mich herum. Mit zusam-

167

mengekniffenen Augen wich ich zurück, aber der Qualm füllte bereits den gesamten Korridor aus, sodass ich nicht sehen konnte, wohin ich lief.

Über mir knallten Schüsse, und ich wurde von mehreren Seiten getroffen. Als sich der Rauch verzog, standen rechts und links von mir je drei Menschen auf den Seitenwänden des Korridors. Sie trugen schwere Kampfanzüge und Skimasken, außerdem hatte jeder von ihnen eine große, verdammt echt aussehende Waffe in der Hand. An meinem Körper klebte so viel rote Farbe, dass sie von meinen Schuppen auf den Boden tropfte. Beschämt wurde mir klar, was gerade passiert war. Ich hatte nicht die geringste Chance gegen sie gehabt. Ich war direkt in ihre Falle getappt, und wären das echte Sankt-Georgs-Krieger gewesen, hätten sie mich völlig durchsiebt.

»Und du bist tot«, rauschte eine vertraute Stimme in meinem Ohr, während die Gestalten sich umdrehten und genauso schnell verschwanden, wie sie aufgetaucht waren. »Kein sehr guter Start, fürchte ich. Hoffentlich kannst du das Ruder noch herumreißen, sonst sitzen wir den ganzen Tag hier. Zwei Minuten!«

Leicht entmutigt huschte ich in den nächsten Gang, um so viel Abstand zwischen mich und die sechs Spitzensoldaten zu bringen, wie ich nur konnte.

Irgendwann später hockte ich völlig erschöpft hinter einigen Paletten, noch ganz außer Atem vom letzten Gefecht. Mir kam es so vor, als würde ich schon seit Stunden vor den Soldaten weglaufen, aber immer waren sie mir einen Schritt voraus. Kaum war ich einem entkommen, erschoss mich ein anderer, der irgendwo über mir auf den Kisten hockte. Betrat ich einen Korridor, der von zwei Soldaten blockiert wurde, konnte ich mich nicht einmal umdrehen und weglaufen, denn schon standen zwei weitere hinter mir und kesselten mich ein. Inzwischen gab es kaum noch eine Stelle an meinem Körper, an der keine Farbe klebte. Bei jeder Bewegung quoll sie zwischen meinen Schuppen hervor und tropfte wie echtes Blut auf den Boden. Und nach jedem Treffer meldete sich die gelangweilte, selbstgefällige Stimme meiner Ausbilderin in meinem Ohr, verspottete mich, erklärte mir, dass ich wieder versagt hätte, dass ich tot sei.

Keine Ahnung, wie viel Zeit seit dem letzten Treffer vergangen war. Minuten? Stunden? Aber so lange meine sadistische Trainerin das Sagen hatte, spielte es wohl auch keine Rolle. Ich legte den Schwanz um den Körper, drückte mich in meine Ecke und versuchte, möglichst leise zu atmen. Vielleicht konnte ich mithilfe der »Versteck dich und hoffe, dass sie dich nicht bemerken«-Taktik ja lange genug überleben, um hier rauszukommen.

Ein kleines, ovales Ding segelte über den Palettenstapel, prallte an der Wand ab und rollte scheppernd auf mich zu. Fauchend schoss ich aus meinem Versteck, bevor das Ding losgehen konnte. Die meisten dieser Geschosse waren Rauchgranaten gewesen, und auch wenn ich mir um so etwas wie Rauchvergiftung keine Sorgen machen musste, wurde es durch sie verdammt schwer, in den engen Korridoren noch etwas zu sehen. Meist erfolgte der farbige Tod, während ich anschließend verwirrt herumstolperte. Aber die letzte Granate war mit einem grellen Lichtblitz explodiert, und die Soldaten hatten mich abgeknallt, während ich noch geblendet und benommen gewesen war. *Das brauche ich nicht noch einmal, vielen Dank auch.*

Ich rannte auf die nächste dunkle Ecke zu und lief damit direkt in den Kugelhagel hinein. Diese Arschlöcher hatten sich direkt vor meinem Versteck auf die Lauer gelegt und setzten mich mit tödlichem Sperrfeuer matt. Ergeben kauerte ich mich zusammen, kniff die Augen zusammen und nahm das nächste Farbbad.

»Erbärmlich«, zischte die verhasste Stimme, als die Soldaten den Hinterhalt auflösten und wieder im Irrgarten untertauchten. »Wir sollten darum beten, dass du nie von echten Soldaten des Ordens gejagt wirst, denn dein Kopf würde innerhalb kürzester Zeit über ihrem Kamin landen. Zwei Minuten!«

Wut stieg in mir auf, und mein letzter Geduldsfaden riss. Fauchend wirbelte ich herum und schlug nach dem nächsten Kistenstapel. Meine Krallen rissen ein großes Stück Holz aus den Boxen.

Also schön, das reichte jetzt endgültig! Warum sollte ich mich überhaupt jagen lassen? Ich war ein *Drache*, laut Talon das oberste Raubtier in der Nahrungskette. Wenn ich nur überleben konnte, indem ich nicht mehr beschossen wurde, sollte ich vielleicht selbst zum Jäger werden.

Ich ging in die Hocke und sprang so lautlos wie möglich auf einen der Kistenstapel. Von hier oben sah das Labyrinth vollkommen anders aus. *Also schön, ihr Arschlöcher,* dachte ich und nahm eine so tiefe Lauerstellung ein, dass mein Bauch fast die Kisten unter mir streifte. *Jetzt spielen wir nach anderen Regeln. Diesmal bin ich hinter euch her.*

Mit lang gestrecktem Körper und fest angelegten Flügeln schlich ich über die Mauer des Irrgartens, konzentrierte mich mit allen Sinnen auf Bewegungen, Geräusche und Geruch meiner Beute. Leichtfüßig glitt ich oberhalb der Korridore entlang, setzte die Tatzen sanft auf, damit das Klicken meiner Krallen mich nicht verriet. In mir stieg wilde, ungezähmte Freude auf. Ja, das fühlte sich richtig an, so natürlich. Meine Angst war verschwunden, und alles schien plötzlich klarer zu sein, fokussierter, jetzt, wo ich auf der Jagd war. Ich spürte, wie meine Feinde sich im Dunkeln herumdrückten und auf mich warteten. Aber jetzt waren sie diejenigen, denen Gefahr drohte.

Als ich vor mir Menschengeruch wahrnahm, blieb ich abrupt stehen, eine Tatze noch erhoben. Vollkommen reglos beobachtete ich, wie ein Soldat, ohne mich zu bemerken, über eine Kistenwand lief und dann lautlos in einen engen Gang hintersprang.

Nun duckte ich mich so tief, dass mein Kinn nur Zentimeter vom Holz entfernt war, schlich zu der Stelle, wo der Soldat verschwunden war, und spähte über die Kante nach unten. Er stand direkt unter mir und hatte sich dem Ende des Korridors zugewandt. Dort entdeckte ich zwei weitere Soldaten. Keiner von ihnen bemerkte mich.

Hallo, Jungs. Grinsend machte ich mich zum Sprung bereit. *Rache ist süß.*

»Tod von oben!«, jubelte ich und stürzte mich mit gestreckten Krallen und ausgebreiteten Flügeln auf meine Gegner. Der erste Soldat fuhr erschrocken zusammen und schaute hoch, aber da landete ich bereits fauchend auf ihm und riss ihn von den Füßen. Trotz Helm blieb er benommen liegen, als er mit dem Hinterkopf gegen eine Palette prallte.

Die beiden anderen wirbelten herum und hoben die Waffen. Brüllend fletschte ich die Zähne und stürmte los, wobei ich fast von einem Farbgeschoss im Gesicht getroffen wurde. Nach einem Sprung zur Seite stieß ich mich an der Wand ab, entging so dem Kugelhagel und rammte dem ersten Soldaten meine Hörner in die Brust, sodass er einige Meter zurückgeschleudert wurde. Er fiel in einen Kistenstapel, der über ihm zusammenbrach, und konnte sich anschließend kaum noch aufrichten. Der letzte Soldat trat hastig den Rückzug an, als ich mich knurrend zu ihm umdrehte und zum Sprung ansetzte.

»Stopp!«

Der Befehl ertönte direkt in meinem Ohr, aber auch vor mir, und ich kam mühsam gut einen Schritt vor meinem letzten Gegner zum Stehen. Der Soldat hob seine Waffe auf die Schulter und zog Helm und Maske aus. Im Dämmerlicht kam das Gesicht von Miss Gruselfunktionär zum Vorschein. Mit einem überraschten Blinzeln wich ich zurück.

»Endlich.« Meine Ausbilderin fuhr sich mit einer Hand durch die Haare, bis die blonden Strähnen ihr lose über den Rücken fielen. Die giftgrünen Augen musterten mich durchdringend. »Wurde auch Zeit, Nestling. Ich hatte mich schon gefragt, ob der Sinn dieser Übung jemals bis in deinen Dickschädel vordringen würde. Irgendwann war ich mir sicher, dass wir dich noch um Mitternacht quer durch die Halle jagen würden, bis du es endlich kapierst.«

Verwirrt schüttelte ich den Kopf. »Sie … Sie *wollten*,

dass ich mich wehre«, erriet ich dann. »Dass ich zum Angriff übergehe. Nur darum ging es Ihnen, richtig?« Als meine Ausbilderin spöttisch die Augenbraue hochzog, runzelte ich irritiert die Stirn. »Sie hätten mich nicht aufhören lassen, bis ich zurückschlage, ganz egal wie lange ich hier drin überlebt hätte.«

Nickend ließ sie die Waffe sinken. »Ganz genau. Drachen sind niemals *Beute*, Nestling. Drachen sind *Jäger*. Selbst für die Soldaten von Sankt Georg sind wir tödliche, intelligente Killer, die sich perfekt anpassen können. Man darf uns niemals unterschätzen. Falls du je mit einem Ordenssoldaten in einem Gebäude eingeschlossen bist, sollte sein Leben mindestens so gefährdet sein wie deins, hast du das jetzt verstanden? Denn du wirst ihn genauso jagen wie er dich. Und eins solltest du dir merken.«

Noch bevor ich es realisiert hatte, hob sie ihre Waffe und schoss mir mitten in die Brust. Der Plastikball explodierte in einem roten Sprühregen, und obwohl es nicht wehtat, zuckte ich zusammen. Meine Ausbilderin lächelte kalt.

»Zögere *niemals*, zum tödlichen Schlag auszuholen.«

Garret

15:22 Uhr, und immer noch keine Spur von Ember.

Ich unterdrückte den Impuls, schon wieder auf die Uhr zu schauen, und lehnte mich stattdessen gegen die harte Rückenlehne der Sitzbank, während ich angestrengt auf den Parkplatz hinausstarrte. Der Orangensmoothie, den ich mir geholt hatte, um nicht aufzufallen, schmolz auf dem Tisch vor sich hin. Der Styroporbecher stand schon in einer Pfütze aus Kondenswasser.

Das kleine Fast-Food-Restaurant war gut besucht. Die Leute saßen in den Nischen und an den frei stehenden Tischen, lachten und unterhielten sich, während ich ganz allein hier hockte und auf ein Mädchen wartete, das eventuell ein Drache war.

Ein uralter weißer VW mit mehreren Surfbrettern auf dem Dach hielt in der Parklücke neben meinem Jeep, und noch bevor das Auto richtig stand, sprang Ember aus dem Wagen. Während das Mädchen in Shorts und einem weiten Top, unter dem der Bikini hervorblitzte, über den Fußweg lief und sich durch die Glastür schob, schalteten all meine Sinne in den höchsten Gang.

Sie entdeckte mich sofort und kam lächelnd zu mir. »Garret! Hi, tut mir leid, dass ich so spät komme. Irgendwie habe ich … die Zeit vergessen. Danke, dass du gewartet hast – nicht zu lange, hoffe ich?«

Seit 14:00 Uhr. »Nein«, antwortete ich höflich, doch dann lenkte mich eine Bewegung auf dem Parkplatz ab. Inzwischen waren noch zwei weitere Personen aus dem VW gestiegen: Lexi Thompson, die neulich mit Ember unterwegs gewesen war, und ein etwas größerer Junge mit blondem Pferdeschwanz.

Ember folgte meinem Blick. »Ach ja. Lexi und Calvin kommen auch mit. Immerhin haben sie mir das Surfen erst beigebracht, außerdem kennt Calvin die ganzen guten Plätze hier am Strand. Das macht dir doch hoffentlich nichts aus?« Mit einem entschuldigenden Lächeln beugte sie sich vor und stützte sich mit einer Hand auf dem Tisch ab. Mein Magen machte einen merkwürdigen Sprung, als ihr Gesicht meinem so nah kam. »Eigentlich haben sie sich selbst eingeladen«, raunte sie mir zu. »Ich habe den Fehler gemacht, es Lexi zu erzählen, und als sie gehört hat, dass ich dir Unterricht geben soll, war sie nicht davon abzuhalten mitzukommen. Und Calvin wollte nicht, dass wir uns allein mit einem fremden Typen treffen, nach dieser Geschichte mit den Idioten von neulich, also … na ja. Tut mir leid.«

Ja, das kam … unerwartet. Aber es war tragbar. Und es gab keinen Grund, warum sie nicht mitkommen sollten; immerhin gehörte es zu meinen Zielen, Teil der Gruppe zu werden. Außerdem war Lexi mit Ember befreundet, dann wusste sie sicherlich so einiges über sie, vielleicht kannte sie sogar ihre Geheimnisse. Wenn sie sich mir anvertraute und dieses Wissen mit mir teilte, würde mich das meinem Ziel wieder einen Schritt näher bringen.

Warum störte es mich also, dass sie mitkamen?

»Schon okay«, sagte ich achselzuckend. »Kein Problem.«

»Hey, Garret!« Lexi schob sich auf die Sitzbank gegenüber. »Und du willst heute tatsächlich dein Leben in Embers Hände legen? Hat sie dir denn erzählt, was sie in ihrer allerersten Surfstunde gemacht hat?«

»Lexi.« Ember seufzte schwer, während ich mich zurücklehnte, um etwas mehr Abstand zu dem Mädchen gegenüber zu bekommen. »Wir wollen doch, dass er mitkommt, und nicht, dass er schreiend wegläuft.«

Fragend schaute ich Lexi an. »Was ist denn passiert?«

»Sie wäre fast ertrunken«, fuhr diese fröhlich fort, ohne auf ihre Freundin zu achten. »Nachdem sie die grundlegenden Dinge ziemlich schnell konnte, hat sie beschlossen, es ganz allein mit einem Fünfmeterbrecher aufzunehmen. Und ist ziemlich spektakulär abgeschmiert.«

Skeptisch zog ich eine Augenbraue hoch und drehte mich zu Ember um, die tatsächlich rot wurde. »Keine Sorge«, sagte sie, nachdem sie ihrer Freundin einen gereizten Blick zugeworfen hatte, »ich werde dich an deinem ersten Tag nicht auf einen Fünfmeterbrecher loslassen. Wir fangen mit Babywellen an und arbeiten uns dann langsam hoch. Ich werde ganz sanft zu dir sein, versprochen.«

Calvin kam mit drei Smoothies in der Hand an den Tisch. »Hey Mann«, begrüßte er mich und stellte seine Fracht ab. Sofort stürzten sich die Mädchen darauf. »Garret, richtig? Dann bist du heute also mit von der Partie? Schon mal auf einem Surfbrett gestanden?«

»Nein.«

Er grinste, aber ohne jede Böswilligkeit, sondern eher entspannt und gleichzeitig wissend. »Na, das wird interessant, so viel ist sicher.«

Wir fuhren nicht besonders weit. Ich teilte mir mit Ember die Rückbank, während Lexi sich ständig umdrehte und ohne Pause auf uns einredete. Ich sagte nicht viel, musste ich aber auch nicht, da die beiden Mädchen mein Schweigen mehr als wettmachten. Langsam kamen mir ernsthafte Zweifel, ob dieses freundliche, fröhliche Mädchen neben mir tatsächlich etwas anderes sein konnte als ein ganz normaler Teenager. Der übliche Drache sah jedenfalls völlig anders aus: bösartig, skrupellos, machtgierig. Andererseits hatten sämtliche Drachen, denen ich begegnet war, versucht mich umzubringen, und umgekehrt. Bisher hatte ich noch nie einen Drachen längere Zeit in seiner menschlichen Gestalt erlebt, hatte nie einen getroffen, der darauf aus gewesen war, sich anzupassen. Trotzdem fragte ich mich, ob es nicht reine Zeitverschwendung war, dieser Spur zu folgen.

Seltsamerweise war es mir egal. Die Rückbank des VW war nicht besonders breit, sodass Embers schlankes Bein immer wieder meines streifte, was mir während des gesamten Weges über die schmale Nebenstraße mehr als bewusst war. Irgendwann fuhren wir über einen Stein oder einen Holzblock, und der Wagen machte einen solchen Satz, dass ich mit dem Kopf gegen das Dach stieß und Ember halb auf meinem Schoß landete.

»Tut mir leid.« Sie rutschte weg, stützte sich dabei aber mit einer Hand auf meinem Oberschenkel ab, was sämtliche Nerven an dieser Stelle kribbeln ließ. Mir fiel auf, dass ihre Wangen leicht gerötet waren, gleichzeitig spürte ich die Hitze, die von mir selbst ausging. Verlegenheit oder … etwas anderes? Bisher hatte ich nie viel mit Zivilisten zu tun gehabt, vor allem nicht mit Mädchen in meinem Alter. Zwar gab es Frauen im Orden, aber ihre Aufgaben lagen nicht im Bereich des aktiven Kampfeinsatzes. Sie sammelten Daten, erledigten Bürokram oder retteten halb verschmorten Soldaten das Leben. Damit waren sie für den Orden von entscheidender Bedeutung, aber es gab bei Sankt Georg keine weiblichen Soldaten. Tristan konnte problemlos mit Mädchen reden, vor allem wenn er ein paar Drinks intus hatte, aber wenn ich mich einem Vertreter des anderen Geschlechts gegenübersah, wusste ich nie, was ich sagen sollte. Deshalb vermied ich solche Situationen möglichst.

Die Mission, rief ich mir ins Gedächtnis. *Konzentriere dich auf die Mission.* Ich durfte mich von diesem Mädchen nicht ablenken lassen. Durfte nichts anderes in ihr sehen als eine mögliche Zielperson. Und ganz bestimmt würde ich nicht daran denken, sie noch einmal zu berühren, ihre Haut an meiner zu spüren, an ihre warmen Finger auf meinem Bein.

Angestrengt starrte ich aus dem Fenster und zwang meine Gedanken in eine andere Richtung. Ganz egal was, solange es mich von dem Mädchen neben mir ablenkte.

Schließlich kam der VW holpernd und stotternd unter einigen Palmen zum Stillstand. Hinter zwei riesigen Dornenbüschen tat sich ein verführerisch leerer Strand auf, der Ozean lockte mit weiß gekrönten Wellen, die sich ein ganzes Stück weiter draußen brachen. Sobald ich aus dem Wagen stieg, spürte ich die heiße Sonne auf meinen nackten Schultern. Ember kletterte hinter mir aus dem Auto und hielt sich eine Hand vor den Mund, während sie ausgiebig gähnte.

»Hast wohl mal wieder durchgemacht, was, Em?«, stichelte Lexi, während sie Calvin dabei half, die Surfbretter vom Dach zu holen. »Weißt du, wenn du es irgendwann mal schaffen würdest, vor dem Morgengrauen ins Bett zu gehen, könnten wir auch mal vor dem Mittagessen Surfen gehen. Nur so ein Vorschlag.«

»Als ob du jemals vor mittags aufstehen würdest«, gab Ember zurück. Zwar ließ sie sich nichts anmerken, aber mir fiel natürlich auf, dass sie mir am Morgen etwas ganz anderes erzählt hatte. Ember war kein Frühaufsteher, sogar ihre Freunde wussten das, obwohl die wahrscheinlich davon ausgingen, dass sie einfach lange schlief. Aber sowohl sie als auch ihr Bruder tauchten immer erst am Nachmittag auf.

Warum war sie also heute Morgen unterwegs gewesen, noch dazu allein? Wo war sie hergekommen?

»Hier«, fuhr sie fort, zog ein blaues Surfbrett vom Wagendach und drückte es mir in die Hand. Als ich sie überrascht ansah, grinste sie. »Das gehört für heute dir. Sei nett zu ihm, es hat schon eine Menge mitgemacht.«

Mit einem Nicken klemmte ich mir das Brett unter den Arm, wie ich es bei Ember gesehen hatte. Es war überraschend leicht und hatte bereits einige Kerben und Kratzer. Calvin nahm ein jungfräulich weißes Brett und ging vollkommen entspannt zum Wasser. Wir anderen folgten ihm, ich zwischen Ember und Lexi, die mir bereits die Grundlagen des Surfens erklärten. Ich versuchte wirklich, ihnen zuzuhören, aber da sie oft gleichzeitig redeten oder gegenseitig ihre Sätze beendeten, war es nicht ganz leicht, ihnen zu folgen. Deshalb war, als wir den Strand erreichten und Ember sich mir zuwandte, noch nicht sonderlich viel hängen geblieben.

»Okay!«, verkündete sie und ließ ihr Brett in den Sand fallen. »Hier fangen wir an.«

»Hier?« Ich schaute zum Meer hinüber, wo Calvin gerade ohne einen Blick zurück in die Brandung marschierte. »Ich dachte immer, zum Surfen bräuchte man Wasser.«

Lexi kicherte, was ihr einen finsteren Blick von Ember eintrug. »Das stimmt natürlich. Aber bevor du deine erste Welle reitest, musst du erst mal einiges lernen. Paddeln, Balance, Timing, solche Sachen. Deshalb ist es einfacher, auf festem Boden anzufangen.«

»Oder man macht es so wie Ember und fällt einfach immer wieder ins Wasser«, ergänzte Lexi. »Wenn man nämlich zu ungeduldig ist, um am Strand anzufangen.«

Ihre Freundin fuhr ihr über den Mund: »Sei still. Ich habe dir nur erlaubt mitzukommen, weil du versprochen hast, mich das machen zu lassen.« Wütend starrte sie Lexi an, die wieder nur kicherte. Plötzlich wünschte ich mir, sie wäre nicht da, dass Ember und ich allein in dieser kleinen Bucht wären. Mit nur einem Lehrer könnte ich mich sicher besser konzentrieren und würde mehr lernen als so, wenn Lexi uns ständig über die Schulter schaute.

Zumindest redete ich mir das ein.

Ember seufzte schwer. Dann drehte sie sich wieder zu

mir um und zeigte auf mein Brett. »Leg dein Surfbrett neben meins. Ich werde dir jetzt zeigen, wie man rauspaddelt, sich eine Welle schnappt und dabei aufsteht. Alles andere musst du selbst herausfinden. Die richtige Balance findest du nur mit genügend Zeit und Übung.«

Gehorsam folgte ich ihren Anweisungen. Mit Embers Hilfe lernte ich, wie man sich flach auf den Bauch legt und mit beiden Armen paddelt, während man versucht, die Welle zu erreichen, nur um dann schnell aufzuspringen und mit halb gebeugten Knien auf ihr zu reiten. Sie zeigte mir, wie man am besten auf dem Brett steht – Knie angewinkelt, Gewicht auf beide Beine verteilt – und wie man es lenkt, wenn die Welle einen erfasst. Ember erwies sich als geduldige Lehrerin, sie korrigierte sanft meine Körperhaltung, wo es nötig war, und beantwortete sämtliche Fragen. Einmal legte sie mir eine Hand auf den Arm, während sie eine Technik demonstrierte, und ich konnte noch lange danach ihre prickelnde Berührung spüren. Lexi warf hin und wieder etwas ein, entweder um zu bestätigen, was Ember mir sagte, oder um sich über ihre Lehrmethoden lustig zu machen, aber als die Stunde zu Ende ging, hatte ich sie schon fast vergessen.

»Alles klar.« Ember sah mich abschätzend an, und ich glaubte leise Bewunderung in ihren grünen Augen zu sehen, als sie grinsend fortfuhr: »Ich denke, du hast es begriffen. Eigentlich bin ich mir sogar ziemlich sicher, dass du entweder ein Naturtalent bist oder dass du mich mit dieser ›Ich bin ein absoluter Anfänger‹-Nummer nur verarscht hast. Wenn du in Wahrheit ein Surfchampion aus Waimea oder so bist, käme ich mir jedenfalls ziemlich blöd vor.«

Ich sah ihr direkt in die Augen. »Keine Sorge, ich habe das wirklich noch nie gemacht.« Als sie mich weiter zweifelnd musterte, hob ich abwehrend die Hände. »Ich schwöre es.«

»Und warum habe ich dann das Gefühl, dass du dir gleich eine Welle schnappst und uns schon beim allerersten Versuch umhauen wirst?«

»Vielleicht habe ich ja einfach eine umwerfend gute Lehrerin.«

Sie schnaubte spöttisch. »Mit Schmeicheleien kommen Sie bei mir nicht weit, mein Herr. Mein Bruder versucht das zu Hause auch immer, deshalb bin ich gegen so etwas immun.« Trotzdem wurde sie rot, und ich musste mir ein Grinsen verkneifen.

»Dann ist jetzt wohl der Moment der Wahrheit gekommen.« Grinsend schnappte sich Lexi ihr Brett. »Wird auch Zeit, dass er sich nasse Füße holt.«

Ember

Garret hob sein Brett auf und drehte sich abwartend zu mir um. Zum ungefähr hundertsten Mal an diesem Nachmittag schlug mein Magen Purzelbäume. Sein Haare glänzten in der Sonne, und ohne Shirt kamen seine durchtrainierten Arme und Schultern richtig gut zur Geltung. Genauso wie der braun gebrannte Waschbrettbauch und die breite Brust. Dieser Kerl machte definitiv eine Menge Sport oder sonst irgendetwas Anstrengendes in seiner Freizeit. Einen solchen Körper bekam man nicht, wenn man die ganze Zeit nur herumhockte.

Und auch wenn er es abstritt, glaubte ich trotzdem, dass er nicht zum ersten Mal auf einem Surfbrett stand. Er war so geschickt, wusste genau, wie man die Füße ausrichten musste und wie man auf dem Brett das Gleichgewicht hielt. Sogar an Land, auf festem Boden, konnte ich sehen, dass er sich im Wasser nicht schlecht machen würde. Ganz und gar nicht schlecht.

Vielleicht irrte ich mich ja auch. Vielleicht würde er genauso abschmieren wie ich an meinem ersten Tag. Klar, ich würde ihn jetzt noch nicht an große Wellen lassen, aber niemand schnappte sich einfach so ein Surfbrett und schaffte es auf Anhieb, damit auf einer Welle zu reiten.

183

»Komm«, ich griff nach meinem Brett, »ich habe dir alles gezeigt, was du wissen musst. Jetzt musst du dich nur noch trauen.«

Ohne zu zögern ging er mit uns ins Wasser und paddelte ungefähr hundert Meter weit raus. Wie immer, wenn ich mit meinem Brett auf dem funkelnden Ozean dahinglitt, spürte ich Begeisterung in mir aufsteigen. Fliegen konnte ich vielleicht nicht mehr, aber das hier – der Kick, die prickelnde Gefahr, der Adrenalinschub – war verdammt nah dran. Und zumindest musste ich das vorerst nicht aufgeben.

Meine Gedanken wanderten zu Cobalt und der Erinnerung daran, wie ich mit ihm über den schäumenden Ozean geflogen war, wie wir durch die Wellen gerast waren. Trauer und Bedauern verdrängten die Freude. Das würde ich nie wieder machen. Was bedeutete, dass ich ihn wahrscheinlich auch nie wiedersehen würde.

»Ember?« Garrets Stimme riss mich aus meiner Melancholie. Er saß dicht neben mir auf seinem Brett, das sanft auf dem Wasser schaukelte, und seine grauen Augen musterten mich aufmerksam. »Alles okay?«

Wieder kribbelte es in mir, aber ich ignorierte das Gefühl. »Ja, ja.« Ich schenkte ihm ein strahlendes Lächeln. »Mir geht's gut. Ich habe nur … nach Wellen Ausschau gehalten.«

»Jetzt bin ich erleichtert.« Er erwiderte mein Lächeln. »Denn dabei bin ich vollkommen auf deine Hilfe angewiesen. Die Stunde ist doch hoffentlich noch nicht zu Ende, oder?«

Was für Augen. Es fühlte sich an, als würden sie mich

durchbohren; als würde er mich Schicht für Schicht auseinandernehmen und studieren, wenn ich den Blickkon-
takt nicht sofort abbrach. Tief in meinem Inneren rührte
sich mein Drache und knurrte. Offenbar mochte er diesen
Menschen nicht. Vielleicht machte er ihm Angst, oder der
intensive Blick erinnerte ihn an ein Raubtier. Oder aber er
spürte, dass ich ihn besser nicht mehr allzu lange ansehen
sollte, da ich mich sonst in diesen Sturmaugen verlieren
und den Einzelgänger mit den goldenen Augen vergessen
könnte, der doch in der Dunkelheit auf mich wartete.

»Da kommt eine gute!«, verkündete Lexi.

Ich riss mich los und blickte aufs Wasser hinaus. Direkt
vor uns türmte sich mit zunehmender Kraft die nächste
Welle auf. Und so wie es aussah, würde das keine kleine
werden. Zwar nicht wirklich riesig, aber auch nicht die
»Babywelle«, die ich Garret versprochen hatte.

Ups. So viel zum Thema sanfter Einstieg.

Gleichzeitig mit Lexi riss ich mein Brett herum, wenig
später folgte Garret unserem Beispiel. »Wenn ich ›los‹ sage«, erklärte ich ihm, während ich mich auf das Brett legte,
»paddelst du genau so los, wie ich es dir gezeigt habe. Du
musst paddeln, als würde dein Leben davon abhängen,
und sieh dich bloß nicht um.«

Kurz trafen sich unsere Blicke. In seiner Miene entdeckte ich weder Angst noch Zweifel, sondern nur Zuversicht,
Vorfreude und Vertrauen. Mir stockte fast der Atem, aber
dann ragte plötzlich die Welle über uns auf, und ich gab
das Startsignal.

Wir paddelten los. Ich erreichte den Kamm der Welle als
Erste und schwebte für einen Moment direkt am Abgrund,

mein Board glitt auf der Kante entlang. Dann senkte sich die Spitze des Brettes, und ich sprang auf, als der Absturz begann.

Wind und Gischt wirbelten um mich herum und zerrten an meinen Haaren. Für mich gab es nur noch den Ozean und die Spitze meines Boards, die durch das Wasser pflügte.

Und dann fegte Garret in einem Sprühnebel aus Gischt an mir vorbei. Das brachte mich so aus dem Konzept, dass ich fast umgekippt wäre, aber schnell war ich wieder im Gleichgewicht und beobachtete ihn aus dem Augenwinkel heraus. Er stand genau so auf dem Brett, wie ich es ihm gezeigt hatte: Knie gebeugt, Arme leicht erhoben. Der Wind zerzauste seine kurzen Haare, während er an der Welle hinunterglitt. Unfassbarer Stolz packte mich, und ich lenkte mein Brett neben seins.

»Du kannst es!«, rief ich ihm zu, auch wenn meine Stimme wahrscheinlich vom Brüllen der Welle hinter uns übertönt wurde. Aber dann drehte Garret den Kopf, und kurz huschte ein strahlendes Lächeln über sein Gesicht. Mir blieb fast das Herz stehen. Ich hatte ihn noch nie lächeln sehen, zumindest noch nie so richtig, und es verwandelte ihn völlig. Plötzlich schien er nur noch aus Licht, Energie, Kraft und Adrenalin zu bestehen, einfach wunderschön.

Hinter uns brach die Welle und wurde zu einem Schlund aus Schaum und Nebel, doch schnell verlor sich ihre Wut, und sie lief im flacheren Wasser aus. Wir nutzten ihren Schwung bis zum letzten Moment aus und glitten auf unseren Brettern Richtung Strand. Schließlich sprang Garret in das hüfthohe Wasser. Er keuchte atemlos, aber schon breitete sich wieder dieses begeisterte, ungehemmte Grinsen auf seinem Gesicht aus.

»Das war fantastisch«, schrie er, als ich neben ihm ins Wasser glitt. Unsere Bretter stießen mit den Nasen zusammen, während wir sie hinter uns herzogen. »Ich habe noch nie ... ich meine ...« Er schüttelte so heftig den Kopf, dass die Tropfen aus seinen nassen Haaren flogen. »Einfach ... wow.«

Ich musste lachen. Es war schön, ihn so offen und ungezwungen zu erleben. Normalerweise war er immer derart reserviert, dass ich mich schon gefragt hatte, ob er in seinem Leben überhaupt schon mal richtig Spaß gehabt hatte.

»Das war wohl Anfängerglück. Aber jetzt ist Schluss mit dem Schonprogramm. Beim nächsten Mal schnappen wir uns eine richtige Welle.«

»Hey, Leute!« Lexi glitt heran und setzte sich rittlings auf ihr Brett. »Was steht ihr hier so rum? Gehen wir wieder raus, oder was?«

Fragend schaute ich zu Garret. Mit einem jungenhaften Grinsen packte er sein Brett und drehte es Richtung Brandung. »Klar doch, los geht's.«

Ein neuer Surfer ist geboren, dachte ich selbstgefällig, während ich den beiden hinterherpaddelte. *Bleibt nur zu hoffen, dass ich kein Monster erschaffen habe.*

Wir surften bis zum Abend weiter. Garret lernte unfassbar schnell, bald wusste er schon, wie man die heranrollenden Wellen richtig einschätzte, und ließ diejenigen aus, die zu klein waren. Ein paar Mal schmierte er ab, aber das passierte uns allen, und er fiel wesentlich seltener vom Brett, als ich erwartet hatte, vor allem bei den größeren Brechern. Und sogar nachdem er einmal richtig übel gestürzt war, sprang er einfach auf, schüttelte sich das Wasser aus den Haaren und watete unbeeindruckt zurück in die Brandung.

Als wir endlich aufhörten, hing die rote Sonne schon knapp über dem Horizont. Nun kam auch Calvin, der sich etwas abseits im Wasser aufgehalten hatte, zu uns zurück. Ich war ausgehungert, erschöpft und mit einigen blauen Flecken von weniger netten Wellen übersät, während Garret nur ungern aus dem Wasser zu kommen schien. Er war unersättlich. Ja, ich hatte tatsächlich ein Monster erschaffen.

»Können wir das bald wiederholen?«, fragte er mich mit fast schon komischem Ernst, während wir die Bretter aufs Auto schnallten. Als ich sah, wie er mich mit entspannter, glücklicher Miene fixierte, machte mein Magen einen kleinen Stepptanz.

»Klar doch!« Grinsend zerrte ich an einem der Gurte.

»An wann hattest du denn gedacht?«

»Morgen«, antwortete er wie aus der Pistole geschossen. »Falls das für dich okay ist.«

Ich hätte mich unheimlich gerne wieder mit ihm getroffen, diesmal vielleicht sogar allein, aber dummerweise …

»Morgen kann ich nicht, Garret«, erklärte ich. »Da hat Kristin Geburtstag, und wir treffen uns nachmittags im Einkaufszentrum, um ihr beim Shoppen zuzuschauen … ich meine, um rumzuhängen und so. Tut mir leid.« Zumindest hoffte ich, dass ich dabei sein konnte. Da Miss Gruselfunktionär mir ja die Vormittage versaute, mussten die wichtigen Dinge wie Surfen und Freunde auf den Nachmittag verschoben werden. Zum Glück waren Kristin und Lexi keine Frühaufsteher.

»Komm doch einfach mit!«, zwitscherte Lexi und streckte den Kopf über das Wagendach. »Kristin macht das nichts aus, ich glaube, sie bringt sogar selbst jemanden mit, du wärst also nicht der einzige Kerl. Traurigerweise wird mein Langweilerbruder uns nicht begleiten.«

Calvin schaute nicht einmal hoch. »Stundenlang mit einem Haufen Mädchen rumziehen, die quietschend Klamotten und irgendwelche Typen angaffen? O ja, klingt nach richtig viel Spaß.«

Ohne ihn zu beachten, wandte ich mich wieder an Garret: »So sieht morgen jedenfalls mein Nachmittag aus. Und du kannst gerne mitkommen.«

»Ins Einkaufszentrum?« Plötzlich wirkte er leicht beunruhigt, und die ständige Wachsamkeit legte sich wieder um ihn wie eine zweite Haut. »Ich ... weiß noch nicht. Vielleicht.«

»Tja, wenn du dich entschieden hast, bist du uns jedenfalls willkommen«, erwiderte ich möglichst lässig. »Um die Mittagszeit findest du mich wahrscheinlich auf der Fressmeile, entweder im Panda Garden oder nebenan im Cinnabon.«

»Und vor dem Mittagessen musst du nur dem ständigen Gejammer folgen, wenn Ember behauptet, sie würde gleich verhungern«, fügte Lexi hinzu und wich geschickt dem Steinchen aus, das ich nach ihr warf.

Stattdessen traf es Calvin, der nur genervt »Mann!« ächzte und uns befahl, ins Auto zu steigen, bevor er uns zu den Surfbrettern aufs Dach schnallte. Ich gehorchte ihm, war aber ein bisschen traurig, dass so ein toller Tag plötzlich zu Ende sein sollte. Andererseits entschädigte mich das ehrliche Lächeln, das Garret mir beim Einsteigen zuwarf, für vieles.

An der Smoothie Hut parkten wir neben Garrets schwarzem Jeep, und ich musterte bedauernd unser umwerfendes Anhängsel. »Also dann.« Ich seufzte, während Lexi aus dem Wagen hüpfte und den Vordersitz umklappte, damit er aussteigen konnte. »Schätze, wir sehen uns irgendwann. Falls nicht morgen, eben … ein andermal.« Dann fiel mir etwas ein, und ich beugte mich vor, um ihm hinterherzurufen: »Vergiss nicht, am Samstag ist Kristins Party. Vielleicht sehen wir uns da?«

»Kann sein.« Er zögerte kurz, dann drehte er sich noch einmal zu mir um. Wieder schienen diese grauen Augen mich zu durchbohren. »Vielen Dank für heute«, sagte er leise. »Ich hatte richtig … Spaß.«

Das klang so, als wäre das ein Fremdwort für ihn. In meinem Inneren breitete sich ein warmes Glühen aus, und ich grinste breit, auch wenn mein Drache angewidert fauchte.

»Jederzeit wieder«, antwortete ich, dann war er weg.

Wenige Minuten später saßen wir in derselben Nische wie am Nachmittag, und ich stopfte mich mit einem XXL-Chili-Cheese-Hotdog voll, während Lexi langsam ihr Getränk schlürfte und mich wissend musterte. Ich tat so, als würde ich es nicht bemerken, bis Calvin sich irgendwann einen zweiten Burger holte. Sofort beugte sie sich mit einem breiten Grinsen zu mir.

»Dich hat's ja dermaßen erwischt!«

»Was?« Fast wäre ich an meinem Hotdog erstickt, während ich mich zurücklehnte, um sie besser ansehen zu können. Als Lexi selbstzufrieden nickte, schüttelte ich entschieden den Kopf. »Du meinst Garret? Du spinnst wohl. Keine Ahnung, wovon du redest.«

»Oh, du bist so ein schlechter Lügner, Em.« Sie verdrehte die Augen und zeigte auf die Parklücke, in der vor wenigen Minuten noch Garrets Jeep gestanden hatte. »Gib's einfach zu. Jedes Mal, wenn er dich angesehen hat, konntest du gar nicht mehr aufhören zu grinsen. Als er mit dir diese erste Welle gemeistert hat?« Ihre schmalen Augenbrauen schossen in die Höhe. »Da wärst du doch am liebsten über ihn hergefallen.«

»Du spinnst total«, erwiderte ich. Weil es auch nicht stimmte. Es konnte nicht wahr sein. Ich war ein Drache. Da war es unmöglich, dass ich mich zu einem *Menschen* hingezogen fühlte. Einem umwerfenden, durchtrainierten und talentierten zwar, aber trotzdem einem Menschen. Vollkommen ausgeschlossen. Unsere Art wusste Schönheit und Begabung zu schätzen, genau wie Ausstrahlung und Intelligenz, aber wir gingen keine emotionalen Bindungen ein, und erst recht nicht mit Menschen. Das war ein glasklarer Talon-Standpunkt: Selbst untereinander verliebten Drachen sich nicht.

Lexi zeigte durch ein Schnauben, wie wenig sie mir glaubte. »Auch egal. Streit ruhig alles ab, wenn es dir Spaß macht. Aber wenn du mich fragst, weißt du selbst ganz genau, was Sache ist. Und soll ich dir noch was sagen?« Wieder beugte sie sich über den Tisch, so als würde sie mir jetzt das größte Geheimnis auf Erden anvertrauen. »Ich denke, er mag dich auch.«

Garret

»Da bist du ja endlich«, begrüßte mich Tristan, als ich durch die Tür trat und die Schlüssel auf den Küchentresen warf. »Wenn du so was öfter machst, werden wir uns ein zweites Auto anschaffen müssen. Ich musste kilometerweit am Strand entlanglaufen, bis ich das Haus dieses Mädchens gefunden hatte. Soweit ich sehen konnte, war alles ganz normal, aber das wissen wir erst mit Sicherheit, wenn wir drin waren.« Mit hochgezogenen Augenbrauen musterte er meine immer noch feuchten Haare und Klamotten. »Dann lief dein ›Unterricht‹ also gut, ja?«

Als ich an den Nachmittag zurückdachte, musste ich ein Grinsen unterdrücken: dieser Adrenalinkick, als ich die Welle genau richtig erwischt hatte und sie mich bis zum Strand getragen hatte … »Könnte man sagen.«

»Aha. Muss ja wirklich fantastisch gelaufen sein, denn du grinst wie ein Idiot. So glücklich bist du sonst nur, wenn dein Team einen Monat ohne Küchendienst gewinnt.«

Wozu sollte ich es abstreiten? Also zuckte ich nur mit den Schultern. Kopfschüttelnd fuhr Tristan fort: »Und, was hast du herausgefunden? Ist diese Ember nun unser Schläfer?«

»Keine Ahnung.«

»Keine Ahnung? Du hast den ganzen Tag mit ihr ver-
bracht, wieso bist du da nicht weitergekommen?«

»Wir haben nicht sonderlich viel geredet.«

»Es war ein ganzer Nachmittag! Was habt ihr denn bitte
schön sechs Stunden lang gemacht?«

»Tut mir leid.« Abwehrend verschränkte ich die Arme
vor der Brust. »Beim nächsten Mal werde ich versuchen,
gepflegte Konversation zu betreiben, während ich auf einem Holzbrett eine drei Meter hohe Wasserwand runter-
rutsche.«

Tristan blinzelte überrascht. »Oh, wow, und plötzlich
taucht Klugscheißer-Garret aus der Versenkung auf. Du
musst dich ja *wirklich* gut amüsiert haben.« Als ich nicht
antwortete, seufzte er schwer und setzte sich aufrecht hin,
um mich vom Sofa aus ansehen zu können. »Hör mal,
Partner, ich bin ja froh, dass du Spaß hattest. Gott weiß,
dass gerade du das wirklich verdient hast. Aber das hier ist
kein Urlaub. Wir sind nur aus einem Grund hier: Um einen
Drachen aufzuspüren und zu töten. Und das weißt du. Sich
anzupassen, mit diesen Kids rumzuhängen und surfen zu
lernen, das ist alles völlig okay, solange wir dadurch an den
Schläfer rankommen. Aber wenn nicht, ist es pure Zeitverschwendung, und wir sollten uns auf etwas anderes konzentrieren.«

»Ich weiß.« Frustriert wandte ich mich ab. Er hatte
natürlich recht. Das passte auch gar nicht zu mir, den
Auftrag wegen einer flüchtigen Ablenkung aus den Augen
zu verlieren. »Beim nächsten Mal bin ich wieder voll bei
der Sache.«

Nickend ließ Tristan sich wieder in die Kissen sinken.

»Dann wird es also ein nächstes Mal geben? Ihr habt das nächste Treffen schon geplant?«

»Morgen.« Nun war ich fest entschlossen, die Mission durchzuziehen: Finde den Schläfer, töte den Schläfer. Ganz einfach. »Ich treffe mich morgen mit ihr und den anderen im Einkaufszentrum.«

Ember

»Du isst ja gar nichts, Ember. Bist du krank?«
Ich schaute von meinem gekochten Hummer auf, in dem ich wirklich nur halbherzig herumgestochert hatte. Aber ich mochte einfach keine Meeresfrüchte. Drachen waren Fleischfresser: Siebzig Prozent unserer Nahrung mussten aus Fleisch bestehen, und Sarah sorgte auch dafür, dass wir anständig gefüttert wurden, aber meiner Meinung nach war Hummer einfach kein Essen. Das waren große Käfer, die unter Wasser lebten. Und hässlich waren sie obendrein. Allerdings hatte mein fehlender Appetit an diesem Abend nur wenig mit mutierten Riesenwasserkäfern zu tun. »Äh …« Ich zupfte an einer der dicken Scheren, die immer noch am Panzer des Hummers hingen. Igitt, und das sollte ich tatsächlich essen? »Ich bin ziemlich müde«, behauptete ich, denn wenn ich zugegeben hätte, dass ich keinen Hunger hatte, hätten bei allen die Alarmglocken geläutet, vor allem bei Dante. Er hätte sofort vermutet, dass irgendetwas nicht stimmte. Dämlicher Zwillingsradar eben. »Es ist nichts weiter. Ich bin heute beim Surfen ein paar Mal ziemlich blöd gestürzt, mehr nicht.«
Liam legte seine Gabel weg und musterte mich mit zusammengezogenen Brauen. »Du weißt, dass wir es nicht

gerne sehen, wenn du dich in Gefahr bringst, Ember«, begann er angespannt. »Wir sind eure Betreuer, und ich kann es nicht riskieren, dass ihr euch verletzt oder euch sonst etwas zustößt, solange ihr euch in meiner Obhut befindet. Ich habe dir nur erlaubt, mit dem Surfen weiterzumachen, weil du versprochen hast, vorsichtig zu sein, aber wenn du weiter so achtlos bist, werde ich es dir ganz verbieten müssen.«

»Was?« Sofort war ich auf hundertachtzig. Am liebsten hätte ich die Zähne gefletscht. »Das darfst du nicht!«

»Ich vielleicht nicht, aber Talon schon.« Mit einem finsteren Blick nahm Liam die Gabel wieder auf und zeigte damit auf mich. »Sieh mich nicht so an, Mädchen. Mag sein, dass du ein Drache bist und ich nur ein wertloser Mensch, aber bis Talon etwas anderes sagt, bin ich für dich verantwortlich. Ein Anruf, in dem ich ihnen sage, dass du dich und die anderen in Gefahr bringst, und schon kommt Talon und nimmt dich wieder mit.« Herausfordernd fügte er hinzu: »Wir hatten hier schon mehr als einen unbesonnenen Nestling, den ich zur Organisation zurückbringen musste. Und glaub bloß nicht, ich mache das nicht wieder.«

Ich war so wütend, dass ich Liam am liebsten gesagt hätte, wo er sich seinen Anruf hinschieben konnte, aber dann bemerkte ich Dantes Blick. *Mach bloß keinen Ärger*, flehte er stumm. *Tu nichts, wofür sie uns zurückschicken könnten. Reiß dich zusammen, und halt dich an die Regeln.*

Frustriert sackte ich in mich zusammen und schob meinen Stuhl zurück. »Ich habe keinen Hunger mehr«, murmelte ich. War mir doch egal, was sie jetzt dachten. »Ich gehe früh ins Bett. Bleibt meinetwegen nicht auf.«

»Du hast morgen wieder Training, Ember«, rief Liam mir

hinterher, als ich Richtung Treppe ging. »Ich stehe um Punkt fünf vor deiner Tür, damit du auch rechtzeitig aufstehst.«

»Kann es kaum erwarten«, trällerte ich voller Sarkasmus, dann knallte ich meine Zimmertür hinter mir zu.

Ein paar Minuten lang tigerte ich wütend auf und ab. Am liebsten wäre ich aus dem Fenster geklettert, zum Strand gelaufen und hätte mir aus reinem Trotz ein paar Wellen gesucht. Für wen hielt sich Liam eigentlich? Wollte mir das Surfen verbieten? Wollte mich von dem abhalten, was ich so liebte? Und nicht nur das, momentan war das Wellenreiten das Einzige, was mich einigermaßen erdete. Ohne dieses Ventil würde ich mich wahrscheinlich jede Nacht wegschleichen und mit irgendwelchen Einzelgängern fliegen.

Ich schnaubte abfällig. Vielleicht sollte ich das wirklich noch mal machen. Immerhin brauchte ich Cobalt nicht, um Flugsurfen zu gehen; das konnte ich auch alleine. Aufhalten konnte Liam mich nicht, Regeln hin oder her.

Vielleicht hat sich Cobalt ja deswegen von Talon losgesagt, überlegte ich, während ich verbittert aus dem Fenster starrte. Das leise Rauschen der Wellen, das bis zu mir herüberdrang, machte alles nur noch schlimmer. *Weil ihm all diese dämlichen Regeln die Luft zum Atmen genommen haben. Du darfst dich nicht verwandeln, du darfst nicht fliegen, du darfst keinen Spaß haben, oh, und außerdem bekommst du noch eine sadistische Ausbilderin, die dir ohne jeden Grund das Leben schwer macht.*

Als es leise an der Tür klopfte, seufzte ich schwer. »Es ist offen, Dante.«

Quietschend öffnete sich die Tür, und mein Bruder kam

mit besorgter Miene herein. »Hi«, begrüßte er mich vorsichtig und schob die Tür hinter sich zu. »Alles klar?«

Nein, ganz und gar nicht. Ich war immer noch wütend, aber jetzt richtete sich mein Zorn auf das einzig verfügbare Ziel. »Vielen Dank für deine Unterstützung«, fauchte ich. Als er nur verwirrt die Stirn runzelte, fuhr ich fort: »Du hättest Liam ja auch sagen können, dass ich beim Surfen kein bisschen in Gefahr bin. Du weißt doch, wie gut ich bin. Und jetzt werde ich jedes Mal über die Schulter schauen müssen, wenn ich an den Strand gehe. Toller Bruder bist du.«

Dante kniff die Augen zusammen. »Ich hatte eher Angst, dass du Liam gegenüber die Klappe zu weit aufreißt und er dich zu Talon zurückschickt«, erwiderte er. Als ich ihn weiter böse anstarrte, fuhr er gereizt fort: »Du kapierst es einfach nicht, oder? Das hier ist kein Erholungsurlaub, Schwesterlein, nicht für uns. Wir sind keine Menschen, wir sind nicht hier, um Spaß zu haben. Das ist ein Test, und sie verfolgen jede unserer Bewegungen, um sicherzugehen, dass wir es nicht vermasseln. Falls wir versagen, landen wir direkt im Umschulungsprogramm. Dann heißt es zurück in die Wüste, mitten ins Nirgendwo.« Mit todernster Miene verschränkte er die Arme. »Erinnerst du dich? Weißt du noch, wie es war? Willst du wirklich dahin zurück?«

Ich schauderte. Natürlich erinnerte ich mich. Die Isolation, die Langeweile, jeden Tag dasselbe, immer nur Staub, Dreck und Felsen, so weit das Auge reichte. Die Einsamkeit. Niemand da außer den Lehrern, den Wachen am Grenzzaun der Anlage und den Gutachtern, die einmal im

Monat auftauchten, um sich von unseren Fortschritten zu überzeugen. Keine Freunde, keine Jugendlichen in unserem Alter, überhaupt keine Gesellschaft. Nur wir beide, zwei kleine Drachen gegen den Rest der Welt.

Dahin wollte ich ganz bestimmt nicht zurück. Als ich noch nichts anderes gekannt und die Außenwelt nur im Fernsehen oder auf Fotos in unseren Lehrbüchern existiert hatte, war es schon schlimm genug gewesen. Jetzt, wo ich richtig gelebt hatte, würde ich durchdrehen, wenn sie mich zurückschickten.

Kraftlos ließ ich mich aufs Bett fallen. »Nein«, knurrte ich bedrückt, »will ich nicht.« Diese Runde hatte er gewonnen.

Dante setzte sich auf die Bettkante und zog ein Bein unter sich. »Ich auch nicht«, versicherte er mir leise. »Du bist meine Schwester. Früher hieß es immer, wir beide gegen alle. Aber hier gelten andere Regeln. Wenn wir früher mal die Beherrschung verloren und uns verwandelt haben, war es Talon egal. Immerhin konnte uns keiner von außerhalb der Organisation sehen. Aber jetzt?« Kopfschüttelnd fuhr er fort: »Wir können uns keine Fehler leisten. Wir dürfen nicht gegen die Regeln verstoßen, niemals. Hier geht es um mehr als Privilegien wie das Surfen oder eine gelockerte Sperrstunde. Talon prüft uns, und ich werde hier nicht versagen.«

Kälte breitete sich in mir aus, aber ich rang mir ein kleines Lächeln ab. »Weißt du, früher konnte man mit dir Spaß haben.« *Und ich konnte dir vertrauen. Warum redest du nicht mehr mit mir, Dante? Ich weiß ja noch nicht mal, was du jeden Tag bei deinem Ausbilder machst.*

Als er kurz schnaubte, wirkte er gleich wieder viel normaler. »Ich bin erwachsen geworden. Probier's doch auch mal. Es wird dich *wahrscheinlich* nicht umbringen.« Damit stand er auf, zerzauste mir das Haar und riss schnell die Hand zurück, bevor ich nach ihr schlagen konnte. Mit finsterer Miene verfolgte ich, wie er zur Tür ging. Doch als er schon die Hand am Knauf hatte, zögerte er kurz.

»Eigentlich heißt es immer noch, wir gegen den Rest der Welt, Schwester«, sagte er, plötzlich wieder ernst. Mit einem Blick über die Schulter fügte er hinzu: »Wir müssen aufeinander Acht geben, auch wenn es darum geht, was das Beste für unsere Zukunft ist. Und auch wenn wir uns manchmal nicht einig sind. Vergiss das nicht, okay?«

»Jawohl.« Ich hoffte, dass er meinen schweren Seufzer als Aufforderung sah, endlich zu gehen. Irgendwie klangen seine Worte unheilverkündend, obwohl ich nicht genau sagen konnte, warum. Jedenfalls wollte ich jetzt nur noch, dass er verschwand. »Werde ich tun.« Mit einem knappen und fast schon hohlen Lächeln zog er die Tür hinter sich zu.

Endlich allein. Ich drehte mich auf den Rücken und starrte an die Decke. Zurzeit wurde es immer viel zu schnell Morgen. Dann würde ich – wieder mal – vor Sonnenaufgang aufstehen und eine weitere Folterrunde bei Miss Gruselfunktionär überstehen müssen. Diese neueste Übung mit dem Labyrinth und den Soldaten war ein echter Schock gewesen. Allerdings immer noch besser als die hirnlosen Aufgaben davor, von denen ich inzwischen annahm, dass sie absichtlich so sinnlos gewesen waren – um meinen Willen zu brechen und mir einzutrichtern, Befehle widerspruchslos zu befolgen, ganz egal wie dämlich sie mir vorkamen. Wenn ich einfach die Klappe hielt und ihre lästigen Aufgaben erfüllte, ging das Ganze viel schneller vorbei.

Dummerweise zählte es nicht gerade zu meinen Stärken, blind irgendwelchen Befehlen zu folgen und mich ruhig zu verhalten, vor allem, wenn ich keinen Sinn darin sah. Und jetzt wollte ich wissen, warum meine Ausbilderin mit diesen irren, neuen Kriegsspielen angefangen hatte. Auch vorher war ich schon neugierig gewesen, was durch die Begegnung mit einem gewissen Einzelgänger nur verstärkt worden war. Wenn Talon, meine Ausbilderin, meine Betreuer und mein eigener Bruder mir nichts erzählten, würde ich die Antworten eben selbst herausfinden müssen.

Ich blieb in meinem Zimmer, hörte Musik und chattete mit Lexi, um die Zeit totzuschlagen, bis im Haus alles ruhig war. Um Viertel vor zwölf fuhr ich den Computer herunter, schlich zur Tür und spähte durch einen schmalen Spalt hinaus.

Alles dunkel und still. Liam und Sarah waren im Bett, und da unter Dantes Tür kein Licht hindurchdrang, schlief er wohl ebenfalls. Hoffentlich richtig tief und fest; vielleicht schaltete sich dieser nervige Zwillingsradar, der ganz auf meine Gefühlswelt abgestimmt war, ja zusammen mit seinem Bewusstsein aus.

So leise wie möglich ging ich die Treppe hinunter, ließ die dritte Stufe aus, die immer knarrte, und erreichte die durch den Mond hell erleuchtete Küche. Entschlossen ging ich in den Keller hinunter. Die Tür zum Geheimtunnel in der Ecke war geschlossen und abgesperrt, aber die war für mich längst nicht mehr interessant. Nicht, wenn vielleicht irgendwo hinter diesen kahlen Betonwänden ein ganzer Raum voller Geheimnisse wartete – über Talon, über meine Betreuer und über mich.

Ein paar Minuten lang suchte ich ziellos herum und bereute es wirklich, dass ich nicht meine andere Gestalt annehmen konnte, denn die hatte die bessere Nachtsicht. Ich fand weder Platten, Hebel, Touchpads oder sonst etwas, das auf einen geheimen Raum hindeutete, und nachdem ich sämtliche Wände abgetastet und dabei nur Schimmelflecken und ein paar Spinnen entdeckt hatte, wollte ich schon aufgeben. Vielleicht hatte Cobalt sich ja geirrt, oder er war einfach paranoid.

Moment mal. Verärgert – und zwar über mich selbst – drehte ich mich einmal im Kreis und schaute mich sorgfältig um. *Wenn Talon hier wirklich ein Tastenfeld versteckt hat, dann doch sicher nicht da, wo es jeder sehen kann, oder? Komm schon, Ember, schalte dein Hirn ein und denk an die unzähligen Spionagethriller, die du im Laufe der Jahre gesehen hast. Das Feld ist versteckt, genau wie der Raum. Vielleicht in einem Wandsafe, unter einem Tresen oder hinter einem Bild …*

Aber hier gab es keine Bilder, Tresen oder sonst etwas, wohinter man einen Schalter verstecken konnte. Die Wände waren völlig kahl.

Abgesehen von …

Ich ging zu dem grauen Sicherungskasten hinüber und klappte ihn auf. Die kleinen schwarzen Schalter waren ordentlich aufgereiht und mit Schildchen versehen, auf denen der jeweilige Stromkreis angegeben war.

Bis auf einen ganz unten, der unbeschriftet war.

In der Hoffnung, dass meine Vermutung richtig war und ich jetzt nicht das ganze Haus kurzschließen würde, legte ich den Schalter um.

Es klickte, und neben dem Sicherungskasten öffnete sich eine Klappe in der Wand.

Ein triumphierendes Grinsen huschte über mein Gesicht. *Na, wer sagt's denn? Da ist es ja.* In der Wand war ein kleines weißes Panel eingelassen, und dahinter befand sich ein einfaches Bedienfeld wie von einer Alarmanlage. Die nummerierten Tasten lagen über einem grün leuchtenden Bildschirm, auf dem momentan in schwarzen Digitalbuchstaben *Gesperrt* stand. Mein Herz begann aufgeregt zu klopfen. Es war tatsächlich real. Cobalt hatte recht gehabt.

Dann hoffen wir mal, dass auch sein Code stimmt.

Ich tippte die acht Ziffern ein und wartete.

Mit einem leisen Zischen öffnete sich ein Stück Wand direkt neben der Waschmaschine und schwang wie eine Tür nach außen auf – genau wie bei den Geheimgängen in den Spionagefilmen. Im Raum dahinter brannte kein Licht, aber ein gedämpftes grünes Leuchten schimmerte bis zu mir herüber.

Im ersten Moment stand ich einfach nur da und gaffte wie ein Idiot die unsichtbare Tür an, bis das Bedienfeld warnend piepste und die Wand anfing, sich wieder zu schließen.

Ups. Beeilung, Ember! Ich rannte los und schob mich gerade noch rechtzeitig durch die Öffnung. Als sich die Tür zischend hinter mir schloss, packte mich kurz Panik, weil ich vielleicht eingeschlossen wurde, aber dann sah ich, wo ich gelandet war.

»Verdammte …« Vollkommen überwältigt schaute ich mich um. Das hier hatte nichts mehr mit unserem Keller zu tun, nicht mal mit dem geheimen Tunnel mit seinen rauen Betonwänden und dem trüben Licht. Hier sah es eher aus wie am Set von *Star Trek* oder *Navy CIS*. Die gesamte Rückwand bestand aus einem gigantischen Monitor, der jetzt natürlich dunkel war, aber wenn er sich einschaltete, waren die Bilder bestimmt fast lebensgroß. Auf den glänzenden, schwarzen Bodenfliesen schimmerten die Reflektionen unzähliger blinkender Lämpchen, die alle zu den Computern an dem Schaltpult gehörten, das eine zweite Wand einnahm. Und an der dritten Wand …

Mir wurde schlecht. In dieser Ecke stand eine Art großer Metallkäfig. Oder eher eine Art Zelle, mit winzigen, hoch oben angebrachten und vergitterten Fenstern, feuerfesten Wänden und einer dicken Stahltür. Das Ding war groß genug für ein Pferd. Oder für einen Nestling in seiner wahren Gestalt.

»Was zum Henker …?«, flüsterte ich und wagte mich etwas tiefer in den Raum hinein. Dabei riss ich die Augen so weit auf, dass es wehtat. Unfassbar, dass sich unter dieser verschlafenen kleinen Küstenstadt so etwas befand, und niemand ahnte auch nur das Geringste davon. Talon hatte nie irgendetwas in dieser Richtung erwähnt.

Wenn Cobalt damit recht hatte, womit dann noch?

Mein Blick blieb an dem wild blinkenden Schaltpult hängen. Vor einem kleineren Monitor mit Tastatur stand ein Stuhl, den ich jetzt ansteuerte. Wenn ich an die Dateien von Talon oder an die E-Mails meiner Betreuer herankam, konnte ich vielleicht herausfinden, was hier los war. Oder zumindest, was sie von mir und Dante wollten.

Ich war gerade mal zwei Schritte weit gekommen, als hinter mir die Tür zischte – jemand kam.

Scheiße. Hastig trat ich durch die halb geöffnete Käfigtür in das einzig verfügbare Versteck und drückte mich fest gegen die Stahlwand. Hier drin war es stockdunkel, durch die vergitterten Fenster unter der Decke fiel nur minimales Licht. Allein beim Gedanken daran, hier drin eingesperrt zu sein – ob nun als Drache oder nicht –, begann ich zu zittern. Ich würde mir die Krallen an den Wänden blutig kratzen, nur um herauszukommen.

Ein Blick durch den Türspalt zeigte mir Liam und Sarah, die kurz durch mein Blickfeld gingen und dann hinten im Raum verschwanden. Der Stuhl quietschte leise, als sich jemand setzte, dann hörte ich kurzes Tippen und ein paar Mausklicks. Das Licht hinter den Fenstern flackerte und wurde langsam heller. Offenbar erwachte der Riesenbildschirm zum Leben.

»Berichtet«, ertönte eine tiefe, männliche Stimme. Sie klang genauso barsch wie die meiner Ausbilderin. Sogar hier in meiner Zelle ließ sie mich erschrocken zusammenfahren. »Wie ist der aktuelle Status bezüglich Ember und Dante Hill?«

Ich wurde starr vor Angst. Natürlich konnte ich den Monitor nicht sehen. Dazu hätte ich mich zu den Fenstern hochziehen und rausschauen müssen, und da war das Risiko, erwischt zu werden, zu groß. Aber ich musste den Sprecher nicht sehen, um zu wissen, dass er ein Drache war. Wahrscheinlich einer der höheren Talonfunktionäre, obwohl ich ihnen noch nie begegnet war. Die Drachen an der Spitze der Organisation gaben nur selten ihren Aufenthaltsort preis, aus Angst, dass der Sankt-Georgs-Orden sie aufspüren könnte. Warum sollte sich ein hohes Tier von Talon für Dante und mich interessieren? Mit angehaltenem Atem drückte ich mich gegen die Wand und lauschte.

»Dante hat sich gut eingefügt, Sir.« Selbst durch die Wand klang Liams Stimme völlig gefühllos. »Er zeigt überragendes menschliches Verhalten und bewegt sich zwanglos in dem sozialen Netz, das er sich aufgebaut hat. Er befolgt die Regeln und begreift genau, was von ihm erwartet wird. Bei seiner Assimilation sehe ich keine Schwierigkeiten auf uns zukommen.«

»Gut«, sagte die Stimme ohne erkennbares Lob oder Freude. »Wie erwartet. Und was ist mit seiner Brutschwester, Ember Hill?«

»Ember ist ...« Plötzlich klang Liams Stimme schärfer. »Sie ist ein wenig ... schwieriger. Sie hat zwar Freunde gefunden und fügt sich gut ein, aber ...« Er verstummte.

»Sie ist leichtfertig«, schaltete sich Sarah ein, als könnte sie sich nicht länger zurückhalten. »Sie begehrt offen gegen die Regeln auf und wird von riskanten, gefährlichen Dingen angezogen. Sie widersetzt sich unserer Autorität und hinterfragt immer wieder ihre Ausbilderin. Genau genommen denke ich, dass Dante das Einzige ist, was sie davon abhält, etwas Drastisches zu tun. Er hält sie im Zaum, aber ich fürchte, nicht einmal er wird sie noch lange unter Kontrolle halten können.«

Die Stimme blieb einen Moment still, als würde sie die Informationen verarbeiten. Nervös biss ich mir auf die Lippe und befahl meinem Herz, nicht so zu rasen. War jetzt der Moment gekommen, in dem sie entschieden, dass ich eine Umschulung brauchte? Ich allein? Mir wurde übel. Das konnte ich nicht. Ich konnte da nicht wieder hin. Vor allem nicht ohne Dante. Dann würde ich aus Einsamkeit sterben. Und vor Langeweile.

»Hat sie irgendwelche Regeln gebrochen?«, fragte die Stimme schließlich. Mein Magen zog sich noch fester zusammen. Wenn Dante es ihnen gesagt hatte, wenn sie von meiner Nacht mit Cobalt wussten, war ich geliefert.

»Nein«, gab Liam widerwillig zu. Erleichtert sackte ich zusammen. »Soweit wir wissen, nicht. Aber sie ist wie eine tickende Zeitbombe …«

»Dann werden wir sie von nun an genauer im Auge behalten«, unterbrach ihn die Stimme. »Ember Hill könnte eine Gefahr für die Organisation darstellen, aber vielleicht ist das auch nur ihre Reaktion auf die ungewohnte Freiheit. Bei Nestlingen ist das nicht ungewöhnlich. Es ist vorzuziehen, dass sie diese Phase jetzt durchmacht, dann wird sie sich langfristig gesehen besser auf ihre Ausbildung konzentrieren können. Da sie laut eurer Aussage keinen Regelverstoß begangen hat, ist das *kein* hinreichender Grund, um sie zurückzubeordern.«

Hm. Ich blinzelte überrascht. *Das klingt … erstaunlich vernünftig. Vielleicht ist Talon ja doch nicht so schlimm, wie Cobalt behauptet.*

»Und was ist mit dem Einzelgänger?«, fragte Sarah unvermittelt. Mir gefror fast das Blut in den Adern. »Er könnte immer noch in der Gegend sein. Was ist, wenn Ember oder Dante ihm begeg…«

»Um den Einzelgänger«, fiel ihr die Stimme ins Wort, »werden wir uns kümmern. Das ist für euch nicht von Belang. Als letzten Monat die ersten Berichte über ihn eintrafen, haben unsere Agenten eingegriffen und konnten bestätigen, dass er aus der Stadt geflohen ist. Höchstwahrscheinlich wird er nicht zurückkehren, aber falls ihr ihn seht, oder auch einer eurer Schützlinge, werdet ihr uns sofort davon in Kenntnis setzen, ist das klar?«

Dante, dachte ich, während beide Betreuer etwas Zustimmendes von sich gaben. *Das warst du, oder nicht? Du hast ihnen von Cobalt erzählt. Deswegen war er weg, und deswegen sind unsere Ausbilder früher gekommen. Du warst es also doch.*

»Wir werden mit Embers Ausbilderin sprechen und überlegen, ob ihre Energie in produktivere Bahnen umgelenkt werden kann«, fuhr die Stimme fort. »Stehen sonst noch dringende Angelegenheiten an?«

»Nein, Sir.«

»Gut.« Ich stellte mir vor, wie der Sprecher sich zurücklehnte und mit der Hand wedelte. »Ihr seid entlassen.«

Es flackerte, und der Bildschirm wurde schwarz. Sofort drehten Liam und Sarah sich um und gingen ohne einen Blick zurück zu der Geheimtür. Ich spähte rechtzeitig aus dem Käfig, um zu sehen, wie sie mithilfe eines Knopfes die Tür öffneten. Nachdem sich die Wand wieder hinter ihnen geschlossen hatte, wartete ich noch einige Minuten, bevor ich den Raum ebenfalls verließ. Hastig rannte ich die Treppe hinauf in mein Zimmer, zum Glück ohne dabei auf neugierige Brüder oder verlogene Betreuer zu treffen. Niemand war in meinem Zimmer gewesen, und so ließ ich mich erleichtert aufs Bett fallen. Meine Gedanken überschlugen sich. Ich hatte eine Menge erfahren, über Talon, meine Betreuer, meine Ausbildung und Dante.

Und über den Einzelgänger.

Okay, Cobalt, dachte ich, während mir ein kalter Schauer über den Rücken lief. *Du hattest recht. Talon sagt uns wirklich nicht alles. Jetzt hast du meine ungeteilte Aufmerksamkeit. Ich hoffe nur, dass wir uns auch wiedersehen, damit ich dir meine Fragen stellen kann.*

Garret

»Dann habt ihr nun also ein mögliches Ziel.«

Lieutenant Gabriel Martins Abbild auf dem Bildschirm lehnte sich hinter seinem Schreibtisch zurück und legte nachdenklich die Fingerspitzen aneinander. Tristan und ich drängten uns in der winzigen Küche unserer Wohnung vor dem aufgeklappten Laptop zusammen. Diese wöchentlichen Statusberichte waren eigentlich reine Routine, durch die wir das Hauptquartier über unsere Mission auf dem Laufenden hielten, aber heute Abend war es anders. Heute hatten wir einen konkreten Namen.

»Ember Hill«, wiederholte Martin langsam und zog die Brauen zusammen. »Ich werde den Nachrichtendienst damit beauftragen, einen Backgroundcheck bei ihr und ihrer Familie zu machen, vielleicht finden wir so ja irgendwelche Auffälligkeiten. Und sie hat einen Bruder?«

»Jawohl, Sir«, nickte Tristan. »Aber vielleicht wurden sie auch nur zusammen großgezogen und dann hier eingeschleust, um uns von der Fährte abzubringen. Immerhin wissen sie ja, dass wir nach einer einzelnen Zielperson suchen würden.«

»Das wäre eine Möglichkeit«, stimmte Martin ihm zu. »Es wäre Talon durchaus zuzutrauen, dass sie sich neue

Möglichkeiten ausdenken, um ihre Brut zu verstecken. Habt ihr mit ihren Betreuern gesprochen, oder wart ihr in ihrem Haus?«

»Nein, Sir.« Wieder war es Tristan, der antwortete. »Aber Garret hat bereits eine Beziehung zu dem Mädchen aufgebaut. Er wird sich morgen wieder mit ihr treffen.«

»Gut.« Martin nickte und wandte sich dann an mich: »Was ist mit dir, Soldat? Was hältst du von diesem Mädchen?«

Ich gab mir alle Mühe, meine Miene und meine Stimme ausdruckslos zu halten. »Bisher konnte ich noch nichts Konkretes feststellen, Sir. Beweise hat sie uns noch nicht geliefert, lediglich die äußeren Umstände passen. Aus diesem Grund kann ich Ihnen keine fundierte Antwort geben.«

»Dann vergiss mal die Beweise.« Martin kniff die Augen zusammen. »Manchmal muss man seinem Instinkt vertrauen, unabhängig von den Umständen. Was sagt dir dein Bauchgefühl?«

»Dass …« Vor meinem inneren Auge erschien Embers Lächeln, und ich erinnerte mich daran, wie ihre Augen funkelten, wenn sie wütend oder aufgeregt war. An ihr energiegeladenes, trotziges Grinsen, mit dem sie jedem zeigte, dass sie vor nichts Angst hatte. Und an dieses seltsame, ziehende Gefühl in der Magengrube, wenn sich unsere Blicke begegneten. Nach außen hin verhielt sie sich vollkommen normal; es hab keinerlei eindeutige Hinweise darauf, dass sie irgendetwas anderes sein könnte als ein Durchschnittsmädchen.

Aber mein Instinkt, das Bauchgefühl, das mich während all der Zeit im Kampfeinsatz am Leben gehalten hatte, war da anderer Meinung. Ember war anders. Vielleicht war es ihre Leidenschaft, die feurige Entschlossenheit, die ich schon viel zu oft an den Kreaturen bemerkt hatte, gegen die ich kämpfte. Jene sture Weigerung, sich dem Tod zu ergeben, die sie zu so gefährlichen Gegnern machte. Oder es lag daran, wie sie mich manchmal ansah. Dann glaubte ich in ihrem durchdringenden Blick etwas zu erkennen, das nicht ganz ... menschlich war. Ich konnte es nicht erklären, und ich wusste, dass der Orden so etwas niemals als hinreichenden Grund anerkennen würde, um einen Verdächtigen auszuschalten. Aber Martin fragte mich nicht nach Beweisen. Er wusste, dass Soldaten ihre Entscheidungen manchmal nur aufgrund ihrer Intuition fällen mussten. Und bisher hatte mich mein Bauchgefühl nur sehr selten getäuscht.

»Es könnte gut sein, dass sie der Schläfer ist, Sir«, antwortete ich deshalb.

Auch wenn ich mir zum ersten Mal wünschte, ich würde mich irren.

Martin nickte langsam. »Wir müssen sehen, was sich aus dieser Information machen lässt«, murmelte er. »Sebastian, deine Aufgabe besteht von nun an darin, diesem Mädchen so nah wie möglich zu kommen. Versuche, Zugang zu ihrem Haus zu bekommen. Hin und wieder haben Talon-Häuser unterirdische Schlupfwinkel, von denen aus sie heimlich mit der Organisation kommunizieren. Wenn du diesen Raum findest, bekommt ihr vom Orden die offizielle Genehmigung, den gesamten Haushalt auszuschalten. Aber geht diskret vor.«

»Sollen wir das Haus überwachen, Sir?«, wollte Tristan wissen, aber Martin schüttelte den Kopf.

»Nein. Die Agenten von Talon sind darauf gedrillt, jede Auffälligkeit zu registrieren, zum Beispiel, wenn in ihrer Straße ein fremdes Auto parkt. Wir wollen sie nicht mit der Nase daraufstoßen, dass wir vor Ort sind. Den Außenbereich könnt ihr elektronisch überwachen, aber das ändert nichts an eurem Hauptziel: Verschafft euch Zugang zu dem Haus. Konkrete Hinweise findet ihr nur dort.«

»Jawohl, Sir.«

»Gute Arbeit, Jungs.« Ein schmales Lächeln huschte über Martins Gesicht. »Wir werden den Hinweisen nachgehen, die ihr uns geliefert habt. Aber jetzt nehmt euch erst mal einen Abend frei. Das habt ihr euch verdient.«

Die Videoverbindung wurde unterbrochen, und sein Gesicht verschwand. Tristan stieß lautstark den Atem aus und klappte den Laptop zu. »Tja, das wäre erledigt«, murmelte er und streckte sich ausgiebig. »Ich bin froh, dass wir ihnen endlich einen Namen liefern konnten. Wahrscheinlich waren sie schon ganz nervös, weil es keine Fortschritte gab. Jetzt können wir uns ganz auf das Mädchen konzentrieren und vielleicht noch auf den Bruder, bis wir eine Antwort bekommen.«

Ich sagte nichts. Eigentlich hätte ich erleichtert sein müssen: Die Mission verlief wieder nach Plan, und wir hatten eine konkrete Strategie. Ungewissheit mochte ich nicht, ich brauchte immer eindeutige Wege, klare Befehle und ein greifbares Ziel. Nun hatte ich meine Befehle: Nimm das Ziel ins Visier. Enttarne es als Schläfer, und wenn das geschafft ist, töte diesen. Einfache, vertraute Anweisungen. Meine gesamte Konzentration hätte der Mission und ihrer Erfüllung gelten sollen.

Aber jetzt konnte ich nur noch an Ember denken. Sie wiederzusehen, ihr nahe zu sein, ihre Geheimnisse zu entschlüsseln. Es waren nur noch wenige Stunden bis zu unserem vereinbarten Treffen, aber plötzlich fühlte ich mich hin- und hergerissen. Einerseits wollte ich sie sehen, freute mich sogar darauf, wenn ich ganz ehrlich war … aber gleichzeitig widerstrebte es mir. Ich wollte sie nicht anlügen.

Ich wollte nicht, dass Ember der Schläfer war.

Aufgewühlt schnappte ich mir das Fernglas, das auf dem Küchentresen lag, und ging Richtung Tür. So durfte ich nicht denken. Persönliche Gefühle gab es in Bezug auf eine Zielperson nicht. Ich hatte meine Befehle, und ich hatte noch nie bei einer Mission versagt. Und auch jetzt würde ich nicht zögern.

»Äh … Garret?« Tristans Stimme ließ mich innehalten. Als ich mich umdrehte, stand er mit verschränkten Armen hinter mir und musterte mich verwirrt. »Was hast du vor?«

Vielsagend hielt ich das Fernglas hoch. »Dasselbe, was wir jede Nacht gemacht haben, seit wir hier angekommen sind. Warum?«

Er verdrehte die Augen. »Hast du dem Lieutenant nicht zugehört? Wir haben heute Abend frei. Und jetzt legst du das verdammte Fernglas schön wieder hin, bevor ich dir damit eins überbrate. Mann, Garret, wir sind in Kalifornien – Strand, Volleyball, Bikinis, Nachtklubs. Man kann doch nicht jede Minute des Tages nur mit Missionen und Training vergeuden.« Mitfühlend und gleichzeitig gereizt sah er mich an. »Sogar Soldat Tadellos braucht hin und wieder mal eine Pause. Verflucht, das Hauptquartier hat offiziell Entspannung angeordnet. Vergiss doch mal für einen Abend die Mission.«

Vergiss die Mission. Vergiss den Orden, den Krieg, die Zielperson. Vor dem heutigen Tag hätte ich nicht mal einen Gedanken daran verschwendet. Der Orden war mein Leben; ich musste überragend sein, eisern. Soldat Tadellos. Nichts anderes wurde von mir erwartet.

Aber an diesem Nachmittag hatte ich von einem wunderschönen rothaarigen Mädchen das Surfen gelernt, und sobald mein Board die Wellen berührt hatte, waren der Orden und der Krieg aus meinem Kopf verschwunden. Das war der berauschendste Moment meines ganzen Lebens gewesen. So viel Spaß hatte ich schon seit ... eigentlich noch nie gehabt. Normalerweise war meine Freizeit – falls ich mal welche hatte – dem Training gewidmet. Ich nutzte sie dazu, sämtliche Fähigkeiten zu verbessern, die mein Überleben sicherten. Während die anderen Soldaten in Bars oder Klubs gingen, und Tristan machte da keine Ausnahme, war ich normalerweise im Fitnessraum oder auf der Schießanlage, wenn ich nicht gerade Fachliteratur über diverse Kampftaktiken las. Natürlich gab es auch ein paar reine Freizeitaktivitäten, die mir Spaß machten – Lesen, Actionfilme, und beim Dart traf ich neun von zehn Mal die Mitte der Scheibe –, aber insgesamt bestand mein Leben fast ausschließlich aus Training und Kampfeinsätzen.

Nun fragte ich mich, ob ich nicht vielleicht etwas verpasste. Tristan hatte mich immer gedrängt mitzukommen, wenn er in Bars, in Klubs oder auf Partys ging, und ich hatte jedes Mal abgelehnt, weil ich keinen Sinn darin erkennen konnte. Aber vielleicht musste es ja gar keinen Sinn haben. Vielleicht ging es einfach nur darum, neue Erfahrungen zu machen.

»Also«, Tristan schnappte sich die Schlüssel vom Tresen, »wenn du willst, kannst du gerne hierbleiben und den perfekten kleinen Soldaten spielen. Ich gehe jedenfalls aus. Wahrscheinlich komme ich nicht vor dem Morgengrauen zurück, und die Chancen stehen fünfzig zu fünfzig, dass ich hackevoll sein werde, du brauchst also nicht auf mich zu …«

»Warte.«

Mit einem verblüfften Blinzeln hielt Tristan inne, als ich das Fernglas in einen Sessel warf und mich zu ihm umdrehte. Einen Moment lang war ich kurz davor, einen Rückzieher zu machen, aber dann zwang ich mich fortzufahren: »Wo genau gehen wir denn hin? Brauche ich da einen falschen Ausweis?«

Melodramatisch riss er den Mund auf. »Okay, tut mir leid. Wer sind Sie, und was haben Sie mit meinem Partner gemacht?«

»Halt die Klappe. Gehen wir jetzt, oder was?«

Grinsend deutete Tristan mit ausgestrecktem Arm auf die Wohnungstür. »Bitte nach dir, Partner. Keine Ahnung, was hier los ist, aber was auch immer du geschluckt hast, nimm es ruhig weiter.«

Kein »es«, dachte ich, während ich die Tür öffnete. *Ein »wer«. Und du kannst dir gerne weiter den Kopf zerbrechen, denn ich habe selbst nicht den leisesten Schimmer, was mit mir los ist.*

Ember

»Haaaalllloooooo! Erde an Ember: Bist du noch bei uns?«
Blinzelnd riss ich mich von der Glasvitrine mit den funkelnden Diamanten, Saphiren, Smaragden und Rubinen
los. Neben mir stieß Lexi einen tiefen Seufzer aus. Ihr Blick
verriet mir, dass sie schon eine ganze Weile versuchte, meine Aufmerksamkeit auf sich zu lenken. Die elegant geklei-
dete Frau hinter dem Verkaufstresen schenkte mir das höf-
liche Lächeln für Kunden, von denen sie wusste, dass sie
sowieso nichts kauften, und widmete sich dann einem
Mann, der nach einem Verlobungsring suchte.
»Tut mir leid«, murmelte ich in Lexis Richtung. Eigentlich war ich nicht richtig weggetreten gewesen, sondern
hatte nur angestrengt über den verborgenen Raum und
seine Geheimnisse nachgedacht. In einer selbstmörderi-
schen Aktion hatte ich mich heute nach meiner Trainingseinheit noch einmal in den Keller geschlichen, nur
um dann festzustellen, dass Cobalts Zahlencode nicht
mehr funktionierte. Entweder hatte Talon ihn geändert,
oder er stellte sich automatisch neu ein, denn nachdem
ich die Zahlenfolge zwei Mal eingegeben hatte, begann
das Bedienfeld unheilvoll zu piepen, und auf dem Display
war eine rot blinkende Warnung aufgetaucht: *Achtung,*

Eingabe nicht korrekt. Hastig war ich wieder nach oben geflüchtet.

In den verborgenen Raum kam ich also nicht mehr rein. Das war ziemlich ätzend, denn so blieb mir nur eine Möglichkeit: Ich musste Cobalt finden. Und ich hatte keine Ahnung, wie ich das anstellen sollte.

»Wo ist Kristin denn hin?«, fragte ich in dem Versuch, Talon aus meinen Gedanken zu verdrängen. Ich war frei, ich war mit meinen Freunden unterwegs, und bis morgen hatte ich Ruhe vor Miss Gruselfunktionär. Da würde ich mir bestimmt nicht den Rest des Tages damit verderben, dass ich über sadistische Ausbilder und unauffindbare Einzelgänger nachgrübelte.

Lexi streckte den Arm aus. Kristin stand am anderen Ende des Juweliergeschäfts und bewunderte ihr neues Armband, während ihr aktueller »Freund« seine Kreditkarte zurück in die Brieftasche schob. Seinen Namen hatte ich schon wieder vergessen. Jimmy oder Jason oder Joe oder Bob, irgendetwas in der Richtung. Armer Junge. Keiner aus der Clique machte sich die Mühe, sich seinen Namen zu merken. Wir hatten uns alle an Kristins endlosen Strom von neuen Typen gewöhnt.

»Du und der Glitzerkram«, murmelte Lexi, als wir uns Kristin wieder anschlossen, die den armen Joe-Bob zu Starbucks geschickt hatte, damit er ihr eine Latte besorgte. »Du bist ja fast so besessen davon wie Kristin, nur dass die immer irgendwelche Jungs dazu bringt, ihn ihr auch noch zu kaufen.«

Kristin grinste. »Ist doch nicht meine Schuld, wenn sie mir alle etwas zum Geburtstag schenken wollen.« Sie hob demonstrativ das Handgelenk, an dem das Armband funkelte wie ein Haufen Sterne am Nachthimmel. Fasziniert beobachtete ich, wie sich das Licht auf den Edelsteinen brach, während Kristin kopfschüttelnd feststellte: »Du setzt deine Vorzüge einfach nicht richtig ein, Em. Wenn du ernsthaft Bling-Bling haben willst, gibt es keinen Typen auf dieser Welt, der nicht für dich blechen würde. Du musst nur mit den Wimpern klimpern und sie *glauben* lassen, dass sie später dafür belohnt werden.«

Empört rümpfte ich die Nase. »Schon okay. Weißt du, ich bin eben nicht so ... böse.«

»Wie du meinst.« Kristin ließ die Hand sinken und schenkte Joe-Bob ein strahlendes Lächeln, der gerade mit einer großen Latte mit viel Schaum und Karamelltopping zurückkam. Mit einem treudoofen Lächeln überreichte er Kristin den Becher, die sich fast schon schnurrend bedankte und ihm dann beim ersten Schluck einen verführerischen Blick zuwarf. Ich musste mich abwenden, damit er nicht sah, wie ich die Augen verdrehte.

»Also«, begann Lexi strahlend, »wohin geht's jetzt? Sollen wir was essen? Hat jemand Hunger? Mal abgesehen von Ember, natürlich.«

»Hey.« Ich verschränkte demonstrativ die Arme vor der Brust. »Da ich doppelt so viel esse wir ihr beide zusammen, sollte meine Stimme auch doppelt zählen.«

»Ich bin noch nicht fertig mit Shopping.« Schmollend drehte sich Kristin zu Joe-Bob um. »Ich brauche noch ein Top für die Party am Wochenende. Ein einziger Laden noch, und danach gehen wir essen.«

Ich stöhnte laut. »Ein einziger Laden« hieß bei Kristin,

dass wir ihr noch mindestens eine Stunde lang dabei zusehen durften, wie sie Klamotten anprobierte. Normalerweise machte mir das nichts aus, aber heute war ich ausgehungert und angespannt und wurde langsam stinkig. Drache brauchte Futter, sofort!

Als wollte er meinen Standpunkt unterstreichen, knurrte mein Magen hörbar, und ich drückte eine Hand gegen den Bauch. »Ich schwöre, Kristin, wenn ich dir noch eine Stunde lang dabei zusehen muss, wie du Schuhe anprobierst, werde ich deinen Freund fressen. Und zwar mit Messer und Gabel.« Joe-Bob blinzelte schockiert, aber ich achtete gar nicht darauf. »Es ist Mittagszeit, und du willst bestimmt nicht, dass ich noch länger hungere. Denn ich bin unausstehlich, wenn ich hungrig bin.«

»Tja«, meldete sich plötzlich eine neue Stimme hinter mir, »dann werde ich dich wohl zum Mittagessen einladen müssen.«

Mein Herz machte einen kleinen Hüpfer. Als ich mich umdrehte, stand Garret nur einen Schritt weit entfernt und beobachtete mich mit einem verstohlenen Grinsen. Er trug Jeans und ein weißes T-Shirt, und seine hellen Haare glänzten im künstlichen Licht wie Metall.

Einen Moment lang war ich völlig sprachlos, woraufhin Garrets graue Augen sich auf Lexi und Kristin richteten, die ihn ebenfalls stumm anstarrten. »Tut mir leid. Stört es euch, wenn ich Ember kurz entführe? Nur um sicherzugehen, dass sie niemanden auffrisst, bevor ihr geht.«

Kristin, die Garret mit berechnender Miene musterte, zögerte spürbar, aber Lexi packte sie schnell am Arm und zog sie ein Stück von mir weg. »Hi, Garret! Geht ihr zwei ruhig, und lasst euch Zeit.« Als sie mir wenig subtil zuzwinkerte, runzelte ich irritiert die Stirn. »Wir sehen uns noch etwas um. Schick mir einfach eine SMS, wenn ihr fertig seid, Em. Oder ... du weißt schon ... irgendwann eben.«

Und schon waren sie weg: Lexi musste Kristin quasi hinter sich herschleifen, während Joe-Bob ihnen wie ein verlorenes Hündchen folgte. Dann verschluckte sie die Menge. Als ich mich wieder zu Garret umdrehte, grinste der. »Sieht so aus, als wären wir ganz unter uns.«

Auf der Fressmeile war wie immer die Hölle los. Ich sog den herrlichen, fettigen Duft von Hamburgern, Frühlingsrollen, Pizza, Corndogs, Waffeln und Zimtschnecken ein und seufzte genüsslich. O ja. *Wenn ich für den Rest meines Lebens jeden Tag General Tsos Hähnchen essen könnte, würde ich glücklich sterben.* Hier war es viel voller, Dutzende Stimmen vereinten sich zu summendem Lärm, und Garret schien noch angespannter zu sein als sonst.

Trotzdem war er ein perfekter Gentleman, kaufte uns bei Panda Garden Mittagessen und versuchte mir beizubringen, wie man mit Stäbchen isst, was mir bisher noch nie gelungen war. Nachdem ich ihn aus Versehen mit einem Stück Hähnchenfleisch beschossen hatte, dem er beeindruckend elegant auswich, gab er sich geschlagen, und ich durfte die Plastikgabel benutzen.

Drachen essen nicht mit winzigen Stäbchen.

»Wie lange wohnst du schon hier?«, fragte Garret, als ich den Großteil meiner Portion verdrückt hatte. Wahrscheinlich hatte er bereits erkannt, dass es wenig Sinn hatte, sich mit mir zu unterhalten, wenn ich hungrig war. Guter Beobachter, der Junge. Bevor ich antwortete, nahm ich einen Schluck von meiner Limo.

»Nicht so lange.« Ich zuckte mit den Schultern. »Erst seit Anfang des Sommers.«

»Und vorher?«

»South Dakota, bei meinen Großeltern.« Ich spießte ein Stück Karotte auf und schob es mir in den Mund. »Unsere Eltern sind bei einem Autounfall gestorben, als Dante und ich noch klein waren, ich kann mich also kaum noch an sie erinnern. Danach haben unsere Großeltern uns aufgenommen.«

»Und wie hat es euch dann hierher verschlagen?«

Ganz schön viele Fragen. Einen Moment lang wurde ich unsicher. Unsere Lehrer hatten uns immer vor Menschen gewarnt, die zu viele Fragen stellten, insbesondere nach unserer Vergangenheit und unserem Privatleben. Natürlich konnte es reine Neugier sein oder aber etwas wesentlich Bedrohlicheres. So mancher Nestling war vom Sankt-Georgs-Orden umgebracht worden, nachdem er das Falsche gesagt und zu viel von sich preisgegeben hatte.

Garret? Könnte er wirklich …? Verstohlen musterte ich ihn über den Tisch hinweg. Er hatte sich zurückgelehnt und beobachtete mich mit nachdenklicher Miene. Beim Anblick dieser strahlend grauen Augen legte mein Bauch wieder Mal einen Stepptanz hin. *Quatsch. Ich bin paranoid, nichts weiter. Er ist viel zu jung für einen skrupellosen Killer.*

Außerdem hatte ich schließlich eine Antwort parat: »Grandpa Bill ist an Lungenkrebs erkrankt und konnte sich nicht mehr um uns kümmern«, sagte ich tadellos mein Skript auf. »Dante und mich hat man nach Crescent Beach zu unserer Tante und unserem Onkel geschickt, bis er sich erholt hat. Natürlich hoffe ich, dass er schnell wieder gesund wird, aber ehrlich gesagt gefällt es mir hier besser.«

Offenbar erstaunt legte er den Kopf schief – niedlich. »Warum das?«

»In South Dakota gibt es nicht so viel Meer.« Ich seufzte. »Es gibt da generell nicht viel. Tief in meinem Herzen war ich wahrscheinlich schon immer ein California Girl. Wenn ich das Meer jetzt verlassen müsste, würde ich wahrscheinlich eintrocknen und vom Wind davongetragen werden. Aber was ist mit dir?« Ich schwenkte meine Gabel in seine Richtung. »Du kommst aus Chicago, stimmt's? Wird dir das alles hier fehlen, wenn du wieder fährst? Oder hast du schon Heimweh?«

Diesmal zuckte er mit den Schultern. »Für mich ist ein Ort genauso gut wie der andere.«

Diese vollkommen ausdruckslos vorgebrachte Feststellung verwirrte mich. »Aber du hast doch bestimmt Freunde, oder? Zu Hause, meine ich. Vermisst du die denn nicht?«

»Schätze schon.«

Er schien sich plötzlich unwohl zu fühlen, so als hätte sich das Gespräch in eine Richtung entwickelt, mit der er nicht gerechnet hatte. Ich ließ das Thema ruhen, während er nur schweigend auf seine Hände starrte. Plötzlich wirkten seine Augen leer und kalt, seine Miene verschlossen. Der Wechsel war so plötzlich gekommen wie die Mauer, die mit einem Mal zwischen uns aufzuragen schien. Was hatte ich denn gesagt, dass er sich so zurückzog?

»Warte kurz.« Entschlossen stand ich auf. »Ich bin gleich wieder da.«

Bei meiner Rückkehr legte ich eine große, glänzende Zimtschnecke vor ihm auf den Tisch. Mit einem breiten Grinsen erklärte ich: »Bitte schön, der Nachtisch geht auf mich.«

Neugierig musterte er das Gebäck. »Was ist das?«

»Eine Zimtschnecke, Dummerchen.« Ich setzte mich wieder und biss genüsslich in meine. Die warme, klebrige Süße schien sich direkt durch meine Zähne zu fressen. »Probier einfach. Ich habe dir eine extra, extra süße geholt, die mit der Karamell-Pekannussglasur. Wird dir schmecken, vertrau mir.«

Vorsichtig nahm er einen Bissen. Dann riss er die Augen auf, bevor sich sein Gesicht verzog, als hätte er auf eine Zitrone gebissen. Er schluckte, hustete zweimal, griff nach seinem Getränk und sog ausgiebig an seinem Strohhalm, bevor er sich so heftig zurücklehnte, als hätte er Angst, dass die Schnecke plötzlich aufspringen und sich wieder in seinen Mund zwängen könnte.

»Zu süß?«, fragte ich unschuldig und musste mir auf die Lippe beißen, um nicht zu lachen. Sein schockiertes Gesicht war einfach zu schön! »Wenn es dir zu viel ist, helfe ich dir gerne.«

»Nimm nur«, ächzte er und trank noch einen großen Schluck. »Ich glaube, ich spüre schon, wie meine Arterien verkleben.«

Mit einem schrillen Kichern verschlang ich meine Schnecke und zog dann seine auf der Serviette zu mir. Leicht fassungslos sah er mir dabei zu.

»Du solltest öfter lächeln«, riet ich ihm, während ich in die Zimtrolle des Todes biss. O ja, der Albtraum eines jeden Diabetikers. Meine Zähne flehten um Gnade. »Du bist richtig süß, wenn du lächelst.«

Wieder legte er in dieser umwerfenden Geste den Kopf schief. »Lächle ich denn nicht?«

»Nicht sehr oft«, erwiderte ich. »Meistens siehst du so aus, als wolltest du berechnen, aus welcher Richtung der nächste Heckenschützenangriff kommt. Manche würden es Paranoia nennen, aber du weißt ja …« Achselzuckend biss ich wieder in den Todeszuckerschub.

Er lachte leise. »Es ist keine Paranoia, wenn sie wirklich hinter dir her sind.«

Ich blinzelte ihn verwirrt an, dann begriff ich, dass er einen Witz gemacht hatte. Lachend warf ich meine zusammengeknüllte Serviette nach ihm (die er natürlich rechtzeitig abfing), dann sagte ich kopfschüttelnd: »Ich wusste doch, dass du Potenzial hast!«

Nachdem ich die Schnecke aufgegessen hatte, wischte ich mir die Finger ab, stand auf und entsorgte unseren Müll im nächsten Abfalleimer. »So, nachdem ich mir jetzt einen anständigen Zucker- und Konservierungsmittelrausch angefressen habe … wie wäre es, wenn wir ein paar Zombies abknallen?«

Garret

Zwar hatte ich inzwischen einen Punkt erreicht, an dem mich Embers scheinbar willkürliche Überlegungen nicht mehr ganz so verwirrten, aber das warf mich doch etwas aus der Bahn. »Was?«

Eigentlich war das nicht meine Schuld. Ich war am Morgen mit rasenden Kopfschmerzen aufgewacht, und dazu hatte ich einen Geschmack im Mund, als hätte ich in Kotze getränkte Wattebäusche verschluckt. Die Ereignisse des Vorabends waren etwas verschwommen, aber ich glaube, Tristan, eine Karaoke-Bar und Alkohol spielten eine zentrale Rolle dabei. Sehr viel Alkohol. Als ich mit blutunterlaufenen Augen und schmerzgeplagt in die Küche gewankt war, hatte mein Partner mir lachend einen Becher mit schwarzem Kaffee hingestellt und mich als echten Kerl tituliert. Da ich zu verkatert war zum Reden, musste ich mich damit zufriedengeben, ihm den Stinkefinger zu zeigen.

Zum Glück erholte ich mich schnell von körperlichen Schäden, und so fühlte ich mich am Nachmittag schon wieder halbwegs normal. Zumindest reichte es aus, um das Mädchen aufzuspüren, das zum Teil für den vorübergehenden Verlust meiner Urteilsfähigkeit verantwortlich war.

Aber anscheinend hatte mein allererster Kater doch noch Spuren hinterlassen, denn ich war mir fast sicher, dass Ember gerade gesagt hatte, sie wolle Zombies abknallen.

Lachend nahm sie meine Hand und zog mich hoch. Bei der Berührung spielten meine sämtlichen Sinne verrückt. »Dann warst du also wohl auch noch nie in einer Spielhalle. Komm mit, ich zeig's dir.«

Sie führte mich quer durch das volle Einkaufszentrum, vorbei an Dutzenden von Boutiquen, zwischen denen hin und wieder ein Handy- oder Schmuckladen auftauchte. In einer dunklen Ecke ganz hinten zog sie mich schließlich zu einer offenen Tür, die von unzähligen blinkenden Neonlichtern umrahmt wurde. Seltsame Geräusche schallten uns entgegen: laut schreiende Stimmen vom Band, dröhnende Motoren und metallisch klingendes Summen, Klingeln und Pfeifen.

»Was ist das?«, fragte ich, während ich durch die Tür spähte.

»Das ist eine Spielhalle«, antwortete sie. »Jedes Mal, wenn ich mit Lex und Kristin herkomme, sehe ich sie, aber sie wollen immer nur shoppen und anderes langweiliges Zeug machen, weshalb ich noch nie drin war.« Mit ausgestrecktem Arm zeigte sie auf eine klobige schwarze Maschine mit blau leuchtendem Bildschirm, die direkt hinter dem Eingang stand. »Siehst du das da? Das ist ein Zombieshooter. Den wollte ich schon immer mal ausprobieren, aber die Mädels interessieren sich nicht für so was, und Dante kommt nie mit ins Einkaufszentrum, also …«

Hoffnungsvoll sah sie mich an. Ich musterte die Maschine

und versuchte zu begreifen, was sie von mir erwartete. Zombieshooter? Zumindest der »Shooter«-Teil klang vertraut. »Ist das … eine Art Spiel?«, riet ich.

»Na klar, was denn sonst?« Aufgeregt starrte sie auf die Maschine. »Wie wär's, Garret? Traust du dich? Oder hast du Angst, ich könnte dich schlagen?«

Ich musste grinsen. Ein Spiel, bei dem man schießen musste? Sie hatte ja keine Ahnung, mit wem sie es zu tun hatte. »Ladys first.«

Wenige Minuten später stand ich vor der klobigen schwarzen Maschine, hielt eine billige Spielzeugwaffe in der Hand und starrte auf den Bildschirm. *Insel der Hungrigen Toten* stand dort in langsam verlaufenden Buchstaben, während eine tiefe Automatenstimme den Titel laut wiederholte. Grinsend hob Ember ihre »Waffe«.

»Fertig?«, fragte sie herausfordernd.

»Die Dinger taugen nichts«, erklärte ich ihr, als vor uns eine dunkle Sumpflandschaft auftauchte. »Mit so einer Waffe könnte man niemals schießen.«

Dann sprang hinter einem Baum ein Zombie hervor und stürmte auf den Bildschirm zu. Auf meiner Seite erschien ein leuchtender, künstlich aussehender Blutfleck, dann drückte Ember jubelnd den Abzug ihrer Plastikwaffe. Der Zombie explodierte, wurde zu einer total unrealistischen Wolke aus rotem Matsch und verschwand, während das Mädchen neben mir über den Lauf der Spielzeugpistole pustete, als würde er qualmen.

»Eins zu null für mich«, verkündete sie, während weitere Zombies mit ausgestreckten Armen auf uns zuschlurften. Mit einem triumphierenden Grinsen schaute sie zu mir. »Komm schon, Garret, ich dachte immer, ihr Jungs wärt gut in so was.«

Entschlossen wandte ich mich der heranrückenden Zombiehorde zu, hob meine Waffe und grinste breit. *Also schön.* Ich stellte mir vor, ich wäre wieder in der Wassjuganje und stünde einem mörderischen Jungdrachen und seiner menschlichen Schmugglerbande gegenüber. *Du willst mich schießen sehen? Dann pass mal auf.*

»Du schummelst«, verkündete Ember nach der vierten Runde. Das kommentierte ich nur mit einem Grinsen. Inzwischen lag der Griff der Spielzeugwaffe schon wie selbstverständlich in meiner Hand. Sie warf mir einen finsteren Blick zu, und ihr schmaler Körper strahlte die reinste Empörung aus. »*Und* ein Lügner.«

Voller Unschuld blinzelte ich sie an. »Was soll das heißen?«

»Es kann nicht sein, dass du das noch nie gespielt hast«, tobte sie und zeigte dabei auf den Bildschirm, wo wieder einmal *Spieler 2 gewinnt!* aufleuchtete. »Niemand trifft beim ersten Versuch so gut. Du hast das schon mal gemacht, gib es zu!«

»Ich habe dieses Spiel noch nie zuvor gespielt«, erklärte ich ihr wahrheitsgemäß. Hoffentlich fragte sie mich nicht, warum ich dann so gut mit einer Spielzeugwaffe umgehen konnte. *Weil ich sehr gut mit echten Waffen umgehen kann.* Als sie mich zweifelnd musterte, hob ich grinsend beide Arme. »Ich schwöre es.«

»Na schön, ich glaube dir.« Mit funkelnden Augen zog sie den nächsten Quarter hervor. »Eine Runde noch?«

»Geht klar.«

Doch in diesem Moment summte mein Handy. Als ich es aus der Tasche holte, erkannte ich sofort Tristans Nummer auf dem Display. »Tut mir leid«, ich trat einen Schritt zurück, »da muss ich rangehen. Bin gleich wieder da.« Nachdem ich hinter einem Spielautomaten, an dem man irgendwas mit Kränen machen musste, eine halbwegs ruhige Ecke gefunden hatte, hob ich das Telefon ans Ohr. »Ja?«

»Wie läuft es denn so im Einkaufszentrum?« Tristan klang leicht belustigt. »Ich gehe mal davon aus, dass du die Zielperson gefunden hast, denn du läufst bestimmt nicht seit drei Stunden tatenlos in der Gegend rum.«

Bevor ich antworten konnte, ging irgendwo hinter mir ein Alarm los. Plötzlich misstrauisch geworden, fragte Tristan: »Was zum Teufel war das? Wo treibt ihr euch rum?«

»Äh … in der Spielhalle.«

»Na, das ist doch toll. Während *ich* den Nachmittag damit verbringe, Informationen über unsere möglichen Zielpersonen zusammenzutragen, amüsierst *du* dich in der Spielhalle«, kam die sarkastische Antwort. »Hast du wenigstens irgendwas Nützliches herausgefunden?«

»Ich arbeite noch daran.«

»Schön.« Er klang nicht überzeugt, ließ es aber vorerst gut sein. »Wenn du sagst, du schaffst das, wird das wohl so sein. Ich wollte dir nur ein paar Dinge mitteilen, die ich über das Haus der Hills rausgefunden habe. Anscheinend hat der ursprüngliche Eigentümer die Immobilie nie zum Verkauf angeboten. Und als das Grundstück dann doch verkauft wurde, bekam er das Doppelte des eigentlichen Marktwerts dafür.«

»Klingt so, als hätte ihn jemand bestochen, um an das Haus ranzukommen.«

»Ganz genau. Und es geht noch weiter: Laut Satzung des Nachbarschaftsvereins sind größere Umbaumaßnahmen nicht gestattet, aber der neue Eigentümer hatte fast einen Monat lang Handwerker im Haus, ohne das irgendetwas äußerlich Sichtbares verändert wurde.«

»Also haben sie vermutlich drinnen größere Änderungen vorgenommen, vielleicht um eine Schaltzentrale für Talon-Agenten einzurichten.«

»Dasselbe habe ich mir auch gedacht.« Nachdenklich fuhr Tristan fort: »Natürlich müssen wir reinkommen, um das näher zu untersuchen. Einbruch scheidet aus – falls wir falsch liegen, könnten wir dadurch die echten Schläfer aufschrecken, und sie hauen ab. Und falls es wirklich ein Talon-Unterschlupf ist, verfügen sie über massenhaft Sicherheitstechnik. Wir dürfen es nicht riskieren, dass die Zielpersonen misstrauisch werden. So wie es aussieht, hängt jetzt alles an dir.«

»Hat die Überwachung irgendetwas Ungewöhnliches ergeben?«

»Nein, da ist bisher alles ruhig.«

»Garret?«

Hastig drehte ich mich um. Ember stand hinter mir. Sie hielt ihr Handy in der Hand. »Kristin und Lexi wollen bald gehen«, erklärte sie leicht verlegen. »Und sie wollen wissen, ob sie mich mitnehmen sollen.«

Es dauerte einen Moment, bis mir klar wurde, worauf sie hinauswollte. »Verstehe«, antwortete ich Tristan knapp. »Ich muss jetzt los.«

Damit beendete ich das Telefonat. Ember wartete geduldig. Ihre grünen Augen musterten mich erwartungsvoll.

»Das ist deine Entscheidung«, erklärte ich ihr. »Wenn du mit deinen Freundinnen fahren willst, verstehe ich das. Ich kann dich aber auch nach Hause bringen.« Und wenn ich sie heimfuhr, konnte ich sie vielleicht auch dazu bringen, dass sie mich hereinbat. Obwohl ich mich, wenn ich ehrlich war, auch einfach noch nicht von ihr trennen wollte. Und sie sich, glaube ich, auch nicht von mir.

Sie lächelte. »Und das macht dir nichts aus?«

»Unter einer Bedingung: Wir knallen noch ein paar Zombies ab.«

Ihr Grinsen wurde breiter, und mit funkelnden Augen versprach sie: »Abgemacht.«

Ember

Wir spielten noch drei Runden. Bei der letzten ließ er mich wahrscheinlich gewinnen, aber darüber würde ich mich sicher nicht beklagen. Lexi und Kristin konnte ich nie zu solchen Spielen überreden, und Dante ging nur sehr selten mit ins Einkaufszentrum, deshalb war es mit Garret wirklich toll. Als die Zombies langweilig wurden, probierten wir ein Autorennspiel aus (das ich gewann), ein Karatespiel, bei dem es wirklich knapp wurde (trotzdem war ich besser), und dann machte Garret mich beim Airhockey platt. Seine Reflexe und seine Hand-Augen-Koordination waren verblüffend, besser als bei jedem anderen Menschen, den ich kannte. Eigentlich hätte der Ehrgeizling in mir sauer werden müssen, aber im Gegensatz zu meinem Bruder war Garret ein echt angenehmer Sieger. Außerdem schien er sich wirklich zu amüsieren.

Später kehrten wir noch einmal auf der Fressmeile ein – nach einem langen Tag voller Zombies war ich wieder hungrig und brauchte einen Snack. Während ich genüsslich ein Stück Pizza verspeiste, saß Garret mir gegenüber, trank eine Cola und musterte mich nachdenklich.

»Was?«, fragte ich schließlich. »Habe ich Pfeffer zwischen den Zähnen?«

Er lächelte. »Du verblüffst mich«, sagte er dann und stützte beide Ellbogen auf den Tisch. »Eigentlich habe ich heute noch einiges zu erledigen, aber stattdessen lasse ich mich zu Zombieschlachten, Autorennen und Fast-Food-Orgien hinreißen. So etwas habe ich noch nie gemacht.« Aus dem Lächeln wurde ein freches Grinsen. »Deshalb bin ich zu dem Schluss gekommen, dass es deine Schuld sein muss. Du bist eine zu große Ablenkung.«

Fragend legte ich den Kopf schief. »Eine gute oder eine schlechte?«

»Da bin ich mir noch nicht ganz sicher.«

»Tja, dann sag mir Bescheid, wenn du es herausgefunden hast. Ich bin dir auch bestimmt nicht böse – zumindest nicht sehr.« Nach dem letzten Bissen Kruste wischte ich mir mit einer Serviette die Finger ab. Dabei blieb mein Blick an Garrets Arm hängen, der immer noch entspannt auf dem Tisch ruhte: schlank, braun gebrannt, durchtrainiert.

Ich blinzelte überrascht. Dicht unter dem Ellbogen zog sich ein gezackter Kreis über seinen Unterarm, dessen glänzendes Weiß sich deutlich von der braunen Haut abhob. Als ich näher hinschaute, entdeckte ich am Handgelenk noch eine Narbe, die wie eine alte Stichwunde aussah. Zwischen den beiden waren noch mehrere Mininarben verteilt, die so verblasst waren, dass man sie kaum noch erkennen konnte. Doch schon die beiden größeren bewiesen, dass dieser Arm einiges mitgemacht haben musste.

»Woher stammen die?«, fragte ich leise. Noch bevor mir bewusst wurde, was ich da tat, strich ich mit dem Finger über eine der Linien.

Ruckartig riss er den Arm zurück und sog scharf die Luft ein. Ich erstarrte. Einen Augenblick lang saßen wir beide vollkommen reglos da. Ohne zu wissen warum, streckte ich langsam die Hand aus und griff nach seinem Handgelenk. Garret rührte sich nicht und starrte mich nur stumm an, während ich ihn mit sanfter Gewalt zwang, den Arm wieder auszustrecken. Seine Haut war kühl, und ich spürte die Kraft seiner Muskeln, die sich wie Sprungfedern zusammenzogen. Trotzdem hielt er still, als ich noch einmal mit der Fingerspitze prüfend über die kreisförmige Narbe strich. »Das sieht schmerzhaft aus.«

Mit einem zittrigen Lachen erwiderte er: »Hat ziemlich wehgetan, ja.« Seine Stimme klang so verkrampft, als bekäme er kaum noch Luft.

»Wie ist das passiert?«

»Ein Unfall. Vor ein paar Jahren hat mich der Rottweiler unseres Nachbarn angefallen.« Sein Arm zitterte leicht, aber er zog ihn nicht zurück. »Anscheinend habe ich noch Glück gehabt, fast hätte ich ein paar Finger verloren.«

Fasziniert drehte ich seinen Arm, bis sein Handrücken den Tisch berührte. Auf der Innenseite des Unterarms fand ich noch mehr Narben, und die dicke, ausgefranste Linie am Handgelenk jagte mir einen kalten Schauer über den Rücken. Mich konnten Hunde generell nicht ausstehen. Bestimmt spürten sie irgendwie, dass mit mir etwas nicht stimmte, denn normalerweise rannten sie entweder gleich weg, oder sie bellten mich aus sicherer Entfernung drohend an. Keine Ahnung, was ich tun würde, wenn ich einen riesigen Rottweiler am Arm hängen hätte, aber wahrscheinlich gäbe es irgendwann eine Menge verschmortes Fell.

Als ich hochschaute, beobachtete Garret mich mit so durchdringendem Blick, dass mir kurz der Atem stockte. Als er immer weiter starrte, wurde ich rot, und mein Herz begann zu rasen. Der Rest der Welt verblasste irgendwie, und ich konnte an nichts anderes mehr denken, als mich vorzubeugen, bis wir uns auf halber Strecke über dem Tisch begegneten, und dann …

Mein Handy verriet mir mit einem feinen Pfeifen, dass ich eine neue SMS bekommen hatte. Wir zuckten beide erschrocken zusammen. Abrupt entzog mir Garret seinen Arm und stand auf. Sein Stuhl scharrte laut über den Boden. Wieder war ich verblüfft darüber, wie schnell er sich bewegen konnte. Im einen Moment lag seine Hand noch in meiner, und ich spürte seine kühle Haut an meinen Fingern, im nächsten war er fort, und ich starrte auf einen leeren Stuhl. Stirnrunzelnd kramte ich mein Handy hervor und warf einen Blick auf das Display: ein paar verpasste Anrufe mit unbekannter Nummer, also wahrscheinlich irgendwelche Call Center. Aber die SMS war von Dante, was an sich schon eine Seltenheit war, und der Text klang gar nicht gut:

Wo steckst du? Komm heim, SOFORT. T ist hier.

»Mist«, murmelte ich. Garret beobachtete mich ernst, als ich das Handy in die Hosentasche schob und ebenfalls aufstand. »Das war mein Bruder«, erklärte ich. »Zu Hause gibt es irgendeine Krise, er will, dass ich sofort komme.«

Garret nickte. »Ich fahre dich.«

Als wir uns dem Haus näherten, standen keine fremden Autos in der Einfahrt, überhaupt deutete nichts darauf hin, dass irgendetwas Ungewöhnliches vorging, aber mein Magen zog sich trotzdem nervös zusammen, als wir anhielten. *Warum ist Talon hier? Haben sie ...* Nun bildete sich ein richtiger Knoten in meinem Bauch. *Haben sie das von mir und Cobalt erfahren? Holen sie mich jetzt zurück?* Mühsam wandte ich den Blick vom Haus ab und konzentrierte mich auf Garret. Vielleicht war es das letzte Mal, dass ich ihn sah. »Danke.« Ich versuchte, mir ein Lächeln abzuringen. »Für das Essen, fürs Mitnehmen und überhaupt für alles. Wir hören uns dann.«

»Ember.« Er zögerte, als müsste er noch nach den richtigen Worten suchen. »Bekommst du jetzt Ärger?«, fragte er schließlich. »Soll ich mit reinkommen und ihnen erklären, was passiert ist?«

»Äh ...« Innerlich zuckte ich schuldbewusst zusammen. Auf gar keinen Fall, vor allem nicht heute. Liam und Sarah hatten uns klipp und klar gesagt, dass sie unsere Freunde nicht im Haus haben wollten, egal warum. Deshalb traf ich mich mit den anderen immer am Strand, oder wir waren in Kristins riesigem Strandhaus oder gingen einfach in die Smoothie Hut. Es schien die anderen nicht zu stören, dass Dante und ich niemanden zu uns nach Hause einluden. Lexi und Kristin waren nie weiter gekommen als bis zur Haustür, und dasselbe galt für Dantes Freunde. Wir hatten einfach allen erzählt, unser Onkel sei ein exzentrischer Schriftsteller, der für seine Arbeit absolute Ruhe brauchte, und damit war das Thema erledigt.

Schon unter normalen Umständen hätte Liam also einen

Anfall bekommen, wenn ich irgendeinen fremden Jungen in unser Haus gelassen hätte. Mit den Talon-Besuchern heute stand das erst recht nicht zur Debatte.

»Das musst du nicht«, versicherte ich ihm. »Ich komme schon klar. Wir sehen uns dann, Garret.«

Das schien ihn irgendwie zu enttäuschen, was mir doch etwas komisch vorkam. Welcher Junge will denn schon unbedingt mit reinkommen und meinen Anschiss für mich kassieren? Dantes Freunde Calvin und Tyler klingelten nicht einmal, wenn sie ihn abholten. Sie blieben einfach im Auto sitzen und hupten.

»Aber du schuldest mir noch eine Surfstunde«, sagte er, während ich nach dem Türgriff suchte. Als ich mich zu ihm umdrehte, lächelte er mich an. »Vielleicht morgen, wenn du es schaffst«, schlug er leise vor. Seine stahlgrauen Augen fixierten mich. »Und diesmal ohne Lexi und Calvin. Nur wir zwei.«

»Garret …« Ich wusste nicht, was ich sagen sollte. Immerhin wusste ich nicht, ob Talon morgen noch hier sein würde – oder ob *ich* morgen noch hier sein würde. Vielleicht waren sie ja gekommen, um mich in den Schoß der Organisation zurückzuholen, mit der Begründung, ich sei rebellisch und ungehorsam und damit nicht geeignet für ein Leben unter Menschen. Wie konnte ich ihm für morgen zusagen, wenn ich nicht einmal sicher wusste, ob wir uns überhaupt jemals wiedersahen?

Aber ein Tag mit Garret ganz allein … wie konnte ich da Nein sagen? Ich war so gerne mit ihm zusammen. Mir gefielen seine gelassene Selbstsicherheit, sein feiner Sinn für Humor, und dass echter Spaß für ihn absolutes Neuland zu sein schien. Einerseits war er eine Herausforderung, andererseits konnte man wirklich gut mit ihm reden, und hässlich war er ja auch nicht gerade. (Okay, Riesenuntertreibung – er war supersüß, das musste sogar mein Drache zugeben.) Und ich spürte, dass er eine Menge vor mir verbarg, dass ich den echten Garret noch gar nicht zu Gesicht bekommen hatte. Aber je mehr Zeit ich mit ihm verbrachte, desto mehr würde ich über ihn lernen.

Außerdem passierten in meinem Bauch immer die merkwürdigsten Sachen, wenn ich in seiner Nähe war. Meine Dracheninstinkte mochten das gar nicht, ihnen war dieser Mensch mit den herausragenden Reflexen und den strahlenden Augen weiterhin suspekt. Raubtieraugen. Aber ein anderer Teil von mir konnte einfach nicht widerstehen. Und es war vollkommen unvorstellbar für mich, ihn nie wiederzusehen. Selbst wenn ich wusste, dass es vielleicht das Beste für mich wäre.

»Dann morgen«, versprach ich also, und er nickte. »Wir treffen uns mittags in der Bucht vom letzten Mal. Weißt du noch, wo die ist? Sonst kann ich dir den Weg beschreiben.«

Garret schüttelte den Kopf. »Ich weiß es noch.« Wieder huschte dieses trockene Lächeln über sein Gesicht. »Dann bis morgen.«

Morgen. Morgen mit Garret allein an einem einsamen Strand, bis zum Sonnenuntergang surfen und Spaß haben. Und anschließend vielleicht noch an den Hauptstrand, wo wir uns mit Lexi, Dante und den anderen treffen konnten. Wie immer eben. Alles würde so sein wie immer. Den Gedanken, dass ich nicht mehr da sein könnte, durfte ich einfach nicht zulassen.

Noch immer fixierten mich diese strahlenden grauen Augen, so durchdringend, dass es fast schon unangenehm war. Endlich riss ich mich von ihnen los, öffnete die Wagentür und stieg aus. »Bis morgen«, versprach ich noch einmal, dann wandte ich mich ab. Und obwohl ich mich extra nicht mehr umdrehte, spürte ich seinen Blick im Rücken, bis die Haustür hinter mir zufiel.

Kaum hatte ich das Haus betreten, packte mich jemand am Arm, und stahlharte Finger bohrten sich in meine Haut. Schmerzerfüllt keuchte ich auf. Als ich mich umdrehte, blickte ich in das wutverzerrte Gesicht meiner Ausbilderin, die mich anstarrte, als würde sie mir am liebsten den Kopf abbeißen.

»Wo warst du?«, flüsterte sie rau und schüttelte mich. Nur indem ich mir fest auf die Lippe biss, konnte ich einen Schmerzensschrei unterdrücken. »Seit Stunden versuche ich, dich zu erreichen. Warum bist du nicht ans Telefon gegangen?«

Zu spät fielen mir die verpassten Anrufe wieder ein. Die unbekannte Nummer war dann wohl ihre. Aber bisher hatte sie mich noch nie angerufen; ich ging einfach immer davon aus, dass wir uns am nächsten Morgen wiedertrafen. »Ich war im Einkaufszentrum«, erwiderte ich ebenso leise. »Da habe ich das Handy nicht gehört.«

»Rein da«, fauchte Miss Gruselfunktionär und schubste mich Richtung Wohnzimmer. »Und benimm dich, falls du das überhaupt kannst.« Ihre giftgrünen Augen wurden schmal. »Ich schwöre dir, Nestling, wenn du mich da drin blamierst, wirst du morgen dafür büßen.«

Ich rieb mir den schmerzenden Arm und ging ins Wohnzimmer.

Sobald ich über die Schwelle trat, drehten sich sechs Leute zu mir um. Onkel Liam und Tante Sarah straften mich von der Küche aus mit finsteren Mienen ab, aber sie waren jetzt unwichtig. Genau wie Dantes Ausbilder, der am anderen Ende des Raums stand und die Hände vor dem Schoß verschränkt hatte. Dante hingegen, der allein auf dem Sofa saß, warf mir einen so erleichterten Blick zu, dass er schon fast ängstlich wirkte. Und dann waren da noch zwei Fremde, deren Aufmerksamkeit sich nun ebenfalls ganz auf mich konzentrierte.

Ein Mann erhob sich aus dem Polstersessel. Auf seinem schmalen Gesicht breitete sich ein Lächeln aus, aber irgendwie wirkte es gezwungen, künstlich. So als hätte er lächelnde Menschen auf Bildern gesehen und würde nun versuchen, diese nachzuahmen, ohne die eigentliche Bedeutung zu verstehen. Mein Drache wich fauchend zurück, als die blassblauen Augen uns fixierten – uralte, Furcht einflößende Augen. Ein erwachsener Drache, und wenn ich meinen Instinkten trauen konnte, die mir dringend zur Flucht rieten, auch noch ein richtig alter. Er trug einen schlichten grauen Anzug, seine dunklen Haare waren kurz geschnitten, und er hatte ein sorgsam getrimmtes Ziegenbärtchen.

»Ah, Ember Hill.« Sobald er den Mund aufmachte, breitete sich völlige Stille aus. Zwar hatte sowieso niemand etwas gesagt, aber meine Trainerin, Dantes Ausbilder und der muskelbepackte Mann im schwarzen Anzug, der neben dem Sessel Aufstellung genommen hatte, erstarrten plötzlich und konzentrierten sich ausschließlich auf den Alten. Seine leise, selbstbewusste Stimme erinnerte mich stark an jene, die ich in dem geheimen Raum gehört hatte. Vielleicht war es ja derselbe Drache? Er zeigte auf das Sofa, neben den reglosen Dante. »Bitte, setz dich.«

Angespannt nahm ich Platz und warf meinem Bruder einen nervösen Seitenblick zu. »Was ist hier los?« Noch einmal musterte ich den Kreis aus finster dreinblickenden Erwachsenen, die alle den Mann im Anzug fixierten. »Stecken wir in Schwierigkeiten?«

»Nein, natürlich nicht.« Wieder dieses leere Lächeln. »Warum solltet ihr in Schwierigkeiten stecken?«

»Äh …« Diese Frage beantwortete ich besser nicht. »Nur so. Ich war einfach … neugierig.«

»Das hier ist ein Routinebesuch«, fuhr der Mann fort. Seine blassblauen Augen waren starr wie die eines Falken. »Kein Grund, nervös zu werden. Meine Vorgesetzen haben mich hergeschickt, damit ich mir ein Bild von euren Fortschritten mache, und um zu sehen, wie ihr in eurem neuen Heim zurechtkommt. Also …« Er stützte das Kinn auf die Fingerspitzen und musterte uns eindringlich. »Habt ihr euch gut eingelebt? Seid ihr hier glücklich?«

Plötzlich verlagerte sich die geballte Aufmerksamkeit auf uns. Miss Gruselfunktionär beobachtete mich mit gefährlich funkelnden Augen. Ich begriff, dass es überhaupt keine Rolle spielte, was ich sagte. Von mir wurde erwartet, dass ich glücklich war, mich gut einfügte und alles reibungslos lief. Und selbst wenn ich zugab, dass es nicht so war, wäre das vollkommen sinnlos und würde mir morgen nur jede Menge Schmerzen einbringen. Talon interessierte es nicht, ob wir glücklich waren. Man wollte nur sichergehen, dass wir uns an die Regeln hielten. Der Bericht von Liam und Sarah, den ich im Keller belauscht hatte, bestätigte das nur.

»Ja«, murmelte ich deshalb, während Dante gleichzeitig ein höfliches »Jawohl, Sir« von sich gab. »Alles ist super.« Wie erwartet, bemerkte der Mann im Anzug gar nicht, wie ausdruckslos meine Stimme klang; falls doch, war es ihm offenbar egal. Doch der Blick meiner Ausbilderin wurde eiskalt und so beängstigend, dass ich innerlich zusammenzuckte. Oh, oh, dafür würde ich morgen büßen müssen.

»Schön!«, rief der Mann im Anzug mit einem knappen Nicken. »Das wird man bei Talon gerne hören.« Nun wandte er sich an Dantes Ausbilder und Miss Gruselfunktionär, die ganz hinten an der Wand standen. »Und ihre Ausbildung? Machen sie Fortschritte?«

»Der Junge entwickelt sich gut, Sir«, sagte Dantes Lehrer. Dabei fiel mir auf, dass er dem Alten nicht ins Gesicht sah, sondern stur geradeaus starrte. Mir lief ein kalter Schauer über den Rücken. Im Gesellschaftsgefüge von Talon galt es als Herausforderung oder Drohung, einem anderen Drachen direkt in die Augen zu sehen. Wenn wir unter Menschen lebten, die völlig nachlässig durch die Gegend schauten, passten wir uns natürlich an, aber trotzdem war niemand scharf auf ein Blickduell mit einem älteren, mächtigeren Drachen. Im besten Fall galt man dann als extrem unhöflich und bekam Ärger. Im schlimmsten Fall wurde einem der Kopf abgebissen.

»Und das Mädchen?« Der Mann im Anzug sah zu Miss

Gruselfunktionär hinüber. »Innerhalb der Organisation gibt es gewisse Bedenken, was die … Disziplin Ihrer Schülerin angeht. Gibt es einen Anlass dazu?«

Das unheilvolle, bedrohliche Lächeln meiner Ausbilderin war allein für mich bestimmt.

»Oh, sie macht sich langsam, Sir«, antwortete sie, und ihre Augen funkelten vielsagend. »An ein paar Punkten müssen wir noch arbeiten, aber es besteht kein Anlass zur Sorge. Die bekommen wir auch noch in den Griff. Mit Sicherheit.«

Nein, ich freute mich ganz und gar nicht auf morgen.

Der Mann im Anzug blieb noch eine Weile, stellte Fragen, unterhielt sich mit unseren Ausbildern und Betreuern und hin und wieder auch mit Dante und mir. Die Spannung im Raum blieb die ganze Zeit unverändert, und irgendwann wurde ich unruhig zwischen vier ausgewachsenen Drachen, die mich auch noch die ganze Zeit im Auge hatten. Hinzu kam noch, dass eine der Grundregeln von Talon verbot, zu viele Drachen an einem Ort zu versammeln, da die Soldaten des Sankt-Georgs-Ordens von so etwas angezogen wurden wie Motten von Licht. Manche Führungskräfte von Talon, die dicken Fische aus dem direkten Umfeld des Großen Wyrm, wagten sich überhaupt nicht in die Öffentlichkeit. Genau wie der Große Wyrm selbst – absoluter Oberboss von Talon und mächtigster Drache der Welt –, blieben sie immer hinter den Kulissen und hielten sich im Schatten. Falls der Mann im Anzug wirklich so wichtig war, wie hier alle zu glauben schienen, war es wirklich merkwürdig, dass er nach Crescent Beach kam. Warum sollte ein so hohes Tier zwei unbedeutenden

Nestlingen einen Besuch abstatten, nur um sich zu erkundigen, ob sie »glücklich« waren?

Hier ging irgendetwas vor sich, aber ich kam einfach nicht dahinter. Ein Rätsel mehr in der großen, finsteren Wolke namens Talon.

Als es langsam Abend wurde, bot Tante Sarah höflich an, für alle zu kochen, was ebenso höflich abgelehnt wurde. Der Mann im Anzug erhob sich, wechselte noch ein paar Worte mit unseren Ausbildern und wandte sich dann an Dante und mich. Doch er musterte uns nur schweigend mit seinen blassblauen Augen, die selbst in menschlicher Form etwas Reptilienhaftes an sich hatten. Dann nickte er kurz, setzte noch einmal sein leeres Lächeln auf und ging hinaus. Sein Bodyguard folgte ihm wortlos. Sie verließen das Haus allerdings nicht durch die Vordertür, sondern gingen in den Keller hinunter, wohl um den Geheimtunnel zu benutzen. Quietschend fiel die Tür hinter ihnen zu.

Meine Ausbilderin tauchte neben mir auf und schenkte mir noch ein besonders grausames Lächeln. Sie schien nicht erfreut zu sein.

»Tja«, sagte sie in einem Plauderton, der in krassem Gegensatz zu ihrer bösartigen Miene stand, »du hast anscheinend mächtig Eindruck hinterlassen. Wie es aussieht, ist man bei Talon der Meinung, du hättest Potenzial, auch wenn es dir an Disziplin fehlt.« Ihr Lächeln wurde breiter, und mit funkelnden Augen fügte sie hinzu: »Daran werden wir wohl noch arbeiten müssen. Ruh dich heute Abend gut aus, Nestling. Morgen wird es sehr ... interessant.«

Garret

Ember kam schon wieder zu spät.

Ich hatte mein Auto unter denselben Palmen geparkt, unter denen wir auch beim letzten Mal gestanden hatten, und schaute nun auf die Uhr – zum dritten Mal seit meiner Ankunft. Achtzehn Minuten nach zwölf, und keine Spur von dem Mädchen. Entweder hatte sie wieder »die Zeit vergessen« oder gleich unsere gesamte Verabredung. Für mich war so etwas vollkommen unverständlich. Im Orden war Pünktlichkeit oberstes Gebot. Man kam entweder rechtzeitig oder zu früh, aber *niemals* zu spät. Wenn ein Vorgesetzter einen für vier Uhr in die Kapelle bestellte, aus welchem Grund auch immer, dann saß man besser auf die Minute genau in der Kirchenbank, sonst riskierte man einen Monat Küchendienst.

Vermutlich kümmerten sich die Einwohner von Crescent Beach nicht so sehr um Pünktlichkeit, zumindest nicht im Sommer. Der ganze Ort hatte etwas Träges an sich, als würde man hier jeden Tag einfach so nehmen, wie er kam, ohne in Stress zu geraten, nur weil man irgendwann irgendwo sein musste.

So konnte ich einfach nicht leben, zumindest nicht dauerhaft. Das würde mich wahnsinnig machen. Genau wie diese seltsamen, ungewohnten Impulse, die ein gewisses rothaariges Mädchen in mir weckte. Ich verstand sie nicht, und ich war mir auch nicht sicher, ob ich sie mochte. Als Ember gestern nach meiner Hand gegriffen hatte, war ich erstarrt. Zum ersten Mal in meinem Leben hatte ich nicht gewusst, was ich tun sollte. Rückblickend wurde mir klar, wie extrem ungewöhnlich es für mich war, dass ich nicht reagiert, ja, dass ich überhaupt zugelassen hatte, dass sie mich berührte. Hätte mich im Orden jemand so angefasst, hätte ich ihn niedergeschlagen. Das war ein Reflex, eine automatische Reaktion, wenn man ständig sein Leben riskierte.

Aber ich hatte mich von ihr anfassen lassen, hatte erlaubt, dass sie über die Narben strich, die ich mir im Kampf gegen einen sturen grünen Drachen zugezogen hatte, der einfach nicht hatte sterben wollen. Und ich hatte die Hand nicht zurückgezogen. Ihre Finger hatten eine kribbelnde Wärme in meinem Arm ausgelöst, die sich bis in meinen Bauch fortsetzte. So etwas hatte ich noch nie gespürt. Und ich … wünschte, sie würde mich wieder so anfassen.

Entsetzt riss ich mich aus diesen Gedanken, lehnte mich zurück und rieb mir die Augen. Was war nur los mit mir? Als Soldat war ich dazu ausgebildet worden, meine Gefühle in jeder Situation unter Kontrolle zu halten. Ich konnte vor einem angreifenden Drachen stehen und zeigte keine Angst. Ich konnte mich zwei Stunden lang von meinen Vorgesetzten anbrüllen lassen und empfand nichts. Was hatte Ember also an sich, dass es bei ihr anders war?

Ich riss mich zusammen. Es spielte keine Rolle. Ich hatte immer noch eine Mission, und Ember war immer noch das

Ziel. Den Rest der Gruppe hatten wir mehr oder weniger von der Liste gestrichen: Lexi und Calvin waren in Crescent Beach geboren und hatten nie irgendwo anders gelebt. Kristin Duff, unsere andere Hauptverdächtige, war gar keine Einheimische, kam aber jeden Sommer mit ihrem Vater und ihrer Stiefmutter nach Crescent Beach. Sie hatten eine Wohnung in New York City, wo ihr Vater an der Wall Street arbeitete.

Blieben noch die Zwillinge, Ember und Dante Hill. Die erst diesen Sommer in die Stadt gezogen waren. Die in einem großen Haus am Strand lebten, bei Tante und Onkel. Die keine Eltern mehr hatten.

Natürlich war nichts davon abgesichert. Genauso gut konnten wir auf der falschen Fährte sein. Vielleicht war Ember Hill vollkommen normal, aber das würde ich erst mit Sicherheit wissen, wenn ich sie besser kannte oder sie sich verplapperte. So oder so musste ich ihr Vertrauen gewinnen.

Falls sie denn jemals kam.

Frustriert ließ ich mich tiefer in den Sitz sinken und stellte mich auf eine lange Wartezeit ein.

Um 13:31 Uhr tauchte Ember endlich auf.

Ich stieg aus dem Wagen und ging zum Strand hinunter, wo eine einsame Gestalt mit zerzausten roten Haaren aufs Meer hinausstarrte. Unter ihrem Arm klemmte ein Surfbrett. Mit der freien Hand schirmte sie ihre Augen gegen die Sonne ab, während sie prüfend den Wellengang musterte. Lautlos stellte ich mich hinter sie.

»Suchst du vielleicht jemanden?«

Ember fuhr erschrocken zusammen, dann wirbelte sie

herum und blinzelte mich überrascht an, so als könnte sie
nicht fassen, dass ich tatsächlich vor ihr stand. »Garret?
Wie lange hast du … ich meine … Wow, du bist noch da.«
Als ich nichts sagte, wurde sie knallrot und studierte angestrengt den Sand vor ihren Füßen. »Ich dachte, du hättest
aufgegeben«, gab sie dann zu.

Was ich auch fast getan hatte. Zuerst hatte ich mir gesagt, ich würde bis halb eins warten und dann fahren. Eine
angemessene Zeitspanne, wenn jemand sich verspätete.
Aber dann waren aus einer halben Stunde fünfundvierzig
Minuten geworden, dann eine Stunde, dann noch mal eine
Viertelstunde mehr. Irgendwann hatte ich mich damit abgefunden, dass sie wohl nicht kommen würde, und bereits
den Zündschlüssel ins Schloss gesteckt, als plötzlich besag-
tes Mädchen über den Strand gestolpert war, ohne mich
oben im Palmenhain zu bemerken.

»Hast du wieder die Zeit vergessen?«, fragte ich kühl.
Sie zuckte schuldbewusst zusammen. Wahrscheinlich glaubte sie, ich sei wütend, was ich aber eigentlich gar nicht war.
Vielmehr war ich erleichtert, sie zu sehen. Während der
eineinviertel Stunden, die ich allein im Jeep gehockt hatte,
war mein Verstand auf die schrecklichsten Ideen verfallen,
was ihr alles zugestoßen sein könnte. Völlig unlogische,
höchst unwahrscheinliche Szenarien, aber trotzdem. Von
Autounfall bis Haiattacke war alles dabei gewesen, bis ich
kaum noch stillsitzen konnte vor Sorge. Auch das war eine
neue Erfahrung, auf die ich gerne verzichten konnte. Bisher hatte ich mich noch nie um jemanden gesorgt. Bei den
anderen Soldaten, meinen Waffenbrüdern, war das anders.
Wir wussten, dass wir eine extrem gefährliche Aufgabe zu

erfüllen hatten. Uns war allen bewusst, dass wir jederzeit sterben konnten, und wir hatten das akzeptiert. Sich um die Sicherheit des anderen zu sorgen war gefährlich und konnte uns am Ende alle umbringen. Man musste darauf vertrauen, dass das Team seine Befehle kannte und sie befolgte. Opfer gab es immer, das war eine unabwendbare Tatsache des Lebens. Das war ein Sonderbonus des Ordens: Soldaten des Heiligen Georg starben nie an Altersschwäche.

Aber heute … hatte ich mir Sorgen um Ember gemacht. Und hatte verzweifelt gehofft, dass ihr nichts passiert war, was ihre Verspätung verursacht hätte. Was mir jetzt ziemlich dämlich vorkam. Ihr ging es offensichtlich gut, auch wenn sie ihre übliche Lebendigkeit vermissen ließ.

»Es tut mir wirklich leid, Garret.« Embers grüne Augen schienen riesig zu sein. Plötzlich fielen mir die dunklen Ringe darunter auf, ein Zeichen der Erschöpfung, das gestern noch nicht da gewesen war. »Zu Hause war einiges los, da bin ich einfach nicht weggekommen. Ich wollte es unbedingt noch schaffen und habe mich so gut es ging beeilt. Aber Dante hatte das Auto, also musste ich Lexi anrufen und sie überreden, dass sie mich fährt …«

Sie wirkte so elend, dass ich sie schnell beruhigte: »Ist schon gut, Ember. Ich bin nicht böse, ich bin einfach nur froh, dass du jetzt da bist.« Erst als ich sie anlächelte, schien sie sich zu entspannen. »Jetzt sind wir beide hier, also mach dir keine Gedanken mehr. Aber …« Mit einem kurzen Blick auf das Surfbrett unter ihrem Arm fuhr ich fort: »Du hast nur ein Board mitgebracht? Ich habe doch kein eigenes.«

»Ach ja, richtig.« Verlegen strich sie sich eine Haarsträhne aus dem Gesicht. »Na ja, ich hatte keine Zeit mehr, ein zweites mitzunehmen, deshalb müssen wir heute etwas anderes ausprobieren. Falls du dazu bereit bist.«

Gerade als ich zu einer Antwort ansetzen wollte, ließ Ember den Arm sinken, und ich entdeckte etwas an ihrer Schulter, was mich kurz aus der Bahn warf. Ohne darüber nachzudenken, nahm ich sie sanft am Ellbogen und schob ihren Ärmel hoch.

Auf der Haut über ihrem Bizeps prangte ein dunkel verfärbter Bluterguss. Unwillkürlich holte ich scharf Luft, obwohl ich gar nicht wusste, warum ich plötzlich so wütend war.

»Was ist passiert?«

Ember wand sich aus meinem Griff und trat einen Schritt zurück. Sie konnte mir nicht in die Augen schauen. »Gar nichts«, erwiderte sie knapp und zog den Ärmel wieder nach unten. »Ich bin gegen eine Tür gelaufen. Eine unhöfliche, verstockte Tür, die einfach nicht schnell genug Platz gemacht hat. Mach dir keine Sorgen, wenn ich sie das nächste Mal sehe, verpasse ich ihr einen Tritt.«

»Ember …«

»Vertrau mir, Garret, du kannst rein gar nichts tun.« Sie sah mich an und rang sich ein trotziges Lächeln ab. »Also, gehen wir jetzt endlich surfen? Bleibt nur zu hoffen, dass du das schon schaffst, was ich für uns geplant habe.«

Ich atmete tief durch und unterdrückte das Bedürfnis, denjenigen zu finden, der für den Bluterguss verantwortlich war, und ihm dann den Hals zu brechen. »Also gut.«

251

Ich nickte. »Gehen wir. Was du auch auftischst, ich werde es schlucken.«

Während sie rückwärts in die Brandung marschierte, wurde ihr Grinsen schon wieder überzeugender. »Na dann los, du Teufelskerl. Wollen doch mal sehen, ob du mehr kannst als nur Sprüche klopfen.«

Ember

»Bereit?« Garret und ich saßen gemeinsam auf dem Surf-
brett, während eine vielversprechend große Welle auf uns
zurollte. Ich kniete mit dem Gesicht zu ihm vorne an der
Spitze, sodass ich seine zweifelnde Miene sehen konnte.
»Das klappt doch nie«, meinte er.
»Das klappt schon. Paddel los.«
»Ember ...«
»Klappe halten und paddeln!«
Immer näher kam die Wasserwand. Garret streckte sich
auf dem Brett aus und paddelte, während ich mich auf den
Knien umdrehte und gebeugt nach vorne starrte – fast wie
eine Galionsfigur. Die Welle war zu ihrer vollen Größe
angewachsen und begann gerade zu brechen, als wir den
höchsten Punkt erreichten. Synchron sprangen wir auf,
aber ich war es nicht gewohnt, so weit vorne zu stehen und
mit einem zweiten Körper auf dem Brett das Gleichgewicht zu halten. Das Board wackelte, ich schwankte ...
und verlor die Balance.

Kreischend fiel ich vom Brett. Bevor ich ins Wasser eintauchte, sah ich noch Garret, der ebenfalls abschmierte,
dann bestand die Welt vorübergehend nur noch aus nassen
Wirbeln. Ich schloss die Augen und hielt die Luft an, bis

die Welle an Kraft verlor. Dann richtete ich mich mühsam auf und sah mich nach Garret um.

Er kniete ein paar Meter weiter im Sand und ließ sich von dem zurückweichenden Wasser umspülen. Die Sonne glänzte auf seinen nackten, braunen Schultern, als er ruckartig den Kopf hochriss, um sich das Wasser aus Gesicht und Augen zu schütteln. Kurz flackerte dieses merkwürdige Ziehen in meinem Bauch auf, aber ich unterdrückte es schnell und watete zu Garret.

»Tja, hat doch nicht geklappt. Bereit für Runde zwei?«

Mit einem schmalen Lächeln schaute er zu mir hoch. »Ich werde noch ein paar Mal richtig übel durchgeknetet werden, bevor das hier vorbei ist, oder?«

»Hey, wenn du zu feige bist …«

»Das habe ich nicht gesagt.« Immer noch lächelnd stand er auf und warf mir einen halb belustigten, halb verzweifelten Blick zu. »Obwohl ich anscheinend eine masochistische Ader entwickelt habe. Team Mensch gegen Team Ozean, Runde zwei.«

Wir brauchten noch drei weitere Versuche. Bei den ersten beiden lernten wir nach und nach, wo man sich am besten positionierte, wenn noch jemand auf dem Brett stand. Als wir das dritte Mal abschmierten, war das allein meine Schuld: Ich ruderte wild mit den Armen, um nicht das Gleichgewicht zu verlieren, erwischte Garret dabei aus Versehen im Gesicht und schickte uns so beide ins kühle Nass.

Im flachen Wasser trafen wir uns wieder, wo er gekonnt das Brett hinter sich herschleifte, das mit einer Halteleine an seinem Knöchel befestigt war. Als er sich umdrehte, bemerkte ich sofort, dass sein linkes Auge leicht angeschwollen und gerötet war. Beschämt verzog ich das Gesicht.

»Tut mir leid.«

Er zuckte nur mit den Schultern. »Mich hat's schon schlimmer erwischt.« Als er meine betretene Miene sah, lächelte er beruhigend. »Es ist okay, Ember. Ich kann schon was einstecken, glaub mir. Das hier ist nicht der Rede wert.«

»Lass mal sehen.« Ich stellte mich dicht vor ihm auf die Zehenspitzen, um die Verletzung besser sehen zu können. Garret hielt absolut still, während ich sein Gesicht untersuchte, und fixierte dabei einen Punkt am Horizont. Seine weiche Haut war gut gebräunt, trotzdem war schon jetzt ein dunkler Kreis rund um sein Auge zu erkennen. Außerdem entdeckte ich eine weitere Narbe, eine schmale Linie an der Schläfe, die von seinen Haaren fast ganz verdeckt wurde. Was trieb der Kerl nur?

Wieder flackerte dunkler, nagender Zweifel in mir auf, den ich aber sofort verscheuchte. Diesen Gedanken ließ ich einfach nicht zu. Er war bestimmt kein Angehöriger dieser mörderischen Sekte. Das konnte einfach nicht sein.

»Und?« Seine Stimme klang seltsam, gleichzeitig angespannt und lässig. Als müsste er gegen seinen Instinkt ankämpfen, um nicht vor mir zurückzuschrecken. »Wie lautet die Diagnose?«

»Äh ... könnte sein, dass du später ein Veilchen bekommst. Aber nur ein ganz kleines.«

Komischerweise brachte ihn das zum Lachen, was ein

leichtes Flattern in meiner Magengrube zur Folge hatte. »Und ich dachte, die Wellen wären das Gefährliche beim Surfen.«

Plötzlich schlug mein Herz wie verrückt, und ich ging ein paar Schritte tiefer ins Wasser, um mich wieder zu beruhigen. Garrets quecksilberfarbene Augen schienen mich zu verfolgen, brennend heiß spürte ich seinen Blick im Rücken. Mit glühenden Wangen starrte ich aufs Meer hinaus und hob eine Hand an die Stirn, um mich gegen die Sonne und dieses bohrende Gefühl im Nacken zu schützen. »Na ja, ist bestimmt nicht lustig, wenn da ständig Sand und Salzwasser drankommt. Sollen wir für heute Schluss machen?«

»Schluss machen?« Ich konnte sein freches Grinsen regelrecht hören und warf einen kurzen Blick über die Schulter. Ja, er grinste wieder, und seine Augen funkelten spöttisch. »Du willst schon aufgeben?«, fragte er. »Ich habe dir doch gesagt, dass ich alles schlucken werde, was du mir auftischst. Oder war diese letzte Welle zu stark für dich?«

Verwirrt blinzelte ich ihn an. Er machte sich über mich lustig? Wo war denn dieser Garret auf einmal hergekommen? Vielleicht war beim letzen Abflug sein Hirn in Mitleidenschaft gezogen worden. Aber was es auch war, mir sollte es recht sein.

»Na gut.« Ich erwiderte sein Grinsen. »Du hast es nicht anders gewollt. Einmal noch.«

Also gingen wir zurück ins Wasser, rauf aufs Brett und suchten den Horizont nach passenden Wellen ab. Zumindest Garret suchte. Ich beobachtete nicht das Wasser, sondern ihn – sein Gesicht, sein Profil, die hellen Haare und die Muskeln an Brust und Armen.

Menschen sind die unterlegene Spezies, hatte Miss Gruselfunktionär mir am Morgen erklärt. *Gäbe es nicht so viele von ihnen, hätten wir sie schon längst unterjocht. Denke immer daran, Nestling: Wir sehen vielleicht aus wie sie, leben unter ihnen und haben uns in ihre Welt eingefügt, aber Menschen sind nichts weiter als ein Mittel zum Zweck.*

»Los geht's«, murmelte Garret. Schnell drehte ich mich um und entdeckte die stetig anwachsende Welle, die auf uns zuraste. Garret schenkte mir ein Lächeln, bei dem mein Herz einen Sprung machte. »Bereit?«

Ich nickte. Die Welle war direkt über uns und begann zu brechen, aber Garret stand bereits auf den Füßen. Ich sprang ebenfalls auf und geriet kurz aus dem Gleichgewicht, aber dann spürte ich zwei starke Hände an meiner Hüfte, die mich hielten. Mit wild klopfendem Herzen wandte ich mich nach vorne, und zusammen glitten wir über das Wasser, lenkten das Brett mit synchronen Bewegungen. Obwohl ich mich nicht umzusehen wagte, spürte ich Garrets wildes Grinsen. Jetzt konnte ich mich nicht mehr zurückhalten und brüllte triumphierend.

Wir hielten uns auf dem Brett, bis die Welle im seichten Wasser auslief. Ich jubelte wieder und boxte in die Luft. Dummerweise brachte ich dadurch das Brett aus dem Gleichgewicht, und wir landeten mit einem lauten Platschen im Wasser.

Lachend sprang ich auf und blinzelte, bis ich wieder etwas sehen konnte. Garret stand direkt vor mir auf, schüttelte den Kopf und strich sich dann die Haare nach hinten. Seine Schultern zuckten, als er leise lachte, und in seinem

Gesicht spiegelten sich Triumph und unverstellte Freude. Mein Magen machte einen Purzelbaum, und ich sagte leise seinen Namen.

Immer noch grinsend schaute er zu mir herunter.

Ich stellte mich auf die Zehenspitzen, stützte mich auf seinen Schultern ab, hob ihm mein Gesicht entgegen und küsste ihn.

Garret erstarrte erst, dann packte er meine Arme, aber er schob mich nicht weg. Ich spürte die angespannten Muskeln unter seiner Haut und seinen immer schneller werdenden Puls, der fast so raste wie mein eigener. Seine Lippen schmeckten nach Meerwasser, warm und weich, auch wenn er den Kuss nicht erwiderte.

In meinem Inneren kribbelte es, Wärme breitete sich in meinem Bauch aus, gleichzeitig fuhren mir kalte Schauer über den Rücken. So fühlte es sich also an, jemanden zu küssen ... und es auch so zu meinen. Tausende Male hatte ich gesehen, wie Leute sich geküsst hatten, und natürlich erinnerte ich mich an Colins nassen, ekligen Mund auf meinem, brutal und widerlich. Nie hatte ich verstanden, warum die Menschen das Küssen so toll fanden. Warum sollte man dem Gesicht eines anderen überhaupt so nahe kommen? Unter Drachen galten Berührungen und sanfte Stöße mit der Schnauze als ultimatives Zeichen des Vertrauens. Normalerweise vermied man es eher, mit dem Kopf so nahe an einen Kiefer heranzukommen, der Schädel zermalmen und Feuer spucken konnte. Bisher hatte ich das Küssen als eine der vielen menschlichen Verhaltensweisen angesehen, die ich wohl nie ganz begreifen würde. Ich hatte ja nicht gewusst, dass es ... so sein konnte.

Moment mal. Ich war ein *Drache*. Was zum Teufel machte ich hier überhaupt?

Abrupt beendete ich den Kuss, trat ein paar Schritte zurück und schaute verstohlen zu Garret hoch. Dessen Gesichtsausdruck war irgendwo zwischen Verwirrung und Entsetzen eingefroren. Seine Finger bohrten sich knapp unterhalb der Ellbogen in meine Haut.

»Äh.« Erst als ich anfing mich zu winden, ließ er mich los. Kraftlos ließ er die Arme sinken, starrte mich aber weiter an. Plötzlich war sein Blick vollkommen undurchdringlich. Wäre ich innerlich nicht fast durchgedreht, wäre mir das verdammt peinlich gewesen.

Ich habe gerade einen Menschen geküsst. Ich habe einen Menschen geküsst. O Mann, was ist nur mit mir los? Verzweifelt fuhr ich mir durch die Haare und versuchte, meine wirren Gedanken zu ordnen, aber das war ganz schön schwer, solange er mich weiter so ansah. *Ich muss nach Hause. Das alles ist viel zu verrückt.*

»Tut mir leid«, murmelte ich und wich vor dem immer noch reglosen Menschen zurück. »Ich ... äh ... ich sollte besser gehen. Du kannst das Brett erst mal behalten, ich hole es irgendwann. Bis dann, Garret.«

Endlich gab er ein Lebenszeichen von sich und schüttelte sich, als würde er aus einer Trance erwachen. »Hat Lexi dich nicht hergefahren?« Seine sonst so gelassene, selbstbewusste Stimme zitterte leicht.

Richtig, Mist. Verdammter Kerl mit seiner verdammten Logik. »Schon okay«, winkte ich ab, auch wenn ich ihm immer noch nicht ins Gesicht sehen konnte. »Ich kann laufen, so weit ist es nicht. Oder ich rufe Lexi an, damit sie mich abholt. Wenn alle Stricke reißen, kann ich immer noch den Daumen raushalten.« *Hauptsache ich komme nach Hause, und zwar sofort.*

»Ember, warte.« Wie unter Zwang ließ seine leise Stimme mich innehalten. Ich wusste, ich sollte weitergehen, immer den Strand entlang, ohne mich umzudrehen, aber ich brachte es einfach nicht über mich. Ich hörte, wie er das Surfbrett hochnahm und platschend aus dem Wasser kam. Mein Drache wich knurrend zurück, als er sich näherte, während mein dummes, verräterisches Herz einen Sprung machte. »Du solltest nicht nach Hause trampen«, murmelte er. Anscheinend schaffte er es auch nicht, mich anzusehen. »Ich werde dich fahren.«

Garret

Die Rückfahrt verlief seltsam … *angespannt* könnte man
es wohl nennen. Ember starrte schweigend aus dem Fenster und vermied es krampfhaft, mich anzusehen. Ich wiederum umklammerte das Lenkrad und hielt den Blick auf
die Straße gerichtet, konnte das Mädchen aus dem Augenwinkel aber weiter beobachten. Keiner von uns sprach
oder sah den anderen direkt an, was auch ganz gut war, da
meine Gedanken durcheinanderwirbelten wie bei einem
Tornado.

Als sie mich geküsst hatte, waren meine Sinne … eingefroren. Schon wieder. Ich war vollkommen überrascht gewesen – eigentlich sogar schockiert –, als ihre Lippen meine berührten, hatte aber nicht reagiert, sie nicht einmal
fortgeschoben. Was völlig verrückt war. Normalerweise
hatte ich bessere Reflexe, sie hätte mir gar nicht erst so nah
kommen dürfen. Im Orden durfte mich nie jemand anfassen, und innerhalb weniger Tage hatte ich diesem Mädchen nicht nur erlaubt, mich zu berühren, sondern sich
sogar dicht an mich heranzuschieben und mich zu *küssen*.
Wäre Ember ein Agent von Talon gewesen, wäre das einem
Todesurteil gleichgekommen.

Die Wahrheit war ganz einfach: Wenn ich mit ihr zusammen war, hatte ich sämtliche Schutzschilde runtergefahren. Sie war lustig, entwaffnend und unkompliziert. Mögliches Ziel hin oder her, ich … verbrachte gern Zeit mit ihr. Aber das war noch nicht das Beunruhigendste.

Nein, am verstörendsten war die Tatsache, dass ich Ember in dem Moment, als sie zurücktrat und den Kuss beendete, am liebsten an mich gezogen und sie noch einmal geküsst hätte. Auch jetzt, wo sie nur Zentimeter von mir entfernt saß, spürte ich diese Anziehungskraft. Überdeutlich nahm ich jede noch so kleine Bewegung von ihr war, jede Regung, jeden Seufzer. Dabei musste ich sie nicht einmal ansehen, um mir ihrer Präsenz bewusst zu sein, ich spürte sie fast greifbar neben mir. Es machte mich wahnsinnig.

Als wir ihr Haus erreichten, tastete Ember bereits nach dem Türgriff, bevor der Jeep überhaupt stand. Während sie ausstieg, fragte ich mich kurz, ob ich sie zurückhalten oder zumindest etwas zu ihr sagen sollte. Doch noch bevor ich den Gedanken zu Ende bringen konnte, warf sie die Beifahrertür zu, und die Gelegenheit war vertan.

Benommen sah ich zu, wie sie die Straße überquerte und, ohne sich noch einmal umzusehen, zu der Villa am Strand hinüberlief. Das Surfbrett wippte leicht unter ihrem Arm. Am liebsten hätte ich ihr etwas zugerufen, wäre ihr gerne gefolgt, aber irgendetwas hielt mich zurück.

Als sie sich der Haustür näherte, spürte ich plötzlich, dass ich beobachtet wurde. Hinter einem Fenster im ersten Stock stand eine reglose Gestalt. Die tief stehende Sonne glänzte auf seinen roten Haaren, als der Junge sich abwandte und verschwand.

Tristan war nicht zu Hause, was ich als wahren Segen empfand, denn ich hatte momentan überhaupt keine Lust, mit irgendjemandem zu reden. Stattdessen ging ich zu dem Sandsack im Wohnzimmer und prügelte so lange darauf ein, bis die Ketten klirrten. Ich wollte nicht nachdenken. Ich musste einfach nur meine Mitte finden, diese seltsame, ruhelose Energie abbauen, die unter meiner Haut brannte.

Wieder und wieder traktierte ich den Sack und versuchte, das Bild dieses rothaarigen Mädchens aus meinem System zu bekommen, das Gefühl ihrer Lippen auszulöschen. Mir war gar nicht bewusst, wie viel Zeit vergangen war, als Tristan plötzlich hereinkam. Er blieb in der Wohnzimmertür stehen und musterte mich mit einer Mischung aus Belustigung und Sorge. Keuchend ließ ich die Fäuste sinken. Meine Knöchel waren wund, und mir lief der Schweiß in die Augen. Erstaunt begriff ich, dass ich vor über einer Stunde heimgekommen war und seit dem ersten Schlag kein einziges Mal innegehalten hatte.

»Also ...« Fragend zog Tristan eine Augenbraue hoch; offenbar war ihm ebenfalls aufgefallen, wie verschwitzt und erschöpft ich war. »Wie war dein Tag?«

In meinem Kopf ging immer noch alles drunter und drüber. Die ganze Zeit sah ich Ember vor mir, spürte ihre Hände auf meinen Schultern, durchlebte den Moment, als sie ihre Lippen auf meine gedrückt hatte. Ich versetzte dem Sandsack einen letzten, dröhnenden Schlag, dann lehnte ich mich keuchend an die Wand und schloss die Augen. Kurz spielte ich mit dem Gedanken, Tristan einfach nicht zu sagen, was heute am Strand passiert war, verwarf diese Überlegung aber schnell wieder. Noch nie hatte ich meinem Partner irgendetwas vorenthalten. Wenn man sein Leben in die Hand eines anderen legte, setzte das bedingungsloses Vertrauen voraus.

»Garret?« Tristan klang plötzlich zögerlich, und ich hörte, wie er näher kam. »Was ist passiert?«

Ich fuhr mir mit der Hand durchs Gesicht. »Heute Nachmittag«, begann ich leise und ließ den Arm sinken. »Da am Strand. Ember hat … sie hat … mich geküsst.«

Jetzt schossen Tristans Augenbrauen beide in die Höhe. »Wie bitte?«, fragte er, als könne er nicht glauben, was ich ihm gerade erzählt hatte. »Ember Hill, das Mädchen, hinter dem wir die ganze Zeit her sind und das wir als potenziellen Schläfer ausgemacht haben, hat dich … *geküsst*?«

Als ich mich von der Wand abstieß, zog dieser Moment erneut an meinem inneren Auge vorbei. »Ich bin zu stark involviert«, murmelte ich und ging zum Fenster hinüber. Hinter den Dächern und den Palmwipfeln funkelte der Ozean in der Sonne – was mich auch wieder daran erinnerte. »Ich verliere das Ziel aus den Augen«, fuhr ich fort, »und das ist mir heute nicht zum ersten Mal passiert. Wahrscheinlich sollte ich sie nicht mehr treffen. Dadurch würde ich die ganze Mission gefährden.«

»Nein«, widersprach Tristan so nachdrücklich, dass ich mich überrascht zu ihm umdrehte. »Genau das wollen wir erreichen, Garret«, erklärte er. »Du *musst* dich engagieren. Nur so kannst du etwas in Erfahrung bringen und definitiv herausfinden, ob sie nun der Schläfer ist oder nicht. Je mehr Vertrauen sie zu dir fasst, desto eher wird sie sich verplappern. Du kannst jetzt nicht aufhören. Du musst dich weiter mit ihr treffen.«

Weiter Zeit mit Ember verbringen. Dieser Gedanke machte mich glücklich und jagte mir gleichzeitig eine Heidenangst ein. »Und wie soll ich weiter vorgehen?« Unsicher ging ich zu ihm. Für solche Situationen hatte ich kein Verhaltensmuster parat, keinerlei Erfahrung, auf die ich zurückgreifen konnte. Wie sollte ich dieses Mädchen umwerben und vorgeben, sie zu mögen, wenn sie mich überhaupt nicht wiedersehen wollte? »Nach dem ... Kuss wäre sie fast davongelaufen. Es schien ihr ziemliche Angst zu machen. Was soll ich jetzt also tun?«

»Hast du sie um ein Date gebeten oder das nächste Treffen klargemacht?«

»Nein.«

»Warum nicht?«

»Ich ... ich war ...«

»Zu sehr damit beschäftigt, diesen Angriff aus dem Hinterhalt zu verdauen?«

Mit einem schweren Seufzer schlug ich noch einmal halbherzig gegen den Sandsack. »Genau.«

Tristan grinste. »Tja, du wirst es einfach schlucken und dich wieder auf die Jagd begeben müssen, Partner«, meinte er dann – eine Spur zu fröhlich für meinen Geschmack. »Sei frech, akzeptiere einfach kein Nein von ihr. Das dürfte doch nicht allzu schwierig werden. Wenn sie dich geküsst hat, muss sie dich ja zumindest ein kleines bisschen gern haben.«

»Wenn sie der Schläfer ist, sollte sie mich besser gar nicht gern haben«, protestierte ich und verschränkte die Arme vor der Brust. Drachen kannten keinerlei Gefühle dieser Art. Zwar konnten sie die menschliche Rasse perfekt nachahmen, was sie ja auch zu so gefährlichen Gegnern machte, aber Dinge wie Freundschaft, Trauer, Liebe oder Reue waren ihnen im Grunde fremd. Zumindest hatte man es mich so gelehrt.

Tristan zuckte nur mit den Schultern. »Vielleicht gehört das bei Talon zur Ausbildung: Verhaltet euch wie die Menschen, um nicht aufzufallen. Kann doch gut sein, dass sie solche Versuche starten, entweder um dich zu kontrollieren oder um uns von der Fährte abzubringen. Oder sie ist einfach nur ein ganz normaler Mensch. So oder so musst du weiter mitspielen, bis du es herausgefunden hast. Schaffst du das?«

Ein Spiel, mehr nicht. Vorgeben, das Mädchen zu mögen. Gefühle vortäuschen, um eine Beziehung zu ihr zu forcieren. Ihre Freundschaft und ihr Vertrauen erlangen, immer in dem Wissen, dass ich es und sie selbst am Ende zerstören würde.

Es fühlte sich falsch an. Schmutzig und verschlagen, eher wie etwas, das *die* tun würden. Aber … ich war Soldat, und dies war meine Mission. Eines durfte ich nie vergessen: Falls Ember der Schläfer war, war sie keine Unschuldige. Dann war sie ein Drache, eine Kreatur, die der Menschheit eigentlich nur Verachtung entgegenbrachte und weder Mitgefühl noch Menschlichkeit kannte. Selbst ihre Jungen, die Nestlinge, waren schon so hinterhältig und grausam wie die Erwachsenen. Vielleicht sogar noch schlimmer, weil sie so menschlich wirkten. Die Nestlinge zu vernichten, bevor sie zu durchtriebenen und extrem mächtigen Erwachsenen heranreifen konnten, würde uns in diesem Krieg am schnellsten zum Sieg führen.

Selbst wenn ich dafür lügen musste. Selbst wenn ich mir eingestehen musste, dass ein kleiner Teil von mir schon bei dem Gedanken an ein Wiedersehen mit Ember Freudensprünge machte.

Und selbst wenn ein noch kleinerer Teil, den ich allerdings in den hintersten Winkel meines Bewusstseins verbannte, unseren Plan grauenhaft und widerlich fand.

»Ich schaffe das«, versicherte ich Tristan, schob mich um den Sandsack herum und ging Richtung Bad, um mich unter die kalte Dusche zu stellen. »Ich weiß, was ich zu tun habe.«

»Das höre ich gern. Und Garret …«

Jetzt klang Tristans Stimme unheilvoll. Vorsichtig sah ich mich um.

»Mach nicht den Fehler, dich in dieses Mädchen zu verlieben«, warnte er mich mit einem durchdringenden Blick. »Wenn sie ein Mensch ist, wäre es nicht fair, etwas mit ihr anzufangen – nicht bei dem Leben, das wir führen. Und wenn sie tatsächlich der Schläfer und das nur eine neue Masche ist, mit der sie ihre Nestlinge dazu bringen, sich besser anzupassen …« Er schüttelte den Kopf und kniff die Augen zusammen. »Sollte der Zeitpunkt kommen, an dem du den Abzug drücken musst, bleibt kein Platz für Zweifel. Du darfst nicht zögern, nicht einmal eine Sekunde, sonst reißt sie dich in Stücke. Das ist dir doch klar, oder?«

Wieder tauchte Embers fröhliches, lächelndes Gesicht vor mir auf, und bei dem Gedanken an den Kuss zog sich alles in mir zusammen. Gnadenlos schob ich das Bild fort.

»Ja, das ist mir klar.«

Ember

»Wo warst du?« Dante fing mich ab, als ich die Treppe hinaufkam. Eigentlich wollte ich direkt in mein Zimmer und mich den Rest des Abends dort verkriechen. Dummerweise blockierte mein neugieriger Zwilling die oberste Stufe und fixierte mich wachsam mit seinen grünen Augen.

Ich schnaubte abfällig. »Bist du vielleicht mein Brutpfleger? Ich war beim Surfen, was dachtest du denn?« Hastig schob ich mich an ihm vorbei und wollte in mein Zimmer gehen, doch er folgte mir. Sein misstrauischer Blick bohrte sich förmlich in meinen Hinterkopf.

»Und wer war dieser Mensch, der dich nach Hause gebracht hat?«, führte Dante sein Verhör fort. »Ich habe ihn noch nie gesehen.«

»Das war Garret«, erwiderte ich knapp. Hoffentlich sah er nicht, wie meine Wangen glühten. »Ich habe dir schon von ihm erzählt, weißt du nicht mehr? Der Junge, dem ich mit Kristin und Lexi am Strand begegnet bin? Er hat diese Arschlöcher für uns verprügelt. Ein wirklich netter Kerl.«

Vielleicht etwas zu nett, flüsterte mein Drache. Selbst jetzt spürte ich noch seine Lippen auf meinen, den Drang, mich an ihn zu schmiegen und ihn zu küssen, und die

Hitze, die in mir gebrannt hatte, als ich es tatsächlich tat. *Was würde man bei Talon sagen, wenn sie es erfahren?* *Die von Talon können ihre Schwänze nuckeln,* gab ich lautlos zurück. Das war hier nicht das Problem. Streng genommen war es nicht *verboten,* Beziehungen mit Menschen einzugehen. Sorgte man dafür, dass ein Mensch sich in einen verliebte, konnte man ihn leichter kontrollieren und schneller sein Ziel erreichen. Dante war darin ein regelrechter Experte: Wo er sich auch befand, egal wer bei ihm war, er schaffte es immer, eine Mitfahrgelegenheit oder ein Telefon zu bekommen. Die Leute gaben gerne ihr letztes Hemd für ihn. Dazu musste er sich nicht einmal besonders anstrengen. Ich persönlich hielt das für ziemlich hinterhältig, aber bei Talon wusste jeder, wie man menschliche Gefühle am besten manipulierte. Deshalb war die Tatsache, dass ich einen Menschen geküsst hatte, an sich bedeutungslos.

Der *Grund,* warum ich es getan hatte, war schon etwas ganz anderes.

In meinem Zimmer angekommen wollte ich endlich die Tür hinter mir zuziehen, aber Dante trat in den Rahmen, um das zu verhindern. In seiner Miene spiegelten sich Misstrauen und Sorge. »Ist mit dir alles okay, Schwesterlein?« Er sah mich prüfend an. »Ich habe mir Sorgen um dich gemacht. Du bist direkt nach deinem Training mit Lexi abgehauen und hattest sogar dein Handy ausgeschaltet.«

Bei dem Gedanken an meine sadistische Ausbilderin ging ich sofort an die Decke. »Mann, du klingst ja schon wie Onkel Liam«, fauchte ich in dem Versuch, das Thema zu wechseln. »Es geht mir gut, du kannst deinen neurotischen Zwillingsradar also wieder runterfahren. Garret und ich waren beim Surfen, mehr nicht.«

Und ich habe ihn geküsst. Und ich will ihn unbedingt wiedersehen, um es noch öfter zu tun. Verfluchte Echse, bin ich von der Rolle.

»Ich kann meinen neurotischen Zwillingsradar aber nicht runterfahren.« Dante beugte sich vor und legte mir eine Hand auf den Arm. »Nicht, solange mein Zwilling so durch den Wind ist. Und wenn ich genau spüre, dass ihn etwas beschäftigt.«

»Manchmal treibst du es echt zu weit mit der Nummer vom überbehütenden Zwillingsbruder.«

»Hey, wir haben doch nur uns hier.« Dante klang todernst. »Wenn ich nicht auf dich aufpasse, wer tut es dann? Also los, Diedeldei.« Er drückte sanft meinen Arm und ließ ihn dann los. »Was ist mit dir? Hat dieser Mensch dir wehgetan?«

»Und wenn es so wäre, was würdest du tun? Ihn fressen?«

»Klingt verlockend, aber nein.« Ungeduldig stellte er fest: »Du weichst der Frage aus. Was ist los, Ember? Irgendetwas beschäftigt dich, und ich will wissen, was es ist. Rede mit mir.«

Ich zögerte. Eigentlich wollte ich ja mit jemandem reden, und zwar mit jemandem, der mit mir fühlen würde, einem Drachen, der vielleicht Verständnis hatte für diese merkwürdigen, fremden, *menschlichen* Gefühle, die in mir tobten. Gefühle, die – zumindest laut dem, was meine Ausbilderin noch an diesem Morgen gesagt hatte – keinen

Platz hatten im Leben eines Drachen. Würde Dante überhaupt begreifen, was ich gerade durchmachte? Bis jetzt hatte ich ihm immer alles erzählt.

»Na ja, ich grübele nur über etwas nach, was meine Trainerin heute gesagt hat«, gab ich schließlich zu – nicht direkt eine Lüge. »Sie meinte, dass Menschen die unterlegene Spezies wären und wir keine Bindungen zu ihnen aufbauen sollen, weil sie letzten Endes ja doch nur Futter wären. Und dass sie uns vernichten würden, wenn sie wüssten, was wir wirklich sind.«

Dante nickte. »Ich weiß, das hat mein Trainer auch gesagt.«

»Und du hast kein Problem damit?« Mit einer vagen Geste zeigte ich in den Flur hinaus. »Ich meine, wir leben mit zwei Menschen zusammen, alle unsere Freunde sind Menschen, und wir haben es jeden Tag mit Menschen zu tun. Klar, Liam und Sarah arbeiten für Talon, aber ich würde sie deswegen noch nicht als *Futter* bezeichnen. Das klingt einfach so … herzlos. Oder denkst du etwa so über Lexi, Calvin und die anderen?«

»Nein.« Ohne zu zögern schüttelte Dante den Kopf, und ich entspannte mich etwas. »Aber wir müssen nun einmal akzeptieren, dass wir nicht zu ihnen gehören, Ember. Wir sind keine Menschen. Wir leben in ihrer Welt, koexistieren mit ihnen, aber wir werden immer abseitsstehen. Unsere Ausbilder haben recht. Wir dürfen keinerlei Bindungen mit ihnen eingehen, niemals.«

Frustriert verzog ich das Gesicht. Das hatte ich nicht hören wollen. »Und warum nicht?«

»Ember!« Dante warf mir einen merkwürdigen Blick zu.

»Weil wir *Drachen* sind. Menschen sind ... Na ja, vielleicht sind sie uns nicht unbedingt unterlegen, aber in der Nahrungskette stehen sie unter uns. Wir sind stärker und schlauer, und wir leben ungefähr tausend Mal länger als sie. Unsere ganzen menschlichen Freunde, also Lexi, Calvin, Kristin, sie alle eben, werden alt werden und sterben, bevor unser Leben überhaupt erst richtig angefangen hat. Wir spielen einfach nicht in derselben Liga, Schwesterchen. Das muss dir doch klar sein.«

Mir wurde das Herz schwer. Damit war die Sache klar: Ich würde ihm definitiv nichts von Garret und mir erzählen. Jagen und fressen würde er den Menschen wohl nicht, aber wenn ich zugab, einen Jungen geküsst zu haben, würde er den Grund dafür wissen wollen. Und das würde ich ihm nicht sagen können. Das wusste ich ja selbst nicht so genau.

»Ja.« Ich seufzte schwer. »Ich weiß.« Dante beobachtete mich noch immer, nun mit einem eher besorgt-verwirrten Blick, aber ich musste jetzt erst mal allein sein und nachdenken. »Ich haue mich für ein paar Stunden aufs Ohr.« Mit einem fast noch schwereren Seufzer streckte ich die Hand nach der Tür aus. »Wenn ich bis zum Abendessen nicht wach bin, tritt ein paar Mal gegen die Wand, okay?«

»Warte kurz.« Dante stemmte eine Hand gegen die sich schließende Tür. »Kristin hat vier oder fünf Mal angerufen«, erklärte er auf meinen fragenden Blick hin. »Sie wollte wissen, ob du nun morgen zu ihrer Party kommst.«

»Die ist schon morgen?« Wow, die Zeit verging echt schnell. Mir war gar nicht bewusst gewesen, dass die Woche schon wieder zu Ende war. Ein fröhliches Kribbeln breitete sich in mir aus. An den Wochenenden musste ich nicht früh raus und mich mit meiner Trainerin treffen. Während der nächsten zwei Tage war ich frei.

Dante antwortete mit einem Nicken und fügte hinzu: »Ich nehme an, wir wollen immer noch hingehen?«

»Klar doch.«

»Und ich nehme an, du wirst auf dieser Party die Zeit vergessen, und ich werde mir eine glaubwürdige Entschuldigung dafür ausdenken müssen, warum wir nach Mitternacht noch unterwegs sind?«

Mit einem strahlenden Lächeln stellte ich fest: »Genau deshalb bist du der schlaue Zwilling.«

»Aha. Welcher bist dann du?«

»Der hübsche natürlich.«

Er seufzte gequält. »Also schön, ich werde mich darum kümmern. Wie üblich.« Kopfschüttelnd erwiderte er mein Grinsen. »Aber das mache ich nur für dich, Diedeldei.«

Als Dante endlich weg war, ließ ich mich auf mein Bett fallen und starrte an die Decke. Das war ja mal mehr als unbefriedigend gewesen. Anscheinend konnte ich mit Dante nicht über meine Probleme reden. Er war zwar mein Bruder, aber eben auch ein Drache. Solche Gefühle waren ihm ebenso fremd wie mir. Auch wenn es komisch klang: Ich brauchte jetzt jemanden, der wirklich verstand, was ich durchmachte. Ich brauchte einen Menschen.

Ich brauchte ... eine Freundin.

Kurzentschlossen rollte ich mich herum, holte mein Handy aus der Tasche und scrollte bis zu einem bestimmten Namen im Telefonbuch.

273

»Hi, Lex«, sagte ich leise, als sie den Anruf annahm.
»Störe ich?«

»Scheiße noch mal, Ember!«, quietschte es am anderen
Ende der Leitung.»Natürlich nicht. Wir treffen uns in einer Viertelstunde in der Smoothie Hut. Du musst mir absolut alles erzählen, was mit dem schnuckeligen Garret
gelaufen ist!«

»Okay.« Allein beim Gedanken daran verdrehte sich
mein Magen.»Bin gleich da.«

Zwanzig Minuten später saß ich an einem der Außen-
tische, und vor mir schmolzen zwei Smoothies in der Sonne vor sich hin, bis Lexi sich mit gierigem Blick gegenüber
von mir auf die Bank fallen ließ.

»Und?«, fragte sie statt einer Begrüßung, schnappte sich
einen der Becher und kaute auf dem Strohhalm herum, als
wollte sie ihn durchbeißen.»Ich bin echt sauer auf dich,
Em«, verkündete sie dann, ohne eine Antwort abzuwarten.
»Erst muss ich dich abholen und zur Bucht bringen, damit
du dich mit Garret treffen kannst, und dann rufst du nicht
mal an, um mir zu erzählen, wie es war. Ich sitze seit Stunden auf glühenden Kohlen! Also, los jetzt, Em, raus damit …« Sie klopfte auf die Tischplatte.»Garret und du,
ganz allein in der Bucht, den ganzen Nachmittag lang …
Was ist passiert? Irgendwas Interessantes?« Mit einem ver-
schwörerischen Lächeln beugte sie sich vor.»Hast du ihm
gezeigt, wie man nackt badet?«

»Was? Nein!« Ich verzog empört das Gesicht, spürte
aber, wie ich rot anlief.»Wasch dir das Gehirn mit Seife
aus, du Schmutzfink. Nichts dergleichen ist passiert.«

»Aber *etwas* ist passiert, richtig?« Lexi musterte mich

prüfend. Verlegen zuckte ich mit den Schultern, woraufhin sie stirnrunzelnd fortfuhr: »Bitte, Ember. Ich habe euch zwei gestern in der Mall beobachtet. Ich weiß, dass da was zwischen euch ist. Und als meine beste Freundin ist es deine Pflicht, mich über alles in deinem Leben auf dem Laufenden zu halten, was mit umwerfenden Jungs zu tun hat. Das ist Teil der Abmachung.«

»Ich wüsste nicht, dass ich einen Vertrag unterschrieben habe«, brummte ich.

»Dann lies mal das Kleingedruckte, Süße. Hat er dich geküsst?«

Mein Puls setzte kurz aus, aber ich schüttelte den Kopf. »Nein.«

»Hast *du ihn* geküsst?«

»Äh ...«

Lexi stieß einen schrillen Schrei aus. Wütend wollte ich sie zum Schweigen bringen, und sie senkte auch brav die Stimme, grinste dabei aber wie eine Irre. »Ich wusste es! Ich wusste doch, dass da was zwischen euch läuft.« Triumphierend forderte sie: »Sag es! Sag, dass ich recht hatte.«

»Also schön, ja! Ja, ich habe ihn geküsst. Du hattest recht.«

»Vielen Dank. Siehst du, hat doch gar nicht wehgetan.« Immer noch grinsend lehnte Lexi sich zurück, um sich auch noch den Rest anzuhören. »Und was ist passiert, nachdem du ihn geküsst hast?«

»Nichts.« Jetzt, da ich es laut ausgesprochen hatte, konnte ich die Traurigkeit in meiner Stimme nicht unterdrücken und das Bedauern darüber, was anschließend passiert war. »Ich glaube, ich bin irgendwie durchgedreht.

Sofort danach habe ich mich von ihm nach Hause bringen lassen. Wir haben nicht mal mehr darüber geredet.« Seufzend bohrte ich in der Tischplatte herum. »Er hatte mich gerade erst daheim abgesetzt, als ich dich angerufen habe. Wahrscheinlich hasst er mich jetzt. Oder zumindest hält er mich für einen totalen Freak.«

»Das bezweifle ich.« Als ich nichts erwiderte, trommelte Lexi ungeduldig mit den Fingern auf dem Tisch herum. »Aber ihr werdet euch doch wiedersehen, oder? Bitte sag mir, dass du dich wieder mit ihm treffen wirst.«

»Weiß nicht.«

»Was weißt du nicht? Du magst ihn doch, oder?«

»Ich …« Nachdenklich hielt ich inne. Ich war ein Drache, eigentlich sollten wir solche Gefühle gar nicht kennen. Aber wenn ich an Garret dachte, fühlte ich definitiv *etwas*. Wie fühlte es sich überhaupt an, wenn man jemanden toll fand? Musste man jedes Mal grinsen, wenn man seine Stimme hörte, oder blieb einem plötzlich der Atem weg, wenn er einen ansah? Wollte man ihm unbedingt ein Lächeln oder ein Lachen entlocken mit dem, was man sagte? So etwas hatte ich bisher noch nie empfunden, diesen Drang, einfach nur bei jemandem sein zu wollen, ihn ganz nah bei sich zu wissen. Aber falls es das war … »Schätze … schon.«

Ich mochte Garret. Sehr sogar. Einen Menschen.

Lexi nickte nur. »Und er mag dich auch. Den zweifelnden Blick kannst du dir sparen, Em. Glaub mir, das habe ich schon oft gesehen, und diesen Jungen hat es schwer erwischt. Was meinst du denn, warum er immer wieder auftaucht und mit uns herumhängt?« Grinsend lehnte sie sich zurück. Offenbar hielt sie ihre Analyse für unwiderlegbar. »Der ist total in dich verschossen.«

Komischerweise schlug mein Magen bei diesem Gedanken Purzelbäume. Dass jemand wie Garret meine Gefühle erwidern sollte ... Aber das war alles so neu. Niemals hätte ich damit gerechnet, einmal so zu empfinden. Was ich ja auch gar nicht durfte, zumindest laut Talon nicht.

Flehend sah ich Lexi an, und dementsprechend klang wohl auch meine Stimme: »Und was soll ich jetzt machen?«

»Ach, Ember.« Mit einem selbstbewussten Lächeln, in dem sechzehn Jahre Erfahrung als Mensch mitschwangen, tätschelte sie meinen Arm. »Das ist ganz einfach: Wenn du ihn das nächste Mal siehst, machst du einfach da weiter, wo du aufgehört hast. Aber diesmal läufst du hinterher nicht weg.«

»Dafür könnte es schon zu spät sein.« Frustriert stützte ich das Kinn in die Hand. »Ich habe keine Ahnung, wo er jetzt ist. Und ich habe nicht einmal seine Nummer oder seine Mailadresse.« Die reinste Ironie, dass meine erste richtig menschliche Reaktion genau das war, was ihn vertrieben hatte. Und jetzt war ich total geknickt. Wegen eines *Jungen*. Sollten Drachen vielleicht deshalb keine menschlichen Gefühle haben? Sie machten alles so kompliziert!

Lexi hingegen ließ sich dadurch nicht beirren. »Ember, bitte! Ich kenne dieses Städtchen wie meine Westentasche, und so groß ist es nicht. Wir wissen bereits, dass seine Wohnung irgendwo an der Hauptstraße liegt. Den finden wir schon, vertrau mir.«

»Du bist dir deiner Sache aber verdammt sicher.«

Sie schnaubte empört. »Ein scharfer Typ wie Garret küsst dich und verschwindet dann plötzlich spurlos? Ich wäre eine ganz schön miese beste Freundin, wenn ich dir nicht dabei helfen würde, ihn dir zurückzuholen!«

Beste Freundin. Bis vor Kurzem hatte ich noch gedacht, Dante wäre mein einziger wirklicher Freund. Immer hatte es geheißen: wir zwei gegen den Rest der Welt. Aber mit meinem Bruder konnte ich nicht über den Menschen reden, für den ich so viel empfand. Er würde es nicht verstehen. Und Lexi konnte diese verrückten, fremdartigen Gefühle nicht nur nachvollziehen, sie ermutigte mich auch dazu, ihnen nachzugeben.

Ich lächelte erleichtert. »Danke, Lex.«

Ein wenig verschlagen grinste sie zurück. »Kein Thema. Aber denk dran: Wenn wir ihn aufspüren, will ich alle schmutzigen Details hören! Sieh es als Bezahlung für meine Hilfe. Und nichts auslassen, klar?«

Ich lachte. »Du bist einfach schrecklich.«

»Irgendein Hobby braucht der Mensch. Und gib's doch zu: Ohne mich wärst du aufgeschmissen.«

Voller Dramatik verdrehte ich die Augen. »Wie konnte ich nur so lange ohne dich überleben?«

»Keine Ahnung, aber das Entscheidende ist doch, dass du mich jetzt hast.« Voller Tatendrang rieb sie sich die Hände. »Und ich habe noch eine gute Nachricht für dich: Ich weiß sogar schon, wo wir anfangen zu suchen.«

Garret

Allem Anschein nach begannen Partys, die für sieben Uhr angesetzt waren, erst viel später.

»Garret? O Gott, äh, hi!«, begrüßte mich Kristin vollkommen überrascht, als sie die Tür öffnete. »Ich hatte gar nicht mit dir gerechnet. Du bist ja ... äh ... früh dran.« Ich schaute vorsichtshalber noch einmal auf die Uhr: 18:55 Uhr. Wo ich herkam, war das schon hart an der Grenze zur Unpünktlichkeit. Ließ man sich noch ein paar Minuten mehr Zeit, war das geradezu eine Einladung an den Drillsergeant, ein Exempel zu statuieren. Verwirrt starrte ich das Mädchen an und verschob das Sixpack Bier von einer Hand in die andere. »Du hast doch gesagt, um sieben Uhr am Samstagabend, oder nicht?«

»Na ja, schon, aber ...« Achselzuckend zog sie die Haustür weiter auf. »Komm doch rein. Es ist zwar noch keiner da, aber du kannst es dir ja schon mal gemütlich machen.«

»Danke.« Ich betrat das Foyer und verschaffte mir einen schnellen Überblick: Hell und luftig, mit bodentiefen Fenstern mit Blick auf den Ozean – ein großer, offener Raum, der viel Geld erahnen ließ. Alles war in Weiß gehalten: Die Wände – soweit sie nicht aus Fenstern bestanden – waren weiß, die Küche bestand aus weißem Marmor und Edelstahl. Im Wohnzimmer rahmte ein weißes, L-förmiges Sofa einen schwarz-weißen Couchtisch ein, hinter dem ein Zweiundsiebzig-Zoll-Flachbildschirm an der Wand hing. Überall im Haus waren kleine Farbtupfer verteilt, wie etwa blaue Sofakissen oder künstliche Topfpflanzen in den Ecken, aber der Großteil erstrahlte in hartem, kühlem Weiß.

»Du kannst das Bier in den Kühlschrank stellen, da gibt es auch noch mehr davon, wenn du eins willst«, rief Kristin durch eine halb geöffnete Tür am Ende des Flurs. »Wir haben auch Softdrinks. Bedien dich einfach. Die anderen müssten bald kommen.«

Angespannt kümmerte ich mich um das Bier und ging dann ins Wohnzimmer hinüber. Irgendwie kam ich mir fehl am Platz vor. Partys und fremde Häuser waren einfach nicht mein Ding. Natürlich würde ich mich der Situation anpassen, aber der eine Grund, warum ich überhaupt gekommen war, war noch nicht da, und so wie es aussah, würde es auch noch eine Weile so bleiben.

»Und, wo hast du deinen Cousin gelassen?« Kristin schrie immer noch vom Ende des Flurs herüber. Warum kam sie denn nicht einfach aus ihrem Zimmer, wenn sie sich mit mir unterhalten wollte? »Wie hieß er noch gleich? Travis oder so?«

»Tristan«, rief ich zurück. »Er hat sich etwas eingefangen und schafft es leider nicht.«

»Oh.« Mehr kam von Kristin nicht. Kein: »Wie schade«, oder »Hoffentlich geht es ihm bald besser.« Ein paar Sekunden später hörte ich, wie sich die Tür am anderen Ende des Flurs schloss. Auch gut. Mein Partner war natürlich gar nicht krank. Er saß vor dem Laptop und behielt die Eingangstür der Hill'schen Villa im Auge. Sollten die Betreuer das Haus verlassen, würde er ihnen folgen. Gingen sie nicht, würde er die Observierung fortsetzen. Ich war froh, dass Tristan heute Computerdienst hatte und nicht ich. Ihm machte es nichts aus, stundenlang reglos zu beobachten; das war einer der Gründe, warum er in seinem Job so gut war. Ihm entging rein gar nichts, nicht einmal die kleinsten, unwichtigsten Details. Falls im Haus der Hills etwas Merkwürdiges vorging, würde Tristan es in Erfahrung bringen. Außerdem hatte ich heute Abend ebenfalls eine Aufgabe zu erfüllen, auch wenn meine vollkommen anders aussah.

»Ich glaube, wir haben da was«, hatte mein Partner am Abend zuvor gesagt, während wir in der Küche saßen und uns Essen vom Lieferdienst gönnten. Draußen vor dem Fenster versank die Sonne im Ozean, überzog den Himmel mit einem rosafarbenen Leuchten und tauchte die wenigen Wolken in sattes Rot. Ich saß im Wohnzimmer, stocherte mit meinen Essstäbchen in dem mongolischen Rindfleisch mit Reis herum und versuchte nicht daran zu denken, dass dieser Sonnenuntergang mich irgendwie an *sie* erinnerte. »Ich denke, ich weiß, wie wir weiter vorgehen sollten.«

»Und wie?«, murmelte ich.

»Ganz einfach.« Tief in Gedanken versunken schob sich Tristan ein Stück Karotte in den Mund. »Bitte sie um ein Date.«

Fast wäre ich an einem Stück Zwiebel erstickt, schaffte es aber gerade noch, es runterzuschlucken. »Ein Date?«, keuchte ich.

»Ja, ein Date.« Mein Partner schien gar nicht zu bemerken, wie ich knallrot anlief. »Ausgehen, Garret, daten. Diese Begriffe kennst du doch, oder? Teenager machen das ständig.« Nachlässig wedelte er mit seinen Stäbchen. »Essen, Kino, der ganze Kram eben. Bring sie zum Reden. Bring sie dazu, dass sie dir vertraut. Allzu schwierig dürfte das ja nicht werden – immerhin hat sie dich doch schon geküsst, nicht wahr?«

Beim Gedanken daran brannten meine Wangen noch heftiger. »Das heißt noch gar nichts«, protestierte ich. »Drachen passen sich immer perfekt an ihre Umgebung an. Dieser Kuss kann eine Menge Gründe gehabt haben.«

»Spielt keine Rolle«, hielt Tristan achselzuckend dagegen. »Und ich habe nicht gesehen, dass sie sonst noch jemanden geküsst hätte, du vielleicht? Die Einladung zu einem Date ist eine vollkommen normale menschliche Praxis, es gibt also keinen Grund für sie abzulehnen. Irgendwann wird sie dich anschließend hereinbitten. Platziere ein paar Wanzen im Haus, und tata … wir haben sie.«

»Und wenn sie nicht die Zielperson ist?«

»Dann ist sie es eben nicht. Wir verabschieden uns und ziehen weiter. Wo liegt das Problem?«

Es dauerte ein wenig, bis ich ihm antwortete. Ich wollte ihm einfach nicht sagen, dass dieser Gedanke mir mehr Angst machte als ein zwölf Tonnen schwerer Drache. In meinem ganzen Leben hatte ich noch nie ein Date gehabt. Ich wusste gar nicht, was da von mir erwartet wurde.

Aber vor allem wusste ich nicht, ob ich mich in ihrer Gegenwart noch länger beherrschen konnte. Was sie in mir auslöste – die Hitze, das Verlangen, der Drang, sie zu berühren –, das war alles so neu. Etwas Derartiges hatte ich noch nie empfunden.

»Kein Problem«, sagte ich schließlich. »Überhaupt kein Problem. Ich verstehe schon.«

»Gut.« Grinsend verschlang Tristan ein Stück Jakobsmuschel. »Denn du musst morgen Abend noch auf eine Party gehen.«

Fast eine Stunde verging, bevor die ersten Gäste – von mir natürlich abgesehen – nach und nach auftauchten. Und noch mehr Bier mitbrachten. Es war eine ganze Gruppe mit einem großen Fass, das sie sofort auf die Terrasse schleppten und neben dem Whirlpool aufbauten. Bald wanderte ein steter Strom von Teenagern über die Auffahrt zum Haus, und sowohl das Wohnzimmer als auch die Terrasse und der Swimmingpool füllten sich schnell. Irgendjemand drehte die Musik so laut auf, dass die Bässe die Wände wackeln ließen, woraufhin mehrere Gruppen anfingen zu tanzen und sich in der Mitte des offenen Wohnraums zusammendrängten. Ich hatte mir eine Sofaecke gesichert, beobachtete das Chaos ringsum und nippte hin und wieder an dem Plastikbecher in meiner Hand. Das Bier war lauwarm und schmeckte billig – also offen gesagt widerlich –, aber genau wie Tristan es prophezeit hatte, schienen alle anderen auch zu trinken, und ich wollte nicht noch mehr aus dem Rahmen fallen, als ich es sowieso schon tat.

»Hey, Garret! Du bist es wirklich!«

Lexi Thompson löste sich aus der vorbeigleitenden Menge und baute sich grinsend vor mir auf. Ich begrüßte sie mit einem Lächeln und einem Nicken, blickte aber gleichzeitig möglichst unauffällig über ihre Schulter, um zu sehen, ob *sie* vielleicht bei ihr war.

»Schön, dich hier zu treffen, Fremder«, fuhr Lexi mit erhobener Stimme fort, um die Musik zu übertönen. »Anscheinend laufen wir uns jetzt ständig über den Weg.« Ihr Grinsen wurde breiter, als wäre ihr gerade etwas aufgefallen. »Oder hoffst du, hier jemand anderem zu begegnen?«

Ich ignorierte die Frage einfach. Falls irgendjemand wusste, wo Ember steckte und wie es ihr ging, dann war das Lexi, aber ich wollte auch nicht direkt mit der Tür ins Haus fallen. »Hi Lexi«, grüßte ich daher gelassen. »Bist du allein hier?«

Sie verdrehte die Augen. »Also schön. Dann werde ich mal so tun, als wüsste ich nicht, worauf du mit der Frage abzielst, und verrate dir einfach, dass Ember heute Abend eigentlich kommen müsste, auch wenn ich sie bis jetzt noch nicht gesehen habe. *Aber ...*« Sie warf mir einen überraschend harten Blick zu. »Sieh es auch als Warnung: Ember ist meine Freundin, und ich habe schon zu oft miterlebt, wie irgendwelche Typen in unser Städtchen einfallen, eine schnelle Nummer schieben wollen, und dann am nächsten Tag einfach abhauen. Wenn es dir darum geht, solltest du besser sofort gehen und nicht wiederkommen. An so etwas hat Ember kein Interesse, und sie hat etwas Besseres verdient. Und wenn du ihr wehtust, kriegst du es mit mir zu tun.«

»Ich werde es mir merken«, versprach ich. Sicher, ein einzelnes Mädchen war nicht annähernd so Furcht einflößend wie ein wütender, zwölf Tonnen schwerer Drache oder auch nur ein einziger bewaffneter Talon-Diener, aber es schien ihr ernst zu sein, und ich fand es bewundernswert, wie sie sich für ihre Freundin einsetzte. Außerdem keimte bei ihren wilden – wenn auch irrationalen – Drohungen ein Fünkchen Hoffnung in mir. Immerhin wollte sie mich nicht von Ember fernhalten, sondern sagte mir damit nur, dass ich ihre Freundin nicht verletzen sollte, falls ich Interesse hatte. Was wiederum bedeuten musste, dass Ember mich noch nicht ganz abgeschrieben hatte. Zumindest hoffte ich, dass es das hieß.

Lexi nickte.

»Gut, vergiss es nur nicht. Oh, und eine Sache wäre da noch.« Sie blickte sich verstohlen um und warf mir dann etwas zu. Automatisch fing ich es auf: klein, rechteckig, leise knisternde blaue Plastikverpackung. Meine Wangen glühten, als ich es näher betrachtete. Lexi grinste breit. »Nur für alle Fälle.«

»Alexis Thompson!« Beim Klang der gereizten Stimme machte mein Herz einen kleinen Sprung. Ember trat aus der Menge hervor und fixierte ihre Freundin mit einem mörderischen Blick, während sie sich um das Sofa herumschob. Lexi quietschte leise und verschwand hastig zwischen den Tanzenden, während ich ebenso schnell das Plastikding zwischen den Sofapolstern verschwinden ließ.

»Ich bin stinksauer, Lex!«, rief Ember ihr hinterher. »Und unsere Abmachung kannst du vergessen – jetzt erzähle ich dir ganz bestimmt gar nichts mehr! Hi, Garret.« Kopfschüttelnd blickte Ember auf mich herunter. Ihr Lächeln wirkte leicht verzerrt. »Bitte sag mir, dass meine psychotische Freundin mit der nun drastisch geschrumpften

Lebenserwartung dir gerade nicht das gegeben hat, wofür ich es halte.«

Mein Lächeln war wohl eher gequält. »Wenn ich darauf antworte, müsste ich mich anschließend für den Rest des Abends in einem dunklen Loch verkriechen.«

Sie lachte, und mit einem Mal war alles wieder okay zwischen uns. »Komm mit.« Ohne zu zögern nahm sie meine Hand und zog mich hoch. »Lass uns tanzen.«

Tanzen? Panik stieg in mir auf, als sie mich hinter sich herzerrte, aber ich unterdrückte sie schnell. All das war Neuland für mich: Tanzen, Trinken, mich von anderen anfassen lassen … ich würde mich einfach anpassen müssen. Ember zog mich zwischen den zuckenden und sich windenden Körpern hindurch mitten auf die Tanzfläche, doch gerade als sie stehen blieb und meine Hand losließ, war das Lied zu Ende, und die Stimme des DJs schallte aus den Lautsprechern.

»Na, dann gehen wir es jetzt doch mal etwas langsamer an«, säuselte er, und schon begann das nächste Lied, ein wesentlich ruhigerer und weniger hektischer Song. Um uns herum wurde das wilde Hüpfen und Zucken eingestellt, Paare fielen sich in die Arme und begannen, sich passend zur Musik hin und her zu wiegen.

Ich schluckte schwer und sah Ember hilflos an. Mit funkelnden grünen Augen stellte sie sich dicht vor mich und schlang mir beide Arme um den Hals. Mir stockte der Atem, und meine Muskeln verspannten sich, als sie sich sanft an mich schmiegte. Und mir die ganze Zeit in die Augen sah.

»Ist das okay so?«

Ich zwang mich, tief durchzuatmen und mich zu entspannen. »Ja.« Da ich nicht genau wusste, wohin mit meinen Händen, legte ich sie vorsichtig an ihre Taille. Ich spürte, wie sie bei der Berührung ebenfalls schauderte. Sie begann, sich dem Rhythmus der Musik anzupassen, und ich folgte ihrem Beispiel.

»Das mit gestern tut mir leid«, murmelte sie, nachdem wir einen Moment schweigend über die Tanzfläche geglitten waren. »Ich wollte dich damit nicht so überfallen. Und ich wollte auch nicht so durchdrehen.«

»Ich dachte schon, ich hätte irgendetwas falsch gemacht«, erwiderte ich ebenso leise.

Sofort schüttelte sie den Kopf. »Nein, es lag nicht an dir. Ich hatte nur …« Mit einem schweren Seufzer gestand sie: »Ich hatte vorher noch nie jemanden geküsst … Ich hatte auch noch nie ein Date. Weißt du, ich bin ziemlich behütet aufgewachsen, und bei uns gab es nicht sonderlich viele Jungs. Na ja, Dante natürlich, aber der zählt ja nicht. Ich meine, klar, er ist ein Junge, aber er ist mein Bruder, also sehe ich ihn eigentlich nicht als Jungen, nicht so wie dich … Und jetzt rede ich nur noch wirres Zeug, richtig?« Ember verzog den Mund und ließ den Kopf hängen. »Das ist einfach alles neu für mich«, sagte sie leise zu meinem Shirt. »So etwas habe ich noch nie gemacht.«

Sie war so warm. Ihr Körper streifte meinen, und ich schloss kurz die Augen. »Dann wären wir schon zu zweit«, murmelte ich.

»Aber so schlimm kann es doch gar nicht sein, oder?« Sie schaute hoch und legte den Kopf schief. »Ich meine, im Vergleich zu vier Meter hohen Wellen und wilden Zombiehorden sollte das doch ein Kinderspiel sein.«

Damit entlockte sie mir ein schmales Lächeln. »Sollte man meinen.« Ich ließ all die Schlachten Revue passieren, an denen ich im Laufe der Jahre beteiligt gewesen war: die Kämpfe, das Chaos, die herumfliegenden Kugeln, die Klauen und das Drachenfeuer. Nichts davon konnte dem das Wasser reichen, was hier gerade geschah. »Wenigstens muss ich nicht befürchten, dass du mein Gehirn frisst«, platzte es aus mir heraus. Wo war das denn hergekommen?

Als sie leise lachte, setzte mein Herz einen Schlag aus. *Rückzug*, warnte mein innerer Soldat. *Lass sie nicht an dich heran. Du bist auf einer Mission, und das Ganze gefällt dir jetzt schon viel zu gut. Sofortiger Rückzug erforderlich.*

Ich ignorierte ihn. Ember war so nah, ihre warme Haut berührte meine … mein Widerstand löste sich schneller auf als ein Stück Papier in einer Kerzenflamme. Eigentlich hätte es mir Angst machen und mich dazu bringen sollen, mich hinter die Mauer zurückzuziehen, die ich durch jahrelanges Training um mich herum errichtet hatte. Hinter den Schutzwall zwischen mir und dem Schmerz, wenn ich zusehen musste, wie Brüder und Kameraden getötet und direkt vor meinen Augen in Stücke gerissen wurden. Hinter die gleichgültige, ausdruckslose Maske, die ich immer aufsetzte, wenn ein höhergestellter Offizier mich anbrüllte. Ja, ich hätte den Rückzug antreten müssen, aber in diesem Moment fühlte ich mich so wohl wie schon sehr, sehr lange nicht mehr. Daran könnte ich mich gewöhnen, stellte ich fest, während ich das Mädchen fester an mich zog. Wie leicht wäre es, einfach die Augen zu schließen, alle Schutzschilde runterzufahren und mich in ihren Armen zu verlieren.

Ember lehnte sich vor und stützte den Kopf an meine Schulter. Wieder spürte ich ein Zucken in meinem Herzen. »Ich weiß gar nicht, was ich eigentlich sagen will«, murmelte sie frustriert. Federleicht strich ihr Atem über meinen Hals, sodass ich eine Gänsehaut bekam. »Ich bin gerne mit dir zusammen. Das will ich nicht aufgeben. Ich will nicht ... ich will nicht, dass du gehst.« Mit einem Finger malte sie Muster auf mein Shirt, was ein leises Kribbeln in mir auslöste. »Aber wenn ich in die ganze Sache zu viel hineininterpretiert habe, dann zeig mir doch bitte dieses dunkle Loch von vorhin, damit ich es mir da drin gemütlich machen kann. Dann komme ich da bestimmt nie wieder raus.«

»Darüber musst du dir keine Sorgen machen.« Meine Stimme klang heiser.

Als sie zu mir aufblickte, war ihr Gesicht nur Zentimeter von meinem entfernt. Die Zeit schien stehen zu bleiben, die anderen Tänzer waren plötzlich ganz weit weg, es gab nur noch uns und die Musik, die irgendwo aus der Dunkelheit kam. Sie verschränkte die Finger in meinem Nacken und drückte sanft. Ansonsten rührte sie sich nicht, musterte mich einfach nur mit diesen unglaublich grünen, ernsten Augen und strich vorsichtig über meinen Hals. Diesmal überließ sie die Entscheidung mir.

Ich hob eine Hand an ihre Wange und beugte mich vor. »Hi.«

Beim Klang der fremden Stimme wich ich abrupt zurück. Wütend schaute ich über Embers Schulter und entdeckte einen Typen mit dunklen, zerzausten Haaren und einer Lederjacke. Er hatte die Arme vor der Brust verschränkt und musterte mich mit einem gefährlichen Grinsen. Da ich ihn nicht kannte, runzelte ich irritiert die Stirn, aber plötzlich gab Ember ein leises Quieken von sich und wurde stocksteif.

»Riley?«, keuchte sie. Die Tatsache, dass sie ihn kannte, passte mir gar nicht. »Was machst du denn hier?«

Ember

Okay, dieser Abend war total verrückt.

Eigentlich war ich mir sicher gewesen zu wissen, was ich wollte. Bevor wir auf die Party gegangen waren, hatte Lexi mich fast schon davon überzeugt, dass Garret dort sein würde. Immerhin hatte Kristin ihn eingeladen, und ihre Geburtstagspartys waren legendär. Wahrscheinlich wusste inzwischen bereits die halbe Stadt davon. Selbst als ich Lexi darauf hinwies, dass er vielleicht gar nicht kommen würde und ich ihn dann auch nicht kontaktieren konnte, ließ sie sich nicht entmutigen. Sie hatte bereits genau geplant, wie wir jeden Tag den Strand und die üblichen Treffpunkte abklappern würden, bis wir ihn irgendwann fanden.

Als Dante und ich unser Auto am Ende der langen Schlange abstellten, die bereits die halbe Einfahrt verstopfte, schwand meine Hoffnung etwas. Wahrscheinlich würde Garret gar nicht auftauchen, sagte ich mir; er schien nicht der Typ für Partys zu sein. Also wappnete ich mich gegen die Enttäuschung und tröstete mich damit, dass wir uns ja morgen auf die Suche nach ihm machen konnten. Wenn er heute nicht kam, war noch längst nicht alles verloren.

Schon auf dem Rasen vor dem Haus entdeckte Dante

einige Mitglieder seines schier endlos großen Freundeskreises und schloss sich ihnen an. Ich verdrehte die Augen, ging die Stufen hinauf und wollte mich auf die Suche nach Lexi machen, weil wir zu zweit wesentlich effizienter die Menge durchkämmen konnten. Aber dann trat ich durch die Haustür, und da war er: Er saß auf dem Sofa und wirkte mehr als peinlich berührt, als Lexi ihm etwas zuwarf, das für mich schwer nach einem Kondom aussah – bitte nicht! Mein Magen rebellierte, aber ich ging zu ihm hinüber. Trotz der katastrophalen Blamage konnte ich nur daran denken, wie es wohl wäre, ihn noch einmal zu küssen, sein Herz unter meiner Hand zu spüren, seinen Duft einzuatmen … Wenn das rein menschliche Empfindungen waren, wäre ich gerne noch eine Weile einfach nur Mensch. Talon wäre natürlich dagegen, aber Talon konnte mich mal kreuzweise. Die hatten mir sowieso schon so viel von meinem Sommer gestohlen. Der Teil hier gehörte allein mir.

Er wollte mich küssen, das konnte ich in seinen Augen sehen. Spürte es in der Art, wie er die Hände flach auf meinen Rücken drückte, erkannte es daran, wie sein Herz plötzlich schneller schlug und seine grauen Augen mich fixierten. Meine Dracheninstinkte wichen fauchend zurück, ihnen gefiel das gar nicht, auch wenn mein Herz so laut in meiner Brust dröhnte, als wäre es ein Echo seines Pulsschlages.

Und dann spürte ich diese Bewegung, diese fast unmerkliche Veränderung, die mein innerer Drache sofort erkannte. Noch bevor ich seine Stimme hörte, stellten sich meine Nackenhaare auf, und Hitze breitete sich in meinem Bauch aus.

Ich drehte mich um und begegnete dem Blick des Einzelgängers.

»Riley?«, fragte ich ungläubig. Fast hätte ich *Cobalt* gerufen, riss mich aber im letzten Moment zusammen und trennte beide voneinander. Mein Drache richtete sich freudig auf, nun pulsierten Feuer und Erleichterung durch meine Adern. Er war in Sicherheit! Er trieb sich immer noch bei uns herum. »Was machst du denn hier?«

Der Einzelgänger grinste nur. Seine Augen funkelten. Ohne auf meine Frage einzugehen, warf er Garret einen spöttischen, neugierigen Blick zu. Für mich sah es allerdings so aus, als wolle der Drache den Menschen gleich hier im Wohnzimmer auf kleiner Flamme rösten. »Darf ich kurz stören?«

Garret verkrampfte sich, und seine Arme schlossen sich wie Stahlbänder um meine Taille, auch wenn er sich äußerlich nichts anmerken ließ. Kühl, aber höflich antwortete er: »Eigentlich nur ungern.«

Riley grinste noch immer, doch das Funkeln in seinen Augen veränderte sich. Offenbar fand er es amüsant, dass der Mensch sich ihm widersetzte, mich machte es allerdings eher nervös. Riley war ein Einzelgänger, er hielt sich nicht an die Regeln von Talon. Zwar glaubte ich nicht, dass er so dumm sein würde, sich vor den Augen Dutzender Zeugen zu verwandeln und Grillkohle aus Garret zu machen, aber sicher sein konnte ich mir nicht.

Außerdem musste ich mit ihm sprechen. Ich hatte so viele Fragen, die nur er beantworten konnte, wollte mir so viele Dinge über Talon erklären lassen, und da tauchte er wie aus dem Nichts auf Kristins Party auf. Natürlich hatte er sich – typisch Riley – den denkbar schlechtesten Moment dafür ausgesucht, aber ich würde ihn jetzt sicher nicht entwischen lassen. Außerdem war mein innerer Drache so begeistert über seinen Auftritt, dass er am liebsten aus meiner Haut gefahren wäre. Wir hatten beide nicht vergessen, wie wir eine Nacht lang mit Cobalt über die Wellen geglitten waren.

»Garret?« Vorsichtig lenkte ich seine Aufmerksamkeit auf mich. »Ich kenne ihn. Lass mich nur kurz mit ihm reden.«

Das passte ihm gar nicht. Er presste die Kiefer zusammen, und seine Augen wurden völlig ausdruckslos, trotzdem nickte er steif und löste sich von mir. Dann drehte er sich um und verschwand ohne einen Blick zurück in der Menge. Blieben nur ich und der Einzelgänger.

Ich holte tief Luft und wollte gerade vorschlagen, dass wir irgendwo hingehen sollten, wo wir in Ruhe reden konnten, als ein neues Lied begann, ein schnelles, das die Umstehenden zu einer brodelnden, wogenden Masse verschmelzen ließ. Riley trat geschmeidig vor mich und fing an, sich mit einem herausfordernden Lächeln zur Musik zu bewegen. Nach kurzem Zögern machte ich mit, gab mich widerwillig, konnte aber nicht völlig ausblenden, wie mein Drache fröhlich herumflatterte. Riley lächelte zwar freundlich, doch sein Blick war spöttisch.

»Also, Rotschopf, da wären wir wieder«, stellte er kühl fest. Da wir eng beieinanderstanden, konnte er die Stimme so weit senken, dass nur ich ihn hörte. Wir berührten uns nicht, doch ich spürte die Hitze, die er verströmte, als würde dicht unter der Oberfläche ein wildes Feuer brennen.

»Und wie ich sehe, hast du dich blendend angepasst. Dir ist aber schon klar, dass er ein *Mensch* ist, oder? Nur falls du es vergessen hast: Es gibt da gewisse Unterschiede zwischen euch.«

»Nicht so laut«, fauchte ich, obwohl bei der dröhnenden Musik und dem allgemeinen Desinteresse der Umstehenden wohl kaum die Gefahr bestand, dass uns jemand zuhörte. Trotzdem hatte Talon das tief in mir verankert: Sprich nie, niemals über Drachenangelegenheiten, wenn Menschen anwesend sind. »Außerdem geht dich das gar nichts an. Woher wusstest du überhaupt, dass ich hier bin?«

Riley grinste breit. »Ich hatte dir doch gesagt, dass ich dich finden würde, oder nicht?«, gab er schmeichelnd zurück und beugte sich zu mir. »Du scheinst überrascht zu sein, Rotschopf. Hattest du mich etwa schon vergessen?« Seine Stimme klang spöttisch, doch sein Körper verriet viel mehr: Er bewegte sich so selbstsicher, graziös und geschmeidig, dass Szenen wie diese ihm nicht fremd sein konnten. Mein Magen schlug Purzelbäume, und mein Drache stemmte sich wie eine Feuerwalze gegen seine Fesseln.

»Wo hast du überhaupt gesteckt?«, wollte ich wissen. Als er nur eine Augenbraue hochzog und keinerlei Anstalten machte, meine Frage zu beantworten, runzelte ich gereizt die Stirn. »Die *suchen* nach dir, das weißt du schon, oder?« Noch verstohlener fuhr ich fort: »Sie haben schon letzten Monat Agenten geschickt, weil dich irgendjemand verpfiffen hat.«

Dante, fügte ich in Gedanken hinzu, sprach es aber nicht aus. Plötzlich bekam ich Angst. Dante war hier, auf der Party. Wenn er Riley entdeckte …

Abrupt wich ich zurück, worauf er fragend das Gesicht verzog. »Du musst gehen«, erklärte ich dem Einzelgänger. »Hier ist es zu gefährlich für dich. Wenn mein Bruder uns sieht …«

Mit einer eleganten Drehung stand Riley plötzlich hinter mir. Bevor ich wusste, wie mir geschah, lagen seine Hände auf meinem Bauch und schienen sich in meine Haut zu brennen, während er sich über meine Schulter beugte. »Meinetwegen musst du dir keine Sorgen machen, Rotschopf«, flüsterte er mir ins Ohr, während ich mich zu entscheiden versuchte: anlehnen oder wegschubsen? »Ich kann ganz gut auf mich aufpassen. Die Frage ist doch: Willst du immer noch mehr über Talon erfahren? Wer sie wirklich sind? Und was sie wirklich wollen?« Seine Lippen streiften meine Wange, sein Atem strich über meine Haut. »Ich kann es dir sagen, falls noch Interesse besteht.«

Ich verkrampfte mich. Mit einem leisen Lachen ließ er kurz die Hand in meine Hosentasche gleiten, bevor er sich wieder zurücklehnte.

»Das ist meine Nummer«, erklärte er, während ich einen mehrfach gefalteten Zettel in meiner Tasche ertastete. »Wenn du reden willst …«, plötzlich war Riley vollkommen ernst, »… wenn sie ihr wahres Gesicht zeigen – und das werden sie, Rotschopf, mach dir da bloß nichts vor –, dann bin ich für dich da. Du kannst jederzeit zu mir kommen. Ich wünsche mir sogar, dass du kommst.«

Ich wusste nicht, was ich sagen sollte. Rileys goldene Augen musterten mich durchdringend, und obwohl wir nun einen Schritt weit auseinanderstanden, spürte ich, wie er das Feuer in mir heißer brennen ließ. Verdammt, warum hatte er nur diese Wirkung auf mich? Lag es daran, dass er ein Einzelgänger war? Ein Drache, der es wagte, sich Talon zu widersetzen und sein Leben so zu leben, wie ich es mir erträumte? Oder war es etwas anderes, ging es tiefer? Reagierte mein innerer Drache auf einer instinktiven Ebene auf ihn? Als Mensch war Riley charmant, geheimnisvoll und, ja, das musste ich zugeben, verdammt heiß. Aber wenn ich genauer hinsah, war er für mich immer nur ein Drache.

Eine Bewegung am anderen Ende des Raums erregte meine Aufmerksamkeit. Als ich hinübersah, entdeckte ich Garret, der sich zielstrebig einen Weg Richtung Ausgang bahnte.

Garret

Ich musste hier raus.

Als dieser Fremde aufgetaucht war und gefragt hatte, ob er kurz stören dürfe, hatte ich den ersten Stich gespürt. Ein seltsames Ziehen, das ich nicht einordnen konnte. Wut und … noch etwas, das dafür sorgte, dass ich den Fremden am liebsten einfach weggestoßen hätte, auch wenn ich äußerlich die Ruhe behielt. Das Gefühl war wieder aufgeflammt, diesmal sogar stärker, als Ember zugab, dass sie ihn kannte und mit ihm sprechen wollte. Ich hatte mich in eine Ecke verzogen und die beiden beobachtet, hatte grimmig und grundlos wütend zugesehen, wie sie miteinander tanzten. Als der Fremde plötzlich hinter Ember stand und ihr die Hände auf die Hüften legte, hatte ich die Fäuste geballt, um nicht rüberzugehen und sie ihm ins Gesicht zu rammen.

In diesem Moment hatte ich mich selbst zur Ordnung gerufen. Was geschah hier mit mir? Warum interessierte es mich überhaupt, was Ember tat? Es sollte mir gleichgültig sein, wenn sie mit einem anderen tanzte. Es sollte mir egal sein, dass sie sich offenbar gut verstanden und dass Ember ihm manchmal finstere, aber bohrende Blicke zuwarf. Dieser Fremde war ein kurzzeitiger Rückschlag, mehr nicht. Er war unwichtig.

Trotzdem spürte ich Hass auf ihn in mir aufsteigen, den Drang, ihn zu verletzen und von dem rothaarigen Mädchen fernzuhalten, das eigentlich mir gehören sollte.

Und plötzlich begriff ich es. Benommen ließ ich mich gegen die Wand sinken. Diese Wut, dieser irrationale Zorn und diese Besitzansprüche ... ich war *eifersüchtig*. Ich war eifersüchtig, weil das Mädchen, das ich beobachten und verführen sollte, nur um ihre wahre Natur ans Licht zu bringen, mit einem anderen tanzte. Sie war inzwischen mehr als eine Zielperson, mehr als eine Mission.

Ich war dabei, mich in sie zu verlieben.

Nein. Jetzt richtete sich meine Wut gegen mich selbst, und ich lehnte frustriert den Kopf gegen die Wand und schloss die Augen. Das durfte nicht sein. Ich war Soldat. Ich durfte nicht zulassen, dass die Sache persönlich wurde. Gefühle hatten bei einer Mission nichts verloren. Sie verkomplizierten alles und verschoben die Prioritäten. Selbst wenn Ember ein Mensch sein sollte, würde ich spurlos aus ihrem Leben verschwinden, würde sämtliche Gefühle, die sie vielleicht für mich hatte, in den Staub treten. Aber wenn sie unsere Zielperson war ...

Gerade als ich die Augen wieder aufriss, sah ich, wie der Fremde ihr etwas in die Hosentasche schob. Mein geschulter Blick erfasste das kurze Aufblitzen eines kleinen Zettels. Plötzlich wurde der Drang aufzuspringen und seinen Kopf durch die Fensterscheibe zu drücken fast übermächtig.

Abrupt stieß ich mich von der Wand ab und floh nach draußen.

Ember

»Garret!«

Hastig schob ich mich durch die Menge und folgte ihm durch Wohnzimmer, Foyer und Eingangstür bis vor das Haus.

»Garret, warte!«

Ein Teil der Party hatte sich nach draußen verlagert. Auf der Eingangstreppe und der langen, mit Sand bestreuten Einfahrt standen und wanderten verschiedene Grüppchen umher und unterhielten sich. Einige Jungs standen an ihrem Pick-up, auf dessen Ladefläche eine offene Kühlbox stand, und tranken aus Flaschen und Dosen. Als ich an ihnen vorbeilief, knurrte mein Drache warnend, aber ich war so darauf konzentriert, die Gestalt vor mir einzuholen, dass ich nicht darauf achtete. Garret wollte gehen, und plötzlich hatte ich eine finstere Ahnung, dass ich ihn nie wiedersehen würde, wenn ich ihn jetzt entwischen ließ.

»Hey! Verdammt, Garret, bleib stehen.«

Endlich drehte er sich um, und für den Bruchteil einer Sekunde sah ich seine gequälte Miene, als könnte er meinen Anblick nicht ertragen. Doch dann schien ruckartig eine Mauer in die Höhe zu schießen, und seine Augen wurden leer und kalt.

Ich wich seinem eisigen Blick nicht aus und drängte das Knurren zurück, das in meiner Kehle aufstieg – mein Drache, der zum Selbstschutz die Zähne fletschte. »Wo willst du hin?«, fragte ich knapp.

»Das spielt keine Rolle.« In Garrets ausdrucksloser Stimme war nichts mehr zu erkennen von dem süßen, verletzlichen Menschen, mit dem ich wenige Minuten zuvor getanzt hatte. Sein unterkühlter Ton ließ mich gleichzeitig zusammenzucken und innerlich aufbegehren. »Es ist vorbei, Ember. Geh wieder rein und vergiss mich. Wir werden uns nicht wiedersehen.«

»*Warum*?« Hin- und hergerissen zwischen Wut und Verzweiflung starrte ich ihn an. »Bloß weil ich mit Riley getanzt habe? Er ist nur ein Freund, Garret, mehr nicht.« Bei dieser aalglatten Lüge fauchte mein Drache, aber ich ignorierte es. »Bist du wirklich dermaßen eifersüchtig?«

»Ja.« Mit dieser Antwort hatte ich nicht gerechnet. »Und ... genau das ist das Problem. Es sollte mir nichts ausmachen. Das sollte mich alles nicht berühren, aber ... das tut es. *Du* berührst mich.« Fast schon vorwurfsvoll kniff er die stahlgrauen Augen zusammen. Trotzdem entdeckte ich den winzigen Riss in der Maske, sah die aufflackernde Unsicherheit, bevor er sich abwandte. »Es ist nicht richtig«, murmelte er fast unhörbar. »Ich kann dir das nicht antun. Weder dir noch mir.«

Hätte ich dieses kurze Aufblitzen von Emotion nicht gesehen, hätte ich wohl nie den Mut aufgebracht. Aber so holte ich tief Luft, trat auf ihn zu und griff nach seiner Hand. Er zuckte zusammen, zog sie aber nicht weg. Sein Blick huschte kurz zu meinem Gesicht.

»Mir macht das auch Angst«, gab ich leise zu. »Wenn ich mit dir zusammen bin, kann ich an nichts anderes denken, und manchmal glaube ich, ich werde wahnsinnig. Und dann weiß ich nicht, ob ich weitermachen oder so schnell wie möglich abhauen soll.«

Er antwortete nicht, aber an seiner Miene erkannte ich, dass es ihm wohl ähnlich ging. »Kurz gesagt: Ja, ich bin am Durchdrehen«, fuhr ich fort. Auf keinen Fall würde ich ihn einfach gehen lassen. »Ich habe keine Ahnung, wie das alles weitergehen wird. Aber Angst allein ist eine ziemlich erbärmliche Ausrede, um etwas nicht zu tun, oder nicht?«

Plötzlich musste ich an Miss Gruselfunktionär denken, an die Organisation und an meinen viel zu schnell dahinschwindenden Sommer. Schon wesentlich entschlossener verkündete ich: »Wenn du behauptest, es wäre vorbei, und zwar nur, weil du schrecklicherweise etwas für mich *empfindest*, dann kann ich dazu leider nur eines sagen: Blödsinn!«

Er blinzelte überrascht, und die Maske bekam noch ein paar Risse. Ich sah ihm in die Augen und trat noch einen Schritt näher. »Wenn du wirklich gehen willst, Garret, werde ich dich nicht aufhalten. Aber eigentlich hätte ich dich für mutiger gehalten. Ich hätte nicht gedacht, dass ein Kerl, der Monsterwellen reitet, Zombies erschießt und hirnlosen Vollidioten die Scheiße aus dem Leib prügelt, sich so sehr davor fürchten könnte, dass jemand genau das an ihm … mag. Und dass er dermaßen eifersüchtig oder ängstlich sein könnte, denn dieser Jemand ist genau hier. Sie steht direkt vor dir.«

Sein Blick verfinsterte sich. »Ember …«

»Na, wen haben wir denn da?«

Als wir uns umdrehten, schlugen meine Dracheninstinkte – auf die ich vorher besser mal gehört hätte – fauchend Alarm und machten sich zum Kampf bereit. Die Jungs, die vorhin an ihrem Pick-up gestanden hatten, waren zu uns gekommen. Als Erstes sah ich Colins schmieriges Gesicht. Hinter ihm entdeckte ich seine Kumpel Drew und Travis, außerdem noch drei weitere ziemlich angetrunken wirkende Verbindungstypen. Bösartig grinsend kamen sie auf uns zu. Sechs Kerle, die auf Ärger aus waren. Mein Drache knurrte, und ich musste mir auf die Wange beißen, um ihn im Zaum zu halten.

»Die kleine Schlampe und ihr Lover«, stellte Colin fest und grinste Garret und mich höhnisch an. »Was für ein Zufall. Ich schulde dir noch was, Miststück. Aber mit dir werde ich mich beschäftigen, wenn wir mit deinem Anhängsel fertig sind.« Damit wandte er sich an Garret, der die Gruppe gelassen musterte. Seine Miene war wieder vollkommen ausdruckslos. Colins Grinsen wurde noch provokanter. »Wo steckt denn dein Freund, du Freak?«, fragte er süßlich. »Nicht hier, um dir den Hintern zu retten? Hoffentlich macht es ihm nichts aus, wenn wir ihn dir zu Brei schlagen.«

»Feigling«, fauchte ich. »Traust dich wohl nicht, es allein mit ihm aufzunehmen, wie? Müssen deine Kumpel dir eigentlich bei allem zur Hand gehen?«

Wütend fuhr er herum. »Hast 'ne ganz schön große Klappe, Miststück. Ich hoffe, die reicht für uns alle.«

»Wenn du meine Schwester auch nur anfasst, bringe ich euch alle um«, schaltete sich eine Stimme hinter ihnen ein.

Colin zuckte heftig zusammen, als Dante sich aus einer der Gruppen ringsum löste und sich mit eiskalter Miene neben mich stellte.»Oh, hey, es gibt zwei von der Sorte«, höhnte Colin.»Für einen Moment dachte ich schon, ich sehe doppelt.«

Verächtlich grinsend marschierte er vorwärts. Dante rührte sich nicht vom Fleck, genau wie Garret, der mich schützend hinter sich schob, wogegen mein Drache fauchend protestierte – er wollte kämpfen.»Warum gehst du nicht einfach, mein Hübscher?«, schlug der massige Mensch meinem Bruder vor, dessen Kiefer sich daraufhin gefährlich anspannte.»Natürlich kannst du auch bleiben, dann prügeln wir dich eben windelweich, ist mir gleich. Bei zwei gegen sechs sieht es ja nicht gerade gut für euch aus, oder?«

»O Mann, hören die denn nie auf zu quatschen?«, ertönte hinter Colin eine weitere Stimme. Als er herumfuhr, stand Riley vor ihm und lächelte träge.»Kann denn niemand eine Schlägerei anfangen, ohne sich in Pose zu schmeißen und mit schlechten Bond-Schurken-Drohungen um sich zu werfen? Ist gar nicht schwer. Komm, ich demonstriere das mal kurz.« Damit landete seine Faust auf Colins Nase.

Schreiend taumelte dieser rückwärts und hob die Hände ans Gesicht, während der Rest seiner Gruppe losstürmte. Ich brachte mich mit einem Sprung in Sicherheit, ballte aber gleichzeitig die Fäuste, als in Kristins Vorgarten eine Massenschlägerei ausbrach. Riley, Garret und Dante verschwanden in einem Wirbel aus Fäusten, Füßen, Ellbogen und Knien. Schreie, gequältes Stöhnen und das Klatschen von Knöcheln auf Fleisch ertönten, hoben sich aber kaum von dem Jubel der umstehenden Menge ab.

Mein Drache brüllte frustriert, weil er nicht dabei sein und ein paar Menschen zerfetzen konnte, aber diesmal wollte ich auch nicht nur danebenstehen und zusehen. Als ein bulliger Verbindungstyp auf Dante losgehen wollte, positionierte ich mich direkt hinter ihm und trat ihn mit voller Wucht in die Wade, sodass sein Bein weggerissen wurde. Während er noch um sein Gleichgewicht kämpfte, verpasste Dante ihm einen Schlag gegen das Kinn und schickte ihn damit zu Boden.

»Aua«, murmelte mein Bruder und schüttelte seine Hand, als hätte ihn etwas gestochen. »Verdammt, das fühlt sich an, als würde man auf einen Betonblock einprügeln.«

Ein kurzer Blick zu Riley und Garret verriet mir, dass sie zwar von miesen Typen mit fliegenden Fäusten umzingelt waren, damit aber keine Probleme zu haben schienen. Riley steckte mit einem dämonischen Grinsen die Angriffe seiner Gegner ein und katapultierte sie mit seiner Antwort wahlweise auf die Motorhauben oder gegen die Seitenscheiben der umstehenden Autos. Neben ihm kämpfte Garret mit fast schon übermenschlicher Geschicklichkeit: Er wirbelte herum, blockte Angriffe ab, tauchte unter der Deckung seiner Gegner hindurch und schlug so schnell zu, dass sie gar nicht merkten, was eigentlich passiert war.

Der Mensch, den Dante niedergeschlagen hatte, stemmte sich mühsam auf die Füße und griff wieder an. Dante trat jedoch einfach einen Schritt zur Seite, woraufhin der betrunkene Kerl mit dem Kopf voran gegen ein Auto lief. Ich grinste breit, aber noch während wir dadurch abgelenkt waren, tauchte Colin wie aus dem Nichts auf und stieß mich beiseite. Im letzten Moment fing ich mich ab und fuhr zu ihm herum, konnte aber nur noch zusehen, wie er ausholte und Dante mit voller Wucht an der Schläfe erwischte. Als mein Bruder zu Boden ging, sah ich rot.

Colin zog den Fuß zurück, um nach Dante zu treten, doch da sprang ich fauchend zwischen die beiden und fletschte drohend die Zähne. Dem Menschen wich das Blut aus dem Gesicht, und er taumelte mit entsetzt aufgerissenem Mund rückwärts. Schon spürte ich die ersten Anzeichen der Verwandlung durch meinen Körper zucken, mein Drache drängte an die Oberfläche und wollte sich auf ihn stürzen.

Etwas packte mein Handgelenk und zerrte an mir, dann stürmte Garret heran und riss Colin von den Füßen. Als ich wütend herumwirbelte, sah ich Riley vor mir. Noch immer zerrte der Drang zur Verwandlung an mir, und fast hätte ich ihn angegriffen.

»Hör auf!«, befahl er. Seine Stimme wirkte wie ein Peitschenhieb. Sie durchdrang die Wut und die aufsteigende Hitze, übertönte das wilde Fauchen meines Drachens und rückte alles wieder ins rechte Licht. Zitternd wich ich zurück. O mein Gott, was hätte ich da fast getan? Riley zog mich hinter sich her, bis wir am äußersten Rand der Auffahrt standen. Erst dann ließ er mich los und musterte mich durchdringend.

»Halt dich raus, Rotschopf.« Gerade wollte ich ihn anfauchen und ihm klarmachen, dass ich verdammt noch mal auf mich selbst aufpassen konnte, als ich Dantes Blick bemerkte. Er war wieder auf den Beinen und rieb sich den

Kopf. Mein Bruder schaute wütend und entsetzt zu uns herüber, aber er fixierte dabei nicht Riley. Sondern mich. Als wüsste er ebenfalls, dass ich kurz davor gewesen war, uns alle zu verraten.

Sirenen heulten durch die Nacht, und sofort zog das entfernte Signal die allgemeine Aufmerksamkeit auf sich. Innerhalb von Sekunden verteilte sich die Menge auf die diversen Fahrzeuge, einige rannten sogar einfach davon. Ich war immer noch angespannt, aber eher vor Wut. Dämliche Cops, ihr Timing war natürlich perfekt.

Riley hob den Kopf und kniff die goldenen Augen zusammen, als sich das Heulen langsam näherte. Dann drehte er sich zu mir um. »Ups, sieht so aus, als wäre das mein Stichwort.« Bevor er sich abwandte, fügte er noch hinzu: »Denk dran, was ich dir gesagt habe, Rotschopf: Wenn du reden willst, weißt du, wo du mich finden kannst.«

Der Einzelgänger zwinkerte mir zu, dann drehte er sich um und verschwand ebenso schnell in der Dunkelheit, wie er aufgetaucht war. Irgendwo zwischen den Autos erwachte dröhnend ein Motorrad zum Leben und schoss davon.

»Ember!« Mit finsterer Miene marschierte mein Zwilling auf mich zu und wedelte mit den Autoschlüsseln. »Wir verschwinden!«, befahl er und zeigte auf unseren Wagen. »Einsteigen, sofort! Wir fahren nach Hause.«

Bei seinem Ton wurde ich sofort wieder wütend. Seit wann glaubte er, mir Befehle geben zu können? Er war nicht mein Ausbilder. Und auf das Gespräch während der Heimfahrt freute ich mich auch nicht gerade. Er hatte gesehen, wie ich mit Riley geredet hatte, und würde jetzt wahrscheinlich wissen wollen, woher ich den Einzelgänger kannte. Aber das würde ich ihm bestimmt nicht verraten, vor allem jetzt nicht.

Das Sirenengeheul wurde lauter. Ein Großteil der Partygäste war verschwunden oder fuhr gerade vom Gelände. Automatisch schaute ich mich nach Garret um, der ein paar Meter weiter ganz allein in der Dunkelheit stand. Seine grauen Augen fixierten mich. Doch er kam nicht her, weder um mich zu verteidigen, noch um mir eine Mitfahrgelegenheit anzubieten, und so war ich plötzlich nicht nur wütend, verwirrt und enttäuscht, sondern auch verletzt.

»Wisst ihr was?« Rückwärts gehend entfernte ich mich von Dante und Garret. Auf der Straße blitzten die ersten roten und blauen Lichter auf, als ich meine Entscheidung fällte. »Ihr könnt mich mal, alle beide! Ich brauche das nicht. Ich finde auch allein nach Hause.«

»Ember!«, schrie Dante, aber ich wandte mich ab und rannte los, um das Haus herum Richtung Strand, wo die Dunkelheit mich verschluckte. Bloß weg von ihnen allen.

Am Strand wurde ich nach etwa hundert Metern langsamer, ging am Wasser entlang und trat frustriert auf den Sand ein. Die sanften Wellen murmelten leise, als sie ans Ufer rollten, und zogen sich dann zischend ins Meer zurück. Über mir leuchtete der volle Mond und verwandelte alles in ein Fantasiegebilde in Silber und Schwarz. Noch immer hörte ich die Sirenen der Streifenwagen, wahrscheinlich hatten sie die Party inzwischen erreicht und machten ihr ein Ende. Hoffentlich waren alle rechtzeitig rausgekommen. Aber warum machte ich mir eigentlich

Sorgen? Okay, ich hatte ein schlechtes Gewissen, weil ich vor Dante davongelaufen war – der jetzt bestimmt alle zehn Minuten auf meinem Handy anrufen würde –, aber er kannte mich gut genug, um zu wissen, dass ich problemlos nach Hause kommen würde. Seinetwegen machte ich mir keine Sorgen. Ihm lag wenigstens etwas an mir. Die anderen Jungs hingegen konnten meinetwegen auch von der Klippe springen.

Ich seufzte schwer. Riley, Dante, Garret – drei unmögliche Typen, die mir aus den unterschiedlichsten Gründen das Leben schwer machten. Dante, indem er manchmal ein paranoider Arsch war, der behauptete, ich könne ihm trauen, aber dann allem zustimmte, was Talon ihm vorbetete. Der perfekte Vorzeigeschüler, der sich immer blind an die Regeln hielt und von mir dasselbe erwartete. Dann Riley, der Einzelgänger, der mich dazu ermutigte, exakt das Gegenteil zu tun. Der ganz offen gegen Talons Gesetze rebellierte und mich mit seinem geheimen Wissen lockte, genau wie mit der Freiheit, die er verkörperte. Der meinen inneren Drachen reizte und sich unmöglich ignorieren ließ.

Und Garret. Ein Mensch. Mehr musste man dazu nicht sagen.

Wieder seufzte ich und legte den Kopf in den Nacken. Noch immer spürte ich die Hitze auf meiner Haut, entweder von der Wut oder vom Adrenalinschub oder beidem, und mein Drache fauchte und wand sich unruhig wie eine Flamme. Ich musste mich beruhigen. Hätte ich doch nur mein Surfbrett dabei gehabt! Wenn man über den Ozean glitt und sich von seinen kalten, dunklen Tiefen einlullen ließ, hatte die Anspannung keine Chance. Das Meer war einfach faszinierend. Ich war immer wieder erstaunt, dass es im einen Moment so ruhig und friedlich sein konnte, nur um einem im nächsten Augenblick mit der Kraft und der Wildheit eines Wirbelsturms zu begegnen.

Eine Welle kroch auf den Sand und hinterließ eine Schaumkrone auf meinen Zehen. Ich zog mein Handy aus der Tasche, entfernte mich ein Stück von der Wasserlinie und legte das Gerät zusammen mit dem Zettel mit Rileys Nummer in den Sand. Als die nächste Welle heranglitt, folgte ich ihr und watete ins Meer hinaus.

Ich blieb erst stehen, als das Wasser mir bis zum Bauch ging, und spürte der Kälte nach, die durch meine Haut drang. Ganz langsam löschte sie die Flammen, die in meinem Inneren flackerten. Mit geschlossenen Augen schlang ich die Arme um den Bauch und ließ mir von der salzigen Brise die Wangen kühlen. Ich sollte wohl besser nach Hause gehen. Dante hatte das Auto, mir blieben also nur Taxi, Bus oder Fußmarsch. Und wie immer die verlockende Option zu fliegen. Aber ich hatte meinem Bruder versprochen, dass ich unsere Zeit hier nicht gefährden würde, und momentan schien es keine gute Idee zu sein, das Schicksal herauszufordern. Mit einem weiteren Seufzer fand ich mich damit ab, auf rein menschlichem Weg nach Hause zurückzukehren.

»Ember?«

Als ich die ruhige, leise Stimme hörte, machte mein Herz einen Sprung. Langsam drehte ich mich um. Garret stand am Ufer und beobachtete mich. Der Wind zerrte an seinem Shirt. Bei seinem Anblick erfassten mich Glücksgefühle und Sehnsucht: Er war mir gefolgt! Schnell unterdrückte ich diesen Anflug – Garret war nicht an mir interessiert. Das hatte er heute Abend mehr als deutlich gezeigt.

»Was willst du, Garret?«, rief ich ihm zu, ohne mich von der Stelle zu rühren. Eine kleine Welle glitt kühl über meine Haut und brachte den Geruch von Salz, Gischt und Meer mit sich. Über die dunkle Wasserfläche hinweg sah ich Garret an und verschränkte die Arme vor der Brust.

»Solltest du jetzt nicht auf dem Heimweg sein? Die Cops haben die Party inzwischen wahrscheinlich schon aufgelöst.«

»Ich will mit dir reden.« Er trat einen Schritt vor, blieb aber knapp vor der Wasserlinie stehen. »Ich möchte diese Sache zwischen uns nicht so stehen lassen.«

»Dann rede.«

Ich konnte das Mondlicht in seinen Quecksilberaugen sehen, als er leicht die Stirn runzelte. »Vielleicht könntest du dazu zurück an Land kommen?«, schlug er vor und deutete mit dem Kinn auf den trockenen Sand. »Dann müssten wir einander nicht anbrüllen.«

»Ich finde es wundervoll hier draußen, danke.« Trotzig reckte ich das Kinn. Ja, ich wollte jetzt patzig sein. Garret seufzte schwer.

»Also schön«, sagte er … und marschierte in Jeans und T-Shirt ins Meer hinein. Überrascht ließ ich die Arme sinken. Und dann stand er vor mir, die Wellen umspielten seinen Bauch und ließen das Shirt an seiner Brust kleben. Als er sich vorbeugte, spürte ich die Wärme seines Körpers.

»Es tut mir leid«, sagte er so leise, dass seine Stimme fast im Rauschen der Wellen unterging. »Das heute Abend. Einfach alles. Ich schätze, ich …«

»… bin durchgedreht und habe mich in einen besitzergreifenden Vollidioten verwandelt?«

»Ja.« Seine Mundwinkel zuckten. »Also, dafür möchte ich mich entschuldigen. Mein Geist war wohl leicht umnachtet. Aber …« Er holte tief Luft. »Ich denke, jetzt sehe ich die Dinge etwas klarer. Und ich würde es gerne noch einmal probieren. Falls du mir eine Chance gibst.«

Ringsum schaukelten die Wellen, über uns strahlte der Mond verräterisch hell und überzog den Strand und Garrets Haare mit einem silbernen Glanz. In der Ferne schimmerten Lichter, Sirenen heulten, aber plötzlich schien es nur noch uns zwei zu geben, uns und den einsamen Strand, meilenweit weg von allem. »Das würde ich auch gern«, flüsterte ich.

Seine Schultern entspannten sich, als wäre eine schwere Last von ihnen genommen worden. »Dann ist also alles okay zwischen uns?«

»Ja.«

»Gut.« Er schob sich näher an mich heran und ließ seine Hände über meine Arme gleiten. Mein gesamter Körper begann zu kribbeln. »Ich wollte nur sicher sein, bevor ich das hier tue.«

Und dann küsste er mich.

Diesmal hatte ich keine Angst. Diesmal schloss ich die Augen, schmiegte mich an ihn und erwiderte den Kuss. Seine Arme schlossen sich um meine Taille, ich drückte mich noch fester an ihn. Talon war vergessen. Vergessen die Tatsache, dass ich ein Drache war und diese verrückten, intensiven Gefühle gar nicht kennen sollte, die uns beide nun erfassten. Mir war egal, dass Menschen angeblich eine niedere Spezies und wir in der Nahrungskette über ihnen angesiedelt waren, wie meine Ausbilderin immer wieder betonte. Nichts davon war mehr wichtig. Denn in diesem einen Moment, mit Garrets kühlen Lippen auf meinen und fest in seine Arme geschmiegt, war ich weder Mensch noch Drache.

Ich war einfach nur ich selbst.

Zweiter Teil

SIE SIND NICHT DAS,
WAS DU GLAUBST.

»Wir haben ein Problem.«

Nicht gerade das, was man hören will, wenn man von einer Party zurückkehrt, die sich in jeder Hinsicht als totaler Reinfall entpuppt hat. Okay, diese Menschenschnösel herumzuschubsen hatte Spaß gemacht, auch wenn es keine echte Herausforderung gewesen war, genauso wenig wie diesen Menschenjungen ein wenig nervös zu machen. Aber das spielte alles keine Rolle. Schließlich war ich nicht auf diese Party gegangen, um Menschen zu verprügeln oder rotznasige Sterbliche zu erschrecken, die von nichts eine Ahnung hatten. Ich war *ihretwegen* dort gewesen.

»Riley?« Wes kam in die Küche, während ich gerade die Motorradschlüssel und meine Brieftasche auf den Tresen warf. Ich sah ihn müde an. Der schlaksige Junge wirkte zerzaust: Sein Shirt war verknittert und seine braunen Haare ungekämmt, was vollkommen normal war bei ihm. Sein englischer Akzent zerrte heute Abend etwas an meinen Nerven. »Hast du gehört? Wir haben ein Problem, Kumpel.«

»Hoffentlich ist es wichtig«, knurrte ich und ging an ihm vorbei in das großzügig geschnittene Wohnzimmer. Verdammt, war ich müde. Es war eine lange Nacht gewesen. Hinter den riesigen Fenstern schimmerte der Mond. Er hing tief über dem Ozean und lockte mich nach draußen – und sei es nur, um von Wes wegzukommen. Von der Veranda aus hätte ich einen großartigen Ausblick über die weißen Klippen, den Himmel und die gut zwanzig Meter unter mir tosende Brandung. Das Haus war auf halber Höhe in die Hügel gebaut worden, und die große, offene Veranda bildete einen guten Ausgangspunkt für die Touren, bei denen ich nicht das Motorrad benutzen wollte. Gar nicht schlecht für ein Haus, das uns nicht gehörte. Die eigentlichen Besitzer waren den Sommer über in Europa und hatten einen Haussitter für ihr großes, leeres Anwesen gesucht. Unser Glück. Durch eine kleine Onlinemogelei hatte Wes dafür gesorgt, dass sie ihn engagierten: einen verantwortungsbewussten, verheirateten Buchhalter mittleren Alters ohne Kinder oder Haustiere, der auf der Suche nach einem Sommerhaus war. Niemand würde je die Wahrheit erfahren. Oder zumindest würde niemand herumschnüffeln und sich fragen, warum zwei Typen im Collegealter in einem Millionendollaranwesen am Strand residierten.

Wes folgte mir ins Wohnzimmer. »Wir haben wieder ein Nest verloren«, erklärte er mir ernst.

Mein Frust bekam neue Nahrung. Mit zusammengekniffenen Augen fuhr ich zu ihm herum. »Welches?«

»Austin.« Hilflos hob der Mensch eine Hand. »Ihr Signal ist heute Nachmittag erloschen, und es antwortet niemand. Ich konnte absolut keinen Kontakt herstellen.«

»Verdammt!« Ich wirbelte herum und fegte eine teure Vase von einem der Beistelltische, sodass ein paar tausend

Dollar als Scherbenhaufen auf dem Boden landeten. Wes zuckte zusammen. Als die Hitze meine Lunge verbrannte, atmete ich tief durch, um mich nicht auf der Stelle zu verwandeln und irgendetwas in Flammen aufgehen zu lassen. »Ich war doch gerade erst da!«, fauchte ich. »Den ganzen letzten Monat habe ich damit zugebracht, dieses Versteck einzurichten. Verdammt! Was ist da los, zum Teufel?«

Der irritierte Blick, den Wes mir sonst immer zuwarf, blieb aus, was mir zeigte, wie erschüttert er war. »Ich weiß es nicht, Kumpel, aber was auch immer es war, ist jetzt weg«, behauptete er. Ich fuhr mir mit beiden Händen durch die Haare und versuchte, einen klaren Gedanken zu fassen. Austin – in diesem Versteck war nur ein Drache gewesen, ein Nestling, den ich letztes Jahr erst rausgeholt hatte. Er hatte darauf vertraut, dass ich ihn beschützte. Ich hatte ihm versprochen, dass ihm nichts geschehen würde.

Verdammte Scheiße.

»Wir sollten unsere Zelte abbrechen«, fügte Wes hinzu. »Und wir müssen die anderen Nester darüber informieren, dass wir aufgeflogen sind. Wenn wir heute Nacht noch abhauen ...«

Ich ließ die Arme sinken. »Nein«, unterbrach ich ihn leise, woraufhin er mich erstaunt ansah. Wut und Entschlossenheit nahmen mich in einen kalten Klammergriff. Das Nest in Austin war vielleicht verloren, aber das bedeutete nur, dass ich hier erfolgreich sein musste. »Nicht ohne das Mädchen«, bestimmte ich und drehte mich um. »Ich bin ganz nah dran, Wes. Sie ist kurz davor, das spüre ich. Gib mir noch ein oder zwei Wochen, dann hat sie Talon so über, dass sie mich anflehen wird, sie mitzunehmen.«

»Okay.« Wes verschränkte die Arme vor der Brust und zog skeptisch eine Augenbraue hoch. »So wie damals, als du geschworen hast, du bräuchtest höchstens noch eine Woche, bis dieser Owen sich uns anschließen würde? Und was hat er gemacht? Wir mussten einen Monat in Chile hocken, nur weil er uns bei Talon verpfiffen hat.«

»Ja, aber sieh es doch positiv: Du bist endlich mal richtig braun geworden.« Er starrte mich böse an, aber ich musste trotzdem grinsen: Damals waren wir von einem Dschungeldorf ins nächste gezogen, immer auf der Flucht, und seine Haut war dabei nur röter und röter geworden. Wes hegte keine besondere Zuneigung zu Mutter Natur, und dieses Gefühl beruhte auf Gegenseitigkeit. »Es war riskant«, gab ich schließlich zu, »aber das wussten wir doch. Diesmal ist es anders.«

»Und warum genau?«

»Weil ich es sage.«

Wes seufzte schwer. »Sagt dir der Begriff Überlebensinstinkt irgendetwas? Der uns am Leben hält und uns sagt, wann wir besser verschwinden sollten, weil die verdammten Georgskrieger oder Talon uns auf den Fersen sind? Bei dir ist der ziemlich verkümmert.«

Immer noch grinsend ging ich in mein Zimmer. So schnell würden wir nicht fliehen. Ich warf meine Jacke auf einen Sessel, ließ mich auf das mit Satin bezogene Kingsizebett fallen und widmete mich diesem neuen Problem.

Verdammt. Ich drückte die Handballen auf die Augen und versuchte, meinen Frust und meine Wut in den Griff zu bekommen. Wieder ein Nest weg. Damit hatte ich in zwei Monaten zwei Nester verloren. Sie hatten sich einfach in Luft aufgelöst. Als das Erste vom Radar verschwunden war, hatte ich alles stehen und liegen gelassen, war nach Phoenix runtergefahren und hatte nach den beiden Nestlingen gesucht, die ich dort zurückgelassen hatte. Und nach Antworten. Nichts. Das Haus, das ich Monate zuvor für die beiden eingerichtet hatte, war leer und verlassen gewesen wie ein Ei nach dem Schlüpfen. Niemand konnte mir sagen, was mit dem Haus und seinen Bewohnern passiert war. Über Nacht waren sie einfach … verschwunden. Auf der langen Heimfahrt hatte ich ständig an sie gedacht, hatte Wut und Reue in mich hineingefressen. Als sie Talon verlassen hatten, hatte ich ihnen versprochen, sie zu beschützen, hatte geschworen, dass sie bei mir in Sicherheit wären, doch ich hatte versagt. Wo waren sie jetzt? Was war mit ihnen passiert? Zwei Möglichkeiten fielen mir ein, und ich konnte nur hoffen, dass Talon die Ausreißer aufgestöbert und zurück in die Herde gescheucht hatte. Die Kids, die ich aus der Organisation rauslocken konnte, waren oft junge, gutgläubige und unerfahrene Nestlinge. Falls Talon unser Nest entdeckt hatte, waren sie wahrscheinlich zum Zwecke der »Umschulung« einkassiert worden. Und auch wenn der Gedanke, sie wieder an die Organisation verloren zu haben, mir gar nicht gefiel, wären sie dann wenigstens noch am Leben. Denn die Alternative, der zweite Grund, warum ein Nest mit seinen Bewohnern spurlos verschwinden konnte, war viel, viel schlimmer.

Die Alternative war der Heilige Georg.

Ich schloss die Augen und ließ die Arme schwer auf die Matratze fallen. Wes hatte ja recht, wenn er ausflippte. Bei ihm war dazu zwar nicht viel nötig, aber hierzubleiben, wenn *irgendetwas* sich immer weiter an uns heranschlich, war wirklich keine gute Idee. Wir hatten nur so lange überlebt, weil wir ständig in Bewegung blieben und immer wussten, wann wir abhauen mussten, weil es zu gefährlich wurde. Einmal hatten wir schon von hier abziehen müssen. Soweit ich wusste, war Talon noch immer auf der Suche nach uns. Und je länger wir blieben, desto gefährlicher wurde es für uns beide. Aber ich konnte nicht ohne sie gehen.

Eines musste ich Wes lassen: Er war zwar ein pessimistischer Miesepeter, der genug Red Bull trank, um damit einen Zeppelin zu betanken, aber einen ehemaligen Spitzenhacker von Talon auf seiner Seite zu haben war schon extrem praktisch. Er war es, der die Nestlinge von Talon aufspürte und herausfand, wann und wo sie eingeschleust werden sollten, sodass uns normalerweise jede Menge Zeit blieb, um uns einzurichten und auf ihre Ankunft vorzubereiten. Nur aus diesem Grund waren wir überhaupt nach Crescent Beach gekommen – weil Wes herausgefunden hatte, dass Talon wieder einmal einen nigelnagelneuen Drachen auf die Welt loslassen wollte. Einen Nestling mit dem Namen Ember Hill.

Eigentlich hatte ich mit dem Üblichen gerechnet: Einem naiven jungen Drachen, der ganz heiß war auf ein bisschen Freiheit, unruhig, naiv und leicht zu beeinflussen. Leichte Beute eben. Verschaffte ihnen ein mysteriöser Fremder einen kleinen Vorgeschmack auf echte Freiheit, waren viele von ihnen nur zu gern bereit, mit Sack und Pack über Bord zu springen. Natürlich bestand das Leben eines Einzelgängers nicht nur aus Glanz und Gloria, aber das Wichtigste war erst mal, sie da rauszuholen. Technische Details wie sichere Verstecke kamen später.

Womit ich nicht gerechnet hatte, war ein willensstarker Wildfang, der mich herausforderte, seinen Kopf durchsetzen wollte und überhaupt keine Angst vor mir hatte ... oder vor sonst irgendetwas. Der sich nicht nur einem älteren, erfahreneren Drachen widersetzte, sondern auch Talon, seinen Betreuern und sogar dem eigenen Bruder – einem Zwilling, *höchst* interessant –, und das nur, um zu bekommen, was er wollte. Seit unserer ersten Begegnung und unserem ersten Gespräch wusste ich einfach, dass ich Ember nicht der Organisation überlassen konnte. Sie hatte etwas an sich, das mich umso entschlossener machte, sie aus Talons Fängen zu befreien. Vielleicht erinnerte sie mich einfach an mich selbst in diesem Alter: ein feuriger, wacher Geist, dem von Talon noch nicht jedes bisschen Unabhängigkeit und Freidenkertum ausgetrieben worden war. Ich hatte mich natürlich davon erholt, aber ich wusste auch, was die Organisation mit ihren Nestlingen machte. Und ich war mir absolut sicher, dass ich das bei ihr nicht zulassen würde.

Zumindest redete ich mir das ein. Und dass es nichts damit zu tun hatte, wie mein innerer Drache auf sie reagierte, der jedes Mal fast aus meiner Haut fuhr, wenn das Mädchen irgendwo auftauchte. Noch nie war der Drang, meine wahre Gestalt anzunehmen, so stark gewesen wie heute Abend, und so wie Ember mich beim Tanzen angesehen hatte, war es ihr ähnlich ergangen. Obwohl ich es zu unser beider Wohl sorgfältig vor ihr verborgen hatte. Ember war um Jahrzehnte jünger als ich, völlig unerfahren und so *menschlich*, dass es fast wehtat. Typisches Beispiel dafür war, dass sie sich fast von einem Menschen hatte küssen lassen.

Die heiße Wut, die in meiner Kehle brannte, bekam eine neue Note. Knurrend dachte ich an den Rotzlöffel, der mit ihr getanzt hatte. Menschliche Teenager waren normalerweise ziemlich nutzlos: großspurig und unreif und immer der Meinung, sie hätten den absoluten Durchblick. Leicht zu manipulieren, doch ansonsten zu nichts zu gebrauchen. Aber dieser Junge ... An ihm war irgendetwas anders, auch wenn ich nicht genau sagen konnte, was es war. Vielleicht sprach da aber auch nur die Abneigung aus mir, das Bedürfnis, meinen kleinen Rotschopf vor der Ödnis menschlicher Emotionen zu bewahren. Oder der plötzliche, völlig irrationale Drang, ihm den Kopf abzubeißen.

Ich stöhnte frustriert. Wenn ich die Sache *so* anging, konnte nichts Gutes dabei herauskommen. Ich durfte mich nicht ablenken lassen, musste mich nur auf das eigentliche Ziel konzentrieren. Ember stand wirklich kurz vor einem Sinneswandel. Mein kleiner Hitzkopf würde sich bestimmt nicht einfach zurücklehnen und sich von Talon herumkommandieren lassen. Sie würde anfangen, die Organisation zu hinterfragen, falls sie das nicht sowieso schon tat, und wenn sie von ihnen keine Antworten bekam, würde sie zu mir kommen. Und dann würde ich ihr zeigen, wie Talon wirklich war.

»Riley?« Wes streckte den Kopf ins Zimmer. »Das Nest in Austin, Kumpel. Was sollen wir damit machen?«

Seufzend setzte ich mich auf. »Behalte das Versteck weiter im Auge, aber versuche nicht, sie noch einmal zu kontaktieren«, wies ich ihn an. »Falls das, was für den Ausfall gesorgt hat, sich noch da draußen herumtreibt, wollen wir es nicht mit der Nase auf uns stoßen. Wenn ich Ember davon überzeugt habe, sich uns anzuschließen, werde ich selbst nach Austin fahren und sehen, was da los ist. Bis dahin halten wir die Füße still.«

»Und was ist, wenn Talon oder der Georgsorden plötzlich vor der Tür stehen?«

»Tja, *ich* nehme dann den Hinterausgang. Keine Ahnung, was du machen sollst.«

»Ist ja echt herzerwärmend, wie du dich um mich sorgst.«

Ich versetzte der Tür einen Tritt, damit sie zufiel. Wes würde wahrscheinlich den Rest der Nacht aufbleiben, auf seinen Laptop starren und unfassbare Mengen Red Bull in sich hineinschütten. Ich war müde, mies gelaunt und besorgt über die Neuigkeiten bezüglich meiner Verstecke. Nervige menschliche Mitbewohner hin oder her, ich brauchte Schlaf.

Und sehr bald schon würde ich einem gewissen rothaarigen Nestling das wahre Gesicht von Talon zeigen und ihn davon überzeugen, dass er zu uns gehörte.

Zu mir.

Ember

Es war zwei Uhr morgens, als ich nach Hause kam. Garret ließ mich kommentarlos an der Ecke raus, und ich schlich erst die Straße hinunter und dann durch den Vorgarten, bis ich vor der Haustür stand. Erleichtert stellte ich fest, dass alle Fenster dunkel waren. Trotzdem schlug mir das Herz bis zum Hals, als ich aufschloss und möglichst geräuschlos das Haus betrat. Fast rechnete ich damit, dass plötzlich das Licht angehen und zwei wütende Betreuer vor mir stehen würden – oder, noch schlimmer, Miss Gruselfunktionär persönlich.

Als nichts passierte und alles dunkel blieb, entspannte ich mich etwas. Vielleicht hatte Dante sich ja doch für mich eingesetzt. Schnell huschte ich die Treppe hinauf und in mein Zimmer, wo ich mit einem erleichterten Seufzer die Tür hinter mir schloss.

»Wo warst du?«

Ich musste mir auf die Zunge beißen, um nicht laut aufzuschreien. »Verdammt, Dante!«, flüsterte ich und tastete nach dem Lichtschalter. Er lehnte an der gegenüberliegenden Wand, hatte die Arme vor der Brust verschränkt und musterte mich kalt. »Hör auf damit! Das ist nicht mehr lustig.«

326

»Siehst du mich vielleicht lachen?« Mein Zwilling verengte die Augen zu grünen Schlitzen. Ich spürte ein ungutes Ziehen im Bauch. »Wo warst du?«, fragte er wieder. »Warum bist du einfach so abgehauen? Ich musste den Betreuern eine fette Lüge auftischen und behaupten, du würdest bei Lexi übernachten und hättest wohl nur vergessen, es ihnen zu sagen. Was hast du getrieben?«

»Gar nichts«, knurrte ich trotzig. Ich fühlte mich in die Enge getrieben. »Das geht dich nichts an, Dante. Was interessiert es dich überhaupt?«

»Natürlich interessiert es mich, wenn du dafür sorgst, dass Talon dich zurückholt!«, fauchte Dante. »Und wenn du ständig gegen die Regeln verstößt, ohne über die Konsequenzen nachzudenken. Und es interessiert mich ganz besonders, dass auf dieser Party ein Einzelgänger aufgetaucht ist, mit dem du sehr vertraut zu sein scheinst.« Vorwurfsvoll, aber auch ein wenig verletzt starrte er mich an. »Du wusstest, dass er sich noch hier herumtreibt, stimmt's? Du hast es gewusst und hast es mir nicht gesagt.«

»Warum sollte ich? Damit du ihn noch mal bei Talon verpfeifen kannst?«

Dante blinzelte schockiert, aber ich verzog nur abfällig den Mund. »Ja, ich weiß, dass du es warst. Wie kannst du von mir absolute Offenheit erwarten, wenn du selbst Geheimnisse vor mir hast, Dante? Du hättest das nicht tun müssen. Riley tut keiner Fliege etwas zuleide.«

»*Riley*? Du kennst seinen Namen?«

Schuldbewusst zuckte ich zusammen. Vollkommen fassungslos starrte Dante mich an, dann schüttelte er den Kopf. »Verdammt, Ember, du kapierst es einfach nicht, oder? Einzelgänger sind gefährlich. Sie haben alles in den Wind geschlagen, wofür Talon steht, und sie werden versuchen, dich ebenfalls so weit zu treiben. Wenn du dich weiter mit diesem Einzelgänger einlässt, könnte Talon dich als Komplizen ansehen, und dann werden sie euch beiden die Vipern auf den Hals hetzen. Willst du das?«

Als er die Vipern erwähnte, lief mir ein kalter Schauer über den Rücken. Dante merkte, wie ich zögerte, stieß sich von der Wand ab und baute sich dicht vor mir auf.

»Ich weiß ja, dass du nur neugierig bist«, fuhr er leise fort, »aber du spielst mit dem Feuer, Schwesterlein. Wenn du so weitermachst, könnte Talon dich als Verräter brandmarken. Dann nehmen die Vipern dich mir für immer weg, und ich will dich nicht verlieren, nicht so. Versprich mir, dass du nicht mehr mit ihm reden wirst. Bitte.«

Langsam schaute ich zu ihm hoch. »Wenn ich das tue, versprichst *du* mir dann, Talon nichts zu sagen?«

Er richtete sich steif auf und trat einen Schritt zurück. »Es ist unsere Pflicht, die Organisation über sämtliche möglichen Gefahren zu informieren«, erwiderte er. »Einzelgänger setzen das Überleben unserer gesamten Rasse aufs Spiel. Die Regeln sind eindeutig. Ich muss es ihnen sagen.«

»Schön.« Trotzig schob ich das Kinn vor. »Dann lauf doch zu Talon und petze. Aber damit lieferst du eventuell auch deine eigene Schwester ans Messer. Bleibt zu hoffen, dass du damit klarkommst. Wenn die Vipern mich holen, ist das deine Schuld.«

Frustriert fuhr er sich mit beiden Händen durch die Haare, eine sehr menschliche Geste. »Bitte, Ember«, stöhnte

er. »Sei doch nicht so. Ich versuche doch nur, dich zu beschützen.«

»Du musst mich nicht beschützen«, gab ich zurück.
»Aber ich brauche dich auf meiner Seite, nur dieses eine
Mal.« Als er protestieren wollte, öffnete ich die Zimmertür, um ihm zu signalisieren, dass er gehen sollte. »Entscheide dich, Dante: Talon oder ich? Die Organisation
oder dein eigen Fleisch und Blut?«

Er starrte mich so ausdruckslos an, als würde er mich
gar nicht wiedererkennen. Dann verließ er ohne einen
Blick zurück mein Zimmer. Ich schluckte schwer gegen den
Kloß in meiner Kehle an, dann schaltete ich das Licht aus
und ließ die Tür hinter meinem Zwilling zufallen.

Garret

Ich war gerade dabei, meine Glock zu reinigen, als Tristan nach Hause kam.

»Das ist nie ein gutes Zeichen«, stellte er fest, während er die beiden vollen Einkaufstüten auf dem Küchentresen abstellte. Ich antwortete nicht. Mit geschlossenen Augen setzte ich die Waffe wieder zusammen, genoss das beruhigende Gefühl, wie der Stahl durch meine Finger glitt: Schlitten, Lauf, Feder, Verschlussgehäuse. Schließlich ließ ich mit einem satten Klicken das Magazin einrasten, öffnete die Augen und bemerkte, dass Tristan mich aufmerksam beobachtete.

Fragend zog er eine Augenbraue hoch. »Beschäftigt dich was, Partner?«

»Nein.« Nachdem ich die Pistole auf dem Couchtisch abgelegt hatte, lehnte ich mich kurz zurück und wollte sie dann wieder auseinandernehmen. Irgendwie musste ich diese seltsame Rastlosigkeit ja in den Griff bekommen, damit mein Kopf wieder klarer wurde. Seit ich Ember vor zwei Tagen am Strand das erste Mal geküsst hatte, konnte ich an nichts anderes mehr denken. Ich konnte mich nicht auf meine Arbeit konzentrieren, das Training machte keinen Spaß mehr, und selbst vollkommen selbstverständliche

Aufgaben waren plötzlich einfach nur langweilig. Bei dieser Mission tappte ich halb blind im Nebel herum, und ich musste meinen Verstand unbedingt wieder auf Kurs bringen. Wobei es allerdings wenig hilfreich war, dass der kommende Abend wie eine drohende Gewitterwolke über allem hing und meine Nerven immer weiter reizte, sodass ich gar nicht mehr zur Ruhe kam.

Heute Abend würde ich sie wiedersehen. Ich würde sie ganz traditionell ausführen, auch wenn mir das mehr als seltsam vorkam. Nachdem Tristan nicht aufgehört hatte zu nerven, hatte ich sie am Vorabend angerufen und um ein Date gebeten, und sie hatte sofort zugesagt. Allerdings verlangte sie, dass ich sie an der Smoothie Hut aufsammelte.

»Kann ich machen«, hatte ich stirnrunzelnd geantwortet. Zugang zum Haus der Hills zu bekommen hatte bei uns zwar mit die höchste Priorität, aber Ember hatte schon seit unserer ersten Begegnung versucht, mich von der Villa fernzuhalten. »Aber wäre es nicht besser, wenn ich dich zu Hause abhole?«

»Äh … schon«, stammelte sie, und da spürte ich, dass sie mir etwas verschwieg. »Aber … na ja, es ist wegen meinem Bruder. Wir sind Zwillinge, und er übertreibt es gerne mit dem Beschützerinstinkt. Und das ist noch vorsichtig ausgedrückt. Als ich nach der Party nach Hause kam, war er stinksauer. Wenn du bei uns auftauchst, wird er bestimmt total neurotisch und fängt an, dir peinliche Fragen zu stellen. Und auf so etwas habe ich momentan wirklich gar keine Lust.« Sie klang abwehrend, aber auch ein wenig traurig. »Ich werde ihm von uns erzählen, aber erst wenn er sich wieder etwas beruhigt hat. Bis dahin ist es einfacher, wenn er nichts davon erfährt.«

Kopfschüttelnd fing Tristan nun an, die Lebensmittel auszupacken. »Es ist schon fast vier, Garret. Hast du heute Abend nicht ein *Date*?«

»Habe ich nicht vergessen.« Eigentlich war das seit dem Moment, in dem ich heute Morgen aufgewacht war, mein einziger Gedanke. Tristan musste mich nicht daran erinnern, wie spät es war. Ich war mir jeder langsam dahinschleichenden Minute schmerzlich bewusst. »Ich gehe gleich.«

»Ach ja, hier.« Er trat hinter dem Tresen hervor und warf mir etwas zu. Ich fing es auf und legte es in meine Handfläche: klein, schwarz, rechteckig, aus Metall und Plastik. Ganz unschuldig lag das Ding in meiner Hand. Verwirrt blinzelte ich Tristan an. »Eine Wanze?«

»Schieb sie in ihr Handy, falls sich eine Gelegenheit ergibt«, erklärte er gelassen, während er weiter seine Einkäufe verstaute. »Eigentlich müsste sie problemlos hinter den Akku passen. Wenn das erledigt ist, wissen wir in ein paar Tagen mit Bestimmtheit, ob sie unser Schläfer ist oder nicht.«

Mit einem seltsamen Gefühl im Bauch starrte ich noch einen Moment lang auf die Wanze, dann steckte ich sie in meine Hosentasche. *Das hier ist eine Mission*, rief ich mir ins Gedächtnis, stand auf und schob die Glock zurück ins Holster. Die würde ich heute Abend ganz sicher nicht mitnehmen. *Nichts Persönliches.*

»Apropos …« Tristan griff nach einer Tüte Doritos und grinste breit. »Ich bin neugierig: Was habt ihr zwei Verrückten denn vor?«

»Kino, schätze ich. Macht man das nicht normalerweise so?«

»Schon«, bestätigte Tristan nickend, »zumindest, wenn du es langweilig und einfallslos magst. Und wenn ihr zwei Stunden lang auf eine Leinwand starrt, wirst du wohl kaum viel aus ihr rauskriegen.«

Ich spürte, wie ich plötzlich wütend wurde, was total untypisch für mich war. »Und was würdest du dann vorschlagen, Guru der ersten Dates?«

Tristan lachte. »Wow, du bist ja *echt* nervös. Entspann dich, Partner, das ist doch gar kein richtiges Date. Und außerdem ...« Grinsend schob er die Schranktür zu und drehte sich zu mir um. Er hatte eindeutig zu viel Spaß daran, mich leiden zu sehen. »Außerdem kenne ich den perfekten Ort für euch.«

Ember

Die Soldaten hatten mich umzingelt.

An diesem Morgen war ich schon zwei Mal abgeschossen worden. Rote Spritzer überzogen meine Schuppen, und die Farbe floss mir immer wieder ins Auge, sodass mein drittes Lid ständig hochglitt, um es zu schützen. Es wurde immer schwieriger, diese verschlagenen Mistkerle in eine Falle zu locken. Inzwischen kannten sie meine Angriffsstrategie und waren auf plötzliche Attacken von oben vorbereitet. Trotzdem hatte ich einige von ihnen ausschalten können, bevor mich der Tod durch Paintball ereilte. Mittlerweile trugen die Soldaten einen roten Stofffetzen am Bauch, und wenn ich den abriss, galt das als erfolgreiche »Tötung«. Im Laufe der Zeit hatte ich eine recht gute Trefferquote erreicht. Meiner Meinung nach schlug ich mich gar nicht schlecht für jemanden, der sich an Menschen mit schweren Waffen heranschleichen musste. Trotzdem war es für *sie* nie gut genug.

Hoch konzentriert glitt ich durch das Labyrinth, als ich plötzlich ein leises Ächzen hörte. Sofort erstarrte ich. Das Geräusch drang durch einen der Kistenstapel, also sprang ich schnell darauf, um nicht entdeckt zu werden, natürlich inklusive lautloser Landung. Vorsichtig spähte ich über die Kante und blinzelte überrascht.

Mitten im Gang lag ein Soldat mit dem Gesicht nach unten auf dem Boden, die Waffe neben sich. Ich beobachtete ihn, immer sprungbereit, falls er sich plötzlich bewegen sollte. Vielleicht war er gestolpert, oder er machte ein kleines Nickerchen, keine Ahnung. Doch er stand nicht auf, obwohl seine Beine schwach zuckten und er leise stöhnte. Irgendetwas war da faul.

Nachdem ich geräuschlos neben ihm gelandet war, schaute ich mich suchend nach seinen Teamkameraden um. Es schien niemand da zu sein. Wahrscheinlich waren sie in einer anderen Ecke des Labyrinths auf der Suche nach mir. Der Mann vor mir stöhnte wieder und versuchte vergeblich aufzustehen. Kraftlos sackte er in sich zusammen. Offenbar war er verletzt, und hier war niemand außer mir, der ihm helfen konnte.

»Hey.« Langsam trottete ich auf ihn zu. Am liebsten hätte ich jetzt meine menschliche Gestalt angenommen, um nicht ganz so nach ...»Ziel« auszusehen, aber wie immer war ich bei dieser Übung nackt.»Ist alles okay? Sind Sie verletzt?«

Wieder ein Ächzen, und ich ging noch näher ran.»Können Sie laufen?«, fragte ich drängend.»Soll ich Miss Grusel...«

Schnell wie eine Schlange rollte er sich auf den Rücken, richtete die Waffe auf mich und schoss mir direkt in die Brust.

Verdammt! Ich zuckte zurück, wich aber nicht aus, denn das wäre zwecklos gewesen. Wenig überraschend kam nun der Rest der Einheit aus verborgenen Winkeln und Ecken hervor und nahm mich ebenfalls unter Beschuss. *Verdammt, verdammt, verdammt, ich bin da voll reingetappt. Dazu wird sie mir bestimmt einen endlosen Vortrag halten.*

Mit geschlossenen Augen kauerte ich mich zusammen, bis der Farbsturm endlich aufhörte, dann wartete ich darauf, dass meine Ausbilderin auftauchen würde.

Wie immer dauerte es nicht lange. Kopfschüttelnd trat Miss Gruselfunktionär aus einem der Gänge. In ihren Augen funkelte der reinste Abscheu. Knurrend fletschte ich die Zähne, woraufhin die Soldaten sich ihre Waffen schnappten und wieder verschwanden, natürlich mit ihrem angeblich so hilflosen Kameraden.

»Ich weiß«, grollte ich, bevor sie etwas sagen konnte. »Erbärmlich. Sie müssen es mir nicht erklären, ich weiß schon, was ich falsch gemacht habe.«

Ihr Blick schien mich zu durchbohren. »Wenn du es weißt«, fragte sie leise und vollkommen humorlos, »warum hast du es dann getan?«

»Ich … ich dachte, er wäre verletzt! Also, ernsthaft verletzt. Er ist kein Soldat des Heiligen Georg. Falls er wirklich verletzt gewesen wäre, hätte ich ihm helfen müssen.«

»Und genau *das*«, erwiderte meine Ausbilderin mit eiskalter Stimme und zeigte mit ihrem rot lackierten Fingernagel auf mich, »war dein Fehler. Wen interessiert schon, ob er verletzt ist? Er war immer noch dein Feind, und dein Wunsch, ihm zu helfen, war vollkommen deplatziert.« Mit einem angewiderten Blick fuhr sie fort: »Was hättest du stattdessen tun sollen, Nestling?«

Ich drängte das Knurren zurück, das in meiner Kehle aufstieg. »Ihn töten.«

»Und zwar ohne jede Gnade«, präzisierte meine Trainerin. »Ohne zu zögern. Wenn du jemals wieder in eine derartige Situation gerätst, erwarte ich von dir, dass du dich richtig verhältst. Denn falls du das nicht tust, bekommst du vielleicht nie wieder die Chance dazu.«

Als ich nach Hause kam, lag Dante auf der Couch und schaute sich einen Actionfilm an. Er wirkte vollkommen entspannt: Kopf auf der Armlehne, ein Bein hing herunter, und auf seinem Bauch stand eine Limodose. Ich nahm es kopfschüttelnd zur Kenntnis, während ich Richtung Dusche ging. Wenn Dante heimkam, sah er nie so aus, als wäre über ihm eine Kuh explodiert.

Als er kurz aufblickte, hielt ich den Atem an. Seit jener Partynacht waren wir wie auf Eierschalen umeinander herumgeschlichen. Wie Dante nun einmal war, verlor er kein weiteres Wort über unseren Zusammenstoß und tat einfach so, als wäre alles in Ordnung. Aber ich wusste es besser. Zwischen uns war gar nichts in Ordnung, doch ich hatte keine Ahnung, wie ich das beheben sollte.

»Wow«, ächzte er, als ich kurz in der Tür stehen blieb. Mir war heiß, ich fühlte mich klebrig, und meine Stimmung war auf dem Nullpunkt. »Hast du heute in dem Zeug gebadet?«

»Halt die Klappe.« Meine Antwort kam fast schon automatisch, und durch die vertraute Leichtigkeit milderte sich die Spannung zwischen uns etwas, als ich mich zur Treppe umdrehte. »Warum bist du überhaupt zu Hause?«, fragte ich betont gleichgültig. »Warst du heute nicht eigentlich mit Calvin und Tyler verabredet?«

»Wir treffen uns in einer Stunde an der Hut.« Dante trank einen Schluck aus seiner Dose. »Tyler hat ganz in der Nähe eine neue Stelle entdeckt, an der man gut klettern kann, also fahren wir mal hin und sehen sie uns an.« Er warf mir einen schnellen Blick zu und grinste schief. »Wenn du willst, kannst du dich uns gerne anschließen. Den Jungs macht das nichts aus, und ich bin mir ziemlich sicher, dass du mithalten kannst.«

Damit machte er mir ein Friedensangebot, und an jedem anderen Tag hätte ich gerne zugesagt. Dante und seine Freunde bei einem Wettklettern zu schlagen wäre genau der richtige Weg, um die dicke Luft zwischen uns zu vertreiben. Doch heute hatte ich andere Pläne. Pläne, die meinen Adrenalinspiegel auf eine Art in die Höhe schießen ließen, wie es nicht einmal Surfen, Tanzen oder Klettern schafften. Heute Abend würde ich mich mit Garret treffen.

»Nein, danke«, sagte ich deshalb. »Ich trete dir ein andermal in den Arsch.«

Achselzuckend wandte er sich wieder dem Fernseher zu. Ich ging zur Treppe, zögerte dann aber auf der untersten Stufe und schaute zu ihm, bis er aufblickte und fragend die Augenbrauen hochzog.

»Ja?«

»Dante …« Sollte ich das Schicksal wirklich herausfordern, noch dazu jetzt, wo unser Verhältnis noch so unsicher war? Trotzdem fuhr ich fort: »Hast du dich eigentlich jemals gefragt … was sie mit unserer Ausbildung bezwecken?«

»Wie meinst du das?«

Meine Hoffnung stieg. Wenigstens kanzelte er mich

338

nicht einfach nur ab oder tat so, als hätte er etwas in seinem Zimmer vergessen, um abhauen zu können. Ich hob die farbverklebten Arme. »Na ja, sieh mich doch an«, begann ich. »Offenbar bringen sie uns nicht dasselbe Zeug bei. Ich werde ständig von bewaffneten Irren abgeknallt, während du irgendwo in einem hübschen Zimmer sitzt und in Teezeremonien eingeführt wirst.«

»Noch nicht«, erwiderte Dante grinsend, damit ich wusste, dass es ein Scherz war. »Teezeremonie ist erst nächsten Monat dran.«

»Warum ist unser Training so unterschiedlich?«, beharrte ich, ohne auf seinen Kommentar einzugehen. »Ich sage dir, was ich glaube: Ich denke, die wollen uns trennen. Du kommst an irgendeine nette Uni für einflussreiche, wohlhabende Studenten, und ich … mich schicken sie auf eine Militärakademie oder so.«

»Du übertreibst.« Dante setzte beide Füße auf den Boden, stützte die Arme auf die Knie und sah mich durchdringend an. »Sie werden uns nicht voneinander trennen.«

»Woher willst du das wissen?«

»Weil mein Ausbilder es mir gesagt hat.«

»Ja, klar, wie schön für dich«, fauchte ich. Warum war ich plötzlich so wütend? Dante runzelte irritiert die Stirn, aber auf einmal brachen der unterdrückte Zorn und der Frust des heutigen Morgens – nein, eigentlich von jeder Trainingseinheit mit Miss Gruselfunktionär – aus mir hervor: »Meine Ausbilderin sagt mir überhaupt nichts. Sie betont nur ständig, wie erbärmlich ich bin, dass ich nie ein anständiger Drache sein werde, dass ich die reinste Zeitverschwendung bin und dass Talon sich die Mühe hätte sparen können, mich auszubrüten. Ich hasse das alles: Ich hasse sie, ich hasse Talon, und ich hasse diesen ganzen bescheuerten …«

»Ember, das reicht!«

Scharf und kehlig hallte Dantes Stimme durch den Raum. Überrascht verstummte ich und starrte ihn an. »Auf deine Ausbilderin kannst du gerne wütend sein«, fuhr er bestimmt fort, »ebenso wie auf mich. Aber wenn du anfängst so zu reden, klingt das fast so, als wolltest du zum Einzelgänger werden.«

»Na und?«, schoss ich zurück. »Vielleicht will ich das ja. Wer soll es ihnen verraten? Du vielleicht?«

Wütend kniff er die Augen zusammen, antwortete aber nicht. Wortlos erhob er sich von der Couch, ging in sein Zimmer und zog die Tür hinter sich zu – ein eindeutiges Signal, dass er nicht mehr mit mir reden wollte. Niedergeschlagen ging ich unter die Dusche, lief anschließend zum Strand hinunter und wanderte am Wasser entlang. Ich kam mir richtig verlassen vor.

Die blauen Flecken vom Training taten genauso weh wie die kalte Zurückweisung meines Zwillings. Eigentlich hatte sich nichts zwischen uns geändert. Die Sonne wärmte meine Haut, und vom Meer wehte eine sanfte Brise, die den Geruch der salzigen Wellen mitbrachte, die ich so liebte. Normalerweise hätte beides mir Trost gespendet, aber heute nicht. Am Abend würde ich mich mit Garret treffen, was immer noch ein erwartungsvolles, nervöses Kribbeln in mir auslöste, aber über Drachenprobleme konnte ich mit ihm eben nicht reden. Und Dante kam auch nicht infrage, zumindest heute nicht. Vielleicht sogar nie wieder.

Wenn du reden willst, Rotschopf, dann bin ich für dich da.

Ich holte mein Handy aus der Hosentasche und starrte auf das Display. Nachdem ich noch ein wenig mit mir gerungen und mich gefragt hatte, ob Talon vielleicht auch mein Telefon überwachte, verfasste ich eine möglichst vage Nachricht:

Können wir reden?

Ich tippte auf Senden und wartete. Die Sonne brannte mir auf den Schädel und spiegelte sich im Handydisplay, sodass ich angestrengt die Augen zusammenkneifen und es mit den Händen abschirmen musste. Fast augenblicklich kam eine Antwort.

Wann?

Ich schluckte. *Sofort*, schrieb ich zurück. *Treffen wir uns am Pier?*

Wieder dauerte es nur wenige Herzschläge, bis seine Nachricht auf dem Display auftauchte.

Bin unterwegs.

Riley

Perfekt. Nachdem ich die letzte Nachricht geschickt hatte, ließ ich das Handy sinken und lächelte versonnen. *Tauchen schon die ersten Zweifel auf, was, Rotschopf? Hat ja nicht lange gedauert.*

»Ich muss noch mal weg«, verkündete ich und holte Schlüssel und Jacke, die auf dem Tresen lagen. »Ich treffe mich am Pier mit Ember, vielleicht bringe ich also einen Gast mit. Falls es so kommt, verlassen wir morgen früh die Stadt. Bereite dich also auf einen schnellen Aufbruch vor.« Stirnrunzelnd spähte ich zu dem einzigen anderen Anwesenden hinüber. »Hey, ebenfalls von Talon Gesuchter: Wiederhole, was ich gerade gesagt habe, damit ich weiß, dass du es gehört hast.«

Wes hockte mit seinem Laptop am Wohnzimmertisch und schaute nicht einmal hoch, als ich in der Eingangshalle stehen blieb. »Triffst blöden Nestling, bereitmachen zum Aufbruch, alles schon hundert Mal gemacht, bla, bla, bla«, erwiderte er, während seine Augen weiter am Bildschirm klebten. »Viel Spaß mit deinem Nestling. Oh, und falls du auf dem Heimweg nicht zufällig von den Georgskriegern hochgenommen wirst, bring neues Red Bull mit.«

»Oh-oh«, kommentierte ich, als ich Ember auf der hölzernen Reling entdeckte und sie zu mir hochschaute. »Diesen Blick kenne ich.«

Sie runzelte nur die Stirn. Der kräftige Wind, der vom Meer kam, zerrte an ihren Haaren. Auf der breiten grauen Mole, die weit ins Meer hineinragte, war eine Menge los: Mütter mit Kinderwagen, verschwitzte Jogger, Händchen haltende Pärchen und Angler, die ihre Leinen von hier oben auswarfen. Sie alle wuselten um uns herum, nicht ahnend, dass hier gerade zwei Drachen an der Brüstung standen. Eine Frau mit einem winzigen weißen Hündchen ging an uns vorbei; der Köter hörte auf, alles anzupinkeln, und begann stattdessen, mich hysterisch anzukläffen. Schließlich zerrte seine Besitzerin ihn mit sich fort. Ich grinste. Was für ein lautes Portiönchen. Ein Bissen, und er wäre weg.

»Welchen Blick?«, fragte Ember, als die Frau mit dem kläffenden Appetithappen weg war. Offenbar hatte sie mich die ganze Zeit angestarrt, während ich durch das Schoßhündchen abgelenkt gewesen war. Ich verkniff mir ein Grinsen. »Den Ich-hasse-meinen-Ausbilder-und-wünschte-er-wäre-tot-Blick«, erwiderte ich. Als sie mich fassungslos anstarrte, musste ich schmunzeln. »Wie gesagt, ich war eine Zeit lang bei Talon unterwegs. Und von jetzt an wird es nicht einfacher, glaub mir.«

»Na toll«, murmelte sie finster. »Genau das wollte ich hören.«

An ihrer Schulter entdeckte ich einen roten Farbspritzer, der aussah wie getrocknetes Blut. Nein, für Blut war es zu hell. Erinnerungen stiegen in mir auf, und ich zuckte mitfühlend zusammen. »Oh, Rotschopf.« Seufzend berührte ich den roten Fleck. »Soldaten mit Paintballkanonen, stimmt's? Schöne Scheiße.«

Ruckartig straffte sie die Schultern und riss die Augen auf. »Du auch?«

»Jepp.« Ich stellte mich neben sie, lehnte mich mit dem Rücken an das Geländer und stützte die Ellbogen auf. In Embers grünen Augen brannte so etwas wie Ehrfurcht, als sie mich von der Seite musterte. »Aber bei mir waren es am Anfang Gummigeschosse, bei denen man ja eigentlich denkt, die könnten nicht wehtun. Verdammt, das brennt wie Hölle, wenn die einen treffen. Als irgendeinem armen Kerl ein Auge ausgeschossen wurde, haben sie dann die Paintballs eingeführt.« Ich schüttelte den Kopf und warf ihr einen kläglichen Blick zu. »Du kannst froh sein, dass du erst nach Einführung des neuen Regimes geschlüpft bist. Jetzt ist es nur noch fast unerträglich.«

Naserümpfend blickte sie auf das Meer hinaus. »Und was passiert danach?«, fragte sie schließlich und ließ einen Fuß gegen das Geländer schwingen. »Wenn die Ausbildung vorbei ist? Was haben sie mit mir vor, wenn ich fertig bin?«

»Das weiß ich nicht, Rotschopf.« Ich zog mich ebenfalls auf das Geländer hoch und setzte mich neben sie. »Das hängt wohl davon ab, wo du hinkommen sollst. In der Organisation hat jeder Drache seinen Platz, und bei dieser ersten Ausbildungseinheit geht es darum herauszufinden, ob du dich auf dem Gebiet, in dem sie dich haben wollen, hervortust. Sie haben dich, seit du geschlüpft bist, ständig beobachtet, um entscheiden zu können, wo du hineinpasst.

Wenn du diesen Abschnitt bestehst, werden sie dir verkünden, in welche Abteilung du gesteckt wirst, und anschließend beginnt deine eigentliche Ausbildung.«Ich schnaubte abfällig.»Was du tatsächlich werden wirst, teilen sie dir natürlich erst mit, wenn sie dich für bereithalten.«

»Was warst du?«, wollte Ember wissen.

Ich sah sie an, und als sie meinen Blick erwiderte, rührte sich mein innerer Drache.»Ich war ein Basilisk«, antwortete ich. Da sie nur die Stirn runzelte, kannte sie diese Abteilung offenbar nicht.»Im Grunde nichts anderes als ein Spion«, erklärte ich weiter.»Eine der wichtigsten Einheiten von Talon im Krieg gegen den Heiligen Georg.«

»Ich wusste gar nicht, dass wir einen Krieg führen.«

»Mit dem Orden des Heiligen Georg sind wir permanent im Krieg, Rotschopf.« Bei dem Gedanken an jene blutigen, finsteren, schrecklichen Jahre im Dienst der Organisation überlief mich ein kalter Schauer.»Stimmt schon, ein Großteil von Talon, also die Chamäleons, die Warane und der Rat des Großen Wyrm, merken kaum etwas vom Krieg. Sie verkriechen sich in den Tiefen der menschlichen Gesellschaft und setzen sich nur mit den Soldaten des Heiligen Georg auseinander, wenn es sich gar nicht vermeiden lässt. Sie sind viel zu wichtig für die Organisation, als dass man ihre Entdeckung riskieren könnte. Aber Talon verfügt über Eliteeinheiten, die manchmal gegen die Georgskrieger ins Feld geschickt werden. Nie als geballte Kraft, nie in großen Schlachten. Dazu sind wir zu wenige, und die Menschen würden uns ausrotten, wenn das je publik würde. Von denen gibt es einfach viel zu viele.«

Ember lauschte gebannt, jetzt kümmerte es sie nicht einmal mehr, dass wir hier von Menschen umgeben waren. »Stattdessen hat Talon einige speziell ausgebildete Agenten, die sie losschicken, damit sie bei jeder sich bietenden Gelegenheit zuschlagen, normalerweise im Verborgenen. Ich war einer von ihnen. Jemand, der Informationen über den Orden sammelt, sich in seine Stützpunkte einschleicht und Daten stiehlt oder die Ausrüstung manipuliert, aufdeckt, welche ihrer Agenten zu Verrätern wurden, eben alles tut, um Talons Feinden zu schaden.«

»Klingt gefährlich.«

»Das war es auch.« Mit einem breiten Grinsen fügte ich hinzu: »Ich weiß nicht mehr, wie oft ich dem Heiligen Georg nur mit knapper Not entkommen bin – mir ein paar Kugeln eingefangen habe, im letzten Moment aus einem Hinterhalt entwischt oder einem Scharfschützen entgangen bin, solche Sachen eben. Es waren lustige Zeiten.«

»Hast du dich deshalb von Talon losgesagt?«

Diese Frage kam überraschend, und ich wurde schlagartig ernst. Ember kam eben immer gleich auf den Punkt. »Nein.« Wieder stiegen Erinnerungen auf, aber ich vertrieb sie mit einem Kopfschütteln. »Der Georgsorden war nicht der Grund, warum ich abgehauen bin. Das war Talon selbst.«

Sie fixierte mich konzentriert, wie ein Habicht, der seine Beute erfasst. »Wie das?«

Mein Puls beschleunigte sich, und mein Mund war plötzlich wie ausgetrocknet. Das war sie, die perfekte Gelegenheit. Eine bessere Chance würde ich nicht bekommen. »Weil, Rotschopf …«

Das Handy in meiner Jacke begann zu klingeln.

»Verdammt.« Ich rutschte von dem Geländer, zog das Telefon aus der Tasche und sah aufs Display. Natürlich war es Wes; abgesehen von Ember war er der Einzige, der diese Nummer kannte. »Warte kurz.« Seufzend trat ich ein paar Schritte beiseite. »Ich gehe da nur schnell ran, bin gleich zurück.«

»Wes?«, fragte ich knapp, als ich das Telefon ans Ohr hob. »Wenn du nicht gerade knietief im Schlund eines Drachen steckst, gnade dir Gott, denn dann verpasse ich dir den Arschtritt deines Lebens.«

»Wo steckst du, verdammt?« Bei Wes' aggressivem Tonfall zog sich mein Magen ruckartig zusammen. »Komm sofort hierher. Wir haben ein neues Problem!«

Ich schaute kurz zu Ember hinüber, schirmte dann das Telefon etwas ab und fragte mit gedämpfter Stimme: »Was für ein Problem?«

»Eins mit Schuppen und Klauen, das direkt vor unserer Haustür sitzt!«

»Scheiße.« Frustriert fuhr ich mir mit einer Hand durch die Haare. Echt mieses Timing. Aber diese Art von Problem konnte man nicht ignorieren. »Ich bin gleich da«, beendete ich das Gespräch und ging zu Ember zurück.

Sie hüpfte vom Geländer und musterte mich besorgt. »Probleme daheim?«

Verdammt, ich war so nah dran. »Ja«, knurrte ich. Am liebsten hätte ich jemanden getreten. »Ich muss weg. Aber wir sind noch nicht fertig, ja?« Ich legte ihr eine Hand auf den Arm. In meinem Inneren flammte Hitze auf und schoss durch meine Adern, sodass ich fast zurückgeschreckt wäre. Genauso hatten meine Dracheninstinkte auch auf der

347

Party reagiert, bevor sie brüllend zum Leben erwacht waren. »Ich will immer noch mit dir reden«, versicherte ich Ember, deren Wangen sich ebenfalls gerötet hatten. Offenbar empfand sie ähnlich. »Ich habe noch mehr Informationen über Talon, und ich glaube, du möchtest sie hören. Versprich mir, dass du dich noch einmal mit mir triffst.«

Ohne mit der Wimper zu zucken sah sie mich an. »Wann?«

»Bald.« Das war mehr ein Versprechen an mich selbst als an Ember, eine Versicherung, dass dieses Problem, auch wenn es dringend war, mich nicht lange von ihr fernhalten würde. Ich drückte ihren Arm, trat ein paar Schritte zurück und rang mir ein Lächeln ab. »Keine Sorge, Rotschopf, ich bleibe in der Gegend. Wir sehen uns bald wieder.«

Ember

Ich sah zu, wie Riley zu seinem Motorrad lief, sich auf den Sitz schwang und die Straße hinunterraste. Ein Teil von mir wünschte sich, mit ihm zu gehen, sehnte sich danach, sich zu verwandeln und hinter dem Einzelgänger herzufliegen, mochten die Konsequenzen auch noch so apokalyptisch sein. Meine Haut kribbelte an der Stelle, an der er mich berührt hatte, und mein Drache tanzte förmlich durch meine Adern. Er wollte Riley. Nicht auf die Art, wie ich Garret vermisste oder ständig an ihn denken musste. Das hier war ... ursprünglicher? Instinkt? Ein wirklich treffender Begriff fiel mir nicht ein, aber eines war sicher: Mein Drache wollte Riley, verzehrte sich förmlich nach ihm. Und das ließ sich auf Dauer nicht ignorieren.

Nein, eigentlich stimmte das so nicht. Mein Drache wollte *Cobalt*. Was vollkommen lächerlich schien, immerhin waren Riley und Cobalt ein und dieselbe Person. Der Typ mit dem schiefen Grinsen, den zerzausten schwarzen Haaren und den fast goldfarbenen Augen war dasselbe Wesen wie der stolze blaue Drache, der in jener Nacht mit mir über den Wellen geschwebt war. Ich verstand gar nichts mehr – konnte nicht begreifen, wie meine Instinkte, die früher nahtlos mit mir verbunden gewesen waren, sich plötzlich so fremd anfühlen konnten. Fast so als bestünde ich aus zwei unterschiedlichen Wesen: Drache und Mensch.

Ich gab mir einen Ruck und lief den Pier hinunter Richtung Strand. Innerer Aufruhr hin oder her, jetzt wusste ich zumindest etwas mehr über Talon. Allerdings war nichts davon wirklich *schlimm*. Noch nicht. Nicht einmal der Krieg gegen den Georgsorden war eine echte Überraschung. Die Drachentöter wollten uns ausrotten. Warum sollten wir uns da nicht wehren und zurückschlagen?

Schockierend fand ich das nicht, doch es bestätigte etwas, das ich schon lange vermutet hatte: Talon bildete mich aus, damit ich ein Teil dieses Krieges wurde. Soldaten, Waffen, taktische Manöver, Gnadenlosigkeit gegenüber meiner Beute – ich würde sicher nicht nur mit hochrangigen Diplomaten am Tisch sitzen. Nein, ich war dazu bestimmt, einer ihrer Eliteagenten zu werden, vielleicht ein Basilisk wie Riley, der den ewigen Kampf gegen den Heiligen Georg fortsetzte.

Als ich das Ende des Holzstegs erreichte, drehte ich mich noch einmal um und blickte aufs Meer hinaus. Obwohl mich eine warme Brise streifte, zitterte ich. Dann war das hier also tatsächlich mein letztes großes Abenteuer. Talon hatte mein Leben bereits komplett verplant, hatte festgelegt, wohin ich gehen und was ich sein würde. Ich war unsicher, ob ich das schaffen konnte? Egal. Ich hasste meine Ausbilderin und alles, was ich für sie tun musste und was sie aus mir machen wollte? Egal. Beschlüsse von Talon waren Gesetz; bei der Planung meiner eigenen Zukunft hatte ich nicht das Geringste zu sagen.

Das Handy in meiner Tasche vibrierte. Ich holte es hervor, aktivierte es und entdeckte eine neue SMS.

Das mit heute Abend geht klar? Um fünf an der Smoothie Hut?

Garret. Sofort hob sich meine Laune etwas, und ich musste lächeln. Scheiß auf Talon. Wen interessierten schon deren Krieg, deren Ausbilder oder deren Pläne? Dieser Sommer gehörte weiterhin mir allein. Noch hatten sie mich nicht total vereinnahmt.

Unbedingt, schrieb ich zurück. *Wir sehen uns!*

Garret

Dieses eine Mal wartete Ember sogar schon am Treffpunkt auf mich.

Ich entdeckte das rothaarige Mädchen, das mit gekreuzten Beinen und einem Styroporbecher in der Hand auf dem Parkplatz am Bordstein hockte, auf den ersten Blick. Tief in Gedanken versunken kaute sie auf ihrem Strohhalm herum, doch als ich den Jeep in die Lücke neben ihr lenkte, sprang sie lächelnd auf.

»Hi, Garret!«, rief sie, während ich mich über den Beifahrersitz lehnte und die Seitentür für sie öffnete. Sie stieg mit einem breiten Grinsen ein, das meine Haut seltsam kribbeln ließ. »Offenbar färbst du auf mich ab – ich bin sogar pünktlich!«

»Habe ich bemerkt.« Einen Moment lang sah ich sie einfach nur an: Statt der üblichen Kombination aus Shorts und T-Shirt trug sie heute eine dunkle Jeans und ein Top, und die Nachmittagssonne ließ ihre Haare und ihre Augen leuchten.

Konzentration, Soldat. Ich riss mich von ihrem Anblick los und legte den Rückwärtsgang ein, um aus der Parklücke zu fahren. Ember lehnte sich zurück und starrte aus dem Fenster; irgendwie wirkte sie beunruhigt. Automatisch musste ich an unser Telefonat denken, als sie mich davor gewarnt hatte, zu ihr nach Hause zu kommen. Was war bei denen nur los? Wenn ich sie dazu brachte, über ihre Familie allgemein und ihren Zwillingsbruder im Besonderen zu sprechen, konnte ich vielleicht etwas Nützliches in Erfahrung bringen. Vielleicht würde ich sogar entdecken, dass sie doch nur ein ganz normaler Teenager war.

»Falls ich dich am Wochenende in Schwierigkeiten gebracht habe, tut es mir leid«, begann ich also, als wir auf die Hauptstraße einbogen. »Ich wollte nicht, dass du Ärger mit deiner Familie bekommst. Wenn du willst, kann ich ja mal mit deinem Bruder reden.«

»Was? O nein, das hatte nichts mit dir zu tun, Garret.« Ember zuckte mit den Schultern und schüttelte dann angewidert den Kopf. »Dante ist einfach ein neurotischer Spinner. Manchmal verliert er die Kontrolle bei dieser überbehütenden Großer-Bruder-Nummer. Und nach dem, was auf der Party passiert ist ...« Ihr Blick verfinsterte sich. »Ich dachte mir eben, er sollte sich erst mal wieder beruhigen, bevor ich ihm von uns erzähle.«

»Dein Bruder und du, ihr steht euch also nahe?«

»Na ja, schon.« Sie drehte sich zu mir und legte den Kopf schief. »Immerhin sind wir Zwillinge. Früher haben wir alles gemeinsam gemacht.«

»Aber jetzt nicht mehr.«

»Nein.« Mit einem schweren Seufzer starrte sie auf ihre Hände, die verschränkt in ihrem Schoß lagen. »Er ... hat sich verändert. Irgendwie entfernt er sich immer weiter von mir, und ich habe keine Ahnung, warum das so ist. Ich wünschte mir, er würde mit mir reden, so wie früher.«

Eigentlich musste ich jetzt weiterfragen und so viel wie möglich über diesen Zwillingsbruder herausfinden. Aber das Thema schien Ember zu belasten, und ich merkte, dass ich es nicht ertragen konnte, sie so unglücklich zu sehen. Als wir an einer roten Ampel hielten, streckte ich, ohne nachzudenken, die Hand aus und strich ihr sanft eine Haarsträhne hinters Ohr.

»Das tut mir leid«, sagte ich, als sie sich überrascht zu mir umdrehte. »Ich habe keine Geschwister, aber Tristan ist so etwas wie ein Bruder für mich. Daher weiß ich, wie … irritierend es sein kann, wenn man nicht mehr auf Augenhöhe ist.« Als sie verwirrt blinzelte, zog ich schnell die Hand zurück. »Versuch einfach immer wieder, mit ihm zu reden. Irgendwann wird er sich schon wieder einkriegen.«

»Ja«, sagte sie leise. Dann sprang die Ampel um, und wir fuhren weiter. »Hoffentlich.« Sie brütete noch einen Moment vor sich hin, während wir auf den Highway bogen. Dann richtete sie sich ruckartig auf und fragte neugierig: »Hey, wo geht die Reise überhaupt hin?«

Grinsend antwortete ich: »Das ist eine Überraschung.«

Ember

»Kino.«

»Nein.«

»Bowling.«

»Nein.«

»Schlittschuhlaufen.«

Er warf mir einen fragenden Blick zu.»In Kalifornien?«

»Das kann man hier bestimmt irgendwo machen. Immerhin gibt es hier auch Eishockeymannschaften und so.«

»Da hast du wohl recht. Und: Nein.«

»Konzert.«

»Nicht mal annähernd.«

Ich schnaubte gereizt.»Ich werde entführt und nach Saudi-Arabien verschleppt, wo man mich zur zweiundvierzigsten Ehefrau des Scheichs von Ramalama machen will.«

Er lachte leise.»Jetzt hast du mich erwischt. Hoffentlich hast du dein Kamelabwehrspray eingepackt.«

»Klugscheißer.« Ich zog die Nase kraus, dann fügte ich hinzu:»Dir ist schon klar, dass ich einen Bruder habe? Ich kann dieses Spiel den ganzen Nachmittag weiterspielen.«

Sein geduldiges Lächeln sollte wohl heißen, dass er sich mit den Guerillataktiken des Geschwisterkampfes ebenfalls auskannte und weder nervende Fragen noch Folter ihm etwas entlocken konnten. »Magst du denn keine Überraschungen?«

»Nein! Ich mag keine Geheimnisse. Mir ist es lieber, wenn alles offen auf dem Tisch liegt.«

Was, wenn ich so darüber nachdachte, ziemlich bizarr klang. Immerhin war mein ganzes Leben eine Lüge. Bei allem, was Talon tat und uns vermittelte, ging es darum, diese Täuschung aufrechtzuerhalten. Ich hatte es so satt! Natürlich wollte ich nicht, dass die Welt von der Existenz der Drachen erfuhr – selbst mir war klar, was das zur Folge haben würde. Trotzdem wäre es schön, wenigstens hin und wieder ich selbst sein zu können. Nicht ständig alle belügen zu müssen. Früher war das mit Dante möglich gewesen, aber anscheinend waren diese Zeiten jetzt auch vorbei.

Über Garrets Gesicht huschte ein Schatten, als hätte mein Geständnis bei ihm ebenfalls einen wunden Punkt berührt. Aber dann bog er von der Straße auf einen überfüllten Parkplatz ein, und ich entdeckte jenseits der Uferpromenade ein Riesenrad und eine gigantische Holzachterbahn. Mir stockte kurz der Atem.

Garret suchte uns eine Parklücke, schaltete den Motor aus und sah mich grinsend an. »Ich dachte mir, das gefällt dir sicher besser als zwei Stunden in irgendeinem Kino zu hocken«, verkündete er. In seiner Stimme schwang vielleicht ein bisschen Triumph und Belustigung mit, aber eigentlich hörte ich ihm nur mit einem Ohr zu. »Wenn du willst, können wir uns natürlich auch einen Film ansehen. Wir müssen nur umkehren und …«

»Bist du irre?« Schnell riss ich die Beifahrertür auf und sprang aus dem Wagen, nur um ihn dann mit einem ungeduldigen Blick abzustrafen.»Wenn du jetzt fahren willst, werde ich deinem Auto höchstpersönlich alle vier Räder abreißen. Komm endlich!« Lachend stieg er aus dem Jeep und folgte mir quer über den Parkplatz. Geschrei, Musik und der verlockende Duft von Zuckerwatte zogen mich an wie Sirenengesang.

Hinter dem Eingangstor blieb ich kurz stehen, um alles in mich aufzusaugen. Das hier war mein allererster Jahrmarktsbesuch, und ich wollte nichts verpassen. Die dichte Menschenmenge, in der erstaunlich viele Leute bunte Stofftiere unter dem Arm trugen, schob sich ohne ein bestimmtes Ziel hin und her. Glocken und Pfeifen schrillten, Dinge drehten sich, funkelten, blitzten und wirbelten so schnell herum, dass es mich fast erschlug.

Das würde einfach herrlich werden!

Garret stellte sich neben mich und streifte meinen Ellbogen.»Und?«, fragte er dicht an meinem Ohr, damit ich ihn trotz der lärmenden Menge verstehen konnte.»Du hast die Wahl. Wohin zuerst?«

Ein hinterhältiges Grinsen breitete sich auf meinem Gesicht aus. Oh, das war einfach.»Komm mit!« Ich griff nach seiner Hand.»Ich weiß genau, wo wir hingehen. Hier entlang.«

»Und denk dran«, ermahnte ich Garret, während die Achterbahn langsam die Schienen hinaufkroch. Aufgeregt starrte ich auf ihren höchsten Punkt.»Wenn es runtergeht, musst du beide Arme hochreißen und schreien. Denn wenn man schreit, macht es mehr Spaß, behauptet zumindest Lexi.«

Garret warf mir einen zweifelnden Blick zu und schlang die Finger nur noch fester um den Haltebügel. »Das glaube ich dir auch so.«

»Wie du meinst.« Als wir den höchsten Punkt erreichten und kurz vor dem Abgrund anhielten, musste ich grinsen. Einen Moment lang konnte ich den ganzen Park unter uns sehen, und es erinnerte mich fast schmerzlich an die Perspektive beim Fliegen. »Dann muss ich wohl für uns beide schreien.«

Die Achterbahn stürzte in die Tiefe, und ich hielt Wort.

Das war sogar fast besser als Fliegen.

Aber nur fast.

Wir fuhren noch drei Mal. Zur letzten Runde drängte Garret, und ich schaffte es sogar, dass er endlich den Bügel losließ. (Schreien wollte er aber immer noch nicht.) Anschließend zogen wir weiter zum Kettenkarussell, der Walzerbahn und dem Autoscooter, wo Garret sich jedem in den Weg stellte, der mich zu rammen versuchte. Als er mit der Breitseite einen Wagen abfing, der direkt auf mich zuhielt, konnte ich kurz sein Gesicht sehen: In seiner Miene spiegelte sich dieselbe stürmische Erregung wie beim Surfen.

Ein sanftes Glühen breitete sich in mir aus, auch wenn ich gerade mit voller Wucht hinten auf seinen Wagen auffuhr – er hatte genauso viel Spaß wie ich.

»Was kommt jetzt?«, fragte er wenig später, nachdem wir fast alle schnellen Fahrgeschäfte ausprobiert und schließlich eine Essenspause eingelegt hatten. In dem Zelt mit den Snacks war es voll und laut, aber zumindest gab es hier Schatten, und vom Meer wehte eine kühlende Brise herüber.»Ich glaube, jetzt bleiben uns nur noch das Riesenrad und die Kinderbahn. Hast du auf eins davon Lust?«

Bevor ich etwas sagen konnte, summte mein Handy. Mit einem entschuldigenden Achselzucken holte ich es aus der Tasche und las stirnrunzelnd den Namen auf dem Display. »Dante«, stellte ich leise fest. Da ich immer noch wütend auf ihn war, drückte ich das Gespräch weg.»Kein Interesse, Big Brother. Verzieh dich.«

Ich legte das Telefon auf meiner Serviette ab und konzentrierte mich wieder auf Garret, der den nächsten Befehl erwartete – oder zumindest eine Entscheidung. Über diverse Hamburgerverpackungen und die kümmerlichen Überreste eines Funnel Cakes hinweg grinste ich ihn an.»Ganz klar Riesenrad. Kinderbahn ... ich weiß nicht. Es wäre dir doch nicht peinlich, mit lauter Vierjährigen in einer riesigen pinken Raupe gesehen zu werden, oder?«

Er zuckte nur mit den Schultern.»Ich bin dabei, wenn du dich traust.«

Das Bild von Garret zwischen Kleinkindern in einer Riesenraupe entlockte mir ein leises Kichern. Schließlich stand ich auf, brachte unseren Müll weg und klopfte mir den Puderzucker von den Fingern.

Plötzlich spürte ich ein kaltes Prickeln im Nacken. Ich erstarrte, während mein Magen Purzelbäume schlug. Wurde ich etwa beobachtet? Wo? Von wem? Versteckte sich Riley irgendwo in der Menge und spionierte mir nach? War er uns vielleicht den ganzen Weg von Crescent Beach hierher gefolgt? Das wäre allerdings ein wenig gruselig. Und es passte nicht zu ihm. Der Einzelgänger war vielleicht arrogant, trotzig und rebellisch, aber wie ein Stalker kam er mir nicht vor.

Aber wer beobachtete mich dann?

Als ich zurückkam, wartete Garret noch immer geduldig darauf, dass ich ihm sagte, worauf ich Lust hatte. Falls ihm auffiel, dass ich plötzlich abgelenkt war, sagte er nichts dazu.

»Merk dir, wo wir stehen geblieben sind«, sagte ich schnell und sah mich nach einer Toilette um. Als ich hinter einem Hot-Dog-Stand eine entdeckte, fügte ich hinzu: »Ich will mir nur kurz die Hände waschen. Bin gleich zurück.«

»Ich warte hier.«

Ich schenkte ihm noch ein Lächeln und folgte dann einer Horde kichernder Menschenmädchen zu den Toiletten. Dabei suchte ich die Menge nach einem vertrauten Gesicht ab. Doch das ungute Gefühl verschwand genauso schnell, wie es gekommen war, und alles war wieder normal.

Garret

Ember ging lächelnd an mir vorbei und ließ ihre Finger dabei kurz über meinen Arm gleiten. Sofort machte mein Herz einen Satz, und mir stockte der Atem, aber da war sie schon in der Menge verschwunden.

Und ihr Handy lag vor mir auf dem Tisch.

Während ich es anstarrte, erlosch das Lächeln auf meinem Gesicht, und mit eisiger Klarheit fiel es mir wieder ein – warum ich hier war, der Grund für dieses Date. Nicht um Achterbahn zu fahren, Schlange zu stehen oder winzige Autos zu rammen. Ich war nicht hier, um Spaß zu haben. Ich war hier, um ein für alle Mal herauszufinden, ob Ember unsere Zielperson war. Die Wanze wartete in meiner Hosentasche, ihr Handy lag in Reichweite. Ich musste nur noch die Abdeckung öffnen, das kleine Gerät hinter den Akku schieben und alles wieder zusammensetzen, bevor sie zurückkam. Das dauerte zehn Sekunden, höchstens fünfzehn.

Langsam streckte ich die Hand aus, bis meine Finger auf der schwarzen Plastikverschalung ruhten. Gerade als ich das Gerät zu mir herüberzog, piepste es: eine neue Nachricht. Nach kurzem Zögern tippte ich das Display an, sodass es zum Leben erwachte. Eine grüne Sprechblase mit der Nachricht in der Mitte blinkte mich an. Vorsichtig drehte ich das Telefon, sodass ich sie lesen konnte.

Hey, Diedeldei, ich will nicht streiten. Ruf mich bald zurück, okay?

Wieder zögerte ich und spielte mit der Wanze in meiner Tasche herum. Mir blieb immer noch jede Menge Zeit, bis Ember zurückkam. Das könnte das Ende unserer Suche bedeuten. Dadurch könnten wir ein Drachennest inklusive Betreuern ausheben. Oder auch nicht. So oder so: Wenn die Wanze erst mal platziert war, gab es keinen zwingenden Grund mehr, Ember jemals wiederzusehen.

Ich schob die Hand in die Tasche und holte das kleine Gerät hervor.

Ember

Als ich mich mühsam zu unserem Tisch durchkämpfte, saß Garret noch immer am selben Fleck. Er hatte das Kinn in die Hand gestützt und musterte die Leute. Sie beobachteten ihn ebenfalls, zumindest fing ich einige anerkennende Blicke von vorbeigehenden Menschenfrauen auf. Gereizt beschleunigte ich meine Schritte, aber falls Garret ihr Interesse überhaupt bemerkte, reagierte er nicht darauf. Er wirkte zwar konzentriert und wachsam, aber nicht so extrem auf der Hut wie damals in der Mall, als er die Menge gescannt hatte, als rechnete er jeden Moment mit einem hinterhältigen Ninjaangriff. Jetzt schien er entspannter zu sein und sich wohler zu fühlen, auch wenn kurz ein Schatten über sein Gesicht huschte, als ich auf ihn zulief. Vielleicht hatte ich es mir aber auch nur eingebildet.

Anscheinend bildete ich mir heute so einiges ein. Es gab keinerlei Hinweise auf einen heimlichen Beobachter in der Menge. Alles schien vollkommen normal zu sein. Obwohl es bei so vielen Menschen auch nicht ganz einfach war, etwas zu entdecken. Doch selbst wenn mich jemand beobachtete, was wollte er in diesem Gedränge schon tun können?

»Fertig?«, fragte ich, als ich zu Garret an den Tisch trat.

Mein Handy lag noch immer auf der Serviette, und ich schob es in meine Hosentasche. Garret lächelte und erhob sich geschmeidig von seinem Stuhl, um seinen leeren Becher wegzuwerfen.

»Bitte nach dir. Wenn du willst, können wir jetzt die Riesenraupe zähmen.«

Als ein Pärchen mit einem riesigen Stoffgorilla unter dem Arm an uns vorbeischlenderte, blieb ich stehen. »Ooh, Planänderung«, verkündete ich abrupt, woraufhin Garret fragend eine Augenbraue hochzog. »Schauen wir uns mal die Spielbuden an.«

»Spielbuden?«

Ich deutete auf die diversen Holzstände rechts und links am Weg. »Lexi meint, das wäre alles Betrug«, erklärte ich ihm, während wir zusahen, wie ein dünner Typ einen Basketball auf einen orangefarbenen Korb warf, der jedoch am Ring abprallte. »Aber wenn man genug Punkte sammelt, gibt es tolle Preise.«

»Tolle Preise?«

»Ja! Schau, der versucht wahrscheinlich, für seine Freundin diesen großen Stoffpinguin zu gewinnen.« Ich zeigte auf den Dünnen, der inzwischen seine Hosentaschen durchsuchte, während eine Dunkelhaarige ihn hoffnungsvoll beobachtete. »Aber offenbar hat er nur drei Schüsse«, fuhr ich mit meiner Erklärung fort, als der Typ dem Mann in der Bude einen Schein gab. »Und für weitere Versuche muss man bezahlen.«

»Ich bezahle also für ein Spiel, bei dem ich nur verlieren kann, um einen Preis zu gewinnen, den ich gar nicht haben will.«

364

»Sieht ganz so aus.« Bei genauerer Betrachtung kam es mir auch wie Betrug vor. Kristin hatte einmal damit angegeben, dass ein Typ über hundert Dollar ausgegeben hätte, nur um für sie einen Riesenpudel zu gewinnen. »Weißt du was«, wandte ich mich wieder an Garret, »vergiss es einfach. Ich will nicht, dass du haufenweise Geld verlierst, nur um irgendwas zu gewinnen. Gehen wir lieber zum Riesenrad.«

Ich wollte schon losmarschieren, aber da legte er mir eine Hand auf den Arm und hielt mich zurück. Überrascht drehte ich mich um und sah das leise, fast schon überhebliche Lächeln in seinem Gesicht. »Wie kommst du darauf, dass ich etwas verlieren könnte?«, fragte er. Ich blinzelte verblüfft. »Das hier gehört doch auch zu unserem Date, oder? Wenn du so ein Stofftier haben willst, besorge ich dir eins.«

Und er hielt Wort. Er verfehlte kein einziges der auf Plastikwellen an uns vorbeischaukelnden Ziele, sogar die winzigen, wirklich hart zu treffenden Frösche kippten um, für die es dreifach Punkte gab. Der Junge in der Bude schien gegen seinen Willen beeindruckt zu sein, als er Garret einen gigantischen rosa Teddybären überreichte, den absoluten Hauptgewinn an diesem Stand. Garret nahm ihn leicht belustigt entgegen, dann drehte er sich um und wollte ihn an mich weiterreichen. Grinsend verschränkte ich die Arme vor der Brust. »Pink steht dir echt gut, Garret. Bist du sicher, dass du ihn nicht behalten willst?«

»Ich habe für dich gespielt«, erwiderte er lächelnd. »Nimm ihn, er gehört dir.«

»Na schön.« Ich nahm ihm das Riesending ab und drückte es an meine Brust. Das Fell des Bären war weich und roch leicht nach Zuckerwatte. »Aber nur, wenn ich auch etwas für dich gewinnen darf.«

»Abgemacht.«

Was mir auch gelang, als ich schließlich mit einem Softball sechs verdächtig standfeste Kegel umwarf und einen winzigen blauen Plüschhund dafür bekam. (Das war nach dem Ringewerfen, dem Körbewerfen und dem Dartspiel, die meiner Meinung nach alle *total* manipuliert waren.) Ich benötigte so viele Versuche dafür, dass ich von dem Geld wahrscheinlich drei von den blöden Dingern hätte kaufen können, aber Garret nahm seinen Preis entgegen, als wäre er aus purem Gold, und als ich sein Lächeln sah, wurde mir innerlich ganz warm vor Glück. Das seltsame Kribbeln im Nacken setzte noch einmal kurz ein, aber ich konnte in dem dichten Gedränge niemanden entdecken, und nachdem ich ein paar Minuten vergeblich gesucht hatte, beschloss ich, mich davon nicht verrückt machen zu lassen. Sollte er ruhig starren, wer auch immer er war. Ich tat schließlich nichts, wofür ich mich schämen musste.

Als die Sonne bereits langsam im Meer versank, setzten wir uns ins Riesenrad und sahen sanft schaukelnd zu, wie die Menschen unter uns immer kleiner wurden. Eine kühle Brise umspielte uns, und der Lärm des Jahrmarkts wurde immer leiser, während die kleine Gondel uns so hoch hinauftrug, dass ich irgendwann glaubte, die feinen Wölkchen über unserem Kopf berühren zu können. Mein Drache streckte unzufrieden seine Flügel; er wollte nicht unter ihnen bleiben, sondern über sie hinweggleiten. Doch so nah war ich dem Himmel seit dem heimlichen Nachtflug mit Cobalt nicht mehr gekommen, und ich wollte hier um keinen Preis weg.

Ich drückte den Teddy an mich und schaute verstohlen zu Garret hinüber. Er starrte angespannt auf den Ozean hinaus und war in Gedanken weit weg.

Kurz entschlossen stupste ich ihn mit der Schulter an, um seine Aufmerksamkeit wieder auf mich zu lenken. »Alles okay mit dir?«, fragte ich leise.

Garret

Nein, ganz und gar nicht.

Heute war mir etwas klar geworden: vielleicht, während ich andere Autoscooter gerammt hatte, um Ember zu beschützen, oder während ich alles dafür gegeben hatte, um diesen Bären für sie zu gewinnen, oder vielleicht auch erst jetzt, wo ich hier neben ihr saß. Ich ... mochte dieses Mädchen. Ich wollte noch mehr Zeit mit ihr verbringen; meine Gedanken kreisten ständig nur um sie, und in diesem Moment wollte ich nichts anderes tun, als mich zu ihr beugen und sie küssen. Was sich natürlich katastrophal auf die Mission auswirken würde, aber ich konnte einfach nicht anders. Irgendwann zwischen unserer ersten Begegnung in dieser Bucht und der Partynacht mit unserem Kuss im Meer war sie mehr für mich geworden als ein potenzielles Ziel. Unerklärlicherweise war sie zum Mittelpunkt meines Lebens geworden.

Und das machte mir Angst.

Meine Finger schlossen sich um die Wanze in meiner Tasche; ich hatte es einfach nicht über mich gebracht, sie in ihrem Handy zu platzieren. Der sichtbare Beweis für mein Versagen bei dieser Mission, die ich viel zu nah an mich herangelassen hatte.

Ember stützte das Kinn auf den Kopf des Bären und
musterte mich fragend. In ihren grünen Augen spiegelte
sich unterschwellige Sorge. »Du grübelst«, stellte sie leise
fest. Ihr vorwurfsvoller Ton ähnelte stark dem von Tristan.
»Worüber denkst du nach?«

Schnell schüttelte ich den Kopf. »Über gar nichts.«

»Lügner.« Offenbar hatte sie das nicht überzeugt, denn
sie richtete sich auf und sah mich durchdringend an.
»Komm schon, Garret. Im einen Moment bist du fröhlich,
und im nächsten ganz ernst und verbissen. Dich beschäftigt doch irgendwas. Also, was ist los?«

Da ich wusste, dass sie nicht lockerlassen würde, bis ich
ihr eine Antwort gab, suchte ich hastig nach einer. »Ich ...
musste nur gerade daran denken, wie schnell dieser Monat
vergeht«, sagte ich schließlich. Als sie verwirrt die Stirn
runzelte, zeigte ich mit einer vagen Geste auf den Jahrmarkt unter uns. »Der Sommer ist bald vorbei. In ein paar
Wochen muss ich nach Hause fahren, zurück nach Chicago, zu meinem Dad. Und dann werden wir uns nicht
mehr sehen können.«

Während ich über den Rand nach unten spähte, stellte
ich überrascht fest, wie sehr mich dieser Gedanke belaste-
te. Das meiste davon war gelogen, aber dass wir uns nicht
wiedersehen würden, war real. Falls sie eine normale Zivi-
listin war, würde ich abreisen, sobald die Mission gelaufen
war, zurück zum Orden und dem ewigen Krieg. Und falls
sie der Schläfer war ...

Krampfhaft schloss ich die Finger um das Geländer und
zwang mich dazu, endlich anzuerkennen, was das bedeutete. Natürlich hatte ich es immer gewusst. Die ganze Zeit

war es in meinem Hinterkopf herumgespukt, ich wollte nur nicht darüber nachdenken. Aber wenn Ember wirklich der Schläfer war … Dann würde ich sie töten müssen. Das war meine Pflicht, nichts anderes erwartete man im Orden von mir: ihr ohne jede Gnade eine Kugel ins Herz zu jagen und zuzusehen, wie sie starb. In menschlicher Gestalt waren Drachen leicht zu töten, dann verfügten sie nicht über einen schützenden Schuppenpanzer oder die dicke Brustplatte, von der alles abprallte außer den größten Kalibern. Konnte man sie aber überraschen, bevor sie die Gelegenheit zur Verwandlung bekamen, hatten sie keine Chance.

Noch vor wenigen Wochen hätte ich keinen Gedanken daran verschwendet: Drachen waren unsere Feinde, sie wollten die Menschen versklaven, und der Orden war das Einzige, was zwischen ihnen und der Weltherrschaft stand. Das wusste ich alles. Und ich glaubte aus tiefstem Herzen daran.

Aber bevor ich Ember begegnet war, hatte ich noch nie an einem Donnerstag in einem vollen Einkaufszentrum Zombies abgeknallt. Ich hatte nie auf einem Surfbrett gestanden und den puren Adrenalinkick gespürt, wenn man auf einer Welle dahinglitt. Und ich hatte noch nie das empfunden, was mit mir geschah, wenn Ember mich küsste – diese brennende Hitze, die mich gleichzeitig elektrisierte und mir eine Heidenangst machte.

Ich stand an einem tiefen Abgrund, und die Erde unter meinen Füßen begann zu bröckeln. Was der Orden mir über die Drachen beigebracht hatte – dass sie tödliche, hinterlistige, berechnende Monster waren, zerfressen vom Hass auf die Menschheit –, das alles passte nicht zu dem wagemutigen, fröhlichen Mädchen, das hier neben mir saß. Und das ließ nur zwei Schlüsse zu: Entweder war Ember ein normaler Mensch, oder der Orden lag falsch. Wobei der zweite Schluss verstörender war als alles, was mir je untergekommen war.

Eine schmale Hand legte sich auf mein Knie und riss mich aus meinen finsteren Gedanken. Als ich mich zu Ember umdrehte, musterte sie mich noch immer und drückte dabei ihren Bären an sich.

»Ich weiß«, sagte sie leise. Es fiel mir schwer, mich auf ihre Worte zu konzentrieren; ihre warmen Finger auf meinem Bein stellten eine erhebliche Ablenkung dar. »Daran habe ich auch schon gedacht. Unter den Einheimischen hier gibt es ein Sprichwort: ›Lass nicht zu, dass dein Herz den Strand verlässt.‹ Das bedeutet, dass man sich niemals an jemanden binden sollte, der am Ende des Sommers wieder verschwindet. Wozu sollte man das Risiko eingehen, wenn sie sowieso wieder abreisen? Aber wenn wir uns daran halten, wenn wir nie irgendwelche Risiken eingehen, entgeht uns vielleicht etwas ganz Wundervolles. Mir bleibt hier auch nicht mehr viel Zeit. Wenn der Sommer vorbei ist ...« Ein Schatten huschte über ihr Gesicht. »Danach wird mein Leben ziemlich chaotisch werden. Aber ich bin froh, dass ich dich getroffen habe. Selbst wenn sich unsere Wege am Ende des Sommers trennen, würde ich es immer wieder genauso machen.« Sie zögerte kurz und wandte verlegen den Blick ab. »Seit unserer ersten Begegnung bist du der eine Mensch, auf den ich mich immer am meisten freue und mit dem ich am liebsten meine Zeit verbringe. Irgendwie habe ich lange das Gefühl gehabt, hier nicht so richtig reinzupassen, bis du gekommen bist. Bei dir konnte ich vergessen, dass … manche Dinge in meinem Leben nicht so schön sind. Du hast mir das Gefühl gegeben, doch nicht so viel anders zu sein.«

Ich hob die Hand und strich ihr eine feuerrote Strähne hinter das Ohr. »Wir sind … eigentlich gar nicht so verschieden, weißt du.« Dann wusste ich nicht, wie ich weitermachen sollte. Warum erzählte ich ihr das überhaupt? Bis jetzt hatte ich ja nicht einmal selbst gewusst, dass ich so empfand. »Ich habe nie irgendwo reingepasst – na ja, zumindest nicht bei normalen Menschen. Mein Leben wurde immer komplett von meinem Dad bestimmt und dadurch, wo er uns hinverpflanzt hat. Aber einen Unterschied gibt es: Du tust all die Dinge, die ich mir nie erlaubt habe. Dinge, von denen ich nicht einmal wusste, dass ich sie will.« Ich blickte in ihre funkelnden grünen Augen und lächelte kläglich. »Bis ich dir begegnet bin, wusste ich nicht, was mir im Leben fehlt.«

Plötzlich brannte ein strahlendes Feuer in Embers Augen. Sie ließ ihren Bären fallen, rutschte zu mir und schob sich auf meinen Schoß. Normalerweise hätten bei diesem Manöver all meine Alarmglocken geläutet, aber »normalerweise« hatte ich schon lange abgehakt. Ich schlang die Arme um sie und zog ihren schlanken Körper so dicht wie möglich an mich heran. Ihre Wärme ließ den Rest meines dicken Panzers schmelzen und löschte die logischen Überlegungen zum Thema Nähe aus. Der Soldat in mir warnte mich noch immer davor und erinnerte mich daran, dass sie eine potenzielle Zielperson war, nicht mehr. Ich ignorierte ihn. Inzwischen war ich ganz gut darin, ihn auszublenden, aber heute war es anders: Diesmal redete ich mir nicht ein, ich würde noch immer an der Mission arbeiten – ich wusste, dass es nicht so war. Meine Gefühle hatten die Oberhand gewonnen, und ich war mit Ember zusammen, weil ich mit ihr zusammen sein *wollte*. Heute Abend war mir das alles egal. Während der vergangenen siebzehn Jahre war ich tagtäglich Soldat gewesen. Dieses eine Mal wollte ich herausfinden, wie es war, einfach nur ... zu leben. Embers Hände lagen auf meinen Schultern, und sie streichelte sanft meinen Hals. Sie wirkte erstaunt, als könne sie nicht ganz fassen, dass es Wirklichkeit war, dass all das tatsächlich geschah. Das erkannte ich so klar, weil es mir genauso ging.

»Küss mich«, flüsterte ich. *Lass mich nur für einen Abend vergessen, dass es nicht echt ist. Lass mich glauben, dass mein Leben so sein könnte. Dass ich gerade nicht alles verrate, woran ich glaube, nur um hier sein und so empfinden zu können.*

Ember beugte sich vor. Und als ihre Lippen meine berührten, verschwanden sämtliche Zweifel. Der Soldat verschwand, ebenso wie alles andere auch, es gab nur noch sie. Ich spürte nichts außer ihren Händen an meinen Hüften, ihren Lippen, ihrem Körper so dicht an meinem. Ich küsste sie, bis ich vollständig in ihr aufging, brannte diesen Moment für immer in mein Gehirn ein und verdrängte jeden Gedanken an den Soldaten, den Orden und den Krieg. Morgen würde ich sie wieder zulassen. Heute Abend wollte ich normal sein.

Heute Abend existierte der Soldat Garret nicht.

Als ich das Haus betrat, saßen zwei Drachen in meinem Wohnzimmer.

Stirnrunzelnd wandte ich mich an den nervösen Wes, der im Foyer auf mich wartete. »Was ist passiert?«, fauchte ich und musterte über seine Schulter hinweg die beiden Teenager auf meiner Couch. Die Nestlinge wirkten verängstigt, verdreckt und erschöpft, wie sie sich in den geblümten Kissen aneinanderschmiegten. Naomi – beziehungsweise Nettle, wie sie von fast allen genannt wurde – war ein schlankes, dunkelhäutiges Mädchen mit wilden Dreadlocks. Remy hingegen war dunkelblond und hatte stechend blaue Augen, mit denen er mich nun über die Sofalehne hinweg ernst anstarrte.

Wes zuckte hilflos mit den Schultern.

»Ich bringe sie einfach nicht zum Reden, Kumpel. Sie haben nur gesagt, sie würden auf dich warten.«

Seufzend marschierte ich in die Küche, öffnete einen der Schränke und holte zwei Packungen Chips heraus. Dann ging ich ins Wohnzimmer und warf den Nestlingen die Tüten zu. Mit einem unsicheren Blick fingen sie sie auf.

»Esst erst mal was«, befahl ich ihnen. Nestlinge waren schon per definitionem ständig hungrig, da ihr Stoffwechsel große Nahrungsmengen forderte, um sie fit und gesund zu halten. Die Verwandlung verbrannte ebenfalls viel Energie, weshalb wir danach jedes Mal total ausgehungert waren. Und ein hungriger Drache ist nervös, rastlos und reizbar – etwas, das ich gerade gar nicht gebrauchen konnte. Wenn ich der Sache auf den Grund gehen wollte, musste ich die beiden erst mal beruhigen.

»Ist schon okay«, versicherte ich ihnen, als sie trotzdem noch zögerten. »Esst ruhig. Stopft euch bis zum Umfallen voll. Wir können später noch reden.«

Halb verhungert rissen sie die Tüten auf und stürzten sich auf den Inhalt. Sie nahmen sich kaum die Zeit, das Zeug zu kauen. Während sie die Chips vernichteten, ging ich hinaus auf die Veranda und stützte mich mit beiden Unterarmen auf das Geländer.

Verdammt. Irgendetwas war da im Busch. Nettle und Remy dürften gar nicht hier sein. Ich hatte sie zusammen in einem sicheren Versteck in Boulder, Colorado, zurückgelassen, hoch oben in den Bergen. Was hatte sie dazu getrieben, mich aufzuspüren? Es musste etwas Ernstes sein. Etwas, das auch meine anderen Verstecke hatte verschwinden lassen. Wahrscheinlich war es sogar gut, dass sie jetzt hier aufgetaucht waren. Vielleicht bekam ich so endlich heraus, was eigentlich los war.

Seufzend schaute ich in die Tiefe hinab. Weit unter mir brachen sich die Wellen an den Felsen, und der salzige Wind zerrte an meiner Kleidung und meinen Haaren. Ich fuhr mir mit der Hand durchs Gesicht und versuchte so, die Erinnerungen wegzuwischen, die sich nun wieder regten, aber es nützte nichts: Wann immer ich das Meer roch, das Tosen der Brandung hörte und den Wind im Gesicht spürte, musste ich an *sie* denken. An Ember und unseren viel zu kurzen Nachtflug über dem Ozean. An das Rennen mit einem feurigen, rothaarigen Nestling, der meinen Drachen aufmerken ließ und ein wahres Inferno in mir auslöste. Ich begriff es einfach nicht. In Menschengestalt war Ember jung, naiv, stur und impulsiv. In ihrer wahren Gestalt war sie all das auch, dazu aber noch furchtlos, trotzig und wunderschön.

Kopfschüttelnd stieß ich mich vom Geländer ab. Das war Wahnsinn. Ich durfte mich jetzt nicht ablenken lassen. Ember war zwar bereits ins Grübeln gekommen, aber für meinen Geschmack entwickelten sich die Dinge viel zu langsam. Ich hätte ihr am Nachmittag alles über Talon erzählen sollen. Dummerweise würde ich mich zunächst um dieses neue Problem kümmern müssen, bevor ich irgendetwas anderes tat.

»Riley?« Wes streckte den Kopf aus der Tür. »Ich glaube, sie sind jetzt so weit, Kumpel.«

Schnell verdrängte ich Ember aus meinen Gedanken und kehrte zurück ins Wohnzimmer. Nettle und Remy saßen angespannt auf der Sofakante. Die beiden leeren Chipstüten lagen zerknüllt auf den Couchtischen. Anscheinend hatte Wes ihnen etwas zu trinken gebracht, denn neben den Tüten standen zwei Limodosen und hinterließen Ringe auf dem blank polierten Holz.

»Also schön, ihr zwei.« Ich ließ mich gegenüber von ihnen in einen Sessel fallen. »Dann erzählt mal, von Anfang an.« Als sie mich nur anstarrten und offenbar nicht wussten, wo sie anfangen sollten, seufzte ich gereizt. »Was ist mit dem Versteck passiert?«, fragte ich, um ihnen den Einstieg zu erleichtern. »Und warum seid ihr hier? Eigentlich dürfte nur euer Betreuer diese Adresse kennen. Wo steckt der überhaupt? Habt ihr den ganzen langen Weg etwa allein gemacht?«

Die Nestlinge sahen sich kurz an, bevor Remy tief Luft holte.

»Chris hat uns gesagt, dass wir herkommen sollen«, begann er mit erstaunlich fester Stimme. »Er hat uns die Adresse verraten und uns hergeschickt.«

Das verwirrte mich noch mehr. Chris war der Betreuer, den ich für das Versteck in Boulder eingesetzt hatte. In jedem unserer Unterschlupfe gab es einen Menschen, der über uns Bescheid wusste und auf ein oder zwei verwundbare Nestlinge aufpasste, bis sie alt genug waren, um auf eigenen Beinen zu stehen. Die meisten dieser Betreuer waren ehemalige Talonmitarbeiter, die sowieso schon im Untergrund lebten. Wurde man als Mensch von der Organisation angeheuert, war das eine Anstellung auf Lebenszeit. Zwar hasste Talon es, wenn Drachen aus der Reihe tanzten, doch noch viel nachdrücklicher verhinderten sie, dass ihre Menschen ausstiegen, die eventuell etwas über unsere Existenz ausplaudern könnten. Die wenigen Menschen, die ihnen entkamen, lebten in ständiger Angst davor, dass eines Tages Talon oder die Georgskrieger bei ihnen vor der Tür stehen könnten. Nachdem ich Jahre damit zugebracht hatte, solche Menschen aufzuspüren und sie davon zu überzeugen, dass ich nicht mehr der Organisation angehörte, waren wir schließlich zu einer Übereinkunft gekommen: Ich hielt ihnen so gut wie möglich Talon vom Hals, und im Gegenzug bewachten sie die Nestlinge, die ich aus den Klauen der Organisation befreite.

»Chris hat euch hergeschickt?«, wiederholte ich, woraufhin sie synchron nickten. »Warum?«

»Keine Ahnung!«, platzte Nettle so heftig heraus, dass Remy zusammenzuckte. Ihre Dreadlocks wippten, als sie mit einer wilden Geste fortfuhr: »Er hat uns einfach mitten in der Nacht geweckt und uns gesagt, wir sollten unsere Sachen packen. Kein Wort davon, was eigentlich los ist, sondern uns nur in ein Taxi gesetzt mit dem Befehl, auf keinen Fall zurückzukommen!«

Plötzlich wurde mir kalt. Ich schaute zu Wes, der nur nickte und verschwand, wahrscheinlich um den Status des Verstecks in Boulder zu überprüfen. Dann konzentrierte ich mich wieder auf die Nestlinge: »Und er hat wirklich überhaupt nichts gesagt?«

»Nein.« Remy schüttelte den Kopf. »Aber er schien kurz vor dem Durchdrehen zu sein. Hat immer wieder aus dem Fenster geschaut und ist ständig auf und ab getigert, während wir gepackt haben.«

Verwirrt kniff ich die Augen zusammen. Dieses Haus hatte völlig abgelegen und quasi vergessen an einem Berghang gelegen. Niemand außer mir, Wes und einigen anderen ehemaligen Talon-Dienern hatte davon gewusst. Eigentlich waren alle meine Verstecke wirklich sicher gewesen. Und bisher hatte ich nie Schwierigkeiten mit der Geheimhaltung gehabt. Warum wurden sie jetzt also enttarnt?

Die Antwort war ernüchternd: Eventuell hatte ich einen Maulwurf in meinen Reihen. Mal abgesehen von Wes, der

Talon fast so sehr hasste wie ich, vertraute ich Menschen eigentlich nicht. Sie waren zu leicht zu täuschen, ließen sich zu schnell manipulieren durch Versprechen von Reichtum, Macht, Ansehen oder was sie sich sonst so erträumten. Ich arbeitete aus reiner Notwendigkeit mit ihnen zusammen. Von uns gab es nur wenige, und ich konnte eben nicht alles selbst erledigen. Doch falls Talon ihnen ein besseres Angebot machte, würde ich nicht ausschließen, dass sie uns verrieten.

Was zu dem Schluss führte, dass wir vermutlich in ernsten Schwierigkeiten steckten.

»Riley?« Wes stand im Flur. Sein Gesicht wirkte angespannt. Ich stand auf und folgte ihm in das freie Schlafzimmer, das er als Arbeitszimmer nutzte.

»Es ist weg, Kumpel«, flüsterte er, sobald ich über die Schwelle trat. Sein Laptop stand aufgeklappt auf dem Schreibtisch und blinkte wild. Er starrte das Gerät an, als gäbe es noch Hoffnung, dass es etwas anderes sagte. »Das Versteck in Boulder ist dunkel, und Chris geht nicht an das Notfalltelefon.«

Ich fluchte. »Wir hatten die Kameras und die Kommunikationsmedien doch so eingerichtet, dass wir sie auch dann noch kontaktieren können, wenn Talon das Nest findet. Zumindest, solange das Haus nicht vollständig niederbrennt.« Wes wich meinem durchdringenden Blick aus.

»Jetzt sag nicht, dass genau das passiert ist.«

Er rieb sich den Arm und sagte leise: »Ich glaube nicht, dass es Talon ist, Riley.«

Die Kälte in meinem Inneren breitete sich aus, und vor lauter Wut und langsam wachsendem Entsetzen begann ich zu zittern. »Nein«, murmelte ich bestätigend und starrte nun ebenfalls auf den blinkenden Bildschirm. »Es ist der Georgsorden.«

Wes nickte. »Was bedeutet, dass sie den beiden jetzt gerade wahrscheinlich hierher folgen«, erklärte er grimmig. »Diese hartnäckigen Schweinehunde würden doch nie aufgeben, wenn sie wissen, dass ihnen zwei Drachen entkommen sind. Uns bleibt also nur eine Möglichkeit.« Er ging zu dem Laptop und klappte ihn mit einem lauten Klicken zu. »Wir müssen von hier verschwinden, wenn möglich noch heute Nacht. Hier sind wir viel zu angreifbar.«

Verdammt. Knurrend ballte ich die Fäuste. »Nein, noch nicht. Wir können noch nicht abhauen.«

Mit weit aufgerissenen Augen fuhr Wes zu mir herum. »Hast du gehört, was ich gerade gesagt habe, Riley? Die verfluchten *Georgskrieger* sind auf dem Weg hierher. Wenn die uns finden, bringen sie uns alle um.«

»Ich weiß.«

»Wenn wir bleiben, bringen wir auch die beiden Kids in Gefahr. Wir sind für ihre Sicherheit verantwortlich. Das haben wir ihnen versprochen.«

»Ich weiß!«, fauchte ich und fuhr mir mit beiden Händen durchs Haar. »Aber ich … ich bin so nah dran, Wes. Sie ist kurz davor abzuhauen. Ich brauche nur noch etwas mehr Zeit.«

»Du willst wegen *ihr* bleiben?« Wes starrte mich an, als wären mir gerade noch ein paar Köpfe gewachsen. »Bist du völlig irre? Sie ist nur irgendein Nestling, Kumpel. Wir können sie nun mal nicht alle retten.«

Nur irgendein Nestling? Wütend kniff ich die Augen

zusammen.« Ember wird mitkommen. Sie ist eine von uns, sie weiß es nur noch nicht.« Als er weiter protestieren wollte, schnitt ich ihm das Wort ab: »Ich werde nicht ohne sie gehen. Also: Entweder bleibst du und hilfst mir, oder du hältst die Klappe und machst dich aus dem Staub.«

»Schön.« Er machte eine hilflose Geste der Frustration. »Du willst hierbleiben und uns alle umbringen? Großartig. Dann will ich verdammt noch mal hoffen, dass sie das auch wert ist.« Ohne auf den Seitenhieb einzugehen, befahl ich: »Wir müssen das Haus sichern.« Jetzt, da geklärt war, dass wir noch nicht gehen würden, schaltete ich in den Schutzmodus. »Alarmanlage, Kameras, Bewegungsmelder, das volle Programm. Wenn die Georgskrieger sich auf hundert Meter dem Tor nähern, will ich das wissen. Wie schnell kannst du das alles einrichten?«

Wes fuhr sich durch das Gesicht. »Wenn du mir die entsprechende Ausrüstung besorgst, kann ich es bis morgen zum Laufen bringen.«

»Gut. Fang sofort damit an. Später hole ich dir dann, was du noch brauchst.« Ich wollte schon gehen, hielt aber inne, als mein Blick an den zusammengekauerten Nestlingen auf dem Sofa hängen blieb. Nettle lag halb auf einer der Armlehnen und sah aus, als würde sie jeden Moment einschlafen, und Remy schien es nicht anders zu gehen.

»Sag ihnen nichts von den Georgskriegern«, murmelte ich, ohne mich noch einmal umzudrehen. »Ich werde ihnen nachher alles erklären, aber sie sollen nicht grundlos in Panik geraten. Sie sind auch so schon verängstigt genug.«

»Klar doch«, brummte Wes, als ich aus dem Raum ging. »Die dummen Nestlinge dürfen sich nicht aufregen, aber wenn der Mensch vor lauter Stress einen Herzinfarkt bekommt, ist das okay.«

Mir war klar, dass Wes vollkommen recht hatte. Es war dumm und riskant hierzubleiben, wenn der Sankt-Georgs-Orden hinter den beiden her war, vor allem, wenn es wirklich einen Maulwurf unter uns gab. Damit brachte ich die Nestlinge in Gefahr und noch dazu alles, was ich so mühsam aufgebaut hatte.

Aber der Gedanke, Ember hier zurückzulassen, wo ich doch gerade erste Anzeichen dafür sah, dass ich sie auf meine Seite ziehen konnte ... das brachte ich einfach nicht über mich. Ich würde sie jetzt nicht mehr an Talon verlieren. Wes sollte einfach die Klappe halten und sich damit abfinden. Denn bis ich Ember davon überzeugt hatte, mit Talon zu brechen und sich den Einzelgängern anzuschließen, würde niemand von uns irgendwo hingehen.

Ember

Ich glitt durch die Luftströmungen, die Sonne schien warm auf meinen Rücken, und der sanfte Wind kühlte mein Gesicht. Unter mir jagten und brachen sich die weißen Schaumkronen, der Geruch nach Salz, Wasser und Meer schlug mir entgegen, als ich tiefer ging, um über die Wellen zu streichen.

Neben mir tauchte ein zweiter Drache auf, grinste herausfordernd und schoss davon. Ein kräftiger Flügelschlag, und ich raste hinter ihm her, folgte seinem gestreckten Schwanz, als er sich auf den Rücken rollte und zwischen den wellenförmigen Wolken eintauchte. Er kam mir bekannt vor, aber ich konnte ihn nicht genau erkennen. War es Cobalt? Oder Garret ...?

Der Wecker zerstörte mit seinem schrillen Piepen meinen Traum, und mit einem gezielten Schlag brachte ich ihn zum Schweigen. Schon wieder fünf Uhr. Verdammt. Das Traumbild verblasste bereits, verschwand im Nichts, als die Realität mich wieder in mein Bett katapultierte. War ich geflogen? Und wer war dieser andere Drache gewesen, den ich gejagt hatte? Krampfhaft versuchte ich, die Erinnerung festzuhalten, aber sie entglitt mir und verschwand in der Dunkelheit.

Ich rollte mich auf den Rücken, starrte an die Decke und überlegte, was der Tag mir Grauenhaftes bringen würde. *Welche Attraktionen hat Miss Gruselfunktionär wohl heute für mich geplant?* Vermutlich noch ein paar Dutzend Runden »Fang den Drachen«, was für meinen Geschmack viel zu realistisch inszeniert war, selbst in meiner wahren Gestalt.

Ich setzte mich auf und schob die Decke zurück. Dabei fiel mein Bär vom Bett. Mit einem leisen Lächeln hob ich ihn auf und sog den feinen Duft von Zuckerwatte ein, der noch immer in seinem Fell hing. Dann drückte ich ihn fest. *Den hat Garret für mich gewonnen.* Allein der Gedanke daran, der Gedanke an ihn, zauberte ein Lächeln auf mein Gesicht. Der Nachmittag auf dem Rummelplatz war umwerfend gewesen, vor allem der Teil im Riesenrad. Wie er mich angesehen hatte, kurz bevor wir uns geküsst hatten ... mir stockte der Atem. Als hätte er tief in mich hineingeschaut, gesehen, was ich wirklich war, und sich nicht darum gekümmert.

Natürlich war mir klar, dass das nicht stimmte. Garret konnte nicht wissen, was ich war. Wir lebten in grundverschiedenen Welten. Und wenn der Sommer zu Ende ging, würde ich ihn aufgeben müssen.

Aber jetzt noch nicht.

»Ember?« Es klopfte, und Onkel Liams Stimme drang durch die Tür: »Es ist fünf nach fünf. Bist du wach?«

»Ja«, brummte ich, woraufhin sich leise Schritte entfernten. Ich stand auf, setzte den Bären auf das ungemachte Bett und zog mein altes, inzwischen völlig mit Farbe verklebtes T-Shirt und Shorts an. Duschen musste ich jetzt nicht, denn wenn ich nach Hause kam, würde ich dreckig, verschwitzt und mit grellroter Farbe beschmiert sein. (Mein Fahrer hatte die Rückbank seines Autos mit einem Laken abgedeckt, damit ich die Polster nicht versaute. Das Tuch sah inzwischen aber auch schon aus, als hätte man darauf eine Ziege geopfert.)

Dante war bereits vorgegangen, und als ich den Keller betrat und die Tür zum Tunnel öffnete, spürte ich einen drückenden Knoten in meinem Bauch. Seit unserem Streit hatten mein Bruder und ich nur noch über Belanglosigkeiten gesprochen. Als ich vom Rummelplatz zurückgekommen war, hatte er zwar gelächelt und so getan, als wäre nichts gewesen, aber es war einfach nicht mehr so wie früher. Waren unsere Betreuer dabei, verhielt er sich wie der freundliche, umgängliche, leicht nervige Bruder, den ich kannte. Doch sobald ich ihn irgendetwas fragte, das mit Talon oder Drachen zu tun hatte, wurde sein Blick ausdruckslos und sein Lächeln hohl. Er entfernte sich immer weiter von mir, und ich hatte keine Ahnung, wie ich ihn zurückholen konnte.

Als ich das Bürogebäude betrat, blieb ich schockiert stehen. Die riesige Lagerhalle war komplett ausgeräumt worden. Von dem gigantischen Holzlabyrinth war nichts geblieben außer ein paar Kisten und Paletten, die säuberlich in einer Ecke aufgestapelt waren. In der Mitte der Halle waren dafür einige dicke blaue Matten ausgelegt worden, sodass es hier nun eher nach Turnhalle aussah und nicht mehr nach Lager. Doch das war noch nicht die größte Überraschung.

Auf den Matten stand Miss Gruselfunktionär und wartete mit vor der Brust verschränkten Armen auf mich. Aber sie trug nicht den üblichen Hosenanzug mit High Heels, sondern einen schwarzen Ganzkörperanzug, der sich eng an ihre Haut schmiegte. Sogar der ewige Dutt war einem Pferdeschwanz gewichen, der ihr bis zu Hälfte des Rückens fiel. Plötzlich erkannte ich, dass sie nach menschlichen Maßstäben ziemlich attraktiv war, sogar umwerfend schön. Obwohl die giftgrünen Augen, die jeden meiner Schritte verfolgten, sich nicht verändert hatten: ausdruckslos, kalt, leicht belustigt.

»Heute versuchen wir etwas Neues, Nestling«, erklärte sie lächelnd, als ich schließlich vor den Matten stand. »Ich denke, ich habe es dir zu leicht gemacht, indem ich Menschen mit Paintballs und Gummigeschossen auf dich losgelassen habe. Außerdem bin ich der Meinung, dass du dich viel zu sehr auf deine wahre Gestalt verlässt, wenn du in Schwierigkeiten gerätst. Manchmal muss man einen Sankt-Georgs-Krieger mit Klauen, Zähnen und Feuer niedermachen. Manchmal ist es jedoch besser, als Mensch aufzutreten. Deshalb musst du lernen, dich in beiden Formen zu verteidigen. Zieh deine Schuhe aus.«

Zu leicht gemacht? Als wäre ein Versteckspiel mit voll ausgebildeten Soldaten, die einen ständig mit Farbkugeln beschossen, nichts anderes als ein gemütlicher Spaziergang im Park! Während ich meine Sandalen abstreifte, musterte ich sie misstrauisch. »Und was machen wir heute?«

»Wie ich bereits sagte …« Meine Ausbilderin winkte mich mit zwei Fingern heran, und ich trat zu ihr auf die Matte. Der glatte Plastikbezug war kühl. »Ich denke, wir sollten dein Trainingsniveau ein wenig anheben. Heute bekommst du es mit mir zu tun.«

Jetzt war ich mehr als nur nervös, ging aber mit sicheren Schritten über die Matte, bis ich ungefähr einen Meter von ihr entfernt stand. Sie musterte mich einen Moment lang kühl, dann zog sie aus einem Holster am Rücken eine Pistole hervor und zielte damit auf mich. Ich zuckte erschrocken zusammen.

»Was ist die einfachste Methode, um einen Drachen zu töten?« Die giftgrünen Augen schienen mich zu durchbohren. Ich zwang mich, nicht auf das todbringende Ding in ihren Händen zu starren, sondern mich auf die Frage zu konzentrieren.

»Äh ...« Hastig suchte ich nach der Antwort, denn sie würde nichts anderes gelten lassen als die richtige Lösung. »Wenn wir in menschlicher Gestalt sind, bevor wir die Chance haben, uns zu verwandeln. Als Menschen verfügen wir über keinerlei Schutz.«

»Gut«, nickte meine Ausbilderin, obwohl ihr Tonfall alles andere als lobend war. Mit regloser Miene fuhr sie fort: »Die Soldaten des Sankt-Georgs-Ordens wissen das ebenfalls. Deshalb ist Geheimhaltung so wichtig für unser Überleben. Wenn sie von unserer wahren Identität erfahren, kennen sie keine Skrupel und schalten uns mithilfe eines Scharfschützen aus hundert Meter Entfernung aus. Du wüsstest nicht einmal, was dich da erwischt hat. Falls du dich je einem Georgskrieger gegenübersiehst und es um Leben und Tod geht, vergiss nicht: Sie sind nicht so dumm, sich mit einem Drachen auf einen Zweikampf einzulassen. Wenn sie können, werden sie dich von Weitem erschießen, bevor du auch nur in ihre Nähe kommen kannst.«

Ich nickte. Miss Gruselfunktionär hob vielsagend ihre

Waffe. »Des Weiteren wird es Situationen geben, in denen du jemandem, der dich töten will, direkt gegenüberstehst. Und Gelegenheiten, bei denen es dir unmöglich ist, deine wahre Gestalt anzunehmen, etwa in Städten oder grundsätzlich im Beisein von Zeugen. Daher ist die Selbstverteidigung als Mensch ebenso wichtig wie die als Drache. Wenn du also in den Lauf einer geladenen Pistole blickst, solltest du eines immer bedenken.«

Nun richtete sie die Waffe direkt auf meinen Kopf, der Lauf war nur Zentimeter von meinem Gesicht entfernt. Ich rührte keinen Muskel.

»Nicht erstarren. Wenn du das tust, bist du tot. Ungefähr so.« Ohne Vorwarnung drückte sie auf den Abzug. Es klickte, und ich hätte mir fast in die Hose gemacht. Meine Trainerin lächelte.

»Nicht geladen, Nestling. Aber sie ist echt, täusch dich da nicht. Und genau mit so einer könntest du es irgendwann zu tun bekommen. So …«

Sie drehte die Waffe um und streckte sie mir mit dem Griff voran entgegen. »Nimm. Ich werde dir zeigen, wie man einen Gegner entwaffnet.«

Ich griff so vorsichtig zu, als wäre die Pistole eine giftige Schlange. Miss Gruselfunktionär verdrehte die Augen. »Sei nicht so zimperlich. Ich sagte dir doch, dass sie nicht geladen ist.« Dann trat sie einen Schritt zurück. »Und jetzt ziel damit auf mich. So als wolltest du mir direkt ins Herz schießen.«

Ich packte den Griff, hob die Waffe … Die Hände meiner Ausbilderin bewegten sich so schnell, dass ich es kaum wahrnahm, und entrissen mir die Pistole. Einen Wimpernschlag später starrte ich wieder in den Lauf.

Hinter der Waffe lauerten die kalten grünen Augen, und die vollen Lippen meine Trainerin verzogen sich zu einem gehässigen Grinsen. »Hast du das gesehen?«

»Nein.«

»Gut. Das sollten die nämlich auch nicht.« Sie winkte wieder, und widerwillig trat ich einen Schritt auf sie zu. »Ich zeige es dir noch einmal in Zeitlupe, anschließend versuchst du es selbst.«

Während der folgenden Minuten sah ich aufmerksam zu, während sie ihr Vorgehen Schritt für Schritt erklärte. Wie sie erst den Körper zur Seite neigte, um eine kleinere Angriffsfläche zu bieten. Wie sie nie direkt vor dem Lauf stand. Wie sie diesen erst hochdrückte und dann zum Gegner herumdrehte. So langsam war das alles ganz logisch; setzte man die einzelnen Handgriffe bei voller Geschwindigkeit zusammen, geschah es schneller, als das Auge folgen konnte.

»Jetzt du.« Miss Gruselfunktionär nahm die Waffe, trat einen Schritt zurück und starrte mich auffordernd an. Da ich einerseits nervös war, es andererseits aber kaum erwarten konnte, atmete ich zunächst tief durch und versuchte mich zu entspannen, um so beweglich und geschmeidig zu werden, wie man es mir beigebracht hatte. Lächelnd ließ meine Trainerin die Waffe sinken. »Und vergiss nicht: Wenn du am Leben bleiben willst, musst du dich voll und ganz auf den Gegner konzentrieren. Du darfst dich durch nichts ablenken lassen. Bist du bereit?«

Ich suchte mir einen festen Stand. »Ja.«

»Also schön. Und, wie war der Ausflug zum Rummelplatz?«

Was? Mein Magen verkrampfte sich, ich geriet aus dem Gleichgewicht, der Arm meiner Ausbilderin schoss in die Höhe, und sie hielt mir die Pistole vor die Nase. Das scharfe Klicken des Abzugs hallte durch den Raum.

»Und du bist tot.« Mit einem angewiderten Kopfschütteln ließ sie die Waffe sinken. »Was sagte ich gerade über Ablenkung?«

»Wie …?« Mir fiel wieder ein, dass ich bei meinem Date mit Garret mehrmals das seltsame Gefühl gehabt hatte, trotz der dichten Menschenmenge beobachtet zu werden. Meine Verwirrung steigerte sich zu echter Wut. »*Sie* sind mir also gefolgt!«, rief ich vorwurfsvoll. »Ich wusste doch, dass wir beobachtet werden.«

»Es gehört zu meinem Job, meine Schüler im Auge zu behalten«, erwiderte Miss Gruselfunktionär unbeeindruckt und hob wieder die Waffe. Diesmal warf ich mich zur Seite, als es klickte, doch mir blieb nicht genug Zeit, um vorwärtszuhechten. »Und wenn sie sich durch nutzlosen Menschenkram ablenken lassen, fange ich an, mir Sorgen zu machen.« Wieder ließ sie den Arm sinken und fing an, mich zu umkreisen. Ihre Augen waren zu schmalen Schlitzen zusammengekniffen. Ich folgte ihrer Bewegung und verlagerte das Gewicht auf die Fußballen, um jederzeit ausweichen zu können.

»Ich dachte, wir sollten uns möglichst gut anpassen«, hielt ich dagegen, während sie wie ein Hai um mich herumglitt. Meine Dracheninstinkte knurrten gereizt, bei diesem Katz-und-Maus-Spiel wollten sie angreifen, beißen und zuschlagen. Aber darum ging es bei dieser Übung nicht, und noch einmal würde sie mich nicht überlisten!

Natürlich verwendete sie keine echte Munition, aber bestimmt würde sie mir mitteilen, wenn ich nicht schnell genug war und erschossen wurde. »Beobachten, sich in die menschliche Gesellschaft einfügen, menschliches Verhalten erlernen – sind wir nicht genau deswegen hier?«

»Stimmt«, bestätigte meine Ausbilderin mit einem Nicken, ohne auch nur einmal aus dem Tritt zu kommen, die Waffe gegen den Oberschenkel gedrückt. »So ist es. Menschliches *Verhalten* erlernen. Doch du darfst niemals vergessen, dass du vor allem anderen immer noch ein Drache bist. Du bist keiner von ihnen.«

»Das weiß ich.«

»Tatsächlich? Wie heißt der Junge?«

Das kam so überraschend, dass ich fast nicht schnell genug gewesen wäre, als sie wieder schoss. Ich warf mich zur Seite, rollte mich ab und landete in der Hocke. Und wieder starrte ich in den Pistolenlauf. Doch nun drückte sie nicht ab, sondern musterte mich nur aus zusammengekniffenen, giftgrünen Schlitzen.

»Sein Name«, wiederholte sie.

»Was interessiert Sie das?« Diese Frau würde von mir rein gar nichts über Garret erfahren. Er gehörte zu dem Teil meines Lebens, der nichts mit Talon, der Ausbildung und all ihren irren Erwartungen zu tun hatte. Wenn ich mit Garret zusammen war, konnte ich Talons Würgegriff fast vergessen. Konnte fast vergessen, dass … ich ein Drache war. »Er ist nur ein Mensch«, erklärte ich meiner Trainerin, die nach wie vor auf mein Gesicht zielte. »Welche Bedeutung hat schon ein Mensch?«

Ihre Miene wurde kalt und Furcht einflößend, fast so als

könne sie meine Gedanken lesen. »Ganz genau«, sagte sie hart. »Er ist nur ein Mensch. Ein Sterblicher unter Milliarden unwichtiger, kurzlebiger Sterblicher. Du bist ein Drache. Und, was noch wichtiger ist: Du bist ein *weiblicher* Vertreter unserer Art, wodurch du für die Organisation noch wertvoller bist.« Endlich ließ sie die Waffe sinken, obwohl ihr Blick fast ebenso tödlich war. »Deine Loyalität gilt immer und uneingeschränkt Talon. Nicht den Menschen. Sie sind unwichtig. Wir verhalten uns wie sie, leben unter ihnen, aber wir werden nie *sein* wie sie.« Mit einer ruckartigen Geste fügte sie hinzu: »Sie sind ein Krebsgeschwür, Nestling. Ein sich rapide verbreitender Virus, der alles auf seinem Weg korrumpiert und ausradiert. Die menschliche Rasse ist schwach und selbstzerstörerisch, und sie kennt nichts außer der Vernichtung. Du bist Teil von etwas, das weit größer ist als alles, was sie sich je erträumen könnten, und wenn ich dich nach dem Namen eines Menschen frage, dann nennst du ihn mir gefälligst, ohne Fragen zu stellen!«

Schockierend schnell riss sie die Waffe hoch, aber diesmal war ich bereit.

Ruckartig richtete ich mich auf, bog mich zur Seite, wie sie es mir gezeigt hatte, und sprang vor. Meine Hände landeten von unten am Pistolenlauf, drückten ihn hoch und zogen ihn dann mit einer Drehbewegung aus ihren Fingern. Im nächsten Moment stand ich vor meiner Ausbilderin und richtete die Waffe auf sie. Unfassbar, ich hatte es tatsächlich geschafft!

»Garret«, sagte ich leise, während Miss Gruselfunktionär mich mit Blicken durchbohrte. »Sein Name ist Garret.«

Sie lächelte.

»Na also, war doch gar nicht schwer, oder?« Keine Ahnung, ob sie damit das Entwaffnungsmanöver meinte oder die Preisgabe des Namens. Sie nahm die Waffe aus meiner schlaffen Hand, trat zurück und musterte mich abschätzend. »Ja«, sagte sie dann nachdenklich, als wäre sie gerade zu einem Entschluss gelangt. »Ich denke wirklich, du bist bereit.«

»Bereit wofür?«, fragte ich sofort, aber sie fuhr wortlos herum, marschierte von der Matte herunter und signalisierte mir, ihr zu folgen. Also gingen wir in ihr Büro, wo sie stumm auf den Stuhl vor ihrem Schreibtisch zeigte. Wachsam ließ ich mich darauf nieder. Auf dem makellos polierten Tisch lag eine braune Akte mit meinem Namen.

Miss Gruselfunktionär blieb stehen, legte die Finger auf die Akte und musterte mich durchdringend. Immer wieder huschte mein Blick dorthin. Mein Name, in roten Buchstaben. Was war da drin? Was sagten sie über mich und über meine Zukunft in der Organisation?

»Heute ist ein großer Tag für dich, Nestling«, verkündete Miss Gruselfunktionär schließlich, was mich nur noch nervöser machte. »Wie du vielleicht weißt, haben wir dich seit dem Schlüpfen genau beobachtet, haben deine Fähigkeiten und dein Verhalten studiert, um herauszufinden, in welcher Position du dich am besten bewähren würdest. Die erste Phase deiner Ausbildung hast du nun abgeschlossen. Jetzt gehen wir über zu Phase zwei: den Feinschliff jener Fähigkeiten, die dir in der Organisation am besten dienen werden. Von nun an wirst du bei jeder Trainingseinheit das hier tragen.«

393

Sie warf mir einen dunklen Ganzkörperanzug aus einem feinen, dehnbaren Material zu. Als ich ihn auffing, schien er an meinen Fingern hängen zu bleiben, und für den Bruchteil einer Sekunde glaubte ich, er wäre lebendig. Schaudernd hielt ich ihn am ausgestreckten Arm in die Höhe. Er sah aus wie ein ganz normaler Anzug, fühlte sich aber irgendwie schleimig an, warm. Plötzlich wurde mir klar, dass es das gleiche Outfit wie das meiner Ausbilderin war, auch wenn ich mir echt nicht vorstellen konnte, dieses Ding anzuziehen.

»Dies ist ein ganz besonderer Anzug«, erklärte mir meine Trainerin, während ich gegen den Drang ankämpfen musste, das gruselige Teil einfach fallen zu lassen. »Die Details sind viel zu komplex, um sie jetzt zu erklären, lass mich nur so viel sagen: Dieser Anzug wird weder zerreißen noch ausleiern, wenn du deine wahre Gestalt annimmst.«

Fassungslos starrte ich sie an. »Echt?« Nun doch fasziniert musterte ich das Gewebe und versuchte, den Ekel abzuschütteln, den ich empfand, wenn es sich an meiner nackten Haut festsog. »Also, wenn ich das hier anhabe und mich verwandle, muss ich mir keine Sorgen machen, dass ich nackt nach Hause laufen muss?«

Sie zeigte auf die Tür. »Geh und probier ihn an«, befahl sie knapp. »Überzeuge dich davon, dass er richtig sitzt, dann melde dich wieder bei mir. Los.«

Ich verzog mich auf die Toilette und schlüpfte in den Anzug. Mit angehaltenem Atem beobachtete ich, wie das Gewebe über meine Haut glitt und fast wie Farbe daran kleben blieb. Am Anfang war es warm und widerlich glitschig, doch nach ein paar Sekunden glättete sich der Stoff und schmiegte sich so an meinen Körper, dass ich ihn fast nicht mehr spürte.

Echt unheimlich.

Ich kehrte zu Miss Gruselfunktionär zurück, die anerkennend nickte und mir signalisierte, dass ich wieder Platz nehmen sollte. »Gut«, verkündete sie, als ich mich auf die Stuhlkante hockte. Meine normalen Klamotten hielt ich in der Hand, und irgendwie kam ich mir nackt vor. »Er passt. Du wirst ihn den Rest des Tages tragen, damit er sich an deine Figur und deine Körpermaße gewöhnen kann. Deine gewöhnliche Kleidung kannst du darüber anziehen.«

Da ich glaubte, sie falsch verstanden zu haben, runzelte ich fragend die Stirn. »Moment mal, Sie wollen, dass ich das bis heute Abend anbehalte, damit sich das *Ding* an mich gewöhnen kann?«

Sie nickte, als wäre das eine vollkommen normale Sache. »Jawohl, Nestling, aber keine Sorge. Nach ein paar Minuten wirst du nicht einmal mehr wissen, dass du ihn trägst.«

Ein verkniffenes Lächeln huschte über ihr Gesicht, als spräche sie aus Erfahrung. »Nur ganz bestimmte Mitglieder der Organisation erhalten diese spezielle Kleidung«, fuhr sie fort, als ich unruhig auf meinem Sitz herumrutschte. »Du solltest dich also glücklich schätzen. Diese Anzüge sind sehr wertvoll und kostenintensiv in der Herstellung, also *verliere ihn nicht*. Er dient dir als Trainingskleidung und später dann als Arbeitsuniform.«

Obwohl ich immer noch versuchte, mich an den Gedanken zu gewöhnen, dass mein Anzug sich wie ein richtiges Lebewesen an mich gewöhnen musste, ließ der letzte Teil des Satzes mich schlagartig innehalten. »Arbeitsuniform?«, fragte ich leise. Vielleicht war ich ja vorschnell, aber meiner Meinung nach gab es nur einen Grund, warum man einen solchen Anzug brauchen sollte: Wenn man sich schnell und leise von Drachen- in Menschengestalt verwandeln musste. Zweck und Aussehen waren wie bei einem Ninjaanzug. Okay, ein magischer Ninjaanzug, der sich halb lebendig an die Haut klammerte und mit dem Körper verschmolz. Und in der ganzen Organisation kannte ich nur eine Position, deren »Arbeit« ungefähr in diese Richtung ging.

Meine Ausbilderin setzte ihr bisher gemeinstes Lächeln auf, schob die Akte zu mir herüber und öffnete sie. Ich schluckte schwer, dann las ich die erste Zeile.

Betreff: Ember Hill.

Und darunter …

Mein Herz setzte aus, das Blut gefror in meinen Adern. Ich starrte auf die fünf Buchstaben, wollte sie allein durch meine Gedankenkraft verschwinden lassen. Sie in etwas anderes verwandeln, irgendetwas.

»Herzlichen Glückwunsch, Ember Hill«, flötete Miss Gruselfunktionär hinter ihrem Schreibtisch. »Willkommen bei den Vipern.«

Garret

Ich beendete gerade meinen Bericht an Lieutenant Martin, als es plötzlich an der Tür klopfte.

Tristan, der auf der Couch lag, richtete sich ruckartig auf und warf mir einen fragenden Blick zu. Da auf dem Küchentresen bereits zwei halb leere Pizzaschachteln standen, konnte es nicht der Lieferdienst sein. Und Abgesandte des Ordens kündigten sich vorher immer telefonisch an. Es gab also keinen Grund, warum jemand um diese Tageszeit vor unserer Tür stehen sollte.

Wachsam zog Tristan seine 9mm, glitt lautlos in den Flur und signalisierte mir, an die Tür zu gehen. Ich schnappte mir die Glock, die ich immer griffbereit hatte, und schlich durch den Raum. Sollte die Tür plötzlich auffliegen, konnte ich die Waffe jederzeit in Anschlag bringen. Wieder klopfte es, vier schnelle Schläge gegen das Holz, aber es klang nicht so, als würde jemand versuchen, die Tür aufzubrechen. Also drückte ich die Pistole so gegen meinen Schenkel, dass sie nicht zu sehen war, drehte den Knauf und öffnete die Tür so weit, wie die Sicherheitskette es zuließ.

Dann spähte ich durch den Spalt.

Als ich Embers strahlend grüne Augen erkannte, machte

mein Herz einen Sprung. »Hallo«, begrüßte sie mich leise. An der Mauer lehnte ein Fahrrad, dessen Reifen diesmal beide voll aufgepumpt waren. »Ich … äh … ich war gerade in der Gegend, und da habe ich dein Haus gesehen und dachte mir: Hey, hier wohnt ja Garret! Ob er wohl daheim ist? Und … das klang ziemlich schräg, oder? Lexi hat mir verraten, wo du wohnst – sie ist echt gut darin, solche Dinge rauszufinden. Ich bin kein Stalker, wirklich nicht.« Sie rieb sich den Oberarm. Irgendwie wirkte sie erschöpft und bedrückt, ganz anders als sonst. »Na ja, vielleicht doch ein bisschen. Darf ich reinkommen?«

»Warte kurz.« Nachdem ich die Tür wieder zugeschoben hatte, stopfte ich hastig die Pistole in einen Schrank und klappte den Laptop zu, während Tristan lautlos in seinem Zimmer verschwand. Dann löste ich die Kette, öffnete die Tür und trat einladend einen Schritt zurück. »Alles klar mit dir?«, fragte ich Ember, während sie eintrat und sich neugierig umschaute. »Was machst du hier?« Natürlich freute ich mich, sie zu sehen, auch wenn es unerwartet war.

Aber Tristan war sicher nicht begeistert, wenn eine mögliche Zielperson in unserem Quartier herumstöberte und eventuell Dinge zu Gesicht bekam, die sie besser nicht sehen sollte.

Da kam er auch schon den Flur entlang – zum Glück unbewaffnet –, lächelte höflich und ging in die Küche. Ember zuckte erschrocken zusammen. »Oh!«, rief sie, als Tristan nur fragend eine Augenbraue hochzog. »Tristan, richtig? Mir war nicht klar, dass du auch hier bist. Lange nicht gesehen.«

»Bedauerlicherweise bin ich nicht so ein Partytier wie mein Cousin hier.« Er grinste mich verkniffen an. »Hast du mal eine Minute, Garret?«

Stirnrunzelnd folgte ich ihm ins Wohnzimmer, wo er sich dicht zu mir beugte und zischte: »Was macht sie hier? Du hast sie doch nicht etwa eingeladen, oder? Hast du ihr gesagt, sie soll kommen?«

»Nein«, erwiderte ich mit einem hastigen Blick Richtung Küche. »Ich hatte keine Ahnung, dass sie hier auftauchen würde.«

»Tja, dann schmeiß sie wieder raus! Sie darf auf keinen Fall hier herumschnüffeln.«

»Ich kümmere mich darum.«

Ein leises Rascheln lenkte unsere Aufmerksamkeit erneut auf die Küche, wo Ember gerade dabei war, in einem der Waffenmagazine zu blättern, die Tristan auf dem Tresen liegen gelassen hatte. Direkt neben ihr stand mein Laptop, mit dem ich eben noch den Bericht an den Sankt-Georgs-Orden geschickt hatte.

»Also, Ember.« Schnell ging Tristan zu ihr hinüber. Ich folgte ihm vorsichtig. »Was führt dich zu uns? Haben Garret und du irgendwas geplant?«

Noch während er lächelnd mit ihr sprach, nahm er, ohne den Blick von ihr zu wenden, den Laptop und klemmte ihn sich unter den Arm, als wollte er ihn in sein Zimmer bringen. Ember klappte die Zeitschrift zu und schüttelte den Kopf.

»Nein, eigentlich nicht. Ich ... äh ... ich wollte Garret einfach nur sehen, mehr nicht.« Sie warf mir einen entschuldigenden Blick zu. Vielleicht spürte sie ja die Spannung in der Luft.»Tut mir leid. Komme ich ungelegen? Ich kann auch gehen …«

»Nein, keine Sorge«, versicherte ich ihr, während die Zeitschrift dem Laptop unter Tristans Arm folgte. Als er mich mit hochgezogenen Augenbrauen ansah, nickte ich knapp.»Komm«, ich schob Ember sanft aus der Küche hinaus,»in meinem Zimmer können wir ungestört reden.«

Ember wandte sich ab, und Tristan starrte mich über ihren Kopf hinweg vielsagend an: *Schrei, wenn du Hilfe brauchst.* Wieder nickte ich knapp und führte Ember dann in mein Zimmer, wo ich schnell die Tür hinter uns schloss.

»Wow.« Sie drehte sich langsam um die eigene Achse und musterte Regal, Kleiderschrank und das ordentlich gemachte Bett in der Ecke.»Dein Zimmer ist so … sauber. Nicht einmal Dante ist dermaßen ordentlich.«

»Daran ist mein Dad schuld«, behauptete ich, während ich mich ihr zuwandte.»Er ist Sergeant im Ruhestand. Bei uns gab es jahrelang Inspektionen mit weißem Staubhand…«

Ember fuhr herum, schlang mir die Arme um den Hals und küsste mich.

Sofort schaltete sich mein Gehirn aus. Hitze schoss durch meinen Körper, angefangen bei meinen Lippen bis hinunter in die Magengrube. Ich zog sie in meine Arme und hob sie leicht an, bis sie auf den Zehenspitzen stand, während ich ihren Kuss heftig erwiderte. Ihre Finger gruben sich in meine Haare, glitten über meine Kopfhaut und ließen sämtliche Nerven gleichzeitig feuern. Mit einem leisen Stöhnen drückte sie sich an mich. Als ich spürte, wie ihre Zunge sanft gegen meine Lippen stieß, wurde mir schwindelig. Ich verlor die Kontrolle, ging unter in meinen Gefühlen, und ich wollte nicht, dass es aufhörte.

»Ember«, keuchte ich schließlich, »warte.« Mit enormem Kraftaufwand löste ich mich von ihr. Dabei schnaufte ich, als hätte mich ein mordlustiger Drache kilometerweit durch die Gegend gejagt. Sie lehnte sich kurz an meine Brust, dann schaute sie zu mir hoch. Ihre grünen Augen glühten vor Leidenschaft. Ein großer Teil von mir wollte einfach weitermachen, wollte, dass ich alles um mich herum vergaß und mich einfach in den Armen dieses Mädchens verlor. Aber die Logik hatte so lange über mein Leben bestimmt, und mein Instinkt hatte mich am Leben erhalten, wo ich sonst getötet worden wäre – beide sagten mir jetzt, dass irgendetwas nicht stimmte.

Embers Mund war nur Zentimeter von meinem entfernt, verführte mich dazu, mich einfach vorzubeugen und sie wieder zu küssen. Doch ich riss mich zusammen und strich nur mit dem Daumen über ihre Wange. »Warum bist du hergekommen?«, fragte ich leise. Sofort verfinsterte sich ihr Blick. »Ist alles in Ordnung?«

»Ja. Nein. Weiß nicht.« Sie trat einen Schritt zurück, wich meinem Blick aus und winkte frustriert ab. »Ich ... es war einfach ein harter Tag.«

»Was ist denn passiert?«

»Ich ...« Sie zögerte. Ich konnte spüren, wie sie um die richtigen Worte kämpfte. »Darüber kann ich nicht sprechen«, flüsterte sie schließlich.

Sofort wurde ich misstrauisch. »War irgendwas mit deinem Bruder?«

»Garret, bitte.« Niedergeschlagen ließ sie die Schultern

hängen. »Ich kann nicht. Ich wünschte, es wäre anders, aber ...« Sie senkte den Kopf und wischte sich über die Augen. »Tut mir leid, ich hätte dich damit nicht belästigen sollen. Eigentlich weiß ich nicht einmal, warum ich überhaupt hergekommen bin.«

Ich hätte weiter in sie dringen, versuchen sollen, sie zum Reden zu bringen, sie dazu zwingen sollen, mir etwas über ihre Familie und über sich zu verraten. Aber das alles war mir in diesem Moment vollkommen egal. Ember war aufgebracht, und sie war zu mir gekommen – nicht zu ihrem Bruder und nicht zu ihren Freunden. Wenn ich sie jetzt bedrängte, konnte das jedes Vertrauen zerstören, das langsam zwischen uns wuchs. Doch was noch wichtiger war: Ich wollte nicht, dass sie ging. Diese ganze Dating- und Beziehungskiste war vielleicht neu für mich, aber langsam lernte ich, Logik und Strategie außen vor zu und mich von meinen Instinkten leiten zu lassen.

Also stellte ich mich hinter sie, schlang die Arme um ihren Bauch und hielt sie fest. »Ich bin da«, erklärte ich ihr leise, woraufhin sie kurz zitterte. »Du musst nichts sagen, aber wenn du reden willst, bin ich für dich da.«

Nun entspannte sie sich, legte ihre Hände auf meine und drückte den Kopf gegen meine Brust. »Es ist einfach unfair«, flüsterte sie so leise, dass ich sie kaum verstand. »Alles passiert viel zu schnell. Mein Leben ist völlig außer Kontrolle geraten, ich habe nichts mehr im Griff. Ich will nicht, dass der Sommer endet, und ...« Sie unterbrach sich, und ihre Wangen röteten sich leicht. »Ich will dich nicht aufgeben.«

Mir stockte der Atem. Stumm drückte ich sie an mich,

während mich eine Erkenntnis traf: Ich wollte sie ebenfalls nicht gehen lassen. Wann war das passiert? Seit wann fühlte ich mich so an sie gebunden? Ich schloss die Augen und drückte mein Gesicht gegen Embers Hals. Wir beide zitterten. Nichts davon war relevant. Ich war ein Soldat, mein Leben gehörte nicht mir allein, und letzten Endes, ganz egal wie diese Sache ausging, würde ich wieder in den Krieg ziehen müssen.

Ember strich mit kühlen Fingern durch meine Haare und fragte wehmütig: »Garret?«

»Mmmmm«, grunzte ich, ohne die Augen zu öffnen.

»Wenn du in diesem Moment an einem Ort deiner Wahl sein könntest, irgendwo auf der Welt ...«, fuhr sie leise fort. Dabei ließ sie ihre Fingerspitzen auf eine Art über meine Kopfhaut gleiten, die es mir schwer machte, mich zu konzentrieren. »... wo wärst du dann jetzt?«

Irritiert runzelte ich die Stirn. Sich irgendwo anders hinzuwünschen war doch sinnlos. Davon hatte keiner von uns etwas. »Warum?« Ich lehnte mich zurück, um ihr ins Gesicht sehen zu können.

»Garret!« Empört sah sie zu mir hoch. »Ich bin einfach nur neugierig. Mir zuliebe, ja?« Kopfschüttelnd schmiegte sie sich wieder an mich, schloss die Augen und deutete vage Richtung Decke. »Sagen wir einfach, du könntest überall hinfliegen, wohin auch immer, ganz egal, was es kostet, wie lange es dauert oder ob es überhaupt möglich wäre. Wohin würdest du wollen?«

Da musste ich nachdenken. Ich war schon fast überall gewesen, von Großstädten über kleine Dörfer bis hin zu den entlegensten Winkeln irgendwo in der Wildnis, wo uns der Krieg eben so hinführte. Nach so langer Zeit verschmolz das alles in meinem Gedächtnis miteinander: Missionen, Schlachten, Blut, Tod, und alles wieder von vorne. Nichts davon stach wirklich hervor.

Bis auf eines.

Als ich wieder zu ihr hinunterschaute, sah ich mein Spiegelbild in ihren Augen. Unsere Lippen berührten sich fast. »Wenn ich an einen beliebigen Ort meiner Wahl gehen könnte«, murmelte ich und strich ihr sanft eine Haarsträhne aus dem Gesicht, »dann wäre ich jetzt gerne genau hier und nirgendwo sonst.«

Ihre Augen strahlten. Sie drehte sich um, ließ die Hände an meinem Rücken hinaufgleiten und schloss die Lider, als ich sie küsste.

Diesmal war der Druck ihrer Lippen sanft, fast fragend. Ganz kurz spürte ich ihre Zunge an meiner Unterlippe, was mir einen Schauder über den Rücken jagte. Ich ließ sie ein, und sie erforschte vorsichtig meinen Mund. Währenddessen ballte ich hinter ihrem Rücken die Fäuste – wieder hatte ich das Gefühl zu ertrinken. Das Ende des Sommers, die Mission, das alles ragte drohend vor mir auf, aber ich schob diese Gedanken von mir. Nur noch dieser eine Abend, sagte ich mir, als ich zögernd Embers Zunge entgegenkam. Meine Knie wurden weich. Nur noch einen Abend lang so tun, als wäre ich normal. Mir vormachen, dieses schöne, feurige, unberechenbare Mädchen in meinen Armen könnte tatsächlich mir gehören.

Ein hohles Pochen ließ mich zusammenfahren, und ich schaffte es gerade noch, mich von Ember zu lösen, bevor Tristan die Tür aufriss. Er sah uns forschend an, und als er begriff, was vor sich ging, kniff er misstrauisch die dunklen Augen zusammen. Ich erwiderte ausdruckslos seinen Blick. Einerseits war ich wütend, andererseits wusste ich, dass er nicht in mein Zimmer kommen würde, wenn es nicht wichtig wäre.

»Kurze Störung«, verkündete er knapp und bestätigte damit meine Vermutung. »Garret, *dein Dad* ist am Telefon, er will mit dir reden. Sofort.«

Abrupt richtete ich mich auf. Mir wurde eiskalt. »Mein Dad« war der Code für den Orden, und jede Kontaktaufnahme hatte oberste Priorität. »Ich komme gleich«, erklärte ich, woraufhin Tristan verschwand, die Tür jedoch offen ließ. Schnell wandte ich mich an Ember.

»Ich muss rangehen«, erklärte ich ihr, war in Gedanken aber schon bei der Frage, was der Orden wollen könnte. Vielleicht hatten sie ja den Schläfer gefunden und riefen uns zurück an die Front. Diese Vorstellung war beunruhigend, gleichzeitig aber auch eine Erleichterung. Falls sie den Schläfer aufgespürt hatten, bedeutete das, dass Ember nicht unsere Zielperson war. Es bedeutete aber auch, dass ich sie jetzt zum letzten Mal sah, bevor ich Crescent Beach verlassen, aus ihrem Leben verschwinden und wieder in den Krieg ziehen musste.

Während ich krampfhaft versuchte, diesen Gedanken zu verdrängen, streckte ich die Hand aus. »Komm, ich bringe dich raus.«

Ember schien verwirrt zu sein. »Ist alles in Ordnung?«

»Klar«, murmelte ich, während wir an Tristans Zimmer und der Küche vorbei zur Wohnungstür gingen. »Keine Sorge, es ist nichts. Mein Dad ist eben … wichtig«, sagte ich ausweichend. »Er ruft nur an, wenn es wirklich dringend ist.«

Die Lüge hatte einen faden Beigeschmack. Als wir in der offenen Tür standen, fuhr ich ihr durchs Haar – vielleicht zum letzten Mal. »Ich … rufe dich nachher an, okay?« Hoffentlich würde sich das nicht ebenfalls als Lüge entpuppen.

Sie beugte sich vor und drückte ihre Lippen sanft auf meine. Ich schloss kurz die Augen. »Wir hören uns«, flüsterte sie, dann ging sie. Während ich ihr hinterherschaute, kam es mir so vor, als würde sie einen kleinen Teil von mir mit sich nehmen. Dann schlug ich mit Nachdruck die Tür zu – hinter Ember Hill und einem normalen Leben.

Tristan stand bereits über den Laptop gebeugt, als ich sein Zimmer betrat und unruhig unter der Tür stehen blieb. »Der Orden hat Kontakt aufgenommen«, erklärte er mir, ohne den Blick vom Bildschirm abzuwenden. »Wir sind die nächsten vierundzwanzig Stunden in Alarmbereitschaft. Anscheinend sind sie hinter zwei Drachen her, die bei einer Razzia in Colorado entwischt sind, und sie vermuten sie irgendwo hier in Crescent Beach, wahrscheinlich bei unserem Schläfer. Sie sind bereits auf dem Weg hierher. Wir haben Befehl bekommen, uns dem Team direkt bei der Ankunft anzuschließen. Bis wir von der Einsatzleitung hören, müssen wir uns also bereithalten. Mach dich fertig, damit wir sofort abrücken können, wenn sie sich melden.« Seine ernste Miene wurde kurz von einem Lächeln aufgehellt, und mit funkelnden Augen drehte er sich zu mir um. »Endlich tut sich was. Ich hatte schon befürchtet, sie könnten uns vergessen haben.«

Ich sparte mir jeden Kommentar. Tristan stieß sich vom

Schreibtisch ab, ging zu seinem Kleiderschrank und holte aus dem hintersten Winkel einen langen, schwarzen Kasten hervor, den er fast ehrfürchtig auf seinem Bett ablegte. Nachdem er die leise klickenden Verschlüsse geöffnet hatte, strich er mit den Fingern über das glänzende Präzisionsgewehr. Sein Blick schien sich an der todbringenden Waffe festzusaugen. »Diese ganze Rumsitzerei, Hausobservation und Teenagerüberwachung am Strand«, murmelte er. »Ich habe die Schnauze voll davon. Wurde auch Zeit, dass wir endlich wieder in den Krieg ziehen.«

Normalerweise hätte ich ihm zugestimmt. Bevor ich nach Crescent Beach gekommen war, hätte mein Herz vor Freude gerast bei der Nachricht von einer Razzia, durch die vermutlich mehrere Drachen unter einem Dach aufgescheucht wurden. Jetzt löste sie eher Unruhe in mir aus, ein nagendes, ungutes Gefühl, das mich einfach nicht losließ. Noch nie hatte ich einen Befehl infrage gestellt oder unsere Ziele angezweifelt. Vor der Begegnung mit einer gewissen Rothaarigen waren Drachen für mich nur eines gewesen: Monster, die man jagen und abschlachten musste.

Vor meiner Bekanntschaft mit Ember war alles viel unkomplizierter gewesen.

»Garret?« Tristans Stimme klang hart. Als ich ihn wachsam anschaute, starrte er finster zurück. Mein Partner verfügte über die unheimliche Fähigkeit, meist genau zu wissen, was ich gerade dachte, selbst wenn ich ihm keinerlei Hinweis darauf gab. »Das ist unser Job, Partner«, mahnte er mit fester Stimme. »Wir wussten beide, dass es so kommen würde. Alles, was wir bis jetzt getan haben, hat uns zu diesem Ziel geführt.«

»Ich weiß«, murmelte ich.

»Dann mach dich fertig, der Orden ist bereits unterwegs. Und wenn sie hier sind, solltest du deine Prioritäten besser wieder richtig geordnet haben.«

»Diese Monster haben meine gesamte Familie ausgelöscht«, erwiderte ich ausdruckslos. Es nervte mich, dass er an mir zweifelte. Und dass er viel zu viel begriff. »Meine Prioritäten haben sich nicht geändert. Ich weiß, was ich zu tun habe.«

»Gut.« Tristan nickte und griff dann nach seinem Zielfernrohr, um kurz durch die Linse zu blicken. »Denn wir rücken aus, sobald sie eintreffen.«

Ich zog mich in mein Zimmer zurück und holte eine große, schwarze Stofftasche unter dem Bett hervor, deren Inhalt ich anlegte: feuerfester Anzug, darüber Tarnkleidung und Splitterschutzweste, Stiefel und Handschuhe. Helm und Maske ließ ich vorerst weg, aber mit ihnen wäre kein bisschen Haut mehr ungeschützt.

Während ich die Glock in das Oberschenkelholster schob, blieb mein Blick an dem ovalen Spiegel über der Kommode hängen. Ein gnadenloser Soldat mit kalten Augen starrte mich an, gerüstet für die Schlacht, bereit zum Töten. Eine unerwartete, brutale Erinnerung daran, was ich wirklich war. Die vergangenen Wochen waren ein Fantasiegebilde gewesen, eine nette kleine Abwechslung. Doch nun wurde es Zeit, in die wirkliche Welt zurückzukehren, zu dem, wofür man mich ausgebildet hatte. Ich war ein Soldat des Heiligen Georg. Mein Daseinszweck bestand im Töten.

Ich nahm meinen Helm vom Bett und ging in die Küche,

wo Tristan sämtliche Rollos heruntergelassen hatte und mit dem Laptop am Tresen stand. Er trug nun ebenfalls seinen Kampfanzug und nickte mir kurz zu.

»Sie haben das Nest lokalisiert. Mach dich bereit, wir gehen heute Abend noch rein.«

Ember

Nachdem ich Garrets Wohnung verlassen hatte, fuhr ich eine Zeit lang ziellos durch die Gegend. In meinem Kopf herrschte noch immer das absolute Chaos. Lexi hatte angerufen und gefragt, ob ich mit ihr in der Bucht surfen gehen wollte, aber ich brauchte einen kühlen Kopf, um mit den Riesenwellen klarzukommen, und würde heute wahrscheinlich nur abschmieren. Außerdem würde Lexi merken, dass etwas nicht stimmte, und auch wenn sie toll mit Menschenproblemen wie Jungs, Klamotten und Gefühlen umgehen konnte, wäre sie mir hierbei keine Hilfe.

Ich wünschte mir so sehr, ich hätte mit Garret darüber reden können, einfach reinen Tisch machen und ihm alles sagen. Nach meinem Training und dem atomaren Super-GAU, den die Neuigkeiten meiner Ausbilderin für mich darstellten, war ich sofort zu seiner Wohnung gefahren, ohne genau zu wissen, was ich ihm sagen wollte – aber sehen musste ich ihn unbedingt.

Das war ein Fehler gewesen.

Garret zu sehen, die heimlichen Küsse in seinem Zimmer, sein geflüstertes Geständnis … das alles führte mir nur wieder vor Augen, wie viel ich nach dem Sommer verlieren würde. Ursprünglich hatte ich befürchtet, dann meine eng begrenzte Freiheit aufgeben zu müssen, doch die Aussicht, Garret zu verlieren, ließ selbst das nichtig erscheinen. Er war nicht nur irgendein niedlicher Menschenjunge, der gut surfen konnte, ein Meister der Videospiele war und mich auf den Rummelplatz einlud. Hierbei ging es nicht um den rebellischen Wunsch, meine Ausbilderin vorzuführen, oder darum, menschliche Emotionen zu durchleben, nur weil Drachen die eigentlich nicht haben durften. Nein, ich wollte wirklich und aufrichtig mit ihm zusammen sein. Und bei dem Gedanken, dass er fortgehen und ich ihn niemals wiedersehen würde, brannte ein Schmerz in meinem Herzen, den ich bisher nicht gekannt hatte.

Jetzt hingen also zwei schwarze Wolken über meinem Kopf, was mich nur noch mehr verwirrte. Oder vielleicht war es auch nur eine dicke schwarze Wolke, und meine kleineren Probleme waren bloß eine Folge davon. Eine erstickende, fette Wolke namens Talon. Talon sagte, Menschen wären die unterlegene Spezies. Talon verbot uns das Fliegen und die Verwandlung in unsere wahre Gestalt ohne ausdrückliche Erlaubnis. Talon hatte eine bösartige, sadistische Ausbilderin geschickt, die mir das Leben zur Hölle machte.

Talon wollte, dass ich eine Viper wurde.

Schaudernd klammerte ich mich an den Lenker meines Fahrrads. In der Organisation gab es so viele Abteilungen und Positionen, aber ich hätte nicht einmal im Traum daran gedacht, eine Viper zu werden. Dass ich weder groß noch stark genug für die Gilas war, hatte ich gewusst. Und mir fehlten der Charme und die Raffinesse eines Chamäleons.

Nach dem Gespräch mit Riley draußen am Pier war ich mir fast sicher gewesen, dass ich ein Basilisk werden sollte. Nicht gerade ideal, aber immer noch besser, als zu den Waranen gesteckt zu werden und den Rest meines Lebens langweiligen, sinnlosen Kram zu machen.

Aber eine Viper? Die Top-Eliteeinheit von Talon. Offiziell galten die Vipern als das letzte Mittel, der finale Joker, wenn alles andere fehlgeschlagen war. Und natürlich wurden sie hin und wieder eingesetzt, um Einzelgänger und Verräter aufzuspüren und an die Organisation zu übergeben. So weit zum offiziellen Teil. Deshalb war es ebenso sinnlos wie gefährlich, sich von Talon loszusagen – hatte eine Viper einmal die Fährte aufgenommen, hatte man keine Chance mehr. Hatten sie eine Mission erst übernommen, gaben sie niemals auf.

Und das sollte meine Bestimmung sein? Meine eigenen Leute zu jagen und zurück in die Organisation zu zwingen, die mich selbst fast erstickte? Das kam mir grundfalsch vor. Obwohl ich eigentlich keine Ahnung hatte, was die Vipern sonst noch so taten. Sicher waren sie nicht ständig auf der Jagd nach Ausreißern. Doch als ich Miss Gruselfunktionär danach gefragt hatte, hatte sie nur lachend geantwortet, dass ich mir darüber jetzt noch nicht den Kopf zerbrechen müsse. Wenn die Zeit reif sei, würde ich alles erfahren.

Ich musste unbedingt mit jemandem reden. Das mit Garret war eine Kurzschlussreaktion gewesen, weil ich so aufgeregt und durcheinander gewesen war, aber er konnte mir bei Talon-Problemen nun einmal nicht helfen. Ich brauchte einen Drachen, jemanden, der verstand, was ich gerade durchmachte. Und mir fiel nur einer ein, auf den diese Beschreibung passte.

Noch während ich das Rad im Vorgarten abstellte und auf das Haus zuging, zog ich mein Handy aus der Tasche. Mein Herz dröhnte, als ich seine Nummer aufrief. Zögernd schwebte mein Daumen über dem grünen Knopf.

Ohne den Blick vom Display zu heben, öffnete ich die Haustür, nur um prompt gegen Dante zu stoßen, der gerade nach draußen wollte.

»Uff. Aua. Wieder einmal«, beschwerte er sich, wich einen Schritt zurück und rieb sich das Kinn, das ich offensichtlich mit meinem Kopf erwischt hatte. »Mann, als wäre ich gegen eine Bowlingkugel gerannt. Aber ich wusste ja schon immer, dass du einen Dickschädel hast.«

»Sehr witzig.« Er verhielt sich wieder vollkommen normal, als wäre nie etwas gewesen. Aber ich hatte die Schnauze voll von diesen Spielchen und trat nur beiseite, um ihn durchzulassen. »Besser ein Kopf wie eine Bowlingkugel als keine Eier in der Hose.«

»Der ging unter die Gürtellinie, Schwesterlein.« Stirnrunzelnd sah er mich an. »Alles okay?«

»Alles bestens. Und was interessiert es dich überhaupt?« Als er sich nicht vom Fleck rührte, versuchte ich, mich an ihm vorbei ins Haus zu schieben. »Hast du nicht irgendwelche Aufträge von Talon zu erledigen? Ein bisschen Schleimen? Keine Ärsche zum Reinkriechen da?«

»Okay, da ist aber jemand schlecht drauf.« Endlich schaffte ich es an ihm vorbei, doch statt zu gehen, folgte er mir bis in die Küche. Misstrauisch fügte er hinzu: »Verrätst du mir jetzt, was los ist?«

»Würdest du mir denn zuhören?« Herausfordernd starrte ich ihn über den Tresen hinweg an. »Oder würdest du mich nur bei Talon verpfeifen, wenn ich etwas Falsches sage?«

Wut und Betroffenheit huschten über sein Gesicht. »Alles klar, das reicht«, knurrte er. Er beugte sich über den Tresen und fragte in harschem Flüsterton: »Habe ich dir denn irgendwann mal nicht zugehört, Ember? Ständig erzählst du mir, ich wäre nicht auf deiner Seite, dabei habe ich die ganze Zeit auf dich aufgepasst, habe deinetwegen unsere Betreuer belogen, habe weggesehen, wenn du wieder mal gegen die Regeln verstoßen hast. Als du zum Fliegen abgehauen bist, habe ich für dich gelogen, habe dich bei dieser Party gedeckt und niemandem erzählt, dass ich dich mit diesem Einzelgänger gesehen habe. Nicht einmal von dir und Garret habe ich was gesagt.«

Überrascht fuhr ich zusammen. »Wie …?«

»Lexi hat es mir verraten«, erwiderte Dante grimmig. »Und es war verdammt beschissen, es von jemand anderem zu erfahren und nicht von dir. Früher hast du mir alles anvertraut.«

Er schien ehrlich getroffen zu sein, und mein Zorn verrauchte etwas. Vielleicht war ich ja wirklich unfair. Soweit ich das sagen konnte, hatte Dante Talon nicht darüber informiert, dass Riley zurückgekommen war. Und bei der Party hatte er mich tatsächlich gedeckt, genauso wie er nie ein Wort über meine verbotene nächtliche Tour mit Cobalt verloren hatte. Vielleicht hatte er einfach nur Angst. Vielleicht wollte er wirklich nur auf mich achtgeben und wusste einfach nicht, wie er das anders anstellen sollte.

»Mir wirfst du vor, dass ich Geheimnisse hätte«, fuhr Dante nun wütend fort, »dabei verbirgst *du* doch ständig irgendwas vor mir. Mir ist vollkommen egal, was du mit diesem Menschen treibst, Ember. Wir sollen uns schließlich anpassen, ihre Lebensart kennen lernen und sie glauben lassen, wir wären genau wie sie. Aber wir dürfen niemals vergessen, dass wir das nicht sind. Und irgendwann werden die Menschen das ebenfalls wissen.«

Ruckartig hob ich den Kopf. »Das hat dein Ausbilder dir gesagt?«

»Was hat das denn jetzt damit zu tun?«

Ich fuhr zu ihm herum und kniff frustriert die Augen zusammen. »Wo haben sie dich reingesteckt?«, wollte ich wissen. Ich hatte die Schnauze voll davon, um den heißen Brei herumzureden, diese Geheimniskrämerei auf beiden Seiten wurde mir langsam zu viel. Im Moment wollte ich Antworten, und hoffentlich konnte ich immer noch darauf zählen, dass mein Zwilling für mich einstand. Dante blinzelte verwirrt, und schnell bohrte ich weiter: »Die Abteilung, Dante. Was bist du? Wo hat Talon dich hingesteckt?«

Als er zögerte, glaubte ich schon, er würde mir nicht antworten, sondern behaupten, darüber dürfe er nicht sprechen. Doch dann lehnte er sich mit einem tiefen Seufzer gegen den Tresen.

»Chamäleon.«

Ich sackte in mich zusammen. »Ja, dachte ich mir schon. Das passt zu dir.« Es war kein Problem, mir Dante im feinen Zwirn vorzustellen, wie er locker mit den Machthabern dieser Welt plauderte – da wäre er ganz in seinem Element. »Da passt du bestimmt super rein.«

»Was soll das denn heißen?«, erwiderte Dante gereizt. »Das ist eine wichtige Berufung.« Mit funkelnden Augen starrte er mich an. »Wieso? Wo haben sie dich denn hingeschickt? Warane? Gilas? Eine Position, in der dein hitziges Temperament nicht deine gesamte Umgebung in Brand steckt?«

»Vipern.«

Dante wurde kalkweiß. Er riss die Augen auf und wich einen Schritt zurück. Plötzlich bildeten seine roten Haare einen krassen Kontrast zu seinem blassen Gesicht.

»Wie bitte?«, flüsterte er. Mein Herz setzte einen Schlag aus. »Sie haben dich zu den Vipern gesteckt?«

Während ich nickte, spürte ich, wie mir ein kalter Schauder über den Rücken lief. Ich hatte ja mit diversen Reaktionen gerechnet, aber damit nicht. »Meine Ausbilderin hat es mir heute Morgen gesagt«, erklärte ich. »Ich habe den ganzen Tag an nichts anderes denken können.« Oder zumindest während der Zeit, als ich nicht bei Garret gewesen war. Mit einem abfälligen Schnauben verschränkte ich die Arme vor der Brust, um meine wachsende Angst zu überspielen. »Natürlich hat niemand gefragt, was *ich* davon halte, ob ich überhaupt eine Viper werden möchte. Warum dürfen die einfach entscheiden, was das Beste für uns ist? Wenn ich das für den Rest meines Lebens machen soll, müsste ich dann nicht ein gewisses Mitspracherecht haben?«

Als Dante mich nur weiter entsetzt anstarrte, spürte ich, wie meine Entschlossenheit wuchs. »Die müssen einen Fehler gemacht haben«, beharrte ich. »Wahrscheinlich haben sie mich falsch analysiert, oder es hat einen Systemfehler gegeben oder so. Ich will keine Viper werden. Ich will nicht meine eigenen Leute jagen und zu Talon zurückschleifen. Denn das machen die doch, oder? Wenn ich jetzt abhauen würde« – Dantes Entsetzen erreichte eine neue Stufe –, »würden die doch eine Viper schicken, um mich wieder einzufangen, richtig?«

Mein Zwilling antwortete nicht. Ich sank über dem Tresen zusammen, bis ich den kühlen Marmor an meiner heißen Wange spürte. Erschöpft schloss ich die Augen. »Ich kann das nicht«, sagte ich. »Das ist falsch.« Mühsam hob ich den Kopf und warf Dante einen flehenden Blick zu – er musste mich doch verstehen! Ich wollte meinen Bruder von früher wiederhaben. »Dante, was soll ich tun?«

»Ember, hör mir zu.« Dante kam um den Tresen herum und packte mich an den Oberarmen. Durchdringend sah er mich an, während sich seine Finger in meine Haut bohrten. »Du wirst eine Viper werden«, sagte er leise, aber unnachgiebig. »Denn so lautet der Beschluss von Talon. Du kannst nicht gegen sie ankämpfen. Wenn du es versuchst …« Er verstummte und erwiderte wütend meinen fassungslosen Blick. »Kämpfe nicht gegen sie an«, wiederholte er. »Akzeptiere die Tatsache, dass du eine Viper werden wirst und dass du nichts dagegen tun kannst. Sobald du dich damit abgefunden hast, wird alles viel leichter, das verspreche ich dir.«

Ich riss mich los und wich mit einem heftigen Kopfschütteln vor ihm zurück. Er folgte mir nicht, sondern sah mich nur mit traurigen, besorgten Augen an.

»Es ist am besten so«, bekräftigte er. »Die bei Talon wissen schon, was sie tun. Du musst ihnen vertrauen. Hör auf, dich zu wehren, Schwester. Hier geht es um die Zukunft, um das Überleben unserer gesamten Rasse. Wenn du Talons Feinde ausschalten kannst, ist das doch ein guter Grund, um eine Viper zu werden. Du solltest stolz sein.«

Ich konnte nicht antworten. Ich hatte ihm einfach nichts mehr zu sagen. Also drehte ich mich um, stürmte aus der Küche und ging in mein Zimmer. Die Tür fiel mit einem leisen Klicken hinter mir zu. Das feine, alltägliche Geräusch schien endgültig das Band zu durchtrennen, das eigentlich unzerstörbar hätte sein sollen. Was war nur aus meinem Bruder geworden? Talon hatte ihn mir genommen.

Ich setzte mich aufs Bett und griff wieder zum Handy. Diesmal zögerte ich nicht. Dante wusste irgendetwas über die Vipern, das hatte ich an seinem Entsetzen und der Angst erkannt, die bei Nennung dieses Namens über sein Gesicht gehuscht waren. Aber er war jetzt ein Fremder, ich erkannte ihn nicht mehr wieder. Und wenn er mir nichts sagen wollte, musste ich mir die Antworten eben bei dem einen holen, der mir noch geblieben war.

Hey, hast du Zeit?, schrieb ich, ohne auf das freudige Flattern meines Drachen zu achten.

Wie beim letzten Mal dauerte es nur wenige Sekunden, bis eine Antwort auf dem Display erschien:

Für dich doch immer, Rotschopf. In einer Viertelstunde am selben Treffpunkt.

Das Display wurde dunkel, doch ich starrte weiter blind darauf. Nun würde ich mich zum zweiten Mal innerhalb einer Woche mit einem Einzelgänger treffen. Ich war wütend auf Dante, verabscheute meine Ausbilderin und hatte leise Schuldgefühle wegen Garret. Drei potenzielle Anrufer, von denen ich mich bei meinem Gespräch mit dem Einzelgänger nicht stören lassen wollte.

Also traf ich eine Entscheidung. Ich legte das Telefon auf die Kommode und verließ das Haus – ohne Handy.

Ich schob das Telefon zurück in die Tasche meiner Jeans. Na, das hätte doch nicht besser laufen können. Ich hatte sowieso geplant, Ember an diesem Abend noch zu kontaktieren, sobald ich mit Wes sämtliche Alarmanlagen und Bewegungsmelder installiert hätte. So entwickelte sich die Sache prächtig.

Wes betrat die Küche. Er wirkte müde – sein Blick war trüb, und seine Haare waren noch zerzauster als sonst. »So, alles fertig«, murmelte er, während er sich eine Limo aus dem Kühlschrank nahm. »Die Alarmanlagen sind angebracht, die Bewegungsmelder aktiviert, und das System ist jetzt offiziell online. Sobald auch nur eine Maus über die Einfahrt läuft, werden wir es wissen.«

»Wo stecken die beiden anderen?«

»Ich habe sie unten vor dem Fernseher sitzen lassen, sie schauen sich die *Avengers* an. Vorher haben sie aber so ziemlich alles aufgefressen, was wir im Haus hatten.« Wes öffnete die Getränkedose, kippte sich in einem Zug die Hälfte ihres Inhalts rein und rülpste laut. »Nestlinge sind einfach nicht satt zu kriegen. Du gehst doch bald wieder einkaufen, oder, Kumpel? Ich meine, falls wir hier noch eine Weile festsitzen, während du diesem Mädchen hinterherschnüffelst.« Er trank die Limo aus, zerdrückte die Dose und warf sie in den Müll. »Ich halte deinen Plan immer noch für hirnrissig, Riley. Wir sollten schleunigst von hier verschwinden und nicht herumhocken und abwarten, bis irgend so eine verzogene Talon-Göre sich endlich mal entscheidet.«

Wortlos nahm ich meine Lederjacke von der Sofalehne und zog sie an, während ich hinausging. Wes runzelte irritiert die Stirn.

»Wo willst du hin?«, rief er mir nach.

»Zu einem Treffen mit der verzogenen Talon-Göre.« Ich warf die Motorradschlüssel in die Luft und fing sie wieder auf. Dann grinste ich den Menschen über die Schulter hinweg an. »Wünsch mir Glück. Wenn es läuft wie geplant, hauen wir vielleicht früher von hier ab, als du denkst.«

»Das ist ja fantastisch«, schoss er zurück. »Da hat es sich ja gelohnt, dass ich die ganze Nacht wach geblieben bin, um das Alarmsystem einzurichten!«

Nachdem ich theatralisch die Augen verdreht hatte, ließ ich den ewig miesepetrigen Wes im Haus zurück und ging zur Garage hinüber. Diesmal würde es keine Ablenkungen oder Unterbrechungen geben. Diesmal würde ich sie Talon ein für alle Mal wegschnappen.

Als ich die Mole betrat, lehnte sie am Geländer, blickte aufs Wasser hinaus und ließ sich von der starken Brise die Haare zerzausen. Selbst in menschlicher Gestalt glaubte ich den Drachen dicht unter der Oberfläche zu erkennen, wie er den Kopf in den Wind reckte und die Flügel spreizte, bereit, jederzeit abzuheben. Ich schluckte die aufsteigende

Aufregung hinunter. Anscheinend wurde dieses Gefühl mit jeder Begegnung stärker: die Hitze in meinem Blut, der Drang, sie zu spüren, sie an mich zu reißen und nie wieder loszulassen.

Schnell stellte ich mich neben sie, stützte die Ellbogen auf das Geländer und lehnte mich über das Wasser hinaus. »Wir sollten uns nicht immer so treffen, Rotschopf.«

Mit einem schnellen Seitenblick lächelte sie mich an, und ihre Wangen verfärbten sich leicht. »Hi, Riley.« Ihre Stimme war so leise, dass ich sie über das Geräusch der brechenden Wellen hinweg kaum hören konnte. »Danke, dass du dich noch mal mit mir triffst. Du hast ja bestimmt auch Besseres zu tun.«

Wie etwa, mich auf einen Angriff vorzubereiten? Oder mit zwei Nestlingen aus der Stadt zu verschwinden, bevor der Georgsorden uns die Tür eintritt? »Eigentlich nicht. Aber für dich würde ich mir sowieso immer Zeit nehmen.« Ich drehte mich zu ihr um und grinste, als die Röte in ihrem Gesicht sich noch weiter verstärkte. »Also, was ist diesmal im Busch?«, fragte ich möglichst unbeschwert.

»Nervt dich deine Trainerin wieder? Benutzen sie jetzt Gummigeschosse statt Paintballs?«

»Nein.« Sie kratzte an dem Holzgeländer herum, bis sich ein Splitter löste. »Ich … habe nur gerade herausgefunden, wo sie mich hinstecken wollen. Was ich tun werde … für den Rest meines Lebens.«

»Ah, die Abteilungswahl. Ja, das öffnet vielen die Augen. Ich war damals so sicher, dass sie mich zu den Gilas stecken würden, nachdem ich ständig Kampftraining machen musste.« Wieder kratzte sie an dem Geländer herum;

offenbar hörte sie mir gar nicht richtig zu. Mit gesenkter Stimme fuhr ich fort: »Also, wo sollst du denn jetzt hin, Rotschopf? Warane oder Basilisken? Nichts für ungut, aber für eine Gila bist du doch etwas klein geraten.«

Ember biss sich auf die Lippe, und ihr Blick verfinsterte sich. »Viper«, murmelte sie. »Sie haben mich zu den Vipern gesteckt.«

Viper.

Fast wäre mir das Herz stehen geblieben. Eine Viper war in der Stadt. Und das schon die ganze Zeit. Verdammt, warum hatte ich Ember nicht schon früher danach gefragt, gestern zum Beispiel, als wir über ihre Ausbildung gesprochen hatten? Hätte ich gewusst, dass Talon eine Viper aus ihr machen wollte ...

Ich fluchte leise und versuchte, nicht in Panik zu geraten. Ember blinzelte erschrocken und sah mich verwirrt an. »Riley?«

»Deine Ausbilderin, Ember«, brachte ich mühsam hervor und beugte mich so weit vor, dass sie mich wachsam und gleichzeitig verblüfft anstarrte. Doch sie wich nicht zurück. »Wie heißt sie? Wie sieht sie aus?«

»Ihren Namen kenne ich nicht«, antwortete Ember stirnrunzelnd. »Den hat sie mir nie verraten. Aber sie ist groß, lange blonde Haare, grüne Augen ...«

»Verdammt gute Kämpferin?«

»Ja.«

»Unglaublich sadistisch?«

»Und wie.« Nun riss sie die Augen auf. »Kennst du sie etwa?«

Ich fuhr mir durch die Haare und spürte, wie sich ein

Eisklumpen in meinem Magen bildete. »Lilith«, knurrte ich. Mit aller Kraft zwang ich mich, ruhig zu bleiben und nicht über die Schulter zu schauen; gut möglich, dass sie uns beobachtete. »Du wurdest die ganze Zeit von Lilith trainiert?«

»Wer ist Lilith?«

Ohne auf die Frage einzugehen, fauchte ich: »Ist dir jemand gefolgt?« Als Ember mich nur verwirrt anschaute, packte ich sie am Handgelenk, woraufhin sie erschrocken zusammenzuckte. »Ember, hast du irgendjemandem gesagt, wo du hingehst? Weiß irgendjemand, wo du gerade bist?«

»Nein!« Sie verdrehte kurz ihren Arm, und schon hatte sie sich losgerissen. Das überraschte mich, aber nicht lange. Klar, sie war ja von Lilith ausgebildet worden – da konnte ich nichts anderes erwarten. »Was ist denn los, Riley? Wer ist diese Lilith überhaupt?«

Möglichst verstohlen atmete ich tief durch, dann lehnte ich mich in gespielter Lässigkeit mit dem Rücken an das Geländer, tat so, als wäre alles in bester Ordnung. Noch einmal suchte ich unauffällig den Pier ab, hielt Ausschau nach dem anderen Drachen, obwohl ich wusste, dass es zwecklos war. Wenn Lilith nicht gesehen werden wollte, würde ich sie auch nicht entdecken. »Hier können wir nicht reden«, sagte ich leise. Hoffentlich würde Ember den Hinweis verstehen und nicht durchblicken lassen, dass ich Bescheid wusste. »Wenn du wirklich wissen willst, wer Lilith ist und was sie für Talon tut, musst du jetzt sofort mit mir kommen. Ich werde dich an einen sicheren Ort bringen. Aber du musst mir dein Wort geben, dass du das, was du dort siehst oder hörst, an absolut *niemanden* weitergibst. Hast du das verstanden?« Aus dem Augenwinkel warf ich ihr einen prüfenden Blick zu, bevor ich mit eiserner Stimme hinzufügte: »Dabei geht es um Leben und Tod, Ember. Das hier ist kein Spiel mehr. Versprich mir, dass du es niemandem verrätst, weder deinem Bruder noch deinen Betreuern und *vor allem* nicht deiner Ausbilderin.« Ich schloss kurz die Augen und betete, dass es noch nicht zu spät sein möge. »Falls sie nicht sowieso schon weiß, dass ich hier bin.«

Ember war blass geworden, aber sie nickte. »Ich werde es niemandem verraten. Das verspreche ich.«

Mit einem knappen Nicken nahm ich es zur Kenntnis. »Gut. Dann folge mir, und versuche, dich möglichst normal zu verhalten.«

Sie rümpfte die Nase. »*Du* führst dich hier doch auf wie ein Irrer.«

Ohne darauf einzugehen, marschierte ich den Pier hinunter, äußerlich total entspannt, während innerlich alle Alarmglocken schrillten. Wenn Lilith hier war, mussten wir die Stadt so schnell wie möglich verlassen. Zu bleiben, während der Sankt-Georgs-Orden aufmarschierte, war schon riskant genug. Aber wenn sich hier eine Viper herumtrieb, grenzte es an Selbstmord.

Insbesondere, wenn es sich bei dieser Viper um Lilith handelte.

Mir blieb nur die vage Hoffnung, dass sie vielleicht noch nichts von uns wusste. Dass sie nur nach Crescent Beach gekommen war, um Ember auszubilden, und nicht ausgerechnet meinetwegen. Sollte das der Fall sein, hatten wir noch eine Chance. Etwas Zeit blieb uns noch. Genug, um uns alle sicher hier rauszubringen.

Und wenn wir die Stadt verließen, würde mein naiver kleiner Rotschopf – der sich ausgerechnet als Liliths Schützling entpuppen musste – uns hoffentlich begleiten.

Ember

Memo an mich selbst: Motorradfahren auf die Liste der Dinge setzen, die fast so schön sind wie Fliegen.

Rileys Bike glitt durch die Straßen, schlängelte sich durch den Verkehr, schoss über dunkelgelbe Ampeln und jagte mit Höchstgeschwindigkeit durch die Kurven. Der Wind zerrte an meinen Haaren und meinen Klamotten, brannte in meinen Augen, und vom Brüllen des Motors und dem Hupen der genervten Autofahrer dröhnten mir bald die Ohren. Riley ging kein einziges Mal vom Gas. Vermutlich wollte er sicherstellen, dass uns niemand folgte, was wohl auch ganz schlau war, nachdem meine Ausbilderin mir ja bereits bestätigt hatte, dass sie mich gerne »im Auge behielt«. Also schlang ich beide Arme fest um seinen Bauch, drückte die Wange an seine Lederjacke und sah zu, wie die Welt in einem verschwommenen Streifen an mir vorbeiraste.

Schließlich fuhren wir eine ziemlich steile Küstenstraße hinauf, von der man einen herrlichen Blick über das Meer und fast ganz Crescent Beach hatte. Während ich kurz den Kopf hob und mich fragte, was eigentlich unser Ziel war, bog Riley plötzlich in eine lange Einfahrt mit einem großen Tor ein und hielt vor einem Haus an.

Mir blieb der Mund offen stehen. Haus? Residenz traf

es wohl eher: Ein riesiger, ausladender Kasten, viel größer als Onkel Liams Villa oder sogar Kristins Strandhaus. Fassungslos starrte ich erst das Gebäude und dann Riley an, dessen Grinsen mir verriet, dass er mit so einer Reaktion gerechnet hatte.

»Willkommen in meinem bescheidenen Heim.«

»Du wohnst hier?«, keuchte ich fassungslos, während er nur lachend abstieg. »Okay, mein gesamtes Bild von dir wurde gerade brutal auf den Kopf gestellt. Offenbar zahlt sich das Einzelgängerdasein doch wesentlich mehr aus, als ich gedacht hatte.«

Immer noch grinsend fuhr er sich mit der Hand durchs Haar. »Zu beeindruckt sollst du auch nicht sein, Rotschopf. Es gehört nicht mir. Wir … borgen es uns nur aus, solange wir hier sind.«

»Wir?«

»Ganz genau, ›wir‹. Komm mit.« Er zeigte mit dem Daumen auf die massive Eingangstür, dann setzte er sich in Bewegung. »Ich möchte dir ein paar Leute vorstellen.«

Drinnen war alles genauso geräumig und gewaltig wie von außen, und hier sah man auch, dass die Villa bewohnt war. Das verrieten die unzähligen Red-Bull- und Mountain-Dew-Dosen, die überall herumlagen, dazu die schmutzigen Teller, die sich in der Spüle stapelten, und die leeren Pizzakartons auf dem Küchentresen.

Aus einem der hinteren Zimmer kam uns ein schlaksiger Mensch entgegen. Sein Shirt war zerknittert, die braunen Haare hingen ihm ungekämmt in die Augen. Als er mich im Foyer entdeckte, schien er nicht überrascht zu sein, sondern warf Riley nur einen müden Blick zu.

»Das ist sie also?« Er hatte einen hörbaren britischen Akzent. »Das Mädchen, für das wir alle unser Leben riskieren? O nein, halt. Das Mädchen, für das *du* unser aller Leben riskierst?« Hinter der struppigen Mähne hob sich eine Augenbraue. »Du siehst mich nicht gerade beeindruckt, Kumpel.«

Mit einem finsteren Blick erwiderte ich: »Falls du mir was zu sagen hast – ich stehe direkt vor dir.«

»Du musst Wes bitte entschuldigen«, schaltete sich Riley ein. »Er ist ein gewohnheitsmäßiger Vollidiot.« Der Mensch zuckte nicht mit der Wimper, woraufhin Riley in ernstem Ton fortfuhr: »Wo sind die beiden anderen?«

»Immer noch unten. Wie schon den ganzen Vormittag. Wahrscheinlich schmollen sie, weil ich sie aus dem Pool gescheucht habe. Wieso?« Er kniff die Augen zusammen. Vermutlich spürte er, wie angespannt Riley war. »Was ist los?«

Riley warf mir einen kurzen Blick zu. Als er zögerte, wurde mir klar, dass er sich nicht sicher war, wie viel er preisgeben konnte. Ob er mir vertrauen sollte. Deshalb sah ich ihm offen ins Gesicht, bevor ich ihn daran erinnerte, warum wir hier waren: »Du hast mir Antworten versprochen. Du sagtest, du würdest mir alles über Talon und die Vipern erzählen, und was sie tun. Ich werde nicht gehen, bevor ich das weiß.«

»Die Vipern?« Plötzlich klang Wes' Stimme nicht mehr arrogant und gelangweilt, sondern schrill und verängstigt. Mit weit aufgerissenen Augen starrte er mich an, dann wandte er sich an Riley und fragte zischend: »Hat sie gerade *Vipern* gesagt, verdammt?«

Riley seufzte schwer. »Lilith ist hier«, antwortete er dann leise. Wes wurde leichenblass, wich einige Schritte zurück und gab eine beeindruckende Reihe von Flüchen zum Besten. »Reiß dich zusammen«, warnte Riley ihn, als der Blick des Menschen ins Wahnsinnige abglitt. »Bis jetzt weiß sie nichts von unserer Anwesenheit. Zumindest hoffe ich das. Jedenfalls ist sie nicht unseretwegen hier.«

»Natürlich ist sie unseretwegen hier!« Zusammenreißen war nicht gerade Wes' Stärke. »Warum sonst sollte eine verdammte Viper hier sein? Die macht bestimmt keinen Strandurlaub!«

»Sie ist meine Ausbilderin«, sagte ich schnell, um ihn zu beruhigen. Leider hatte das nicht den gewünschten Effekt. Dem Menschen traten die Augen nur noch weiter aus den Höhlen, und er starrte mich wild an.

»Was zum … Riley! Bist du jetzt völlig irre? Du hast den neuen Zögling der Schlange in unser Haus gebracht? Woher sollen wir denn wissen, ob sie nicht auf uns angesetzt wurde? Sie könnte doch sofort losrennen und dem Miststück verraten, wo wir uns verstecken!«

»Das wird sie nicht tun«, erwiderte Riley ruhig. »Ich vertraue ihr.«

Kopfschüttelnd raufte Wes sich die Haare. »Ich hoffe, du weißt, was du tust, Kumpel. Das hoffe ich wirklich.«

»Geh und such die beiden anderen«, befahl Riley ihm. »Sag ihnen, dass wir bald aufbrechen. Sie sollen sich fertig machen. Und denk dran: Wir dürfen keine Beweise dafür zurücklassen, dass wir hier waren. Hinterlasst alles genau so, wie wir es vorgefunden haben. Das bedeutet, das Alarmsystem muss ebenfalls weg.«

»So ein Mist«, murmelte Wes, während er sich abwandte. Leise fluchend ging er davon. Fragend schaute ich den Einzelgänger an.

»Verwirrung hoch zehn, Riley.«

Er nickte müde. »Ich weiß. Komm rein.« Er führte mich ins Wohnzimmer und zeigte auf eines der Sofas, aber ich war zu angespannt, um mich zu setzen. Riley blieb ebenfalls lieber stehen. Mit verschränkten Armen starrte er aus dem Fenster, als müsse er erst seine Gedanken sortieren.

»Was weißt du über Talon«, fragte er schließlich, »und über die Vipern?«

Achselzuckend antwortete ich: »Nur das, was sie mir sagen, und das ist nicht viel. Ich weiß, dass die Vipern so eine Art Spezialkommando sind, das Talon immer dann losschickt, wenn es besonders schmutzig wird. Aber was genau sie tun, weiß ich eigentlich gar nicht. Ich habe versucht, meine Ausbilderin auszufragen, aber sie sagt mir nie irgendetwas. Bis jetzt kannte ich ja nicht einmal ihren Namen.«

»Ihr Name ist ...«, Riley drehte sich langsam zu mir um, »... Lilith. Und sie ist nicht nur das bösartigste Miststück, das Miststückhausen je hervorgebracht hat, sondern auch Talons allerbeste Viper. Was es natürlich äußerst interessant macht, dass ausgerechnet sie zu deiner Ausbilderin erklärt wurde.« Mit zusammengekniffenen Augen musterte er mich. »Das kann nur bedeuten, dass Talon bereit ist, viel in deine Ausbildung zu investieren. Die machen ihre beste Agentin nur dann zur Lehrerin eines Nestlings, wenn sie irgendetwas Besonderes mit ihm vorhaben.«

»Ist sie denn wirklich so eine große Nummer?«

Riley schnaubte abfällig. »Du hast ja keine Ahnung. Lilith ist in der Organisation eine Art lebende Legende. Sogar die Georgskrieger kennen ihren Namen. Und wer so knallhart ist, dass sogar diese irren Massenmörder aufhorchen …« Er beendete den Satz mit einem Achselzucken, aber mehr musste er auch nicht sagen.

»Deshalb ist Wes also so ausgeflippt. Er denkt, Lilith wurde hergeschickt, um euch zu Talon zurückzuschleifen.«

»Rotschopf.« Rileys ernster Blick jagte mir einen kalten Schauer über den Rücken. »Du begreifst noch immer nicht, was Lilith ist oder worin die eigentliche Aufgabe der Vipern besteht. Wenn deine reizende Ausbilderin uns schnappt, was wird dann deiner Meinung nach passieren? Sie wird uns bestimmt nicht nur einen Klaps auf die Finger geben und uns rügen, weil wir bei Talon ausgestiegen sind, da kannst du sicher sein. Wenn Lilith auf dich angesetzt wird, dann hat sie nur ein Ziel.«

Mit einem Mal ergab alles einen Sinn – die Geheimniskrämerei, Liliths Training, Dantes Reaktion auf die Nachricht, dass ich bei den Vipern gelandet war. Ich schluckte schwer. »Das kann nicht sein.«

Riley nickte. »Leider doch, Rotschopf. Die Vipern sind Talons Killerkommando. Das ist ihre einzige Aufgabe in der Organisation. Sie werden losgeschickt, um jedes von Talon anvisierte Opfer umzubringen. Normalerweise sind das hochrangige Mitglieder des Sankt-Georgs-Ordens, sie schleichen sich hinter die Linien und dringen tiefer in feindliches Gebiet vor als irgendjemand sonst. Aber sie schalten nicht nur wahnsinnige Massenmörder aus.« Voller Abscheu verzog Riley die Lippen. »Hast du dich nie gefragt, warum es bei Talon keine ehemaligen Einzelgänger oder Deserteure gibt, und warum niemand auch nur einen Gedanken in sich hat, der von der Linie der Organisation abweicht? Glaubst du vielleicht, das liegt daran, dass die Welt von Talon ein so wundervoller, glücklicher Ort ist, dass niemand, der noch bei klarem Verstand ist, dort weg will?« Wieder schnaubte er.»Nein, das liegt daran, dass Talon die Vipern einsetzt, um jeden zum Schweigen zu bringen, den sie für nicht loyal halten. Ob Mensch oder Drache spielt da keine Rolle. Wenn Talon ihnen den Befehl dazu gibt, schalten sie auch ihresgleichen aus. Deswegen sind die Vipern so gefürchtet.« Seine Augen wurden noch schmaler.»Und deswegen habe ich es mir zum Ziel gesetzt, so viele Drachen aus der Organisation rauszuholen, wie ich nur kann.«

Da ich innerlich immer noch mit der Nachricht kämpfte, dass Talon einen Auftragsmörder aus mir machen wollte, dauerte es ein paar Sekunden, bis dieser letzte Satz zu meinem Hirn vordrang. Doch dann starrte ich Riley fassungslos an.

»Rausholen? Aber du hast doch gesagt, die Vipern bringen jeden um, der sich von Talon lossagt. Warum bringst du sie dermaßen in Gefahr?«

»Weil es diese Wahl gar nicht geben dürfte«, fauchte Riley.»Wir sollten nicht zwischen Talon und der Freiheit wählen müssen. Weil ich mich weigere, einer Organisation anzugehören, die mich *umbringen* lässt, wenn ich etwas anderes will als sie.« Ruckartig fuhr er sich durch die Haare, dann zeigte er angewidert zur Decke hinauf.»Das ist Gehirnwäsche, Rotschopf, und zwar bei jedem Einzelnen.

Von Anfang an wird jeder Nestling nach Talons Vorstellungen geformt. Man trimmt sie darauf, das zu wollen, was Talon will: Macht, Reichtum, Einfluss, Kontrolle. Talon predigt immer, das diene alles nur dem Schutz unserer Art, und das stimmt in gewisser Weise auch, aber es funktioniert nur, indem sie jedes Mitglied der Organisation im Würgegriff halten. Drachen, die der Organisation keinen Nutzen bringen oder die sich von ihr lossagen und selbst über ihr Schicksal bestimmen wollen, werden von den Vipern ausgeschaltet. Nestlinge werden manchmal verschont – das kommt darauf an, wie alt sie sind, wie lange sie schon von Talon weg sind und ob sie der Organisation noch nützlich sein können. Aber Einzelgänger wie mich und Wes, ehemalige Insider, die wissen, wie Talon wirklich tickt ...« Riley schüttelte den Kopf. »Uns werden sie umbringen, ohne Wenn und Aber.«

Mir wurde schlecht, und ich musste mich aufs Sofa setzen, weil meine Beine mich nicht länger tragen wollten. »Ich kann das nicht«, flüsterte ich. »Ich bin kein Killer. Ich kann nicht *meinesgleichen* jagen und abschlachten. Wie können sie das von mir erwarten?«

»Technisch gesehen würdest du diese Information gar nicht bekommen«, erklärte Riley. »Noch nicht. Erst wenn du vollständig darauf gedrillt bist, alles zu glauben, was Talon dir sagt, und ihre Befehle nicht zu hinterfragen. Doch wenn die Ausbildung abgeschlossen ist, muss man normalerweise einen letzten Test bestehen, um eine vollwertige Viper zu werden. Dabei prüfen sie nicht nur deine Fähigkeiten, sondern auch deine Loyalität der Organisation gegenüber. Sie setzen dich entweder auf einen anderen

Nestling an oder auf einen menschlichen Verräter. Oder sie schicken dich los, damit du dich um einen Einzelgänger kümmerst.« Mit einem humorlosen Grinsen fügte er hinzu: »Wer weiß, Rotschopf? Wenn du bei Talon bleibst, begegnen wir uns eventuell irgendwann wieder. Aber dann wirst du versuchen, mich umzubringen. Oder es geschieht sogar noch viel früher. Vielleicht ist Lilith deswegen noch nicht hinter mir her. Vielleicht bin ich ja deine Abschlussprüfung.«

»So etwas würde ich niemals tun«, protestierte ich, woraufhin Riley nur den Kopf schüttelte.

»Dir bliebe gar keine andere Wahl. Nicht, wenn Talon es so befiehlt. Und bis dahin wärst du dermaßen indoktriniert, dass du vermutlich sogar glaubst, das Richtige zu tun.« Plötzlich schauderte er und drehte sich mit gehetztem Blick wieder zum Fenster. »Das passiert schleichend, Rotschopf«, flüsterte er. »Dir ist gar nicht bewusst, wie sehr du dich veränderst, wie viel von deinem eigentlichen Selbst du verlierst, bis es zu spät ist. Ich habe jahrelang gegen den Georgsorden gekämpft. Nie im offenen Gefecht, aber durch mich wurden unzählige Leben ausgelöscht. Bis ich es eines Tages … nicht mehr konnte.«

»Was ist passiert?«

Er sank neben mir auf die Couch. Seine Miene war verschlossen, sein Blick finster. »Ich hatte den Befehl erhalten, einen Sprengsatz in einem Gebäude zu platzieren, angeblich eines ihrer Ordenshäuser. Riskante Sache – reingehen, die Sprengladungen anbringen und wieder raus, bevor sie hochgehen. Das war vermutlich die waghalsigste Nummer, die ich je für sie machen musste, aber die Gehirnwäsche hatte bei mir so gut angeschlagen, dass ich meine Befehle blind befolgte. Mir war nicht einmal bewusst, dass diese Mission der reine Selbstmord war.«

Fasziniert von dieser Geschichte beobachtete ich ihn, während er sprach. Gerunzelte Stirn, ernste Miene – ein krasser Gegensatz zu dem grinsenden, selbstbewussten Einzelgänger, den ich bis jetzt in ihm gesehen hatte. Welcher war wohl der echte Riley, der echte Cobalt? Oder hatte er etwa für jede Gelegenheit eine andere Persönlichkeit parat?

»Ich kam ohne Probleme aufs Gelände«, fuhr Riley fort, ohne etwas von meinen Überlegungen zu ahnen. »Aber dann, während ich durch das Haus schlich, erwischte mich dieses kleine Menschenkind. Vermutlich eine Tochter des Kommandeurs, höchstens sechs oder sieben Jahre alt. Wir haben uns gegenseitig überrascht.« Riley lachte bitter und ließ den Kopf hängen. »Ich wusste, dass ich sie töten sollte, oder zumindest dafür sorgen, dass sie meinen Standort nicht verraten konnte. Aber ich brachte es einfach nicht fertig. Ich stand mitten in einem verdammten Ordenshaus des Heiligen Georg – wenn mich hier jemand fand, war ich tot, das wusste ich. Aber den Gedanken, einem Kind etwas anzutun, konnte ich nicht ertragen. Nicht einmal einem menschlichen Kind.«

»Was hast du gemacht?«

»Ich … sagte ihr, ich würde Verstecken spielen. Etwas anderes ist mir nicht eingefallen.« Er klang verlegen, und ich musste mir auf die Lippe beißen, um nicht breit zu grinsen. »Ja, ja«, schnaubte Riley, »nicht gerade mein brillantester Moment. Aber dieses kleine Mädchen glaubte mir. Sie schwor sogar, niemandem zu verraten, dass ich dort war. Und dann spazierte sie einfach davon.« Selbst jetzt klang Riley noch verblüfft. »An diesem Tag hätte ich sterben können. Ich befand mich mutterseelenallein auf feindlichem Gebiet, umgeben von bewaffneten Soldaten, die meinesgleichen abgrundtief hassten. Hätte man mich erwischt, hinge meine Haut jetzt wahrscheinlich bei irgendeinem Lieutenant über dem Kamin. Aber sie hat mich gehen lassen.«

»Du hast das Ordenshaus also nicht in die Luft gesprengt.« Eine Feststellung, keine Frage. Riley zuckte hilflos mit den Schultern, dann schüttelte er den Kopf.

»Ich konnte es nicht. Immer wieder sah ich das Gesicht der Kleinen vor mir und dachte, da könnte es ja noch mehr von ihnen geben, unschuldige Kinder. Sie hatten nichts mit unserem Krieg zu tun, sie sollten nicht unseretwegen sterben müssen. Aber ich wusste, dass Talon das niemals akzeptieren würde. Ein paar unschuldige Opfer sind für sie völlig bedeutungslos, solange es dem Wohl der Organisation dient. Und ich konnte nicht zurückkehren, ohne die Mission zu vollenden.« Riley seufzte, und die Erinnerung zeichnete sich als dunkler Schatten auf seinem Gesicht ab. »Also bin ich … abgehauen. Ich habe Talon verlassen, habe mich aus ihrem Netz ausgeklinkt und seitdem nie zurückgeblickt.«

»Und sie haben dir nicht die Vipern auf den Hals gehetzt?«

»Aber natürlich haben sie das.« Wieder blitzte dieses humorlose Grinsen auf. »Wie sich herausstellte, habe ich das Glück offenbar mit Löffeln gefressen. Ein paar Vipernattacken konnte ich ausweichen, dann bin ich Wes begegnet. Der suchte ebenfalls nach einem Grund, den Dienst zu quittieren. Es hat nicht lange gedauert, bis uns klar wurde, dass es in der Organisation noch andere wie uns gab: Menschen und Drachen, die sich von Talon befreien wollen. Also geben wir uns jetzt alle Mühe, diese Leute von der Organisation loszueisen und ihnen zu zeigen, wie man als Einzelgänger lebt. Wie man Angriffen der Vipern entgeht, wie man unter dem Radar von Talon bleibt, einfach wie es ist, frei zu sein.«

Freiheit. In diesem Moment klang das so verlockend. Genau das hatte ich doch immer gewollt, oder nicht? Ohne Talon leben, ohne all die Regeln, Gesetze und Vorschriften. Keine Viper werden, kein Killer, der andere jagte, nur weil sie frei sein wollten.

Doch selbst wenn ich das nur widerstrebend zugab: Der Gedanke, mich von der Organisation loszusagen, war auch verdammt beängstigend. Man würde mich jagen. Ich wäre als Verräterin gebrandmarkt, als Kriminelle, und die Vipern wären hinter mir her. Ja, ich hasste ihre Regeln, und ich wünschte, meine Ausbilderin würde von der nächsten Klippe springen – und zwar in Menschengestalt –, aber etwas anderes als Talon hatte ich nie gekannt.

Außerdem gab es da noch ein Problem.

Dante. Ich konnte mir nicht vorstellen, dass mein korrekter Musterschülerbruder sich lossagen würde, selbst wenn ich es tat. Und selbst wenn es mir gelang, ihn irgendwie davon zu überzeugen, mit mir wegzulaufen, würde er ebenfalls als Verräter gebrandmarkt und gejagt werden. Ich war mir nicht sicher, ob ich ihm das antun konnte.

Als hätte er meine Gedanken gelesen, unterbrach sich Riley. Hinter seinen golden schimmernden Augen regte sich sein Drache, wild, primitiv und wunderschön; in meinem Bauch flammte Hitze auf. »Ich könnte dir zeigen, wie die Freiheit schmeckt, Rotschopf«, hauchte er verführerisch. »Wenn du es willst.«

Wortlos starrte ich ihn an, und Riley hielt meinem Blick stand. Die körperliche Nähe zu ihm war verwirrend. Ich konnte spüren, wie sein Drache mich beobachtete, die zerbrechliche menschliche Hülle konnte ihn kaum zurückhalten. Schon erhob sich mein eigener Drache, um seinem zu antworten, die flirrende Hitze in meinem Magen breitete sich schlagartig im gesamten Körper aus.

»Komm mit mir«, drängte Riley und schob sich noch näher an mich heran. »Du musst nicht nach deren Regeln leben. Du musst keine Viper werden. Du kannst dein eigenes Leben haben, weit weg von Talon und den Vipern und allem, wofür sie stehen. Das möchtest du doch, oder nicht?« Obwohl er sich nun nicht mehr rührte, konnte ich seine Gegenwart körperlich spüren, seinen Drachen. Es war, als würde er tatsächlich neben mir sitzen, mit Flügeln, Schuppen und allem. »Wes und ich schnappen uns die Nestlinge und werden Crescent Beach verlassen, noch heute Nacht. Ich will, dass du uns begleitest.«

»Euch begleiten?« Ich blinzelte schockiert. »Wo gehen wir hin? Wie würden wir leben?«

»Darüber musst du dir nicht den Kopf zerbrechen«, versicherte Riley mit einem lässigen Grinsen. Jetzt war er wieder ganz der Alte. »Ich mache das schon eine Weile. Wir werden sicher nicht als Obdachlose auf der Straße enden.

Ich kenne verborgene Orte, an die wir uns zurückziehen können. Dort sind wir praktisch unsichtbar, die Vipern werden uns da nie finden. Vertrau mir.«

»Ich … ich weiß nicht, Riley.«

»Also schön.« Abrupt stand er auf und streckte mir die Hand entgegen. »Wenn *ich* dich nicht überzeugen kann, solltest du es vielleicht von jemand anderem hören. Verschaff dir eine andere Sichtweise auf Talon und ihre wahren Ziele. Komm mit.«

Ich ergriff seine Hand, und er zog mich hoch. Mein Drache summte freudig, als er mich berührte, aber das ignorierte ich geflissentlich. »Wo gehen wir hin?«

»Nach unten. Ich möchte dir jemanden vorstellen.«

Garret

Ich fuhr hinten mit, eingekeilt zwischen zwei Soldaten, und spürte jede Unebenheit auf der Straße, da sich alles direkt auf die mit der Wand des Lasters verschraubte Metallbank übertrug. Dieses Fahrzeug war eigentlich nicht dazu gedacht, Menschen zu transportieren, und es war drückend heiß, obwohl ich schon schlimmer geschwitzt hatte. Um mich herum saßen die übrigen Soldaten, meine Waffenbrüder, und warteten genauso angespannt wie ich auf das, was nun kommen würde. Manche lachten oder erzählten sich leise Witze, andere hatten die Arme verschränkt und dösten mit auf die Brust gedrücktem Kinn vor sich hin, aber einige waren wie ich tief in Gedanken versunken.

Mein Nebenmann stieß mich mit dem Arm an. Er war ein paar Jahre älter als ich, hatte kurze schwarze Haare und eine Nase, die schon mehrmals gebrochen war. Ich erkannte Thomas Christopher, einen der wenigen Überlebenden von Team Alpha, das bei der Razzia in Südamerika vor ein paar Monaten so stark dezimiert worden war. »Hey, Sebastian, du bist doch schon seit einem Monat hier, stimmt's?«, murmelte er mit einem wölfischen Grinsen und beugte sich zu mir. »Was geht hier denn so ab? Was macht man hier, wenn man ein bisschen Spaß haben will?«

»Das war kein Urlaub«, erwiderte ich schlicht.

»Oh, richtig.« Christopher lehnte sich zurück und grinste breit, bevor er sich an den Rest der Truppe wandte: »Unser Sebastian hier ist ja ein Wunderkind, Soldat Tadellos. In seinem perfekten Köpfchen hat nichts anderes Platz als die Mission. Gib ihm eine Nutte, und er verwendet sie als Zielscheibe.«

»Halt die Klappe, Christopher«, erwiderte Tristan, der mir gegenübersaß. Sein Gewehr lehnte locker an seiner Schulter. »Wenigstens hat er Chancen bei den Frauen. Wenn sie in deine Hackfresse schauen, fragen sie sich doch, warum dir jemand den Arsch einer Bulldogge angenäht hat.«

Die Soldaten johlten und verpassten Christopher ein paar gutmütige Klapse, der zwar rot anlief vor Wut, aber mitlachte. Nun wurden fröhlich Beleidigungen ausgetauscht, fleißig angeheizt von Tristan, doch ich hielt mich raus. Normalerweise hätte ich zu diesem Zeitpunkt meine Gedanken gesammelt und versucht, mich mental auf die bevorstehende Schlacht einzustellen. *Schalte dein Gehirn aus, schalte deine Emotionen aus, werde zu einem leeren Gefäß, das rein instinktiv handelt, damit die Angst dich nicht behindert.* So hatte man es mir beigebracht. Das hatte ich mir antrainiert.

Doch heute wollte sich diese stille Leere nicht einstellen. Stattdessen überkam mich ein mulmiges Gefühl, eine nagende Unsicherheit, die immer stärker wurde, je mehr wir uns dem Ziel näherten. Bis jetzt hatte ich den Orden nie infrage gestellt – was wir taten, was wir beschützten. Drachen waren unsere Feinde, und es war unsere Aufgabe, sie zu töten. Daran hatte ich ohne den geringsten Zweifel geglaubt, mein gesamtes Leben lang.

Bis ich sie traf.

Vielleicht war sie ja keine von denen. Bis jetzt war nichts bewiesen. Ja, die Indizien waren verdächtig, es hatte starke Anzeichen gegeben, aber keinen richtigen Beweis. Möglicherweise war Ember kein Drache. Sie konnte genausogut ein ganz normales Mädchen mit einer normalen Familie sein, das Surfen und Videospiele liebte und gerne mit seinen Freunden herumhing. Sie konnte ein vollkommen durchschnittlicher Mensch sein.

Aber wenn nicht? Wenn Ember tatsächlich unsere Zielperson war, der Schläfer, auf den man uns angesetzt hatte? Dann hatte der Orden mir nicht alles gesagt. Sie hatten mir nie erzählt, dass Drachen auch nett, mutig, witzig und wunderschön sein konnten. Dass sie Surfen, Videospiele und ihre Freunde wirklich *lieben* konnten. Denn daran war alles echt gewesen. Der Orden lehrte uns, dass Drachen Emotionen nur vortäuschen konnten und wahre Menschlichkeit ihnen völlig fremd war. Falls Ember der Schläfer war, hatte sie diese Lehren in jedem Punkt widerlegt.

Und in welchen Punkten hatten wir uns dann wohl noch geirrt?

»Garret?«

Trotz der lachenden Soldaten, zwischen denen wir eingezwängt waren, musterte mich Tristan abschätzend. »Alles okay? In letzter Zeit warst du noch mürrischer als sonst.« Sein Tonfall war neckend, aber in seiner reglosen Miene spiegelte sich Misstrauen. »Erzähl mir nicht, Soldat Tadellos hat plötzlich Schiss.«

Zum Glück blieb mir eine Antwort erspart, denn der Laster blieb ruckartig stehen, und der Fahrer drehte sich zu uns um. Durch das vergitterte Fenster wandte er sich an Tristan: »Zweihundert Meter bis zum Ziel.« Dieser nickte, stand auf und packte sein Gewehr. »Das war mein Stichwort.« Er schaute auf mich herunter und grinste verwegen. »Viel Glück da draußen. Wir sehen uns auf der anderen Seite, Partner.«

Ich nickte stumm. Er schob sich durch die Reihen bis ans Ende des Lasters, öffnete die Hecktüren und sprang hinaus. Ich wusste, dass er schnell eine geeignete Stellung finden und das Haus durch sein Zielfernrohr beobachten würde, wenn die Razzia begann. Sollte uns jemand entwischen und einen Fluchtversuch starten, würde er nicht weiter kommen als bis zur Einfahrt. Nicht, solange Tristan die Vorderseite des Hauses bewachte.

Brummend sprang der Laster wieder an und rollte weiter, während ich tief durchatmete, um einen klaren Kopf zu bekommen. Zweihundert Meter. Noch zweihundert Meter bis zum Nest des Feindes. Kein Platz für Zweifel, nicht an diesem Punkt der Mission. Unsicherheit war das Todesurteil für mich und meine Brüder. Ich war ein Soldat des Heiligen Georg – wenn der Zeitpunkt kam und wir unserem Feind wieder gegenübertraten, würde ich tun, wozu man mich ausgebildet hatte und was meine Pflicht war.

Jeden Drachen töten, der meinen Weg kreuzte.

Ember folgte mir nach unten, wo ich schon am Klappern der Billardkugeln erkannte, wie sich die Nestlinge für den Aufbruch bereitmachten – nämlich gar nicht.

»Ich freue mich, dass ihr zwei die Bedrohung so ernst nehmt«, begann ich deshalb, als ich das Spielzimmer betrat. Remy, der an der Schmalseite des Tisches stand, hob ruckartig den Kopf und strich sich schuldbewusst die blonden Haare aus dem Gesicht. Nettle legte hastig ihren Queue auf den Tisch und versuchte vergeblich, eine Unschuldsmiene aufzusetzen. Kopfschüttelnd fuhr ich fort: »Ich dachte, Wes hätte euch darüber informiert, dass wir heute Nacht noch verschwinden. Eigentlich solltet ihr euch startklar machen. Mag ja verrückt klingen, aber das hier sieht mir nicht danach aus.«

»Wir sind startklar!«, protestierte Nettle. Ihre Dreadlocks wippten heftig, als sie nachdrücklich ausführte: »Wir hatten nichts dabei, als wir hergekommen sind, schon vergessen? Also müssen wir auch nicht packen. Wir können jederzeit los.«

»Ach, wirklich?« Ich verschränkte die Arme vor der Brust. »Und was ist mit: ›Das Haus ist in dem Zustand zurückzulassen, in dem wir es vorgefunden haben‹? Ist alles sauber, oder sieht es immer noch so aus, als hätte hier ein Tornado gewütet?« Als beide verlegen den Blick senkten, nickte ich nur. »Ja, das hatte ich mir gedacht. Darum werdet ihr euch gleich noch kümmern, aber erst mal möchte ich euch jemanden vorstellen.«

Ich drehte mich um und schob Ember nach vorne. Als sie vor mir stand, riss sie erstaunt die Augen auf und musterte neugierig die beiden anderen Nestlinge, die ebenso dreist zurückstarrten. »Das ist Ember«, erklärte ich, während die drei sich über den Tisch hinweg abschätzend beäugten. »Eventuell wird sie sich uns anschließen, wenn wir heute Nacht aufbrechen. Rotschopf«, der Spitzname brachte mir einen scharfen Blick von Ember ein, »das hier sind zwei meiner Schützlinge, Nettle und Remy. Ich habe sie beide vor einem Jahr bei Talon rausgeholt.«

»Was geht?« Remy hob grüßend eine Hand. »Willkommen an Bord. Dann hat unser furchtloser Anführer dich also davon überzeugt, dich ebenfalls unserer Sache zu verschreiben?«

»Ich … äh … habe mich noch nicht entschieden«, stotterte Ember, woraufhin Nettle die Kinnlade runterfiel.

»Was? Wieso denn nicht?« Schockiert starrte sie Ember an. »Bist du verrückt? Weißt du denn nicht, was die mit dir machen werden?«

»Nettle«, sagte ich warnend, und sofort hielt sie die Klappe. Ember hatte sich empört aufgerichtet, weshalb ich mich schnell zwischen die beiden Mädchen schob, bevor das Spielzimmer Schauplatz eines ausgewachsenen Zickenkriegs wurde. Wenn es sich bei den Zicken um Drachen handelte, konnte so etwas schnell hässlich werden, und ich hatte keine Lust, jetzt auch noch die Feuerwehr zu rufen.

»Du darfst es Nettle nicht übel nehmen«, erklärte ich Ember, die mich nur skeptisch ansah. »Sie hat noch mehr Gründe, Talon zu hassen, als die meisten von uns.«

»Ach?« Eher neugierig als wütend drehte Ember sich wieder zu dem anderen Nestling um. Nettle beobachtete sie schmollend, was Ember zu einem gereizten Stirnrunzeln veranlasste. »Und warum?«

Mit einem schnellen Blick holte Nettle sich mein Einverständnis, das ich mit einem Nicken signalisierte. Es war besser, wenn sie ihre Geschichte selbst erzählte. Da sie Talons schlimmste Seiten am eigenen Leib erfahren hatte, kannte sie die dunkelsten Geheimnisse der Organisation besser als die meisten anderen. Ihre Geschichte war grauenvoll, und ich konnte mir kaum vorstellen, wie sehr sie gelitten haben musste.

»Ich bin in der Assimilierungsphase durchgefallen«, begann Nettle. Wenn sie von ihrer Vergangenheit sprach, hörte man noch immer die Verbitterung in ihrer Stimme. »Mein Betreuer war ein richtiges Arschloch, das mich ständig provoziert hat, nur um mir dann zu sagen, dass man mich sofort zur Organisation zurückschicken würde, falls ich mich auch nur einmal verwandle. Eines Tages trieb er es zu weit. Ich bin ausgeflippt und habe nach ihm geschnappt … in meiner wahren Gestalt.« Unbewusst rieb sie sich den Arm und fuhr mit rauer Stimme fort: »Ich dachte, man würde mich für ein Umschulungsprogramm zu Talon zurückschaffen. Das erzählen sie einem doch immer, nicht? Tja, das ist eine dicke, fette Lüge. Talon steckt

Nestlinge nicht in Umschulungsprogramme. Man bekommt einen Versuch, mehr nicht. Wenn man bei der Assimilation versagt, liegt das laut Talon daran, dass man ›durch die Menschen korrumpiert‹ wurde. Damit hat man bewiesen, dass man im Umgang mit Menschen nicht vertrauenswürdig ist, ein für alle Mal.«

Die Falten auf Embers Stirn vertieften sich. Offenbar war ihr das völlig neu. »Und ... was passiert dann mit einem, wenn man versagt?«

Nettle schnaubte höhnisch. »Über die männlichen Kandidaten kann ich dir nichts sagen, aber ich weiß, was mit den weiblichen geschieht. Erinnerst du dich noch an den ganzen Mist, den sie uns über Drachenweibchen erzählt haben: Dass sie ja ach so wichtig wären für das Überleben unserer Art, dass wir die Zukunft aller Drachen wären?« Angewidert verzog sie die Lippen. »Na ja, in dem Punkt haben sie nicht gelogen. Weibliche Nestlinge, die in der Assimilierungsphase versagen, werden in spezielle Einrichtungen geschickt, wo sie für den Rest ihres Lebens als *Brutkasten* dienen dürfen.«

Ember begriff sofort, was Nettle damit meinte. Vor Wut und Entsetzen wurde sie leichenblass. Das andere Mädchen grinste hässlich.

»Schätze, das haben sie dir nicht verraten, wie? Du hast die Tests bestimmt mit fliegenden Fahnen bestanden. Aber ich?« Achselzuckend fuhr sie fort: »Mein Schicksal wäre es gewesen, als Zuchtstute für Talons kommende Drachengenerationen zu sorgen und so viele Eier rauszupressen wie möglich.«

Ich beobachtete Ember aufmerksam, um ihre Reaktion

einzuschätzen. Obwohl sie immer noch blass und sichtlich entsetzt war, funkelten ihre grünen Augen verräterisch – ihrem Drachen gefiel die Vorstellung, für immer ein Brutkasten zu sein, überhaupt nicht. Kein Zweifel: Hätte Ember in der Assimilierungsphase und in ihrer Ausbildung nicht brilliert, hätte sie »versagt«, so wie Nettle, hätte sie niemals mit sich machen lassen, was Talon für sie geplant hatte. Dann würden wir dieses Gespräch jetzt gar nicht führen, weil wir schon längst zusammen abgehauen wären. *So ist es gut, Rotschopf. Schön wütend werden. Das ist Talons wahres Gesicht, und du gehörst nicht zu ihnen. Du gehörst zu uns. Zu mir.*

»Und dann bin ich Cobalt begegnet.« Nettle zeigte mit dem Kopf auf mich. »Er hat mir gesagt, dass ich mir so ein Leben nicht aufzwingen lassen muss, dass er mich wegbringen und mir etwas viel Besseres bieten kann. Also habe ich mir gedacht, na ja, was habe ich schon zu verlieren?« Trotzig reckte sie das Kinn. »Und heute kann ich dir sagen: Es war die beste Entscheidung meines Lebens. Lieber bin ich ewig auf der Flucht vor Talon, den Vipern und den Georgskriegern, als je wieder zur Organisation zurückzukehren.«

»Das ist ja schrecklich«, flüsterte Ember. »Das wollten sie dir tatsächlich antun?«

»Eines der schmutzigen, kleinen Geheimnisse von Talon«, schaltete ich mich ein. »Und eines der bestgehüteten. Ich habe versucht, den Ort ausfindig zu machen, wo sie ihre Zwangsbrüterinnen festhalten. Nur die oberste Riege der Organisation weiß von ihrer Existenz, und selbst von denen wissen nur wenige, wo sie sich befinden. Die Weibchen dürfen die Einrichtung nur verlassen, um sich mit einem extra ausgewählten Männchen zu paaren, danach werden sie sofort zurückgebracht. Ich habe überall nach diesen verdammten Einrichtungen gesucht, aber nicht die geringste Spur gefunden. Wäre Nettle damals nicht mitgekommen, hätte es keine Möglichkeit gegeben, sie da noch mal rauszuholen.«

»Ich gehe nie wieder zurück«, wiederholte Nettle vehement, fast so als wäre Ember gekommen, um sie genau dazu zu zwingen. »Nie wieder. Eher sterbe ich.«

Remy, der immer noch am Kopf des Billardtisches lehnte, schnaubte nur. »Mann, Nettle, geht's noch dramatischer? Du bist schließlich nicht die Einzige, die von Talon verarscht wurde.« Wieder strich er sich die wirren Strähnen aus dem Gesicht und wandte sich dann mit einem verwegenen Grinsen an Ember: »Mag ja sein, dass Nettle ein Leben als Brutkasten bevorstand, aber für mich hatten sie sich etwas noch Ätzenderes ausgedacht.«

»Das kannst du nicht wissen«, widersprach ich. Ja, ich hasste Talon wie die Pest, aber wir hatten es nicht nötig, uns irgendwelche Horrorstorys auszudenken, um Ember für uns zu gewinnen. Und Remy hatte die Angewohnheit, bei jeder Geschichte furchtbar zu übertreiben, vor allem, wenn es dabei um ihn selbst ging. »Wir kennen nur die Gerüchte und Spekulationen. Niemand weiß mit Sicherheit, was da drin vorgeht.«

»Wo denn?«, fragte Ember sofort, woraufhin Remy breit grinste.

»In dem geheimen unterirdischen Labor«, erklärte er dramatisch. »Wo sie an den männlichen Drachen herum-

experimentieren, die sich Talons nicht würdig erweisen.«
Er schlug sich vor die magere Brust. »Drachen wie mir. Ich
war ›zu klein‹, meine Blutlinie ›unerwünscht‹ im Genpool,
also wollten sie mich in dieses Labor schaffen, um mich
aufzuschneiden, zu piksen, zu kneten und irgendetwas
Neues aus mir zu machen.«

»Wir wissen nicht, ob es tatsächlich ein Labor ist«, betonte ich wieder, als Ember ruckartig die Brauen hob. »Es
gibt keinerlei Beweis dafür, dass Talon über ein Geheim-
labor verfügt, und es gibt erst recht keine Beweise dafür,
dass sie dort all das machen, was Remy behauptet. Aber«,
schränkte ich ein, als der Junge beleidigt das Gesicht verzog, weil ich seine Geschichte derart untergrub, »Talon
verfügt über einen Ort, an den sie die ›unerwünschten‹
Exemplare‹ schicken. Also Drachen, die zu mager, verkrüp-
pelt oder kränklich sind und deren Erbgut den Genpool
schwächen könnte. Die armen Kerle werden in eine schwer
bewachte Einrichtung in den Appalachen geschickt ...«

»... und niemals wieder gesehen«, brachte Remy voller
Dramatik meinen Satz zu Ende. »Weil sie aufgeschnitten,
gepikst, geknetet und zu etwas Neuem geformt werden.
Einem Superdrachen mit drei Köpfen.«

Ich verdrehte die Augen. »Verschwinde«, befahl ich ihm
und zeigte mit dem Daumen Richtung Tür. »Alle beide. Ihr
müsst noch euer Zimmer herrichten. Los jetzt.« Eilig schoben sie sich nach draußen und verschwanden im Flur, sodass ich mit Ember allein zurückblieb.

Als ich mich ihr zuwandte, bemerkte ich, dass sie belustigt lächelte. »Was denn?« Abwehrend verschränkte ich
die Arme vor der Brust. »Warum siehst du mich so an?«

Achselzuckend versicherte sie: »Es ist nichts. Nur … diese Seite an dir ist neu.«

»Welche Seite?«

»Der große Bruder.« Nachdenklich schaute sie in den Flur hinaus, wo Remy und Nettle verschwunden waren. »Sie liegen dir wirklich am Herzen, oder? Das hätte ich nicht gedacht.«

»Na ja, um es mit den Worten eines berühmten Ogers zu umschreiben: Drachen sind wie Zwiebeln – wir haben Schichten.«

Das brachte sie zum Lachen, und ich musste ebenfalls grinsen, doch dann wurde sie wieder ernst. »Es ist alles wahr, oder?«, flüsterte sie verstört. »Talon tut das alles wirklich.«

»Ja, Rotschopf, es ist wahr. Tut mir leid, wenn dadurch deine Luftschlösser einstürzen, aber sie sind nicht so, wie du bisher gedacht hast.«

»Und wenn ich bleibe, werden sie eine Viper aus mir machen.« Schaudernd rieb sie sich die Arme. »Dann muss ich Einzelgänger wie Remy und Nettle zur Strecke bringen.« Ohne mich anzusehen, fügte sie hinzu: »Und dich.«

Mein Herzschlag beschleunigte sich. So nah dran, ich war so nah dran, sie davon zu überzeugen, sich von Talon abzuwenden und den Einzelgängern anzuschließen. »Könntest du das?«, fragte ich sie. »Wenn Talon dir den Befehl gäbe, uns alle auszulöschen, ohne Gnade, ohne eine Chance zur Verteidigung, wärst du dazu in der Lage, ihren Wünschen zu gehorchen, bei allem, was du jetzt weißt?«

Sie antwortete nicht. Offenbar rang sie noch immer mit

sich und ihrer Entscheidung. Während ich sie beobachtete, spürte ich wieder dieses seltsame, schreckliche, feurige Verlangen. Fast war es, als könnte ich ihren Herzschlag spüren, den Atem, der durch ihre Lunge strömte, im selben Rhythmus wie meiner.

Obwohl es riskant war, schob ich mich dichter an sie heran und griff nach ihren Armen. Ihre grünen Augen starrten mich an – grimmig und mit fesselnder Offenheit. Mein Herz machte einen Sprung, mein Drache erwachte brüllend zum Leben, wollte die Flügel ausbreiten und uns beide darin einhüllen.

»Komm mit uns«, sagte ich, ohne ihrem Blick auszuweichen. Als ich den Drachen hinter ihren Augen sah, trotzig und ungezähmt, stärkte das meine Entschlossenheit. »Du gehörst hier nicht hin. Du bist keine von ihnen, und ich glaube, du wusstest von Anfang an, dass irgendetwas nicht stimmt. Aber …« Ich ließ die Hände über ihre Oberarme gleiten und spürte, wie sie zitterte. »… es ist nicht nur Talon, stimmt's?«

Sofort wich sie ein Stück zurück. »Riley, ich …«

»Spiel mir doch nichts vor«, beharrte ich und zog sie wieder zu mir. Als sie die Hände an meine Brust legte, schienen sie sich durch mein Shirt zu brennen. Sofort begann mein Puls zu rasen, und mit rauer Stimme fuhr ich fort: »Das brauchst du nicht, nicht bei mir. Zwischen uns ist etwas, Rotschopf. Seit ich dich damals auf dem Parkplatz das erste Mal gesehen habe, kämpfe ich dagegen an, und ich weiß, dass du es auch spürst.«

Ein Schauder überlief sie, aber sie widersprach mir nicht. Tatsächlich glaubte ich sogar, Erleichterung in ihrem Blick zu sehen. Vielleicht, weil sie nun wusste, dass sie nicht allein war. Dass es für mich ebenso verwirrend und quälend war wie für sie. Doch dann schüttelte sie den Kopf und stemmte sich gegen meine Brust. »Nein«, murmelte sie und senkte den Blick. »Lass mich los, ich kann das nicht ...«

Sie versuchte, sich aus meinem Griff zu lösen, aber ich schnappte mir ihre Handgelenke, bevor sie gehen konnte. »Sieh mich an«, befahl ich, als sie sich losreißen wollte. Mein Drache brüllte frustriert, und ich zog sie wieder an mich und beugte mich zu ihr hinunter. »Sieh mir in die Augen und sag mir, dass du nichts spürst«, flüsterte ich. »Wenn du mir das sagst, lasse ich dich gehen. Dann kannst du zu deinen Betreuern, zu Talon und zu deiner Ausbilderin zurückkehren und wirst mich nie wiedersehen. Sag mir ins Gesicht, dass zwischen uns nichts ist, dass ich mir das alles nur einbilde.«

»Ich kann nicht.« Ember kämpfte nicht länger, aber sie weigerte sich auch, mich anzusehen. »Ich kann es nicht sagen, denn jedes Mal, wenn ich dich sehe, fühlt es sich an, als würde ich gleich explodieren. Und das macht mir *Angst*, Riley. Aber ich kann auch nicht mit dir kommen, noch nicht.«

»Und warum?« Ich versuchte, ihr in die Augen zu sehen. »Irgendetwas sagt uns, dass wir zusammen sein sollen, das hast du gerade selbst zugegeben.« Ich ließ ihre Arme los und packte sie stattdessen bei den Schultern. »Ich würde dich beschützen, Rotschopf. Bei mir bist du sicher, das schwöre ich dir. Wovor fürchtest du dich? Hier hält dich doch nichts mehr.«

»Doch«, flüsterte sie und hob den Kopf. Endlich sah sie

mich an. »Dante. Ich kann Dante nicht zurücklassen. Seinetwegen muss ich noch einmal zurück.«

Ihr Bruder. Verdammt, den hatte ich ganz vergessen. »Er wird nicht mitkommen, Ember«, erklärte ich ihr so sanft wie möglich. »Er hat sich mit Leib und Seele Talon verschrieben – seit der Party weiß ich das mit Sicherheit. Wenn du ihm verrätst, wo wir uns aufhalten, wird er es wahrscheinlich sofort an die Organisation weitergeben. Verdammt, vielleicht rennt er sogar selbst zu Lilith. Das kann ich nicht riskieren.«

»Er wird mitkommen«, beharrte Ember. »Ich weiß es. Ich muss nur mit ihm reden und ihm klarmachen, was Talon alles tut. Er wird auf mich hören.« Offenbar war mir anzusehen, dass ich so meine Zweifel hatte, denn ihr Gesicht verschloss sich, und sie trat einen Schritt zurück. »Ohne ihn werde ich nicht gehen, Riley. Wir haben immer alles zusammen durchgestanden. Ich muss es wenigstens versuchen.«

Stur und unnachgiebig starrte sie mich an, bis ich mit einem schweren Seufzer fragte: »Und ich kann dich nicht vom Gegenteil überzeugen?« Ember schüttelte den Kopf. »Verdammt. Also gut, Rotschopf. Und was soll ich deiner Meinung nach bis dahin tun? Hier können wir nicht bleiben. Das ist viel zu gefährlich für Nettle und Remy. Selbst wenn ich bereit wäre, das Risiko eines möglichen Angriffs auf mich zu nehmen, würde ich das den Nestlingen niemals zumuten. Denn ihnen habe ich ebenfalls versprochen, sie zu beschützen.«

»Wir könnten uns irgendwo mit dir treffen«, schlug Ember vor und sah nachdenklich zu mir hoch. »Dann könnt ihr schon aufbrechen. Ruf mich einfach an, wenn du einen passenden Ort gefunden hast, und wir kommen da hin, so in ein oder zwei Tagen. Dann habe ich genug Zeit, um Dante zu überzeugen … und um mich hier von ein paar Leuten zu verabschieden.«

Als ich sah, wie sie bei dieser letzten Feststellung das Gesicht verzog, wurde ich stutzig. Einen Moment lang klang sie unfassbar traurig. Das Misstrauen hob sein hässliches Haupt. Ich war schon ziemlich lange ein Einzelgänger, und ich wusste sehr gut, wie schwer es sein konnte, alles zurückzulassen. Manchen machte das Angst. Was, wenn ihre Bindung an Crescent Beach, an ihre Freunde und an ihr altes Leben sich als zu stark erwies? Wenn sie bei ihrer Rückkehr feststellte, dass sie sich nicht davon trennen konnte, trotz allem, was sie über Talon erfahren hatte?

Oder gab es vielleicht noch einen anderen Grund? Plötzlich fiel mir dieser Junge wieder ein, mit dem sie auf der Party getanzt und geflirtet hatte. Fast hätten sie sich geküsst. Ich unterdrückte ein Stöhnen, verschränkte abwehrend die Arme und sah sie durchdringend an. »Ich halte es für keine so gute Idee, dich hier zurückzulassen und zu hoffen, dass du später nachkommst. Was ist, wenn du deine Meinung änderst?« Als sie nicht antwortete, kniff ich die Augen zusammen. »Oder ist das nur ein Trick, damit ich die Stadt verlasse, und du hast gar nicht vor, wieder aufzutauchen?«

»Nein!« Abrupt hob Ember den Kopf. »Darum geht es nicht. Ich werde mich nicht zu einer Viper machen lassen. Das mache ich nicht.« Sie unterbrach sich, ballte die

Fäuste und holte dann tief Luft. »Ich kann nicht länger bei Talon bleiben«, flüsterte sie zischend. »Nicht nachdem ich das alles erfahren habe. Inzwischen geht es nicht mehr um ihre blöden Regeln oder sadistische Ausbilder oder darum, ob ich das Leben haben kann, das ich mir wünsche. Die ... die wollen, dass ich meinesgleichen *umbringe*. Und jetzt weiß ich, wie Talon wirklich ist. Da kann ich nicht mitmachen und werde es auch nicht. Aber ...« Ihr schien eine Erinnerung durch den Kopf zu schießen, denn ihr Blick verfinsterte sich. »Ich habe hier Freunde gefunden, echte Freunde, auch wenn sie nur Menschen sind. Und wenn ich mich einfach in Luft auflöse, werden sie sich fragen, was mit mir passiert ist. Ich möchte ihnen wenigstens Lebewohl sagen.« Für einen kurzen Moment flackerte Schmerz in ihren Augen auf, bevor sie schnell die Lider aufeinanderpresste. »Es gibt jemanden, mit dem ich mich noch ein letztes Mal treffen muss. Danach werde ich mit dir kommen, zusammen mit Dante. Wir werden uns von Talon lossagen, oder wie ihr das nennt, und die Organisation für immer verlassen.«

»Versprich es mir.« Ich trat so dicht an sie heran, dass uns nur wenige Zentimeter trennten. So dicht, dass ich mein Spiegelbild in ihren Augen sah. »Schwöre, dass wir uns wiedersehen werden.«

»Ich schwöre es.« Kaum mehr als ein Flüstern, doch sie wich meinem Blick nicht aus. Wir blieben reglos stehen, vor uns tat sich ein tiefer Abgrund auf, und keiner von uns wagte es, den ersten Schritt zu tun. Aber vielleicht sammelten wir auch nur Mut für den Absprung. Mein Herzschlag dröhnte in meinen Ohren, und mein Magen machte Purzelbäume, als ich wieder nach ihren Handgelenken griff und sie an meine Brust drückte.

»Gib mir etwas, damit ich daran glauben kann, Rotschopf.«

Ember fuhr sich langsam mit der Zunge über die Lippen. »Riley ...«

Da kreischte der Alarm los.

Ember

Ein schrilles Piepen zerriss die Stille. Ich zuckte so heftig zusammen, dass mein Drache, der sowieso gefährlich nah unter der Oberfläche lauerte, fast die Oberhand gewonnen hätte. Erleichtert und gleichzeitig enttäuscht über die Unterbrechung drängte ich ihn zurück, ging ein paar Schritte rückwärts und hob den Blick zur Decke.

Riley machte ebenfalls einen Satz. Dann stürmte er fluchend die Treppe hinauf und ließ mich im Spielzimmer stehen. Nettle und Remy spähten neugierig vom Flur aus zu mir herein. In wortlosem Einvernehmen folgten wir Riley nach oben in eines der Schlafzimmer, wo er zusammen mit Wes auf einen Laptopmonitor starrte.

Der Alarm kreischte weiter. Wes und Riley beugten sich mit ernsten Mienen über den Computer.

»Was ist los?«, fragte Nettle, sobald wir im Zimmer standen. »Kommt da jemand?« Die beiden Männer ignorierten sie und fixierten wortlos den Monitor. Ich schob mich näher heran und spähte über Rileys Schulter.

Auf dem Bildschirm war eine Schwarz-Weiß-Aufnahme der Einfahrt zu sehen. An einer Seite stand Rileys Motorrad. Obwohl ich mich auf das Bild vor mir konzentrierte, spürte ich die steigende Anspannung, die von Riley ausging, als ein brauner Lieferwagen vorfuhr und knapp zwanzig Meter vor dem Eingang anhielt.

»Verdammte Scheiße.« Ächzend ließ Wes sich in seinem Stuhl zurückfallen. »Ich wünschte, diese Idioten würden nicht immer unsere Einfahrt als Wendekreis benutzen, wenn sie sich verfahren haben. Ich hätte fast einen Herzinfarkt bekommen!« Kopfschüttelnd schaute er wieder auf den Schirm. »Ich sage nur: Navi, Kumpel! Wer es hat, muss es lieben.«

»Der fährt nicht weiter«, stellte Riley knurrend fest, ohne den Blick vom Bildschirm zu lösen. Wes blinzelte kurz, rollte mit dem Stuhl wieder an den Tisch heran und kniff die Augen zusammen.

Gemeinsam drängten wir uns um den Laptop und starrten atemlos auf den Lieferwagen in der Einfahrt. Plötzlich flogen ohne jede Vorwarnung die Türen auf, und mehrere Menschen sprangen heraus. Mein Herz machte einen schmerzhaften Satz. Sie waren bewaffnet und trugen Kampfanzüge, was ihnen eine starke Ähnlichkeit mit den Soldaten aus meinen Trainingseinheiten verlieh. Helme und Masken verbargen ihre Gesichter, ihre schweren Waffen wirkten tödlich. Doch diesmal wusste ich, es war keine Übung, und in diesen Waffen befand sich sicher keine Farbe.

Die Georgskrieger waren gekommen. Die echten.

»Scheiße!« Wes katapultierte sich so heftig von seinem Stuhl hoch, dass dieser rückwärts umkippte. »Der verdammte Georgsorden! Wir sind tot. Wir sind so was von tot!«

»Halt die Schnauze!«, fauchte Riley, als Nettle anfing zu

schreien und Remy zur Tür stürmte. Mit dröhnender Stimme wirbelte Riley zu den beiden herum: »Remy – stehen bleiben! Nettle – Ruhe! Sofort! Hört mir zu«, fuhr er leiser fort, als beide Nestlinge ihn mit großen Augen anstarrten. »Wir dürfen jetzt nicht in Panik geraten. Folgt mir und tut exakt das, was ich euch sage, dann wird uns auch nichts passieren.« Seine golden schimmernden Augen richteten sich auf mich. Mit einem durchdringenden Blick fügte er hinzu: »Ich werde uns lebend hier rausbringen, das schwöre ich.«

»Riley, sie umzingeln das Gebäude«, rief Wes, klappte den Laptop mit einem Knall zu und stopfte ihn in eine Schultertasche. »Uns bleiben vielleicht noch zwanzig Sekunden, dann wird dieses Haus zum Kriegsgebiet.«

»Wes, du bringst sie durch das große Schlafzimmer nach draußen«, befahl Riley und zeigte Richtung Flur. »Auf den Balkon, von da aus können wir fliegen. Alle anderen Ausgänge werden sie abriegeln, dazu haben sie vermutlich vorne noch einen Scharfschützen postiert. Hört mir zu, ihr zwei!« Mit einem Fingerschnippen zog er die Aufmerksamkeit der beiden anderen Nestlinge auf sich. »Genau so etwas haben wir schon besprochen: Setzt euch über den Balkon ab und fliegt von da aus zum Treffpunkt. Bis ihr die Klippen erreicht, habt ihr keine Deckung. Tiefflug, immer dicht am Berg halten, und keine Panik, falls sie auf euch schießen. Bewegliche Ziele sind schwer zu treffen, sogar für einen Georgskrieger, also bleibt immer in Bewegung und nutzt die Deckung der Steilwände. Wes? Du weißt noch, wo es hingeht? Kannst du sie führen?«

»Ja.« Wes schlang sich die Tasche über die Schulter und

warf Remy einen finsteren Blick zu. »Allerdings nur, wenn die kleinen Scheißer mich nicht fallen lassen.«

»Gut.« Auf den letzten Satz ging Riley gar nicht erst ein. »Haltet nicht an, bevor ihr den Rückzugspunkt erreicht habt. Ich habe in der Höhle Geld und Vorräte gebunkert. Falls ihr da rankommt, verschaffen euch die Sachen einen Vorsprung. Wartet dort auf mich, aber wenn ich es nicht schaffe, bleibt ihr zusammen und seht zu, dass ihr so weit von hier wegkommt wie möglich, verstanden?«

Sie nickten. Nettle schien gleich durchzudrehen, während Remy jetzt etwas ruhiger wirkte. Riley wandte sich an Wes, der mit seiner Tasche über der Schulter wartend dastand. »Bring sie hier raus. Ich werde versuchen, euch etwas Zeit zu verschaffen, damit die Mistkerle euch nicht vom Himmel schießen. Mit ein bisschen Glück sehen wir uns am Treffpunkt wieder.«

Wes nickte ernst. »Sei vorsichtig, Riley. Lass dich nicht umbringen.«

Riley drehte sich zu mir um, als der Mensch und die beiden Nestlinge in den Flur hinausstürmten. »Das gilt auch für dich, Ember. Geh mit Wes und den anderen.«

»Nein«, wehrte ich mich, obwohl mein Herz so heftig pochte, dass es meine Rippen zu sprengen drohte. Stur folgte ich ihm durch den Flur bis ins Wohnzimmer, auch wenn all meine Instinkte schrien, ich solle die andere Richtung einschlagen. »Ich werde dich nicht verlassen.«

»Verdammt, Ember!« Wütend packte er meinen Arm. »Das hier ist keine Trainingseinheit. Das sind die Krieger des Heiligen Georg, und sie werden dich *umbringen*!«

Angespannte Stille folgte, die von einem lauten Krachen

und dem Splittern von Glas durchbrochen wurde, als ein kleiner Gegenstand durchs Fenster flog. Grelles Licht blitzte auf. Eine Sekunde später erbebte das Haus unter einem dröhnenden Knall, und eine Druckwelle packte mich und schleuderte mich von Riley fort. Gleichzeitig flog die Vordertür auf, und drei maskierte Soldaten stürmten herein und richteten ihre Waffen auf uns.

Garret

In der Schlacht läuft alles extrem langsam und trotzdem wie im Zeitraffer ab.

Mit einem heftigen Tritt katapultierte ich die Tür in den Raum hinein, und wir stürmten hinterher, die Gewehre bereits im Anschlag. Innerhalb von Sekundenbruchteilen hatte ich den Raum gesichtet – hell, luftig, teuer eingerichtet –, dann lenkte mich eine Bewegung rechts von mir ab.

Ein Körper verschwand hinter dem Küchentresen, und sofort eröffneten wir das Feuer. Wir setzten zunächst auf den Drei-Schuss-Modus, und die M4-Karabiner erfüllten den Raum mit Lärm und Qualm, während sie Glas sprengten und Löcher in den Marmorboden schlugen. Überall flogen Splitter herum, Porzellan explodierte, und Holz platzte auf, während wir uns langsam durch die Küche vorarbeiteten, das Feuer ganz auf das Ziel konzentriert.

»Nein!«

Der Schrei kam aus dem Flur, jemand stand am Eingang zum Wohnzimmer. Ich fuhr herum, riss mein Gewehr hoch und zielte, den Finger schussbereit am Abzug …

… und erstarrte.

Vor mir stand Ember, die grünen Augen weit aufgerissen, und starrte mich voller Angst und Entsetzen an. Für die Dauer eines Herzschlages zögerte ich, wollte es nicht glauben, und meine Waffe schwankte. Nur den Bruchteil einer Sekunde lang ...

... sah ich das Mädchen vor mir, das ich geküsst hatte, das mir beigebracht hatte, wie man surft und Videospiele spielt, das mich dazu gebracht hatte, über mich selbst zu lachen. Dann erhob sie sich brüllend auf die Hinterbeine, explosionsartig wuchsen ihr Flügel, Klauen, leuchtend rote Schuppen. Sobald ich meinen Fehler erkannte, riss ich die Waffe wieder hoch, doch es war zu spät. Die Kiefer des Drachen öffneten sich, eine Flammenzunge schoss auf uns zu und setzte dabei die Möbel in Brand.

Mit einem Hechtsprung brachte ich mich vor dem Drachenfeuer in Sicherheit, spürte aber trotz meiner Schutzkleidung seine brennende Hitze auf der Haut. Hinter einem der lichterloh brennenden Sofas rollte ich mich ab, landete auf einem Knie und begann zu schießen. Der rote Drache kreischte wütend und lief geduckt in den Flur, da ihm nun auch aus der Eingangshalle ein Kugelhagel entgegenschlug. Die Wände wurden regelrecht durchlöchert.

Wieder ein Brüllen, dann erhob sich hinter dem Küchentresen ein zweiter Drache, noch größer als der erste, und schaltete sich mit eigenem Feuer in den Kampf ein. Das gerade noch so makellose Wohnzimmer verwandelte sich in ein tosendes Inferno. Flammen leckten an Wänden und Boden, als der blaue Drache wild den Kopf schwenkte und alles entzündete. Die Hitze war unerträglich, und der Rauch brannte in Augen und Mund, sodass ich kaum noch etwas sehen konnte. Mit zusammengekniffenen Augen versuchte ich, den Qualm zu durchdringen, und entdeckte tatsächlich ein paar funkelnde Schuppen in der Flammenhölle. Sofort verließ ich meine Deckung und feuerte einige Salven auf den drachenförmigen Schatten ab.

Schmerzerfülltes Kreischen übertönte das Dröhnen der Waffen, dann folgte ein wütendes Brüllen. Keine Ahnung, von welchem Drachen das kam, doch der kleinere rote tauchte plötzlich auf und ließ einen Feuerball auf die Couch los. Während ich vor der Brandbombe in Deckung ging, wirbelten beide Drachen herum und rannten auf die gläserne Balkontür zu. Sofort sprang ich wieder auf und versuchte auf die Flüchtenden zu zielen, doch der blaue Drache hatte die Tür bereits erreicht und entledigte sich des kleinen Hindernisses, indem er in einem Scherbenregen hindurchstürmte. Der kleine war ihm dicht auf den Fersen. Wir nahmen die Verfolgung auf; schafften sie es, sich in die Luft zu erheben, war es quasi unmöglich, sie noch zu erwischen. Ich hechtete durch den leeren Türrahmen und brachte die Waffe in Anschlag, konnte aber nur noch zusehen, wie der rote Drache vom Balkon in die Tiefe sprang. Hastig stürmten wir bis an die Brüstung vor, und einige meiner Teamkameraden schickten den fliehenden Ungeheuern ein paar Kugeln hinterher, doch das Paar verschwand schnell hinter einer Klippe und war damit außer Sicht.

»Cobalt!«

Embers Schrei wurde fast vom Wind und den tosenden Wellen unter uns verschluckt. Sie schien völlig außer sich zu sein, doch ich war ausschließlich darauf konzentriert, mich in der Luft zu halten – ein Flügelschlag nach dem anderen, immer auf und ab. Wenn ich jetzt anhielt, war ich nicht sicher, ob ich noch einmal vom Boden hochkäme.

Ein paar Kilometer hielten wir uns dicht an den Klippen, dann flachten die Berge zu zerklüfteten Felsen ab, an denen sich mächtige Wellen brachen. Über dem offenen Wasser fühlte ich mich viel zu angreifbar. Glücklicherweise war die Landschaft hier nicht einladend genug für Einheimische oder Touristen: keine Strände, keine Anlegestellen, keine Surfgebiete, nur raue, felsige Küstenstreifen. Hierher verirrte sich nur selten mal ein Mensch. Und genau deshalb hatte ich diesen Ort gewählt.

Ich ließ mich tiefer sinken und folgte der Wasserlinie, bis ich endlich sah, wonach ich gesucht hatte: ein kleines Fleckchen Sand, nicht groß genug, um wirklich als Strand durchzugehen, nicht mal als privater. Dafür lag es tief im Schatten einer einzelnen Klippe.

Sobald meine Krallen den Sand berührten, verließ mich

auch noch das letzte bisschen Kraft, und ich brach direkt am Wasser zusammen. Die Wellen glitten zischend über meine heißen Schuppen, bevor sie sich ins Meer verabschiedeten. Dicht über meinem Bauchpanzer strömte helles Blut aus zwei Schusswunden, die ich mir kurz vor unserer Flucht eingefangen hatte. Zum Glück waren es nur Streifschüsse, und auch an dieser Stelle war mein Körper gut geschützt, aber trotzdem. Wieder rollte eine Welle an den Strand und hüllte mich in Schaum. Das Salzwasser brannte höllisch in den Wunden. Krampfhaft biss ich die Zähne zusammen und atmete keuchend durch die Nase. Dann rannte Ember zu mir, die Flügel ausgebreitet, die Pupillen vor Angst extrem geweitet. Die Sonne schimmerte auf ihren roten Schuppen, und ihre grünen Augen leuchteten; trotz aller Schmerzen brachte der Anblick ihrer wahren Gestalt mein Blut zum Kochen.

»Du bist verletzt!«

»Ja«, knurrte ich und vergrub die Krallen im Sand – wäre es doch nur das Gesicht dieses Soldaten gewesen! »Einer der Mistkerle hat mich erwischt. Sieht schlimmer aus, als es ist.«

Während sie die Flügel auf dem Rücken faltete, kam sie vorsichtig näher heran. Sie verwandelte sich nicht, stubste aber sanft mit der Schnauze meinen Flügel beiseite, um sich die Wunde anzusehen. Ich beobachtete sie und rollte mich dabei zu ihr hin. Am liebsten hätte ich sie an mich gezogen, festgehalten und uns beide mit meinen Flügeln eingehüllt.

»Du warst einfach fantastisch da drin«, sagte ich leise. »Hast den Georgskriegern ohne mit der Wimper zu zucken ins Gesicht gelacht. Aus dir wäre eine hervorragende Viper geworden.«

»Na ja, ich habe mir dabei allerdings die ganze Zeit fast in die Hosen gemacht, glaub also nicht, dass ich das so bald wieder mache.« Ihre Stimme brach, und sie wich schaudernd ein Stück zurück. »Die haben wirklich versucht, uns umzubringen«, flüsterte sie. »Warum hassen sie uns so? Wir haben ihnen doch nichts getan.«

»Du kennst die Antwort, Rotschopf.« Ich schloss die Augen, als wieder eine Welle über uns hinwegströmte. Es brannte immer noch höllisch, aber wenigstens wurden die Wunden so gereinigt. »Talon hat es uns erklärt: Sie hassen uns, weil wir anders sind, und die Menschen fürchten stets das, was sie nicht verstehen.« Ich zuckte mit den Schultern, obwohl es wehtat. »Könnte natürlich auch sein, dass unsere Vorfahren den Grundstein zu dieser Abneigung gelegt haben, als sie ständig irgendwelche Dörfer abgefackelt und die Einwohner gefressen haben. Oder es hat angefangen, als das erste Mal ein Ritter einen Drachen abgeschlachtet hat, um an seinen gehorteten Schatz zu kommen, wer weiß das schon? Der Punkt ist: Dieser Krieg ist uralt. Menschen und Drachen bekämpfen einander seit Jahrhunderten, und das wird so bald auch nicht aufhören. Wahrscheinlich erst, wenn einer den anderen ausgerottet hat. Und bei so vielen Menschen auf dem Planeten, was meinst du, wer da zuerst ausstirbt?«

Ember schüttelte den Kopf und schnaubte. »Aber es ist so sinnlos«, wütete sie zähnefletschend. »Hat irgendjemand es vielleicht mal mit Reden versucht?«

Ich wollte lachen, aber das löste nur stechende Schmerzen in den Rippen aus. »Du hast doch gerade selbst erlebt, wie die Georgskrieger ticken. Wenn du meinst, du kannst zu ihnen durchdringen, bitte: Flieg zurück, und probier es mit einer Unterhaltung. Aber ich wette, du kommst nicht auf hundert Meter an sie ran, bevor sie das Feuer eröffnen.« Als sie finster die Stirn runzelte, hob ich den Kopf, bis unsere Schnauzen auf einer Höhe waren. »Mit Fanatikern kann man nicht diskutieren, Rotschopf«, erklärte ich ihr sanft. »Der Orden hasst uns, weil wir Drachen sind, einen anderen Grund brauchen sie nicht, um uns auszulöschen. Für die sind wir Monster. Deshalb wollen sie uns ausrotten.«

Ember blinzelte kurz und sah mich dann durchdringend an. Beim Anblick ihrer grünen Reptilienaugen spürte ich wieder Hitze in mir aufsteigen. Schon in Menschengestalt hatte ich sie anziehend gefunden, doch das war gar nichts im Vergleich zu dem wilden Verlangen, das jetzt in mir brannte. Mit aller Kraft verdrängte ich diese Gefühle. Dafür hatten wir keine Zeit.

Zähneknirschend stemmte ich mich in die Höhe, konnte mir ein schmerzerfülltes Zischen aber nicht verkneifen. Sofort stellte sich Ember neben mich und lehnte ihren Körper so gegen meinen, dass er einen Teil meines Gewichts stützte.

»Tu das nicht, Cobalt. Was hast du vor?«

»Wir können nicht hierbleiben, sonst riskieren wir, dass die Georgskrieger uns finden. Ich muss zu Wes und den anderen, aber ich denke nicht, dass ich sehr weit fliegen kann.« Entschlossen humpelte ich den Strand hinauf, musste aber fluchend feststellen, dass meine Krallen im

Sand versanken, sodass ich nur langsam vorwärtskam. Ember lief dicht neben mir und drückte ihre Schulter gegen meine, um uns zu stabilisieren. »Zum Glück bin ich auf solche Situationen vorbereitet.«

Wir hatten die Klippe erreicht, an deren Fuß ein halb im Sand versunkener Haufen Zweige und Treibholz lag. Auf mein Zeichen hin schob Ember mit den Krallen die Äste beiseite, bis darunter eine Plastikkiste zum Vorschein kam. Darin befanden sich ein paar Kleidungsstücke, eine Brieftasche mit einem gefälschten Ausweis und Bargeld, ein Wegwerfhandy und ein kleiner Erste-Hilfe-Kasten.

Als ich ihre Verblüffung sah, musste ich grinsen. »Wie gesagt, ich mache das nicht zum ersten Mal, Rotschopf. Und die erste Lektion für jeden Einzelgänger lautet: Habe *immer* einen Notfallplan.« Vielleicht hätte ich das noch weiter ausgeführt, doch in diesem Moment verlagerte ich mein Gewicht falsch, und mein Bein gab unter mir nach. Fauchend rang ich um mein Gleichgewicht, aber dann schien es mir einfacher zu sein, mich in den kühlen, trockenen Sand fallen zu lassen.

Sofort war Ember an meiner Seite und beugte sich besorgt über mich – meine wunderschöne, gefährliche, fehlende Hälfte. Und plötzlich ließ sich der überwältigende Drang in mir nicht länger ignorieren.

Meine Flügel schwangen auf, legten sich um uns beide und zogen sie dicht an meinen Körper heran. Als sie überrascht zurückweichen wollte, hakte ich meine Krallen in ihre Schuppen und hielt sie fest. Ember wehrte sich noch einen Moment lang, dann knurrte sie leise, drängte sich an mich und schmiegte ihren Hals an meinen. Tief in meinem

Inneren flammte ein alles verzehrendes Feuer auf, das meinen gesamten Körper erfasste. Ich schloss die Augen und wünschte mir, sie käme noch näher. Um sie schlingen wollte ich mich und mit peitschenden Schwänzen und Flügeln durch den Sand rollen, bis wir ganz und gar miteinander verschmolzen.

Plötzlich fauchte Ember, wich zurück und löste sich aus meinen schützenden Schwingen. Ihre Körperhaltung – gespreizte Flügel, erweiterte Pupillen, geblähte Nüstern – signalisierte sowohl Verlangen als auch Angst. Mit einem heftigen Kopfschütteln wich sie weiter zurück. Fast sah es so aus, als wollte sie sich in die Luft erheben und fliehen.

»Cobalt, ich kann nicht …«

»Nein«, unterbrach ich sie schnell und stemmte mich hoch. »Sag nichts. Kämpfe nicht dagegen an, Rotschopf. Wir gehören zusammen, das weißt du genauso gut wie ich. Sag, dass du mit mir kommst. Heute Nacht noch.«

»Wir haben uns doch gerade erst kennen gelernt.« Nun klang Ember fast wie ein Mensch, als müsste sie sich selbst noch davon überzeugen. »Ich weiß so gut wie gar nichts über dich.«

»Na und? Wir sind keine Menschen. Für uns gelten andere Regeln.« Mit leiser, beruhigender Stimme fuhr ich in der Sprache der Drachen fort: »Das ist reiner Instinkt, nichts anderes. Menschliche Emotionen haben nichts damit zu tun. Kämpfe nicht länger dagegen an. Kämpfe nicht länger gegen mich an.«

Trotzdem blieb sie unsicher und argwöhnisch. Knurrend bohrte ich die Krallen in den Sand. Der Moment war vertan, aber ich musste sie immer noch dazu bringen, dass sie heute mit uns zusammen verschwand. Danach hätte ich alle Zeit der Welt, um sie zu überzeugen. »Rotschopf …« Mit dem Kopf deutete ich auf das Meer, in dem gerade die Sonne versank. »Du kannst nicht hierbleiben, nicht, wenn der Sankt-Georgs-Orden hier herumschnüffelt. Sie werden nach uns suchen, und diese Mistkerle sind verdammt hartnäckig. Bleibst du hier, bringst du dich in Gefahr, und deinen Zwilling ebenfalls.«

Bei der Erwähnung von Dante und den Ordenskriegern verfinsterte sich ihre Miene, und sie wich noch einen Schritt zurück. »Dante«, murmelte sie leise, als hätte sie ihn bis jetzt ganz vergessen. »Er weiß noch gar nicht, dass die Ordenskrieger hier sind. Ich muss gehen.« Flehend schaute sie mich an. »Ich muss nach Hause und ihn davon überzeugen, dass er mitkommt. Auf gar keinen Fall lasse ich ihn hier zurück, jetzt erst recht nicht mehr.«

Seufzend stieß ich einen Rauchfaden aus, dann nickte ich. Immerhin wollte sie immer noch mit uns kommen, das war die Hauptsache. »Dann geh.« Wieder deutete ich auf den Ozean. »Tu, was du tun musst. Du holst deinen Bruder und stößt am Treffpunkt zu uns, und dann verschwinden wir von hier.«

»Wo sollen wir uns treffen?«

»Ich rufe dich nachher an und sage es dir.« Als sie mich verletzt ansah, fügte ich etwas sanfter hinzu: »Das hat nichts mit mangelndem Vertrauen zu tun, Rotschopf. Aber wenn sie mich erwischen, könnten sie dir vielleicht an unserem Treffpunkt auflauern. Es ist sicherer, wenn du ihn vorerst nicht kennst. Ich verspreche dir, wenn der richtige

Zeitpunkt gekommen ist, rufe ich dich an. Halte du dich einfach bereit.«

»Und was ist mit dir?«

»Keine Sorge.« Grinsend deutete ich mit dem Schwanz auf das Wegwerfhandy in der Plastikkiste. »Ich rufe Wes an, der mich abholt. Zumindest, falls er mit den Nestlingen sicher in unserem Versteck angekommen ist.«

»Trotzdem, du bist verletzt.« Embers Blick wanderte zu meinen Rippen, die immer noch bluteten. »Ich will dich nicht alleinlassen.«

Mein Herz machte einen kleinen Sprung, den ich bewusst ignorierte. »Ich komme klar, Rotschopf. Glaub mir, ich habe schon Schlimmeres durchgestanden. Mein launischer Hackerfreund hat mich schon oft wieder zusammengeflickt. Das Schlimmste an der Sache ist, dass ich mir dabei immer sein Gemecker anhören muss.« Mühsam kämpfte ich mich auf die Füße und verzog das Gesicht. Keuchend gelang es mir, die Tatzen so zu platzieren, dass ich stehen blieb. »Aber wir müssen von hier weg, und zwar schnell. Ich werde so lange wie möglich auf Dante und dich warten, aber wenn ihr bis Mitternacht nicht da seid … dann müssen wir ohne euch aufbrechen.«

Ember nickte. »Wir werden da sein.« Nach einem schnellen Blick auf die Sonne nickte sie noch einmal grimmig und blähte die Nüstern. »Wir sehen uns spätestens in ein paar Stunden. Pass auf dich auf, Cobalt.«

Taumelnd ging ich zu ihr und drückte meine Schnauze unter ihr Kinn. Kurz schloss ich die Augen. »Du auch«, flüsterte ich.

Als ich mich von ihr löste, warf sie mir noch einen

undurchdringlichen Blick zu, dann wandte sie sich ab und stapfte mit fließenden Bewegungen davon. Ich sah ihr hinterher und hatte dabei das Gefühl, ein Teil von mir würde mit ihr gehen. Unten am Wasser blieb sie stehen, scharf umrissen von der sinkenden Sonne. Sie breitete die Flügel aus, die einen dunklen Schatten auf den Strand warfen. Das Verlangen, mit ihr zu gehen, loszurennen und diesem roten Nestling in den Sonnenuntergang zu folgen, wurde fast übermächtig. Doch ich blieb stehen und behielt die Kontrolle. Ember schlug zweimal mit den Flügeln, wirbelte Sand und Gischt auf, dann stieg sie auf. Reglos beobachtete ich, wie der leuchtend rote Drache sich schnell und elegant in die Luft erhob. Noch einmal blitzten ihre Schuppen in der Abendsonne auf, dann glitt sie über die Klippe hinweg und verschwand.

Ember

Ich flog nicht weit. Sobald ich oben auf den Klippen die Straße entdeckt hatte, die mich zurück in die Stadt bringen würde, verwandelte ich mich hinter einem Felsen schnell zurück in einen Menschen. Barfuß, ohne Telefon oder einen Penny in der Tasche und mit nichts als einer Art schwarzem Neoprenanzug bekleidet, stand ich also mitten im Nirgendwo. Am liebsten wäre ich einfach nach Hause geflogen, aber das kam natürlich nicht infrage. Vor allem nicht jetzt, wo der Sankt-Georgs-Orden in der Stadt und offenbar auf dem Kriegspfad war. Am besten blieb ich nie zu lange an einem Ort. Mindestens einer der Soldaten hatte mich vor der Verwandlung gesehen, er wusste also, wie ich in menschlicher Gestalt aussah. Wenn sie mich jetzt entdeckten, war ich so gut wie tot.

Ein weißer Toyota mit getönten Scheiben und laut dröhnender Musik fuhr die Straße entlang. Halbherzig streckte ich den Daumen raus, doch das Auto fuhr ohne stehen zu bleiben vorbei und hupte dabei sogar noch. Während ich in seiner Staubwolke stand und dem Fahrer die Zunge rausstreckte, wünschte ich ihm eine Reifenpanne an den Hals. Der schmale rote Streifen am Horizont entlockte mir einen schweren Seufzer.

Sieht so aus, als müsste ich laufen.
Da mir nichts anderes übrig blieb, joggte ich an der Straße entlang Richtung Heimat. Fort von der Klippe, vom Strand, von Cobalt.

Cobalt. Riley. Noch immer hatte ich diesen einen Moment am Strand vor Augen, als er mich an sich gezogen hatte. Ich wusste einfach nicht, was ich davon halten sollte, auch wenn mein Drache weniger Skrupel hatte. Selbst jetzt drängte er mich noch umzukehren, zu Riley zurückzufliegen und nie mehr von seiner Seite zu weichen.

Aber da war noch der andere. Bei dem allein der Gedanke, ihn nie wiederzusehen, Beklemmungen in mir auslöste. Der, den ich zurücklassen musste. Dachte ich an Garret, stiegen nagende Schuldgefühle in mir auf – wieder einmal neue, unangenehme Emotionen. Unsere gemeinsame Zeit war sowieso viel zu kurz, am Ende des Sommers würde er gehen, das wusste ich alles, aber jetzt gerade fühlte es sich an, als würde man mir das Herz herausreißen. Und zwar nicht nur wegen Garret, wurde mir klar. Ja, ich würde ihn schrecklich vermissen, aber auch von Lexi und Calvin musste ich Abschied nehmen, vom Meer und vom Surfen, von einfach allem, was ich in Crescent Beach zu lieben gelernt hatte. Mein Sommer war hiermit endgültig vorbei.

Meine Kehle war wie zugeschnürt, ein merkwürdiges Gefühl, und in meinen Augenwinkeln brannte es. Schnell beschleunigte ich das Tempo und verdrängte jeden Gedanken an Garret und alle anderen. Ich konnte nicht hierbleiben, das stand fest. Ich musste meinen Bruder holen und mit Riley die Stadt verlassen, bevor die Georgskrieger uns alle aufspürten.

Als ich endlich unser Haus erreichte, war die Sonne bereits untergegangen, und die ersten Sterne tauchten am Himmel auf. Zum letzten Mal lief ich durch den Vorgarten. In der Auffahrt stand nur ein Auto, vielleicht hatte ich ja Glück, und die Betreuer waren beide ausgeflogen. Doch selbst dann musste ich mich beeilen. Keine Ahnung, wo die Ordenskrieger jetzt waren, vielleicht suchten sie bereits Crescent Beach ab. Außerdem wollte ich Riley nicht warten lassen. Ich hatte versprochen, zu ihm und den anderen zu stoßen, sobald er mir den Treffpunkt durchgab; da blieb mir nicht besonders viel Zeit.

Dante war weder im Wohnzimmer noch in der Küche, aber unter seiner Zimmertür drangen Licht und Musik hindurch. Gott sei Dank, er war zu Hause! Erleichtert lief ich den Flur hinunter und trommelte gegen seine Tür.

Mein Bruder runzelte irritiert die Stirn, als er öffnete. In dem ärmellosen Shirt und den schwarzen Badeshorts wirkte er so normal. Als ich barfuß und keuchend vor ihm auftauchte, schien ihn das noch mehr zu verwirren, und er musterte kurz meinen schwarzen Ganzkörperanzug.

»Ember?« Fragend riss er die Augen auf. »Was ist passiert? Bist du verletzt? Und was hast du denn da an?«

»Sankt Georg«, ächzte ich, woraufhin er ruckartig die Brauen hob. »Der Sankt-Georgs-Orden ist hier! Sie haben uns gefunden. Wir müssen aus der Stadt raus, Dante. Sofort!«

»Was? Hey, warte mal eine Sekunde.« Dante packte mich am Handgelenk, zog mich ins Zimmer und knallte die Tür zu. »Was soll das heißen, der Sankt-Georgs-Orden ist hier? Woher weißt du das? Talon hat nichts von möglichen Aktivitäten des Ordens gesagt, und ich denke doch, so etwas würden sie erwähnen.«

»Nein, hör zu!« Wütend starrte ich ihn an. Konnte er mir nicht *einmal* einfach vertrauen? »Ich habe sie gesehen, okay? Sie sind hier. Sie haben auf mich *geschossen*! Ich war gerade bei Riley, da hat eine ganze Truppe die Tür eingetreten und ...«

»Bei Riley?« Sofort kniff mein Bruder die Augen zusammen. »Du hast dich wieder mit diesem Einzelgänger getroffen? Verdammt, Ember, was hast du dir nur dabei gedacht? Was hattest du im Haus eines *Einzelgängers* zu suchen? Kein Wunder, dass der Orden hinter ihm her ist. Du hast Glück, dass du da lebend rausgekommen bist!«

»Aber nur knapp!«, fauchte ich. »Fast hätten sie uns umgebracht. Doch davor habe ich ein paar sehr interessante Dinge über Talon erfahren und darüber, was sie wirklich von uns wollen.«

»Einem Einzelgänger darfst du gar nichts glauben. Das sind Verräter und Kriminelle. Die lügen, nur um ...«

»Du wusstest, dass die Vipern ein Killerkommando sind, oder?«, unterbrach ich ihn. Als Dante überrascht blinzelte, nickte ich. »Du hast es gewusst und mir nichts gesagt. Warum? Ich dachte, wir passen aufeinander auf, hast du das nicht die ganze Zeit behauptet? Du bist mein Bruder und hast es nicht für nötig gehalten, mir zu verraten, dass ich in Zukunft meinesgleichen jagen und abschlachten soll?«

»Die Entscheidung, wann du es erfahren solltest, lag bei Talon«, erwiderte Dante und verschränkte abwehrend die Arme vor der Brust. »Nicht bei mir. Und wenn du dich nicht ständig gegen sie aufgelehnt hättest, wäre das alles nicht passiert.« Mit einem genervten Blick fuhr er fort: »Talon will lediglich unser Überleben sichern, Ember, und du tust so, als wäre die Organisation das personifizierte Böse! Das sind nicht die Bösen, begreifst du das nicht? Sie beschützen uns vor dem Sankt-Georgs-Orden.«

»Dante!« Frustriert und müde fuhr ich mir mit den Händen durch das Gesicht. Er wollte einfach nicht zuhören, wollte nicht verstehen, was ich über Talon, die Einzelgänger und die Georgskrieger zu sagen hatte. Riley hatte recht gehabt.

Trotzdem, er war mein Bruder – ich musste es versuchen. »Ich werde weggehen«, sagte ich kraftlos. Meine Stimme klang rau. »Heute Nacht noch. Riley hat angeboten, mich mitzunehmen, wenn er aus der Stadt verschwindet, und … ich werde mit ihm gehen.«

Schockiert starrte Dante mich an, das Blut wich ihm aus dem Gesicht. »Du willst dich von Talon lossagen?«, flüsterte er mit erstickter Stimme. »Das kannst du nicht machen, Ember! Sie werden dich jagen. Du weißt doch, was Talon mit Verrätern macht, du hast es selbst gesagt.«

»Und genau deswegen muss ich gehen.« Flehend sah ich ihn an – warum verstand er mich denn nicht? »Ich kann keine Viper werden. Nicht nach dem, was ich heute erfahren habe.«

»Ist es, weil du dich über deine Ausbilderin geärgert hast? Oder über mich?«

»Nein!« Wieder rieb ich mir das Gesicht. »Das hat nichts mit meiner Ausbilderin zu tun«, flüsterte ich. »Und auch nicht mit dir oder den Regeln oder sonst etwas in der Art. Dante, ich sage mich nicht von Talon los, weil ich diese Fremdbestimmung leid bin. Oder weil sie mir das Fliegen verbieten, meine Ausbildung scheiße ist oder die Organisation jeden Schritt meines Lebens für mich plant. Nichts davon ist wichtig. Ich gehe, weil … ich das System von Talon nicht unterstützen kann. Oder das, was sie von mir erwarten.«

Dante ließ sich auf sein Bett sinken und strich sich mit beiden Händen durch die Haare. Ich sah ihn einen Moment lang an, dann fuhr ich fort: »Ich werde gehen. Ich erwarte nicht, dass du das verstehst. Zumindest jetzt noch nicht. Aber Riley und die anderen warten auf mich, und ich … ich möchte, dass du mitkommst. Du wirst es sehen, Dante, wenn du sie erst mal kennen lernst, wirst du verstehen, warum wir gehen müssen.«

Dante schloss die Augen. Mit hängenden Schultern saß er da und dachte offenbar angestrengt nach.

»Wenn ich nicht mitkomme«, sagte er schließlich grimmig, »dann wirst du ohne mich gehen, stimmt's?«

Ich biss mir auf die Lippe. Es würde mir das Herz brechen, meinen Bruder zu verlassen. Bis jetzt hatten wir immer alles gemeinsam durchgestanden. Aber ich konnte auch nicht bleiben und mich von Talon zu etwas machen lassen, das ich nicht war und niemals sein wollte. Dante war hier in Sicherheit; hinter ihm waren die Georgskrieger nicht her, sie hatten es nur auf Riley und die anderen Einzelgänger abgesehen. Und auf mich.

»Ja.« Nur ein kleines Wort, doch noch nie war mir etwas so schwergefallen. Dante zuckte zusammen, als hätte er ebenfalls nicht damit gerechnet.

»Und nichts, was ich sage, wird deine Meinung ändern.«

Eine Feststellung, keine Frage, trotzdem schüttelte ich den Kopf. »Nein«, presste ich hervor. »Ich werde gehen, ob du nun mitkommst oder nicht.«

»Also gut«, antwortete er so leise, dass ich ihn kaum verstand. Zitternd holte er Luft, stieß sie dann wieder aus und sah mich an. »Ich werde mitkommen.« Mir fiel ein ganzer Felsbocken vom Herzen. »Es gefällt mir nicht, und ich halte es für einen Riesenfehler, aber … du bist meine Schwester. Ich kann dich da nicht allein reinlaufen lassen. Also bin ich dabei.«

Explosionsartig stieß ich den angehaltenen Atem aus. Natürlich hatte ich gehofft, dass er uns begleiten und so die Familie über Talon stellen würde, aber bis zu diesem Augenblick war ich mir nicht sicher gewesen. Ich rannte zu ihm, schlang ihm die Arme um den Hals und drückte ihn fest. Einen Moment lang hielt er mich fest, dann schob er mich sanft von sich – verlegen, nervös und irgendwie schuldbewusst.

»Wo treffen wir uns mit diesem Einzelgänger?«

»Weiß ich noch nicht. Er will mich nachher anrufen.«

Dante nickte knapp. »Dann sollten wir jetzt packen«, beschloss er, ohne mich anzusehen. »Wir nehmen besser ein paar Sachen mit, wenn wir schon quer über den Erdball gejagt werden.«

Noch ganz benommen vor Erleichterung nickte ich und ging zur Tür. Doch da hörte ich Dantes Stimme. »Ember?«, fragte er so ernst, dass ich mich noch einmal umdrehte. Aufgewühlt sah er mich an. »Dir ist doch klar, was du hier tust, oder? Wie ernst die Sache ist? Das ist nicht so, als würdest du die Sperrstunde verpassen oder nicht anrufen, wenn du später kommst. Hier geht es um Hochverrat. Wenn wir uns einmal losgesagt haben, gibt es kein Zurück mehr.«

»Ich weiß. Aber wir müssen es tun, Dante. Wenn wir jetzt nicht gehen, werden wir niemals frei sein.«

Ohne etwas zu erwidern wandte er sich ab, und ich lief in mein Zimmer hinüber.

Ich zog eine Hose und ein Shirt über meinen Ninjaanzug, immerhin wusste ich ja nicht, wann ich mich das nächste Mal verwandeln musste, und wollte vorbereitet sein. Dann kramte ich einen Rucksack aus meinem Schrank hervor und stopfte ihn mit Klamotten voll. Gerade packte ich meinen geheimen Geldvorrat und mein Schatzkistchen ein, als mein Blick an meinem Handy hängen blieb. Es lag immer noch auf der Kommode, wo ich es vor dem Besuch bei Riley abgelegt hatte. Ein sanftes Blinken verriet, dass ich neue Nachrichten bekommen hatte. Schnell griff ich danach und schaute nach.

Acht verpasste Anrufe. Alle während der letzten zwanzig Minuten. Alle von Garret.

Mir wurde übel. Nach dem heutigen Abend würde ich ihn niemals wiedersehen. Keinen von meinen Freunden würde ich je wiedersehen. Lexi wollte ich später noch anrufen, wenn wir Crescent Beach hinter uns gelassen hatten, einfach um mich zu verabschieden und ihr zu danken: Dafür, dass sie mir das Surfen beigebracht, dass sie mich bei der Eroberung meines Traumkerls unterstützt hatte und dass sie mir so eine gute Freundin gewesen war. Ich würde sie vermissen, und mir war klar, dass ein Abschied über das Telefon alles andere als toll war, doch daran ließ sich nun mal nichts ändern.

Aber Garret …

Ich drückte auf den Eintrag mit seinem Namen und hielt mir das Handy ans Ohr. Nach dem zweiten Läuten hob jemand ab. »Hallo?«

Ich schluckte. »Hi.«

Es folgte eine so lange Pause, dass ich schon dachte, die Verbindung sei zusammengebrochen oder er hätte aufgelegt. »Bist du noch dran?«

»Wo steckst du?« Seine Stimme klang seltsam, irgendwie dumpf und bedrückt. War seinem Dad etwas zugestoßen? Oder war er sauer, weil ich nicht ans Telefon gegangen war, als er angerufen hatte? »Zu Hause«, antwortete ich. »Ich war heute mit Freunden unterwegs und habe vergessen, mein Handy mitzunehmen. Tut mir leid.«

»Ich muss mit dir reden«, fuhr er so übergangslos fort, als hätte ich gar nichts gesagt. »Können wir uns irgendwo treffen?« Wieder schwieg er, dann fügte er etwas sanfter hinzu: »Es ist wichtig.«

Nun war ich diejenige, die zögerte. Ich musste heute noch zu Riley; sobald er mir unseren Treffpunkt verriet, würden wir Crescent Beach ohne einen Blick zurück hinter uns lassen. Aber … es wäre die letzte Gelegenheit, um Garret noch einmal zu sehen. Ich wollte nicht einfach so verschwinden, ohne irgendeine Erklärung. Ich wollte mich wenigstens von ihm verabschieden.

Und plötzlich, als ich dort in meinem Zimmer stand und die Stimme hörte, bei deren Klang mein Herz Flügel bekam, zerriss, Luftsprünge machte und dahinschmolz, plötzlich wünschte sich ein kleiner Teil von mir, ich wäre normal, ein Mensch. Denn dann könnte ich mit Garret zusammen sein. Dann würden keine Drachentöter Türen eintreten, um mich umzubringen. Und ich hätte nun auch nicht das Gefühl, als würde sich der Boden unter mir auftun, um mich zu verschlingen.

»Ich weiß nicht, Garret«, flüsterte ich mit erstickter Stimme. »Das passt gerade nicht so gut.«

»Bitte.« Obwohl sein Tonfall sich nicht änderte, glaubte ich eine Spur Verzweiflung unter der Gelassenheit zu hören. »Es dauert auch nicht lange. Treffen wir uns in zwanzig Minuten am Lover's Bluff. Ich ... ich muss einfach mit dir reden. Heute Abend noch.«

Bevor ich etwas erwidern konnte, vibrierte das Handy. Ein kurzer Blick auf das Display zeigte mir eine unbekannte Nummer. Mich überlief ein Schauer – das musste Riley sein.

»Ember?«

»Also gut.« Ich hob das Telefon wieder ans Ohr. »In zwanzig Minuten am Lover's Bluff. Ich werde da sein.«

»Gut.« Leise fügte er hinzu: »Dann bis gleich.«

Ich beendete das Gespräch mit Garret und nahm den zweiten Anruf an. »Riley?«

»Hi, Rotschopf.« Die Stimme am anderen Ende der Leitung klang müde. »Wir haben es geschafft. Willst du immer noch mitkommen?«

Krampfhaft versuchte ich, den Kloß in meiner Kehle runterzuschlucken. »Ja. Und Dante kommt auch mit.«

»Oh, tja, da bin ich mal baff. Hätte nicht gedacht, dass du ihn überzeugen kannst.« Riley klang einerseits beeindruckt, wenn auch widerstrebend, andererseits enttäuscht. »Wir sind jetzt am Lone Rock Cove, hinten in der Höhle.

Vorhin mussten wir ein paar Kiffer vom Strand vertreiben, aber jetzt ist alles leer. Wes hat einen Wagen organisiert. Wir brechen auf, sobald Dante und du kommen.«

»Gib uns eine Stunde«, bat ich, ohne auf die nagenden Schuldgefühle zu achten, die mir einflüsterten, ich würde ihn verraten. »Ich ... ich will mich erst noch von ein paar Leuten verabschieden. Geht auch ganz schnell.«

»Wir können nicht lange warten, Rotschopf«, mahnte Riley. »Wir bleiben noch, aber komm so schnell es geht.«

»Mache ich. Bis gleich.«

Als ich auflegte und mich umdrehte, stand Dante in der Tür. Er trug einen Rucksack über der Schulter und eine Baseballkappe auf dem Kopf. Ernst musterte er das Telefon in meiner Hand.

»War das der Einzelgänger?«

Ich nickte. »Sie sind am Lone Rock«, erklärte ich. »Wir müssen uns bald mit ihnen treffen, aber ...«

Stirnrunzelnd hakte Dante nach: »Aber?«

»Garret hat angerufen.« Ich schob das Handy in meine Hosentasche. »Er will mich sehen, anscheinend ist es wichtig. Ich habe ihm versprochen, mich in zwanzig Minuten am Lover's Bluff mit ihm zu treffen.« Hin- und hergerissen kaute ich auf meiner Unterlippe herum. »Wir dürfen Riley nicht warten lassen, die Georgskrieger sind immer noch auf der Jagd«, murmelte ich. »Ich wünschte nur, ich könnte Garret noch einmal sehen, um mich zu verabschieden.«

»Dann tu das doch«, schlug Dante vollkommen überraschend vor. Verblüfft blinzelte ich ihn an, woraufhin er nachlässig mit den Schultern zuckte. »Der Einzelgänger wird schon nicht ohne dich abhauen. Ich kann ja vorgehen zur Höhle und ihm sagen, dass du nachkommst. Du solltest wirklich noch mal mit Garret reden.«

»Dante …« Immer noch fassungslos starrte ich ihn an. »Ich … bist du sicher?«

»Nimm den Wagen«, sagte er nachdrücklich, »dann bist du schneller. Ich komme schon klar, entweder nehme ich mir ein Taxi, oder ich frage Calvin, ob er mich schnell hinfährt. Aber du solltest jetzt gehen.« Ein schmales Lächeln huschte über sein Gesicht. »Ich weiß doch, wie sehr du diesen Menschen gemocht hast. Wenn das deine Schuldgefühle beruhigt, solltest du ihm Lebewohl sagen.«

Wieder wäre ich ihm am liebsten um den Hals gefallen, ließ es diesmal aber sein. Stattdessen schnappte ich mir den Schlüsselbund vom Schreibtisch, schlang mir den Rucksack über die Schulter und warf Dante noch einen unsicheren Blick zu.

»Und das ist wirklich okay für dich?«

»Absolut. Alles gut.«

»Und du wirst auch an der Höhle sein, wenn ich komme, ja?«

»Ember!«, stöhnte er ungeduldig, wich aber meinem Blick aus. »Geh einfach. Wir sehen uns nachher, versprochen.«

Ich nickte. »Sag Riley, dass ich mich beeile.«

Schnell schob ich mich an Dante vorbei, rannte den Flur hinunter und durch die Vordertür nach draußen. In der Auffahrt stand unser Auto. Ich warf den Rucksack auf den Beifahrersitz, setzte mich hinter das Steuer und startete den Motor. Es war zwar schon eine Weile her, dass ich selbst gefahren war, aber ich wusste noch einigermaßen, wie es ging.

Als ich rückwärts aus der Einfahrt setzte, bemerkte ich Dante, der mich vom Fenster aus beobachtete. Dann drückte ich aufs Gaspedal und raste Richtung Lover's Bluff – zu Garret.

Auf dem kleinen Parkplatz nahe des Felsens stand nur ein einziger schwarzer Jeep, den ich sofort wiedererkannte. Inzwischen war die Sonne vollständig untergegangen, und ein strahlender Vollmond bahnte sich einen Weg über den Himmel. Als ich aus dem Wagen stieg und mich nach Garret umschaute, herrschte absolute Stille. Ich konnte ihn nirgendwo entdecken, nur das Schild, das auf die Treppe zur Klippe hinwies, war trotz der Dunkelheit leicht zu erkennen.

Mein Bauch begann zu kribbeln. Es war noch gar nicht lange her, dass ich mich nachts rausgeschlichen hatte, um hier mit Cobalt über die Wellen zu gleiten. Seitdem war so viel passiert: Ich hatte Garret kennen gelernt, mit Lilith trainiert, Dinge über die Vipern und Talon erfahren, die ich schon viel früher hätte wissen müssen. Ich hatte den Georgskriegern gegenübergestanden und entschieden, zum Einzelgänger zu werden und alles zurückzulassen. Wer hätte gedacht, dass ein schicksalhaftes Treffen das alles auslösen konnte?

Nun gab es nur noch eines, wovon ich mich lösen musste. Einen letzten Abschied.

Ich atmete tief durch und stieg die enge, gewundene Treppe zum Lover's Bluff hinauf.

Als ich die letzte Stufe nahm, sah ich ihn: Er lehnte mit dem Rücken am Geländer, in silbriges Mondlicht getaucht.

Es glänzte auf seinen hellen Haaren und zeichnete den Umriss seines komplett in schwarz gekleideten Körpers nach. Seine Arme waren verschränkt, und er hielt den Kopf gesenkt, doch als er mich entdeckte und sich von dem Geländer abstieß, sah ich kurz das metallische Funkeln seiner Augen.

Während ich mich der einsamen Gestalt am anderen Ende des Felsplateaus näherte, schickte mir mein Gehirn eine diffuse Warnung. Irgendetwas an ihm war … anders. Das war nicht der Garret, den ich kannte, der Junge, mit dem ich mitten im Meer geknutscht hatte und dessen Lächeln dieses Flattern in meinem Bauch auslöste. Das hier war ein kalter, distanzierter Fremder, und ich spürte, wie mein Herz sich schmerzhaft zusammenkrampfte.

»Garret?« Aufmerksam musterte ich sein Gesicht, als ich mich näherte. Es wirkte undurchdringlich, vollkommen verschlossen. »Da bin ich. Ist alles okay?«

Er antwortete nicht, doch als er mich ansah, flackerte Schmerz in seinen Augen auf. Plötzlich wirkte er hilflos und verloren, als wäre etwas Schreckliches passiert und er wüsste nicht, was er nun tun sollte. Besorgt ging ich noch näher zu ihm, doch da verkrampfte er sich ruckartig. Fast so als hätte er … Angst vor mir. »Garret?«, versuchte ich es noch einmal, obwohl ich jetzt total verwirrt war. Wenn er mir doch nur sagen würde, was los war. Wir hatten nicht mehr viel Zeit. Auch wenn er sich so merkwürdig verhielt, schnürte sich mir schon bei seinem bloßen Anblick die Kehle zu. Er konnte nicht mit uns kommen, konnte niemals Teil meiner Welt sein. Und ganz egal, was ich für ihn empfand – ich würde ihn da auch nicht mit hineinziehen.

Er sollte nach Chicago zurückkehren und ein normales Leben haben, ohne von mordenden Drachentötern, halbseidenen Organisationen und Vipernkillern gejagt zu werden. Das Beste, was ich für ihn tun konnte, war … ihn gehen zu lassen.

Trotzdem wünschte ich mir, er würde mit mir reden.

»Ich bin froh, dass du gekommen bist«, begann ich wieder, da ich förmlich spürte, wie die Zeit verrann. »Und ich bin froh, dass wir uns hier treffen konnten, denn ich muss dir etwas sagen, und das wollte ich nicht am Telefon machen.« Stumm starrte er mich an, seine bleigrauen Augen waren vollkommen ausdruckslos. »Ich werde fortgehen«, erklärte ich, woraufhin sich eine kleine Falte auf seiner Stirn bildete. Na, zumindest *das* war zu ihm durchgedrungen. »Es ist etwas passiert«, fuhr ich fort, »und ich muss die Stadt verlassen. Heute noch. Bitte frag mich nicht, denn ich kann es dir nicht erzählen. Aber ich … ich wollte dir noch Lebewohl sagen.«

Garrets verschlossene Miene wurde plötzlich hart und kalt. Ohne jede Vorwarnung hob er den Arm und hielt mir eine matt schimmernde schwarze Pistole vors Gesicht. Ihr metallisches Klicken hallte laut durch die drückende Stille.

»Du wirst nirgendwo hingehen.«

Garret

Die Razzia war die reinste Katastrophe gewesen.

Nicht nur waren die Zielpersonen entkommen, sie hatten auch ein absolutes Chaos hinterlassen. Als die Feuerwehr schließlich eintraf, war die Villa bereits bis auf die Grundmauern niedergebrannt, und eine dicke, schwarze Rauchwolke verdunkelte den Himmel. Selbstverständlich hatten wir das Areal verlassen, bevor jemand realisierte, dass etwas nicht stimmte, und niemand hatte uns kommen oder gehen sehen. Aber nun war von einer Millionenvilla nur eine qualmende Ruine übrig geblieben, drei meiner Teamkameraden hatten schwere Verbrennungen erlitten, und die beiden entwischten Drachen konnten inzwischen überall sein.

Und das alles hätte vermieden werden können, wenn ich meinen Job gemacht hätte.

Wenn ich nicht gezögert hätte. Ich hatte Ember im Nest des Feindes gesehen und war eingeknickt, anstatt sie niederzuschießen, wie man es mir beigebracht hatte. Direkt vor meinen Augen hatte sich das Mädchen, das ich kannte, in eines der Monster verwandelt, und ich hatte dabei zugesehen. Und wie alle Vertreter ihrer Art war sie am gefährlichsten, wenn man sie in Bedrängnis brachte, sodass sie wie jeder andere Drache reagiert hatte – mit Feuer und Brutalität, um sich und ihrem Gefährten Zeit zur Flucht zu verschaffen. Das Überraschungsmoment war immer unsere stärkste Waffe gewesen. Nun wussten die Drachen, dass wir hier waren, und würden umso schwerer aufzuspüren sein. Vielleicht war die Beute nun endgültig verloren.

Und das war alles meine Schuld.

Auf dem Rückweg wurde mein Versagen von niemandem erwähnt. Der Laster war voller benommener, verletzter und wütender Soldaten, es stank nach Rauch und verkohlten Schutzwesten, aber niemand machte mich dafür verantwortlich. Als unser Kommandant außer sich vor Wut zu wissen verlangte, was geschehen war, nahmen wir die Verantwortung und die folgende Standpauke als Einheit auf uns. Nicht einmal Tristan, mit dem wir im Versteck des Ordens zusammentrafen, ahnte die Wahrheit.

Aber ich kannte den wahren Grund für diese Schlappe. Und ich wusste etwas, das niemand sonst wusste.

Ember Hill war der Schläfer.

Ember, die ich in meinem Zimmer geküsst, die in mir die Sehnsucht nach einem normalen Leben geweckt hatte, die mir seit unserer ersten Begegnung nicht mehr aus dem Kopf ging, war der Feind.

Und nun musste ich sie töten.

Selbst jetzt wusste ich nicht, was ich mir dabei gedacht hatte, als ich sie wieder und wieder anrief, hoffend und bangend, ob sie wohl antwortete. Dabei hätte ich eigentlich sofort zum Captain gehen und ihm alles sagen müssen, ihre Identität offenlegen, ihre Adresse, Orte, an denen man sie antraf. Wenn Ember der Schläfer war, dann war ihr Bruder vermutlich ebenfalls ein Drache. Es konnte noch mehr Drachen in Crescent Beach geben, nicht nur die beiden, hinter denen der Orden hergewesen war. Und es war meine Pflicht, dem Orden alles mitzuteilen, was ich wusste.

Doch ich konnte es nicht. Noch nicht. Gleichzeitig wusste ich aber nicht, was ich tun sollte. Vor allem nicht, als sie mich zurückrief. Sobald ich ihre vertraute und plötzlich doch so fremd wirkende Stimme hörte, erstarrte ich innerlich. Was wollte ich eigentlich? Mit ihr reden? Ein Geständnis dessen, was ich bereits wusste? Sie war ein Drache. Ich war ein Krieger des Heiligen Georg. Was gab es da noch zu reden?

»Treffen wir uns in zwanzig Minuten am Lover's Bluff«, hörte ich mich sagen. Ein guter Ort für das Unvermeidliche – abgelegen und doch ganz in der Nähe. Niemand würde die Schüsse oder die Schreie des sterbenden Drachen hören. Und sie ließ sich darauf ein, obwohl ziemlich deutlich war, dass sie eigentlich keine Zeit hatte. Vermutlich plante sie gerade ihre Flucht. Doch als sie mir versprach, sich dort mit mir zu treffen – allein –, glaubte ich ihr.

Nachdem wir aufgelegt hatten, blieb ich einen Moment reglos stehen und rang mit mir. Es wäre klug gewesen, Tristan einzuweihen, damit er mir Rückendeckung gab. Noch klüger wäre es gewesen, meinen Captain über das geplante Treffen zu informieren und den Drachen von einer ganzen Einheit niedermachen zu lassen, sobald er sich zeigte.

Ich fuhr allein hin. Ich sagte niemandem, wohin ich ging, nicht einmal Tristan. Er hätte mich sowieso nur davon abgehalten. Ohne einen Partner oder sonstige Verstärkung Jagd auf einen Drachen zu machen, war im Orden strengstens verboten. Es war verrückt, riskant und dämlich, aber in diesem Moment war mein Verstand ausgeschaltet. Ich stieg einfach in den Jeep und fuhr los. Zu einem einsamen Felsen mitten im Nirgendwo. Um mich ganz allein mit einem Drachen zu treffen.

»Garret?«

Beim Anblick der Waffe riss Ember die Augen auf. Reglos starrte sie mich über den Lauf der Glock hinweg an, eher verwirrt als ängstlich, als suche sie verzweifelt nach einer Erklärung. Ich ignorierte ihren fragenden Blick, das Zittern in meinem freien Arm und zielte direkt zwischen ihre Augen.

Drück ab, Garret.

Kalt hallte die Stimme von Soldat Tadellos durch meinen Kopf. *Töte sie. Sie ist ein Drache, das ist deine Pflicht. Dafür wurdest du hergeschickt.*

»Garret, was soll das?« Tief verletzt sah Ember mich an. »Warum …?«

Sie verstummte, und das Blut wich aus ihrem Gesicht. Ich konnte genau sehen, wann es bei ihr Klick machte, wann aus der Verwirrung Entsetzen wurde, als sie es begriff. Ihre folgenden Worte drehten mir fast den Magen um. Ein gebrochenes Flüstern, das Anklage, Verzweiflungsschrei und den fruchtlosen Wunsch, das alles möge ein Missverständnis sein, in sich vereinte.

»Du … du bist ein Georgskrieger.«

Taumelnd wich sie vor mir zurück, hielt aber inne, als

ich ihr folgte. Ihr Gesicht wurde ausdruckslos. Mühsam rang ich mir eine Frage ab, mit leiser, kalter Stimme, die im krassen Gegensatz stand zu dem Gefühlschaos in meinem Inneren: »Wo sind die anderen?«

Ihre grünen Augen blitzten, und sie reckte trotzig das Kinn. Selbst dieser winzigen Bewegung folgte ich mit der Waffe, hielt sie immer auf ihr Gesicht gerichtet. Stur biss sie die Zähne zusammen. »Sag es mir«, drängte ich. »Sofort. Sonst werde ich dich erschießen.«

»Du erschießt mich doch sowieso«, erwiderte Ember, und nun lag all ihre Wut über meinen Verrat in ihrer Stimme. »Darum ging es dir doch die ganze Zeit nur, oder? Du gehörst dem Sankt-Georgs-Orden an, und du bist hergekommen, um uns umzubringen.« Ihre Stimme begann zu zittern, und sie schluckte. »Deswegen warst du so an mir interessiert. Deswegen wolltest du Zeit mit mir verbringen. Alles, was wir zusammen gemacht haben, alles, was du mir gesagt hast – nur Lügen.«

Nicht alles. Meine freie Hand zitterte unkontrolliert, und ich ballte sie zur Faust, um mich wieder in den Griff zu bekommen. Das hier war das Ende der Mission. Ich musste mich konzentrieren. Ich durfte nicht an diese »anderen« Momente denken: den Tanz, das gemeinsame Surfen auf einem Brett, die Fahrt im Riesenrad, als ich nirgendwo lieber hätte sein wollen.

Den Kuss im Meer, als die Welt aufgehört hatte sich zu drehen. Den Wunsch, ein normales Leben zu haben, und sei es nur, um mit ihr zusammen sein zu können. Denn sie hatte mir nicht nur gezeigt, wie man auf einem Surfbrett stand, wie man Zombies abknallte oder wie man schreien musste, wenn die Achterbahn ins Bodenlose fiel. Sie hatte mir gezeigt, wie man lebte.

Ember starrte mich noch immer trotzig an. »Na los«, flüsterte sie. Erst jetzt bemerkte ich, dass sie ebenfalls zitterte. »Erschieß mich. Ich werde dir bestimmt nicht sagen, wo die anderen sind, damit du sie dann auch umbringen kannst.«

Tu es. Wieder hörte ich die Stimme des Soldaten, und ich atmete tief durch, bevor ich den Arm durchdrückte. Der Lauf der Waffe war genau auf ihre Stirn gerichtet. Eine winzige Bewegung, und alles wäre vorbei. *Sie ist ein Drache, und dafür hat man dich hierhergeschickt. Warum zögerst du? Töte sie, jetzt!*

Entschlossen krümmte ich den Finger um den Abzug. Ember beobachtete mich ohne die geringste Regung, aber zum ersten Mal, seit ich sie kannte, sah ich Tränen in ihren Augen aufsteigen. Eine lief über ihre Wange. Sie funkelte im Mondlicht, bohrte sich wie ein Geschoss in meine Magengrube, und die Hand mit der Waffe begann zu zittern.

Ich … ich kann nicht.

Plötzlich entspannte ich mich. Ich hielt die Pistole weiter im Anschlag, aber in meinem Inneren sackte alles in sich zusammen. *Ich kann es nicht tun. Ich kann sie nicht töten.* Benommen musterte ich das Mädchen, das ein Drache war, mein erklärter Feind.

Und das ich nicht töten konnte.

Erschöpft senkte ich den Blick, ließ nur einen Moment in meiner Konzentration nach.

Ember nutzte diesen Moment.

In dem Sekundenbruchteil, bevor ich die Waffe sinken

ließ, rannte sie los, und einen Wimpernschlag später hatte sie mich erreicht. Sofort erkannte ich die Gefahr, aber da hatte Ember mir bereits von unten einen Schlag gegen den Arm verpasst, mein Handgelenk gepackt und die Waffe erst hochgerissen und dann aus meiner Hand gewunden. Mein Körper reagierte instinktiv, während mein Verstand noch hinterherhinkte. Als Ember mir die Waffe entwendete, trat ich mit voller Wucht gegen ihre Hand, während sie noch rückwärts taumelte. Die Pistole schlitterte über den Felsen und blieb irgendwo vor dem Abgrund liegen.

Da sie nun keine Waffe mehr hatte, wich Ember wachsam zurück, gleichzeitig begannen ihre grünen Augen unheilvoll zu leuchten. Die Luft um sie herum geriet in Bewegung, und mich erfasste eine Art Druckwelle. Sofort wirbelte ich herum und versuchte mit einem Hechtsprung meine Pistole zu erreichen. Hinter mir spürte ich eine lautlose Explosion, dann ertönte ein wütendes Fauchen, bei dem mir das Blut in den Adern gefror. Kurz vor dem Abgrund bekam ich die Glock zu fassen, fuhr herum und …

… spürte, wie mir die Luft aus dem Körper gepresst wurde, als etwas Großes, Rotes mich von den Füßen riss. Ich landete auf dem Rücken und sah nur noch gefletschte Zähne, Flügel und leuchtend rote Schuppen vor mir. Instinktiv riss ich die Waffe hoch für einen letzten, verzweifelten Schuss.

Eine Tatze traf mich am Ellbogen und zwang meinen Arm nach unten. Eine zweite senkte sich auf meine Brust, und lange Klauen bohrten sich in mein Shirt, als ein fünfhundert Pfund schwerer, vor Wut fauchender roter Drache auf mir landete und mich am Boden festnagelte. Sein heißer Atem schlug mir entgegen, als das Monster die Zähne fletschte und laut brüllte.

Ich gab auf, die Waffe glitt mir durch die tauben Finger. Ich konnte mich nicht bewegen, der Drache hatte meine Schusshand fixiert und drückte mich mit seinem gesamten Gewicht zu Boden. Durch mein Shirt spürte ich seine spitzen Krallen auf meiner Brust, obwohl sie sich nicht in mein Fleisch gebohrt hatten. Sein Atem roch nach Rauch und Asche; das schmale Maul mit den tödlichen, rasiermesserscharfen Zähnen schwebte direkt über meiner Kehle. Kurz fragte ich mich, wie er mich wohl töten würde. Würde er mich zerfetzen, indem er die Krallen in meine Brust schlug und mir die Kehle herausriss? Oder würde er einfach das Maul öffnen und mich in Flammen aufgehen lassen?

Aber der Drache tat nichts dergleichen. Ich hielt den Atem an, wartete auf den reißenden oder brennenden Schmerz, doch er stand einfach nur da, hielt mich am Boden fest und beobachtete mich. Als könnte er sich nicht entscheiden, was er mit mir machen sollte. Schließlich schaute ich an Schnauze, Zähnen und Nüstern vorbei nach oben, direkt in seine Augen.

Sie hatten noch dieselbe Farbe, dieses leuchtende, intensive Grün, jetzt aber mit den geschlitzten Pupillen eines Reptils. Nicht länger menschlich. Die Flügel waren seitlich ausgestreckt, wohl zur besseren Balance, und die ledrigen Flugmembranen tauchten uns in tiefe Schatten.

»Worauf wartest du noch?«, stieß ich hervor, woraufhin der Drache überrascht blinzelte. Mühsam holte ich Luft, doch meine Lunge war durch das Gewicht der riesigen Kreatur ziemlich gequetscht. Ich wollte es hinter mich bringen. Diesmal hatte ich den Kampf verloren, und auf Versagen stand der Tod, wie bei jedem Ordenskrieger. Mein Schicksal hatte mich nun wohl endgültig eingeholt. »Hör auf mit mir zu spielen«, ächzte ich und starrte das Monster über mir finster an. »Mach dem ein Ende.«

Der Drache kniff die Augen zusammen. Er verlagerte sein Gewicht, zog die Schnauze zurück und blähte die Nüstern. Schnell wandte ich das Gesicht ab und wappnete mich gegen den Feuerstoß. Hoffentlich ging es schnell.

Ruckartig schoss der Drachenkopf vor, und trotz aller Selbstbeherrschung zuckte ich zusammen. Doch die tödlichen Kiefer zielten auf meinen Arm, genauer gesagt auf die Hand, in der ich die Waffe gehalten hatte, und schlossen sich über der Pistole. Mit einem fast schon angewiderten Schnauben hob der Drache den Kopf und schleuderte die Glock über das Geländer. Sie blitzte noch einmal im Mondlicht auf, dann verschwand sie tief unter uns im Meer.

Während ich noch zusah, wie meine Waffe in den Abgrund fiel, verschwand der Druck auf Brust und Arm. Der Drache stellte sich auf die Hinterbeine, spreizte die Flügel und zog sich zurück. Verblüfft stemmte ich mich auf die Ellbogen hoch und beobachtete ihn. War das ein Trick? Vielleicht spielte er ja doch nur weiter mit mir.

Der Drache schloss die Augen und begann zu schimmern. Dann flackerte er wie eine Fata Morgana, während er schnell in sich zusammenschrumpfte. Er wurde immer kleiner, die Flügel verschwanden, Schuppen und Krallen lösten sich auf, bis ich schließlich wieder Ember vor mir sah. Sie trug einen dunklen Anzug, der sich wie eine zweite

Haut an ihren trügerisch zarten Körper schmiegte. Ihre grünen Augen leuchteten, als sie mich stumm musterte.

Ich rührte mich nicht. Solange ich keine Waffe hatte, war dieses schlanke Mädchen für mich noch genauso gefährlich wie vor einer Minute. Sie würde keine Sekunde brauchen, um mich erneut anzufallen und in Stücke zu reißen. Aber sie bewegte sich ebenfalls nicht, sondern sah mich einfach nur mit einer Mischung aus Wut und Bestürzung an. Ganz langsam entspannten sich meine Muskeln. Allein die Vorstellung war grotesk, aber … anscheinend wollte dieser Drache, den ich eigentlich hatte töten sollen, das Mädchen, auf dessen Vernichtung ich so lange hingearbeitet hatte, mich gehen lassen.

Nein, widersprach Soldat Tadellos. *Glaub das bloß nicht. Das ist Wahnsinn. Drachen kennen keine Gnade, nicht bei unsereinem.* Aber was sollte ich sonst glauben? Gerade noch hatte ich hilflos unter einer Kreatur gelegen, die drei Mal so viel wog wie ich. Mit einem Atemzug, einem Schlag, hätte sie mir das Leben nehmen können. Warum hatte sie es nicht getan? Ich war ein Soldat des Heiligen Georg. Allein deshalb hätte sie mich schon töten müssen.

Ich sah meinem Feind in die Augen und presste mit rauer, belegter Stimme nur ein Wort hervor: »Warum?«

Zitternd holte sie Luft. »Wenn du das noch fragen musst, kennst du mich nicht so gut, wie du denkst«, flüsterte sie. Und nachdem sie mir noch einen finsteren Blick zugeworfen hatte, fügte sie etwas sanfter hinzu: »Dann kennst du *uns* nicht so gut, wie du denkst.«

»Ember …«

»Lebwohl, Garret.« Embers Miene versteinerte, als sie

einen Schritt zurücktrat. »Folge mir nicht. Komm nie wieder in meine Nähe. Wenn ich dich oder einen anderen Georgskrieger noch einmal zu Gesicht bekomme, werde ich mich nicht mehr zurückhalten. Lasst uns verdammt noch mal in Ruhe.«

Sie drehte sich um und rannte barfuß über das Felsplateau, bis sie die Treppe erreichte. Ohne sich noch einmal umzusehen, verschwand sie.

Sobald ich allein war, zog ich mich mühsam auf die Füße. Ich fühlte mich, als hätte ich einen kräftigen Schlag gegen den Kopf bekommen, und musste mich am Geländer abstützen. Der Wind fuhr durch meine Haare und kühlte meine heißen Wangen. Ich schloss die Augen und versuchte zu begreifen, was gerade passiert war.

Ich hatte überlebt. Ich hatte einem Drachen gegenübergestanden, allein und ohne Rückendeckung gegen ihn gekämpft, verloren und … hatte überlebt. Als ich eine Hand an die Brust drückte, spürte ich etwas Nasses. Meine Finger waren rot verschmiert, offenbar hatte ich die Stelle berührt, an der die Drachenkrallen meine Haut geritzt hatten, doch es hätte schlimmer kommen können. Er hätte mich auch wie eine Papiertüte zerfetzen oder mir mit einem einzigen Flammenstoß das Fleisch von den Knochen brennen können. Doch das hatte er nicht. Er – *sie* – hatte mich gehen lassen.

Dann kennst du uns *nicht so gut, wie du denkst.*

»Wir lagen falsch«, flüsterte ich. Nachdem ich jahrelang geglaubt hatte, dass Drachen böse waren, nichts anderes sein *konnten,* war es eine schmerzvolle Erkenntnis, aber die heutige Begegnung ließ keinen Platz für Zweifel. Drachen – zumindest *manche* Drachen – waren nicht die hinterhältigen, berechnenden Monster, für die wir sie immer gehalten hatten. Nicht alle Drachen hassten die Menschen. Wenn es so wäre, würde ich jetzt nicht hier stehen und mich fühlen, als wäre gerade die Welt aus den Fugen geraten. Ich hatte falschgelegen, ebenso wie der Orden. Ember hatte *gewusst*, dass ich ein Georgskrieger war, ihr schlimmster Feind, und trotzdem hatte sie mich verschont.

Benommen wankte ich zurück zum Parkplatz. Meine Gedanken überschlugen sich. Was sollte ich jetzt tun? Zum Orden zurückkehren? Wieder in den Krieg ziehen, als wäre nichts passiert? Als könnte ich je wieder Jagd auf Drachen machen und sie töten, ohne dabei an *sie* zu denken, und an das, was ich heute gelernt hatte?

Ich stand neben dem Jeep und wusste noch immer nicht, wie der nächste Schritt aussehen sollte. Da vibrierte mein Handy. Auf dem Display erschien Tristans Nummer, und ich zuckte schuldbewusst zusammen. Vorhin hatte ich schon einen Anruf von ihm ignoriert, diesen hier musste ich annehmen.

Seufzend hob ich das Telefon ans Ohr. »Tristan, wo steckst du?«

»Wo *ich* stecke?«, fauchte eine wütende Stimme am anderen Ende der Leitung. »Wo zur Hölle steckst *du*? Was machst du denn für einen Scheiß? Wenn der Captain herausfindet, dass du dich einfach so verdrückt hast, kannst du froh sein, wenn du nur fünfzig Schläge vor versammelter Mannschaft kassierst.«

»Ich musste … nachdenken.«

»Tja, dann bring deinen Kopf mal schnell wieder in Ordnung, Partner. Wir haben neue Befehle bekommen. Wo bist du?«

»Auf dem Rückweg.«

»Nein, ich bin bereits unterwegs. Wir treffen uns an der Ecke Palm und Main Street. Alles Weitere erkläre ich dir dann. St. Anthony Ende.«

Nur wenige Sekunden nachdem ich am Treffpunkt angekommen war, hielt neben mir mit quietschenden Reifen ein weißer Van, und Tristan riss die Tür auf. »Einsteigen«, befahl er, und ich rutschte gehorsam auf den Beifahrersitz. Noch bevor ich die Tür hinter mir zugezogen hatte, gab Tristan Gas, und wir rasten los.

»Was gibt's?«, fragte ich, während ich mich anschnallte. Tristan warf mir einen gereizten Blick zu und schüttelte den Kopf.

»Neue Befehle«, verkündete er und fuhr dabei über eine schon ziemlich dunkelgelbe Ampel. »Im Hauptquartier war man nicht erfreut über die Nachricht von der fehlgeschlagenen Razzia. Uns bleibt nicht viel Zeit, bis die anvisierten Ziele die Stadt verlassen und wieder von der Bildfläche verschwinden. Aber wir wissen, dass einer von ihnen verletzt ist und sich vermutlich zumindest für ein paar Stunden irgendwo verkriechen muss. Also wurden sämtliche verfügbaren Soldaten losgeschickt, um alle potenziellen Schlupfwinkel wie Höhlen und verlassene Gebäude zu durchsuchen. Eben alles, wo sich diese Drachen verstecken könnten.«

»Und das machen wir jetzt?« Unbewusst ballte ich die Hand zur Faust, verbarg sie dann aber schnell hinter meinem Bein. Tristan schüttelte wieder den Kopf.

»Nein, wir haben einen Spezialauftrag.« Mit dem Kopf deutete er auf das Armaturenbrett, wo sein aufgeklappter Laptop lag. Auf dem Bildschirm blinkte ein roter Punkt, der sich durch das Straßengewirr Richtung Meer bewegte. »Das ist unser Ziel: Ember Hill.«

Mir drehte sich fast der Magen um. Ich zwang mich, ruhig zu bleiben. »Warum sie?«

»Wir haben keine Ahnung, wo die anderen Zielpersonen sein könnten«, erklärte Tristan mit einem schnellen Blick auf den Laptop. Offenbar verfolgte er den blinkenden Punkt, der sich zügig über die Karte bewegte. »Im Moment ist sie unsere beste und einzige Verdächtige. Als du damals mit ihr auf dem Jahrmarkt warst, habe ich an ihrem Wagen einen Peilsender angebracht, damit wir nichts verpassen, falls sie verdächtige Fahrten unternimmt. Und als dann heute Abend der Befehl kam, wusste ich genau, wo ich suchen musste.« Mit einem grimmigen Lächeln tippte er auf den Monitor. »Das sieht doch ganz so aus, als wäre sie auf der Flucht, oder? Wenn wir Glück haben, führt sie uns sogar direkt zu den anderen.«

Plötzlich schien es im Wagen viel zu eng zu sein, und der Sicherheitsgurt schnürte mir die Luft ab. Ich starrte den blinkenden roten Punkt an, versuchte, ihn allein durch Willenskraft zum Anhalten zu bewegen, zum Umkehren, dazu, nach Hause zu fahren. Er weigerte sich. Unaufhaltsam hielt er weiter auf das Meer und den Stadtrand zu – und zwang mich zu einer qualvollen, unausweichlichen Entscheidung.

Riley

Wo bleibt sie?

Ich stand mit dem Rücken zur Klippe am Strand und wartete. Meine Rippen pochten dumpf. Zwar hatte Wes mich so gut wie möglich zusammengeflickt und einen festen Verband um meinen Brustkorb gewickelt, aber es tat trotzdem noch höllisch weh. Remy und Nettle versteckten sich in der Höhle hinter mir, und ich hatte ihnen den strikten Befehl erteilt, sich auf keinen Fall sehen zu lassen, bis ich das Zeichen zum Aufbruch gab. Wes hingegen war mit dem Auto schon zu unserem eigentlichen Versteck gefahren und erwartete dort meinen Anruf. Erst dann würde er zurückkommen und uns aufsammeln. Es war besser so, falls es doch noch Schwierigkeiten geben sollte. Selbst ich ging ein enormes Risiko ein, wenn ich mich hier draußen hinstellte – verletzt und in dem Wissen, dass der Georgsorden noch immer auf der Suche nach uns war. Aber ich durfte Ember auf keinen Fall verpassen, wenn sie kam. Falls sie kam. Nach dem, was sie bei unserem letzten Telefonat gesagt hatte, sollte sie inzwischen längst hier sein.

Und wenn sie nicht kommt?

Das wird sie, ermahnte ich mich selbst. Daran musste ich einfach glauben. Ja, wahrscheinlich durchkämmten die

Ordenskrieger gerade den gesamten Ort nach potenziellen Drachen, ihr Zwillingsbruder wäre von dem Gedanken an ein Leben als Einzelgänger sicher nicht begeistert, und Ember hatte das Städtchen und seine Bewohner ins Herz geschlossen, doch ich musste an dem Glauben festhalten, dass mein hitzköpfiger Nestling sein Versprechen hielt und zurückkam. Denn ich war mir zu hundert Prozent sicher, dass ich ohne sie nicht gehen konnte.

Das ist dämlich, Cobalt. Was ist nur mit dir los? Du verhältst dich genau wie diese rückgratlosen Menschen, über die du dich sonst lustig machst. Wie ein verliebter Volltrottel.

Ich schnaubte abfällig – Liebe? Lächerlich! Drachen liebten nicht. Zumindest keine Lebewesen. Gold, Reichtum, Macht, Einfluss, solche Dinge liebten wir. Sogar Drachen, die sich von Talon losgesagt hatten, wurden von Glitzerkram und Schätzen unwiderstehlich angezogen. Aber das war nicht dasselbe. Ich hatte schon eine Menge »verliebte« Menschen gesehen. Das war kompliziert, chaotisch und nervenaufreibend. Meine Gefühle für Ember hingegen … das war bloßer Instinkt und damit so natürlich wie das Fliegen oder unser Feueratem. Was genau es war, wusste ich noch nicht, aber es war auf jeden Fall wesentlich reiner als alles, was die Sterblichen als *Liebe* bezeichneten. Wirre menschliche Emotionen hatten damit nichts zu tun.

»Riley!«

Erleichterung durchfuhr mich. Sofort arbeiteten meine Sinne auf Hochtouren, und Hitze strömte durch meine Adern, als Ember in ihrem schwarzen Vipernanzug über den Sand rannte und sich in meine Arme warf.

Der scharfe Schmerz, den der Aufprall durch meinen Oberkörper jagte, entlockte mir ein leises Ächzen, doch das war sofort wieder vergessen. Zitternd und keuchend klammerte sich Ember an mein Hemd. Alarmiert zog ich sie an mich. »Rotschopf? Alles okay?«

Statt einer Antwort hörte ich nur ein Mittelding aus Knurren und Schluchzen, was mich noch mehr in Alarmbereitschaft versetzte. »Hey, sieh mich an.« Ich lehnte mich etwas zurück, ohne sie dabei loszulassen. »Was ist passiert? Was ist los?«

»Sankt Georg«, flüsterte sie so leise, dass ich nicht genau erkannte, ob sie nun traurig, entsetzt oder einfach nur stinksauer war. »Er ist einer von denen, Riley. Garret gehört dem Sankt-Georgs-Orden an.«

»Verdammt.« Dieser Tag wurde immer besser. »Hat er dir etwas getan?« Sollte ich diesen Menschen jemals wiedersehen, würde ich ihn zu Briketts verarbeiten. »Geht es dir gut?«

»Ja … ja, es geht mir gut.« Sie löste sich von mir, strich sich die Haare aus dem Gesicht und sah sich suchend um. »Wo ist Dante?«

Verwirrt runzelte ich die Stirn. »Ich dachte, er kommt zusammen mit dir?«

»Wir haben uns getrennt. Er meinte, wir würden uns hier treffen …« Ember ging ein paar Schritte den Strand hinunter, immer noch auf der Suche. »Wo steckt er nur?« Nicht nur ihre Augen, sondern ihre ganze Haltung strahlte solche Hoffnung aus, dass ich mich regelrecht für das hasste, was ich nun tun musste.

»Er wird nicht kommen, Rotschopf«, sagte ich so sanft

ich konnte und stellte mich dicht hinter sie. »Typen wie ihn habe ich schon öfter getroffen. Es würde mich wundern, wenn er uns nicht längst bei Talon angeschwärzt hat. Wir müssen sofort aufbrechen, bevor Talon oder die Georgskrieger uns hier finden.«

»Nein.« Mit funkelnden Augen fuhr sie zu mir herum. »Du kennst ihn nicht. Er wird kommen, das hat er mir versprochen.«

»Er gehört jetzt zu Talon.« Bedauernd schüttelte ich den Kopf. »Sie haben ihn mit Haut und Haaren verschlungen, Ember. Er wird auch sein eigen Fleisch und Blut verraten, wenn die Organisation es von ihm verlangt.«

»Verdammt noch mal, er ist mein Bruder!« Wütend starrte sie mich an. Diesmal waren Mädchen und Drache sich absolut einig. Beide waren wild entschlossen. »Du irrst dich«, beharrte sie. »Ich werde ihn nicht zurücklassen. Vielleicht ist irgendwas dazwischengekommen, und deshalb verspätet er sich. Wir müssen noch ein wenig länger warten. Er wird kommen.«

»Nein, Nestling«, schaltete sich eine samtweiche Stimme ein, bei deren Klang mir das Blut in den Adern gefror. »So leid es mir tut, das wird er nicht.«

Ember

»Lilith«, knurrte Riley und wich zurück, als meine Ausbilderin – Miss Gruselfunktionär höchstpersönlich – gelassen auf uns zu schlenderte. Genau wie ich trug sie den schwarzen Anzug, der sich nahtlos an ihren schlanken Körper schmiegte, die blonden Haare waren straff zurückgebunden – ihr »Arbeitsoutfit«. Als mir klar wurde, was das heißen musste, schnürte sich meine Kehle zu.

»Wo ist Dante?«, fragte ich trotzig, auch wenn ich plötzlich eine Heidenangst hatte. »Was habt ihr mit ihm gemacht? Wenn ihr ihm etwas angetan habt, dann schwöre ich, dass …«

»Keine Sorge, meine Liebe.« Liliths Lächeln war böse und verschlagen wie das eines Raubtiers. »Deinem Bruder geht es gut. Er sitzt zu Hause und wartet darauf, dass ich dich zurückbringe ins schützende Nest.«

Riley fluchte. Verwirrt schaute ich zwischen ihm und Lilith hin und her. »Das verstehe ich nicht.«

»Dante hat mir verraten, wo ich dich heute Abend finden kann«, fuhr die Viper fort. »Er meinte, du wärst von einem Einzelgänger bedrängt worden, der sich in dieser Gegend herumtreibt, und dass er dir gemeine Lügen über die Organisation aufgetischt hätte. Da dein Gemütszustand ihm Sorgen bereitete, hat er mich kontaktiert. Ein wirklich cleverer Junge. Er weiß, wem seine Loyalität zu gelten hat.« Mit gespielter Besorgnis sah Lilith mich an. »Wie dem auch sei, Nestling: Ich bin außerordentlich enttäuscht von dir.«

»Sie lügen«, zischte ich und schüttelte den Kopf. »Dante würde mich niemals verpfeifen.«

»Dich verpfeifen?«, wiederholte Lilith schockiert. »Er hat dich gerettet, Nestling. Dank seines Hinweises kann ich dich heute noch zur Organisation zurückbringen. Dank seines Eingreifens wirst du nicht mit diesem Verräter durchbrennen, und ich werde dich nicht umbringen müssen, weil du mit einem berüchtigten Einzelgänger kollaboriert hast.«

»Und was ist mit Riley?«

»Riley?« Lilith hielt kurz inne, dann wandte sie sich mit einem bösartigen Lächeln an ihn: »So nennst du dich also zurzeit, Cobalt? Wie überaus … menschlich. Aber bei meinem kleinen Schützling hier warst du wohl etwas zu ehrgeizig, wie? Dir hätte doch klar sein müssen, dass ich dich irgendwann aufspüre.«

»Ember, hau ab«, knurrte Riley leise. Seine Muskeln spannten sich an, sein gesamter Körper war plötzlich kampfbereit. »Mach dir um mich keine Gedanken. Verschwinde einfach, sofort.«

»Du bleibst, wo du bist«, befahl Lilith kalt. »Wenn ich hier fertig bin, werden wir zur Organisation zurückkehren, wo du hingehörst. Und du wirst genau dort auf mich warten. Es dauert auch nicht lange.« Mit einem dämonischen Grinsen dehnte sie ihre Finger. »Aber vielleicht drehst du dich besser um und schließt die Augen, Nestling. Das wirst du wohl nicht sehen wollen.«

Sie wird ihn tatsächlich umbringen. Riley reagierte auf meinen fragenden Blick nur mit einem resignierten Nicken, bei dem mir ganz anders wurde. Was auch immer ich tat, wie auch immer ich mich entschied – er würde es verstehen. Wollte ich zu Talon zurück, würde er mir keinen Vorwurf machen, aber er würde auch nicht weglaufen. Gegen Lilith hatte er keine Chance, erst recht nicht mit seiner Verletzung, aber er würde gegen sie kämpfen, für mich, für Nettle, Remy und Wes und für all seine anderen Einzelgänger. Er würde sich Talons bester Viper stellen, um ihnen eine Chance auf Freiheit zu verschaffen.

Ich schluckte meine Angst herunter, drehte mich zu Lilith um und wich ein paar Schritte zurück, bis ich neben Riley stand. »Nein«, sagte ich dann fest. Erstaunt zog sie die Augenbrauen hoch. »Wenn Sie ihn wollen, werden Sie mich auch umbringen müssen.«

Lilith lächelte breit.

»Wirklich schade.« Nun trat sie ebenfalls einen Schritt zurück. »Eigentlich hatte ich gehofft, du würdest wieder zur Vernunft kommen, aber offensichtlich hat Cobalt deinen Geist unwiderbringlich vernebelt. Nun gut.« Plötzlich leuchteten ihre Augen in einem bedrohlichen Giftgrün. »Wenn du Talon tatsächlich den Rücken kehren und dich auf die Seite dieser Kriminellen schlagen willst, dann bist du ebenfalls eine Verräterin. Dann kannst du auch mit ihnen sterben!«

Damit sprang sie so schnell in die Luft, dass ich ihr kaum folgen konnte, und ein tiefer Schatten fiel auf uns.

Ihre Flügel breiteten sich aus, die riesigen grünen Membranen trugen sie weiter in die Höhe; bei ihrem Anblick kam ich mir winzig und unbedeutend vor. Ihr langer, schlangenartiger Hals endete in einem pfeilförmigen Kopf, und über ihren gesamten Rücken zogen sich Stacheln, die erst auf ihrem wild peitschenden Schwanz ausliefen. Gierige Reptilienaugen ohne jede Gnade starrten uns an, als der voll ausgewachsene, fast sechs Meter lange giftgrüne Drache einen furchterregenden Schrei ausstieß und sich auf uns stürzte.

Cobalt hatte bereits die Gestalt gewechselt und schob sich nun vor mich. Fauchend erwiderte er die Herausforderung, als das fast doppelt so große Weibchen sich auf ihn herabfallen ließ. Sand spritzte auf, dann schoss Liliths schmaler Kopf mit unfassbarer Geschwindigkeit vor und schnappte nach Cobalts Hals. Der Einzelgänger wich seitlich aus, stabilisierte sich hektisch mit Flügeln und Schwanz und schlug mit der Pranke zu. Seine Krallen schabten über die giftgrünen Schuppen des Gegners, konnten sie aber nicht durchdringen. Zischend wie eine wütende Schlange fuhr Lilith herum. Noch immer viel zu schnell griff sie wieder an, und ich sah nur ein kurzes Aufblitzen von Klauen und Zähnen. Sie ließ ihm keine Zeit zum Luftholen. Cobalt versuchte, dem mörderischen Wirbelwind auszuweichen, wurde dabei aber immer weiter Richtung Wasser gedrängt. Als er kurz taumelte, reagierte Lilith sofort. Ihre Krallen hinterließen eine tiefe Wunde an seiner Schulter. Der Schlag selbst erfolgte so schnell, dass ich ihn gar nicht wahrnahm. Rote Tropfen fielen in den Sand, und Cobalt heulte gequält auf.

Aber mich hatte sie dabei vergessen.

Ich rannte los und stürzte mich auf meine ehemalige Ausbilderin. Noch im Sprung verwandelte ich mich. Eigentlich wollte ich als Drache auf ihrem Rücken landen und meine Krallen in ihren Hals schlagen. Doch kaum hatten sich meine Füße vom Boden gelöst, erwischte mich ihr Schwanz und schleuderte mich beiseite. Sobald ich im Sand lag, drehte sie sich um, platzierte ihre Tatzen rechts und links von mir und fixierte so meine Flügel am Boden. Sie war so verdammt schnell! Es war, als würde man gegen eine Schlange kämpfen – eine riesige, intelligente Schlange mit Krallen, Flügeln und einem tödlichen Schwanz. Als ihr volles Gewicht auf meine Flügel drückte und ihre Klauen sich in meine Schuppen gruben, schrie ich laut auf.

Brüllend rammte Cobalt sie von der Seite. Seine goldenen Augen brannten vor Wut. Wäre sie einfach stehen geblieben, hätte er sie vom Rückgrat bis zum Bauch aufgeschlitzt, doch sie gab mich frei und wich zurück. Knurrend baute sich der blaue Drache zwischen mir und der Viper auf, die Flügel halb abgespreizt, die Zähne gebleckt.

Ich kämpfte mich unter Schmerzen auf die Füße, während die Viper leise kicherte. Der zischende Laut bereitete mir eine Gänsehaut. »Sieh mal einer an«, fauchte sie auf Dragon und begann, uns mit den eleganten, fließenden Bewegungen eines Hais zu umkreisen. Wachsam folgten wir jedem ihrer Schritte. »Ein wenig überbehütend, Cobalt, oder nicht? Hast du denn gar keine Angst, dass meine Schülerin dir in den Rücken fallen könnte? Immerhin hat der Große Wyrm höchstpersönlich sie zur Viper bestimmt.«

»Hör nicht auf sie«, fauchte ich wütend, ohne Lilith aus den Augen zu lassen. »Sie will dich nur aus dem Gleichgewicht bringen, damit du nachlässig wirst. So macht sie das immer.« Angewidert verzog ich die Schnauze, dann wandte ich mich an meine ehemalige Ausbilderin: »Diesen Trick haben Sie mir schon gezeigt, oder haben Sie das vergessen? Darauf falle ich nicht mehr herein.«

Die Viper lachte. »Wie schön, dass meine Lektionen nicht ganz umsonst waren«, erwiderte sie gelassen. »Aber ich denke, wir haben jetzt genug gespielt.« Die beißend grünen Augen fixierten mich durchdringend. »Das ist deine letzte Chance, Nestling. Du könntest eine herausragende Viper werden – es liegt dir im Blut. Dein Bruder und du, ihr wart von Anfang an für Großes ausersehen. Doch wenn du weiter zu diesem Verräter hältst, wirfst du das alles weg.« Leise und einschmeichelnd fuhr sie fort: »Komm mit mir zurück, und alles ist vergeben. Du kannst zu Talon zurückkehren, dann wird alles wieder so, wie es sein sollte. Dein Bruder und du werden niemals getrennt werden, das kann ich dir versprechen.«

Dante. Ich zögerte, und sofort huschte ein Lächeln über Liliths Gesicht. »Jawohl, Nestling. Er wartet zu Hause auf dich. Vergiss diesen Irrsinn und kehre zu uns zurück. Gegen Talon kannst du nicht ankämpfen. Dante weiß das. Und es wird Zeit, dass du es ebenfalls akzeptierst.«

Wieder verzog ich die Lippen. »Und was ist mit all den Drachen, die nicht in Talons Raster passen? Mit den weiblichen Brutmaschinen und den Unerwünschten? Haben *die* das auch akzeptiert?«

»Das braucht dich nicht zu kümmern.« Lilith kniff die

Augen zusammen, und plötzlich verfiel sie wieder in ihren alten, ätzenden Tonfall. »Meine Geduld ist langsam erschöpft, Nestling.« Warnend senkte sie den Kopf. »Setzen wir diesen Kampf fort, wirst du sterben. Ich werde erst dich vernichten, dann Cobalt und die beiden kümmerlichen Nestlinge, die er dort in der Höhle versteckt.« Ruckartig hob Cobalt den Kopf, und die Viper grinste. »Dachtest du etwa, ich wüsste nichts von diesen widerlichen Schwächlingen? O nein, Verrätern gegenüber kenne ich keine Gnade, auch wenn es Nestlinge sind. Sie werden sterben, und du wirst ihr Schicksal teilen. Jedes Glied werde ich ihnen einzeln ausreißen, damit sie möglichst lange leiden müssen. Dann werde ich ihnen bei lebendigem Leib die Haut abziehen und ihre Knochen zwischen meinen Kiefern zermalmen, bevor ich ihre jämmerlichen Überreste zur Organisation zurückbringe – als kleine Erinnerung daran, was mit jenen geschieht, die uns verraten.«

Cobalt brüllte auf: »Herzloses Miststück!« Er war so wütend, dass kleine Flammen über seine gefletschten Zähne züngelten. »Du wirst sie nicht anfassen. Eher bringe ich dich um!«

Mit weit aufgerissenem Maul stürzte er sich auf den langen, schlanken Hals der Viper, der gerade verführerisch nah am Boden war. Erst als Lilith weiter grinste, begriff ich, dass sie es genau darauf angelegt hatte. Zu spät: Blitzschnell riss sie den Hals zurück, und Cobalt schnappte ins Leere. Nun erhob sich Lilith halb auf die Hinterbeine, verschaffte sich mit ausgebreiteten Flügeln einen sicheren Stand und begrub den wesentlich kleineren Einzelgänger mit ihrem vollen Gewicht unter sich im Sand. Ich sah noch, wie Cobalt den Kopf hochriss und einen atemlosen Schrei ausstieß, bevor er reglos zusammenbrach. Seine Flügel schlugen noch einmal, dann erschlafften sie.

Wild kreischend und ohne zu wissen, was ich tun sollte, griff ich die Viper an, ich wollte sie einfach nur von Cobalt herunterlocken. Lilith stieg über den besiegten Einzelgänger hinweg und kam mir mit einem gierigen, blutrünstigen Lächeln entgegen. Fauchend schlug ich nach ihr, doch sie wich nur grinsend aus. Wieder griff ich an, diesmal schnappte ich nach ihrem Vorderbein. Vielleicht ließ ein gebrochener Knochen sie ja etwas langsamer werden. Sie riss die Pranke weg und verpasste mir gleichzeitig mit der hinteren Tatze einen so heftigen Schlag gegen die Schnauze, dass mir Tränen in die Augen stiegen. Jetzt rastete ich richtig aus und stürzte mich schreiend auf sie. Ich würde so lange prügeln, beißen und zerren, bis nur noch ein Häufchen Knochen und ein paar Schuppen von ihr übrig waren!

Die Viper rammte mir mitten im Sprung den gepanzerten Kopf in den Bauch. Es fühlte sich an, als wäre ich von einem heranrasenden Sattelschlepper gestreift worden, und ohne den schützenden Panzer an meiner Brust hätte sie mir wahrscheinlich sämtliche Rippen gebrochen. Auch so wurde mir explosionsartig die Luft aus der Lunge gedrückt, und ich landete rückwärts im Sand, bevor ich noch einige Meter bis zum Wasser rollte. Benommen schnappte ich nach Luft, als ich plötzlich ein Stechen im Hinterbein spürte. Die Viper hatte mich am Fuß gepackt. Fauchend wollte ich aufspringen, fiel aber hilflos zurück, da sie mich bereits wieder über den Strand schleifte, nur um sich dann umzudrehen und mich ein zweites Mal fortzuschleudern. Einen Moment lang drehte sich alles um mich, dann prallte ich mit solcher Wucht gegen einen Felsen, dass ich fast das Bewusstsein verloren hätte.

Keuchend brach ich im Sand zusammen. Am Rand meines Gesichtsfeldes flackerte es schwarz. Noch immer rotierte die Welt um mich herum, und meine komplette Seite brannte. Ich versuchte aufzustehen, aber meine Beine gaben nach, und ich sank mit einem schmerzerfüllten Zischen wieder in mich zusammen.

»War das schon alles?« Die Stimme der Viper hallte verzerrt durch meinen Kopf, irgendwie hohl und blechern. Trotzdem war ihre selbstgefällige Belustigung nicht zu überhören. Die dunklen Flecken vor meinen Augen wurden größer, während der mörderische grüne Drache langsam auf mich zuschlich. Noch immer leuchteten seine Augen grell. »Mehr Kampfgeist steckt nicht in dir, Nestling?«, höhnte er auf Dragon. »Vielleicht habe ich dir ja doch zu viel zugetraut.«

Zähneknirschend robbte ich hinter den Felsen, schleifte Schwanz und Flügel kraftlos mit. In dem losen Sand fand ich mit meinen Krallen kaum Halt, was die Sache noch mühsamer machte, und immer wieder flammte der Schmerz in meinen Rippen auf. Voller Angst hörte ich, wie die Viper immer näher kam, und begann hektisch mit den Beinen zu strampeln.

»Läufst du jetzt etwa weg?«, rief Lilith. »Du musst doch wissen, dass du mir nicht entkommen kannst. Gib einfach auf, kleiner Nestling. Wenn du dich brav von mir töten lässt, mache ich es auch schnell und schmerzlos.«

Ich presste mich an den Felsen und versuchte zur Ruhe zu kommen, während auf der anderen Seite des Steins die Klauen des Killerdrachens über den Sand schabten. »Was für ein erbärmliches kleines Opfer du doch bist«, stellte Lilith erschreckend nah neben mir fest. »Ich bin wirklich zutiefst enttäuscht.«

Ich holte tief Luft und spürte, wie sich in meiner Lunge Hitze aufbaute.

Drachen sind niemals Opfer, dachte ich, während sich der schlangengleiche Hals über den Felsen schob und ihr pfeilförmiger Kopf auf mich hinuntergrinste. *Drachen sind immer die Jäger.*

»Da bist du ja«, säuselte Lilith. »Habe ich dich erwischt, Nestling.«

Ich hob den Kopf und spuckte der Viper eine Stichflamme ins Gesicht. Natürlich konnte uns so etwas nicht verletzen, da unsere Schuppen feuerfest waren, doch die plötzliche Explosion raubte ihr den Atem, und sie zuckte zurück. Sofort katapultierte ich mich auf den Felsen hinauf und sprang der Viper auf den Rücken.

Ich landete irgendwo zwischen Flügelansatz und Nacken und schlug ihr die Krallen ins Fleisch, um nicht abzurutschen. Immer wieder suchte ich nach einem festen Halt, während sich ihre Stacheln in meine Schuppen bohrten und ich wie wild nach ihr schnappte. Lilith fauchte und drehte sich im Kreis, buckelte wie ein wildes Pferd, aber ich klammerte mich mit letzter Kraft an ihr fest. Wieder biss ich zu und schmeckte Blut auf der Zunge, während Lilith wütend brüllte.

Ihr langer Hals bog sich, sie erwischte mich am Flügel

und zerrte mich von ihrem Rücken. Einen Moment lang hing ich in der Luft, dann bäumte sie sich auf und schleuderte mich mit voller Wucht zu Boden. Ich landete auf dem Bauch, doch noch bevor ich mich bewegen konnte, wurde ich von einer Tatze niedergedrückt, während sich eine zweite um meine Kehle schloss. Schmerzhaft drangen ihre Krallen durch meinen Schuppenpanzer. Würgend sah ich der Viper ins Gesicht, die nun nicht mehr lächelte.

»Jetzt hast du mich wütend gemacht«, verkündete sie mit einem leisen Knurren, während ich verzweifelt gegen sie ankämpfte, den Sand unter meinen Tatzen aufwirbelte und wie wild mit dem Schwanz peitschte. Es hatte keinen Zweck, sie war viel zu groß. »Keine Sorge, meine Liebe, ich werde es kurz machen. Sobald ich dir die Kehle herausgerissen habe, spürst du nichts mehr.«

Immer tiefer gruben sich ihre Krallen in meinen Hals, bis ich anfing zu bluten. Ich schlug blind um mich und flatterte mit den Flügeln, kam aber nicht gegen den mordlüsternen Drachen an. »Eigentlich ist es eine Schande«, stellte Lilith fest, während sie ihr Gewicht verlagerte, um sich in eine bessere Position zu bringen. »Du hattest so viel Potenzial. Von nun an werde ich mich wohl auf Dante verlassen müssen.«

Dante? »Warte«, presste ich hervor, woraufhin sich ihr Griff ein kleines bisschen lockerte. »Was hast du mit Dante vor?«

Nun lächelte Lilith wieder. »Darüber musst du dir nicht mehr den Kopf zerbrechen, Nestling«, erklärte sie und drückte wieder zu. Mein gesamter Körper schien nur noch aus Schmerzen zu bestehen. »Denn in ein paar Sekunden wirst du nicht mehr am Leben sein. Also, warum bist du nicht ein braver Drache und stirbst? Das würde Talon sehr begrüßen.«

Ihre Krallen gruben sich wieder in meinen Hals, und ich wusste, diesmal würde sie sich nicht mehr zurückhalten. Ich schloss die Augen und machte mich auf das Ende gefasst. Hoffentlich würde es wirklich so schmerzfrei kommen, wie Lilith gesagt hatte.

Da hörte ich die Schüsse hinter uns.

Garret

»Da ist ihr Auto.«

Tristan lenkte den Van ruckartig an den Straßenrand und hielt hinter einem weißen Wagen, den ich gut kannte. Er schaltete den Motor aus. Ich starrte aus dem Fenster und versuchte, das üble Gefühl in meinem Magen zu verdrängen. Hier draußen gab es nur die leere Straße, Sand und ein paar Felsen, doch ich wusste genau, wo wir uns befanden. Wusste, was am Ende des schmalen Pfads lag, der sich fast unsichtbar zwischen den Felsen hindurchschlängelte: Lone Rock Cove, die Bucht, in der ich Ember zum ersten Mal begegnet war.

»Wahrscheinlich ist sie unten am Wasser. Komm mit.« Tristan stieg aus und schob die Seitentür auf, um sein Gewehr zu holen, das in seinem Koffer hinter dem Fahrersitz lag. Er hängte es sich über die Schulter und wartete, während ich vorne um den Wagen herumging, um mir dann ein M-4 in die Hand zu drücken. Wie betäubt griff ich danach, während ich versuchte, Ordnung in meine Gedanken zu bringen und eine Entscheidung zu fällen. Ich konnte Ember nicht töten, konnte mich aber auch nicht gegen den Orden stellen. Eine unmögliche Wahl, durch die ich regelrecht in der Falle saß.

»Wie sieht der Plan aus?«, hörte ich mich fragen.

Tristan nahm sich eine 9mm-Pistole, überprüfte, ob sie geladen war, und schob sie dann in das Holster an seiner Hüfte. »Wir sichern das Terrain und finden heraus, wo sich der Feind befindet und was er gerade tut, dann halten wir falls nötig die Stellung, bis das Team eintrifft. Wenn sie hier ist, schätze ich mal, dass sie sich in dieser Höhle am Strand versteckt.« Stirnrunzelnd musterte er mein Zivilistenoutfit; bei meinem Treffen mit Ember hatte ich weder Uniform noch Schutzweste getragen. »Gegen Drachenfeuer wird das nicht viel helfen, Partner. Falls es zum Kampf kommt, bist du besser vorsichtig.«

Ohne eine Antwort abzuwarten, drehte er sich um und lief zügig auf die Klippen zu. Nach kurzem Zögern folgte ich ihm. Das ungute Gefühl in mir wurde immer stärker, je mehr wir uns der Bucht näherten.

Statt dem Pfad zu folgen, der zwischen Felswänden hindurch zum Strand führte, stieg Tristan lieber auf das Plateau oben auf den Klippen. Dort robbte er bis an die Kante vor und spähte durch sein Nachtsichtgerät, während ich mich nervös hinter ihm auf die Knie fallen ließ. Gegen alle Wahrscheinlichkeit hoffte ich, dass sie nicht da sein würde.

»Bingo«, hauchte Tristan und machte damit auch diese Hoffnung zunichte. Wortlos winkte er mich zu sich heran und streckte mir das Gerät entgegen. Obwohl es mir vorkam, als hätte man meine Brust in einen Schraubstock gespannt, griff ich danach und suchte den Strand ab.

Da der riesige Mond die Bucht in silbernes Licht tauchte, waren die drei Gestalten unten am Wasser leicht zu entdecken. Ember erkannte ich sofort, und mein Herz begann wild zu schlagen. Sie war mit dem jungen Mann von Kristins Party hier, der mit ihr getanzt und gemeinsam mit uns Colins Freunde vertrieben hatte. Die beiden sprachen mit einer schlanken Frau, die genau so einen schwarzen Ganzkörperanzug trug wie Ember. Ihre Gesichter konnte ich nicht erkennen, aber Embers Haltung und ihre ruckartigen, wütenden Bewegungen verrieten mir, dass es sich wohl um eine hitzige Debatte handeln musste.

»Also, wir haben sie gefunden, und noch ein paar ihrer Freunde«, murmelte Tristan, nahm mir das Nachtsichtgerät wieder weg und starrte hindurch. »Alle menschlich, zumindest vorerst. Ob sie wohl irgendwas Interessantes machen wird?«

Sie nicht, aber genau in diesem Moment sprang die Frau innerhalb eines Wimpernschlags in die Höhe, und mein Magen machte einen ähnlichen Satz. Ich konnte meinen Augen kaum glauben, als plötzlich ein gigantischer, voll ausgewachsener Drache die dunklen Flügel spreizte und einen Schrei ausstieß, unter dem die Felsen zu beben schienen.

»Ach du Scheiße!« Hastig zog sich Tristan von der Felskante zurück. »Das beantwortet wohl meine Frage, oder? Sieht so aus, als wäre das Mädchen doch unser Schläfer gewesen!« Ich antwortete nicht, konnte den Blick einfach nicht von der Szene am Strand abwenden. Fassungslos beobachtete ich, wie der grüne Drache sich mit gebleckten Zähnen auf Ember stürzen wollte, während der Typ sich in den blauen Drachen verwandelte, dem ich an diesem Abend bereits begegnet war, und das wesentlich größere Biest angriff.

»Wir haben sie gefunden.« Drängend sprach Tristan in sein Funkgerät. »Drei Zielobjekte, Lone Rock Cove. Einer von ihnen ausgewachsen. Sollen wir die Stellung halten, bis Verstärkung eintrifft?« Er wartete ab und lauschte. Mein Puls beschleunigte sich noch weiter. »Verstanden.«

Wieder sah ich nach unten auf den Kampfplatz. Ember, die nun ebenfalls ihre wahre Gestalt angenommen hatte, war dem großen Untier auf den Rücken gesprungen, wurde aber durch einen peitschenartigen Schwanzhieb des grünen Drachen beiseite gefegt. Mein Herz setzte einen Schlag aus, als sie durch die Luft flog und gnadenlos von dem älteren Drachen attackiert wurde, sobald sie auf dem Boden aufschlug. Doch noch während sich in mir alles verkrampfte, drängte der blaue Drache den grünen brüllend zurück, sodass ich wieder atmen konnte. Trotzdem war deutlich zu sehen, dass die beiden keine Chance hatten: Das ausgewachsene Monstrum war größer, schneller und rücksichtsloser als beide zusammen. Wenn ich jetzt da runterging, würde ich mich des Verrats am Orden schuldig machen. Doch wenn ich hierblieb, würde Ember vielleicht sterben.

»Jawohl, Sir. St. Anthony Ende.« Tristan steckte das Funkgerät weg, griff nach seinem Gewehr und legte sich flach auf dem Bauch an die Felskante. Entsetzt sah ich, wie er die Waffe ausrichtete, das Auge gegen das Zielfernrohr drückte und die drei Drachen am Strand ins Visier nahm.

»Was machst du denn? Ich dachte, wir sollen auf den Rest der Einheit warten.«

»Planänderung«, murmelte Tristan, ohne hochzusehen. »Ich habe dem Hauptquartier gesagt, dass die Zielobjekte auf der Flucht sind. Ich soll so viele von ihnen ausschalten wie möglich, bevor sie davonfliegen können. Das könnte unsere letzte Gelegenheit sein.«

Eine eisige Faust schloss sich um meinen Magen. »Das verstößt gegen die Vorschriften. Wir sind nur zu zweit, und die sind drei, noch dazu ein Ausgewachsener. Wir brauchen die ganze Einheit, um gegen sie vorzugehen.«

»Keine Sorge.« Lächelnd legte Tristan den Finger an den Abzug. »Die Nestlinge habe ich ausgeschaltet, bevor sie überhaupt merken, was los ist. Das hier war unsere Mission, Garret. Wir dürfen sie nicht entwischen lassen. Wenn wir wenigstens einen von ihnen auslöschen können, ist das bereits ein Sieg. Und jetzt halt die Klappe und lass mich einen Drachen töten.«

Ein letzter Blick auf das Kampfgeschehen zeigte mir, dass der große Drache die beiden anderen wie ein Wolf umkreiste. Während er mit peitschendem Schwanz um sie herumschlich, duckten sich die beiden sprungbereit und ließen ihn nicht aus den Augen. Sie schienen beide verletzt zu sein, während der grüne Drache offenbar nur mit ihnen spielte.

»Halt still«, murmelte Tristan, der ganz auf seine Ziele konzentriert war. »Nur für eine Sekunde.« Der grüne Drache blieb stehen und gewährte ihm so ein freies Schussfeld auf die beiden Nestlinge. Tristan grinste breit. »Jawohl!«

Da traf ich meine Entscheidung.

Ich sprang vor, packte den Gewehrlauf und drückte ihn nach unten, und genau in diesem Moment löste sich der Schuss. Zeitgleich drang vom Strand ein schrilles Kreischen zu uns herauf. Mein Herz setzte kurz aus, da ich dachte, einer der Drachen wäre getroffen worden. Aber nein: Der Große hatte sich aufgerichtet und den Blauen unter sich im Sand begraben. Der Schrei des Drachen war so laut gewesen, dass der Schuss darin untergegangen war. Noch hatten sie uns nicht bemerkt.

Außer sich vor Wut fuhr Tristan zu mir herum. »Was soll der Scheiß, Garret?«, fauchte er und wollte mir das Gewehr entreißen. Stur hielt ich es weiter fest. »Bist du irre? Was machst du denn?«

»Ich kann nicht zulassen, dass du das tust.«

Er starrte mich an, als spräche ich Suaheli. »So lauten die Befehle«, zischte er schließlich. »Ich mache meinen Job, wie der Captain es mir befohlen hat.«

»Der Orden liegt falsch«, sagte ich nur. Sämtliche Farbe wich aus Tristans Gesicht, und er starrte mich an, als wäre ich ein Fremder. »Das hier ist falsch, Tristan. Drachen sind nicht von Grund auf böse. Einige von ihnen versuchen einfach nur irgendwie klarzukommen. Wir müssen sie nicht alle wahllos abschlachten.«

»Was redest du denn da, zum Teufel?« Mit einem Ruck nahm Tristan seine Waffe an sich und sprang auf. Ich erhob mich ebenfalls und hielt mich bereit, doch mein Partner wich nur kopfschüttelnd vor mir zurück. »Das kann nicht dein Ernst sein, Garret. Die werden dich umbringen.«

»Das ist mir egal.« Ich stand mit dem Rücken zum Abgrund und hörte hinter mir das Brüllen und Fauchen der Drachen, während mein Partner mich vorwurfsvoll fixierte. »Ich werde nicht zulassen, dass du sie erschießt, Tristan. Wenn du sie umbringen willst, musst du erst an mir vorbei.«

Einen Moment lang starrte er mich ungläubig an. Einen

Moment lang glaubte ich, er würde nachgeben. Doch dann registrierte ich, wie seine Miene sich innerhalb von Sekundenbruchteilen veränderte, wie kalte Wut und Abscheu in seinen Augen aufblitzten, bevor er an seinen Gürtel griff.

Doch ich hatte schon sein Handgelenk gepackt, während er noch die Pistole zog, sodass ich den Lauf von mir wegdrücken konnte. Tristan ließ das Gewehr fallen und wollte mir mit der freien Hand einen Schlag gegen die Schläfe verpassen. Ich wehrte ihn mit einem Arm ab und rammte ihm das Knie in den Magen. Ächzend sackte er in sich zusammen. Sofort nahm ich ihm die Pistole aus der Hand und schlug ihm den Griff hinter das rechte Ohr. Tristan brach zusammen und blieb reglos auf dem Felsplateau liegen.

Rasch stieg ich über meinen bewusstlosen Partner hinweg, verdrängte jeden Gedanken an das, was ich gerade getan hatte, und schnappte mir mein Sturmgewehr. Dann rannte ich zum Strand hinunter, begleitet vom verzweifelten Gebrüll der Drachen.

Ember

Als das Gewehrfeuer über den Strand hallte, riss ich erschrocken die Augen auf. Lilith schrie auf, das Gewicht über mir verschwand, und die Krallen an meiner Kehle lösten sich ruckartig.

Keuchend rollte ich mich auf die Seite und sah mich erstaunt um. Lilith taumelte rückwärts Richtung Wasser und schüttelte dabei immer wieder den Kopf. Zwischen den Panzerplatten an ihrer Brust und ihren Flanken quoll Blut hervor, und immer wieder blitzten Funken auf. Und über den Strand kam – die Waffe im Anschlag, mit der er kleine, kontrollierte Salven abfeuerte – niemand anderes als *Garret*.

Beim Anblick ihres schlimmsten Feindes begann die Viper zu kreischen. Sie riss das Maul auf und schickte dem Menschen eine Ladung Drachenfeuer entgegen, doch Garret brachte sich mit einem Hechtsprung in Sicherheit, bevor die Flammen ihn erwischen konnten. Mühelos rollte er sich ab, landete auf den Knien und nahm Lilith wieder unter Beschuss, aber die hatte sich bereits in Bewegung gesetzt. Blitzschnell sprang sie von rechts nach links und stürmte Haken schlagend den Strand hinauf. Der Soldat wollte das Feuer aufrechterhalten, konnte ihren ruckartigen, wilden Sprüngen aber nur schwer folgen, und so kam

528

sie dem Menschen immer näher. Schon riss sie das Maul auf, um ihn zu zerfleischen. Entsetzt kämpfte ich mich hoch und wollte Garret eine Warnung zurufen, denn ich wusste, dass ich niemals rechtzeitig bei ihm sein würde.

Doch dann schoss von der anderen Seite ein blauer Schatten heran, warf sich gegen Liliths Rippen und brachte sie so aus dem Gleichgewicht. Die Viper taumelte und wäre fast gestürzt, während Cobalt sich fauchend und knurrend zwischen ihr und Garret aufbaute. Mit einem lauten Brüllen wandte Lilith sich ihm zu, zuckte aber sofort zurück, als sie von einem Kugelhagel empfangen wurde. Einige prallten wirkungslos von ihren Hörnern und der Panzerung ab, andere jedoch trafen ihr Ziel.

Ohne auf die Schmerzen in Flanke und Hals zu achten, griff ich meine ehemalige Ausbilderin an, sprang auf ihren Rücken und bohrte ihr die Krallen in die Seite. Wieder hörte ich sie kreischen, dann trat sie mir mit dem Hinterbein in den Bauch, sodass ich kopfüber im Sand landete. Obwohl mir das erneut den Atem raubte, sprang ich sofort auf die Füße, um weiterzukämpfen.

Aber anscheinend hatte die Viper genug. Konfrontiert mit einem Georgskrieger und zwei unnachgiebigen Drachen kauerte sie sich zusammen, sprang hoch und verpasste uns eine Sanddusche, als ihre Flügel sie in die Höhe trugen. Während sie über uns hinwegglitt, fing ich ihren Blick ein. Voller Hass kniff sie die giftgrünen Augen zusammen.

»Es ist noch nicht vorbei, Nestling«, drohte sie auf Dragon. »Talon kannst du nicht entkommen. Ich werde euch wieder aufspüren, schon bald.«

Mit einigen kräftigen Flügelschlägen glitt die Viper an der Klippe in die Höhe, stieß sich auf dem Felsplateau noch einmal ab und schwebte über den Ozean davon. Innerhalb weniger Sekunden wurde Talons beste Auftragsmörderin zu einem verschwommenen Fleck am dunklen Himmel, dann verschwand sie ganz.

Ich atmete erleichtert auf und ließ mich in den kühlen Sand fallen. Mein Körper fühlte sich an, als wäre eine Elfantenherde mit Stollenschuhen über ihn hinweggetrampelt: Meine Rippen pochten, meine Flanke brannte wie Feuer, und meine Kehle schmerzte, nachdem Lilith sie mir fast ausgerissen hätte. Geschunden, zerschlagen und blutig wie ich war, wäre ich am liebsten einfach nach Hause gegangen, um ausgiebig zu duschen und mich in mein Bett zu verkriechen.

Aber … das ging ja nicht. Nie wieder. Zu Hause war Dante. Mein Bruder, der mich verstoßen, der sich für Talon von seiner eigenen Zwillingsschwester abgewandt hatte. Jetzt gehörte er vollends der Organisation an. Und ich war – vor allem nach diesem Abend – definitiv eine Einzelgängerin.

Erschöpft und mutlos sackte ich in mich zusammen. Am liebsten hätte ich mich einfach hier im kühlen Sand eingegraben, bis ich alles verarbeitet hatte, aber ein wütendes Knurren ließ mich hochschrecken. Cobalt stand wieder auf den Füßen. Sein gesamter Körper war angespannt, und er fletschte die Zähne, während er mit glühenden Augen einen Schritt vortrat.

Und damit den Soldaten bedrohte, der nur wenige Meter entfernt stand.

Garret

Das war mit Abstand das Dümmste, was ich je getan hatte.

Eigentlich sollte ich tot sein. Nach der Logik und sämtlichen Statistiken dieser Welt hätte ich diesen Kampf nicht überleben dürfen. Selbst wenn man nur einen einzelnen Nestling allein herausforderte, war das schon eine wirkungsvolle Methode, um sich umzubringen. Gut, vielleicht hatte man Glück, aber sogar der kleinste Spross aus Talons Schoß war ein schneller, gefährlicher Gegner, bewaffnet mit Feuer, Klauen und Zähnen. Man konnte sie töten, aber ebenso leicht konnten sie einen in Stücke reißen.

Es ohne Verstärkung mit einem voll ausgewachsenen Drachen aufzunehmen, war schlicht und einfach Selbstmord, nichts anderes. Die Großen waren viel zu mächtig, als dass ein einzelner Mensch gegen sie eine Chance hätte. Selbst mit zwei Drachen auf meiner Seite war das reine Glückssache gewesen. Hätten Ember und der andere Jungdrache sich nicht so in den Kampf eingeschaltet, wäre ich nicht mehr am Leben.

Allerdings werde ich das wohl sowieso nicht mehr lange sein, überlegte ich, als der Adrenalinschub abklang und mir schlagartig klar wurde, was ich da gerade getan hatte.

Ich hatte den Orden verraten. Hatte mich Befehlen widersetzt, meinen Partner niedergeschlagen und den Feind ohne Rückendeckung angegriffen, wodurch es ihm möglich gewesen war zu entkommen. Leichtfertig und undiszipliniert, aber noch nicht das Schlimmste auf der Liste. Wären das meine einzigen Vergehen gewesen, hätte man mir den Prozess gemacht und mich für einige Monate oder ein paar Jahre in das Ordensgefängnis gesteckt. Doch mein Verrat reichte wesentlich tiefer.

Ich hatte dem Feind geholfen. Hatte mich wissentlich in den Kampf eingemischt, mit dem alleinigen Ziel, dem roten Drache zu Hilfe zu kommen, der mich zuvor verschont hatte. Hatte mit ihnen *zusammen* ihren Gegner vertrieben. Dabei spielte es keine Rolle, dass es sich bei diesem Gegner um einen anderen, mächtigeren Drachen handelte, und ich hatte auch keine Ahnung, warum er seinesgleichen hatte töten wollen. Mein Eingreifen hatte den beiden vermutlich das Leben gerettet.

War es das wert?

Ich sah zu Ember hinüber, die ein Stück entfernt im Sand lag und nach Luft schnappte. Ember, nicht »der Drache«. Sie hatte einen Namen, eine Persönlichkeit, ein ganz normales Leben. Oder zumindest hatte sie ein normales Leben gehabt, bis heute Abend. Bevor wir ihre Tür eingetreten und versucht hatten, sie umzubringen, einfach weil sie existierte.

Plötzlich spürte ich eine schwere Last auf meinen Schultern. Hätten wir mehr Zeit gehabt, hätte ich mich bei ihr entschuldigt und ihr gesagt, wie falsch wir gelegen hatten. Obwohl eine einfache Entschuldigung im Angesicht meiner Taten mehr als unzureichend war. Wie viele von ihnen hatte ich abgeschlachtet? Ihr Blut klebte an meinen Händen. Ember würde mich hassen, und das völlig zu Recht, aber ich konnte auch nicht einfach zum Orden zurückkehren und wie früher blindlings ihresgleichen töten. Sie hatte mir die Augen geöffnet, und ich konnte … ich *würde* nicht wieder ein solches Leben führen.

Ein lautes Knurren durchbrach die Stille und sorgte dafür, dass sich die feinen Härchen in meinem Nacken aufstellten. Ruckartig hob ich den Blick und sah den blauen Drachen, der mich mit gefletschten Zähne anstarrte – definitiv feindselig. Ich verkrampfte mich, unterdrückte aber den Impuls, die Waffe zu heben. Natürlich sah er in mir nur seinen größten Feind, einen Krieger des Heiligen Georg. Und auch wenn ich ihnen dabei geholfen hatte, den Großen zu vertreiben, so konnte eine Begegnung zwischen Talon und dem Orden doch nur auf eine Art enden: tödlich.

Ich zwang mich, die Waffe langsam sinken zu lassen, bis sie locker in meinem Griff hing, und hob dabei die freie Hand. »Ich will nicht gegen euch kämpfen«, erklärte ich dem Drachen, der nur abfällig schnaubte.

»Erzähl keinen Scheiß«, fauchte er. Das Wort klang irgendwie seltsam aus dem Mund eines Drachen. Bisher hatte ich sie nur selten sprechen hören, wenn sie ihre wahre Gestalt annahmen. Da war es schon merkwürdig, jetzt Schimpfwörter an den Kopf geworfen zu bekommen. »Dann wolltest du uns vorhin wohl auch nicht umbringen, was?« Mit zusammengekniffenen Augen schlich er auf mich zu und verzog hasserfüllt das Maul »So wie ich das sehe, bist du hergekommen, weil du mit einem Drachen gerechnet hast, nicht mit dreien. Und jetzt, wo du nicht eine ganze Einheit im Rücken hast, versuchst du, dich irgendwie aus der Sache herauszuwinden. Tja, so läuft das aber nicht, Georgskrieger«, zischte der Drache. »Du kannst wohl kaum erwarten, dass wir nett und freundlich bleiben, nachdem ihr versucht habt, uns alle abzuschlachten.«

Ich hob die Waffe und wich ein paar Schritte zurück, als der Drache sich bedrohlich vorwärtsschob. »Ich will dich nicht erschießen. Bleib stehen.«

»Ich wurde heute Abend schon einmal angeschossen«, erwiderte der Drache, und mit einem mörderischen Funkeln in den Augen drängte er mich weiter auf die Felswand zu. »Wenn du meinst, du könntest mich umbringen, versuch's ruhig.«

Er machte sich zum Sprung bereit. Ich legte den Finger an den Abzug …

Da landete Ember genau zwischen uns.

Ember

Cobalt blieb abrupt stehen, als ich mich vor ihn warf und ihm so den Weg zu Garret versperrte. Knurrend senkte ich den Kopf, breitete die Flügel aus und duckte mich leicht. Mein Gegenüber blinzelte überrascht, dann kniff er wütend die goldenen Augen zusammen.

»Was soll das, Ember?«, fauchte er auf Dragon. »Er ist ein Georgskrieger, Rotschopf. Geh aus dem Weg, bevor er dir eine Kugel in den Rücken jagt.«

»Ich weiß, was er ist«, erwiderte ich. »Und ich werde nicht zulassen, dass du das tust.« Stur stemmte ich die Tatzen in den Boden und rührte mich nicht vom Fleck. »Er hat uns geholfen, Cobalt. Er hat die Viper verjagt. Lilith hätte uns beide umgebracht.«

»Das spielt keine Rolle!« Fassungslos starrte er mich an, und selbst von seinem Reptiliengesicht ließen sich Verwirrung und Abscheu ablesen. »Er gehört immer noch zum Orden. Er hat Dutzende von uns getötet! Und jetzt versucht er auch nur deshalb nicht, uns abzuknallen, weil wir ihm zahlenmäßig überlegen sind!« Als ich unnachgiebig die Schnauze zusammenpresste, fuhr Cobalt ungeduldig fort: »Denkst du denn, er hätte uns vorhin verschont? Wäre der Alarm nicht losgegangen, hätten die uns abgeschlachtet: dich, mich, die Nestlinge, Wes … sie hätten uns alle umgebracht.«

»Und deshalb bringen wir jetzt kaltblütig ihn um? Sind wir dann nicht genauso schlimm?«

»Verdammt, Ember!« Er wollte auf mich zugehen, aber ich fletschte fauchend die Zähne, woraufhin er sofort innehielt. Es war mein voller Ernst: Ich würde nicht zulassen, dass Cobalt Garret tötete, auch wenn dieser ein Georgskrieger war. Er hatte uns das Leben gerettet. Allerdings hatte ich keine Ahnung warum. Er wusste, dass ich ein Drache war. Er wusste, dass der Orden uns heute hatte töten wollen – verdammt, wahrscheinlich war er sogar dabei gewesen.

Aber jetzt schoss er nicht auf uns. Und er hatte dabei geholfen, die schlimmste Viper von Talon in die Flucht zu schlagen. Ich warf ihm einen kurzen Blick zu, und der Junge, der dort reglos im Sand stand, war nicht derselbe Mensch wie der Soldat, dem ich früher an diesem Abend gegenübergestanden hatte.

Plötzlich wurde ich traurig. Ja, wir waren Feinde, das wusste ich. Aber ich konnte Cobalt jetzt nicht auf ihn loslassen. Es hatte schon zu viele Kämpfe gegeben, zu viel Blut war geflossen. Ich hatte die Schnauze voll davon.

»Ember?«

Garrets leise Stimme klang grimmig. Ein Blick über die Schulter zeigte mir, dass er uns mit ernster Miene beobachtete. Er runzelte die Stirn, da er das halb geknurrte, halb gefauchte Gespräch zwischen uns Drachen wohl nicht genau verstanden hatte, sich aber denken konnte, worum es ungefähr ging.

Ich wollte ja mit ihm reden, aber nicht so. Nicht als Erzfeinde, nicht als Drache und Georgskrieger. Also drehte ich mich mit langsamen, vorsichtigen Bewegungen um, damit er es nicht als Bedrohung empfand, und verwandelte mich zurück. Cobalt stieß hinter mir ein warnendes Knurren aus. Doch noch während ich immer kleiner wurde, bis schließlich mein menschlicher Körper zwischen Soldat und Drache im Sand kniete, trat Garret hastig vor, was ihm wieder ein Fauchen von Cobalt einbrachte.

»Nein«, sagte er drängend, woraufhin ich ihn verwirrt anstarrte. »Du darfst dich nicht zurückverwandeln, Ember, euch bleibt keine Zeit. Ihr müsst sofort von hier weg.« Wachsam schaute er zu dem Pfad hinüber, über den er gekommen war. »Der Orden, also der Rest meines Teams, ist auf dem Weg hierher. Ihr solltet gehen.«

Ich blinzelte nur, während Cobalt leise fluchend zurückwich. »Ich wusste es«, knurrte er mit einem wütenden Blick auf Garret. »Ich wusste, dass wir ihm nicht trauen können. Komm, Rotschopf, bevor sie hier sind und auf alles schießen, was sich bewegt.« Er fuhr herum und rannte auf die Höhle zu. Sein schlanker Körper bewegte sich so mühelos über den Sand wie eine riesige, schuppige Katze. Doch ich zögerte noch und drehte mich zu dem Soldaten um.

»Warum?« Ich musste es einfach wissen. »Warum hast du uns gerettet? Hat der Orden dich geschickt? Oder war das einfach die Revanche für das vorhin? Wolltest du dein Gewissen reinwaschen, bevor du wieder auf uns losgehst?«

»Nein.« Hastig schüttelte er den Kopf. »Nie wieder. Ich …« Er unterbrach sich und fuhr sich mit der Hand durchs Haar, bevor er mich wieder ansah. Sein Blick wirkte gehetzt. »Das ist vorbei«, sagte er nachdrücklich. »Keine Missionen mehr, keine Razzien, keine Blitzmanöver oder Anschläge. Keine Toten mehr. Ich werde nie wieder Jagd auf euch machen.«

Verblüfft starrte ich ihn an. »Echt jetzt?«

Für ein Lächeln reichte es nicht, aber sein Blick wurde sanft. »Wie könnte ich das«, flüsterte er, »nachdem ich dir begegnet bin?«

Plötzlich hatte ich einen dicken Kloß im Hals. »Und was ist mit dem Orden?«

»Das spielt keine Rolle«, erwiderte er müde. »Ich kann ihren Lehren nicht mehr folgen, und ich kann auch nicht billigen, was wir getan haben. Ich wusste, was ich tat, als ich heute hierherkam.« Einen Moment lang glaubte ich Furcht in seinen Augen zu sehen, doch dann gewann er mit einem tiefen Atemzug die Fassung zurück. »Mir war bewusst, welche Folgen es haben würde. Und wenn ich müsste, würde ich es wieder tun.«

»Ember!«, rief Cobalt ungeduldig. Ich drehte mich zu ihm um. Er stand mit halb ausgebreiteten Flügeln unten am Wasser, eindeutig startklar. Hinter ihm kamen gerade ein magerer schwarzer Drache und ein kleines Männchen mit staubigen braunen Schuppen aus der Höhle. Nettle und Remy in ihrer wahren Gestalt. Beide starrten mich mit weit aufgerissenen Augen an. »Worauf wartest du noch? Komm endlich!«

»Geh.« Garret deutete mit dem Kopf auf die anderen Drachen. »Vergiss mich einfach. Ich bin schon so gut wie tot. Geh jetzt.«

»Garret …«

Aus der anderen Richtung hallte ein Schrei zu uns herüber, und wir drehten uns um. Zwischen den Klippen kamen mehrere Gestalten hervor und rannten wie ein schwarzer Ameisenschwarm auf uns zu, die Gewehre im Anschlag. Ich duckte mich instinktiv, aber Garret fuhr mit zusammengekniffenen Augen herum.

»Geh, Ember! Schnell!«

Ich biss mir auf die Lippe, wandte mich dann ab und rannte davon. Nettle und Remy waren bereits in der Luft, doch Cobalt wartete auf mich und rührte sich auch dann nicht vom Fleck, als die ersten Schüsse fielen. Ohne anzuhalten verwandelte ich mich, rannte auf vier Tatzen weiter und schlug hektisch mit den Flügeln, bis ich spürte, wie ich abhob. Cobalt folgte mir. Als wir uns vor der Felswand in die Höhe schraubten, spürte ich den Luftzug der vorbeischießenden Kugeln und sah sie am Gestein abprallen. Heftiger Schmerz flammte auf, als etwas meine Flügelspitze durchschlug, sodass ich kurz die Kontrolle verlor. Ich fauchte ängstlich, schlug wie wild mit den Flügeln und versuchte mit den Krallen am Felsen Halt zu finden, während ich jeden Moment damit rechnete, von einem Schuss in den Rücken getroffen zu werden.

Cobalt erreichte das Felsplateau, landete und drehte sich hastig um. Trotz des Kugelhagels spähte er über die Kante. Überall knallten Schüsse, die Munition schlug in den Felsen ein und ließ Staub und kleine Steinchen durch die Luft wirbeln. Ich knurrte trotzig, pumpte mit aller Kraft mit den Flügeln und schaffte es, mich halb fliegend, halb kletternd über die Kante zu ziehen. Erst ein paar Meter hinter dem Abgrund, wo ich vor dem Sankt-Georgs-Orden und seinen tödlichen Waffen sicher war, brach ich auf dem staubigen Boden zusammen.

»Ember?« In Cobalts goldenen Augen spiegelten sich Sorge und Anspannung. Ich lag keuchend da und schaute zu ihm hoch. Seine Flügel und seine Hörner schienen den Mond einzurahmen, und das fahle Licht schimmerte metallisch auf seinen blauen Schuppen. Vielleicht lag es am Adrenalinrausch oder daran, dass ich gerade meine zweite Nahtoderfahrung in kürzester Zeit durchlebt hatte, jedenfalls beschloss ich in diesem Moment, dass mir seine wahre Gestalt viel lieber war als die menschliche. Könnte er doch immer in diesem Körper bleiben!

»Ember?«, fragte er wieder und klopfte hektisch mit dem Schwanz auf den Boden. »Bist du verletzt? Haben sie dich erwischt?« Drängend und gleichzeitig sanft stubste er mich an. »Sprich mit mir, Rotschopf.«

»Alles okay«, krächzte ich und setzte mich mühsam auf. Das Pochen am äußersten Gelenk meines rechten Flügels verriet mir, wo die Kugeln meine Flugmembran durchschlagen hatten, aber es war nichts Ernstes. Ich streckte ihn aus und ließ ihn ein paar Mal auf und ab federn, um zu prüfen, ob er mich noch tragen würde, dann legte ich beide Flügel an. »Sieht so aus, als wäre ich noch ganz.«

Nettle und Remy schlichen heran: Sie ein katzenhafter schwarzer Drache mit einer Krone aus Stacheln auf dem schmalen Kopf, er klein und braun mit hellen Streifen an Hals und Schwanz. Beide hatten Rucksäcke am Hals hängen, was wirklich albern ausgesehen hätte, wäre unsere Lage nicht so ernst gewesen. »Was nun?«, fragte Nettle ängstlich. »Wo sollen wir hin?«

Cobalt richtete sich auf und blickte Richtung Wüste. »Wir hauen ab«, erklärte er schlicht. »Wir bringen so viel Distanz wie möglich zwischen uns, den Sankt-Georgs-Orden und Talon. Dann suchen wir Wes und verschwinden von hier. Ich habe ein Versteck in Nevada, wo wir erst mal sicher sind, zumindest ein paar Monate lang, bis wir uns entschieden haben, wie es weitergehen soll. Nicht gerade Luxusklasse, aber besser als nichts. Rotschopf?« Er drehte sich wieder zu mir um und schenkte mir ein aufmunterndes Lächeln. »Bist du bereit?«

Bereit dazu, Crescent Beach zu verlassen? Ich spürte einen Knoten im Magen. Das war es also: Ich war nun ein Einzelgänger, ließ Talon für immer hinter mir und würde wie eine Kriminelle auf der Flucht sein. Zwar zusammen mit Cobalt und den beiden anderen, aber trotzdem. Würde ich meinen Bruder jemals wiedersehen? Oder meine Freunde?

Nein. Nein, das würde ich nicht. Meine Zeit als normaler Mensch war vorbei. Ich hatte meinen Weg gewählt, und auch die Konsequenzen, die das mit sich brachte. Kein Surfen mehr, kein Beachvolleyball, keine Partys oder entspannte Abende mit Freunden. Ich würde nicht mehr im Meer stehen und Jungs küssen, keine Schmetterlinge mehr im Bauch haben und mir wünschen, die Erde könnte für eine Weile aufhören sich zu drehen. Das lange gefürchtete Ende des Sommers war gekommen, und ich musste weiterziehen.

Aber erst nachdem ich noch eine letzte Sache erledigt hatte.

»Noch nicht ganz«, antwortete ich Cobalt, der daraufhin erstaunt die Augen aufriss. »Eines muss ich vorher noch machen.«

Garret

Sie war entkommen.

Mit wild klopfendem Herzen sah ich zu, wie Ember davonflog, während meine Einheit heranstürmte, die Waffen hob und das Feuer eröffnete. Ohne mich von der Stelle zu rühren hatte ich beobachtet, wie Ember losrannte, sich zusammen mit dem blauen Drachen in die Luft erhob und zum Felsplateau hinaufflog, wo sie sich mühsam in Sicherheit brachte. Als es so aussah, als wäre sie getroffen worden, sie in der Luft taumelte und wild am Felsen Halt suchte, blieb mir kurz das Herz stehen. Doch sie fing sich wieder, kletterte mit wild schlagenden Flügeln auf den Felsen und verschwand mit einem letzten Aufblitzen der leuchtend roten Schuppen aus meinem Blickfeld.

Erleichtert atmete ich auf. *Verschwinde von hier, Ember*, drängte ich sie stumm. *Lauf so weit weg wie du kannst, flieh vor uns, und blicke nicht zurück.*

»Sebastian!«

Die Einheit hatte aufgegeben, sie senkten die Waffen und sammelten sich. Es hatte keinen Sinn, darauf zu warten, dass die Drachen zurückkämen. Sie waren längst weg, das wussten alle. Der Gruppenführer kam mit langen Schritten auf mich zu, jeder Muskel war angespannt, wohl um nicht vor Wut zu explodieren. Als er sich vor mich stellte und sein Gesicht so dicht vor meines schob, dass ich glaubte, seine Augen würden mir Löcher in die Schläfen brennen, nahm ich automatisch Haltung an.

»Ich verlange eine Erklärung«, befahl er leise, während sich das übrige Team um uns scharte. Die Männer waren wütend und verwirrt. Die meisten von ihnen kannte ich seit Jahren, eigentlich mein ganzes Leben lang. Sie waren meine Kameraden, mit denen ich gekämpft hatte, Seite an Seite auf dem Schlachtfeld, ich hatte sie vor dem sicheren Flammentod bewahrt und sie mich. Nun sah ich keine Freundlichkeit unter ihnen. Einige schienen verblüfft zu sein und nicht genau zu wissen, was eigentlich vorging, doch die meisten musterten mich voller Misstrauen. Eigentlich durfte ich gar nicht allein hier sein, und meine Kaltschnäuzigkeit hatte zumindest dafür gesorgt, dass die Zielobjekte entkommen waren. Den wahren Grund dafür konnten sie sich nicht erklären – noch nicht.

»Ich habe Sie etwas gefragt, Soldat«, fuhr der Gruppenführer fort, als ich nicht antwortete. Er hieß Michael St. Francis, und er war ein guter Mann: geduldig, fair und umgänglich. Bis heute hatte ich nie Probleme mit ihm gehabt. »Ich gehe davon aus, dass es einen triftigen Grund dafür gibt, warum Sie allein hier draußen waren«, sagte St. Francis, ohne mich aus den Augen zu lassen. »Und ich gehe davon aus, dass es ebenfalls einen triftigen Grund dafür gibt, warum die beiden Feindobjekte Sie nicht zu Grillkohle verarbeitet haben, bevor wir eintrafen. Außerdem gehe ich davon aus, dass es einen *verdammt* triftigen Grund dafür gibt, warum Sie sie entkommen ließen, wodurch dieser gesamte Feldzug um Monate zurückgeworfen wurde.« Er beugte sich noch etwas weiter vor und senkte die Stimme, was seiner Wut allerdings nichts von ihrer Schärfe nahm: »Und diesen verdammt triftigen Grund nennen Sie mir besser hier und jetzt, denn für mich sah es so aus, als hätten Sie bei unserer Ankunft mit den Feindobjekten *gesprochen*.« Sein heißer Atem strich über mein Ohr, trotzdem hörte ich das leise Murmeln, das sich unter den Soldaten ausbreitete. Mit undurchdringlicher Miene starrte ich nach vorne, woraufhin St. Francis einen Schritt zurücktrat. »Haben Sie das getan, Soldat?«

»Jawohl, Sir.«

Schlagartig wurde es totenstill. Einen Moment lang hätte man eine Stecknadel fallen gehört.

»Sebastian, Sie haben gerade gestanden, dass Sie mit dem Feind gesprochen und ihm die Flucht ermöglicht haben«, sagte St. Francis mit ausdrucksloser Stimme. »An Ihrer Stelle würde ich sehr genau nachdenken, bevor noch etwas aus Ihrem Mund kommt, denn im Moment trennt Sie nur noch ein Schritt vom Erschießungskommando.« Eisige Kälte breitete sich in meinem Bauch aus, doch ich blickte weiter geradeaus und hörte reglos zu, als St. Francis fortfuhr: »Was genau haben Sie hier draußen gemacht?«

»Das kann ich Ihnen sagen«, rief jemand außerhalb des Rings, den die Soldaten um uns bildeten.

Die Kälte erfasste auch noch den Rest meines Körpers, als Tristan aus dem Schatten trat und sich zwischen den Männern hindurchschob. Innerlich zuckte ich gequält zusammen. Unter seiner Nase sah ich ein getrocknetes, blutiges Rinnsal, und an einer Schläfe leuchtete ein violetter

Bluterguss, der sich bis zum Augenwinkel ausbreitete. Er trat in den Kreis und warf mir einen kalten Blick zu, bevor er sich an den Gruppenführer wandte: »Garret hat den Orden verraten«, verkündete Tristan mit fester, klarer Stimme. »Er hat mich absichtlich daran gehindert, einen Schuss auf die Zielobjekte abzugeben, Ziele, die ich laut Befehl ausschalten sollte. Ich habe versucht, mit ihm zu reden, aber er sagte, es sei falsch vom Orden, Drachen zu töten, dass wir alle einen Fehler machen würden. Als ich ihn aufhalten wollte, hat er mich angegriffen.«

Ich hielt den Atem an. Mir war klar, dass ich bereits in der Falle saß, fragte mich aber dennoch, was Tristan noch alles preisgeben würde. Hier ging es nicht mehr nur um einen Fall von Leichtfertigkeit, und die Stimmung der Umstehenden war eindeutig gekippt. Sämtliche Soldaten starrten mich nun an, einige ungläubig, andere mitleidig, angewidert oder wütend. St. Francis musste man zugutehalten, dass er ruhig blieb, als er meinen ehemaligen Partner ohne erkennbare Regung fragte: »Ist das alles?«

Tristan zögerte kurz, dann nickte er. »Jawohl, Sir.«

»Verstehe.« St. Francis drehte sich zu mir um. Seine Stimme war so eisig wie sein Blick, als er fortfuhr: »Haben Sie etwas zu Ihrer Verteidigung zu sagen, Soldat?«

Nichts, was Sie akzeptieren würden. Nichts, was meine Schuld schmälern könnte, es würde sie nur verschlimmern. Tristan hat Ihnen nicht alles gesagt.

»Nein, Sir«, murmelte ich.

»Entwaffnen«, befahl St. Francis den beiden Soldaten, die direkt neben mir standen. Sie traten vor, nahmen das Sturmgewehr und zogen meine Pistole aus dem Holster.

Ich ließ es reglos über mich ergehen, auch als sie zurücktraten und ihre Waffen auf mich richteten. »Garret Xavier Sebastian«, begann St. Francis, »hiermit nehme ich Sie in Gewahrsam, Sie werden der Kollaboration mit dem Feind und des Verrats gegen den Orden verdächtigt. Wir bringen Sie zurück ins Hauptquartier, danach liegt Ihr Schicksal nicht mehr in meinen Händen.«

Bevor er sich abwandte, sah ich Tristan noch einmal in die Augen. Selbst nach allem, was heute zwischen uns vorgefallen war, konnte ich ihm keinen Vorwurf machen. Er wusste genauso gut wie ich, wie mein weiteres Schicksal aussehen würde. Man würde mich in unser Ordenshaus überführen, wo mein Fall einem Schwurgericht der befehlhabenden Offiziere vorgetragen wurde, die anschließend das Strafmaß festlegen würden. Sollte man mich des Verrates für schuldig befinden, würde man mich an die lange Ziegelwand hinter dem Trainingsgelände stellen und mir eine Augenbinde anbieten. Anschließend würde fünf Meter vor mir eine Reihe von Soldaten Aufstellung nehmen und mich erschießen. Ein passendes Ende für einen Drachensympathisanten.

Dann sollte es wohl so sein. Ich hatte immer gewusst, dass der Tod mich früher holen würde als andere. Und auch wenn er mich nun in Form einer Exekution durch ein Erschießungskommando ereilen würde und nicht, wie ich immer gedacht hatte, zwischen den Kiefern eines Drachen, so würde ich diesmal wenigstens genau wissen, woran ich glaubte. Mit meinem Tod würde ich jemanden retten, statt jemandem das Leben zu nehmen.

Als sie mich abführten, drehte ich mich noch einmal zu

der Klippe um, über die Ember und die anderen Drachen in der Dunkelheit verschwunden waren. Inzwischen waren sie längst fort, waren dem Sankt-Georgs-Orden entkommen, und das spendete mir ebenfalls ein wenig Trost. Hoffentlich dachte sie manchmal an mich, auch wenn wir Feinde waren. Und auch wenn sie niemals erfahren würde, dass der Grund für alles – meine Wahl, meine Erkenntnis und jede Entscheidung, die ich heute Abend getroffen hatte – allein sie war.

Weil ein Krieger des Heiligen Georg sich in einen Drachen verliebte.

Ein verstohlenes Lächeln huschte über mein Gesicht. Dann riss ich mich vom Anblick des Nachthimmels los und folgte meinen ehemaligen Kameraden in die Schatten zwischen Felsen, während hinter uns der Strand zurückblieb, an dem ich zum ersten Mal dem feurigen Drachenmädchen mit den grünen Augen begegnet war.

Ember

Ich lag flach auf dem Bauch hinter einer Sanddüne und beobachtete, wie die Soldaten in einer Reihe auf den großen braunen Laster zumarschierten, der hinter einem Felsblock geparkt war. Mein wilder Herzschlag dröhnte so laut in meinen Ohren, dass ich ihn am liebsten abgestellt hätte. Ich hatte wieder Menschengestalt angenommen und trug immer noch den engen schwarzen Anzug, deshalb war es für die Soldaten auf diese Entfernung quasi unmöglich, mich zwischen den Felsen und den Sandhügeln auszumachen. Trotzdem jagte ihr Anblick mir eine Heidenangst ein. Sie waren der Feind, das hatte ich jetzt begriffen. Vor diesem Abend war der Krieg für mich weit weg gewesen, ungreifbar und irgendwie unwirklich, nichts Reales.

Ja, ich war naiv gewesen, aber so dumm würde ich nie wieder sein. Der Orden des Heiligen Georg würde uns nicht schonen, sie kannten keine Gnade. Sie töteten uns allein deshalb, weil wir existierten. Und von nun an durften sie von mir dasselbe erwarten.

Bis auf eine Ausnahme.

Ich entdeckte ihn problemlos. Mit hängendem Kopf ging er zwischen zwei bewaffneten Soldaten, die ihn den Pfad entlangführten. Bei seinem Anblick packten mich

Sehnsucht, Traurigkeit und Schuldgefühle. Weil er in mir den Wunsch geweckt hatte, ein Mensch zu sein, und sei es nur für kurze Zeit. Weil unsere wenigen gemeinsamen Augenblicke einfach perfekt gewesen waren, auch wenn alles eine Lüge war. Und weil ich noch immer vor Augen hatte, wie er uns vor Lilith gerettet hatte – und wie sich in seinem Gesicht das Wissen abgezeichnet hatte, dass er damit alles verriet, was er je gekannt hatte. Genau wie ich mit Talon. Nun ergaben auch seine letzten Worte Sinn, bevor ich mit Cobalt und den anderen davongeflogen war:

Vergiss mich einfach. Ich bin schon so gut wie tot. Geh jetzt.

Sie würden ihn umbringen. Der Orden des Heiligen Georg würde ihn töten, weil er uns geholfen hatte. Und das hatte er gewusst. Ihm waren die Konsequenzen bewusst gewesen, und trotzdem hatte er sich dafür entschieden, uns zu helfen. Hatte sich dafür entschieden, seinen Erzfeind zu retten und dafür den Tod durch die Hand seiner eigenen Leute in Kauf genommen … und wofür?

Ich kann ihren Lehren nicht mehr folgen, und ich kann auch nicht billigen, was wir getan haben. Ich wusste, was ich tat, als ich heute hierherkam.

»Ich kann nicht glauben, dass ich mich dazu habe überreden lassen«, knurrte es an meiner Seite.

Nur für ein kurzes Grinsen zu meinem Nebenmann löste ich den Blick von Garret. Riley lag ebenfalls flach auf dem Bauch. Er trug eine schwarze Jeans und ein graues Hemd aus einem der Rucksäcke. Den Soldaten von Sankt Georg so dicht auf die Pelle zu rücken stimmte ihn nicht gerade fröhlich. Weshalb er mein Grinsen auch nicht erwiderte.

»Ich dachte, du warst mal ein Basilisk«, flüsterte ich.
»Hast du so etwas früher nicht ständig gemacht?«

»Für Talon, ja«, schoss Riley zurück. »Aber nicht aus Spaß. Und ganz bestimmt nicht, um irgendeinen verdammten Georgskrieger zu retten, der auch noch auf mich geschossen hat. Das kann nicht gesund sein.«

»Er hat uns geholfen, Riley«, rief ich ihm ins Gedächtnis. »Er kannte die drohenden Konsequenzen und hat uns trotzdem geholfen. Der Orden wird ihn dafür töten.«

»Ist mir doch egal«, erwiderte Riley mit herzloser Offenheit. »Sollen sie sich ruhig gegenseitig umbringen, je mehr desto besser. Ich habe diesem idiotischen Plan nur zugestimmt, weil ich wusste, dass ich dich sowieso nicht davon abbringen kann.« Er hob die Hand und strich sanft über meine Wange. »Und jetzt liege ich hier. Offenbar in selbstmörderischer Absicht.«

Das Dröhnen eines Motors lenkte mich ab. Ich konnte gerade noch sehen, wie Garret zusammen mit den anderen Soldaten einen Lastwagen bestieg, dann wurden die Türen hinter ihm zugeknallt. Die Scheinwerfer leuchteten auf, der Laster fuhr holpernd auf die Straße und raste davon.

»Sie brechen auf.« Ich sprang auf, verwandelte mich hastig und legte damit wieder einmal meine menschliche Gestalt ab. Mein Drache streckte sich kurz im Sand. Dann drehte ich mich mit flatternden Flügeln zu Riley um, der wesentlich langsamer auf die Beine kam – und widerwillig. »Komm schon! Wir dürfen sie nicht entkommen lassen.« Er seufzte schwer, woraufhin ich ungeduldig die Zähne fletschte. »Entweder du kommst mit, oder du bleibst hier, aber entscheide dich. Ich werde ihn da rausholen, mit dir oder ohne dich.«

Augenrollend löste Riley sich auf, und Cobalt trat an seine Stelle. Gereizt verengten sich die goldenen Augen des Drachen. »Also schön, Rotschopf, du hast gewonnen. Lasset das Himmelfahrtskommando beginnen.«

Sobald ich die Flügel ausbreitete, spürte ich den warmen Nachtwind unter den sensiblen Membranen, und ich atmete tief durch. Sofort erfüllten Hitze und Feuer meine Lunge. Während ich die dunkle Straße hinunterblickte, verzog sich meine Schnauze zu einem wilden Grinsen, und ich schickte ein herausforderndes Fauchen in den Wind. Der Orden des Heiligen Georg hatte seit seiner Gründung immer nur Drachen gejagt. Mal sehen, wie sie damit umgingen, wenn wir einmal zurückschlugen.

Ich komme, Garret. Halt einfach noch etwas durch.

Mit dem nächsten Windstoß erhob ich mich in die Lüfte.

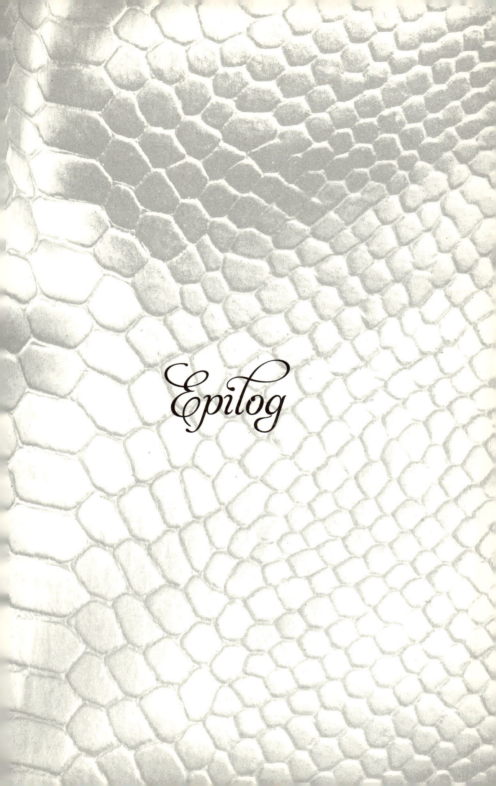

Dante

»Wissen Sie, warum wir Sie herbringen ließen, Mr. Hill?«

Ich nickte steif. Mir gegenüber saß der blonde Mann, dem ich schon einmal begegnet war. Er musterte mich ausdruckslos und verschränkte die Hände vor sich auf dem Tisch.

»Jawohl, Sir«, antwortete ich ruhig und höflich, wie man es mir beigebracht hatte. »Ich nehme an, es hat etwas mit meiner Schwester zu tun.«

Sein Mund wurde schmal. »Ihre Schwester Ember Hill hat uns verraten«, erklärte er, woraufhin mir das Herz in die Hose rutschte. Natürlich hatte ich es gewusst. Schon als Talon mich in jener Nacht holen ließ, hatte ich es gewusst, und trotzdem wurde mir beim Gedanken daran immer noch ganz anders. »Sie hat sich geweigert, mit Lilith zurückzukehren, und hat die Stadt in Gesellschaft eines gefährlichen Einzelgängers verlassen, eines ehemaligen Talon-Agenten namens Cobalt. Wo sie sich nun befinden, sei vorerst dahingestellt.« Er unterbrach sich, um meine Reaktion auszuloten. Ich wartete mit angehaltenem Atem ab, bis er schließlich lächelnd fortfuhr: »Ember Hill gilt nun als Einzelgänger, in den Augen von Talon ist sie eine Verräterin. Falls sie ihren Fehler nicht einsieht und in den Schoß der Organisation zurückkehrt, wird man sie töten. Allerdings würde der Große Wyrm das, wenn möglich, gerne vermeiden.« Seine kalten blauen Augen verengten sich zu Schlitzen, und er musterte mich abschätzend. Ich wusste, was er als Nächstes sagen würde. »Und aus diesem Grund übertragen wir Ihnen, Dante Hill, die Aufgabe, sie zurückzubringen.«

Danksagung

Mein erstes, dickes Dankeschön gilt meiner Lektorin Natashya Wilson, die stets der Wind unter den Flügeln von Talon war, seit vor einigen Monaten die Idee einer Drachen-Reihe in mir keimte. Dank für ihre harte Arbeit, ihre Hingabe und ihre Leidenschaft. Und für die vielen E-Mails bezüglich der kleinen Details, die mir sonst entgangen wären. Einfach dafür, dass sie die beste Lektorin auf diesem Planeten ist! Außerdem danke ich Laurie McLean, der weltbesten Agentin, die ein Nein schlichtweg nicht gelten lässt. Und Brandy Rivers, die dafür gesorgt hat, dass Talon den richtigen Leuten ins Auge fiel – du bist die unangefochtene Königin auf deinem Gebiet und ein wundervoller Mensch.

Lauter Jubel für das Team von Harlequin Teen: Amy Jones, Melissa Anthony, Lisa Wray, Michelle Renaud, Nicki Kommit, Larissa Walker, Reka Rubin, Christine Tsai, sowie für den Vertrieb und alle bei Harlequin, die so hart an meinen Büchern gearbeitet haben. Um einen Roman zu veröffentlichen, braucht man eine ganze Dorfgemeinschaft, und ich würde keiner anderen angehören wollen als dieser. Ich danke den brillanten Künstlern und Designern, die für das großartige Cover von Talon verantwortlich zeichnen, also Kathleen Oudit, Erin Craig, Bora Tekogul, Fion Ngan und Natasa Hatsios. Und ganz besonders Chris Parks für das goldene Drachenemblem. Vielen Dank für eines der umwerfendsten Cover, die ich je gesehen habe – ihr alle habt euch selbst übertroffen.

Auch danke ich Jeff Kirschenbaum, Sara Scott, Ainsley Davies und Chris Morgan für ihre leidenschaftliche Unterstützung. Ihr habt dafür gesorgt, dass eine kleine Autorin aus Kentucky sich wie ein Filmstar fühlen durfte.

Und zu guter Letzt danke ich meiner Familie, die keine Sekunde daran gezweifelt hat, dass ich eines Tages eine richtige Schriftstellerin sein würde. Und meinem Ehemann Nick, meinem Real-Life-Ritter in glänzender Rüstung, der mich so gut kennt, dass er den Drachen *nicht* tötet, sondern lieber das Haus feuerfest macht und mir einen Drachensattel kauft.

Ritter oder Rebell –
für wen wird das Drachenmädchen sich entscheiden?

Talon – Drachenzeit
ISBN 978-3-453-26970-5

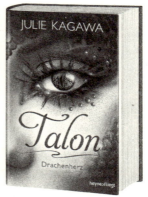

Talon – Drachenherz
ISBN 978-3-453-26971-2

Talon – Drachennacht
ISBN 978-3-453-26972-9

Talon – Drachenblut
ISBN 978-3-453-26974-3

Talon – Drachenschicksal
ISBN 978-3-453-26975-0

heyne-fliegt.de

heyne›fliegt